女兒惜春暮愁
緒滿懷無釋處
手把花鋤出繡
簾忍踏落花來
復去柳絲榆莢
自芳菲不管桃
飄與李飛桃李
明年能再發明
年閨中知有誰
三月香巢已壘
成梁間燕子太

至惱忽去至又
無言去未聞昨
宵庭外悲歌發
知是花魂與鳥
魂花魂鳥魂總
難留鳥自無言
花自羞願儂此
日生雙翼隨花
飛到天盡頭天
盡頭何處有香
丘未若錦囊收
艷骨一抔淨土
掩風流質本潔

花謝花飛花滿天 紅消香斷有誰憐
遊絲軟繫飄春榭 落絮輕

歸去掩重門 青燈照壁人初睡
冷雨敲窗被未溫 怪奴底事倍傷神
半為憐春

◆ 张景涵新写《葬花吟》节选

西厢记妙词通戏语

（清）孙温 绘

寿怡红群芳开夜宴
（清）孙温 绘

病潇湘痴魂惊噩梦
（清）孙温 绘

贾元春才选凤藻宫
（清）孙温 绘

惑奸谗抄检大观园
（清）孙温 绘

美优伶斩情归水月

（清）孙温 绘

鸳鸯女誓绝鸳鸯偶
（清）孙温 绘

多情女情重愈斟情
（清）孙温 绘

红楼
深宅博弈

张捷 著

华文出版社

图书在版编目（CIP）数据

红楼深宅博弈 / 张捷著. -- 北京：华文出版社，2024.1（2024.2重印）

ISBN 978-7-5075-5840-1

Ⅰ．①红… Ⅱ．①张… Ⅲ．①《红楼梦》研究 Ⅳ．①I207.411

中国国家版本馆CIP数据核字(2023)第137869号

红楼深宅博弈

著　　者：张　捷
策划编辑：杨艳丽
责任编辑：杨艳丽　周海璐
版式设计：高　洁
出版发行：华文出版社
地　　址：北京市西城区广安门外大街 305 号 8 区 2 号楼
邮政编码：100055
网　　址：http://www.hwcbs.cn
电　　话：总编室 010-58336210　编辑部 010-58336191
　　　　　发行部 010-58336267　010-58336202
经　　销：新华书店
印　　刷：天津画中画印刷有限公司
开　　本：710mm×1000mm　1/16
印　　张：30.25
彩　　插：8
字　　数：440 千字
版　　次：2024 年 1 月第 1 版
印　　次：2024 年 2 月第 2 次印刷
标准书号：ISBN 978-7-5075-5840-1
定　　价：98.00 元

版权所有，侵权必究

目录

代序：家道与人心（张敏杰） /1

引言：贾府宅斗全面爆发 /1

一、贾家与王家大观园势力布局 /1
  （一）婆媳大戏中贾母占位 /1
  （二）袭人倒向王夫人 /9
  （三）凤姐搞定林家宗亲 /18
  （四）大观园里念啥经 /31
  （五）虾须镯背后的宅斗掰手腕 /43
  （六）紫鹃为自保站队薛姨妈 /49
  （七）宝玉在大观园内与谁有染？ /59

二、宝钗黛玉之争是贾家王家宅斗 /82
  （一）大观园内婆媳貌合神离 /82
  （二）贾政暴打宝玉有隐情 /97
  （三）第一出大戏：贾母大观园查赌 /115
  （四）第二出大戏：王夫人抄检大观园人事清洗 /124
  （五）第三出大戏：准姨娘晴雯被驱逐致死 /137

三、"原应"叹息的贾府姑娘 /164

（一）世家联姻潜规则与迎春悲剧 /164

（二）探春远嫁与扭转家族命运的双赢 /179

（三）惜春和紫鹃的"剩女"出家，掌控家族
　　　关键资产 /194

（四）巧姐儿、大姐儿身世与凤姐年龄 /204

四、宝黛钗的三角博弈 /215

（一）性早熟的贾宝玉 /216

（二）大情种与黛玉难言之隐 /224

（三）宝玉大观园内戏红颜 /230

（四）《西厢会真记》抱得美眉春 /238

（五）风月红楼常驻潇湘馆 /246

（六）薛家人掌控大观园 /258

（七）钗黛角力下宝玉暧昧 /265

（八）花妖失玉暗中再角力 /273

五、红楼群芳的红颜薄命 /279

（一）房内政治与金钏之死 /279

（二）鸳鸯与贾琏之私藏得深 /290

（三）司棋死于潘又安之恶影射宝玉 /313

（四）赵姨娘是被人毒死的 /321

六、无人胜利的联姻悲剧 /330

（一）贾府承祀希望在宝玉 /330

（二）红楼世家联姻筹码大洗牌 /349

（三）贾家王家的联姻博弈 /369

（四）冲喜收房宝钗顶替进贾府　　/388

七、林黛玉之死与薛家的报应　　/402
　　（一）林黛玉在贾府非正常死亡　　/402
　　（二）宝玉出家看破黛玉之死　　/419
　　（三）薛家报应和"香魂返故乡"　　/427
　　（四）黛玉葬入贾家"兼祧"不变　　/439

后记　　/461

家道与人心

——代序

盈天地皆心也。

这一哲学洞见出自黄宗羲为《明儒学案》撰写的序言。此时的黄宗羲已八十有三,尚在重病中,是为康熙三十一年(1692)七月。再过二十三年,曹雪芹降世;再经一个花甲又两年,《脂砚斋重评石头记》甲戌本问世。

宇宙间自有万物,各成形色,且一气充周,亘古今,穷天地。自然世界不再支离破碎,似乎一切都已完备。然而,若真的道心不在,人心不有,我们的当下所在、于今见在又如何生成意义,发扬价值?如此来看,的确当有一个大大的"心"来作为天地万物的主宰。

《红楼梦》中有大大小小的故事,有宏大的结构、细密的脉络,有深切的事体情理,更有峥嵘绚烂又老熟平淡的叙述手段。作者(包括批点者,尤其是脂砚斋、畸笏叟等人,以及续书者、整理者)不蹈前辙,不借旧套,不加穿凿,建构出一个新鲜别致的小宇宙、大天地。我们接下来要追问的是——充盈红楼世界贯通作品文本的,又该是什么呢?

不同于历史演义的问鼎逐鹿、英雄传奇的使枪弄棒、神怪小说的降妖伏魔,《红楼梦》的主体内容乃是传统社会的世俗人情、现实人生的平凡生活。学界大都以"人情小说"或"世情小说"界定之。然而人情世情,或犹泛泛。进而言之,《红楼梦》整体上以"家"为关键,以"人"为枢纽。这是红楼叙事的基本格局。时空的设定、人物的安排、情节的推进、命意的融入、精神的升华等，皆借此而开启运转。此即所谓的"枢中所动，环流无倦"(《文心雕龙·时序》)。

再回到前面提出的问题。思忖再三，我想，应该是——

盈红楼皆家人也。

一 何为"家人"？

按朱一玄先生的统计，除去作品中出现的古人，《红楼梦》庚辰本有男304人，女296人，共计600人；程乙本有男368人，女304人，共计672人。① 方外、神仙与鬼怪等暂且不论，主要人物皆可具体归到哪家哪房哪门哪户。即便是小人物，若细捋蛛丝马迹，亦可摸到他（她）的家门。

城中有"钟鸣鼎食之家，翰墨诗书之族"（第二回），乡下有芥豆之微的"小小之家"（第六回）。家不论大小，不分贵贱，或贫或富，或美满或残缺，都是一个个具体而微的家。跟着外祖母蹒跚进城的板儿（第六回），随凤姐一起乘车出城的宝玉（第十五回），他们在各有其家的意义上是一样的。两者的差别在生命个体意义上的"人"，更在综合诸多社会政治因素的"家"。

家是人的家。人要么在家，要么不在家，或离家，或出家，而无家可归的人，有的则须寄居到别人的家。有的家在书中摆在明处，比如苏州城内甄士隐的家，京城中的荣宁二府；有的隐着藏着，影影绰绰模糊不清，不明不白，甚至一无所闻，比如秦可卿的家、冯紫英的家，比如"护官符"上那些尚在金陵城的四大家的分房，等等。宝玉的书童茗烟在第九回闹学堂时登场，第十九回与卍儿幽会，第二十三回弄来古今小说、传奇脚本给宝玉解闷，第四十三回随宝

---

① 朱一玄：《红楼梦人物谱》，南开大学出版社2019年，第5页。

玉出城私祭金钏儿。只是在第五十六回透过宝钗之口，我们方得知这个极伶俐乖巧的小厮有自己的家："怡红院有个老叶妈，他就是茗烟的娘。那是个诚实老人家，他又和我们莺儿的娘极好。"既然是贾府的家生子儿，母子二人又在侍奉着怡红公子，难怪他说话如此硬气："我茗烟跟二爷这几年，二爷的心事，我没有不知道的。"（第四十三回）既然如此，若以茗烟为切入点，大概可以获得一个比较真实的宝玉形象，虽然这只是一个小奴的视角。

家人，既可指家庭中单个的人，又可泛称一家之人，即复数的人。比如薛蟠遭柳湘莲暴打，宝钗劝慰母亲说"咱们家无法无天，也是人所共知的"（第四十七回）。这里的"咱们家"显然特指其兄薛蟠一人。紫鹃试玉，贾母安慰宝玉说"林家的人都死绝了，没人来接他的"。按紫鹃的想法，"林家虽贫到没饭吃，也是世代书宦人家"（第五十七回）。黛玉的父母虽已双亡，但苏州老家的林姓家人族人当不止一个。人以家而会同，因家而聚居，既是个体，又是整体。

家人，亦是昔日对家里奴仆下人的称呼。贾蓉撺掇贾琏偷娶尤二姐，特意交代——"嘱咐家人不许走漏风声"。他们叔侄要欺瞒的主要是在深宅大院住着的王熙凤及贾母、贾赦、邢夫人、王夫人等一干人。为扎牢篱笆墙防止漏风，贾琏动了心思，"只是府里家人不敢擅动，外头买人又怕不知心腹，走漏了风声，忽然想起家人鲍二来"。（第六十四回）荣宁两府里里外外，近处的田庄，远至金陵的老宅皆有"家人"在。

若不分主奴，他们都是一个个的"人"，同在一个"家"内，共生共存。只是半个主子的赵姨娘恨铁不成钢，指着贾环大骂："你明儿还想这些家里人怕你呢。"（第六十回）这里的"怕"是一家之内等级意识的强化。与之相对的是宝玉，"不要人怕他的"（第二十回）。他非但不让做兄弟的怕哥哥，连见了小厮们，"喜欢时没上没下，大家乱顽一阵；不喜欢各自走了，他也不理人"；没了刚柔，失了规矩，府宅内"没人怕他，只管随便"（第六十六回）。宝玉的等级意识甚为寡淡，所有的都是家人，用不着这个"怕"字。在探春、宝钗的筹划下，大观园可以滋生出额外的进益，且不用受账房的辖制，不必到凤姐那里算账。承管地块的婆子们可多劳多得，但年终要拿出若干贯钱来大家分。既有"夺权"的乐呵，又有"生利"的喜悦，家人都"欢声鼎沸"（第五十六回）。既为家人，即当善待之。尤其是宝钗，她能随分从时，以贤识成全"家"的大义。

若不在朝廷，不居官职，一个赋闲居家的人，亦可称之为"家人"。比如贾赦，虽不是一般意义上的平民，却"放着身子不保养，官儿也不好生作去，成日家和小老婆喝酒"（第四十六回）。贾赦的房舍院落小巧别致，不像贾政夫妇那边轩峻壮丽，全然是一个自我的安乐窝。如此来看，贾珍、贾琏及贾蓉等人无一不是这样一味高乐的"家人"。

家有男有女，同在屋檐下，而传统社会通常是男主外，女主内。借此，家人可理解为家里的人，用来指称妇女。甲戌本卷首"凡例"的第三条有：

> 此书只是着意于闺中，故叙闺中之事切，略涉于外事者则简，不得谓其不均也。

闺中，犹言闺阁之中，即女子居住的地方，这里谓未婚女子，或已婚的年轻妇女；主要是小姐，亦包括丫鬟。按传统礼俗，她们养在深闺，大门不出二门不迈，属于外人难见一面的家里人。

"闺阁中本自历历有人"，作者为不让自己亲睹亲闻的她们泯灭在岁月的烟尘中，于是"用假语村言敷演出一段故事来"，"使闺阁昭传"（甲戌本卷首"凡例"第五条）。在第一回的楔子部分，作者再借石头之言强调《红楼梦》一书的旨义，不但要为闺阁女子"昭传"，更要"真传"。此即鲁迅先生指出的，"敢于如实描写，并无讳饰"（《中国小说的历史的变迁》）。唯其都是真人物，方可昭彰她们的德性言行，以流传后世。

荣宁两府皆是深堂大院，且有一个"比那画儿还强十倍"（刘姥姥语，第四十回）的大园子。亭台轩馆，高墙重门，虽与传统社会的公共空间隐然对峙，却不能不在宫廷威权、官僚政治、宗法制度、家庭伦理的统摄之下。大观园"借得山川秀，添来景物新"（林黛玉诗句），即便有千般诗意、万种风情，却不是蓬莱山，不是桃花源。因为它尚在一家一姓范围内的呵护下，无论如何都与江湖之远、山林之幽无涉。园子里的人皆为"家人"。

最后，也是最重要的，"家人"还是《周易》第三十七卦的卦名。《家人》讲的是持家治家之道。从"利女贞"的卦辞来看，家人还当以柔而静的女性为主，维护家庭的秩序与谐美。

二 "家人"何为？

按《周易》六十四卦的卦序，《家人》上承《明夷》。明，太阳，光明；夷，损伤，灭没。明夷，谓太阳隐入地中，光明遭到戕害。"伤于外者，必反于家。"（《周易·序卦》）人在外受伤了，必然返回家中。

"家人，内也。"（《周易·杂卦》）这里的"内"有亲爱和睦、相得契合之意。家是避风的港湾，有温热的亲情、美好的爱意。家人血脉相融，有超越时空的亲近与眷恋。《红楼梦》叙写往昔的闺中细事、天伦庭闱之乐，以及富贵势派和大家规范，可谓处处周全，动真格，见真章，不但灿烂，而且瓷实。它们都有所附丽——一个南北皆有厅殿楼阁的百年望族，一个时时处处都是礼数周旋、人情

世故的高第豪门。

《红楼梦》见世态,见众生,既有春草缕香,亦有秋窗凄凉。全书读下来,可能没有大多数人想象的那么浪漫,那么小资,那么轻飘飘。相反,它既现实,又真切,非但深沉,而且悲痛。但这并不影响其间的青春相伴,风月相知;也不耽搁诗酒流年,篇章寄情。大概是前者以"家"为主线,后者以"人"为重心。

家有家道,人有人心。

袭人、晴雯本有其家,却无家之实。贾府烈火烹油,鲜花着锦,并不是她们真正的家。袭人因当日母亲兄弟没饭吃,只剩下她还值几两银子,把她卖到了贾府。袭人是传统意义上的孝女义女,"没有个看着老子娘饿死的理"。但当袭人回到曾经的家,听闻母亲兄弟要赎她回去,她说"至死也不回去的"(第十九回)。晴雯由荣府的总管赖大家花银子买来,后由赖嬷嬷孝敬给贾母使唤。晴雯的家境更是可怜,"又没有亲爷热娘,只有一个醉泥鳅姑舅哥哥"(第七十七回)。临死前,家没有给她任何慰藉,"晴雯姐姐直着脖子叫了一夜,今日早起就闭了眼,住了口,世事不知……一夜叫的是娘"(第七十八回)。红楼叙事所及,有阳有阴,相当周到周全。像晴雯等人的故事基调,则由《家人》转向它的下一卦《睽》。《睽》与《家人》相耦,于义相反。《家人》卦是"内",而《睽》卦则为"外",意谓疏远与遗弃。袭人有母亲而不愿回去,晴雯至死都在哭叫着亲娘。合观《家人》《睽》两卦,更能体会家道与人心之间的纠葛。

人心变化莫测,故不能不万殊。人是有心之人,家是你我之家。人心不同,家亦各异。今天的文学史普遍认为,《红楼梦》通过解剖一个富贵的大家庭,来叙述整个封建贵族世家的没落。的确如此,但这里需要强调的是,曹雪芹的解剖叙述是有针对性的:现实的家和真实的人。两者在红楼叙事中有分野,有冲突,有交融,有合和。在两者的对立统一中,世俗人情不但感人至深,而且升华到了文学审美的境地，又蕴含着哲学沉思的品格。下面以"家""人"之分来考察宝黛爱情。

历经锻炼，顽石灵性已通，凡心已炽，想到人间去享一享红尘中的荣华富贵。注意，这是通灵之石的初心本意，也是石头之记、红楼之梦的叙事起点和动力源头。主人公由自然之物，经神力之殊，再历人世之幻，与此同时，他是石，是玉（第一回"大石登时变成一块鲜明莹洁的美玉"），亦是欲。

荣华在哪里？富贵在何处？不在"大雪满弓刀"的沙场，不在"后来谁与子争先"的科场，而在一个具体现成的"家"：昌明隆盛之邦（甲戌本第一回侧批，伏长安大都），诗礼簪缨之族（同上，伏荣国府），花锦繁华之地（同上，伏大观园），温柔富贵之乡（同上，伏紫芸轩）。这个家荣耀繁华，赫赫扬扬，否则，怎么算安身乐业受享受活呢？难怪脂砚斋开玩笑说："余亦恨不能随此石而去也。"（甲戌本第一回眉批）

以上属宝玉一生的前因，可归结为"家"。下面来看林黛玉一世的宿缘。

绛珠仙子听闻神瑛侍者已下世为人，"我也下世为人"（第一回）。如果说顽石念兹在兹的是那个"家"，那么绛珠仙子倾心许诺的则是这个"人"。既然有一个花锦繁华、温柔富贵的"家"，那就不免情欲声色——宁荣二公之灵念叨着以之"警其痴顽"（第五回）。既然有一人每日以甘露灌溉，使自己得以久延岁月，而自己又无甘露之水可还，那就"把我一生所有的眼泪还他"（第一回）。对这个"人"的恩惠未偿，爱欲未除，则是黛玉不由自主地从南（扬州、苏州）而北（京城）的起缘。"唯有林姑娘离家二三千里远，又无一个亲人在这里"，林黛玉不是没有家，而是离开了自己的家。姑苏黛玉因"父母双亡，又无兄弟，寄居亲戚家中"（第六十七回），而多次伤心掉泪。她的一生一世皆因此"人"而活，临死前还在直声叫"宝玉，宝玉"。

"反者，道之动。"（《老子·四十章》）家道人心同样在朝相反的方向运动，向对立的方面发展。美玉最终放下荣华富贵，离开了这个"家"；仙子焚了诗稿，断了痴情，失去了那个"人"，泪已流干流尽。物极而反，返本归根，书中的男女主人公都回到了初始的状态。

再回到宝玉身在的现实的家。

所有的家都难说十全十美。贾家同样不完美，或者说在达到至极后开始走下坡路了，"如今的这宁、荣两门，也都萧疏了，不比先时的光景"（第二回）。贾家基业的开创者宁、荣二公之灵说"自国朝定鼎以来，功名奕世，富贵传流"（第五回），秦可卿说"如今我们家赫赫扬扬，已将百载"（第十三回），只不过"吾家运数合终"（第五回），世业已到衰败时。

祖上寄望宝玉的是——其人能"跳出迷人圈子，然后入于正路"，继而逆天改命，将贾家"规引入正"（第五回）。注意这两个"正"字：家道要正，人心先要正。家道正了吗？"主仆上下，安富尊荣者尽多，运筹谋画者无一"（第二回），"凭他怎么后手不接，也短不了咱们两个人的"（宝玉语，第六十二回），宁荣二府在时衰运败的路上越走越远。

人心正了吗？"万万解释，改悟前情，留意于孔孟之间，委身于经济之道"，这句话一直都没有到心里去，不可能有迁善改过之行。宝玉有自己的聪明和灵慧，略略可望成器成材，但乖张的秉性、怪谲的性情让他时至第六十六回——"长了这么大，独他没有上过正经学堂……偏他不喜读书……每日也不习文，也不学武，又怕见人，只爱在丫头群里闹"。

红楼的故事脉络走向，似乎正应验了秦可卿所说的"否极泰来，荣辱自古周而复始，岂人力能可常保的"（第十三回）。但不要忘了，秦可卿还讲了常保永全之策，给过两项具体措施。只是不知"脂粉队里的英雄"王熙凤落实到位了没有。再来看《家人》卦。家人以女子为奥主，卦爻又兼言男女。①《家人》卦的《象辞》有言"女正位乎内，男正位乎外。男女正，天地之大义也"，圣哲教诲的仍旧是一个"正"字。所谓的正，即是找准自己在家庭中的位置和角色，履行好自己作为家人的职责，做到"言有物而行有恒"（《周易·家人·象辞》）。既然于人有昭传之志，《红楼梦》的故事和叙述必然有史家"婉章""志晦"的特质；于家有殷鉴盛衰之责，必然有正言若反、谲喻深衷的特点（《文心雕龙·宗经》）。家道人心不失其正，这当是红楼叙事的思想境界和精神品格。

今天，小说依然在高度繁荣中。这是一个万物互联、知识分享的时代，阅读更易成为一种娱乐和消遣。小说的评论解读不可避免继续走向大众化、多元化、极端化甚至碎片化。伴随这样一个大趋势，我们的"时代的征兆"依然可能是——"文学普遍地非道德化和庸俗化，以及所有这些交流方式的逐渐为人熟知"。②一句话，这个时代更需要有独立思想、自由精神的读者，能沉潜下去，像伟大作家理解自己的作品那样去理解他和他的作品，从而真正触及经典的内核，而不是只在外围打转转。

如果无骐骥驰骋，导夫先路，即便对自家的经典，或许亦如庄子哲学感慨的那样——我们都会像憋闷在醋瓮里的小飞虫一样，对字里行间蕴含的大道一无所知，大义难以领略。我相信，大家都在期待——"夫子之发吾覆也"（《庄子·田子方》）。发覆，即揭开瓮

---

① "马融曰：'家人以女为奥主。'长女中女，各得其正，故曰利女贞。然《象传》曰：'男正位乎外。'似家人兼男女言，特女贞尤利耳。"参见尚秉和：《周易尚氏学》，中华书局1980年，第176页。

② 亨利·詹姆斯：《小说的艺术》，崔洁莹译，四川文艺出版社2021年，第176页。按译者之见，作者这里所谓的"这些交流方式"主要指的是大众化的评论（review），有别于学院派的研究。

盖子，意谓解心释神，启蒙辨惑。

男儿一片气，何必五车书。

有夫子在前，有好书在手，发吾覆，我相信我们可以从认知的茧房中飞将出去，进而知天地之大、万物之多，识红楼世界之纯之全，见作者运思之要义和旨趣。

张先生是笃厚兄长，是先进学长，是益友，更是良师。我有幸提前拜读书稿，亦曾当面请教，启予者良多。此番受命撰述前言，实乃驽骀马长驱。依心得体会，谨成此文，意在引玉，尚祈方家不吝赐正。

傅敏杰

于北京西三环北路 105 号

新一教 713 室

2023 年 12 月 30 日

引言：贾府宅斗全面爆发

贾府是一个大家族，里面的宅斗和博弈异常复杂，尤其是当他们走到了家族的末世，走向衰落的时候，利益蛋糕又有限，于是全府便陷入了内卷化的博弈：家族成员之间的关系也日趋紧张，甚至到了你死我活的地步，最后真的成了"白茫茫一片真干净"，谁也没有得到自己想要的东西，导致了家族更大的失败。在《红楼梦》风月宝鉴美好一面的照射下，大观园的男男女女都分外光鲜；但在骷髅一面，整个府邸却是烈火烹油，呈现一个回光返照的假繁荣镜像。理解《红楼梦》呈现镜像的两面性，也是读懂《红楼梦》的关键。贾府的内部博弈，表面上宝玉、黛玉、宝钗爱情是全书的主线，背后却是贾府内宅派系的利益争夺，而且结局逃不出中国历代的社会俗套，说到底就是内宅的婆媳大战。

在原来贾府相对和谐的背景下，因为林黛玉和薛宝钗都带来了巨额财富，贾家想让贾宝玉把两个人都娶了。但是娶谁为正妻，关系到贾府内宅关系的平衡被打破，所以贾府宅斗激化的主要原因就是宝玉的联姻选择。贾府内宅的贾母看似是最高的权威人士，实际上也很受制约。因为王夫人、王熙凤和薛宝钗，都有王家人的背景；林黛玉是贾母外孙女，有贾家人的背景；贾母身后还有贾家原有老家奴赖大等人的势力，王家人也将自己的家奴带入贾家也形成了一股势力。贾宝玉与谁联姻，在联姻的对象上谁是正妻，谁是平妻或是妾，都是内宅激烈的博弈目标，因为这关乎谁要掌控内宅的控制权。

在《红楼梦》故事开始时,贾母高高在上,利用长房年轻的第三代媳妇王熙凤压制长房二代媳妇邢夫人,同时制衡二房二代媳妇王夫人,因为王熙凤是王家人,王夫人对她掌家也不会太反对,反而会支持王熙凤;王熙凤年轻,又是隔代媳妇,权力上还有很多要依赖贾母的地方,贾母用王熙凤这个棋子,就可以很好地控制全家,此时贾母对王熙凤的态度可以从林黛玉进贾府时亲密地叫她"凤辣子"看出来。在激烈博弈冲突之下,二人的关系也在发生着变化。后来,王熙凤得了"血山崩",这是要死的病,找不到人参,然后贾母却给她失效的人参,可见两个人前后的关系变化极大。

中国古代社会不是契约社会,一直存在永久的博弈,各种权力、势力的平衡一直在博弈,贾母与王府的婆媳关系正是如此。在博弈当中围绕着内宅的控制权,贾家人和王家人,展开了幕后较量,比大观园明面上的姑娘们斗诗要残酷得多,从人员布局,到人员卡位,到策反对方人员、拉拢己方势力,各种手段都使出来了。因此,贾宝玉的正妻娶谁,不仅是少男少女的爱情,也不仅是黛玉与宝钗之间的贤能和才干的比较,更多的是家族内宅的派系站队,最后的结局,与内宅婆媳博弈的结果紧密相关。

《红楼梦》里林黛玉的悲剧,与贾母代表的贾家人与王家人博弈失败有关,这个失败与内部的人员卡位倒向有关,也与外部的家族荣枯有关,还有就是王家人在全力博弈上位,而贾母则有更多的考虑,并没有与林黛玉、老家奴等势力结成同盟来对付王家人在内宅的掌权。在抄检大观园和查赌等多次博弈之后,贾母大权旁落,老家奴出身的晴雯被整死,袭人投靠王夫人,甄家、史家被抄家,王夫人成了内宅的主导。读者看《红楼梦》,看风花雪月诗的多,对宅斗的分析不足,《红楼梦》里面不光是个人的宅斗,还有分派系、多层次的宅斗,也是一部水平极高的宅斗故事。

很多人认为贾母是林黛玉的靠山,而在故事开始的时候,贾母虽然支持贾宝玉娶林黛玉，但实际操作上却是压制林黛玉的，比如分给林黛玉的是二等丫鬟，也没有在关键节点上给林黛玉必要的宅斗教育和指导，与薛宝钗背后一直有薛姨妈的保护完全不同。这个差别的关键就是林家的门第高，而且可能还有类似"兼祧"的承祀要求，甚至以后博弈条件会提高到要求贾宝玉入赘，而贾母是贾家的当家主母，当然以贾家利益为第一，首先是维护贾宝玉的利益，所以此时贾母与王夫人是相同的选择，林黛玉完全被孤立，这与林黛玉母亲贾敏当初的设想出入很大。贾敏让林黛玉在贾府成长，应当是认为自己的亲娘可以在自己死后无私地教育和保护自己的独女，是出于女儿对亲妈的信任，而且当时也没有预料到会有薛宝钗这样的竞争对手。薛家因为薛蟠犯案变成"活死人"，有被吃绝户的危险，所以将薛家的财富变成了薛宝钗的嫁妆，薛家也是没有退路地在贾府参与了宅斗。对贾母来说，孙辈的孩子不止林黛玉一个，手心手背都是肉，是否保护林黛玉要看跟谁比。比起维护林黛玉，贾母肯定是更维护贾宝玉的利益，认为林家门第高，担心他俩成亲后，林黛玉长大有了心机，欺负宝玉。贾母眼里的宝玉是"疯呆"的，容易被欺负，黛玉既聪明，性格又很硬，只要有了实力，不像会受欺负的人，因此对宝玉、黛玉，虽然是一起培养的，但贾母是偏心的。贾母没有想到的是黛玉以后要面对的对手不是宝玉，而是薛宝钗，甚至是整个王家人。在薛宝钗面前，贾母给黛玉的支持远远比不上薛姨妈和王夫人。

　　林黛玉的门第之高，可以从她初进大观园第一次见到王夫人时看出来，王夫人的礼节是："正面炕上横设一张炕桌，桌上垒着书籍茶具，靠东壁面西设着半旧的青缎靠背引枕。王夫人却坐在西边下首，亦是半旧的青缎靠背坐褥。见黛玉来了，便往东让。"王夫人让黛玉坐上首，很多读者认为是为难黛玉，而实际情况是黛玉的父亲是兰台大夫，还领了钦差去当两淮盐运使，同时兼任都察院的盐课御史衔,而且林家也是钟鼎之家,四代侯门,林如海又是探花及第,此时林家的门第已经比贾家高了。贾家的荣国公爵位是世袭递降,贾政还不是长子;贾敏去世后,林如海没有续娶,黛玉就是林家内宅的当家女人。古代是要先论家族门第,然后论辈分,所以黛玉起先坐在椅子上,王夫人把她拉到床上一起坐。古代的门当户对讲究得很,当初贾敏出嫁时,贾代善是侯爵,贾敏是他的嫡女,林如海应当还没有科举及第,所以双方是平等的;现在的情况变了:贾政是次子,没有袭爵,而林如海是皇帝亲信,一升一降,两家就差了很多。把两家的门第关系看清楚,才好理解当时的规矩礼数。现在这些规矩被视作封建糟粕,但读者要深刻理解书中的逻辑,还是要按照当时的社会规则和潜规则来理解和分析。

《红楼梦》中人物的名字都有相关含义,不是随便起名的。林如海的名字,背后的含义是"侯门深似海",而林家是四代侯门。侯门出身的黛玉门第高于贾府,她当然有资本孤傲,所以贾母在故事当中,对黛玉的支持就非常有限。贾母是在两线博弈,一边是与王夫人、薛姨妈等王家人博弈,另一边也在与林家人博弈。林如海死前是出钱又出力地扶持了林黛玉的老师贾雨村,贾雨村在第五十三回就升到了大司马,协理军机参赞朝政,此职位是妥妥的一品大员,权力在贾家之上,贾政当时还只是个五品官!林家几代单传,古代绝嗣是大于天的事情,就算不能让贾宝玉入赘,也要后代"兼祧",即有姓林的嗣子来承祀林家。具体联姻条件怎么约定,也是博弈的内容。博弈的胜负不清,贾家对宝玉的婚事就暧昧不明。后来,宝玉议婚是在贾雨村被降职和王家人控制了后宅局面之后,此时的结果,肯定以牺牲黛玉为悲剧,与宝玉、黛玉两个人的爱情关系不大。所以等贾雨村升职回来后,贾家的抄家危机就要来了,贾雨村与贾家的关系也是非常微妙的。

在《红楼梦》这些博弈当中,有多人死于非命,她们的死因,放在内宅博弈的大背景之下去看，就会得到不同的答案：鸳鸯之死与之有关、金钏之死与之有关、尤二姐之死也与之有关，最后林黛玉不明不白的死，还是与之有关。内宅的博弈，也影响了贾府姑娘们的命运，贾宝玉、林黛玉和薛宝钗的婚事怎么安排，一直确定不下来，贾母等人对三春的婚事操心有限，使得大观园的女孩们婚事没有被及时安排，定亲都非常晚，选择的余地不足，方向也有误，造成了她们的人生悲剧。

贾府的衰败，与内宅宅斗失控关系巨大。自古以来，内宅失控，都是家族败落的重要原因之一。《红楼梦》里面的博弈，从贾政的惧内、凤姐压制贾琏起，贾家就不占优势。开始还有贾母在上，但经过博弈之后，王夫人、王熙凤、薛姨妈胜利，贾母失去了内宅的控制权，家奴们纷纷投靠王家或者不敢反抗，最后贾府被抄家，变成了"白茫茫一片真干净"。

现代社会基本都是小家庭组合，对古代大家庭的博弈理解不是很到位。《红楼梦》不光是四世同堂，而且还两府、两房相邻，不光有家人，也有家奴，还有一个复杂联姻的勋贵集团——贾、史、王、薛四大家族，同时还有影子甄家、探花林家等，所有人都是为利益而博弈，每个人既是人精，又是精致的利己主义者。

我们看一部伟大的作品，是看表演还是看人性？表演的一面就是风月宝鉴中美女的那一面，人性的一面就是照出骷髅的那一面。在贾瑞看王熙凤就是如此，从这个情节而言，王熙凤的人性是骷髅而外表美丽。"风月宝鉴"也曾经是《红楼梦》的书名，《红楼梦》全书也是如此两面地给读者展示的。

成功的人首先需要看到的，就是人性而不是表演，透过人性，再结合逻辑，就可以知道社会的真相，在关键时刻做出正确的人生选择。《红楼梦》能够成为一部伟大的作品，就是在人性层面写得极为深刻，而不是写外在的表演；不是表面上一群少女与美少年的男欢女爱，而是揭示中国家天下、修齐治平大道理的书，其中《红楼梦》的宅斗，对修身齐家理解人性有特别的意义。

一、贾家与王家大观园势力布局

宝玉的婚姻选择是宝钗还是黛玉,关乎王家人和贾家人到底谁成为贾府内宅的主导者,博弈焦点在于核心位置的人员卡位。双方在大观园内部,关键岗位属于谁的人,双方亲信的安插和策反,是决定权力归属谁家的关键。

(一)婆媳大戏中贾母占位

皇家的后宫极为复杂,大家族内部的女人一样极为复杂!皇帝有外戚专权的问题,大家族一样有被亲家势力控制的问题。比如,薛家的财富以薛宝钗的嫁妆被藏匿于贾家,薛蟠娶了夏金桂后,夏家财富成为主导,结果就是夏金桂这个河东狮把呆霸王薛蟠给控制住不说,薛姨妈也一样要低声下气。贾家的内部博弈,贾宝玉娶谁,或者是谁为大,谁当家,决定了贾家后院的权力归属,也决定了贾家未来是否被亲家势力控制。

很多读者认为,贾母在贾府中辈分最高,自然就是贾府的最高权力者,其实这种认识是片面的。在内宅,贾母的权力也是来自婆媳博弈的结果,来自对贾家媳妇的压制。在荣国府,邢夫人是继室,背后家境不佳,娘家有实力的是王夫人,而嫡长孙媳妇王熙凤也是王家人,薛宝钗的母亲也是王家人,薛宝钗也可以视为王家人。如果荣国府内宅都是王家人,那么贾母就会大权旁落,也会造成贾家男人整体惧内,所以贾家的核心未来继承人贾宝玉的媳妇,贾母当然不愿意再娶王家的人,而是娶属于贾家人的林黛玉才好。

所以林黛玉和贾宝玉的故事,以此背景去看,是贾府后院王家势力和贾家势力的博弈,而不是贾母支持林黛玉,王夫人支持薛宝钗,这种婆媳的角力那么简单。王夫人、王熙凤和薛姨妈都是王家人,构成了在贾府后院的王家势力,而且王熙凤已经控制了荣国府的主要运营,如果贾政贾宝玉这一支,王夫人再全面控制,那么贾家的家政大权就要完全旁落王家了。因此,贾母支持林黛玉不光是喜欢外孙女,还涉及贾家内宅的权力之争;贾政的态度也带有权力之争的性质,因为如果贾府的后宅由王家人全面掌权,那么他和赵姨娘的"自留地",也会有问题。

贾母除了以婆婆的身份压制王夫人,她觉得比控制贾府财务运营更关键的是控制下一代。在控制下一代层面,贾母把宝玉和元春的抚养权都牢牢地抓在了自己的手里。王夫人是亲娘,但孩子却不能带在身边。宝玉的事贾母让王夫人无缘置喙,她只能把赵姨娘的女儿探春抱过来,但是赵姨娘的儿子,王夫人却抢不过来。按照古代惯例,妾的儿子也应由正妻抚养,对正妻叫"娘",对妾叫"姨娘",所以才是"赵姨娘"。在大家族的内部,女人抚养孩子不是义务而是权力,谁抚养,孩子就与谁亲,听谁的话。在三从四德、夫死从子的纲常之下,养孩子代表了女人在后宅的势力。贾母的做法,使得王夫人身边没有一个男孩可抚养,她母以子贵的通道已经被贾母压制了。而且赵姨娘是贾母的人,赵姨娘死的时候,她说得很清楚"我跟了一辈子老太太"。贾政惧内,怕王夫人,却睡在赵姨娘那里。贾政真正被王夫人压制,是贾母被王夫人宅斗斗败以后,《红楼梦》开始的时候,王夫人是被贾母压制的小媳妇。

王家人与贾家人、王夫人与贾母的婆媳宅斗博弈,焦点就是对宝玉的控制权,争夺对宝玉的控制权的关键,则是在宝玉身边的人,双方如何布局。要控制住家族的权力,焦点和规则内外都一样,关键位置要都安插上自己的人，自己的人要去各处卡位。各处都有自己的眼线，就可以知道事态的变化；有人听自己的话，自己就有控制权、决定权。贾家人开始对内宅做了非常好的布局，不光宝玉和元春被贾母直接控制在手里抚养，王夫人难以插手，而且王夫人作为媳妇，地位上也被婆婆压制。

等到宝玉住到大观园里，大观园初始的人事安排，也是贾母主导的。宝玉和黛玉身边的丫鬟，也都是贾母的人。贾母的心腹丫头分别服侍了宝玉和黛玉。我们先看看这几个丫鬟的背景。

袭人，全名"花袭人"，《红楼梦》中的重要人物，金陵十二钗又副册第二位，宝玉房里大丫鬟之首。原名珍珠（程乙本作"蕊珠"），从小因家贫被父母卖入贾府为婢，原是跟着贾母，起先服侍史湘云几年，贾母见袭人心地纯良，恪尽职守，便命她服侍贾宝玉，成为贾宝玉的首席丫鬟。袭人能够有机会到宝玉身边，关键还是贾母看好。第五十四回，贾母说袭人"他从小儿服侍了我一场，又服侍了云儿一场，末后给了一个魔王宝玉，亏他魔了这几年"。袭人是贾母的私人奴仆，而且服侍过史湘云，等于已经明确告诉你，袭人不光是贾母的人，还是贾母娘家史家的人，比一般奴仆近了两层，贾母认为有双保险。同时袭人不是家生奴，是买来的，跟着贾母则应当是贾母买来的，卖身契在贾母的手里，贾母当然认为自己对她也最有控制力，卖身契比起家族的家生奴，更多了一个保险。

紫鹃，原名鹦哥，贾母房里的二等小丫头。贾母见林黛玉来时只带了两个人，一老一小，便把二等丫头鹦哥给了黛玉，改名为紫鹃。贾母委派紫鹃，最主要的目的还是掌控黛玉，掌握黛玉的信息。紫鹃是贾母的棋子，而不是真的在保护黛玉。贾母施恩紫鹃，提高紫鹃的地位，让紫鹃后来成了黛玉身边十几个女仆当中地位最高的丫鬟，变成与鸳鸯、平儿等人地位相当的"首席大丫头"。紫鹃也是出身于贾母内房的丫鬟，属于贾母的嫡系，将来有望陪着林黛玉出嫁，给宝玉当姨娘。

晴雯，《红楼梦》中金陵十二钗又副册之首，为何她为首？不光是她手艺好，可以织补雀金裘，更关键的是她背后代表的势力强大。赖大家用银子买了她，是奴才家里的奴才。因她常跟赖嬷嬷进府，贾母见了喜欢，故此赖嬷嬷把她孝敬给了贾母。晴雯与宝玉的关系，背后是赖大家族在宝玉这一代当家以后，赖家的长期管家权问题。晴雯在古代属于赖大的家奴，若当了宝玉的姨娘，必然照顾大管家赖大的利益。所以晴雯在贾府内宅的权力地位，实际上比袭人高，有跋扈的资本，所以晴雯是又副册之首，排在袭人的前面。晴雯可以在怡红院里面打骂训斥宝玉的其他小丫头，权力来源于赖家，宝玉的外场由晴雯把持。

晴雯有个姑舅哥哥，叫作吴贵，也是赖家给他娶了一房媳妇。吴贵也是红楼"十二家人"之一。他是荣国府的厨子，老实胆小，嗜酒如命，在有些版本中姓名为"多官"，人称"多浑虫"。妻子是多姑娘，有的版本也作"灯姑娘"，曾与贾琏有染。书中这样介绍：

> 这晴雯当日系赖大家用银子买的。……也不记得家乡父母，只知有个姑舅哥哥（吴贵），专能庖宰，也沦落在外，故又求了赖家的收买进来吃工食。
>
> ……（赖大）把家里一个女孩子配了他。……（他就）任意吃死酒，家小也不顾。偏又娶了个多情美色之妻，见他不顾身命，不知风月一味吃死酒，便不免有蒹葭倚玉之叹，红颜寂寞之悲。又见他器量宽宏，并无嫉贪妒枕之意，这媳妇遂恣情纵欲，满宅内便延揽英雄，收纳材俊，上上下下，竟有一半是他考试过的。若问他夫妻姓甚名谁，便是上回贾琏所接见的多浑虫灯姑娘儿（多姑娘）的便是了。（第七十七回）

晴雯的地位在于她与赖大的关系紧密。赖大是贾府大管家掌柜,掌柜的与东家,相互作用力很大,晴雯代表了大管家掌柜的势力在大观园的存在。而贾府的厨子则是晴雯的亲戚,厨子在大家族里面也属于地位很高的要职,不光口舌之欲很重要,还关系到各个族人的饮食安全。如果要下毒啥的,厨子的关键作用就体现了。同时赖大对晴雯的亲戚吴贵也很好,晴雯被赖大送到宝玉身边后,沦落在外的姑舅哥哥也求赖大,才进入了贾府,而且赖大还专门配给他一个美丽的女孩子。晴雯是赖大的牌,赖大对晴雯也是很下本钱的。

宝玉身边还有麝月、秋纹,为一等丫鬟,她们之下还有碧痕、小燕、芳官、四儿等小丫鬟。袭人和晴雯是主要的丫鬟,一个屋内一个屋外,均为贾母背景;另外,宝玉还有书童和小厮等人,他们的管理权属于贾政和管家掌柜赖大,也是由贾家男人控制,但他们进入后宅受限,难以染指后院的权力博弈。

从上面几个重要的丫鬟岗位和后面的势力,可以知道贾母布局的成功。王夫人想要把金钏插进去,就等着宝玉来要了,所以宝玉

贾宝玉戏语金钏儿(清孙温 绘)

说要讨她的时候，王夫人假寐听着不吱声；然而金钏真的不知天高地厚地教唆宝玉去捉奸贾环和彩云，彩云虽然名为王夫人的大丫头，却与贾环私通，投靠了赵姨娘，背后还有贾政支持，王夫人奈何不了她。金钏不开眼，王夫人自然很生气，后果很严重，对此有专门的章节详细分析。总之，王夫人希望在宝玉身边有自己的亲信，金钏算是不堪此用了。

此外，贾母可以依仗的还有一支重要力量——赖嬷嬷。赖嬷嬷是贾府掌柜大管家赖大的妈妈，背后是荣国府老家奴势力。在贾府叫嬷嬷的实际上是奶妈，赖嬷嬷这个年龄的奶妈，她到底奶的谁？她与贾母谈话时，可坐在一张小凳子上，比只能站着的赵姨娘地位高多了。贾母曾要她出钱凑份子为凤姐过生日时，

赖嬷嬷说："少奶奶们十二两，我们自然也该矮一等了。"
贾母道："这使不得，你们虽该矮一等，我知道你们这几个都是财主，位虽低些，钱却比她们多，你们要和她们一例才使得。"

赖嬷嬷家里也有楼房厦厅和一个十分齐整宽阔的花园。正常分析，赖嬷嬷应当是贾赦、贾政的奶妈，地位非常高。赖家虽然也是家奴，但已经相当于贾府总经理了，也相当于皇帝与顶级大太监的关系，贾家人也要礼让三分。所以赖嬷嬷的两个儿子都是贾府管家，分别管理宁国府和荣国府，赖大家的媳妇也参与后院管理，赖嬷嬷自己有赖家花园，孙子赖尚荣捐官后，还在贾家的支持下补了缺，贾家对赖家可以说是鼎力扶持、笼络。赖家号称家奴，实际已经是贾府合伙人了，其他要职岗位上的家奴，还有乌进孝、林之孝等人及其家人。所以贾府重要的外场岗位也是贾家控制。

另外，宝玉身边的奶妈也是重要的角色，她就是李嬷嬷。李嬷

嬷在丫鬟们小的时候，是重要的管理者，宝玉因紫鹃的一句玩笑气得痰迷心窍时，袭人第一个想到的是请李嬷嬷来。李嬷嬷显然是贾母满意的人，可能与赖嬷嬷也有关系。书中李嬷嬷与袭人有所冲突，在宝玉房内，开始的时候是李嬷嬷掌权，她看不惯袭人。李嬷嬷与同为老家奴背景的晴雯关系好，当然就会与袭人有矛盾，这也是袭人后来投靠了王夫人的原因。同时，李嬷嬷的儿子李贵是跟着宝玉上学的仆人，将来也是大管家角色之一，赖家的孙子赖尚荣已经放出去捐了官，以后赖家不会再是贾府管家奴仆了，这个位子未来很可能就是由跟着宝玉一起读书的李贵来担任。当年，奶妈赖嬷嬷的儿子赖大赖二可能就是跟着贾赦等人读书的，奶妈的儿子当伴读，长大当家以后成为管家，也是古代潜规则。所以李嬷嬷及她的儿子肯定是得到了贾母和赖大的双重认可。比如第十六回，贾琏的奶妈赵嬷嬷，就可以一起坐在炕上与贾琏夫妇喝酒聊天。能够上炕，地位可见不一般。正是有如此的背景，在书中第二十回李嬷嬷对袭人发飙的时候，平时一向严厉对待家奴的王熙凤，也是对李嬷嬷抬出来贾母，连哄带劝地软处理。王熙凤都要对李嬷嬷留有余地，原因是李嬷嬷背后有贾母。

虽然贾母在大观园里布局严密，但王家人也不是没有抓手，这个抓手就是周瑞家的。周瑞家的在大观园里面占据一个重要位置。周瑞家的是王夫人的陪房，常在大观园及王夫人、王熙凤处做事露面。在荣国府里，周瑞家的管理太太、奶奶、姑娘们出行的事，等于把持了大观园对外的联系渠道。贾府内部的情况，外面难以知道，这些外面人包括林黛玉的保护人和林家的其他人。周瑞管理宁国府地租、庄子银钱的出入，闲时带少爷们出门，有权而不累。王夫人的陪房嫁给了周瑞，王家人又把周瑞也发展到自家阵营。周瑞暗地里还替凤姐等放账收银。昔年争买田地时，周瑞曾得刘姥姥女婿——王家的亲戚王狗儿相助，故刘姥姥初进荣国府便由周瑞家的引见。王熙凤一开始给刘姥姥好脸色，也是给周瑞家的面子和争取周瑞家的忠心，在贾府后院王家人与贾家人的博弈中，周瑞家的占据着重要的岗位。

别看开始贾家人的布局非常成功，但后来贾府后院的势力都倒向了王家人。背后原因很多，其中贾母的年龄是一个大问题。后院是女人政治，贾家人的女性主持就是贾母，贾政、贾赦、贾敬等在外，内宅由儿媳、孙媳当家。王夫人和王熙凤在两支当中都当家，邢夫人是继室，权力小，还有贾府大量财富是王家带来的嫁妆，本来贾王两家权力比重就失衡。贾母的寿命有限，等贾母死了，王夫人是"多年的媳妇熬成婆"，就真的是王家人的天下了。到那时，贾家的内院情况是：男人惧内，内院被王家把持，家奴们看形势站队。可能有读者会不解，古代是男权社会，为何还有那么多怕老婆的故事。

古代娶妻，其实娶的是一个家族，女方家族实力强，容易出问题，就像皇权害怕外戚，大家族也害怕外姓控制后院内宅。贾家非常需要宝玉娶林黛玉为正妻，制衡王家，只不过林黛玉当时太小，难堪此任。林黛玉也不懂得家族的博弈，因为她的生长环境——林家不是大家族，她身边又没有女性近亲教导。而王家需要再嫁入一个自家人，这就是薛宝钗，如此操作，王家就可以彻底控制贾府内宅。从大趋势上看，王家人取胜的最大优势就是年龄，贾母已经老了，林黛玉还太小。《红楼梦》里面古代家族博弈，家族子嗣繁盛非常重要，没有太多的同姓近支亲属，就要受到欺负。贾府的下人们也要为自己的将来多做考虑。他们很会审时度势，明白以后在贾府内宅，王家人大概率能够熬成婆，站队对自己未来前途生死攸关。因此，他们只要有选择的权利，投向王家的可能性就极大。

（二）袭人倒向王夫人

　　王家在卡位布局上的翻盘，第一个关键的节点就是贾母的心腹丫鬟袭人，投靠了王夫人。袭人改换门庭的关键原因是她想要姨娘的位置，薛宝钗可以给她，林黛玉应当给不了她。与林黛玉走得近的是晴雯，宝玉被贾政暴打之后，给黛玉传递旧手帕的是晴雯，可见黛玉与晴雯有默契，而且传递过程当中特地避开袭人，所以黛玉与袭人的关系不如与晴雯的密切。第七十七回，晴雯被赶走后，袭人问宝玉怎么睡，说明此前晴雯睡在宝玉的房内，已经把袭人挤出来了，晴雯就是准姨娘。袭人想越过晴雯上位，只能通过改换门庭。

　　很多人说林黛玉对袭人也很尊重，还管她叫嫂子呢。在第三十一回，黛玉叫袭人"好嫂子"，袭人正在受委屈，一听这话登时不高兴了，赶忙说着经不起林姑娘这么闹。为何袭人对林黛玉叫她"好嫂子"非常不高兴？原因是袭人还没有嫁人，变成嫂子是啥意思？起码先把袭人叫得年老了。宝玉是黛玉的表哥，嫂子一般是对正妻的称呼，袭人绝对不可能当宝玉的正妻，即使是宝玉的妾，被黛玉叫作嫂子，等于潜意识黛玉自己不嫁给宝玉，当然这是不可能的。因此，林黛玉叫她嫂子，等于在黛玉潜意识里，一定要她嫁给其他奴仆。当不了宝玉的姨娘，袭人绝对不能接受，袭人已经与宝玉云雨过了，怎么可能再嫁他人？因此袭人一定要自己想办法了。

　　还有林黛玉的大丫鬟紫鹃，也想着与袭人竞争宝玉姨娘的位置。书中在抄检大观园时，就从紫鹃那里抄出来她私藏的宝玉之私人用品，对丫鬟而言属于犯禁。虽然书中没有直接交代紫鹃对宝玉的想法，但袭人心思细密，黛玉和紫鹃对她的态度，袭人不会察觉不到。另外，贾宝玉乳母李嬷嬷对袭人也不待见，书中写有次袭人躺在床上没有起身迎接她，便大骂袭人是狐媚子，要拉出去配了小子。因此，袭人也有危机和压力，当宝玉姨娘是她的核心利益追求，她会极为敏感,因此黛玉叫嫂子,只要有一次,就足以触动袭人敏感的神经,让她深深地记住。

宝钗到了贾府,就一直在努力笼络宝玉身边的人,对袭人可以说是细心的重点公关。在第二十一回,袭人便因为"有些见识"被宝钗取中,一副平等的样子,宝钗放下身份,二人很快结成同盟。所以到了第二十四回,袭人已经能很熟络地去蘅芜苑给宝钗打络子了,两个人走动了起来。更有第三十三回宝玉挨打,袭人在说因宝钗哥哥薛蟠告密导致宝玉挨打,本来是冒犯薛家的尴尬场面,宝钗在旁边却叫袭人"袭姑娘",对袭人是平等称呼。袭人是卖身奴仆,叫不了姑娘,好听了叫丫头,难听了叫奴婢,所以晴雯可以骂她姑娘还没有当上就想要当主子。宝钗称呼袭人"袭姑娘",对她而言实在暖心,所以下面袭人就要投靠王家势力了。

古代称呼很讲究。比如,"夫人"是要有诰命在身的正式称谓,家里只称"太太"。贾赦、贾政兄弟是在职官员,应该叫"大人",家里只叫"老爷"。年轻一代的主子,称呼就是"爷""奶奶"(少奶奶的简称)和"姑娘"了。只有进士的儿女才能够叫作"少爷""小姐",举人夫妇可以叫"老爷""太太"。所以晴雯讥讽袭人"连个姑娘也没挣上去呢,也不过和我似的",无疑是对袭人很恶毒、很尖锐的攻击。所以宝钗叫袭人"袭姑娘",林黛玉叫袭人"嫂子",差别就出来了,袭人的危机感很强烈。

虽然都是大丫鬟,但袭人是管钱的,晴雯是管人的,从职责、分工上看,袭人处于有利位置。书中第五十一回,宝玉要用钱,而袭人不在,"麝月道:'花大奶奶还不知搁在那里呢?'"此处告诉读者,宝玉的钱是袭人管理的,月钱没有发也是袭人去找平儿说,所以袭人就是管钱的。同时书里面写晴雯的情节就是如何大骂小丫头,总说要赶出去,当然会有很多人恨她,就如在公司里面,公司的HR总恶狠狠地说要处罚、开除你,HR在公司里的人际关系普遍都不会好，HR是替老板当坏人的，管人的是要得罪人的；若是她的人缘好，处处做好人，不就是让老板当坏人了吗？老板就该让她走路了！袭人的人缘好，也与负责的领域有关。根据社会惯例是，管钱的人一般不缺钱，大家都会说她的好，因为人人要用钱，财务是人人都需要求着的。书中宝玉不缺钱，又对钱没有概念，管钱的袭人就是下人的财神爷，可以花宝玉的钱买自己的人缘，此处麝月一说到与钱相关的内容，连袭人的称呼都变成了"花大奶奶"，作者此处写得细致入微。所以袭人和晴雯在大观园内的人缘差异，不仅是性格原因导致的，职责、分工也影响很大。

袭人与宝玉之间的男女之事，在第六回宝玉第一次尝试以后，就应当是比较频繁的了。例如，在第十九回写有"茗烟按着一个女孩子，也干那警幻所训之事"，结果被宝玉看见。宝玉找袭人不着，就让茗烟带着去找已经回家了的袭人。等袭人回来，以家人可能要赎她离开为由，又找宝玉要了价码条件，与宝玉很晚才睡，到早上是："袭人起来，便觉身体发重，头疼目胀，四肢火热。先时还扎挣的住，次后捱不住，只要睡着，因而和衣躺在炕上。"想必晚上也激烈运动了一番，结果被李嬷嬷看出来了苗头，所以会骂她"一心只想装狐媚子哄宝玉，哄的宝玉不理我"。袭人与宝玉的暧昧，已经影响到了宝玉的奶妈李嬷嬷在宝玉身边的权重。李嬷嬷应当与赖大是一派的，即使对待跋扈的晴雯，李嬷嬷也没有说过任何指责的话。还有，李嬷嬷比袭人更得贾母信任，因为是贾母抚养宝玉，奶妈李嬷嬷是贾母安排给宝玉的，对此袭人也是有危机有压力的，迫切需要找到靠山。

不仅李嬷嬷支持晴雯，黛玉也与晴雯更加亲近，她给宝玉传递东西也是通过晴雯，还有就是宝玉对晴雯的态度也比对袭人更亲近。第三十一回，宝玉为了哄晴雯高兴，让晴雯"撕扇子做千金一笑"，过去男人拿着扇子，就如现在玩手串一样，是一种显示格调的手段。

撕扇子做千金一笑（清孙温 绘）

古代公子手上的扇子都价格不菲，就如石呆子的古扇，一把就要1000两银子，还买不到。袭人在与晴雯的竞争中已经落了下风，在第七十七回，读者可以看到，晴雯被赶走以后，宝玉去探望她，回来后，袭人问他"今日怎么睡"，宝玉说："不管怎么睡。"接着作者就叙述了之前的睡觉方式：晴雯原来是睡在宝玉里屋的，与宝玉更亲近些，而袭人已经被挤到了外面。袭人若不及时改换门庭，并获得新的支持，再发展下去，她就真的错失宝玉姨娘的位置了。同时又有宝钗对袭人的拉拢，袭人投靠王家人就成了她的必然选择。

袭人有危机感的原因还有一点，就是袭人的实际年龄应当比大家知道的年龄大！在贾府里，公开的是袭人比宝玉大两岁，而实际情况应当远不止两岁！书中第十九回，贾宝玉问那个穿红衣服的女孩情况，袭人对宝玉说是她两姨妹子。又说了她"虽没这造化，倒也是娇生惯养的呢，我姨爹姨娘的宝贝。如今十七岁，各样的嫁妆都齐备了，明年就出嫁"。也就是袭人的表妹都要十七岁了，袭人肯定是十七岁以上，所以第一次与宝玉云雨的时候，袭人早已经是性成熟的大姑娘。书中第二十五回，和尚说与宝玉一别十三载，宝玉那个时候应当才周岁十三岁，所以在第二十回，宝玉的年龄更小；在第二十二回，薛宝钗及笄在贾府过生日，公开的年龄是十五岁，袭人公开年龄与薛宝钗同岁，所以袭人的年龄是说小了至少三岁。照这样计算，袭人比贾宝玉大至少五岁，也就是"女大五赛老母"了。古代出卖女儿为了价格高一些，把年龄说小是常态。

袭人投靠王夫人是有一个过程的。在第十九回中，宝玉看到茗烟与小丫头做那个事情，就着急到袭人家去找已经回家的袭人。袭人说，不愿意被赎回家另外嫁人，到晚上就与宝玉在一起了，还给宝玉提出了一大堆的要求，其中主要的一条就是"再不许吃人嘴上擦的胭脂了，与那爱红的毛病儿"，结果第二天就被李嬷嬷怼了。到第二十一回，宝玉没有梳头就去了黛玉和湘云的卧室，还让湘云给梳头，已经把袭人对宝玉提出的要求全忘了。古代男女之间的梳头是夫妻之间的事情，湘云应当是宝玉的备胎，在第一部里面讲过。所以袭人大怒，与宝玉闹别扭，因为袭人有巨大的危机感，因为黛玉和湘云此时还有各自的大丫鬟，在宝玉房内还有晴雯这样的竞争对手，因此袭人需要找到新的靠山，原来贾母的支持，不足以给袭人在宝玉身边找到合适的位置。此时袭人已经早早失身于宝玉，要成为宝玉姨娘，投靠王夫人是袭人能够为自己利益做出的最好选择。

袭人能够投靠王夫人，关键还是抓住了金钏死的契机。王夫人本来培养金钏，想把她放到宝玉身边，所以金钏可以公开让宝玉吃嘴上胭脂（湿吻），宝玉调情，王夫人就假寐，但金钏要宝玉找彩云和贾环，王夫人才怒极，对此本人会在相关章节深度分析。金钏死了，王夫人急需有新的抓手，否则宝玉身边就都是贾母的人了。这个时候袭人来投奔，"正触了金钏儿之事，心内越发感爱袭人不尽"，金钏之后，王夫人意外得了一个宝玉身边的抓手。

宝钗与袭人的紧密结盟，更体现在第三十六回中，两个人有共绣鸳鸯的情节。在炎炎夏日的中午，薛宝钗和林黛玉在王夫人屋里吃西瓜时，听到了袭人被提拔为准姨娘的消息，宝钗午后就去怡红院找宝玉说话，以解午倦。恰逢宝玉午睡，袭人在替宝玉绣肚兜，上面扎着"鸳鸯戏莲"的花样，红莲绿叶，五色鸳鸯。十分好看。宝玉在睡觉，袭人却已走开，宝钗接过袭人手中的活计，就继续绣了起来，"原来是个白绫红里的兜肚……这里宝钗只刚做了两三个花瓣……"，二人共绣鸳鸯，具有重要象征意义，表明了二人共享的态度，表明了袭人与宝钗的紧密结盟关系。

宝钗叫袭人"袭姑娘"是在第三十三回，紧接着第三十四回，袭人就要投靠王夫人了，袭人向王夫人的献礼是：建议让宝玉搬出大观园。袭人的建议，一下子抓住了王夫人的痛点。为什么袭人建议让宝玉搬出大观园是王夫人的痛点？又为什么王夫人一下子就接受了袭人？原因就是本人第一部分析的，大观园是林家的钱修建的，袭人建议宝玉搬出大观园就是站队！后来，宝玉准备娶薛宝钗，也是先搬出了大观园，在大观园之外成亲的。

宝钗和袭人共绣鸳鸯（87版电视剧《红楼梦》截图）

袭人连忙回道："太太别多心，并没有这话。这不过是我的小见识。如今二爷也大了，里头姑娘们也大了，况且林姑娘宝姑娘又是两姨姑表姐妹，虽说是姊妹们，到底是男女之分……二爷一生的声名品行岂不完了。"……（王夫人：）"我的儿，你竟有这个心胸，想的这样周全！"（第三十四回）

王夫人宛然被雷惊醒，对袭人这个丫头更是打心底感激不尽。此丫头是铁了心待宝玉好，竟然提早为宝玉的名声着想，于是又下定决心地说道："你且去罢……你今既说了这样的话，我就把他交给你了，好歹留心，保全了他，就是保全了我。我自然不辜负你。"并声称"以后凡有赵姨娘的，也有袭人的"。（第三十四回）

此一席话，听到的凤姐和薛姨妈自然立刻就明白了，可王夫人却还只是含泪叹道："你们那里知道袭人那孩子的好处？比我的宝玉强十倍！"

袭人的献礼，正是王夫人最需要的，所以王夫人用"我的儿"来称呼袭人，并且被袭人的"好处"激动得含了泪。何至于如此？原因在于还是大观园是林黛玉的嫁妆，宝玉住在里面，王夫人难以插手。宝玉住在大观园是贾母支持的，还有皇妃懿旨的加持，王夫人自己无法提出让宝玉搬出来。宝玉不搬出来，那么以后的妻妾定名分，就一定是林黛玉为正妻。宝玉搬出来了，尤其是搬到荣国府，荣国府的正房是王夫人住着，王家人对建设荣国府也出了资，王家人有一定的控制权。宝玉搬入荣国府，等于到了王夫人掌握的地盘上，王夫人就可以控制宝玉了。所以袭人这个大礼，王夫人感动得真的是要落泪了。袭人见机投靠，立即就换取了王夫人认可的宝玉姨娘的地位。当家主子王夫人用"我的儿"来称呼一个丫鬟袭人，远远超过了一般的亲近关系。

另见第三十六回，王夫人对凤姐说：

"把我每月的月例二十两银子里，拿出二两银子一吊钱来给袭人。以后凡事有赵姨娘周姨娘的，也有袭人的，只是袭人的这一份都从我的份例上匀出来，不必动官中的就是了。"……凤姐道："既这么样，就开了脸，明放他在（宝玉）屋里岂不好？"王夫人道："……如今且浑着，等再过二三年再说。"

凤姐随后叫袭人来向王夫人叩头。叩头行礼，表明正式确认了婆媳关系，从此袭人死心塌地加入了王家阵营。至夜间人静，袭人将此事告诉宝玉，"宝玉喜不自禁"，宝玉不反对袭人，第一次云雨的女人毕竟不一样，宝玉需要一个稳定的女人满足他的生理需要，但他没有足够的心机，不知道内院政治的复杂性。

袭人的地位合法化了，但王夫人为何不明放屋内"开了脸"，要"浑着"两三年？因为王夫人世故老到，王家阵营策反了袭人，还要瞒着贾母等贾家人，让袭人当暗线卧底，不是明线。袭人的投靠对贾母而言是背叛，如果早期被贾母发现了，找理由处理袭人，王夫人也是没有办法的。袭人是贾母的私家奴，早先伺候贾母，又伺候贾母娘家的史湘云，更关键的是她的卖身契应当就在贾母手里，比起家生奴是受贾家家族控制，还更近一层。所以对于提携袭人的身份，王家人是要保密的，袭人当姨娘，多出来的月例银子并不多，对荣国府来说不算什么，王夫人却要从自己的腰包里面出，这样凤姐就直接转交了，不用记账，也可以对贾家人保密。王夫人对袭人的拉拢，又见书中第五十一回：袭人母亲病故，王夫人赏了不少贵重衣物给袭人回家探视，凤姐等人也送了不少贵重衣物。王夫人很舍得对袭人下本钱，凤姐也下本钱，要知道她俩可都不是大方之人。

跟袭人一起倒向王夫人的，应当还有大丫鬟麝月。麝月与袭人是结盟在一起的，在第二十回介绍麝月是"公然又是一个袭人"。其实，麝月就是给袭人当枪使的，在第五十八回袭人唤麝月道："我不会和人拌嘴，晴雯性太急，你快过去震吓他两句。"这里也能看出，袭人与麝月是盟友，而且麝月是吵架高手，曾多次替袭人出头。在第七十四回抄检大观园的时候，王夫人说"宝玉房里常见我的只有袭人麝月"。就这样，麝月紧跟着袭人与王夫人也建立了联系，得到了王夫人的认可。后来，麝月能够在贾宝玉结婚之后，与宝钗和袭人一起，还留在宝玉身边当通房丫鬟，能够"开到荼蘼花事了"，都是有原因的。

宝玉出家以后，《红楼梦》里面专门交代袭人的位置有些尴尬，原因之一就是贾政不知道袭人与宝玉的关系。其实，即使是对袭人与宝玉的关系，贾政不仅之前不知道，直到宝玉与宝钗结婚、圆房了以后很久，贾政依然不知道这层关系，见第一百二十回。

> 薛姨妈道："我看姨老爷是再不肯叫守着的。再者姨老爷并不知道袭人的事，想来不过是个丫头，那有留的理呢？……"王夫人听了道："这个主意很是。不然叫老爷冒冒失失的一办，我可不是又害了一个人了么！"

王夫人与袭人的结盟关系对贾家人是隐瞒的。贾政多年以后都不知道袭人早已经与宝玉同床了，再一次表明了贾家人与王家人之间有隔阂。袭人的名字是宝玉取的，源自诗句"花气袭人知昼暖"，最后她的命运是蒋玉菡的"女儿悲，丈夫一去不回归。女儿愁，无钱去打桂花油。女儿喜，灯花并头结双蕊。女儿乐，夫唱妇随真和合"。宝玉出家不归，贾府被抄家，后来袭人嫁给了蒋玉菡，夫唱妇随，也算是一个不错的结局。

（三）凤姐搞定林家宗亲

袭人投靠王夫人，是王家与贾家在贾宝玉妻妾名分和财产权的家务博弈之关键转折点。大家都明白，袭人在贾家对林黛玉和薛宝钗的选择上，影响力有多大。书中还有一个非常关键的人物，被众多红学研究者所忽视，她的作用一样很大，此人就是小红！她是林家宗亲，而林家人在贾府控制着账房，所以林家非但不是找不到远支族人，而是族人就在眼前的状态。有人也提出了贾琏等贾家人贪墨林家财富的观点，但具体是怎么占有的，却没有细节描写。没有证据，观点就不容易站住脚。本节就解析一下贾琏等贾家人"怎么占的"细节中的一个。我们要知道，林如海不是白痴，生前对林家财富也做了各种保护措施。

◇◇◇小红的位置与期望

凤姐搞定林家宗亲的关键焦点在小红这个人物。小红，本名林红玉，因为名字中的"玉"字犯了黛玉、宝玉的名讳而改名为小红（也称红儿）。小红出场时只是一个喂雀浇花的二等丫头，书中写她原本在怡红院当差，烧茶炉子喂喂鸟雀，也有几分姿色，心里也想着宝玉，只因晴雯等人排挤，好不容易得到一次倒茶的机会去接近宝玉，结果出门就被晴雯、秋纹、碧痕等撞见，说她也不照照镜子，端茶倒水都不配，极为尖酸刻薄。四大丫鬟排挤得小红心灰意懒。在宝玉的怡红院，小红找不到机会，被迫改换门庭投了新主子。

小红为啥位置重要，因为她父母的职位是控制贾府的关键性要职。小红的父亲林之孝，是荣国府管家之一，负责管理银库、账房，但为人处世十分低调。小红的母亲林之孝家的，也是荣国府内务的大管家之一，也为人行事低调，夫妻俩被喻为"天聋地哑"，身处管家高位却行事如此低调，可见心机城府极深。他们所处的位置，需要的就是媚上欺下，时不时也会利用自己的权力谋些好处，这是人之常情。按照王熙凤的评价，林之孝家的和她丈夫"都是锥子扎不出一声儿来的"（也有古本作"他们两个，一个天聋，一个地哑的"）（第二十七回）。但从她女儿小红的行为处事上看，她夫妇二人都应该是颇有才干的人，很受主子的器重。林之孝管理荣国府外面的事——贾琏有什么事经常要跟林之孝商量，书里写林之孝还曾建议裁减家仆以减轻负担（第七十二回）；林之孝家的则管理荣国府家内的事，贾母、王夫人不在家，书里写林之孝家的怕丫鬟们没了管束，特意跑到红香圃宝玉生日宴席上来监督，可见二人的权力之大。所以小红也是低调出场，先是二等丫鬟，也是他们夫妻俩低调的表现，但不等于他们满足于孩子仅是二等丫鬟，不求发展。

小红主动去接近宝玉，不光因为她喜欢宝玉，也是因为林之孝一家的地位，需要在宝玉这一代稳固，当然更希望女儿能够争得一个宝玉姨娘的位置，就如贾家需要元春在皇宫里当皇妃一样。皇帝笼络贾家，就要给元妃名分；同样地，在贾府，对林之孝等实力派家奴，其所欲求的事，也应当满足一些。宝玉不食人间烟火，对此完全不懂得，林黛玉在此方面也一样不懂。如果林黛玉懂人情世故，她应该将身边丫鬟紫鹃的位置给林红玉。王熙凤评论对小红的安排时这么说："既这么着，肯跟，我还和他妈说，'赖大家的如今事多，也不知这府里谁是谁，你替我好好的挑两个丫头我使'，他一般答应着。他饶不挑，倒把这女孩子送了别处去。难道跟我必定不好？"从这个评论可以看出，林之孝家的本来可以让小红跟着凤姐，凤姐也找她要人，但林之孝一家选择让小红去跟着宝玉，哪怕是低等的喂鸟丫鬟，也要跟着宝玉去争取机会；凤姐的辣，林之孝一家是知道的，当然也不能得罪。小红在宝玉身边没有了机会，才到了凤姐的身边。

◇◇◇林之孝是林家宗亲

林之孝一家，与林黛玉实质上是天然的同盟关系，因为他们是林家的宗亲或者林家老奴派过来的人。

按照惯例，红楼里面一个姓的，多半有亲缘或归属关系，而林红玉也带有玉字，更应当与林黛玉属于同一辈分。黛玉的"黛"字意思是黑色，红与黑正好对应，不是简单的巧合；而宝玉则应当是白玉，玉器里面洁白如羊脂的玉价值最贵，宝玉、黛玉、红玉，颜色分别是白、黑、红，红白、黑白、黑红彼此还可以成为对应关系，非常有意思。

有人说"黛"是青色而非黑色。黛，在字典里的解释确实是青黑色颜料，不过书中第三回，贾宝玉在给林黛玉取字时说道："西方有石名黛，可代画眉之墨。"能够替代墨汁，当然是黑色的，黑色的墨玉若用强光照射，透过来的颜色是深绿色的，因此黛字在书中采用的含义就是黑色、墨玉。书里讲林红玉改名，还特别说犯了宝玉、黛玉两个人的名讳，然而若他是林家的宗亲，"玉"字就是按照林家排行起名的，则对黛玉实际上是不犯冲的。贾家强制让林红玉改名，本身已经让他们家很不舒服。

书里也明确交代了林之孝的林家宗亲或归属关系，只不过没有那么直白而已。书中写道，紫鹃想出用林家要接黛玉回苏州的话来试宝玉，使宝玉痴病大发。在第五十七回"慧紫鹃情辞试忙玉"后，写到林之孝家的来探望宝玉，结果宝玉误认为是林家派人要接走林黛玉，命令小厮们把她打出去，贾母也就命令众丫头和小厮把她打出去……此处情节已经说得非常清楚，以林之孝在贾府的身份，贾宝玉不可能不认识他们夫妻二人。宝玉误解为要接林黛玉回去，应当是知道林之孝是林黛玉的宗亲，只不过对林之孝家的前来的目的，宝玉有所误解，但对她的身份不可能误解！因此，林之孝的身份不言自明。贾母命人把林之孝家的打出去，不是给宝玉解释他认知错误，而是让林之孝家的离开，这层关系贾母也很清楚。在第五十七回的时候，贾母还是宝黛联姻的支持者。

林之孝家的虽然是家奴，但也是有身份、地位不低的家奴，贾母此时却不讲道理直接将其打出去了，只见她吩咐众人："以后别叫林之孝家的进园来，你们也别说'林'字。……"那么问题来了，贾母只需要让林之孝家的说清楚根本不是接黛玉走的，不就行了吗？而且赶走就行了，为什么还要"打出去罢"？此处贾母的反应也非常异常，不亚于宝玉。贾母已经活成了人精，为何会如此？原因除了贾母知道林之孝是林家宗亲以外，还有其对紫鹃试探宝玉，以及林黛玉和贾家的态度，绝对是不能让林家宗亲知道的。贾家对婚约暧昧的态度，不能直接展现在林家宗亲面前。贾家无法面对林家宗亲关于宝黛的婚事"贾府到底准备怎么样了"这样的追问！贾家在林如海死之时，以婚约为名带走了林黛玉，到此时贾府态度还很暧昧，"紫鹃试宝玉"等于在逼贾家对宝黛婚约进一步表态！如果此时让林家宗亲看见真相，贾家就必须立即明确态度，不能暧昧了。宝玉因为试玉而发飙、宝玉发飙的原因等细节，都不能让林之孝家的知道。贾母心里也有鬼，因此需要立即把她打走，避免被她知道更多的内容。

另外，林之孝家的专门去看宝玉，本身也与她家奴的身份地位不符。当时，林之孝家的还不在大观园，她进入大观园是在贾母查赌之后，被凤姐安插进去的。宝玉重病没有着落，与之无关的家奴跑去探望，合适吗？林之孝一家为人行事低调，凤姐将他夫妻俩喻为"天聋地哑"，而此时林之孝家的带着单大良家的一起结伴而来，对宝玉显出了过分的关心。单大良家的人在书中就出现过两回，地位不如林之孝，应当是林之孝家的找来的陪同，真正要来看看宝玉的，其实是林之孝家的，这与他们家的利益是直接相关的。

有的版本说林之孝一家本姓秦，即使如此，他们家改姓了林，也该有原因，古代不是随便就会改姓的。最合理的原因就是他们一家是林家的老家奴，投效了林家之后改姓了林，这个是古代普遍的现象和明规则，能够跟主人的姓是荣耀和恩典，可以抬高身份。因此，如果上述说法可行，林之孝一家一定是林家老家奴，与林黛玉应当是天然的同盟关系。

小红的身份，书中还写道"原是荣国府中世代的旧仆，他父母现在收管各处房田事务"（第二十四回），这个说法与小红小时候不在贾府丫鬟圈子不符，也与小红起名"红玉"不符。因为小红若早就在贾府，则宝玉出生叫宝玉的时候，家奴的孩子就应当提前避讳了，不会等到宝玉长大了以后再改。林之孝是荣国府旧仆的说法如果能够成立，则应当是随贾敏出嫁到林家的。世家的宗族远支族人，也是在不同的关联世家当中交叉任职的，这是一个复杂的关系网。

林家宗亲与世代旧仆并不矛盾。林家与贾家联姻，林家的族人就可能会到贾家任职，林如海父亲与贾代善能够联姻，应当有着长期密切的交往。林之孝的父系在贾代善时期，甚至更早在贾源的时候一家就来到了贾家，跟着贾敏了，也可以算贾家的世代旧仆。另外还有一个细节也值得注意，林之孝第一次出现是在书中第十六回，在前面宁国府大办丧事等贾家重大活动当中都没有他的身影，是在林如海捐馆之后，他才在贾府出现的，作者是有意地把林之孝与林家的关系，埋藏得很深。

小红被排挤的原因，还有她原来就不是贾府丫鬟圈子里面的人。

鸳鸯红了脸，向平儿冷笑道："这是咱们好，比如袭人、琥珀、素云、紫鹃、彩霞、玉钏儿、麝月、翠墨，跟了史姑娘去的翠缕，死了的可人和金钏，去了的茜雪，连上你我，这十来个人，从小儿什么话儿不说？什么事儿不作？"（第四十六回）

从鸳鸯的话语就知道这几个大丫鬟，小时候都在一起，里面没有小红，小红不在她们的圈内。综合上面的所有信息，小红大名林红玉，与宝玉有避讳，应当是她起名的时候还不在贾府，从这里也说明林家是后来的，后来他们一家还能够成为贾府管账房的核心人物，必然有特殊的背景，否则就算有能力，也难以获得那么大的信任。在账房这样重要的地方任职，受信任是重于有能力的。另外，不在圈内的丫鬟，还有后来的晴雯。因此，小红是跟着账房先生林家而来，当年袭人、鸳鸯等丫鬟成长的时候，她应当还不在贾府。林家以前与贾家有距离，至少是林如海和贾敏结亲以后，两家才联系到一起。

　　林黛玉如果能够与林红玉紧密结盟，外面有林之孝的城府和精明，里面有小红的机灵和能干，那么林黛玉在贾府的地位就难以动摇。但小红在大观园任职的位置与黛玉比较远，与黛玉难以发生联系，所以林黛玉对小红的状态不闻不问，处于直接疏远的状态，而贾母把小红派给贾宝玉而不给林黛玉，而且是低等丫头，也是害怕林家人在后宅结盟。做此安排的时候，林如海还没有死，林黛玉有巨额财产，林之孝管着贾府账房，贾母担心成家以后林黛玉压制贾宝玉，担心她的"心肝宝贝"吃亏。贾家人开始并没有觉得王家人是巨大的威胁，贾母更害怕林黛玉压制贾宝玉，与元春的态度是一致的，而小红的机智，从回复凤姐的言谈就可以看出。

　　同时，小红被压制，可能还有赖大的原因，赖大的嫡系是赖家家奴出身的晴雯，大管家赖大本身也要压制管账房的林之孝，就如现在公司里面总经理与财务总监之间的微妙关系。无论怎么说，贾母等人如此安排的客观结果，导致小红后来转投凤姐，在凤姐处得到重用，成为王家一派能够竞争占先的关键。

◇◇◇凤姐设局拉拢小红

小红跟了凤姐，意味着林之孝一家都投到了凤姐的阵营，对林家和贾家而言，是极大的权力失控。第二十六回《蜂腰桥设言传心事，潇湘馆春困发幽情》一回中，当时是佳蕙从林黛玉那里得到了赏赐的东西，与小红聊天，小红直接表示了不满。红玉道："也不犯着气他们。俗语说得好，千里搭长棚，没有个不散的筵席，谁守谁一辈子呢？不过三年五载，个人干个人的去了。那时谁还管谁呢？"几句话就已经露出了小红对林黛玉没有与自己结盟，没有给赏赐，表示了很强烈的不满，到第二十七回，小红投靠到王熙凤那里，就是自然的事了。

书中第二十七回写王熙凤见到小红的反应非常值得回味：王熙凤先是主动招呼小红去办事，办事中小红又受晴雯的奚落，然后来回凤姐的话……"话未说完，李氏道：'嗳哟哟！这些话我就不懂了，什么"奶奶""爷爷"的一大堆……'凤姐又道：'这一个丫头就好。方才两遭，说话虽不多，听那口声就简断。'说着又向红玉笑道：'你明儿服侍我去罢。我认你作女儿。我一调理，你就出息了。'"为何要认小红"作女儿"？与前面王夫人说袭人"我的儿"类似。王熙凤的反应和把小红抬到的位置，恰恰说明小红的身份极为重要。对一个粗使的二等丫鬟，当家大奶奶认作女儿，显然有些越界。书中王熙凤主动招呼小红，让小红办事情，然后再夸她办得好，要认她做女儿，拉拢人一套组合拳，真的是一气呵成。王熙凤能够认小红做干女儿，当然就可让林之孝为之效命了。此处认女儿，已经超过了一般的主仆亲近关系，凭啥王熙凤一上来就认小红为女儿？想明白背后原因就懂了。对凤姐的直接肉麻拉拢，红玉笑道："愿意不愿意，我们也不敢说。只是跟着奶奶，我们也学些眉眼高低，出入上下，大小的事也得见识见识。"回答得老到而滴水不漏，从此进入了凤姐阵营，此处的应对也说明小红是一个非常厉害的丫头。另外印证林之孝是林家宗亲并且已经投靠凤姐，书中在林黛玉死的时候也写得很清楚，"一时叫了林之孝家的过来，将黛玉停放毕，派人看守，等明早去回凤姐"。此时原本是该通知林家人的时候，而叫林之孝家的过来，她的处理就是派人看守，早上去通知凤姐。而林家的事原本就是贾家亲戚的事，就不该凤姐这样的王家人管，应当是禀告贾母或者贾政。人死这么大的事情，应当是立即禀报，而不是拖到早上。

另外，应当注意到书中小红说她的妈妈也被王熙凤认作了干女儿，红玉笑道："我不是笑这个，我笑奶奶认错了辈数了。我妈是奶奶的女儿，这会子又认我作女儿。"林之孝家的应当年龄比凤姐大不少，一般是认不了女儿的，除非是如贾芸和宝玉那样有亲缘关系可以排上辈分的，从这个侧面可以知道林之孝一家一边是林家宗亲，一边又是王家亲戚，但林之孝家的是"既嫁从夫"，辈分就要按照林之孝的来，小红是重新算辈分的。林之孝家的与凤姐有关系，不光是本人，很多红学研究者也发现了，在87版《红楼梦》影视剧里甚至把她变成了王熙凤的陪房。不过，她当陪房年龄是大了一些，但如果她真的是王家人的家奴，陪嫁过来是可能的，后来嫁给了林之孝。王熙凤年龄小，嫁过来晚，但前面还有王夫人，早先在王家她们就有交集也是可能的，所以王熙凤拉拢搞定林之孝一家也是有基础的，那么有王家背景的林之孝家的，应当是在贾敏时期与林之孝结成婚姻，跟着贾敏到林家，也是王家在家奴当中的布局。在拉拢小红的时候，王熙凤故意装作对小红是谁家的孩子一无所知的样子，小红是林之孝家的出身，在怡红院变成末等丫鬟，显然是被故意压低了身份。而林如海安排林之孝掌管林黛玉未来的财富，他当初没有预料到后来薛宝钗的到来，会与贾府后宅的王家人有如此尖锐的矛盾冲突。

◇◇◇贾芸的作用

凤姐精准拉拢小红，离不开贾芸的作用。在书中，小红与巴结投靠王熙凤的管花草的族人贾芸，二人手帕传情。贾芸对小红的追求是主动的，小红背后有林之孝，对贾芸这样的贾家远支宗亲而言，会有很大的利益，贾芸若能够娶小红，是赚了大便宜。在现代，相当于老板家族的远房侄子，攀上了老板亲信财务总监的漂亮又能干的女儿，女儿还跟在老板家族的当家儿媳执行总经理身边做事，他在公司当中的地位立马提升。贾芸为了管花草的200两银子差事，还要借倪二的高利贷给凤姐送礼，林之孝管的账本花账是多少？书中写道，随便就可以把贾琏对尤二姐的花费瞒着凤姐下了花账，再看看与林之孝同等的周瑞家的女婿冷子兴，还有他们家的养子何三，又从贾家赚走了多少？贾芸觉得这是值得下血本的。

对小红而言，贾芸虽然不是贾家嫡系，但也是宗亲，关键嫁过去是正妻，比配小厮强了很多倍。所以这里面透着现实，不是小清新们眼里的又一个爱情故事。贾芸管花草，各处院子可以正常地走动，也是王熙凤在大观园里面的重要眼线。第二十六回，小红发牢骚"没有个不散的筵席，谁守谁一辈子呢？"，书中情节是当时贾芸在院子里，应当看见或者听见了。贾芸借倪二的钱送礼，得到大观园种树的肥差，赚了100多两银子，相当于赵姨娘五六年的月钱，背后是凤姐需要他在大观园当眼线。后来，贾政管陵工，贾芸也想插手弄点事，于是买些绣品来到凤姐处，凤姐断然回绝，说：若是别的事，她可以做主，衙门的事上有堂官司员，下有书办衙役，她不便掺和这些公差。还让贾芸一定要带走拿来的礼品。贾芸的那一点礼品，凤姐断然看不上，凤姐给贾芸生意，是要用贾芸，而不是他的那一点礼品起作用。

小红对宝玉姨娘位置的绝望，除了宝玉周围大丫鬟的打压以外，还有她误以为黛玉听到了她与坠儿的对话。

（宝钗）刚要寻别的姊妹去，忽见前面一双玉色蝴蝶，大如团扇，一上一下迎风翩跹，十分有趣。宝钗意欲扑了来玩耍，遂向袖中取出扇子来，向草地下来扑。只见那一双蝴蝶忽起忽落，来来往往，穿花度柳，将欲过河去了。倒引的宝钗蹑手蹑脚的，一直跟到池中滴翠亭上，香汗淋漓，娇喘细细。宝钗也无心扑了，刚欲回来，只听滴翠亭里边嗷嗷喳喳有人说话。（第二十七回）

对话涉及贾芸，在古代是属于"奸情"，其实话是被薛宝钗听到了，但薛宝钗却栽到了黛玉的头上，让小红以为黛玉知道了。宝钗心智比较成熟，立马想到用金蝉脱壳的办法，故意放重了脚步，笑着叫道："颦儿，我看你往那里藏！"一面说，一面故意往前赶。那亭内的红玉坠儿刚一推窗，只听宝钗如此说着往前赶，两人都唬怔了。宝钗反向他二人笑道："你们把林姑娘藏在那里了？"宝钗走后，红玉道："若是宝姑娘听见，还倒罢了。林姑娘嘴里又爱刻薄人，心里又细，他一听见了，倘或走漏了风声，怎么样呢？"林黛玉是当时林家都知道要做宝玉正妻的，而黛玉若误会她已经与贾芸如何了，怎么还能够容忍她也嫁给宝玉做姨娘？所以，小红认为当宝玉姨娘的路已经断掉了，她也需要另外寻找自己的位置。

有了贾芸的眼线信息，知道了小红的重要和在宝玉处的情况，在第二十七回，王熙凤就主动去拉拢小红。所以贾芸当眼线，在大观园之中也是博弈的关键。第二十七回所谓的小红表现出色，在凤姐面前回答得清楚明白，只不过是王熙凤找来的一个由头。有贾芸的眼线信息，王熙凤进行精准公关，就让小红改了阵营，抓住了林之孝全家。小红是烧茶炉子、喂喂鸟雀的丫鬟，以凤姐的身份，把她要过来也很容易，而且主子与家奴，根本用不着与之商量，还认作女儿，一个丫鬟能让一向厉害的凤姐如此肉麻地拉拢，必然是有

滴翠亭宝钗戏彩蝶（清孙温　绘）

她的重要价值。小红给凤姐办一次事办得漂亮，根本不足以让凤姐认女儿，能够让凤姐认女儿的背后是巨大的利益。凤姐认下小红，以后林之孝的女儿就变成凤姐的干女儿，绑定了这一层的关系，过了管账房的林之孝林家宗亲这一关，林家的财富，贾琏和凤姐才可能染指。《红楼梦》对小红改换阵营，用了第二十六、第二十七两回来写，已经说明小红到王家阵营，是博弈的关键情节之一，只不过《红楼梦》一贯是隐晦处理暗线。在宝玉的小丫头里面，小红的朋友还有坠儿和佳蕙，坠儿后来因为偷虾须镯而被赶走，被赶走前应当也是跟了凤姐，相关问题在虾须镯那一节再分析。同时佳蕙应当也是投靠了凤姐这一边，所以在第三十六回，凤姐细数开支，能够叫上名字的宝玉小丫头只有佳蕙。

贾芸后来的形象，在不同版本的《红楼梦》里出入非常大，在后四十回高鹗续书中，贾芸成了参与预谋"贩卖"巧姐的"奸兄"，让巧姐流落乡下，还与贾蔷等人混在一起喝酒赌钱。不过也有很多红学界的研究人士认为，贾芸在贾家败落之后，与小红一起去狱神庙探望了王熙凤和贾宝玉，并去大观园请求妙玉的帮助，故曰"仗义探庵"。同时受王熙凤之委托,与刘姥姥等商议解救巧姐。但甭管对贾芸以后的故事怎么写,在前面的章回当中,小红与贾芸投靠到王熙凤的王家阵营不假。他俩的投靠,导致林之孝一家加入王家势力阵营,对贾家和林家的影响是致命性的。

◇◇◇林之孝管理黛玉的财产

林黛玉进贾府,所带的财产没有如嫁妆一般公开出来,对林黛玉极为不利。林如海可能早就向贾家转移资产,一起转移的可能还有灰色收入,也不可能公开。对此类灰色财产,甚至很难有书面字据来约定,以免成为罪证。合理的方式,就是委派信任的人参与财务管理。联姻是家族的合资,而合资的重要股东委派会计、财务总监,也是自古的惯例。林之孝在贾家主管账房,应当属于财务总监,会计、出纳都归他管,所以他可以方便地给贾琏做花账。林如海找来的林家人在贾家的作用,就是保护林家在贾家的财富。如果林黛玉公开嫁入贾家,其妆奁一定要公开,贾家就难以贪墨。如果不公开,林家代表林之孝,关键作用就无可替代。

很多人都说林家的财富被贾琏和王熙凤贪墨了,修大观园等花钱,就是贪墨的方式,而本人认为要想贪墨林家财富,不是那么容易的事情。贾家要想贪墨都不容易,贾家的贾琏、王熙凤要独吞就更不容易了,林如海没有那么傻。林之孝的存在,是作者在告诉读者,林家的财富,在贾家有林家的保护人。《红楼梦》书中的12家人,包括:赖大、焦大、王善保、周瑞、林之孝、乌进孝、包勇、吴贵、吴新登、邓好时、王柱儿、余信。这12个人的关系也非常复杂,背后有各种势力。其中林之孝和林之孝家的,内外通吃,是关键人物。林之孝一家能够有此地位,也应当与林家有关,否则贾家很难让他俩内外一把抓。如果大家有运营经验,公司之间合作,谁的人能够管理账房,即当财务负责人,可能比谁的人当总经理更重要。古代中国的账本还不是现代的复式记账法，也没有出纳和会计必须分离的要求，因此古代要管账房，是非常容易作假掺水的，比现代企业制度之下更有权力，所以这个职位必定是核心人员把持。从鸳鸯所说的丫鬟圈子里面没有小红，可以知道林之孝一家就是后来到贾府的，晚到的林之孝凭什么可以管理账房？能到这个位置，是受信任重于有水平，再能干，没有特殊的信任关系也不成，只有与林家及林家财富有特殊关系，林之孝才可能取得管理账房的职位。

贾家人要占有林家的财产，绕开林黛玉及其宗亲，一定要与在贾家的林家代表林之孝一家合作。所以林之孝投奔了王家阵营，就让贾府里面的王夫人、王熙凤等王家人，有机会贪掉黛玉陪嫁的灰色资产。林如海做盐官当肥缺，有灰色资产，而这部分资产是保密的，连林如海托孤的对象、跟随林黛玉的师傅贾雨村，应当也不清楚，林如海也不会告诉林家的远房亲戚，林家其他族人也是难以索要的。所以林如海的灰色收入肯定是让林黛玉带走，这部分财富应当是林黛玉财富的重要部分，由林之孝帮助林如海掌管。

林之孝给贾琏、凤姐做的各种花账的费用，有可能就是林家带到贾府的财富，尤其是灰色的部分，担任天下肥缺盐官的林如海，应当有巨额的灰色收入，林家的灰色财富就被贾府贪墨了。修建大观园用的应当是林家公开的财富，因为如果是用灰色收入，大观园建造出来，御史看到了就会参劾；而灰色的财富没有公开，账房失控了，就真的归了贾家，谁也算不清账，占有这部分财富的，主要是贾琏和王熙凤。在凤姐搞定林之孝一家，他们侵占了林黛玉的陪嫁以后，就想娶宝钗，对林黛玉悔婚了。而且林之孝是林家宗亲，管账房的人，与当家奶奶王熙凤联合，对林黛玉带到贾府的财产，也是分肥的关系。小红投靠王熙凤，对林黛玉是灾难性的，然而对林之孝全家，却是不错的选择。

书里还专门写了林之孝帮助贾琏做假账,第四十四回:

> 贾琏一径出来,和林之孝来商议,着人去作好作歹,许了二百两发送才罢。贾琏生恐有变,又命人去和王子腾说,将番役仵作人等叫了几名来,帮着办丧事。那些人见了如此,纵要复辨亦不敢辨,只得忍气吞声罢了。贾琏又命林之孝将那二百银子入在流年帐上,分别添补开销过去。又梯己给鲍二些银两,安慰他说:"另日再挑个好媳妇给你。"鲍二又有体面,又有银子,有何不依,便仍然奉承贾琏。不在话下。

贾琏与鲍二家的事情,王熙凤不出钱,家里的公账当然也不该承担,林之孝就帮助贾琏操办了200两支出的花账,只不过给鲍二的钱是贾琏的体己,自己掏的腰包月钱。所以林之孝一家投奔了王家之后,贾家和林家的财务安全就没有了,在贾府控制权上,王家人又进了一步。王熙凤要是搞不定贾府的账房先生,那么王熙凤做贾府掌家,权力就是有限的。凤姐要在贾府真正有权,必须彻底控制财务。自此之后,凤姐在贾家后宅的权力大增。

综上所述,《红楼梦》一书文无废墨,写小红、贾芸与凤姐用了多个章回,说明此情节对全书逻辑非常重要。

(四)大观园里念啥经

现在大多数人都是无神论者,而古代人普遍信神。家里面念啥经,属于非常重要的事情;搞什么巫蛊之术,历来都是大忌。同时尼姑、神汉搞法事,也被认为是"有效"和灵验的。大观园里的神婆尼道,王家人又是如何布局的呢?

大观园里面还有一个重要人物,就是妙玉。过去三姑六婆,背景都很复杂，尼姑也是其中之一。妙玉本是苏州人氏，祖上也是读书仕宦之家。因自小多病，买了许多替身儿皆不中用，到底亲自入了空门，方才好了，所以带发修行。如今父母俱已亡故，在师父圆寂后，本欲扶灵回乡的，因师父临寂遗言，说她衣食起居不宜回乡，让她在京静居，等待结果，所以她未回乡，身边只有两个老嬷嬷、一个小丫头服侍。翌年，贾府起造大观园，预备元春省亲。王夫人佞佛，为妙玉的佛学修为所折服，因而下帖请她进贾府，入住栊翠庵。翌年冬，邢岫烟进贾府，与迎春同住。而邢岫烟与妙玉交好。妙玉与邢夫人背后的邢家的关系好，哪里那么巧合？事出反常必有妖。当年，妙玉的师父到京城，可能就是去投靠邢夫人等，妙玉与邢岫烟小时候就在一起，显然她的师父与邢夫人的弟弟有交集。王夫人看中妙玉，让她到大观园里面来，就是做自己的眼线，必要的时候就要起作用。

　　王夫人把妙玉请来，就是让妙玉当眼线，宝玉和园子里的动态，她随时可以掌握。而且不光是眼线，过去的人们迷信，园子里面的寺庙念啥经，有啥巫蛊，有啥道法的导向，也非常重要。古代后宫，因为巫蛊的事情，皇子、皇妃可没少被杀、被废、被打入冷宫的。巫蛊和道法之事，庙堂之上的皇帝在意，社会上的大户人家，也非常在意，所以相关的职能和岗位，也是非常重要的。在大观园里念经让谁遂愿，差别在古人看来非常大，比如王夫人想要宝玉娶宝钗的愿望，就可以由王夫人力挺的尼姑妙玉，在大观园里面念念经、作作法等来促成。在迷信的古代社会，这被认为非常关键。可以看看妙玉念经的位置，正好在宝玉的怡红院后面。对着宝玉的起居地天天念经，让王夫人遂愿，本身就是对林黛玉有害的事情。对此妙玉心里非常清楚，所以她会做噩梦和病得不轻。

　　妙玉对宝玉也是有心的，书中第八十七回：妙玉访惜春，二人下棋。宝玉观棋，妙玉心动面红。"宝玉尚未说完，只见妙玉微微的把眼一抬,看了宝玉一眼,复又低下头去,那脸上的颜色渐渐的红晕起来。"棋罢,邀宝玉同行。闻黛玉抚琴作变徵之声,君弦崩断,妙玉讶然失色。回去后听见了猫叫春:"那时天气尚不很凉,独自一个凭栏站了一回,忽听房上两个猫儿一递一声厮叫。那妙玉忽想起日间宝玉之言,不觉一阵心跳耳热。"所以妙玉的状态,也是围绕宝玉而变化的,应当是对林黛玉做了一些什么,所以就失色做噩梦了。

妙玉和宝玉(87版电视剧《红楼梦》截图)

下面妙玉凡心大动,进入了梦魇:"怎奈神不守舍,一时如万马奔驰,觉得禅床便晃荡起来,身子已不在庵中。便有许多王孙公子要求娶他,又有些媒婆扯扯拽拽扶他上车,自己不肯去。一回儿又有盗贼劫他,持刀执棍的逼勒,只得哭喊求救。"妙玉的噩梦很说明问题,后面的贼人劫持,印证了妙玉被劫的命运,而前面的诸多王公要求娶她,也告诉读者妙玉这个尼姑不一般,与很多王公都有往来。俗话说:日有所思夜有所梦。噩梦之后,妙玉请医吃药,养了几日,才渐渐好转。妙玉的相思,就是劫持她的盗贼都知道,书里

第一百一十二回，一个人道："啊呀，我想起来了，必就是贾府园里的什么栊翠庵里的姑子。不是前年外头说他和他们家什么宝二爷有原故，后来不知怎么又害起相思病来了，请大夫吃药的就是他。"她对宝玉思春贼人都知道，那在大观园里估计是尽人皆知了。

妙玉念经的地方就是宝玉怡红院的正后方。在宝玉睡觉的地方后面，有人一直念着让王夫人遂愿的经。妙玉噩梦迷糊的时候，还有这样一段情节。

妙玉道："我要回家去，你们有什么好人送我回去罢。"道婆道："这里就是你住的房子。"说着，又叫别的女尼忙向观音前祷告，求了签，翻开签书看时，是触犯了西南角上的阴人。就有一个说："是了。大观园中西南角上本来没有人住，阴气是有的。"一面弄汤弄水的在那里忙乱。（第八十七回）

在第一部《红楼财经传家》中，我们分析过大观园的平面图。我们再看一下大观园的局部图：大观园的西南角就是宝玉的怡红院，怎么会没有人住呢？妙玉做了啥事情，触犯"阴人"受到了惩罚？宝玉和黛玉，在书里是仙人下凡，僧道做了对他们不利的事情，当然会有惩罚。所以妙玉到底念了啥经？做了啥对他们不利的事情？

三姑六婆可能影响他人迷信，书里写了赵姨娘暗算宝玉和凤姐："又向裤腰里掏了半晌，掏出十个纸铰的青面白发的鬼来，并两个纸人递与赵姨娘，又悄悄的教他道：'把他两个的年庚八字写在这两个纸人身上，一并五个鬼都掖在他们

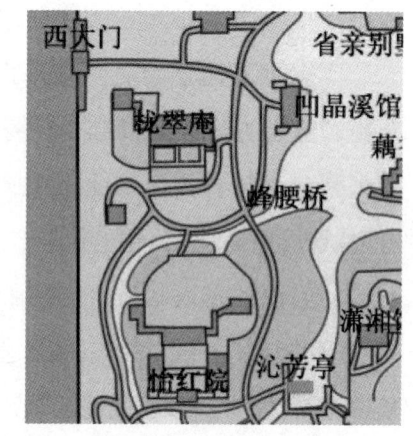

北京大观园平面局部图

各人的床上就完了。我只在家里作法，自有效验。千万小心，不要害怕。'"（第二十五回）马道婆对宝玉和凤姐儿施了"魇魔法"之后，宝玉真的突然间口内乱嚷、满嘴胡话，"拿刀弄杖，寻死觅活"的；凤姐也是"手持一把明晃晃钢刀砍进园来，见鸡杀鸡，见狗杀狗，见人就要杀人"。最后是宝玉身后有癞头和尚与跛足道人，他俩救了宝玉和凤姐儿。而此时妙玉的噩梦和异常反应，是不是她诅咒的宝玉和黛玉，也遇到了癞头和尚与跛足道人的保佑呢？

妙玉在大观园，身份佛道不清。一般来说，不去发的是道士，而且妙玉搞扶乩①，这是道家的法事，佛家里面是没有的，虽然中国古代讲三教同源，儒、释、道在庙里可以同时供奉，但一般还是泾渭分明的，作者在这里有意地佛道不分，其实也是告诉读者，妙玉在栊翠庵，是佛家修行还是道家修行都不重要，重要的是一个渠道，一个可以合法存在的渠道。

妙玉的栊翠庵，是专门为元妃省亲时做法事的寺庙。寺庙里除了专门从江南买来的十个小尼姑、小道姑之外，妙玉还有两个老嬷嬷、一个小丫头服侍。另外妙玉带发修行，很特殊，可以有很多种联想。尼姑带发修行，属于六根不净，在家当居士没有问题，在庙里当住持就过分了。栊翠庵就应当不是正规佛家寺庙，所以住持可以与跛足道人、癞头和尚一样，僧道不分，道士不落发。有红学家研究后，认为妙玉是皇亲等（有的红学家认为妙玉的原型是雍正的侄女、废太子胤礽的小女儿八格格，为躲避雍正的追杀而暂居大观园），本人认为妙玉带发修行，可能有所影射，因为这样分析更符合

---

① 扶乩，是中国民间信仰的一种占卜方法，又称扶箕、抬箕、扶鸾、挥鸾、降笔、请仙、卜紫姑、架乩，等等。扶乩要准备带有细沙的木盘，没有细沙，可用灰土代替。乩笔插在一个筲箕上，有的地区用一个竹圈或铁圈，圈上固定一支乩笔。扶乩时，乩人拿着乩笔不停地在沙盘上写字，口中念某某神灵附降在身。术士制丁字形木架，其直端顶部悬锥下垂。架放在沙盘上，由两人各以食指分扶横木两端，依法请神，木架的下垂部即在沙上画成文字，作为神的启示，或与人唱和，或示人吉凶，或与人处方。旧时民间常于农历正月十五夜迎紫姑扶乩。

栊翠庵妙玉扶乩玉（清孙温 绘）

全书社会逻辑的脉络。不过，妙玉与她的家族没有了关系，所谓三岁就出家，家里送到庙里，又带发，也应当有故事。否则小孩子才三岁，不懂事，怎么可能在庙里搞特殊去蓄发？妙玉的身份有可能是罪臣的家眷，需要避祸，如果不到庙里出家，就要到教坊了。《红楼梦》里面的庵堂都不干净，水月庵、馒头庵，开始是秦钟和智能儿有故事，后来第九十三回，尼姑与贾家子弟宿娼聚赌，等等。而妙玉真的是要躲罪避祸，势必不敢特殊，为啥会当尼姑又不落发？

妙玉的形象，其实是泰山姑子的形象，明清的风月场所，与扬州瘦马、大同婆姨、西湖船娘并称。《清稗类钞》记载："泰山姑子，

栊翠庵（编辑拍摄于北京大观园）

着称于同、光间。姑子者，尼也，亦天足，而好自修饰，冶游者争趋之。顶礼泰山之人，下山时亦必一往，谓之'开荤'。盖朝时皆持斋，至此则享山珍海错之奉。客至，主庵之老尼先出，妙龄者以次入侍。酒阑，亦可择一以下榻。"泰山的庵堂，她们让三十岁以下的尼姑蓄发，着俗家装束，佩戴华丽妆饰，教以琴棋书画、诗词歌赋，使她们具有大家风范，用来服务各种权贵。而权贵之家养家庙，家庙里面的泰山姑子是有背景的，是要服务权贵的，所以妙玉有其价不菲的各种古玩，同时也可以进宫走动，在省亲见到元春，以后服务的对象，可以是皇帝，因此庵内会有违禁之物，所以栊翠庵后来的盗案，到底丢了啥东西，贾政是不敢开失单的。

在大观园里面,妙玉能够搞迷信做法事,例如,怡红院海棠反季节开花,通灵宝玉丢失。妙玉扶乩云"入我门来一笑逢",探春解曰:"若是仙家的门,便难入了。"妙玉把控了大观园各种现象的解释权,非常重要。扶乩怎么说,是能够被扶乩的人操纵的。而书中说妙玉的师父就"极精演先天神数",这就是算卦的,属道家,不是佛家,《红楼梦》中僧道不分,而道家有些教派可以结婚。因此,妙玉会思春,同时搞各种法事,后面惜春出家到栊翠庵,是佛是道是否落发,也可商榷。

妙玉的扶乩权力,也是重要的内宅舆论导向。

妙玉的扶乩有故事,有授意。利用扶乩达到目的,在书里就有相关情节,就如当初葫芦案贾雨村要认定事实服众,也要搞扶乩。

三姑六婆到了大观园,可能发生的事情就很多,庵堂不光靠贾府供养,也要利用各种活动赚钱。三姑六婆在古代社会评价很低,例如,"吾闻贵地有三姑六婆,一经招引入门,妇女无知,往往为其所害,或哄骗银钱,或拐带衣物"(清李汝珍《镜花缘》第十二回)。后来,妙玉被盗匪掠走,可能死于非命,当时她对贾府而言已经失去作用了,不过,本人对妙玉遭遇盗贼的分析也有不同,另有章节分析。

妙玉在贾府的奢侈,书中写道,刘姥姥吃过的那只成窑杯,妙玉嫌脏不要了,宝玉便说情,送给刘姥姥。成窑,指明成化年间官窑烧制的一种瓷器。成窑的斗彩鸡缸杯,被认为是极品,在古代就是珍品,历史上的成化鸡缸杯,基本价格只升不降,是古玩里面的神话。现在一个拍卖就是2.8亿元,有人研究说妙玉的这个鸡缸杯,就是后来刘姥姥可以赎出来巧姐的资金来源,否则当初为了20两银子,要到贾府化缘的刘姥姥,怎么可能出得起上千两的银子,把巧姐赎出来?不过在通行本里面,刘姥姥救巧姐是到乡下躲避,不用花钱。在书中妙玉有成套的成窑茶具,并且还有诸多好东西,这么多价值连城的东西哪里来的？富贵人家的家庙姑子，就是各种托请走后门的渠道，就如当年铁槛寺老尼姑托请王熙凤经手张金哥案一样，由此就可以知道妙玉的作用了。

除了成窑杯，书里还写了妙玉另拿出两只杯来。

> 一个旁边有一耳，杯上镌着"瓟斝"三个隶字，后有一行小真字是"晋王恺珍玩"，又有"宋元丰五年四月眉山苏轼见于秘府"一行小字。妙玉便斟了一斝，递与宝钗。那一只形似钵而小，也有三个垂珠篆字，镌着"点犀䀉"。（第四十一回）

上述都是稀世珍品，晋代名家王恺的藏品和宋代官窑，是比成窑更值钱的东西。

妙玉被劫的时候，贾政得知"昨夜被盗"，却无法向官府开出失单，"若开出来好的来反担罪名"。为何如此？丢失的珍品是不敢说的，不光僭越违制，可能还有更多的故事。就如大贪官被盗，都不敢说丢了什么东西一样，背后原因就是妙玉这样的姑子，后面有啥故事还不知道呢！她背后的事情，贾政一定知道影子，否则贾政为何担心有让人"反担罪名的东西"？要知道贾家已经被抄家过了，没有被抄的是妙玉的庙，秦可卿托梦的时候已经说了，祭祀的庙啥的，不会被抄家。书里写的是贾母的东西被劫走，但贾府抄家也不会少了贾母的，违禁的，早该抄过了。能够让贾政担心的，是在妙玉那里没有被抄的逾制的东西，失窃了写出来有问题。被劫那天晚上，书中明确写了妙玉把她的茶具、好东西带到了贾府。

妙玉本自不肯，见惜春可怜，又提起下棋，一时高兴应了，打发道婆回去取了他的茶具衣褥，命侍儿送了过来，大家坐谈一夜。惜春欣幸异常，便命彩屏去开上年蠲的雨水，预备好茶。那妙玉自有茶具。那道婆去了不多一时，又来了个侍者，带了妙玉日用之物。（第一百十一回）

为何重点提妙玉的茶具，记得在刘姥姥进入大观园时看到的妙玉茶具是什么？妙玉为什么能够有逾制的东西？尼姑可以四处活动，妙玉已经是庵堂的住持，有什么事情需要到处活动？与贾政相关的是什么事情？一定是与官员往来的各种私下活动，所以妙玉是一个不简单的人物，也是王家在大观园的卡位。盗贼为啥去抢她，为何一定要带走她?！可能不是书里表面写的仅仅因为看色起了淫心，何三已经被打死，再一次去大观园风险很大。"那知那个人把刀插在背后，腾出手来将妙玉轻轻的抱起，轻薄了一会子，便拖起背在身上。此时妙玉心中只是如醉如痴。"为何书里会写此时妙玉"如醉如痴"？对此，相关盗案那一节会详细分析。

书里妙玉的用品，比宝玉等人的都好，是成窑成套的珍品古玩瓷器。贾府不会给妙玉高于宝玉的配置，她从原来的小庙里面带过来也不可能。有人据此说妙玉能够有这些珍品，说明她的身份是天潢贵胄之女，因罪隐名如此。此逻辑也难以成立，因为既然要隐名，对可能泄露身份的逾制物品，更应当隐藏。妙玉的好东西，肯定是她自己"赚"来的。书中第一百一十三回写道："且说栊翠庵原是贾府的地址，因盖省亲园子，将那庵圈在里头，向来食用香火，并不动贾府的钱粮。"说明妙玉的钱，不是贾府放在她那里的，她的生财有道，水很深的。

过去大户人家走后门，后门是女眷之门，男人是进不去的，尼姑去找官员徇情枉法，也有潜规则。就如馒头庵的老尼托请王熙凤一样，不但净虚老尼包揽诉讼，玩弄司法，因此残害生命，而且大徒弟智通拐骗芳官等人出家，小徒弟智能儿与秦钟在神佛净地，可谓烂泥塘一块。托请官员枉法的人家，男人找不能直接找王熙凤这样的贾府女眷；直接找官老爷，耳目众多也不方便，就要通过尼姑庵的尼姑转手。所以在《红楼梦》里，尼姑庵就是一个藏污纳垢的地方。

贾母病危，妙玉不请自来，探望病情。看似妙玉有情有义，这个是文学小清新的感觉，从江湖反面视角，也可以说明另外的问题。贾府贾母不请她，说明她在贾家人眼里印象不佳，她是王家王夫人的人，王夫人要生病，就要请她了。她需要在贾母身边经常出现，能够混脸熟，获得她在内宅和江湖当中的地位，因为旁边的人不会知道她是怎么到贾母身边的。妙玉的江湖地位，就要靠时常出现在贾府贵妇的身边来维持，所以就算不请，也要凑上前去才好。

另外，尼姑也是可以进宫的，尤其是妙玉所在的庙，是为元妃皇妃而建，到宫里去做法事也是她的职能，她也是贾府与宫内交流的一个渠道。怎么让娘娘把枕边风吹给皇帝，自古是一个大学问。历史上真有其事，宋真宗的皇后就带小尼姑进宫与之一起伺候皇帝，小尼姑给皇帝生下了宋仁宗。妙玉是否能够去找元妃，是否经常去找元妃？书里没有交代，但她的特殊地位和尼姑的特殊身份，我们要好好体会。与此对应，我们可以看看第九十三回，水月庵发生风月案之后，赖大去骗尼姑们到大观园，赖大说："大爷在这里更好。快快叫沙弥道士收拾上车进城，宫里传呢。"水月庵的尼姑都有机会进宫，为了省亲而修建的栊翠庵住持妙玉当然更有机会。书里第四十一回有一段对话，贾母道："我不吃六安茶。"妙玉笑说："知道。这是老君眉。"这里的"六安茶"的"六"，实际的读音是"禄"，此处的茶名谐音也有含义，现在六安茶当中的瓜片已经大众化，不贵了，但历史上此茶叫作齐山云雾，要特定的产地，而且谷雨前采摘的叫作提片，其后是梅片，在梅雨季采摘，再晚的才是瓜片。顶级的六安茶是贡品茶里面的极品，书中如此写，也暗示妙玉与宫里有

水月庵掀翻风月案（清孙温　绘）

往来，而"老君眉"则在茶谱上没有，可能是银毫、银针一类的茶，如老年人的眉毛。贾母是史太君，前有元春省亲，后有太上皇撑腰，"老君眉"之"老君"，想象空间巨大。

《红楼梦》表面上把妙玉写成极为洁净的人，但本书的惯例一般都是反话。为何贾政会担心丢失的东西让贾家担罪名，背后原因就是贾政知道庵堂水月之深。我们来看一下妙玉的判词："欲洁何曾洁，云空未必空。可怜金玉质，终陷淖泥中。"这里写得很清楚，"何曾洁"就是从来没有洁过，妙玉爱洁净但干脏事，"未必空"则是一直在思春，最后被盗贼掳掠。很多读者为妙玉的曼妙动人和茶艺所打动，就一厢情愿地对妙玉充满了同情，而实际的情况是，外边端庄，背地里难以见人。

"纵有千年铁门槛,终须一个土馒头。"妙玉也是姑苏人氏,有人说她是"庙里的玉",要知道妙玉在"蟠香寺"修炼,"蟠"是"薛蟠之蟠",她进入贾府是王夫人的决定,第四十一回,妙玉在蟠香寺用梅花雪水泡的极品老君眉,黛玉喝不出味道,对此,妙玉冷笑:"你这么个人,竟是大俗人,连水也尝不出来。"妙玉对黛玉的不友好跃然纸上。而来此一起喝茶的宝玉能够用妙玉寻常喝茶的杯子绿玉斗,显示了妙玉与宝玉特别的关系。在第六十三回宝玉生日之时,妙玉特地派人送去"槛外人妙玉恭肃遥叩芳辰"的拜帖,被邢岫烟指出"僧不僧,俗不俗,女不女,男不男",表明妙玉六根并不干净。妙玉称宝玉为"你们这些槛内人",并故意说"槛外不闻槛内事"。她自称"槛外人",在"铁门槛"之外,显示与侯门的区别。然而妙玉用具之奢侈讲究,对刘姥姥用过的杯子嫌脏弃置,这一系列表现超过了贾府其他人,所以妙玉的清高和"槛外",是徒有其表的"真事隐,假语存"。

不同版本的《红楼梦》对林黛玉、妙玉等人的命运说法不一。癸酉本里,在贾宝玉和林黛玉结婚宴当天,锦衣卫就来抄了贾府的家,连婚都没结成,更别说洞房了。林黛玉至死没有与宝玉结婚,印证了自己的诗"质本洁来还洁去"。癸酉本版本的故事走向,是明亡清兴的悲剧故事,而通行本则是贾家复兴的喜剧结尾,本书对《红楼梦》全书的理解,基于对通行本的理解。还有续写的各种版本,写妙玉为妻、宝钗为妾,宝钗后来嫁给了贾雨村,等等,不过这些都不是流行版本,各有其逻辑,但不被大众认可,不过妙玉背后水很深,各个版本都有所体现。

(五)虾须镯背后的宅斗掰手腕

在《红楼梦》里,平儿"掩镯"也是上了章回目录的情节,读者一般认为此处显示了平儿的善良,替宝玉遮掩,保护坠儿。而晴雯则表现得非常尖刻,越权赶走了坠儿。这个情节上了章回目录,要是这样简单和表面,你就太小看作者的水平了,此处水深着呢!而且虾须镯从丢的情节开始,还不止一个章回涉及。

书中介绍平儿虾须镯丢失在第四十九回:

> 吃毕,洗漱了一回。平儿戴镯子时却少了一个,左右前后乱找了一番,踪迹全无。众人都诧异。凤姐儿笑道:"我知道这镯子的去向。你们只管作诗去,我们也不用找,只管前头去,不出三日包管就有了。"

凤姐对找到镯子似乎是充满了信心,把事情遮掩了过去。其实凤姐怀疑镯子被邢夫人侄女带来的人偷走了,想着如果查访到了,可以让邢夫人难堪一下,因为在贾赦这一房,邢夫人为继室,家世也不好;而凤姐是正妻,出身王家豪门,一直是压制着邢夫人这个婆婆的,然而事情的发展并不像凤姐预料的那样。

情节发展到第五十二回,平儿找到了镯子,去怡红院找袭人。袭人不在,平儿就与麝月交代:"你们这里的宋妈妈去了,拿着这支镯子,说是小丫头子坠儿偷起来的,被他看见,来回二奶奶的。"平儿给隐瞒了下来,却告诉了麝月,而且知道麝月与袭人是一起的,"等袭人回来,你们商议着,变个法子打发出去就完了。"平儿是故意避开了晴雯。平儿道:"究竟这镯子能多少重,原是二奶奶说的,这叫做'虾须镯',倒是这颗珠子还罢了。晴雯那蹄子是块爆炭,要告诉了他,他是忍不住的。一时气了,或打或骂,依旧嚷出来不好,所以单告诉你留心就是了。"此处故意避开了晴雯,避开的理由是晴雯性格暴躁,会把丑事张扬出去,平儿掩镯的目的是保护宝玉的声誉。

俏平儿情掩虾须镯（清孙温 绘）

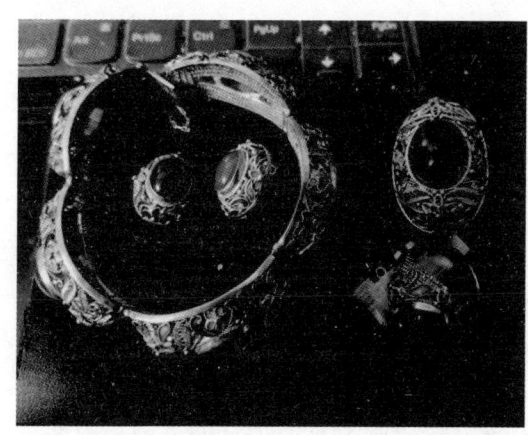 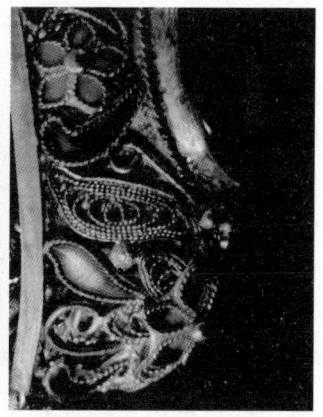

虾须镯，用细如虾须的金银丝编制的镯子，上面镶嵌珠宝。

上图是本人的收藏，用银丝编制的，工艺已经没有多少人会了。我们还是不要被书中表象误导，平儿的行为真的是保护宝玉吗？真的仅仅是因为晴雯脾气不好吗？其实是为了宝玉，这些都是打在前面的幌子，后面的事情才是关键。为什么偷镯子的事情会"第二件，老太太，太太听了也生气。三则袭人和你们也不好看"？坠儿偷东西，为何和这么多人都有关联了？

问题的关键其实在说明《红楼梦》丫鬟家奴们的派系，这里存在非常重要的内宅逻辑。坠儿的身份应当是与凤姐、平儿，还有袭人、麝月是一伙的。袭人已经投靠了王夫人，就是王家人的阵营，而麝月与袭人又是联系在一起的。坠儿是小红的朋友，《红楼梦》中有坠儿帮助小红给贾芸传递手帕的情节。小红被凤姐拉拢以后，小红的好朋友应当也到了凤姐的阵营。

与此同时，宋妈如果发现了问题，她需要去找谁汇报呢？这些规矩也很有讲究。虽然是凤姐当家，但宝玉的身边事务，之前一直由贾母来管理，不让其他人插手。那么为什么宋妈不去告诉贾母？贾宝玉身边的嬷嬷排名，谁是老大？应当是宝玉奶妈李嬷嬷。宋妈有什么事情应当先报告李嬷嬷，她却私下告诉凤姐，规矩上就有问题。另外，贾家的事务管理还有大管家，此人就是赖大，而赖大在宝玉身边的代表是晴雯。因此，平儿要隐瞒晴雯，就不是想象的那么简单了。所以凤姐她们自己人出了丑事，当然要自己内部处理，还要遮掩。

宝玉身边的晴雯不是一个简单的小丫头，她的背后有大管家赖大家族，代表整个贾家的老家奴势力。所以在十二钗的副册，晴雯要排在袭人前面，位列第一。很多人说晴雯像林黛玉而袭人像薛宝钗，这只不过是表面现象，袭人没有晴雯背后那样的势力。晴雯是家奴的家奴，是赖大的嫡系，而袭人则是新买来的奴仆，根基不深。

晴雯长到十岁时，赖大家用银子买了她，是奴才家里的奴才。因她常跟赖嬷嬷进府，贾母见了喜欢，故此赖嬷嬷把她孝敬给了贾母。所以晴雯可以在外面打骂小丫头，被王夫人说成是跋扈的罪状，而荣国府的大管家本来就对其他奴仆有惩罚权。晴雯在宝玉身边，有赖大等代表的贾家老家奴势力的支持。晴雯留着两根三寸长的指甲，长指甲干不了活，应当只有主子才留长指甲，晴雯却能够留，说明她其实也是半个主子。因此，袭人可以投靠王夫人改换门庭，而晴雯绝对改不了门庭。书中写道："这晴雯当日系赖大家用银子买的，那时晴雯才得十岁，尚未留头。""这晴雯进来时，也不记得家乡父母。只知有个姑舅哥哥，专能庖宰，也沦落在外，故又求了赖家的收买进来吃工食。""若问他夫妻姓甚名谁，便是上回贾琏所接见的多浑虫灯姑娘儿的便是了。"

晴雯有个姑舅哥哥，叫作吴贵，也是因为晴雯的关系才进了贾府，赖家还给他娶了一房漂亮媳妇。吴贵掌管后厨，媳妇与贾府多人有染，他也故意喝酒装糊涂。

晴雯对其他丫鬟的警惕性非常高，发烧重病的时候，还关心平儿找麝月、袭人"两人鬼鬼祟祟的，不知说什么"，"只是疑他为什么忽然间瞒起我来"，等宝玉告知了晴雯，晴雯则立即就把坠儿赶走，把事情张扬了出来。

很多读者认为晴雯把坠儿偷窃虾须镯的事情闹大，又自己做主赶走坠儿，是擅自越权，得罪了袭人和宋妈等人，导致晴雯被孤立。而实际情况应当不是如此，因为晴雯在书中就是一直打骂小丫鬟，晴雯对小丫鬟有责打的权力，这个权力应当来自赖大，而袭人等人就没有此项权力。所以把谁撵出去的权力，晴雯可以"狐假虎威"，有赖大在背后支持，她对袭人、宋妈等人，不存在越权的问题。

同时晴雯在怡红院虽然任性，但也是个识大体的女孩，如果事情真的对宝玉的声名有损，她知道后应当不会嚷嚷的。之所以晴雯要嚷嚷，高调地处理坠儿，是因为受损的不是宝玉（宝玉是不管家的公子），受损的是掌家的凤姐。晴雯尤其是为了让大管家赖大知道这件事。前面平儿提到"那一年有一个良儿偷玉，刚冷了一二年间，还有人提起来趁愿",就应当在说凤姐。两年前,那时宝玉才多大?宝玉的丫鬟有小偷,能够说宝玉不好吗?此时的舆论肯定是在说凤姐管家有问题。读者应当还记得凤姐协理宁国府,就狠狠打了赖大弟弟的人,因为他们不是一路的。当年如此打赖家的人,此后凤姐管家,连续有人偷东西,赖家当然也在看凤姐的笑话,所以平儿当然要隐瞒。后来,此事被晴雯嚷嚷了出来,平儿事情没有办漂亮,自然也就以镯子意外在雪里找到了搪塞了过去。有人分析,坠儿去偷镯子,是宝钗在背后起作用,因为"雪里"谐音就是"薛里",还结合第二十七回宝钗偷听坠儿与小红的对话等情节来分析。但是当初偷听到对话后,宝钗已经"金蝉脱壳"地栽给了黛玉,同时小红和坠儿也被凤姐搞定了,况且她们与宝钗也是一个阵营的,对宝钗而言,这么做也确实没有必要,因此这个分析有点过度解读。

因此,平儿一定要把坠儿偷东西的事情掩盖下来,就是为了凤姐。平儿与凤姐是利益共同体,而老家奴赖大系的晴雯就是故意要把事情嚷嚷出去。舆论发酵的结果,不是对宝玉不利,而是对凤姐不利,要让人知道她管理不严,出了小偷。此类针对凤姐的负面舆论,恰恰是贾府老家奴赖大他们所需要的,让"老太太,太太听了也生气"。平儿瞒着晴雯,也就是要瞒着赖大。而晴雯在那里高调嚷嚷,也是故意的,要让"袭人和你们也不好看",而不单是晴雯的脾气不好。

我们还可以看到,在平儿刚发现丢失虾须镯的时候,凤姐说"我知道这镯子的去向",然而当时的真实情况是凤姐肯定不知道虾须镯的去向,是宋妈来汇报了,凤姐才知道真相的,但为什么她还要说自己知道呢?原因就是凤姐不愿意让贾府上下知道丢了东西,想要把丢东西的事情隐瞒下来。前面凤姐和平儿"只疑惑邢姑娘的丫头",邢岫烟的人偷东西,与凤姐无关,还可以让邢夫人难堪一下,这是她们想要的结果,应当之前她们就如此怀疑过,现在发现是王家人圈子里面的丫鬟偷的，当然就要隐瞒了，更不能让婆婆邢夫人知道。因此，此时平儿过来说她瞒着凤姐如何如何，可能就是一个说辞。把事情和舆情给隐瞒下来，这是凤姐需要的。平儿出面说这番话，未必她就真的隐瞒了凤姐，很可能也是凤姐的意思，只不过凤姐不方便亲自出面直接说罢了。因此，平儿掩镯其实是怡红院内各种势力的一次掰手腕。

另外，平儿要保密的原因，还跟宋妈有关。老妈子的年龄不小了，肯定不是年轻的凤姐嫁入贾府时带来的。宝玉是贾母带大的，宝玉身边的老妈子，应该也是贾母的人。在第三十七回中，袭人打发宋妈给贾母娘家的史湘云送东西，袭人为什么选宋妈？应当因为她是贾母和老家奴的人，不是王夫人带来的，因此宋妈她们有事情本应向贾母或赖大去禀报。但宋妈不找贾母和赖大、李嬷嬷，直接给凤姐汇报，说明宋妈已经投靠了王家人。但宋妈投靠王家人的事情，凤姐不愿意让赖大、贾母知道。凤姐要埋暗线才更有用，就如王夫人认了袭人做宝玉的准姨娘，即使袭人给王夫人叩过头了，但王夫人也不公开说她认了袭人的姨娘身份。

所以《红楼梦》的作者文无废墨，在此处写平儿掩镯的情节，背后告诉读者的，就是围绕在贾宝玉身边，王家人的布局已经渗透到位，丫鬟们也都站了队。晴雯作为贾母和赖大的代表，在宝玉身边是被孤立的状态。虽然宝玉此时宠着晴雯，但风雨已经在酝酿之中。

（六）紫鹃为自保站队薛姨妈

紫鹃与黛玉情同姐妹，她也想着宝玉，但她毕竟是贾家家奴，加上人性的自私一面，在薛姨妈等人的威胁下，紫鹃的选择就是自保，在关键时刻，紫鹃没有为黛玉牺牲自己的利益，结果就是黛玉身边没有一个人能够帮助她，黛玉与贾母被彻底隔离，在大观园处

慧紫鹃情辞试莽玉(清孙温 绘)

于被隔绝的状态。紫鹃试玉,让读者都认为紫鹃是全身心帮助黛玉,情同姐妹,但事情是复杂的。在第五十七回,紫鹃试玉之后,王家人发力、薛姨妈威胁,为了自保,紫鹃的立场发生了改变。分析《红楼梦》要全面地看故事的发展,而不是对人物之间的关系用刻舟求剑、一成不变的眼光看待。

◇◇◇紫鹃受到威胁

开始时,紫鹃与黛玉情同姐妹,紫鹃对黛玉公关很成功,把黛玉从林家带来的雪雁压到了后面,成为潇湘馆的首席大丫鬟。在紫鹃试玉,宝玉不让黛玉走之后,马上薛宝钗和薛姨妈就来找黛玉了,又是认干娘,又是嘘寒问暖的,最后薛姨妈又说:"我想着,你宝兄弟老太太那样疼他,他又生的那样,若要外头说去,老太太断不中意。不如竟把你林妹妹定与他,岂不四角俱全?"薛姨妈故意这么说,是要让黛玉放松警惕,好像大家都支持黛玉与宝玉的婚事似的。

薛姨妈她们盯住了宝玉，也应知道黛玉与贾府的特殊婚约关系，因为在前面薛蟠"瞥见了林黛玉风流婉转，已酥倒在那里"，薛姨妈却不去给薛蟠提亲，就是因为知道黛玉与贾府之间若没有联姻承诺，贾家外祖母带不走她。

薛姨妈对宝玉与黛玉二人婚嫁真实的态度是什么？紫鹃知道一些，所以紫鹃就继续给薛姨妈递一个梯子，进行追问。书中写道：

> 紫鹃忙也跑来笑道："姨太太既有这主意，为什么不和太太说去？"薛姨妈哈哈笑道："你这孩子，急什么，想必催着你姑娘出了阁，你也要早些寻一个小女婿去了。"（第五十七回）

这里立即暴露了薛姨妈的虚伪，马上就反问"急什么？"，下面一句是笑里藏刀的威胁之语，"催着你姑娘出了阁，你也要早些寻一个小女婿去了"，紫鹃肯定是想着要跟着黛玉陪嫁，如果不能跟住黛玉，那么紫鹃是贾府的奴婢，又不是林家跟着黛玉来的奴婢，她的去向归贾府，而不归黛玉安排。贾府怎么安排，让她嫁给谁，紫鹃没有选择权。薛姨妈的态度就是紫鹃如果不合作，她就不知道会嫁给谁。对紫鹃而言，宁可黛玉不嫁宝玉，她也要随着黛玉陪嫁，黛玉与之情同姐妹，会很好地照顾她，而且以黛玉的门第身价，嫁好人家没有问题，她陪嫁做妾，也比被贾府穿小鞋，安排嫁一个腌臜男人要强太多了。所以紫鹃不说话了，不敢说话了，以后紫鹃也知道底线在哪里了，选择与王家人合作自保，再也没有撺掇黛玉让宝玉闹婚事。

还有一点，紫鹃可能比黛玉年龄大不少，即使黛玉临死前对紫鹃交代遗言，说的是："妹妹，我这里并没亲人……"黛玉管紫鹃叫妹妹，也不等于紫鹃就比黛玉年少。这里是主子对奴婢的客气，称呼妹妹已经是抬举了，为啥古代要把少女主子叫作"小姐"？就是在一起论排行，奴婢年龄再大，也不能爬到主子头上变成姐姐的，主子是年龄小的"姐"。若紫鹃与黛玉一起嫁给宝玉，妻妾之间，就算妾比妻年长，也是妾为妹妹，还要管妻叫姐姐。书中，凤姐对丫鬟鸳鸯叫鸳鸯姐姐，是非常讨好鸳鸯的行为，而且鸳鸯的实际年龄也比凤姐大。贾母把紫鹃给黛玉时，理由是跟着黛玉进贾府的小丫鬟雪雁年龄小，在贾雨村教黛玉的时候就说了雪雁是与黛玉同岁的陪读，当时黛玉年少，雪雁也年少，所以挑了年龄大一点的紫鹃。紫鹃年龄大了，还是二等丫头，能够有此前途，是贾母的恩典。如果紫鹃不合作，是可以在黛玉出嫁前，把她打发出去的，所以后来在王家人薛姨妈威胁要将她配小子的情况之下，她就改变了立场。

在第五十八回，借着国丧贾府无人，"托了薛姨妈在园内照管他姊妹丫鬟"，薛姨妈搬进大观园，然后又"况贾母又千叮咛万嘱咐托他照管林黛玉，薛姨妈素习也最怜爱他的"，拿着贾母的旗号，贴到了黛玉身边，"今既巧遇这事，便挪至潇湘馆来和黛玉同房，一应药饵饮食十分经心"。薛家人对黛玉的关心，麻痹了黛玉对薛宝钗和薛家博弈上位的警觉，"黛玉感戴不尽，以后便亦如宝钗之呼，连宝钗前亦直以姐姐呼之，宝琴前直以妹妹呼之，俨似同胞共出，较诸人更似亲切"。黛玉与宝钗表面上的和谐相处，也骗过了贾母，"贾母见如此，也十分喜悦放心"。此时，紫鹃等黛玉的丫鬟，就完全被控制在了薛姨妈手中，"薛姨妈只不过照管他姊妹，禁约得丫头辈，一应家中大小事务也不肯多口"。所以紫鹃就被薛姨妈禁约得不敢说话，甚至薛姨妈与黛玉睡在一个房间，紫鹃也彻底闭嘴了，"不肯多口"。

◇◇◇紫鹃的选边站队

可能很多人说书中后面紫鹃的行为，是后四十回的内容写的，不少人还是不认同后四十回。不过，这里还有一个证据，就是紫鹃在抄检大观园的时候被抄出私藏宝玉的私物，凤姐就一把带过也没有为难她。即使宝玉与黛玉有婚约等，对黛玉不能多说，但紫鹃是一个丫鬟，还是贾家的丫鬟，不说寄名符的事情、宝玉的扇子，等等，但说她偷的也可以，依然是可以做文章去处罚她的。王家人在此处选择性失明，已经告诉大家此时紫鹃的站队了，紫鹃是他们自己人，所以就不是问题了。

另外，黛玉身边，王家还有一个关键占位，读者难以注意到：黛玉的奶妈王嬷嬷应当是王家人，有她在紫鹃也会害怕。黛玉身边需要有成熟女性帮助，黛玉父母不会考虑不到，有阅历的成熟女性不是小丫头，而是奶妈、嬷嬷。黛玉只带了两个人来：一个是自幼奶妈王嬷嬷，另一个是十岁的小丫头。为何王嬷嬷是王家人？一来按照《红楼梦》的写作安排，一个姓的一般都是一家人；二来在黛玉死后，帮助宝钗顶替的雪雁都被放出去配了小子，而宝钗对跟来的林家王嬷嬷的态度是：王奶妈养着她，将来好送黛玉的灵柩回南。鹦哥等小丫头仍服侍了老太太。为何会养着不能干活的王奶妈，不是留下年轻的雪雁？显然王嬷嬷她给王家人出力了。

黛玉进入贾府，贾敏也是做了安排的，"一个是自幼奶妈王嬷嬷，一个是十岁的小丫头，亦是自幼随身的，名唤作雪雁"。都是"自幼"跟着黛玉的人。一般情况下，奶妈都是有社会经验的女人，也与所喂奶的孩子利益一致，她以后的命运，应当绑定黛玉；而小丫头从小跟随，就应当是陪房大丫鬟，书里黛玉跟贾雨村读书的时候，"妙在只一个女学生，并两个伴读丫鬟"，雪雁"自幼随身"黛玉，应当就是当时伴读的丫鬟之一，紫鹃占了雪雁的位置，当初是贾母委派她来，也是要帮助贾家人锁定黛玉。黛玉原先的贴身丫鬟雪雁确实是经验不足、年龄小，被紫鹃给挤到了下面的位置。雪雁生长在林家，林家多代单传，人丁不旺，是很小的家族，没有贾府大家族的复杂，所以雪雁对大家族内部丫鬟、奴仆的博弈水平有限，而紫鹃则是从贾府二等丫鬟里出来的，对贾家大家族内部的残酷是有认识的，也经过了丫鬟们内部的严酷博弈，她俩不在一个水平线上。所以紫鹃上来就与黛玉"情同姐妹"，把雪雁压到了下面。

黛玉父母选择王嬷嬷陪同，书里说她很老，选一个干不了活的老嬷嬷跟着，主要作用就是保护黛玉，教给黛玉人生经验。本来王奶妈有经验，应当在很多地方辅佐黛玉，但在书里可以看到黛玉没有得到她的任何帮助。这是贾敏没想到的。

贾敏安排王嬷嬷在黛玉身边，可能考虑当时在贾府里贾母强势，王家奶妈容易与内宅的王家人处好关系，也是对贾家人的一个制约。贾敏死时可能没有想到以后黛玉的主要竞争对象，会是王家背景的薛宝钗。林如海刚到江南，应当也与王家还没有大的冲突。但等到林如海将要死的时候，时间和机会又全部不具备，他鞭长莫及，难以再换人。黛玉身边有经验的王嬷嬷来了一个"徐庶进曹营"，对黛玉的未来产生了致命影响。

即使紫鹃是贾母派给黛玉的人，情节发展到后来，贾母没有斗过王夫人，王家人在与贾家人的婆媳内宅博弈中获胜，紫鹃为自保就选择与王家人合作了。抄检大观园，晴雯被赶走后很快死去，芳官等戏班女孩都被赶走，彩霞被嫁了来旺的败家儿子，这是王家人对紫鹃释放的一招杀鸡儆猴，紫鹃彻底怕了。《红楼梦》书中，迎春奶妈由输家被背锅变成了赌头，迎春当姑娘的都不敢深究，更别说奴婢紫鹃了。紫鹃也不敢帮助黛玉了，黛玉彻底孤立隔绝，身边奶妈王嬷嬷本来就是王家人，雪雁不懂事。到第九十回，黛玉绝食为了引起贾母的注意，但"贾母等见他这病不似无因而起，也将紫鹃雪雁盘问过两次，两个那里敢说"。贾母去问紫鹃，紫鹃也不对贾母说实话以维护黛玉的利益，黛玉闹了也白闹，无人知晓。就这样，黛玉在大观园处于被隔绝状态，贾母也不知道黛玉的真实情况。

◇◇◇紫鹃替王家人出力

王家人要宝钗顶替骗宝玉,紫鹃也跟着一起骗着黛玉。黛玉知道要娶宝钗去问宝玉的时候,书中写道:

黛玉也只模糊听见,随口应道:"我问问宝玉去!"

紫鹃跟了过来。

黛玉笑着道:"宝二爷在家么?"袭人不知底里,刚要答言,只见紫鹃在黛玉身后和他努嘴儿,指着黛玉,又摇摇手儿。袭人不解何意,也不敢言语。黛玉却也不理会,自己走进房来。

紫鹃此时的态度不是与黛玉一起问宝玉,而是给袭人暗中报信,一起应付黛玉。如果她因为害怕而心向黛玉,自己不敢主动告诉黛玉真相,那么黛玉此时去问宝玉,她被动地装不知道就可以了,对比一下第五十七回的"试玉"情节,紫鹃的行为明显说明她的立场变了。此时,紫鹃主动给袭人通风报信,站队薛姨妈,让黛玉对宝玉没能说破,没有问出来,让顶替穿帮,她为宝钗立功了。从当初敢去"试玉",到不敢说,再到一起瞒黛玉,背后原因是怕王家人。

再来看黛玉的《葬花吟》中"一年三百六十日,风刀霜剑严相逼",可见黛玉在大观园中的处境。王家人严密布局,黛玉亲戚有限,贾家只有贾母,而且已经老了,贾家男人对后院的影响力有限。黛玉处境险恶,敏感的她,应当很早就深切感受到了周围环境的不友好,无奈在大观园里她没有自己的帮手:王奶妈本来就与王家有关联,雪雁不懂事,本想把紫鹃发展为自己的同盟,而紫鹃选择自保,不愿为黛玉冒风险,黛玉在潇湘馆彻底没有了能依靠的人。因此,在抄检大观园之后,紫鹃被抄出宝玉私物,应当转而与王家人合作了,敏感的黛玉就有了"冷月葬花魂"之感。紫鹃后来要出家,她应该做了对不起黛玉的亏心事,但没有想到会要了黛玉的命。她做了什么,自己心里明白。

黛玉死后,贾家人对黛玉的丫鬟处理方式不同,也说明了黛玉身边的人当时的站队情况。书中第一百回:

> 宝玉背地里拉着他,低声下气要问黛玉的话,紫鹃从没好话回答。宝钗倒背地里夸他有忠心,并不嗔怪他。那雪雁虽是宝玉娶亲这夜出过力的,宝钗见他心地不甚明白,便回了贾母王夫人,将他配了一个小厮,各自过活去了。

为啥宝钗说紫鹃"有忠心"?从紫鹃能够留在宝玉身边,我们就已经找到了答案:薛宝钗背后愿意,不反对她来。紫鹃到宝玉身边,书里写:"虽经贾母王夫人派了过来,也就没法,只是在宝玉跟前,不是嗳声,就是叹气的。"在这里,委派紫鹃的人不光是贾母了,加上了王夫人。在以前,宝玉、黛玉身边的袭人、晴雯、紫鹃等,都是贾母一个人指派,什么时候问过王夫人?现在,贾母成了橡皮图章,做主的是王夫人。要知道,王夫人对自己不认可,却敢觊觎宝玉的丫鬟,下手都是很狠的,是绝不容忍的,而在这里,王夫人却让紫鹃待在宝玉身边,肯定有原因。也就是说在抄检大观园时,紫鹃被抄检到私藏宝玉之物,虽然凤姐在下人面前遮掩了过去,但王夫人不会不知道,王夫人指派紫鹃到宝玉身边,应当也考虑了宝钗的意见。雪雁在最后让薛宝钗冒充黛玉的时候当了伴娘,而紫鹃紧贴黛玉不当伴娘,也不一定是因为感情,紫鹃也害怕黛玉临死之时,与雪雁或者其他人说什么话,她要把控黛玉遗言。

紫鹃对宝玉不满，"从没好话回答"，是因为她对黛玉还是有感情的，她觉得自己作为奴婢不敢多说话，然而宝玉也没有主动站出来维护黛玉，辜负了黛玉的真情和他的誓言。但是紫鹃还是选择了与王家人合作，所以王家人在宝玉身边也给她留了一个位置。而黛玉从林家带来的丫鬟雪雁，就算为宝钗顶替黛玉出过力，但仍然被宝钗赶出去配小子，原因还是雪雁"他心地不甚明白"，没有看清幕后博弈，没有及时站队，才被配小厮处理了。雪雁是林家的奴婢，本来不该由贾家处理，但贾家怕她说漏嘴，便强行处理了。这背后还有一个原因，就是雪雁是认识贾雨村的。贾雨村教黛玉的时候，"妙在只一个女学生，并两个伴读丫鬟"，雪雁"自幼随身"黛玉，说明伴读的小丫鬟应当有雪雁，贾雨村若要了解真相，也会首先去问雪雁，雪雁有把真相告诉王家政敌贾雨村的可能，所以薛宝钗是一定要处理雪雁的。而紫鹃违心站队王家、薛家，最后出卖了黛玉，所以宝钗夸她忠心，说明她出的力肯定比雪雁更大。前面分析过，紫鹃应当在第五十八回薛姨妈到潇湘馆与黛玉同住的时候，就投靠了薛姨妈，她早就是王家的人了，不是临时抱佛脚，因此得以留下来。情谊归情谊，重大利益面前，紫鹃不会为黛玉牺牲，因为她本来就是贾府的奴婢，与从林家跟来的雪雁不同，雪雁可以一直陪着黛玉出嫁；紫鹃是贾府奴婢，未必有机会一直陪着黛玉出嫁。

紫鹃的自保，虽然客观上间接对黛玉的悲剧具有决定性作用，但在主观上她的想法不是出卖黛玉，而是在贾母和王家人之间站队。她是贾母委派到黛玉身边的人，贾母把她从二等丫头提拔为大丫鬟，施恩于她，就是要她当贾母的棋子，结果在薛姨妈的威胁下，她变成了王家安插在黛玉身边的人。贾母委派到大观园的袭人、晴雯和紫鹃，最后是袭人主动投靠王家，晴雯被赶走死了，紫鹃为自保，被动投靠了王家，贾母对大观园彻底失去了控制权，与黛玉的联系也被隔绝了，更无从及时知道黛玉的信息。宝玉身边的人说了什么、宝玉对黛玉的真实态度，袭人都会汇报到王夫人那里，王夫人及时采取应对策略；而贾母对黛玉和宝玉的想法，一概不知，到了宝玉与宝钗成亲的时候，她仍然不知道，而且不知道王子腾已死，对此本人以后会分析。

宝玉、宝钗成婚以后，贾母才听到黛玉已死的消息，才明白过来自己一直被蒙骗，连黛玉病危都无人向她汇报，所以贾母眼泪交流说道："是我弄坏了他了。但只是这个丫头也忒傻气！……"贾母知道自己犯错了，对黛玉的所有信息都不知情，不知道黛玉病危，连黛玉最后一面也没有见到。贾母嘴里的"也忒傻气"不是说黛玉太痴情，而是说黛玉有事不来直接找她。黛玉没有能去找贾母，肯定有紫鹃的原因。上一次紫鹃"试玉"，就被薛姨妈威胁配小子；若黛玉再一次为此闹到贾母那里，紫鹃可能就要被王家人清算了。因此，紫鹃会让黛玉把事态控制在潇湘馆，比如黛玉知道宝玉要娶宝钗，去问宝玉的时候，她给袭人通风报信。后来，黛玉因为王尔调提亲而绝食，紫鹃也不给贾母汇报，贾家其他人也不知道。黛玉闹到贾母那里，贾母可能会反悔，给黛玉做主，但就算黛玉嫁给宝玉，紫鹃也未必有好果子吃。王夫人作为婆婆，属于"现管"，收拾当奴婢的紫鹃轻而易举，这也就是薛姨妈会笑眯眯地威胁紫鹃，黛玉嫁了给她配小子的真实原因。即使是贾母派来的晴雯，背后还有赖大老家奴的背景支持，比当初是二等丫头的紫鹃，在贾府根基要硬得多，最后都能被王夫人赶走，且惨死，紫鹃怎么能不怕？她是合理地为自己的前途做了考虑。

综上所述，紫鹃明白王家人内宅博弈取胜的必然性，于是在薛姨妈笑眯眯的威胁下，她没有帮助黛玉而选择了自保，从贾母的亲信倒向王家，并配合王家人，隔绝了贾母与黛玉，得到了王家人及宝钗的认可。紫鹃与黛玉有感情，但不等于她会为黛玉牺牲。紫鹃先是贾母的棋子，后是黛玉的姐妹，最后却为自保，站队薛姨妈。紫鹃虽与王家人合作，但不等于她心甘情愿，她与黛玉情同姐妹，应当没有想到与王家人合作，会导致黛玉之死。紫鹃、雪雁都是滴血哀鸣之鸟，黛玉的死，在紫鹃的意料之外，她内心受到煎熬而哀鸣。紫鹃在内心受煎熬的同时，也觉得在宝钗手下没有安全感，所以一有机会就跟着惜春出家了。

（七）宝玉在大观园内与谁有染？

很多人读《红楼梦》，看到的宝玉似乎是一个不食人间烟火的少年，认为宝玉的男女之事，是一种浪漫式的卿卿我我。其实《红楼梦》的性内容很多，古代也说《红楼梦》是淫书，是"风月宝鉴"。《红楼梦》里面暗写的宝玉与女人的情节非常隐蔽，尤其是书里情节主要是作者写自己的感情经历，当然是暗示一下，点到为止了。探究盘点一下贾宝玉大观园内的性伴侣——这是《红楼梦》宅斗的故事基础。

◇◇◇宝玉如何"吃胭脂"

林黛玉进贾府那一回，提到她从小听说宝玉"乃衔玉而诞，顽劣异常，极恶读书，最喜在内帏厮混，外祖母又极溺爱，无人敢管"。帏，幕帐的意思，内帏指女人放下帐子的床。这里清楚地告诉读者，贾府有意纵容宝玉在女人堆里混，是按照联姻目标培养的，让宝玉从小有女人缘和懂女人。贾琏的小厮兴儿说："我们家的规矩，凡爷们大了，未娶亲之先都先放两个人服侍的。"因此，宝玉的性经验，家族从小就开始培养了，完全有别于结婚前没有近距离接触过女孩的普通人家男孩，也不是现代人以当今的理念想象的古代贵族生活方式，红楼与青楼对应，且要赛过青楼，仔细体会一下当初为何叫《红楼梦》这个书名就知道了。

宝玉的性启蒙，是吃丫鬟们的胭脂，胭脂怎么吃？我们先来了解一下中国的胭脂文化。胭脂并非中原产物，据说是张骞出使西域时带回中原的。现在的胭脂，就是所谓的腮红。据说，魏文帝曹丕宠幸薛夜来，有一次她去侍奉曹丕，进来时不小心撞在屏风上，脸颊红肿了一片，像要散尽的红霞，非常好看，所以得名"晓霞妆"，后来演变成"斜红"，如此用胭脂化妆，与现在的女孩涂腮红差不多了。

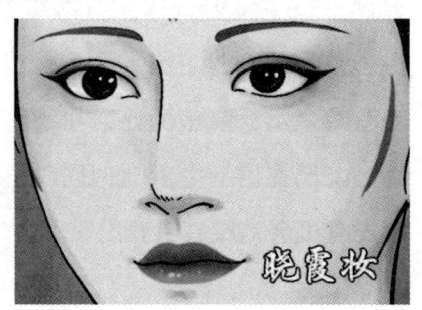

古代妇人妆面的胭脂有2种：一种是以丝绵蘸红蓝花汁制成，名为"锦燕支"；另一种是加工而成小而薄的花片，名为"金花燕支"。大约到了南北朝时期，人们在红色颜料中又加入了牛髓、猪胰等物，使其成为稠密润滑的脂膏。从此"燕支"被写成"胭脂"，"脂"字便有了真正意义。带油脂的胭脂，还能对嘴唇和脸起到保湿和护肤的作用，到唐朝，胭脂的使用就更加广泛了。古代的妇女浓妆艳抹地使用胭脂化妆，现在社会已经很难接受。著名的大唐美女爱化的酒晕妆，方法是先抹白粉，再在两颊涂以浓厚的胭脂，甚至眼部、耳部也涂抹胭脂，把素妆和红妆结合在一起，发挥到极致。素妆不是不化妆，而是指用白粉涂抹，红妆则是指用胭脂。如果大观园中的丫鬟如此化妆，那么宝玉"吃胭脂"，岂不是把女孩的脸都亲了一个遍吗？

对宝玉"吃胭脂"，好多人以为就是吃腮红，这种理解是不对的。《红楼梦》第十九回袭人道："再不可毁僧谤道，调脂弄粉。还有更要紧的一件，再不许吃人嘴上擦的胭脂了，与那爱红的毛病儿。"

这里明确说了，宝玉所吃的是丫鬟涂在嘴上的胭脂，金钏也是叫宝玉吃她嘴上的胭脂的。

涂在嘴上的是啥胭脂？现在涂在嘴唇的胭脂已经被口红替代，而古时的胭脂还有唇脂，也叫作口脂。在现代口红出现前，胭脂是腮上和口上都使用的。口脂装在小盒或者小罐中，用手指直接蘸取点涂。以前的口脂大都是鲜艳的朱赤色，唐宋时还流行过檀色点唇，檀色就是肉色，类似唇妆的颜色。对口上使用的胭脂，古代也有文学作品提及，例如，前蜀韦庄《江城子》词："朱唇未动，先觉口脂香。"宋赵令畤《侯鲭录》卷五："兼惠花胜一合、口脂五寸，致耀首膏唇之饰。"从古人的诗文来看，女人嘴上的胭脂、女人的性敏感部位，才是文人包括宝玉感兴趣的。而嘴上的胭脂怎么吃？说得直接一点，那不就是接吻亲嘴儿嘛！书中一个"吃"字用得生动，不仅仅是碰嘴唇，还是湿吻。宝玉从小的性启蒙，就是把府上丫头都湿吻个遍！在现在是妥妥的猥亵和性骚扰。不过，《红楼梦》一书的作者规避了"淫"字，写宝玉不过是顽劣、痴狂病、呆痴而已。

宝玉的第一次性行为和性体验来自秦可卿，第五回写道："依警幻所嘱之言，未免有儿女之事，难以尽述。至次日，便柔情缱绻，软语温存，与可卿难解难分。"警幻对宝玉说："再将吾妹一人，乳名兼美字可卿者，许配于汝。"兼美也可以是多个女人的意思，本人在第一部《红楼财经传家》秦可卿的相关章节已详细分析，不再赘述。

宝玉有性经历的时间非常早，在第十九回，袭人道："如今十七岁，各样的嫁妆都齐备了，明年就出嫁。"此时袭人的表妹十七岁，那么袭人不止十七岁。大观园修建一年，元妃刚省亲完，修建的过程有一年，秦可卿死前，宝玉与秦钟在学堂还过了一年多，宝玉做梦到秦钟进学堂还有一段时间，如此推算，宝玉与袭人第一次云雨是在大约四年前，那个时候袭人十三四岁，袭人比宝玉大两岁，那么宝玉是十一二岁，有性经历的时间比一般的男孩子要早，说明宝玉在贾府吃得好、发育快，性早熟，具备警幻所说"天下第一淫人"的生理条件。对此后面章节还会分析宝玉由于性成熟远远早于同龄男孩，贾府的人没有想到宝玉这么早能有性经历，无意中也给了宝玉在大观园与女孩子长时间厮混的机会。

宝玉有了性经历，在之前又一直与丫鬟"内帏厮混"，也就是在床上肌肤相亲，还吃胭脂，湿吻。贾府给宝玉房内配了很多婢女，这些婢女也都争着想当宝玉的姨娘，环境造就"红楼更胜青楼"。本人在第一部已经分析过，在第五回中，在天香楼内，宝玉在秦可卿卧室里见到了"武则天当日镜室中设的宝镜""飞燕立着舞过的金盘""安禄山掷过伤了太真乳的木瓜"等，还可能被教了性技巧。宝玉处于青春年少性欲最旺盛的年龄，面对一群美女，想让他控制自己，是很难做到的。此前，在第一部《红楼财经传家》秦可卿那一章已经分析过，三春和李纨，宝玉应当没有乱伦常，但与黛玉、宝钗之间的情况如何？她俩在大观园里面地位又都很特殊，这些以后另做分析。

◇◇◇盘点入窟千红

本节仅就大观园内丫鬟的情况等来分析贾宝玉与谁发生过性关系。

第一个是袭人，肯定没有争议。从秦可卿卧室出来，宝玉就要求袭人与他把"梦"里的行为重来一遍，袭人也顺水推舟地答应了。在争夺宝玉姨娘位置的征途上，袭人也一路领先。晴雯对此说："便是你们鬼鬼祟祟干的那事儿，也瞒不过我去。"袭人与宝玉的事，基本大家都知道，第二十四回，宝玉见鸳鸯脖颈白腻，便猴上身去涎皮笑道："好姐姐，把你嘴上的胭脂赏我吃了吧。"鸳鸯便叫袭人。

我们可以想一想，鸳鸯此时为啥去叫袭人？因为宝玉想要与鸳鸯湿吻，鸳鸯就叫袭人过来。在书中第二十一回，宝玉见他不应，便伸手替他解衣，刚解开了纽子，被袭人将手推开，又自扣了。宝玉可以很随意解开袭人的衣服扣子，这个在现代都是很亲近了以后才可以，在古代男女大防之下，说明他俩已经很有默契和习惯成自然了。袭人与宝玉二人的关系，在全府是公开的。

第二个是晴雯。说晴雯与宝玉有亲密关系，很多人不愿意接受，其实书中明确写到，更多时候晴雯是与宝玉睡在一起的。

（袭人）有吐血旧症虽愈，然每因劳碌风寒所感，即嗽中带血，故迩来夜间总不与宝玉同房。宝玉夜间常醒，又极胆小，每醒必唤人。因晴雯睡卧警醒，且举动轻便，故夜晚一应茶水起坐呼唤之任皆悉委他一人，所以宝玉外床只是他睡。今他去了，袭人只得要问，因思此任比日间紧要之意。（第七十七回）

晴雯独霸宝玉外床，宝玉青春年盛，晚上可能有春梦，如果晴雯不能满足其需求，宝玉肯定不会答应她睡在这个位置。对此本人后面会专门分析，作者对晴雯与宝玉的亲密关系做了"真事隐"的处理。

第三个是麝月。麝月也一直陪伴和服侍宝玉，晴雯曾说："你们鬼鬼祟祟干的那事儿，我怎么不知道？"在第二十回中曾有此细节：麝月头发有点痒，宝玉便取来篦子为麝月梳头，这时晴雯正巧进来，冷笑道："哦，交杯盏还没吃，倒上头了！"接着，晴雯又对宝玉讥讽道："你又护着，你们那瞒神弄鬼的，我都知道。"晴雯说宝玉和麝月："交杯酒还没吃，倒上头了！"应当是知道了宝玉与麝月的男女之事。宝玉对麝月说晴雯："满屋里就只是他磨牙。"麝月听说,忙向镜中摆手,宝玉会意。此时晴雯返回来对宝玉和麝月说了一句话:"……你们那瞒神弄鬼的,我都知道。"古代梳头有特指,头发是很敏感的:青楼里面有潜规则,嫖客给某个雏妓梳头,就是给她破瓜。所以麝月与宝玉的事情,书中是通过晴雯之口来暗示的。

第四个是碧痕。书中第三十一回,曾暗写宝玉和丫头碧痕有过暧昧的性关系,她与宝玉洗澡洗了三小时,弄了一地水。宝玉(对晴雯)笑道:"我才又吃了好些酒,还得洗一洗。你既没有洗,拿了水来咱们两个洗。"当时晴雯这样说:"罢,罢,我不敢惹爷,还记得碧痕打发你洗澡,足有两三个时辰,也不知道作什么呢。"晴雯还说:"后来洗完了,进去瞧瞧,地下的水淹着床腿,连席子上都汪着水,也不知道是怎么洗了。"宝玉说得很清楚,与晴雯一起洗而不是服侍他洗,他想要干啥,暗示得很明显,晴雯拒绝了,还说了碧痕与宝玉洗澡的事情,说明宝玉要求丫鬟与他洗澡也是脱衣服的。当时,宝玉和碧痕应当趁洗澡之便,做了一些事儿。

第五个是秋纹。书里面写道:

> 那秋纹、碧痕正对着抱怨,"你湿了我的裙子",那个又说"你踹了我的鞋"。忽见走出一个人来接水,二人看时,不是别人,原来是小红。二人便都诧异,将水放下,忙进房来东瞧西望,并没个别人,只有宝玉,便心中大不自在。只得预备下洗澡之物,待宝玉脱了衣裳,二人便带上门出来,走到那边房内便找小红,问他方才在屋里说什么。(第二十四回)

宝玉已经成年,脱光衣服洗澡,秋纹与碧痕是在宝玉脱了衣服后出来,而不是在他脱衣服前避让。而且还不想让小红接近,秋纹与宝玉,应当也有男女之事才对。后来,宝玉让秋纹送花给贾母、王夫人，王夫人因为宝玉孝顺，心情大好，就赏了秋纹几件衣裳。晴雯得知后，大为窝火，再次讽刺麝月、秋纹等人，并说："你们别和我装神弄鬼的，什么事我不知道。"如果她们与宝玉没有性行为，晴雯也不会吃这个醋。

第六个是芳官。芳官是在丫鬟给宝玉的寿宴上主动献身的。宝玉生日的群芳庆寿宴上，芳官闹得最欢。生日的主角是怡红公子，主要配角就是芳官。酒宴未开始以前，她就和宝玉划起拳来，她按宝玉的吩咐卸过妆，宽衣解带，还是满口嚷热。她唱曲为大家助兴，偷偷替宝玉喝酒，主动陪袭人喝酒，结果是酩酊大醉——"两腮胭脂一般，眉梢眼角越添了许多丰韵，身子图不得，便睡在袭人身上。"袭人怕芳官再吐，便让她与宝玉同榻而睡。芳官与宝玉也睡到了一起，还有酒劲儿，宝玉早已有了性经验，醉西施入怀同睡，发生什么可想而知……早上起来：

> 袭人笑道："不害羞，你吃醉了，怎么也不拣地方儿乱挺下了。"芳官听了，瞧了一瞧，方知道和宝玉同榻，忙笑的下地来，说："我怎么吃的不知道了。"（第六十三回）

芳官显然是知道，但故意这么说的。芳官是贾府戏班的正旦，正旦一般都是戏班的颜值担当，这么一个美女，宝玉能够不想得到吗？芳官在宝玉身边，也是张扬不亚于晴雯，与何婆子大闹，背后应当也是依仗与宝玉的特殊关系。芳官后来出家，也不再嫁，背后原因就是已经失身于宝玉，再嫁会有麻烦的。

第七个是金钏。别看金钏在王夫人面前对宝玉推诿，但身体诚实。

> 宝玉悄悄的笑道："就困的这么着？"金钏抿嘴一笑，摆

手令他出去,仍合上眼,宝玉见了他,就有些恋恋不舍的,悄悄的探头瞧瞧王夫人合着眼,便自己向身边荷包里带的香雪润津丹掏了一丸出来,便向金钏儿口里一送。金钏儿并不睁眼,只管嘬了。(第三十回)

在王夫人眼皮底下,金钏与宝玉就敢公开亲昵。第二十三回写道:

可巧贾政在王夫人房中商议事情,金钏儿、彩云、彩霞、绣鸾、绣凤等众丫鬟都在廊檐底下站着呢,一见宝玉来,都抿着嘴笑。金钏一把拉住宝玉,悄悄的笑道:"我这嘴上是才擦的香浸胭脂,你这会子可吃不吃了?"

金钏在众目睽睽之下敢这么说,显然与宝玉关系不一般,而且故意提到"吃胭脂"。

第八个是紫鹃。在抄检大观园的时候,紫鹃房中抄出"两副宝玉常换下来的寄名符儿,一副束带上的披带,两个荷包并扇套,套内有扇子。打开看时皆是宝玉往年往日手内曾拿过的"。这些都不应当是丫鬟私藏的,她能够私藏这些东西,说明与宝玉不一般。只不过宝玉和贾府默许,还有黛玉的特殊关系,所以在抄检的时候没有被深究。第五十七回"一面见他穿着弹墨绫薄棉袄,外面只穿着青缎夹背心,宝玉便伸手向他身上摸了一摸……",这接触起来也非常自然。

第九个是四儿。四儿、五儿是怎么来的?书中第二十一回写道,袭人与宝玉置气,宝玉哄了一回,袭人仍是不理。宝玉便自己赌气一边去了,因麝月、秋纹等与袭人是一伙的,便越发"一并连麝月也不理,揭起软帘自往里间来"。麝月只得"唤了两个小丫头进来"服侍宝玉。

宝玉道:"我过那里去?"袭人冷笑道:"你问我,我知道?你爱往那里去,就往那里去。从今咱们两个丢开手,省得鸡声鹅斗,叫别人笑。横竖那边腻了过来,这边又有个什么'四儿''五儿'服侍。我们这起东西,可是白'玷辱了好名好姓'的。"

对于宝玉与四儿亲近,袭人也吃醋。如果四儿与宝玉没有特别的关系,伺候宝玉的丫鬟那么多,袭人说话也不至于那么酸。四儿和贾宝玉说出了同日生日就是夫妻的私密话,被怡红院王夫人的耳目告到了王夫人那里,王夫人骂她也不害臊,勾引着贾宝玉学坏,将她赶出了大观园。

第十个是五儿。书里是这样介绍五儿的:"原来这柳家的有个女儿,今年才十六岁,虽是厨役之女,却生的人物与平、袭、紫、鸳皆类。因他排行第五,因叫他是五儿。……他最小意殷勤,服侍得芳官一干人比别的干娘还好。"

在第六十回中,赵姨娘的内侄钱槐看上了五儿,五儿心里应当有宝玉,"柳家父母却也情愿,争奈五儿执意不从",钱槐跟着贾环一起进贾家私塾读书,应当已经不是家奴了,而且钱槐父母是贾府管账的,重要职位,与五儿相配,条件也是不错的。在第六十一回,宝玉把责任揽下来瞒赃,也有五儿受到了冤屈的原因,不光是为了探春。此事宝玉若不认,难以还五儿清白,可能还要牵连芳官。因为赵姨娘不会认,彩云也咬死不会认。前面,赵姨娘刚刚与芳官有过冲突,后面五儿就给了芳官茯苓霜,想去赵姨娘那里搜查找赃证,没有贾母支持,下面人是做不到的,不是所有的事情都能够真相大白。后来,她与芳官一起被赶走,王夫人说芳官:"你还强嘴。

我且问你，前年我们往皇陵上去，是谁调唆宝玉要柳家的丫头五儿了？"可见王夫人在大观园的耳目很厉害。再后来，五儿又回来了。第九十二回中："你道宝玉呆的是什么？只因柳五儿要进怡红院，头一次是他病了不能进来，第二次王夫人撵了晴雯，大凡有些姿色的，都不敢挑。后来又在吴贵家看晴雯去，五儿跟着他妈给晴雯送东西去，见了一面，更觉娇娜妩媚。今日亏得凤姐想着，叫他补入小红的窝儿，竟是喜出望外了。所以呆呆的想他。"五儿与宝玉可谓一波三折，最后还是到一起了。

第十一个是小燕（也叫春燕）。宝玉对春燕，就像男朋友保护伞似的。

那婆子见他女儿奔到宝玉身边去，又见宝玉拉了春燕的手说："别怕，有我呢。"

春燕又一行哭，又一行说，把方才莺儿等事都说出来。宝玉越发急起来，说："你只在这里闹也罢了，怎么连亲戚也都得罪起来？"（第五十九回）

宝玉如此自然地去拉春燕的手，在男女授受不亲的时代，春燕与宝玉应当之前也有亲密关系。

以上列举的总计有十一位，《红楼梦》有一个特点，啥都爱凑成十二，金陵十二钗、十二钗副册、十二官、十二家人等，而宝玉在大观园有过亲密关系的女性，应当也是十二位，还有一位是谁？相关情况，将在另外的重头戏分析。

从上面列举的人来看，宝玉是把身边叫得上名字的丫头，凡是有姿色的，都给占了。宝玉说："女儿是水作的骨肉，男人是泥作的骨肉，我见了女儿，我便清爽，见了男子，便觉浊臭逼人。"这句话还要进一步解释才对：只有跟宝玉有过肌肤之亲的女孩，才是他所谓的"水作的骨肉",否则就不是。能够与宝玉有肌肤之亲的男人,也不是"浊臭逼人"。仔细看《红楼梦》,宝玉对男风也不拒绝,宝玉与秦钟、蒋玉菡、柳湘莲甚至北静王,都有断袖之嫌,宝玉在《红楼梦》里面男女通吃。而《红楼梦》里面的丫鬟们也都想接近宝玉,与宝玉有情爱关系,所以第五回薄命司的对联是"春恨秋悲皆自惹,花容月貌为谁妍",关键是在"皆自惹"三个字上。

◇◇◇内帏厮混知多少

只要是美女,贾宝玉就都惦记。《红楼梦》里还有一个不太被人关注的人物,十二钗副册之一的傅秋芳。她是傅试的妹妹。傅试,"趋炎附势"的谐音,是贾家的门生。由脂批推断,按曹雪芹的设计,在第八十回后,傅秋芳可能会出场。在第三十五回:

只因那宝玉闻得傅试有个妹子,名唤傅秋芳,也是个琼闺秀玉,常闻人传说才貌俱全,虽自未亲睹,然遐思遥爱之心十分诚敬,不命他们进来,恐薄了傅秋芳,因此连忙命让进来。

贾宝玉对贾家门生的妹妹,以及比他大很多的美女都惦记着,那么在他身边的美女会怎么样?宝玉在书中见到美女表现得很失态,当时的情况是见到傅试的妹妹傅秋芳,《红楼梦》第三十五回写道:"宝玉又只顾和婆子说话,一面吃饭,一面伸手去要汤。两个人的眼睛都看着人,不想伸猛了手,便将碗碰翻,将汤泼了宝玉手上。"此时的情况是金钏刚因为与宝玉的关系投井而死,宝玉被贾政暴打得下不了床,就算被打成这样了,宝玉见了美女还能如此失态。书里如此衬托,就在告诉读者贾宝玉的禀性,"混世魔王"的称谓不是白来的。后来一些人评《红楼梦》,为了时事需要,把贾宝玉美化了,然而书里的美化曲笔,是不会明说出来的。

另外,我们还可以看书中的"龄官画蔷"情节,龄官喜欢贾蔷,但她的身份,能否与贾蔷走到一起是不由他俩决定的,龄官在画,宝玉就想"可恨我不能替你分些过来",实际上宝玉想的就是他要占有龄官。前面是刚找过金钏,金钏挨打被赶走,他脚底抹油也溜走了,这会儿就痴痴看着龄官,下雨也不知道,龄官对他没有感觉,他被淋湿后回到怡红院,袭人开门迟了些,他就一脚踢得袭人吐血,这狠劲儿,应当是由前面与金钏、龄官的事情积累而来的。

宝玉脚踢袭人心窝(清孙温　绘)

宝玉在大观园的状态,就是要占尽天下女子,就是第五回警幻所描述的"喜歌舞,调笑无厌,云雨无时,恨不能尽天下之美女供我片时之趣兴",内帏厮混的"皮肤滥淫之蠢物",而后来,让宝玉出家的却是与黛玉的"天分中生成一段痴情"。

《红楼梦》一书里,宝玉对丫头,也不全按"女儿是水做的骨肉"那样温柔,宝玉也有狠的一面。宝玉的大丫鬟茜雪为何会他被赶走？书里明写的原因仅仅是因为茜雪把宝玉剩下的凉茶，给乳母李嬷嬷喝了，这点事不应当是很大的过错，宝玉做得就很决绝。本身过了大半天的茶，倒掉都正常，贾府一直都是如此奢侈浪费，为何这次宝玉反应这么强烈。茜雪是贾府的资深丫头，第四十六回中，鸳鸯与平儿、袭人就细数过一起当丫头的姐妹情谊，其中就提到了茜雪。宝玉为何突然发飙，让茜雪因为小小过错就被赶走？显然茜雪与宝玉没有男女关系。宝玉梦游太虚幻境后，身边的大丫头媚人也失踪不见了，有人说媚人改名茜雪。宝玉身边的四大丫头，名字正好暗含"风花雪月"：袭人姓花，麝月名字中有月，晴雯名字中的"雯"指好看的云纹，古人看天识天气，云纹是要刮风的天气先兆，剩下一个就是茜雪，正好凑成了"风花雪月"。而"风花雪月"当中的三个，都是宝玉的女人。宝玉起名字的方式，带有很强的性暗示，要把她们都占有。

宝玉对丫鬟的占有和意淫，可以从他要吃鸳鸯嘴上的胭脂，还有他找到机会，把平儿拉入怡红院理妆看出来。

> 平儿素习只闻人说宝玉专能和女孩儿们接交，宝玉素日因平儿是贾琏的爱妾，又是凤姐儿的心腹，故不肯和他厮近，因不能尽心，也常为恨事。平儿今见他这般，心中也暗暗的战歎：果然话不虚传，色色想的周到。（第四十四回）

平儿是贾琏的通房丫头，也算宝玉的嫂子，过去叔嫂之大防，宝玉的行为很越界，有点在平儿极度伤心的时候，乘人之危达到目的的意思，不能沾平儿还"常为恨事"。不过，《红楼梦》一直是在美化宝玉。在此说明宝玉进攻女孩子很有手段，看女孩们的反应，连平儿都如此，其他女孩怎么样，可想而知。书中特意写平儿理妆，"今日是金钏儿的生日"，暗示金钏也来过。

宝玉身边的大丫头，书中笔墨不多，但很神秘地出场和消失的，还有几个：第十九回出场的绮霰，被叫作绮大姐姐；第二十四回出场的檀云，《夏夜即事》有句"窗明麝月开宫镜，室霭檀云品御香"。还有第二十七回出场的紫绡。茜雪被撵后，贾宝玉房中少了一人，紫绡应当是茜雪的替补。最后，贾宝玉身边的绮霰、檀云、紫绡三个大丫头不知所终。这几个丫鬟应当与宝玉也没有性关系，第七十八回《芙蓉女儿诔》："梳化龙飞，哀折檀云之齿。"预示檀云的命运也不好。还有小红想要接近宝玉，被其他丫鬟阻拦，没有成功，被凤姐拉入自己阵营。小红的朋友坠儿则因偷了平儿一个镯子，晴雯得知后，"气得蛾眉倒蹙，凤眼圆睁"，把她撵了出去。另外，小红的朋友佳蕙后来也不知去向。贾府的丫头、小厮到了一定年纪，主子要负责婚配。丫头是年满二十岁左右，小厮是年满二十五岁。不知道到哪里去了的丫头，应当被婚配了。例如绮霰，被叫作绮大姐姐，应当年龄比宝玉和小丫鬟们大不少，宝玉在书中初次出现的时候年龄不大，身边的丫鬟不能都是同龄小女孩，需要有年龄大、懂事一些的女孩伺候，等宝玉长大，她们就要被放出去嫁人，其中袭人比宝玉大两岁，算是上限了。类似的可能还有媚人等丫鬟。宝玉身边，与宝玉有性关系的丫鬟，当然不能轻易地婚配给仆人、小厮，因此能够剩下来的丫鬟，应当都与宝玉有亲密关系，被"潜规则"过了。

◇◇◇群芳髓与夜宴脱衣

把上面与宝玉亲密的丫鬟们捋一遍，宝玉房内的主要丫鬟，剩下的叫得出名字的，与宝玉都是性伴侣。宝玉性伴侣有谁，我们再来看看第六十三回中的丫鬟们，都有谁参加了宝玉的寿宴，就明白了。在第五回用"群芳髓"之典故来埋线，而到第六十三回就是"群芳夜宴"了，与"群芳髓"对应，群芳之"初生异卉之精"，都被宝玉吸取，暗含宝玉占有了她们的处子之身。

在第六十三回中，对宝玉的寿宴安排，袭人笑道："你放心，我和晴雯、麝月、秋纹四个人，每人五钱银子，共是二两。芳官、碧痕、小燕、四儿四个人，每人三钱银子，他们有假的不算，共是三两二钱银子，早已交给了柳嫂子，预备四十碟果子。我和平儿说了，已经抬了一坛好绍兴酒藏在那边了。我们八个人单替你过生日。"前面数的宝玉的十一个性伴侣，除了死掉的金钏和还没来的五儿，以及跟着黛玉的紫鹃，剩下的正好是这八个人。在丫鬟们准备宴席的时候，宝玉说："天热，咱们都脱了大衣裳才好。"宝玉若与她们没有那个关系，为何要都脱了大衣裳？前面讲过古人的穿着，脱了外面的衣裳，里面就是肚兜或者小袄，小袄是很短很暴露的那一种，古代的衣是指上衣，裳则是指裙子，衣裳的意思是上衣和裙子，与现代的意思有点区别。

而且古人没有胸罩和内裤，裤子也是开裆的。比如说宝玉这样的贵族子弟应当穿着的纨绔，"纨"是材料质地，"绔"字就是指没有裤裆，类似"套裤"，只有两个裤腿的裤子，也可以写成"袴"。可以看书中第六回："袭人伸手与他系裤带时，不觉伸手至大腿处，只觉冰凉一片沾湿。"系裤带为何会碰到大腿处？要是现在有裤裆的裤子，裤带是系在腰间，能够碰到大腿，就不是"不觉伸手至大腿处"，而是故意了。古代的纨绔裤带，就是没有裤裆，系在大腿上的"套裤"，才会如此。

宝玉的生日是何时，从四月底到六月底，说法有几个，但不会是其他时间，此时天已热，脱掉外衣后，可想姑娘们剩下的只穿了多少！宝玉能够要求众丫鬟脱衣，此一脱可就是下露光，上曝乳了。而且众人听了，都说："依你。"于是先不上座，却忙着卸妆宽衣。书写到这里，丫鬟们给宝玉的寿宴，实际搞了一个"半裸趴"，读者都该知道宝玉与这八个女人是啥关系了。后来，她们还请了大

寿怡红群芳开夜宴（清孙温　绘）

观园里的众姑娘来，当着姑娘们和李纨的面，她们也是脱衣裳的装束。宝玉与她们之间的亲密关系，在大观园内不是秘密。最后的结果，第二天袭人说："昨儿都好上来了，晴雯连臊也忘了，我记得他还唱了一个。"四儿笑道："姐姐忘了，连姐姐还唱了一个呢。在席的谁没唱过！"众人听了，俱红了脸，用两手握着笑个不住，说明她们都是宝玉的女人！

不管是影视节目，还是其他的画作，她们都是穿戴整齐和化妆的，黄色变桃色，与原著写的参与人在宝玉的要求下，都脱掉大衣裳和卸妆不一样。

很多读者会说古代在大衣裳里面还有中衣，现在改良后的汉服，与古代的服饰还是有很大区别的。在当时五到七月的炎热状态下，一般不会穿中衣在里面，就如春宫画题材的《海棠春睡图》，醉酒睡卧海棠花下的杨贵妃可以因衣服不整而露乳，也是没有穿戴中衣的。而且中衣由白绸绿纱等材料制作，是有些透明的，宝玉挨打那一节写过"底下穿着一条绿纱小衣皆是血渍"，大衣裳之内的纱做的衣物，就是半透明的，古代还没有现代的内衣，就是一个肚兜，有时候透比露还有想象性的诱惑。

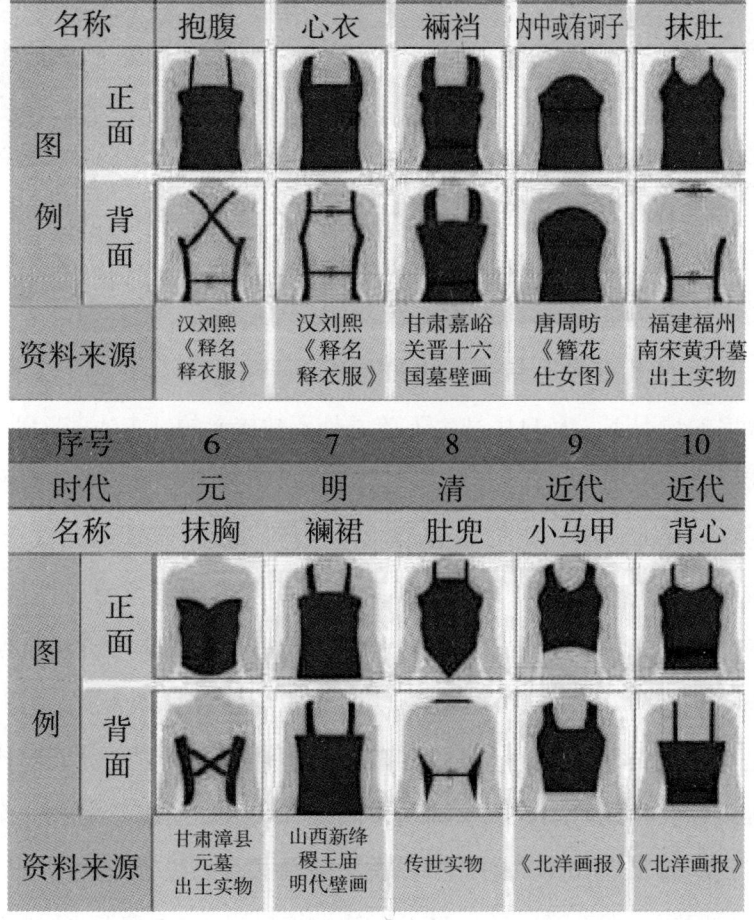

古代内衣样式

书中女孩们脱了大衣裳后,穿着内衣小袄、内裙,如此穿着,在古代没有胸罩和内裤的情况下,起码是露腚的。如此着装,丫鬟们给宝玉的祝寿夜宴,"半裸"的宴会,真的是风月宝鉴照出来的啊!

古代男人的纨绔就是右图这个样子的,脱掉大衣裳,没有内裤,露着大腿。

◇◇◇为何这些女子都没有怀孕?

宝玉在大观园与那么多女子有性生活,为何这些女子都没有怀孕?书里没有交代宝玉结婚前丫鬟们如何避孕。丫鬟在宝玉没有结婚,也没有正

张匡正墓壁画,张匡正死于道宗清宁四年(1058年),后于道宗大安九年(1093年)改葬于宣化下八里家族墓地。

式收房的情况下,私自怀孕生下孩子是不被接受的。古人怎么避孕?古代主要采取的方法有四种:一是将麝香贴在肚脐上避孕;二是使用宫廷避孕秘方"藏红花";三是服用"凉药"避孕;四是利用安全期。麝香和藏红花,贾府丫鬟应当难以拥有,宝玉啥时候想有性行为,丫鬟也做不了主,还难以拒绝,丫鬟们能够采取的避孕方法是使用凉药。而凉药对人的身体非常有害,总吃会导致身体衰弱。另一个就是利用安全期避孕。宝玉性伴侣多,不是一夫一妻制,能够比较从容地在安全期行房,只有随身的晴雯和袭人,所以总是找安全期也不是很容易。如果真的怀孕,古法堕胎对女人极为危险。书中第七十二回写"彩云因近日和贾环分崩,也染了无医之症",可能就是与避孕、怀孕、堕胎等有关问题染上的病症。

袭人为避免怀孕非常有心机,在第七十七回:"原来这一二年间

袭人因王夫人看重了他了,越发自要尊重。凡背人之处,或夜晚之间,总不与宝玉狎昵,较先幼时反倒疏远了。"袭人避免与宝玉过多地在私密环境相处而发生性行为,故意躲着宝玉,尽量少与他过性生活来避免怀孕,反而把睡在宝玉房间内的事情丢给了晴雯。晴雯被赶走后,袭人问宝玉怎么睡,告诉了读者睡在宝玉房内的是晴雯,早已经不是袭人了。自晴雯与宝玉同房以来,书中体现出她身体不断变弱,总不断得病。也是与她住在宝玉房内,宝玉随时可能有性的欲望、要求,性行为次数频繁,导致总要避孕,总吃大凉药,因此伤身有关,后来晴雯的病死与之也有关。

  古人避孕,对生理安全期的计算是非常清楚的。与宝玉有染的丫鬟们都没有怀孕,恰恰说明与宝玉有染的人数众多,宝玉的性行为都是在丫鬟们的安全期进行的。所以贾府冷子兴所说的规则,就是屋内要两个丫鬟,避免导致丫鬟过早怀孕。宝玉没有正式结婚,丫鬟们也不敢造次让自己怀孕。在没有得到家族认可的情况下,丫鬟与少爷意外怀孕,丫鬟就要被送走配小厮,最后的结果是丫鬟最多得到一个宝玉外妇的身份,所生下来的孩子,是不能姓贾和进入族谱的。

  在《红楼梦》第十三回,秦可卿托梦给王熙凤:"眼见不日又有一件非常的喜事,真是烈火烹油、鲜花着锦之盛。要知道,也不过是瞬息的繁华,一时的欢乐,万不可忘了那'盛筵必散'的俗语。"然后就是"三春去后诸芳尽,各自须寻各自门"了。元妃省亲,修建了大观园,宝玉和众姐妹快活地住进了大观园,等于生活在了远离家长管束的世外桃源,对这群少男少女,当然是一个非常的喜事。宝玉从小就在女孩子堆里长大,青春期的少年少女处在一起,再有大观园这么一个诗情画意的环境,不就是"烈火烹油"吗?而群芳围着宝玉,不就是"鲜花着锦"吗?他们在大观园的快活时间,大致三年,可以叫作"三春",最后姑娘们各自离去,连宝玉也入了空

众姊妹进住大观园（清孙温　绘）

门，真的是各自寻得了各自门。《红楼梦》的谶语，经常一语双关甚至多关，不是单一印证，《红楼梦》的吸引力就在于里面有诸多奥妙可以挖掘。

　　宝玉才十几岁，生理发育还未成熟，就在胭脂堆里面生活，没有管束和限制，加上性欲旺盛，在大观园里面纵欲过度，导致身体亏空多病。男孩纵欲过度之后，出现厌世心理而出家，也是正常的现象。贾母对宝玉是隔代的溺爱，对他与女孩子的行为管束有限，对宝玉的成长成熟非常不利。王夫人是做母亲的，当然会干预，宝玉处于青春期、发育期，纵欲带来的后果非常严重。大观园里面有很多王夫人的眼线，从这个角度看，王夫人对大观园的抄检，限制了宝玉的纵欲无度，在客观上也保护了宝玉。

◇◇◇古代富家公子的性取向

很多《红楼梦》的爱好者，怀着美好的理想，把宝玉想成了柳下惠般的白马王子。实际上宝玉却男女通吃，奴婢淫遍。按照现在的标准，宝玉就是花心男，这却让很多喜欢《红楼梦》、喜欢宝玉的人难以接受的。但是《红楼梦》之暗淫就是如此。《红楼梦》不同于《金瓶梅》，《金瓶梅》是直接将明规则写出来，而《红楼梦》则是写潜规则，红楼胜似青楼，但不能写成青楼故事。书里第五回就埋线"千红一窟，万艳同杯"，暗示贾宝玉是一个花心男，造成的悲剧就是千红一哭、万艳同悲。在《红楼梦》里面，贾宝玉没有对得住一个女孩子，林黛玉、薛宝钗、袭人、晴雯、金钏……宝玉对茜雪之狠，一点小错就轰出门；袭人开门晚了，被踢吐血；晴雯和金钏等落难，他跑掉或者在旁边不出一声。宝玉的温柔、情种形象是作者故意美化的，从另外层面看，宝玉还不如薛蟠，只不过书里面薛蟠一直是反面形象。就如宝玉在天香楼的一梦当中，警幻评价宝玉：

"更可恨者，自古来多少轻薄浪子，皆以"好色不淫"为饰，又以"情而不淫"作案，此皆饰非掩丑之语也。好色即淫，知情更淫。是以巫山之会，云雨之欢，皆由既悦其色、复恋其情所致也。吾所爱汝者，乃天下古今第一淫人也。"（第五回）

警幻的话说到这个份上，宝玉是什么样的人，当然是非常清楚了，但书中是用风月宝鉴美女的一面照他，让读者看得很美。

在大观园里，宝玉与身边女人的关系都不简单，凡是能占的，都占了。但《红楼梦》一贯双重标准，同样的行为，对孙绍祖就是另外的评价。迎春嫁到孙绍祖家，没有带陪嫁丫鬟，因为大丫鬟司棋被赶走，迎春孤立无援，满足不了孙绍祖的性欲，在孙家宅斗当中吃了大亏，孙绍祖就是淫魔。理解《红楼梦》之关键，要了解《红楼梦》的作者立场及在此立场下的春秋笔法。作者最多留一些蛛丝马迹，尤其宝玉若是作者年轻时代的原型，更要修辞、润色到位。

在古代现实社会当中，一个年轻的贵族男子周围环绕的一群奴隶性质的女人，就是被纵欲的对象。宝玉自幼湿吻和性骚扰丫鬟，很早就有了性启蒙，性经验丰富，再在一群想要投怀送抱的美女中间，怎么可能没有采花不断？贵族与女奴发生性关系，甚至被认为是对她们的恩赐。古代贵族结婚前睡了奴婢生了孩子，都不算啥事儿，就如万历皇帝睡了太后身边的宫女，致其怀孕，还有书中薛蟠结婚前就将香菱收了房，等等。古今中外，贵族男性的潜规则都一样，不一样才奇怪呢！《红楼梦》里面的大观园是伊甸园般的乐园，也是贵族公子贾宝玉的纵欲乐园。中国讲"万恶淫为首，论迹不论心"，能够被警幻叫"天下第一淫人"，一定是要有实迹可循才行。认为宝玉不过是意淫的，就如让孙悟空守着蟠桃园只想想流口水，不吃蟠桃一样。怎么"好色不淫为饰"和"情而不淫作案"在第五回已经说得非常清楚了。中国传统对淫是论迹不论心，宝玉肯定是劣迹斑斑被"真事隐"了。

综上所述，贾宝玉与大观园的群芳大多有染，在书中早有暗线，在第五回宝玉的天香楼春梦当中，警幻说："此香乃系诸名山胜境内初生异卉之精，合各种宝林珠树之油所制，名'群芳髓'。"谐音群芳随、群芳碎。这个谐音变化很有意思，宝玉是吸了群芳的髓，占有了她们，然后让群芳跟随他，最后是群芳的一生都碎在他的情（淫）之下，在第六十三回也是"群芳夜宴"，参加夜宴的女孩大都实际与宝玉有染，她们最美好的东西，变成了贾宝玉在天香楼一梦当中的天上奇香，被宝玉吸走了，品香就是吸髓，所以贾宝玉被警幻评为"天下第一淫人"。另外在前面还分析过，天香楼应当就是红楼，贾宝玉也是在此做梦，因此书名叫作《红楼梦》，与宝玉的行为也是对得上的。很多人对贾宝玉与众多女人的性活动是难以接受的，认为他是柏拉图式的恋爱，但实际情况在天香楼警幻说得很清楚："自古来多少轻薄浪子，皆以'好色不淫'为饰，又以'情而不淫'作案，此皆饰非掩丑之语也。好色即淫，知情更淫。"以红楼作者的"真事隐""假语存"，对贾宝玉的性生活，一样是"皆以'好色不淫'为饰"，然后就是"以'情而不淫'作案"，以后大观园群芳的"初生异卉之精"的"群芳髓"，就都被宝玉吸走了，暗含女孩们的处子之身，都是被贾宝玉占有的，但作者"假语存"的笔法，让读者看着贾宝玉似乎仅仅是"好色不淫"，而书里"真事隐"的是贾宝玉为"天下第一淫人"，千红一哭，万艳同悲。

二、宝钗黛玉之争是贾家王家宅斗

前面本人分析了林黛玉和薛宝钗的背后，都带着巨额的嫁妆，是林家和薛家几乎全部的家产，这些家产事实上已经都被贾家控制，贾家也不愿意吐出来。贾家的想法，就是两个都娶！第五回宝玉初试云雨，警幻对宝玉说："再将吾妹一人，乳名兼美字可卿者，许配于汝。"兼美之名，就带有两个都娶的含义，让她们在贾家的嫁妆财富拿不走。这不是宝玉娶谁的博弈，而是谁为妻谁为妾的博弈！是贾家人与王家人的博弈，也就是贾母与王夫人的婆媳博弈，博弈双方都没有退路，远比娶谁不娶谁更残酷。

（一）大观园内婆媳貌合神离

《红楼梦》里面，贾家和王家势力，为了取得主导荣国府后院的地位，一直是在激烈博弈。贾母非常清楚，荣国府贾琏一支已由王熙凤掌权，贾政一支已由王夫人掌权，如果后面主要的财富中心宝玉一支再由王家亲戚薛宝钗掌家，贾府后院就都是王家的了。而且王子腾此时正如日中天，如此下去贾家必然沦为王家的附庸，此结果是贾母为首的贾家人不愿意接受的。而王夫人和凤姐也知道，黛玉门第高，带着巨额财富，林如海是皇帝亲信，也是侯门出身，有林家势力圈；林黛玉的老师贾雨村是大司马，是王子腾的顶头上司；林家婚约虽有利，但家里未来就不是王夫人能够执掌的了，要变成黛玉掌家。

注意一下，若是单论家世，黛玉是林家掌家女人，遇到不论辈分的情况，王夫人要给林黛玉让道，就如林黛玉第一次进入荣国府，王夫人礼节上要先让黛玉坐上首，然后才是黛玉自己论辈分，坐了椅子。

林之孝一家和宝玉的大丫鬟袭人，卡在博弈的关键位置，后来都改换阵营，投靠了王家，使得王家在后院权力博弈势力上占优势。最后经过大观园内的多次较量，王家博弈胜出。整个过程中，双方都暗中用力，表面上是和谐与正义，背后都是太极推手，有阴招。所以宝玉娶林黛玉还是薛宝钗，贾家与王家在打太极拳。台面上是林黛玉和薛宝钗的个人才艺比拼、诗社斗诗，等等，但更重要的还是经济问题和后院婆媳政治。

前面分析过，修建大观园用的是林家财富，所以大观园就是林妹妹的大观园。省亲结束后，元春就下了道旨，让众姊妹搬到大观园里去住了。同时，贾宝玉也住进去了，造成贾宝玉与林黛玉已经订婚的客观事实，所以在开始的时候，贾家占据了先机。而元妃让弟弟住到林黛玉嫁妆修造的园子，当然是支持弟弟与林黛玉的婚事的。

开始的时候，薛宝钗不住大观园，不能在贾家站住脚，她连参与博弈的资格都没有。所以薛姨妈要来金陵探望王夫人，再然后因为薛家在京中的业务不太好，要来京都整顿一下家中财产，找理由来寄居。起先讲的故事是要给薛宝钗准备选秀女。再往后，书中对薛宝钗选秀女的情况只字未提，薛宝钗此后多年也一直住在园子里，更别说入宫了。因此，薛宝钗来贾家长住，目的就是奔着贾宝玉，同时看守薛家财富。薛蟠已经是"活死人"了，薛家财富被贾家控制着，也是十分难受。为了不被吃绝户，实现联姻改变处境之目的，薛家人是步步为营，日拱一卒。

在书中的前面四十回，贾母是有绝对权威的，这个可以从第三十五回看出来："于是凤姐放了四双：上面两双是贾母薛姨妈，两边是薛宝钗史湘云的。王夫人李宫裁等都站在地下看着放菜。凤姐先忙着要干净家伙来，替宝玉拣菜。"贾母吃饭，王家人的凤姐要亲自伺候，王夫人和李纨都是在下面站着，能够上桌坐着的是薛姨妈、薛宝钗和史湘云，因为她们是客人，贾家的媳妇要伺候着。王家人作为贾家媳妇，在婆婆贾母面前就是受气小媳妇要乖乖的样子。

虽然在面子上还是贾母高高在上，但王家人的博弈夺权已经开始了，与贾母的婆媳矛盾，在暗中较劲和不断升级之中。

◇◇◇王家人赢得舆论战

博弈一开始，薛家就在争取家仆、下人的支持，制造"金玉良缘"的舆论场。同时薛宝钗和王家势力利用元妃进行反击，制造元妃支持宝玉娶薛宝钗的舆论。

薛宝钗进入贾府不久，王家人就开始要让薛宝钗的待遇高于黛玉了。第二十二回：

> 凤姐道："二十一是薛妹妹的生日，你到底怎么样呢？"……贾琏听了，低头想了半日道："你今儿糊涂了。现有比例，那林妹妹就是例。往年怎么给林妹妹过的，如今也照依给薛妹妹过就是了。"凤姐听了，冷笑道："我难道连这个也不知道？我原也这么想定了。但昨儿听见老太太说，问起大家的年纪生日来，听见薛大妹妹今年十五岁，虽不是整生日，也算得将笄之年。老太太说要替他作生日。想来若果真替他作，自然比往年与林妹妹的不同了。"贾琏道："既如此，比林妹妹的多增些。"

这里虽然是凤姐找了一个要过大生日的理由，但过去家族里面的亲疏远近还是有差别的，凤姐搬出了贾母，但林黛玉是贾母外孙女,薛宝钗与贾母没有血缘关系,与贾府姓贾的其他人也没有关系,是外姓亲戚,过去是分得很清楚的,贾母是否真的有此意,自然就有故事了,薛宝钗的生日不该让贾家给过,所以凤姐要讨贾琏的"同意"。凤姐道:"我也这们想着,所以讨你的口气。我若私自添了东西,你又怪我不告诉明白你了。"读者可以注意一下,在《红楼梦》里面,凤姐向来独断专行,对贾琏管控很严,为何此时要贾琏出头拿主意?林黛玉来贾家是真的有身份的,林家的地位也远远高于薛家,在此时就是差别很大。在贾府宝钗是客,与荣国府贾家没有直接的血缘,为啥贾家对宝钗的生日要搞得如此大?与贾家人的关系,黛玉比宝钗要近很多,与荣国府贾家有直接的血缘关系,古代对此差别看得很重很清楚,凤姐等王家人故意把生日做得宝钗和黛玉两个人待遇不同,就是在制造"金玉良缘"的舆论,要给家里的下人一个样子看,下面的人是很会看风向的。

荣国府宝钗做生辰(清孙温 绘)

凤姐给宝钗大办生日，背后还有一个原因，就是要对宝钗的年龄进行背书，女孩子及笄是非常重要的人生大事。在第一部里面，本人已经分析了薛宝钗是大幅度改小了年龄的。在葫芦案的时候，薛蟠要是有偿命的压力，应当是到了十七岁以上，古代对未成年人承担刑事责任也是有所减免的。薛宝钗年龄改小了很多岁，贾家家长为了薛家财富在装糊涂，但年龄相差那么多，一般人都看得出来，所以大办生日，就是堵住很多人的嘴！而贾家原来是装糊涂，这一次在贾府办这个生日，让贾家的家长们就算是揣着明白装糊涂，也只能装到底了，宝钗的年龄已经有贾府给背书了。贾府给薛宝钗办完生日，她还要入宫待选，如果贾府再说薛宝钗的年龄有假，也涉嫌欺君之罪。

在第二十七回，宝钗偷听到了宝玉丫头小红和坠儿的隐私谈话，就栽到了黛玉头上，（宝钗）想道："怪道从古至今那些奸淫狗盗的人，心机都不错。这一开了，见我在这里，他们岂不臊了。况才说话的语音，大似宝玉房里的红儿的言语。他素昔眼空心大，是个头等刁钻古怪东西。今儿我听了他的短儿，一时人急造反，狗急跳墙，不但生事，而且我还没趣。如今便赶着躲了，料也躲不及，少不得要使个'金蝉脱壳'的法子。"从宝钗的心理活动，可以看出她的城府，《红楼梦》作者是很少写当事人的心理活动的，主要是直接展示事实，但这里却是明写了，宝钗担心的是宝玉的丫鬟知道自己"听了他的短儿"而"生事"，也就是担心她们不愿意宝钗接近宝玉和说她的坏话，而后就"金蝉脱壳"栽到黛玉头上，让她们去对黛玉"生事"了，由此可以看出宝钗的心机有多深，也可以看出她的本性是不善良。

随后在《红楼梦》第二十八回，元妃省亲过后的第一个端午节，元春派了夏太监，带来了一些珠宝首饰，赏给贾府的各个姐妹。宝玉得到的端午节礼品是：

上等宫扇两柄，红麝香珠二串，凤尾罗二端，芙蓉簟一领。宝玉见了，喜不自胜，问："别人的也都是这个？"袭人道："老太太的多着一个香如意，一个玛瑙枕。太太、老爷、姨太太的只多着一个如意。你的同宝姑娘的一样。林姑娘同二姑娘、三姑娘、四姑娘只单有扇子同数珠儿，别人都没了。"

贾宝玉所得之物中多了凤尾罗和芙蓉簟，两样东西都是床上用品。

宝钗所得的恩赐与宝玉同样，黛玉所得的恩赐跟贾家三春同样，被大观园舆论场说成了在暗示宝钗、宝玉的"金玉良缘"。红学者中也有人据此说是金玉良缘，但送首饰给弟弟，还是女人首饰，那么弟弟以后要送给弟媳，但若弟媳已经有了，还怎么给？显然，同样合理的逻辑，可以得出的结论是：黛玉、宝玉共有一床就够了，宝钗是客人，要外嫁，所以再给一床。所以元春到底啥意思，关键在于怎么解释。而且这一段我们还要注意到元春给"太太、老爷、姨太太的只多着一个如意"，也就是对薛姨妈的赏赐与她父母贾政王夫人一样，这个本来也该内外有别的，为啥一样了？本身就是说明元春有意给薛家整体抬高了一些，可能与薛宝钗要入宫待选等事情是有关的，元春在宫内的各种复杂关系，我们在第三部书当中会继续分析。

当年元春由贾母抚养，不是王夫人抚养，她是贾家人，不是王家人。元春作为皇妃，地位虽然在贾家之上，但她所依仗的依然是家族实力，不是依仗自己的美貌，有了皇帝的专宠而上位，因而让自己的娘家跟着鸡犬升天。因此，在贾家内部事务上，元春虽然有很大的发言权，但总体而言，她是贾家的橡皮图章，就是贾家决定的事情，她来盖章确认，加持一下，除非背后有皇帝的暗示。所以，她的旨意也表明了皇帝不反对，她应当更知道皇帝的心思。

元妃省亲（清孙温　绘）

综观林黛玉在大观园的日常，素来出手阔绰，赏人钱财动辄好几百钱，从不理会钱财小事，对下人花起钱来，比贾家的迎春、探春等姑娘更大方。林黛玉能够拥有这份底气和气魄，在于她自认为以后是当家奶奶，是主子。林黛玉对下人给钱痛快又丰厚，为何下人还都说宝钗好，不说黛玉好？

看看第二十六回佳蕙与小红的对话：

（佳蕙）笑道："我好造化！才刚在院子里洗东西，宝玉叫往林姑娘那里送茶叶，花大姐姐交给我送去。可巧老太太那里给林姑娘送钱来，正分给他们的丫头们呢。见我去了，林姑娘就抓了两把给我，也不知多少。你替我收着。"便把手帕子打开，把钱倒了出来，红玉替他一五一十的数了收起。

黛玉主动与丫鬟们分钱，佳蕙来都见者有份地分到了钱，黛玉如此慷慨，但府内的人后来也不说她好，背后就是下人们更害怕王家人的权力。

双方对下人、家奴的差别，关键在于林黛玉给下人的，只能是赏，若下人们说"林黛玉比薛宝钗好"，则可能要受罚，要付出代价！薛宝钗的表姐王熙凤是直接现管、当家奶奶，对下人而言，眼前直接能够惩罚他们的人，就是王熙凤。谁敢说薛宝钗不如林黛玉，如果天天积极地给林黛玉跑前跑后办事，估计在王熙凤手下，那就没得混了。所以林黛玉要在贾府找人办事，真的很麻烦，就算完全靠钱开路，有时候拿钱都不好使，因为下人们也要想想，毕竟饭碗更加重要。这就是钱不如权，林黛玉还不是真的主子当家，所以权不足，舆论就不一样。如果她真的当家了，下人的评论就是另外的样子了。所以她抱怨"不是正经主子，做燕窝找人麻烦"等。

对小厮和丫鬟而言，大事还有娶媳妇、嫁人，书中第七十回："又有林之孝开了一个人名单子来，共有八个二十五岁的单身小厮应该娶妻成房，等里面有该放的丫头们好求指配。"可见决定下人们怎么婚配的人就是王熙凤。对下人们而言，婚姻大事是仅次于生死的大事，凤姐手握婚配权力，他们要好好看脸色，否则到时候让你哭都哭不出来。

元妃让兄弟姐妹们入住大观园，在各个姑娘的居住位置上，为何林黛玉是主位？贾宝玉挨着林黛玉住，薛宝钗则是住在角落的小院，这不就是元妃支持黛玉与宝玉吗？前面分析过大观园是林黛玉带入贾府的财富修建的，那么能够动用林黛玉财富的前提，不就是贾府上下，包括元妃，都认可了黛玉与宝玉的关系吗？这么明显的信息，所有的贾府家奴都可以看得出来，为啥他们还风传"金玉良缘"？薛宝钗带着薛家财富进入贾府，躲避被吃绝户，又不是那么公开，处境尴尬，为何家奴都看好她呢？此处下人们的态度有立场关系。

在舆论的把控上，林黛玉和贾家输掉了。王家控制了舆论，因为家奴们害怕王熙凤掌握的惩罚。所以元妃的恩赐，到底是啥意思，就由着他们来解释和延伸了。"金玉良缘"的说法成了大观园舆论的主流，就不奇怪了。薛宝钗对下人到底好不好，要等到王熙凤、薛宝钗、王夫人等人不掌权以后再评价，才公允。正常情况下，林黛玉出身书香世家，成长环境单纯，应当更善良；而薛宝钗生长于商人之家，应该世故和精明，商人重利，义不理财，不会那么宽厚。王家人知道搞空心承诺，例如对袭人承诺让她做宝玉姨娘，但到了后来，她却被外嫁给蒋玉菡了。

◇◇◇**贾母的失效人参与王家鬼胎**

王家人与贾家人貌合神离，关系恶劣，婆媳多次博弈之后，矛盾开始公开化。在第七十七回和第七十八回，王熙凤自从掉了一个六七个月的男胎后，就落下了"下红症"的毛病，又因为操劳和治疗不及时，拖成了"血山崩"。大夫开了丸药方子来配调经养荣丸。王夫人要二两上好人参给王熙凤配药，可她翻遍了自己屋子，只找到几支细小的。再让人去翻箱倒柜地找，最终找到的还不如这几支，是一大包须末。此时，凤姐屋里也没有人参，连邢夫人那里都没有。这说明贾府已经财政紧张，好人参都没有存货了。

因此，王夫人只好去求助贾母，贾母拿出一大包手指粗细的人参来。大夫看了贾母的人参，说早没了药性。宝钗说，让薛蟠去外面参行兑了二两来。后来等贾母休息后，王夫人问王熙凤，丸药可曾配来了，王熙凤答道："还不曾呢，如今还是吃汤药。太太只管放心，我已经大好了。"看来薛宝钗也是给了一个空心汤圆式的承诺。但在对待贾母这一包失去药效的人参问题上，王夫人没有如实向贾母汇报情况，而是让人做了记号，重新送回去。王家是会隐藏矛盾的，是有鬼胎的。

　　王熙凤得不到二两人参，书中讲因果报应，前面贾瑞被王熙凤"毒设相思局"后病重，医生开了一味"独参汤"时，贾代儒却无论如何负担不起了，求王夫人，王夫人让凤姐称二两人参给他。凤姐百般推诿不过，便"将些渣末泡须凑了几钱，命人送去"。结果贾瑞很快不治。因此王熙凤的报应来了。

　　贾母态度是双重标准的，看看林黛玉初进贾府，贾母看她身体羸弱，问她平时都吃什么药，黛玉告诉外祖母，自己吃的是人参养荣丸。贾母当即吩咐："正好，我这里正配丸药呢。叫他们多配一料就是了。"贾母对林黛玉，药就早有了，多么大方！别看贾母对王熙凤亲切地"凤丫头""凤辣子"那么叫，真的要拿好东西的时候，差别大了，而且故意不给有效的好货。王家人也不说破，做了记号送回去，说明矛盾已经巨大。发生此事，恰恰在王家抄检大观园，取得了对贾家的胜利之后。

◇◇◇**贾母辩谎矛盾公开化**

　　早在第五十四回，贾母大批《凤求鸾》，背后都是有所指的，矛盾已经趋于公开。为何《凤求鸾》的主人公那么巧也叫"王熙凤"？说明这原本就是针对王熙凤的，是与凤姐有关的埋线，其中"别说他那书上那些世宦书礼大家，如今眼下真的，拿我们这中等人家说起，也没有这样的事，别说是那些大家子。可知是诌掉了下巴的话。所以我们从不许说这些书，丫头们也不懂这些话"，对舆论做了警告，并且说其中的原因是"这有个原故：编这样书的，有一等妒人家富贵，或有求不遂心，所以编出来污秽人家；再一等，他自己看了这些书看魔了，他也想一个佳人，所以编了出来取乐。何尝他知道那世宦读书家的道理"！想一下《凤求鸾》会污秽谁？凤姐在污秽谁？还有"比如男人满腹文章去作贼，难道那王法就说他是才子就不入贼情一案不成？可知那编书的是自己塞了自己的嘴"。贾母说谁是贼？对应戏里人物就是王熙凤，贾母的不满溢于言表，王熙凤搞金玉良缘，暗中支持宝钗上位，引发了贾母的不满；在贾府内宅，王家人的势力膨胀，对贾母的权威也是威胁；而王熙凤则是掌家，直接在最前面，其后才有后面凤姐之病需要人参，贾母给失效人参的故事，全书整个情节都是连贯的。

这一段叫作"贾母掰谎记"，红学研究者对此有所争论，有的认为贾母并非反对"金玉良缘"，但本人认为此处贾母是支持黛玉的，所以在随后的紫鹃试玉一节，紫鹃就对黛玉说，在有贾母支持的情况下，把黛玉婚事公开定下来。此时如果贾母不再支持黛玉，紫鹃也不会建议黛玉去试探宝玉。我们可以看一些前面的情节。书中第五十四回，贾母又命宝玉道："连你姐姐妹妹一齐斟上，不许乱斟，都要叫他干了。"宝玉听说，答应着，一一按次斟了。至黛玉前，偏他不饮，拿起杯来，放在宝玉唇上边，宝玉一气饮干。黛玉笑说："多谢。"宝玉替他斟上一杯。古代男女授受不亲，这个公开的"喂酒"明显超过了一般的限度。但此时贾母没有说什么，王熙凤却话里有话地怼宝玉。凤姐儿便笑道："宝玉，别喝冷酒，仔细手颤，明儿写不得字，拉不得弓。"宝玉忙道："没有吃冷酒。"凤姐儿笑道："我知道没有，不过白嘱咐你。"宝玉喝黛玉的酒，就变成了"冷酒"，会"手颤"，就变成了"写不得字，拉不得弓"，细品一下，味道就出来了。

所以贾母说这一段，就是主要针对王熙凤，戏里的人物也与王熙凤同名，所指非常清楚，在书里后来还有算命的情节，也出现了王熙凤的名字，都是特指。贾母说："编这样书的，有一等妒人家富贵，或有求不遂心，所以编出来污秽人家。再一等，他自己看了这些书看魔了，他也想一个佳人，所以编了出来取乐。何尝他知道那世宦读书家的道理！（第五十四回）"说"妒人家富贵"，肯定针对王熙凤、王家人的,王家当初是伯爵,后来世袭递降,要低很多;而林家是四代侯门,林如海又是探花,门第碾压王家,更关键的是跟着林如海的贾雨村,是林黛玉的老师和保护人,在书中上一回当了大司马,协理军机,参赞朝政,正好是王家的王子腾九省都检点的顶头上司。以前贾雨村的位置如何?林家的影响力让王家人羡慕、嫉恨是可以想见的。而说"求不遂心"和"他也想一个佳人",则是指王家人支持的薛宝钗,属于"看了这些书看魔了",是妄想症。贾母的这番话,其实是贾府内宅贾母与王家人针对宝玉联姻的矛盾,在此走向表面化和公开化。虽然林黛玉进贾府,若没有婚约贾家带不走她,但毕竟婚约没有公开和完全议定,贾府也可以毁约,因此林黛玉和紫鹃才会有试玉的做法。

在"贾母掰谎记"中,贾母也就是指桑骂槐地嘴上敲打了王家人,而实际上对王家人并没有损害,但王家人的博弈,则是日拱一卒,处处占据便宜。

◇◇◇薛宝钗渗透大观园

贾家与王家的公开博弈,还在于王熙凤病了,王夫人就把李纨、探春和薛宝钗三人引来管理大观园。

> 刚将年事忙过,凤姐儿便小月了,在家一月,不能理事……(王夫人)一应都暂令李纨协理。李纨是个尚德不尚才的,未免逞纵了下人。王夫人便命探春合同李纨裁处……探春与李纨暂难谢事,园中人多,又恐失于照管,因又特请了宝钗来,托他各处小心……(第五十五回)

王夫人对林黛玉的钱建造、贾母直接控制的大观园,不便直接插手,把儿媳李纨放在头里主持,儿媳算是贾政嫡长子的大奶奶,身份是林黛玉的未来长嫂，对未成年的林黛玉的资产，长嫂来照管是合适的。然后王夫人叫上她收养的女儿探春来协理，是为了也叫上宝钗。宝钗是外人，又与黛玉有竞争关系，所以要探春和李纨去请，而不能王夫人直接安排。李纨是王夫人儿媳，要听命于婆婆，探春认王夫人为娘，对外以嫡女身份出现是她的核心利益，所以探春和李纨是能够揣摩王夫人心意的。王夫人如此组合，就是要把林黛玉排挤在外面，不惜让赵姨娘的闺女进来管理，也不让林黛玉管理。

黛玉与宝玉的婚约，因为各方一直在博弈，没有公开，在大观园排挤黛玉主导参与上，贾家人与王家人是一致的。大观园的主位潇湘馆已经是黛玉占据，若黛玉再主管大观园，那么以后贾家与林家的婚约就不是"兼祧"、宝玉要有孩子姓林，而是宝玉就要入赘了。贾母虽然疼爱黛玉，但在贾家与林家的关系博弈上，绝对维护宝玉的地位。

探春虽然是贾家人，却是王夫人带大的，是宝玉的亲妹妹，属于各方找平衡的人物。亲娘赵姨娘家里死了人，王夫人试探探春对此事的态度，让她破例，结果被探春识破。但探春的亲妈赵姨娘却难以接受，来闹，后面再看看王熙凤怎么说的，书里王熙凤对平儿说：

"……若按私心藏奸上论，我也太行毒了，也该抽头退步。回头看看了，再要穷追苦克，人恨极了，暗地里笑里藏刀，咱们两个才四个眼睛，两个心，一时不防，倒弄坏了。趁着紧溜之中，他出头一料理，众人就把往日恨咱们的恨心暂可解了。还有一件，我虽知你极明白，恐怕你心里挽不过来，如今嘱咐你：他虽是姑娘家，心里却事事明白，不过是言语谨慎；他又比我知书识字，更利害一层了。如今俗语'擒贼必先擒王'，他如今要作法开端,一定是先拿我开端。倘或他要驳我的事,你可别分辨,你只越恭敬,越说驳的是才好。千万别想着怕我没脸,和他一犟,就不好了。"(第五十五回)

总之,王夫人的核心意思就一个:躲在后面,让探春在外面招人恨。探春的身份,在王夫人和赵姨娘之间很微妙,探春更需要的是王夫人的信任,在身份上赵姨娘虽然得宠,却是家奴,而探春则是主子。

到第五十六回"敏探春兴利除宿弊",探春仿照赖大自家院子的做法管理大观园,把各种责任承包出去,园子还有收益,省却了大量的费用。探春道:"我因和他家女儿说闲话儿,谁知那么个园子,除他们带的花,吃的笋菜鱼虾之外,一年还有人包了去,年终足有200两银子剩。从那日我才知道,一个破荷叶,一根枯草根子,都是值钱的。"探春学习赖大家的做法,用赖大的法子管理大观园,也是站队,说明赖大的管理方式好,王熙凤原来的管理方式不好。想一下前面虾须镯一事的博弈,坠儿应当同小红一起,成了凤姐的人,她偷东西,平儿掩盖,不能让赖大的人——晴雯知道。探春管理大观园成功了,取得了收益和称赞,自然树立起了个人的威望,巧妙地在几方势力之间找到了平衡。

而薛宝钗在探春管理大观园后,就顺带把手伸到了大观园,我们可以看到后来第五十八回,薛姨妈也获得了大观园的管理权,还住到了潇湘馆,对此我们将在其他章节进行分析。如此的结果,实际上就是林妹妹的大观园被薛家人控制了;贾母查赌反击也失败了,在婆媳太极推手当中,王家人得到了实惠,日拱一卒,取得了有利位置。

◇◇家支用度小九九

再往下看王家与贾家的博弈,其实王熙凤和贾琏也是貌合神离。

之前，贾琏虽是贾家人，但与凤姐还是步调一致的。因为有了尤二姐的事情，贾琏与王熙凤便不团结了。按照现在的婚姻价值观，很多人说贾琏婚内出轨，有过错，所以是自作自受，但是按照古代的价值观，王熙凤无后，贾琏纳妾延续香火天经地义，王熙凤反对，反而是属于嫉妒，是"七出之条"的大错。在这一点上，古今价值观是相反的。所以我们要想弄明白《红楼梦》的逻辑，需要考虑作品创作之时的标准。

贾府家用银子承担着博弈，贾琏没有足够的钱周转，婆媳都把着家里的钱，所以财权也是问题的关键。贾琏还要求鸳鸯帮助他想办法违规操作，书里的情节是：

> 贾琏向鸳鸯道："这两日因老太太的千秋，所有的几千两银子都使了。几处房租地税通在九月才得，这会子竟接不上。明儿又要送南安府里的礼，又要预备娘娘的重阳节礼，还有几家红白大礼，至少还得三二千两银子用，一时难去支借。俗语说'求人不如求己。'说不得姐姐担个不是，暂且把老太太查不着的金银家伙偷着运出一箱子来，暂押千数两银子支腾过去。不上半年的光景，银子来了，我就赎了交还，断不能叫姐姐落不是。"

贾琏没有钱，连让鸳鸯偷老太太银子的主意都想出来了，说明贾琏确实在钱的方面已经很拮据了。

王熙凤知道贾琏求鸳鸯，我们来看看她的表态：

> 凤姐不等说完，翻身起来说道："我有三千五万，不是赚的你的。……你们看着你家什么石崇邓通。把我王家的地缝子扫一扫，就够你们过一辈子呢。说出来的话也不怕臊！现有对

证：把太太和我的嫁妆细看看，比一比你们的，那一样是配不上你们的。"

贾琏缺钱，难以维持家族外面的运转，王熙凤不帮衬，因为她就是要贾家人出丑。所以贾府艰难维持运转，从侧面也反映了贾家和王家已经不是一条心，各有各的算盘。

先是两家打太极的过程不断升级，即贾家人与王家人在内宅的婆媳博弈越来越激烈，再往后就是贾家与王家展开的决战大戏，也就是贾母感到自己的绝对权威受到了王家人的威胁，开始亲自出场参与博弈了。这就不是太极推手了，而是直接的矛盾冲突，主要的冲突有三次，将在下面的章节逐一给读者分析。

（二）贾政暴打宝玉有隐情

◇◇◇贾政教子为何要勒死宝玉动了杀心

《红楼梦》有一个著名情节是贾政痛打宝玉，这是全书剧情的一个高潮。金钏死后，紧接着就是宝玉挨打，很多人都以为这只是贾政对宝玉的管教，其实不然，我们对细节进行仔细分析，就能看出其中的不一样之处。对贾政打宝玉，书里写的是"在外流荡优伶，表赠私物，在家荒疏学业，淫辱母婢"，实际情况却要复杂得多，贾政是要下杀手。

在书中，贾政打宝玉，且不说打得"只见他面白气弱，底下穿着一条绿纱小衣皆是血渍，禁不住解下汗巾看，由臀至胫，或青或紫，或整或破，竟无一点好处"，贾政是打得极狠，超过了一般管教的程度，而且贾政还说："不如趁今日一发勒死了，以绝将来之患！"说着，便要绳索来勒死。带过孩子的人，因子女不读书确实可气，情绪失控而痛揍孩子的情况也不少，那都是恨铁不成钢，绝对还是想为孩子好，不是要孩子的命，就算是暴打，可能有失手打死的情况，但绝对不会去找绳子要勒死孩子，上绳子就有要杀死的故意，不是失手了，性质已经彻底变了。贾政不光是嘴说，还主动去要绳索，要知道虎毒不食子啊！

很多人说宝玉与蒋玉菡的事情关系到忠顺王府，忠顺王是贾家的政敌，所以是大事情，但如果真是这样，贾政反而应该教训归教训，最后还是自挺和维护儿子。而且不管前情如何，宝玉在此事上的应对，在王府的长史面前，还是得当的，书中宝玉说："大人既知他的底细，如何连他置买房舍这样大事倒不晓得了？听得说他如今在东郊离城二十里有个什么紫檀堡，他在那里置了几亩田地几间房舍。想是在那里也未可知。"宝玉对答的言外之意，就是王府的人你们自己没有管好，该知道的都不知道。虽然宝玉结交优伶、不好好读书确实该打，但不至于要打死勒死。有人分析是因为得罪了王府，贾家有灭顶之灾，所以贾政想要勒死宝玉，这种理解就更不靠谱了。宝玉的姐姐元春是皇上的贵妃，宝玉是皇帝的小舅子；忠顺老王爷年龄应当比皇帝大很多，是皇叔辈。古代社会，皇叔与皇帝小舅子到底谁厉害都不好说，不一定是王爷一方具有压倒性的优势，所以对于非原则性问题，得罪王爷也不是结死仇。此时当王爷的，对皇帝小舅子也要悠着点，做事肯定留有余地，且宝玉已经告诉了王府长史琪官的行踪，已经服软了，王爷就应当非常满意了。

贾政不仅仅是因为知道宝玉找蒋玉菡而暴怒，更关键的是宝玉找优伶，王府来要人，宝玉"流荡优伶"正好被贾雨村看见了。古代的男扮女角，就是相公，是喜欢男风的断袖对象，明清时期的北京，还有与妓院对应的相公堂子。富家公子玩相公，比嫖娼还可怕，古代的性病流行多是因为没有安全措施，男同性恋之间更容易传染。

在古代，联姻对象男方公子玩相公，也是女方退婚的合法理由。如果林家退亲，贾家占有的黛玉嫁妆，藏匿在贾家的林家巨额财富，就要退还给林家，此时贾家的财务压力又很大，显然贾家是不愿意这样的巨大危机发生。林家与贾家联姻是有诉求的，兼祧林家香火需要有后代，宝玉玩相公要是得了病，他的女人都生不出孩子，这可不是闹着玩儿的。宝玉与蒋玉菡的事情，又被贾雨村看见了，要知道，贾雨村的身份很特殊，他是林黛玉的师父，在黛玉父母双亡的情况下他是黛玉一方婚约的决定人（对此在第三部会详细分析）。所以贾政暴怒的真正原因在这里，宝玉肯定要被暴打的。但暴打归管教，不至于导致贾政用绳子勒死他，所以背后还应当有其他的原因。

  古代的父亲要对儿子起了杀心，只有两种情况，一是因为江山，二是因为美人，不可能为了财物，因为财物以后就是要留给儿子的。可以看看《盗墓笔记》里面的父子潜规则，为何是儿子先下去？原因就是儿子可能不救老子，老子不会不管儿子。江山的事情，在皇家就是对皇权的争夺；在普通人家就是可能导致灭族的谋反大祸，父亲要杀儿子，也是不得已，是被迫的。就算孩子犯了死罪，家族要大义灭亲，也是交给官府处理，不会自己动手。因为自己动手打死，还要担一个灭口躲罪，所以正规的做法是主动告发，家族可以免连坐。前面我们分析了忠顺王的事情，得罪王爷不会是灭族大罪，宝玉没有犯下需要家族避祸的罪过。所以贾政要拿绳子勒死宝玉，不可能是因为江山的事情，而因为宝玉学习不努力、结交优伶，得罪忠顺王等，都不会导致贾政动杀心。那么贾政拿绳子要勒死宝玉，只能是为了美人，也就是金钏之死与宝玉挨打，背后还有更深的原因。

  在《红楼梦》里面，贾赦有多个年轻的侍妾，后来还要娶鸳鸯，不成还买了妙龄的嫣红，而贾政则只有两个妾，但这两个妾都已经是半老徐娘了。当时，赵姨娘已经有两个十来岁的孩子，在古代早已算人老色衰，贾政想再要一个年轻的美妾，到王夫人房内去找人选，非常符合人之常情，因为当时的社会环境是，主动为丈夫物色的妻子才叫贤妻，就如邢夫人帮助贾赦找鸳鸯。贾政应当看上了金钏，与贾赦看上了鸳鸯一样。贾赦看上鸳鸯还要她本人或者贾母的同意，邢夫人也亲自帮助贾赦。但王夫人对贾政身边有别的女人妒意太强，金钏给不给贾政收房，王夫人自己就能决定。还有一点，王夫人的陪房丫鬟都嫁出去了，他们夫妇房事时，谁在房内伺候？古代女婢要在主子夫妻房内负责事后收拾，就如"送宫花贾琏戏熙凤"一节，平儿从屋内出来去打水。所以金钏处于贾政夫妇之间的位置，虽然书里没有明写，但可能非常微妙。

再注意一下金钏死后的情节发展，仔细体会也非常有意思，贾环想让故事发酵，书中是这样写的：撞到了金钏儿之死的贾环带着一群家人小厮乱跑，一头撞在了父亲贾政怀里，

> 贾政喝令小厮："快打，快打！"……贾环见他父亲盛怒，便乘机说道："方才原不曾跑，因从那井边一过，那井里淹死了一个丫头……我母亲告诉我说，宝玉哥哥前日在太太屋里，拉着太太的丫头金钏儿强奸不遂，打了一顿，那金钏儿便赌气投井死了。"（第三十三回）

从这一段可以看出，首先说"强奸不遂"，既然是未遂，那么金钏名节未失，那些红学家所谓金钏为了名节而死一说并不成立。就如贾赦威逼鸳鸯，没有成功，鸳鸯的名节也不受影响。古代"礼不下庶人"，也就是对奴婢而言，没有那么严格的名节要求。更进一步看，书里写的是"乘机说道"，说明贾环的这一套说辞，是早就准备好的。大家都知道贾环和赵姨娘只要有机会就会诋毁宝玉和王夫人，这一次为何不说宝玉和金钏私通被捉奸，或者是宝玉强奸导致金钏投井呢？金钏与宝玉调情被打，说成私通也不过分！原因就是在当

时的伦理道德下，少爷强奸了丫鬟、打了丫鬟，都不是大事。赵姨娘让贾环说成"强奸未遂"，意思是金钏根本不想与宝玉干那事，以此左右舆论和告黑状，告王夫人因为嫉妒逼死金钏，这样最能够打击宝玉和王夫人。而且王夫人对金钏让宝玉找环哥和彩云一事发怒，本身就带有嫉妒意味。赵姨娘应当知道，贾政看上了金钏，想要金钏，甚至还知道王夫人以金钏与宝玉有染而拒绝了贾政，贾政私下也可能告诉过赵姨娘，因此说宝玉"强奸未遂"，那可是精准打击，既告了王夫人骗了贾政，又告了宝玉对金钏图谋不轨。

很多评论说金钏之死，是流言蜚语杀死了她，在豪门贾府，这样的说法逻辑上是不通的。因为赵姨娘和贾环真的要散布谣言、流言，不光攻击的是金钏，攻击的还有王夫人和宝玉。若真的如此，流言伤害了宝玉，反而王夫人要保金钏了！流言就会反转。王夫人赶走金钏可以，再召回来也可以！因此，搞一个"强奸未遂"，才是真正的有玄妙！"强奸未遂"对金钏而言，没有名节问题，为什么她去死了？金钏之死，对王夫人可能有影响，就是在说明王夫人嫉妒。赵姨娘和贾环，应当是在金钏死后散布的"强奸未遂"之谣言，暗指宝玉想占有贾政喜欢的小美女丫鬟，加上王夫人嫉妒，把贾政喜欢的给逼死了。对金钏的死因，我们在后面的章节会专门分析。

在古代，夫人的内房丫头当姨娘，不光可以是少爷的姨娘，也可以是老爷的姨娘！或者说内房的漂亮丫头，不是少爷的就是老爷的，在当时是所有人都心知肚明的潜规则。在老爷看来，少爷想要她，她不愿意，就是想要跟老爷！而且夫人如果不想把自己的内房丫头给老爷，能够提得出来的理由，就是这个丫头已经是儿子的了，父子不能越礼。父子不能共有一个女人，不能乱伦，否则按照《大明律·户部婚姻章》，这是要被杖刑的。所以在贾政眼里，丫头死活不跟宝玉的唯一合理理由，就是丫头想要跟自己，想当自己的姨娘，金钏与自己的儿子宝玉没有事，是王夫人骗了他。因为王夫人的嫉妒，逼死了金钏。贾政想收金钏当姨娘的想法，估计赵姨娘知道。宝玉若真的被打死了，赵姨娘就将因有贾政唯一的儿子贾环而地位提升，贾环地位也将提升，尤其是我们第一部考据出贾兰是赵姨娘的亲孙子，有了如此的前提，赵姨娘的行为更加好理解了。很多读者觉得赵姨娘蠢且坏，但赵姨娘绝对不傻，而是会装傻，在贾府里面，只有她一个妾是生了孩子还活着的，其他庶出子女的母亲都已经死掉了，贾府内部的"鲜花着锦之盛"掩藏着残酷的斗争。

　　贾环编出来的金钏死因，在贾政看来就是，金钏拼死拒绝宝玉。为何他会这样理解？金钏想当贾政的姨娘，宝玉却有非分之想，王夫人又嫉妒，合起来逼死了金钏，才是最合理的解释。而且平时在王夫人房内，可能贾政早就对金钏摸一把、打情骂俏了。贾政想到自己心心念念的小美女，内心也想着自己，竟然被儿子和王夫人逼死了，再想到以往王夫人的强势和委屈，情绪积累到了极限，终于火山爆发。再来看贾政的反应："我家从无这样事情，自祖宗以来，皆是宽柔以待下人……若外人知道，祖宗颜面何在？"

　　细品这话，贾政实际心里想的是，漂亮的小美女自己没有吃着，太可惜了！儿子不孝，与老子抢女人，祖宗的颜面何在？就如后来贾赦搞不到鸳鸯，各种表现也非常失态。"淫辱母婢"的关键是这个婢女是老子想要的人！所以到这里，就可以知道后面贾政对宝玉的一顿胖揍是少不了的。贾政打宝玉，发泄内心的情绪，把老子的女人搞死了，才是关键。再看书中后面打宝玉的时候，"王夫人一进来，贾政更如火上浇油一般，那板子越发下去的又狠又快"。为何王夫人一来，贾政就如火上浇油？就是金钏之事，贾政对王夫人怒火的总爆发，王家势大，他打不了王夫人，但打宝玉让王夫人痛不欲生，贾政获得心理满足感。贾政打宝玉，是在发泄对王夫人没有让他收房金钏的不满。很多读者说贾政为了一个女人，对儿子不至于如此，但《红楼梦》里面讲宁国府聚麀，怎么很多人就认可呢？自古为了妃子杀儿子的皇帝可不少,贾府里面应当也都差不多。

为了女人,男人冲动起来,可能会失去理智。贾政的情绪已经完全失控,冲动到要把宝玉杀死的地步:"贾政冷笑道:'倒休提这话。我养了这不肖的孽障,已不孝;教训他一番,又有众人护持;不如趁今日一发勒死了,以绝将来之患!'说着,便要绳索来勒死。"要用绳索勒死宝玉的举动,已经超出正常范围,若因为宝玉不爱读书,不至于此,纵然有王府来告状,仅仅是蒋玉菡的事情,也不至于到要勒死的地步。什么是"已不孝"?注意这句话同时出现了"不肖"和"不孝",两个词语有细节区别,前面王府公开被告状之事叫作"不肖",强占想要当父亲姨娘的女人金钏,才叫作"不孝"。贾政平时惧内,在荣国府内压抑日久,这次总算得到了一次内心怨气的总发泄。

很多人对贾政要勒死宝玉还难以接受,但书里就是白纸黑字这样写的。现在与古代不同,现在父亲打死勒死儿子,肯定是故意杀人罪,但古代纲常讲"父叫子亡,子不得不亡","二十四孝"里还

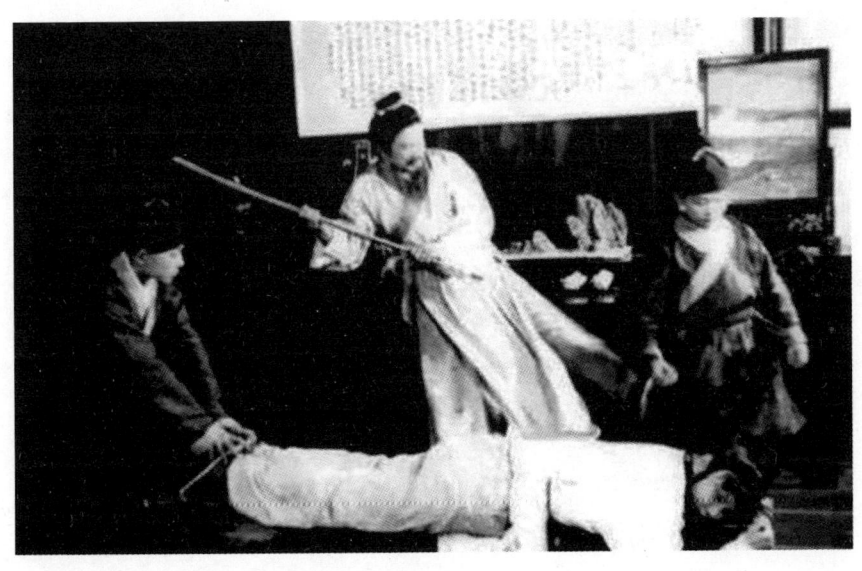

贾政打宝玉(87版电视剧《红楼梦》截图)

有"埋儿奉母"！古代与现在绝对是不同的标准，贾政借着金钏之死杀死宝玉，尤其是在"逼死人命也要偿命"的古代标准下，贾政打死宝玉是合理的，他是不会有刑事责任的。《红楼梦》的逻辑必须放到创作的时代背景之下去理解。

看看第七十五回，贾政说的惧内给夫人舔脚的冷段子，还有王夫人的陪房周瑞家的，也是被王夫人给嫁了出去，没有让贾政收房。王夫人是悍妒之人，一个陪房都没有给贾政。贾政的赵姨娘和周姨娘，都已经人老色衰，哥哥贾赦却"老爷如今上了年纪，作什么左一个小老婆右一个小老婆放在屋里"（见第四十六回），还重金买了十七岁的嫣红。贾政所发泄的，就是对王夫人的不满，红学研究者对贾政的"假正经"人品，是有共识的。王夫人也知道贾政往死里打宝玉是针对她，"今日越发要他死，岂不是有意绝我。既要勒死他，快拿绳子来先勒死我，再勒死他"。王夫人当然知道贾政对金钏的心思，她赶走金钏，没有想到金钏会去死，也没有想到贾政会情绪失控到了要宝玉命的地步。古代可不是现在一夫一妻的标准，凤姐嫉妒心也很强，还是让贾琏收房了平儿呢。

金钏本来是王夫人的首席大丫鬟，能够给王夫人捶腿，这个是地位的象征，早期王夫人出门都带着金钏。这次不但打金钏，还将她赶走，再体会一下当时王夫人说的那句："下作小娼妇，好好的爷们，都叫你教坏了。"宝玉还年少没有公开订婚，王夫人会把儿子叫作"爷们"吗？应当是"少爷""公子""哥儿"之类的称呼才对。王夫人话里面用"都"字，也应当指多个人，不是单指宝玉。当时，金钏对宝玉的挑逗是在推诿的，王夫人为何却说她是"小娼妇"？很多读者说王夫人是双重标准，这是没有读懂其中的内涵。在《红楼梦》里，宝玉到处吃丫鬟的嘴上胭脂，王夫人也知道，却没有哪个丫鬟被当作"小娼妇"。金钏的"金簪子掉在井里头，有你的只是有你的"，可以理解为是你的总是你的跑不了，但也可以理解为不是你的你也得不到，此话其实有歧义。金钏可以是到了贾政的井里面呢！

王夫人骂金钏"小娼妇"，原因就是金钏拒绝宝玉，还让宝玉找彩云和贾环，这在上一节分析过了，她犯了戒。还有就是王夫人认为金钏与贾政有染，这才对自己的儿子的调情拒绝了，还引导自己的儿子去找彩云和贾环。因此王夫人才称金钏是"小娼妇"，勾引贾政也是她最恨的事情。

贾政才是王夫人嘴里的"爷们"，有读者认为背后可能还指贾环，但贾环比宝玉更小，且王夫人看不起贾环，应当不会当贾环是"爷们"。王夫人嘴里的"爷们"只有贾政，"爷们"加上"都"字，应当是还指这父子俩，最后不管怎么说，反正王夫人的心肝贾宝玉是好孩子。若再加上金钏那句让宝玉找环哥和彩云，给王夫人的感觉还有金钏都混到与赵姨娘一起伺候贾政的程度了。王夫人借机赶走金钏，除了忠诚和站队问题，还有内心的嫉妒，不让贾政收房金钏。贾政对金钏"往东小院子里拿环哥儿同彩云去"那句话的感受和态度，与王夫人是绝对不同的。

同样地，对金钏的死，书中王夫人公开表态："前儿他把我一样东西弄坏了，我一时生气，打了他几下，撵了他下去……谁知他这么气性大，就投井死了。岂不是我的罪过。"这里的逻辑，王夫人为何不说金钏勾引宝玉？为何不说那些"无耻之事"？因为宝玉调情金钏，或者金钏引诱宝玉，丫鬟与主子有情，本身不叫事儿！贾府给公子配通房丫头，这很正常。第二十三回，金钏曾当着众人，公开叫宝玉来"吃她嘴上的胭脂"，此时王夫人与贾政就在屋内。王夫人以前可能就以"宝玉已经占了"为由，来搪塞贾政想要收房金钏当姨娘，因此根本不存在金钏"勾引"宝玉一说！王夫人正等着宝玉开口来讨要金钏呢！想一下王夫人当年带来的陪房周瑞家的等人，应当已经年老和嫁出去了，此时王夫人与贾政的通房丫鬟会是谁？在书中最有可能的就是金钏！彩云、彩霞等丫鬟是与赵姨娘走得近的人，王夫人不会把她俩留在房内；金钏是王夫人经常带着的，是王夫人的亲信。若金钏本来就是贾政王夫人的通房丫鬟，那么贾政想要占有她就属于非常正常的想法。

对金钏让宝玉去找彩云、贾环这件事，贾政与王夫人的理解也不同。在贾政看来，兄弟和睦，共宠一个丫鬟不叫事情，古代的妾，都可以赠送朋友。因此即使宝玉和贾环真的如此，在老爹的眼里，也不叫事情，甚至觉得这样两房的孩子能够走得近一些，两房的矛盾不要太尖锐。然而王夫人则不愿意亲儿子与赵姨娘的儿子走得过近，还可能认为赵姨娘身边的人都很脏，贾环也不好，不能让宝玉沾染了。贾政却认为是王夫人嫉妒。王夫人的"岂不是我的罪过"这句话，说明她已经意识到了问题的严重性，贾政想要的小美女没了，贾政肯定会发飙。

最后薛宝钗的话看似冷酷，其实也是给各方一个台阶和面子，宝钗的情商很高："据我看来，他并不是赌气投井。多半他下去住着，或是在井跟前憨顽，失了脚掉下去的。他在上头拘束惯了，这一出去，自然要到各处去玩玩逛逛，岂有这样大气的理！纵然有这样大气，也不过是个糊涂人，也不为可惜。"我们细品一下，这里面还是很耐人寻味的。很多人说她这一段言辞很冷漠，后来她把衣服给死人装裹很不吉祥，其实她这样做，是很体贴的表现。宝钗的话是给王夫人台阶下，为什么进屋没有人才说？就是教王夫人怎么回复贾政的进一步责问。对赵姨娘甩过来的"嫉妒金钏想当老爷姨娘，把她逼死"的罪名，王夫人背不起，嫉妒是休妻的"七出"之一，必须甩掉这一指责。并且薛宝钗为何说金钏是糊涂人？其实暗指金钏在房内犯了错，才导致了这样的结果。

◇◇◇暴打宝玉背后藏着贾珠之死

贾政对贾宝玉如此下狠手，除了金钏之死，与书中贾政一贯的嫌恶宝玉也很有关系。亲生父亲为啥那么嫌恶宝玉？仅仅因为他的纨绔和不学是说不过去的，背后应当还有贾珠之死的原因。

在书中前四十回，从贾政对王夫人和赵姨娘的态度，以及对宝玉和贾环的态度，可以看出贾政非常嫌恶宝玉，这很不正常。贾环用烛台烫伤宝玉，贾政一言不发；第二十五回，赵姨娘用巫蛊之术要搞死宝玉和凤姐，贾政的态度很值得玩味：贾赦还各处去寻僧觅道。贾政见不灵效，着实懊恼，因阻贾赦道："儿女之数，皆由天命，非人力可强者。他二人之病出于不意，百般医治不效，想天意该如此，也只好由他们去罢。"对比一下贾政与贾赦的态度；宝玉凤姐同时发疯，王子腾也来了，就是贾政无动于衷。再看一下贾政此时暴打宝玉，并要用绳子勒死其的态度，以及赵姨娘的巫蛊被癞头和尚破了以后，贾政并不深究宝玉的病因，就能知道贾政真实的想法了。还有第二十三回：

> 贾政一举目，见宝玉站在跟前，神采飘逸，秀色夺人；看看贾环，人物委琐，举止荒疏，忽又想起贾珠来，再看看王夫人只有这一个亲生的儿子，素爱如珍，自己的胡须将已苍白：因这几件上，把素日嫌恶处分宝玉之心不觉减了八九。

此处可以看到贾政平时对宝玉是"素日嫌恶处分"并不喜欢，所以他往死里打宝玉，也是他素日心态的体现。为啥贾政当亲爹的，素日里就那么嫌恶宝玉？

贾政打宝玉的时候，直到王夫人开始哭贾珠，贾政才手软了，很多读者认为他俩都对死去的贾珠感情深，细看还有别的意思。书里写：

> 再看看王夫人，"儿"一声，"肉"一声，"你替珠儿早死

了，留着珠儿，免你父亲生气，我也不白操这半世的心了。这会子你倘或有个好歹，丢下我，叫我靠那一个！"数落一场，又哭"不争气的儿"。贾政听了，也就灰心，自悔不该下毒手打到如此地步。（第三十三回）

单看这一段还看不出什么，在第一百一十六回贾政说："环儿是有服的，不能入场；兰儿是孙子，服满了也可以考的……。"若不是亲生孙子，对祖父侍妾之死是没有长时间服丧义务的。等于明说贾兰为赵姨娘的亲孙子，贾珠是王夫人收养的赵姨娘的亲生子，对此我在第一部已经分析过。若贾珠是赵姨娘亲生的，则再看王夫人哭贾珠，情况就不同了，而且是打完以后，宝玉已经被抬到贾母那里了，此时王夫人不哭宝玉却大声哭贾珠，等于王夫人在说她没有嫉妒之心！

此时王夫人哭贾珠，是在贾宝玉已经被抬到贾母那里以后，"将宝玉抬放凳上，随着贾母王夫人等进去，送至贾母房中"，为啥到了贾母房中还不断地哭贾珠而不是哭贾宝玉？打宝玉的时候，王夫人因哭出"苦命儿"来，忽又想起贾珠来，便叫着贾珠哭道："若有你活着，便死一百个我也不管了。"王夫人一哭贾珠，贾政就手软了。而且"王夫人哭着贾珠的名字，别人还可，惟有宫裁禁不住也放声哭了"。李纨听到了，也放声痛哭了，这里贾珠之死有什么隐情？若贾珠真的是赵姨娘的儿子，则暗中实际情况可能是有了嫡子贾宝玉之后，王家人暗中逼死了贾珠。贾珠的妻族李家获罪受到牵连，贾珠可能死于自杀，帮贾府回避株连，也可能还有王家人威逼等因素。对李家获罪株连到贾珠等，我们在第一部书中已经详细分析过。

贾珠生前是嫡长子，死后变成庶子！因为王夫人长期没有生育，嫡妻收养妾所生的长子贾珠，贾珠又进了学，要让其联姻有地位的李家，就要让其变成嫡长子，后来，王夫人生了贾宝玉，贾珠的嫡长子地位又难以改变，只能逼死他。就如皇后久未生育，收养了已经成年的庶出长子，皇帝已经立了其为太子，皇后又生了孩子，太子位分已定，一般不会废掉。在此类庶出长子已经长大，被立为太子或者继承人的情况下，嫡妻所生的孩子要改变现状，在长子不犯错的情况下，起码要等到嫡子成年以后了才有可能，因为家族和王朝都要尽量避免幼子继位或掌家，而在古代，改不改这种格局，最有决定权的就是男主人，男主人的喜好非常关键，就如古代皇帝立太子一样。在贾政心中，贾珠是他最喜欢的，同时贾珠的学业和才干也是最好的，所以只要贾珠不死，宝玉就不可能取代贾珠的位置。

在荣国府，对王熙凤和贾琏而言，贾珠是他们强大的竞争对手，因为贾琏读书不行，贾珠已经科举进学。贾珠是长孙，又被宗族承认为嫡子，所以贾琏也只不过是琏二爷。他们俩的竞争不光是爵位继承，还有皇家给勋贵的荫出恩赏竞争。就如在贾府上一代当中，贾政中了举人，就在贾代善死时被皇帝体恤，赏了工部营缮司主事的大肥缺官职，那么对贾赦这一边，虽然承袭了贾府的爵位，但也不会再得到皇帝给的荫出官职之机会了。因为皇帝的恩赏也是有限的，勋贵之间也要平衡，皇帝也要用勋贵家族里面最能干的人。同时在荣国府内宅掌家的人是谁？就可能是长孙媳妇李纨而不是王熙凤了，就如荣国府贾政这一辈就是二房的王夫人碾压大房的邢夫人。因此贾珠的存在，也挡了贾琏王熙凤的机会，逼死贾珠，王熙凤应当也有份儿。再联系赵姨娘下蛊对准了王熙凤，可见王家人确实有搞死贾珠的动机！

王夫人对贾珠的感情是复杂的，毕竟是当亲生儿子养到了成人，多少有一点感情，所以想到贾珠死了，王夫人哭，也不是没有感情和理由的。对贾珠之死，贾政内心即使不能肯定是王家人搞的，起码应当有疑问。他心里有疙瘩，当然也就嫌恶贾宝玉。王夫人这个痛哭贾珠,就是哭给贾政看的,表示他对贾珠有感情,贾珠之死与其无关。而赵姨娘为啥最恨贾宝玉和王熙凤?不光是他们挡了赵姨娘上位之路,还有就是认为贾宝玉的出现,让贾珠的地位受到威胁,然后王熙凤搞死了贾珠。所以赵姨娘要巫蛊他们俩。

这里有一个关键证据,就是在发现赵姨娘下蛊之后王家人的表现。书中在第八十一回,王夫人道:"才刚老爷进来说起宝玉的干妈竟是个混帐东西,邪魔外道的。如今闹破了,被锦衣府拿住送入刑部监,要问死罪的了……"马道婆被抓了,把事情供了出来。凤姐道:"咱们的病,一准是他。我记得咱们病后,那老妖精向赵姨娘处来过几次,要向赵姨娘讨银子,见了我,便脸上变貌变色,两眼鷩鸡似的……"凤姐和王夫人发现了马道婆的巫蛊,但对幕后主使赵姨娘,也没有去深究。若是正常的状态,赵姨娘这样的卑微侍妾,

赵姨娘问计马道婆(清孙温 绘)

巫蛊谋害嫡子和掌家媳妇，别说被休妻，会被家法直接打死。但这里贾母、王夫人和王熙凤表现得都很奇怪，王夫人的态度是："这老货已经问了罪，决不好叫他来对证。没有对证，赵姨娘那里肯认帐。事情又大，闹出来，外面也不雅，等他自作自受，少不得要自己败露的。"这里马道婆"这老货已经问了罪"，为啥就"决不好叫他来对证"？属于已经是有证据了，贾母的态度则是："罢了，过去的事，凤哥儿也不必提了。"等于贾母把此事情直接给压了下去。

　　读者都知道王夫人是恨赵姨娘入骨，有机会整死赵姨娘应当不会手软，就如赶走晴雯一样，更甭说此时是报仇了。中国古代可没有无罪推定，有罪嫌疑要受刑受审。马道婆已经问罪了，刑讯一下很容易，且她已经是死罪，为了少受罪，不会顽抗不招供的。等马道婆招供出来赵姨娘指使，还有与赵姨娘往来的赃银和借条，即使赵姨娘死不认账，她也会受刑，没有几个人能够受得过古代的大刑。赵姨娘犯了巫蛊之罪，王夫人是嫡妻，对奴婢出身的侍妾，她有权利直接处理，就如第七十七回她不经过贾母处理晴雯一样。而且王熙凤更是一个不饶人的主儿，看看她怎么操纵张华案搞尤二姐的，也没有担心家里的颜面难看，但此时王熙凤对赵姨娘的下蛊败露，却能网开一面。

　　此案若在马道婆指证赵姨娘的背景之下，赵姨娘就算是死不承认，都可以用刑打到她招供为止，赵姨娘是奴婢出身，用刑不会有顾忌的，哪里有啥"决不好叫他来对证"和"闹出来，外面也不雅"？按照古代的司法，刑讯是完全合法的。在第三部"红楼名案"一章，本人论证了古代刑讯为什么可以保障屈打成招。在第七十九回，夏金桂诬陷香菱对她用巫蛊，可不用多少证据，薛姨妈就要把香菱卖掉，以示严惩。所以王家人真正担心的是，审问了赵姨娘，赵姨娘把当年贾珠之死的事情牵扯出来，那才是真的"事情又大，闹出来，外面也不雅"。而贾母本身就是赵姨娘的后台，对其中背后的事情，应当也有所察觉。但王家人是睚眦必报的，"等他自作自受，少不得要自己败露的"，后来赵姨娘"死雠仇赵妾赴冥曹"，意思是被仇人的仇恨杀死了，她应当是被毒死的，在后面章节还会专门分析。

因此，贾政暴打贾宝玉，而且是"王夫人一进房来，贾政更如火上浇油一般，那板子越发下去的又狠又快"。背后除了对金钏之死的懊恼之外，还有对贾珠之死与王夫人有芥蒂，怀疑王夫人是为了贾宝玉搞死了贾珠，而且金钏之死不光是宝玉"淫辱母婢"，还有王夫人因嫉妒把他喜欢的小美女逼死了。这两个因素叠加到一起，所以贾政就要拿绳子勒死宝玉，勒死宝玉也是贾政对王夫人的报复，所以王夫人说"岂不是有意绝我！"赵姨娘应当把贾珠之死的账，算到王家人的头上的，算到宝玉出生的头上，她的想法肯定在枕边也传给了贾政。因此，贾政对宝玉是嫌恶的，并且应当认为是宝玉的出现，导致了贾珠之死。我们仔细看会发现，贾政对贾环和宝玉犯错是双重标准，对贾环犯错，贾政要宽容得多。

我们可以再往深了想，如果贾珠是被王家人所逼投井自杀的，这一次金钏也是投井自杀，还选择了贾珠投井的那个井，贾政对金钏之死有所联想又很合理，各种想法汇聚到一起，做出要勒死宝玉的极端行为就不奇怪了。贾珠、贾宝玉、贾环都是贾政的亲儿子，贾政最喜欢优秀的贾珠，王夫人在宝玉挨打后，不哭宝玉痛哭贾珠，大声到所有人听到，也是在辩解贾珠之死与她无关！

贾母对此也看得很清楚，知道贾政为啥下此狠手，所以书中贾母便冷笑道："你也不必和我使性子赌气的。你的儿子，我也不该管你打不打。我猜着你也厌烦我们娘儿们。不如我们赶早儿离了你，大家干净！"贾母清楚地知道背后的事情，贾政不是因为儿子，而是因为女人的事情"使性子赌气""厌烦我们娘儿们"。在贾政暴怒的时候，贾母肯定要维护一下王夫人，正妻地位还是要保的，婆媳之间再怎么博弈，家族要和谐，不能为了一个丫鬟侍妾撕破脸，乱了纲常。同时贾母的心肝宝贝贾宝玉更要保，贾珠再怎么优秀也已经死了，贾政不能把心里的怨气都搞到宝玉身上。同时贾家与王家的联姻关系，关系到家族重大利益，而贾珠联姻的李家，此时已经获罪了。贾母的表态，立即打中了贾政心中的要害，贾政也就蔫了下去。贾政听说，忙叩头哭道："母亲如此说，贾政无立足之地。"贾政发泄完情绪过后，应当也觉得自己过分了。贾母冷笑道："你分明使我无立足之地，你反说起你来！只是我们回去了，你心里干净，看有谁来许你打。"贾政的这一次教子，就是内心多年怨气的发泄，注意贾母一直在"冷笑"着，为何贾母不是着急生气，而是冷笑？为何贾母说"你心里干净"？当妈的对儿子的小九九清楚得很，知道贾政心里说不出来的不干净想法是什么。

在贾宝玉和贾环之间，贾政最爱贾珠，王夫人也不可能一点都没有察觉。贾母和贾政肯定是支持宝玉联姻兼祧林家，占有巨额林家财富，但王夫人可不愿意。贾政还有贾环，王夫人则只有宝玉一个儿子。同时贾政总是怀疑贾珠之死、对宝玉非常嫌恶背后，还有一个赵姨娘，对王夫人而言，当然也是极度没有安全感。这一次发展到要勒死宝玉，虽然被及时地阻止了，谁不担心还有下一次？王夫人充满了恐惧。

金钏之死、宝玉挨打，贾政居然想到了要勒死宝玉，之后王夫人性情大变，因为她感受到了正妻地位受到了重大威胁。此后，王夫人就要为贾府后宅的权力，发力斗争了，贾府婆媳的矛盾也上升到了新阶段。王夫人再也不是乖乖听从贾母摆布的儿媳妇，《红楼梦》中大观园的婆媳宅斗大戏就开锣了。

金钏说"金簪子掉在井里头，有你的只是有你的"比喻是你的东西跑不掉，早晚可以得到，埋的线就是薛宝钗可以得到贾宝玉。金钏死后，是用薛宝钗的旧衣服下葬的，"钗钏盥沐"相连说明她们的联系，宝钗是"雪"，金钏姓白，全书最后是白雪茫茫真干净。不过，金钏这个说法还可能暗指贾珠，贾珠在妻族李家获罪被逼死的时候，可能也是跳井自杀的。贾珠死了，贾宝玉变成了唯一的嫡子，也就是"有你的只是有你的"！贾政这一支宝玉变成了最优先的嫡子。在第一部中，我们分析了薛宝钗刻意隐瞒、改小自己年龄的事实，在第六十五回，薛蟠把王熙凤叫"舍表妹"，比薛蟠小两岁的薛宝钗应当与王熙凤年龄相当，因此薛宝钗大多时候叫王熙凤不是凤姐而是凤丫头。如果按照真实年龄，贾珠与薛宝钗合适，尤其是王夫人若是收养的贾珠，当然更想给他找一个与自己有血亲的媳妇，但贾家那边贾琏又联姻了王家，所以贾珠这边没有选择薛家的王家外甥女，而是联姻了另外圈子的李家。后来，葫芦案让薛蟠变成"活死人"，在被吃绝户的压力下，薛家财富藏在了贾家，是"金簪子掉在井里头"，最后贾家人在内宅博弈当中败给王家人，是"雪（薛）里埋"被薛家绑定了，薛宝钗嫁给了贾宝玉，对"金簪子"薛宝钗也是"有你的只是有你的"，而金钏如果没有死，袭人就没有机会了。金钏是王夫人准备陪着薛宝钗嫁给宝玉的丫鬟，薛宝钗应该也知道这一层关系，当然对金钏有特别的表示。作者在书中确实是埋线千里。

大家设想一下：贾珠与金钏是投在同一个井里自杀的，金钏死后穿着薛宝钗的衣服，薛宝钗与贾珠年龄相当，当初图谋嫁给贾珠没有成功，后来赖在贾府又图谋嫁给贾珠的弟弟贾宝玉，金钏作为王夫人贴身大丫鬟早已知道相关内幕，到最后薛宝钗成功嫁给了贾宝玉。最后，再看金钏那一句"金簪子掉在井里头——有你的只是有你的"，是不是作者的埋线？书中的赵姨娘，一直对贾珠之死心怀仇恨，所以她心态扭曲，也都可以理解了。

古代小说，也是理解古代社会的一个镜子，以古代的社会伦理去理解、分析一下，虽然有些残酷，却是历史需要。贾政对宝玉发飙,情绪失控,下狠手要勒死,背后都是因为女人的事情。

(三)第一出大戏:贾母大观园查赌

大观园内,贾家人与王家人宅斗,书里写了三出大戏,决定了贾家、王家的婆媳地位和荣国府后院的控制权,从而也决定了林黛玉和薛宝钗谁未来更可能成为贾宝玉的正妻。第一出大戏——大观园查赌。

大观园查赌,由贾母发动,是她针对园内的管理失控,为了拿回大观园控制权,以查赌的方式对王家人的主动进攻。贾探春与贾母,都是贾家人,一唱一和地拉开了查赌大战的序幕。

第七十三回,因贾政抽查功课,贾宝玉挑灯夜读,晴雯看宝玉辛苦,于是就假借"有可疑人物跳墙,宝玉吓着了"为由,让宝玉故意逃避功课,为了让这个谎言更加真实,晴雯让府上众人连夜搜寻"跳墙之人"。原本只是查找"跳墙之人",但在惊动了贾府上下

敏探春兴利除宿弊(清孙温 绘)

之后，当着贾母和众夫人的面，探春突然站出来，说了一通园内盛行赌博的情况，贾母大怒，掀起了大观园轰轰烈烈的查赌事件。

> （众人）都默无所答。独探春出位笑道："近因凤姐姐身子不好，几日园内的人比先放肆了许多。先前不过是大家偷着一时半刻，或夜里坐更时，三四个人聚在一处，或掷骰或斗牌，小小的顽意，不过为熬困。近来渐次放诞，竟开了赌局，甚至有头家局主，或三十吊五十吊三百吊的大输赢。半月前竟有争斗相打之事。"贾母听了，忙说："你既知道，为何不早回我们来？"探春道："我因想着太太事多，且连日不自在，所以没回。只告诉了大嫂子和管事的人们，戒饬过几次，近日好些。"
>
> （第七十三回）

探春这个话，关键在后面"管事的人们"是有所指的，王熙凤已经病倒，王夫人安排三个人管事，除了大嫂子李纨和她，管事的不就只剩下薛宝钗了吗？言外之意就是薛宝钗不管，且在背后坐庄赌博。

贾母很清楚，自然顺着往下撸，她对探春说："你姑娘家，如何知道这里头的利害。你以为要钱常事，不过怕起争端。殊不知夜间既要钱，就保不住不吃酒；既吃酒，就免不得门户任意开锁。或买东西，寻张觅李，其中夜静人稀，趁便藏贼引盗，何等事作不出来……再有别事，倘略沾带些，关系不小。这事岂可轻恕。"贾母准备亲自整治一番，准备立威。而探春很精明，此时找贾母告状，就是给贾母立威的机会，让下人知道大观园是谁家说了算，再看原文：

> 凤姐虽未大愈……遂回头命人速传林之孝家的等总理家事四个媳妇到来，当着贾母申饬了一顿。贾母命即刻查了头家赌

家来，有人出首者赏，隐情不告者罚。（第七十三回）

　　林之孝家的去查，似乎是水落石出："查得大头家三人，小头家八人，聚赌者通共二十多人，都带来见贾母，跪在院内磕响头求饶。贾母先问大头家名姓和钱之多少。原来这三个大头家，一个就是林之孝的两姨亲家，一个就是园内厨房内柳家媳妇之妹，一个就是迎春之乳母。这是三个为首的，余者不能多记。"

　　贾母查赌，先把王熙凤从病中也叫来，让凤姐督着去查，等于在查凤姐的工作。王熙凤在执行上，选择叫林之孝家的带头去查。前面王熙凤收服了林之孝的女儿小红，林之孝全家已经在王家阵营，自然不会把薛宝钗的婆子直接抓出来。前面已经考证过林之孝家是林黛玉的林家宗亲，但此时林之孝家的已经是王家人，贾母的查赌结果会怎样，自然很清楚了。下面人查赌，就是赌博头家都变成贾家的人。结果查出了迎春的奶娘，说她是组织赌博的大头。姑娘的奶妈，肯定是贾家的奶妈，迎春吃奶的时候，凤姐肯定还没有进门；另外一位是内厨房的，而厨房是晴雯娘家哥哥吴贵管；柳家媳妇之妹，也就是五儿的娘柳嫂子的妹妹，前面林之孝家的受贿而换秦显家的，最后没有成功，这一次查赌，可以借机公报私仇了；还有就是林家亲戚。林家亲戚都来陪榜了，显得林之孝家的"查赌公正"。反正是真正与赌博有关、贾母想要抓的王家人是没有的。

　　查赌抓到了真正的赌博头家了吗？很多红学家已经分析过薛宝钗的婆子，她负责赌博管理，王熙凤与真正头家是什么关系？都是王家人体系。王熙凤的查赌和林之孝家的的做法，就是贾母的失败。以往的研究，对聚赌为啥是薛宝钗等人在背后分析得不够到位，本人再从另外的角度分析一下。关键细节在于迎春对攒珠累丝金凤的态度。很多读者把此细节仅仅当作迎春的软弱和息事宁人，没有看出还有另外的原因，迎春对背后黑幕有察觉，但她惹不起。

贾迎春的攒珠累丝金凤首饰被下人拿去赌钱（累金凤事件），她不去追究。

迎春道："何用问，自然是他拿去暂时借一肩了。我只说他悄悄的拿了出去，不过一时半晌，仍旧悄悄的送来就完了，谁知他就忘了。今日偏又闹出来，问他想也无益。"绣桔道："何曾是忘记！他是试准了姑娘的性格，所以才这样。如今我有个主意：我竟走到二奶奶房里将此事回了他，或他着人去要，或他省事拿几吊钱来替他赔补。如何？"迎春忙道："罢，罢，罢，省些事罢。宁可没有了，又何必生事。"（第七十三回）

绣桔、探春、平儿设法要替她追回累金凤，并惩处下人，迎春却说："宁可没有了，又何必生事。"为何如此？一般读者认为是迎春软弱，其实是对背景理解得不够透彻。迎春如此说，应该对幕后背景也很清楚，而且也清楚贾家人在后院的势力情况。从实际抓赌的情况，她认为贾家人已经斗不过王家人了。

贾迎春的首饰都被下人拿去赌钱，偷主人的东西去赌，应当是输急了才会这样干，也可以看到，乳母的儿媳妇赔笑先向绣桔说："姑娘，你别去生事。姑娘的金丝凤，原是我们老奶奶老糊涂了，输了几个钱，没的捞梢，所以暂借了去。原说一日半晌就赎的，因总未捞过本儿来，就迟住了。可巧今儿又不知是谁走了风声，弄出事来。虽然这样，到底主子的东西，我们不敢迟误下，终久是要赎的。如今还要求姑娘看从小儿吃奶的情常，往老太太那边去讨个情面，救出他老人家来才好。"细看此段，就知道所谓的查出来的赌头儿，是输钱的主儿，赢钱的在哪里？赢钱的才是头儿呢！输钱的都是整个赌博操盘里面的冤大头！最后贾母查赌，顶罪的也是她们。

为何赢钱的人不抓？赌资不抓？输钱的奶妈，反而成了聚赌头人？如果有点常识，就知道组织赌博的都是坐庄赚钱，怎么会输钱？贾母大观园查赌，根本没有抓到组织者，更没有抓到真正的大头。书中下面的话，要引申一下理解：

> 探春接着道："我且告诉你，若是别人得罪了我，倒还罢了。如今那住儿媳妇和他婆婆仗着是妈妈，又瞅着二姐姐好性儿，如此这般私自拿了首饰去赌钱，而且还捏造假帐折算，威逼着还要去讨情，和这两个丫头在卧房里大嚷大叫，二姐姐竟不能辖治，所以我看不过，才请你来问一声：还是他原是天外的人，不知道理？还是谁主使他如此，先把二姐姐制伏，然后就要治我和四姑娘了？"平儿忙赔笑道："姑娘怎么今日说这话出来？我们奶奶如何当得起！"
>
> 探春冷笑道："俗语说的，'物伤其类'，'齿竭唇亡'，我自然有些惊心。"平儿问迎春道："若论此事，还不是大事，极好处置。但他现是姑娘的奶嫂，据姑娘怎么样为是？"（第七十三回）

这个对话，是在告诉读者作为大观园管理者的探春，本是她找贾母主导的抓赌，结果为了替迎春索回涉赌的首饰累金凤，最后还要找平儿出面，说明执行权在王家人这一边。平儿能够把赌输了的东西要回来，就知道谁在主持赌博了。赌博的头儿与平儿是什么关系？平儿为什么知道去找谁要东西？书里没有明写，但从情节的进程来看，逻辑上就已经告诉了答案。

平儿作为王熙凤的大丫头，比名义上管理大观园的探春更能够控制和震慑恶奴。同样的事情，迎春束手无策，探春解决起来也不容易，对平儿来说则"还不是大事，极好处置"。这些细节描写极为生动,为何探春要冷笑呢?为何要叫平儿来问一声?迎春在贾赦那一支,与王熙凤等属于同一支,贾琏是嫡子,王熙凤是当家奶奶,所以迎春的懦弱,反映了王熙凤在荣国府的厉害。探春在贾政这一支,与迎春的所处位置不同。因为贾赦在家没有财权,财产层面要看王熙凤的脸色,所以迎春当然硬不起来。迎春不是简单的软弱,而是真的实力不足,不能左右自己的命运。

大观园聚赌的人那么多,管理大观园的薛宝钗装聋作哑,里面肯定有故事。书中可以看到薛宝钗表面上对为迎春找累金凤一事漠不关心,"当下迎春只和宝钗阅'感应篇'故事,究竟连探春之语亦不曾闻得,……"不过需要细看:

> 谁知探春早使个眼色与待书出去了(注:庚辰本是"待书",程甲本是"侍书",通行本前八十回主要以庚辰本为底本,后四十回是程甲本,应当是一个人,这里一律按照通行本进行引用)。
>
> 这里正说话,忽见平儿进来。宝琴拍手笑说道:"三姐姐敢是有驱神召将的符术?"黛玉笑道:"这倒不是道家玄术,倒是用兵最精的,所谓'守如处女,脱如狡兔',出其不备之妙策也。"二人取笑。宝钗便使眼色与二人,令其不可,遂以别话岔开。(第七十三回)

探春搞不定乳母,只有去叫平儿,而平儿来了,形势就不同了,为何在薛宝琴与林黛玉话中有话的时候,薛宝钗要使眼色,要把话题岔开?林黛玉显然不会在意薛宝钗的眼色,探春应当也不会,在意的二人,应当是平儿和薛宝琴,这两个人会意了,就已经告诉我们是谁在主导赌博了。薛宝钗在大观园赌博的幕后操盘,已经非常清楚了。为啥平儿来了,乳母就可以赎回迎春的首饰,问题就解决了？乳母输钱输急了才偷了迎春的首饰，要让她们去赎回来，她们哪里来的钱？平儿来了就解决了，那么赌博时首饰质押给谁了，也很清楚了。迎春被偷的首饰就在王家人手里，王家人才是真正赌博坐庄的大头。对此，迎春可能知道一些，为何她对自己的首饰不要，不追究了？她怕王家人的势力，贾母查赌都查不到底，她又如何能够扳回来？此时需要的是保护自己，保护自己不是软弱。另外还有一个细节，迎春乳母的亲家是谁？书里她的儿媳是王住儿媳妇，这个名字暗示背后也是嫁给了王家人，住儿暗指借住在贾家的薛家，名字对事情的背景也有暗示。

王家人薛宝钗是赌博的幕后主使，证据在第四十五回还可以找到：

> 婆子笑道："不吃茶了，我还有事呢。"黛玉笑道："我也知道你们忙。如今天又凉，夜又长，越发该会个夜局，痛赌两场。"婆子笑道："不瞒姑娘说，今年我大沾光儿了。横竖每夜各处有几个上夜的人，误了更也不好，不如会个夜局，又坐了更，又解闷儿。今儿又是我的头家，如今园门关了，就该上场了。"黛玉听后笑道："难为你。误了你发财，冒雨送来。"命人给他几百钱，打些酒吃，避避雨气。

从这一段黛玉与蘅芜苑婆子的对话，就可以看到是谁在主持赌局了，薛宝钗的婆子对黛玉亲口承认她是头家。贾母查赌，薛家婆子没有被查到，林之孝一家已经被王家人搞定，当然查不到薛宝钗那里，只能找了外围薛家王住儿的丈母娘，也就是迎春的乳母来顶雷。

迎春为啥首饰不要了？其实要又如何呢？奶妈肯定没钱了，也被赶出去了，关键是她并不想把奶妈等人赶走，这些人也是她日后出嫁要带的团队。所以迎春就低调处理："不过一时半晌，仍旧悄悄的送来就完了，谁知他就忘了。"迎春是不准备把此事变成盗窃，因此首饰后来能够要回来，是犯了众怒之后，平儿帮助要回来的，光迎春自己是要不回来的。但首饰真的给要回来了，奶妈却被赶走了，肯定再回不来了。赃物查出来了，等于坐实了奶妈偷东西，她只能把东西还回来。奶妈被赶走，迎春吃大亏，后来出嫁时迎春没有自己的团队，在孙家处境就很惨，因为奶妈都有与男人相处的经验，是小姐出嫁团队里的重要智囊。再看一下"可巧今儿又不知是谁走了风声，弄出事来。虽然这样，到底主子的东西，我们不敢迟误下，终久是要赎的。如今还要求姑娘看从小儿吃奶的情常，往老太太那边去讨个情面，救出他老人家来才好"，关键是有人走漏风声，所以"讨个情面，救出他老人家来"就不可能了。王家人对准的所谓赌头，在大观园里面应当还有重要职务，她们被趁机赶走，后面周瑞家的等王家亲信婆娘就都安插了进来，彻底把持了大观园。

薛宝钗在幕后操纵，未必是薛宝钗自己缺钱，而是通过组织赌博，可以让大观园里的很多下人缺钱，让他们欠组织者的钱，进而控制他们。薛宝钗为了在与林黛玉的竞争中取胜，王家人为了控制大观园的后院，纵容和诱使下人赌博，把下人们变成欠钱的人，以便更好地控制他们，这是一种上不得台面的手段。对此，贾母是知道的，所以说"再有别事，倘略沾带些，关系不小！"，赌博的间接危害巨大。

最后，贾母大动干戈查出来的几个赌头，名义上被贾母严肃处置：打四十大板，撵出，总不许再入……事实上查得轰轰烈烈，却没有起到贾家人想要的作用。贾母虽然表面上立威成功，但没有打击到王家阵营的人，真正的大头没有抓到，事实上查赌已经失败。贾母失败，看风使舵的家奴们一定会加快倒向王家人。在第七十四回，王熙凤说："如今惟有趁着赌钱的因由革了许多的人这空儿，把周瑞媳妇旺儿媳妇等四五个贴近不能走话的人安插在园里，以查赌为由。"随后在抄检大观园时,"周瑞家的与吴兴家的、郑华家的、来旺家的、来喜家的现在五家陪房进来,余者皆在南方各有执事"。王家人借着查赌,趁势在大观园里安插了自己的人,而且书中说得非常清楚,这五个人都是陪房,应当是王家的家奴陪房随着王家人嫁入贾府,她们的卖身契在王家人手里,是铁杆的要站队王家人,而她们和她们的丈夫已经在贾府家奴当中占据关键位置,王家人占据了贾府内宅的卡位。

贾母查赌的失败,关键在于没有抓赌资,没有查赌资的来源!迎春的乳母是赌头,实际是大输家,她偷迎春的财物,去典当换钱赌博,应当就是在薛家的当铺,若是东西在其他人的当铺,平儿也拿不回来。而贾母不去查赌资,应当不是她没有想到,贾母是人精,从她对探春说赌博的危害就可以看出了,而到真的查赌,却留有余地和网开一面,应当更多为的是敲山震虎,没有想要彻底把脸撕破,如果严查赌资,真的查到薛家,下面就不好收场了。贾母想的是把下面的小鬼给严惩一下,让她们收敛就可以了,并不想把事情彻底闹开,但王家人和薛家人却没有这个底线,后面的博弈将更加残酷。

前面已经分析了大观园设赌是薛宝钗在幕后操纵,书中还暗藏了一个细节,就是此时的大观园是谁负责管理?!作者是有意真事隐的!书中大张旗鼓地写了探春、李纨、薛宝钗管理大观园,似乎管理大观园就是她们三个,但是她们三个上面是谁呢?如果我们仔细读,会发现这个人居然是薛姨妈。在第五十八回:"因又托了薛姨妈在园内照管他姊妹丫鬟。薛姨妈只得也挪进园来。"薛姨妈进来了之后就不走了,而且上一回书里得到了名义上的林黛玉的"干妈",这一次又借着"贾母又千叮咛万嘱咐托他照管林黛玉"的机会,"便挪至潇湘馆来和黛玉同房",也就是说薛姨妈是住在林黛玉那里的,我们在第一部分析过大观园是林黛玉的嫁妆,因此薛姨妈要管大观园,形式上也是要靠近黛玉。

书中写薛姨妈在大观园很有手腕,"薛姨妈只不过照管他姊妹,禁约得丫头辈,一应家中大小事务也不肯多口"。也就是探春、宝钗等人都是薛姨妈"照管他姊妹"管起来了,而且让下人们"一应家中大小事务也不肯多口"。实际的大观园的管理人是薛姨妈,贾母查赌却没有叫薛姨妈参与,明显的就是针对薛姨妈的,而探春实际是在告薛姨妈的状,在薛姨妈的管理之下,大观园的仆人能够赌博,而且薛宝钗是暗中的赌头,薛家开着当铺可以收典当放赌资,显然不是薛姨妈的失察,背后是薛家人的有意为之。对此,贾母也应当感觉有问题,才有她大张旗鼓查赌和严惩,贾母为的是贾家人在内宅的权威,也是给管理大观园的薛姨妈施压。贾母查赌失败,贾家人更没有了话语权。

迎春的首饰丢了,也知道这里水深,当然就不敢追究了,还需要王家人的奴才平儿出面。贾母抓赌没有抓住大头,扑了空,是王家人在贾府后院卡位成功的结果。让王熙凤控制的人执行抓赌,贾母不可能抓住幕后之人。大观园的各色人等,看见贾母查赌失败,必然更要看王家人的脸色。第一出大戏,贾家人的主动进攻失败,王家人的应对博弈成功了。

(四)第二出大戏:王夫人抄检大观园人事清洗

抄检大观园是《红楼梦》里面的经典情节,一般读者认为是封建大家长王夫人对大观园里年轻的文化小清新们爱情的野蛮镇压,觉得是一个保持真性情和青春理想的地方,被王夫人野蛮践踏了。本人认为,抄检大观园更应该是贾府婆媳的一场宅斗。抄检的真实目的是夺权,不是封建家长扭曲发飙。宝玉身边有陪房,陪房原来干啥的,王夫人和贾母都清楚,黛玉和三春,有啥由头要抄检,王夫人也清楚。

◇◇借风起浪的抄检夺权

抄检大观园由王夫人发起，主要是对上一回贾母查赌的回击。也就是说，这一次是王夫人要立威，回敬前面贾母在大观园的行动。宝玉、黛玉和众姐妹入住大观园，有贾元春的合法性旨意，贾元春由贾母抚养大，王夫人对此很不满。在大观园事务的主导权上，王夫人等王家人也要插手控制。这就是贾府大观园的第二出大戏——抄检大观园。王夫人能够抄检大观园还有一个关键背景，就是贾雨村降职了，大观园是用林家财富修建的，贾雨村是林家扶持起来的保护人。若此时贾雨村还在位，是大司马协理军机参赞朝政，是在外的九省都检点王子腾的顶头上司，王家人也不敢到林家的地盘肆无忌惮，而贾雨村降职了，一直受到压制的王夫人，总算有机会可以发威了。

傻大姐发现的春宫绣包，到了邢夫人的手上，邢夫人首先想的就是对儿媳王熙凤发力，荣国府儿媳当家而继室婆婆靠边站，邢夫人对此很不爽。在第七十一回，邢夫人嫌隙凤姐，书里用词是"着实恶绝凤姐"。而王夫人与王熙凤，关系也微妙。在大格局上，她俩都是王家人，但在小圈子里面，又有双方角力的一面，谁对荣国府后宅更有发言权，也在博弈。

所以邢夫人对凤姐发力，王夫人也愿意去将她一军。但发现凤姐应当真的与之无关，凤姐也低头发誓后，王夫人对凤姐的表现很满意。王夫人与薛姨妈是姐妹，书里没有写王熙凤父母与王夫人关系的细节，王熙凤是王夫人的侄女，父亲却不是王夫人的哥哥王子腾，与王夫人应当不亲，所以书中没有记述，关系又远一层。王夫人对自己期望的儿媳薛宝钗更亲，王家人对贾府的管家权，也与王熙凤有冲突。王家人要利用邢夫人的发难，向贾家人进攻。在贾母查赌大观园之后，王夫人要给所有的家奴看看，谁是贾府后宅做主的人。本来王熙凤要秘密查访,"胳膊折在袖内",毕竟是丑事,不好张扬,但王夫人就是要变成公开的抄检。王夫人此次发力,就是要让贾府所有人看到,她和王熙凤、邢夫人之间,也是她说了算。

抄检大观园,王夫人派去带头的人物很值得细读。领头的是王善保家的,她以前是邢夫人的陪房大丫头,后来嫁给了王善保。王善保干什么的?书里没有介绍,但按照《红楼梦》的惯例,一个姓氏的,多半沾亲带故,所以他应该属于与王家有关的人,也就是与王家有点关系,但名义上是邢夫人的亲信。王夫人就是要让邢夫人的人在前面冲,用她的亲信当枪使。在王善保家的身后,跟着的就是王夫人的人了:周瑞家的与吴兴家的、郑华家的、来旺家的、来喜家的现在五家陪房进来,余者皆在南方各有执事。这已经说得非常清楚,这五家媳妇的身份就是陪房,应当是王家带过来的陪房。王家人的五个亲信,跟在了王善保家的之后,这几个人按照王熙凤的说法,是趁着查赌出了缺,安插进来的。

抄检大观园故意躲开了贾母,是"至晚饭后,待贾母安寝了,宝钗等入园时,王善保家的便请了凤姐一并入园,……"要等贾母睡下后再查,凤姐在场监督,说明抄检就是王家人针对贾家人的行动,所以要瞒着贾母突然行动。邢夫人的亲信陪房王善保家的,被王家人当了枪使。傻大姐的意外发现、邢夫人的发难,给了王家人机会和借口,可以借着抄检,清洗贾母和贾家人在大观园内的人员,争夺大观园的控制权。

在抄检过程当中,王善保家的到了宝玉那里,就吃了晴雯一个不大不小的钉子。因为晴雯背后是大管家赖大和贾母,当然不把王善保家的放在眼里。晴雯索性将自己的箱子掀了个底朝天,并指着她的脸骂道:"太太那边的人我也都见过,就没看见过你这么个有头有脸的大管事奶奶!"连宝玉也要查,宝玉的大丫鬟晴雯,是贾母委派的人,背后又有大管家赖家,因此对王夫人、邢夫人的奴才,直

惑奸谗抄检大观园（清孙温 绘）

接地怼回去。

　　在林黛玉居住的潇湘馆内，王善保家的可积极了，"带了众人到丫鬟房中，一一开箱倒笼抄检了一番。因从紫鹃房中抄出两副宝玉常换下来的寄名符儿，一副束带上的披带，两个荷包并扇套，套内有扇子。打开看时皆是宝玉往年往日手内曾拿过的"。王善保家的自为得了意，拿住了潇湘馆的把柄一般，想要借机生事，幸而凤姐说不值什么，紫鹃也笑着："直到如今，我们两下里的东西也算不清，要问这一个，连我也忘了是那年月日有的了。"为何王熙凤要说不值什么？背后原因是林如海死的时候，黛玉是由贾琏陪着回去的，林黛玉的婚约也牵扯到贾琏，王熙凤应当知道。扇子怎么来的，可以如紫鹃所说的算不清，但"两副宝玉常换下来的寄名符儿①，一副束

---

① 寄名符，旧时小孩出生后都会请先生批八字，如果八字过硬刑克父母或者小孩难养，就会寄给菩萨神仙、僧人道士或者其他生肖相符的人家做寄名子女，以便小孩能够顺利长大成人。寄名符也叫记名符，古代孩子的八字要保密，绝对不随便给别人。中国古人迷信，认为八字是一个人重要的命运密码，就如书中赵姨娘曾让马道婆用巫蛊术害凤姐和宝玉，也是要写上他俩的八字。

带上的披带",王善保家的在紫鹃那里发现的是男人非常私用的物品,真的揭开了盖子,等于揭开了宝玉与黛玉的订婚关系,所有人反而不好收场。前面章节分析过黛玉与贾宝玉有婚约,宝玉的寄名符可以作为证据之一。王熙凤极为聪明,此处也暗写了很多东西给读者脑补。

在抄检的过程中,凤姐因向王善保家的道:"我有一句话,不知是不是。要抄检只抄检咱们家的人,薛大姑娘屋里,断乎检抄不得的。"凤姐说薛宝钗的院子抄不得,王善保家的便笑:"这个自然,岂有抄起亲戚家来的。"但林黛玉不也是亲戚吗?为何要抄检?可见王家阵营对大观园的抄检实行的是双重标准。可能是怕若真的抄出来薛宝钗有其他男人的东西,王家人不好收场。我们要注意,在潇湘馆里面主要抄检的就是紫鹃,紫鹃是贾府的丫鬟,而薛宝钗的丫鬟莺儿等人是薛家的奴婢,她们不归贾府管。

抄检到探春那里,王善保家的仗着王夫人的令箭,竟然忘记了主子和奴仆的区别,去掀探春的衣裳。结果被探春抓住理,直接甩手给了她一个大耳刮子。探春为何敢打她?因为探春是王夫人的养女,而王善保家的是邢夫人的陪房,打了她,等于打了邢夫人的脸,王夫人只会暗中高兴。"你们不依,只管去回太太,只说我违背了太太,该怎么处治,我去自领。"探春这样说,公开表明她与王夫人的关系,说明她有底气。贾府宅斗非常复杂,王夫人和邢夫人二人也暗中角力,探春看得非常明白。

◇◇◇谁要对绣春囊负责

接下来抄检李纨和惜春,都不好太严查,李纨与王熙凤都是孙媳妇,位分还算平等,而惜春是宁国府贾敬的女儿。虽然在惜春的丫鬟那儿也查到了问题,但只能日后问了宁国府再处理。对李纨和惜春的下人的问题,抄检之人还可以向王夫人打小报告,所以最后还是处理了，李纨给贾兰找的新奶娘被赶走了，惜春的大丫鬟入画也被赶走了。

抄检到最后，到了迎春住所，王善保家的亲手从自己亲外孙女司棋那里，搜出了司棋私通表弟潘又安的铁证。

> 因司棋是王善保的外孙女儿，凤姐倒要看看王家的可藏私不藏，遂留神看他搜检。……及到了司棋箱子中搜了一回，王善保家的说："也没有什么东西。"
>
> 才要盖箱时，周瑞家的道："且住，这是什么？"说着，便伸手掣出一双男子的锦带袜并一双缎鞋来。（第七十四回）

王善保家的抄检是螳螂捕蝉，王家人的亲信则是黄雀在后，凤姐和周瑞家的，有意地盯住了王善保家的，目的很明确，王善保家的背后是邢夫人。

抄检大观园最后查明，迎春的丫头司棋因与其表弟潘又安秘密往来，私订终身，被抄出"罪证"，因而被驱逐出大观园。司棋百般央求迎春援救，迎春则表现得非常无奈，迎春含泪道："我知道你干了什么大不是，我还十分说情留下，岂不连我也完了。你瞧入画也是几年的人，怎么说去就去了。自然不止你两个，想这园里凡大的都要去呢。依我说，将来终有一散，不如你各人去罢。"迎春是贾赦的妾所出，她娘是谁都不知道，肯定地位不如邢夫人，所以她更无法与王夫人顶撞。二则此前惜春已经对入画严肃处理，"你瞧入画也是几年的人，怎么说去就去了"，迎春也是没有办法，司棋失身，外人连带着对小姐也会有相关想法，迎春公开为她说话会引来非议和风言风语。具体情况，我们在潘又安那一节再分析。迎春虽然是贾家人，但地位不高，她非常清楚自己的处境。

邢夫人与迎春的关系书里虽然没有明说，但在逻辑上肯定很恶劣，否则迎春的娘早已经不在了，邢夫人又没有孩子，按古代的潜规则，邢夫人会如王夫人收养探春那样，把迎春收为养女。但实际上并未如此。司棋是王善保家的外孙女，王善保家的是邢夫人的心腹，司棋与邢夫人的关系如何？可能比与迎春的关系要更近，是邢夫人在迎春身边的眼线，没准迎春早就想让司棋走人，但因为她背后有邢夫人，迎春办不到。所以让她离开，迎春未必吃亏，所谓的主仆关系好，可能就是表面上的好。司棋与潘又安私通，本来就是对迎春的背叛，迎春没有大丫鬟陪嫁在身边支持她，也是她后来在孙家处境艰难的原因。

在《红楼梦》书中，我们可以看出其实司棋是很厉害的角色，在第六十一回，她因为支派的小丫头要不到嫩嫩的水蛋而大闹厨房，司棋便喝命小丫头子动手，"凡箱柜所有的菜蔬，只管丢出来喂狗，大家赚不成"。我们通过这段情节可以看出不但司棋很厉害，迎春的小丫鬟莲花儿也很厉害。当一个丫鬟可以很厉害，应当是背后的主人厉害。如果仅仅是司棋有王善保家的和邢夫人支持，司棋本人可以很嚣张，但迎春手下的小丫鬟莲花儿是不敢那么嚣张的，因此我们觉得迎春其实不是一个软弱的人，她的很多举动有着背后的无奈：在抄检大观园时不能救司棋，是关乎她自己的名节；查赌时不能保奶妈，是背后有王家、薛家更厉害的主子，所以迎春的软弱，其实是一个表象。

对抄检出"问题"的下人的处理上，起先惜春对入画的举措，摆出了最狠的态度，后面才有迎春处理司棋。因为有入画的先例，迎春想从轻处理司棋，也没有了余地。惜春为何一定要赶走入画？惜春的表态是："嫂子来的恰好，快带了他去。或打，或杀，或卖，我一概不管。"打、杀、卖都提出来了，为何惜春对入画那么狠？而且为啥此时尤氏还跑来求情，为此还与惜春翻脸了？贾珍真的能够给入画的家奴哥哥那么多的赏赐吗？还有，赏赐怎么送进大观园的？这些事情本身就说不清。

　　书中贾珍到处拈花惹草，一直没有闲着，入画与贾珍，显然不干净。此事贾珍和入画哥哥当然会为入画遮掩圆谎，但旁人心里想法很复杂。尤氏为入画来找惜春，应当是贾珍让来的，东西就是贾珍给入画的，所谓的哥哥寄存只是一个借口。惜春对此很明白，又不能说破她亲哥哥贾珍与她丫鬟入画有染。入画要当她的陪房丫鬟随嫁，不能失身，陪房失身会让夫家对小姐也有所联想，所以当时惜春要说："近日我每每风闻得有人背地里议论什么多少不堪的闲话，我若再去，连我也编派上了。"贾珍一些淫乱之事，恶名在外，所以柳湘莲会怀疑尤三姐，才造成了悲剧。还有秦可卿的风风雨雨，惜春必须避嫌。古代礼法，兄妹乱伦是大罪，而对表兄妹的私情，则很宽容。"我一个姑娘家，只有躲是非的，我反去寻是非，成个什么人了！"当哥哥的贾珍睡了妹妹惜春的丫鬟入画，惜春赶走入画在躲什么是非，已经很清楚了。

◇◇◇薛宝钗搬走与园子角门

　　抄检大观园的一个意外效果，是薛宝钗找到了合理的借口，趁机搬出了大观园，把烫手的大观园管理责任，自然而然地丢掉了。薛宝钗搬出大观园，还借着抄检大观园坐地要价。

　　　　大家让坐已毕，宝钗便说要出去一事。探春道："很好。不但姨妈好了还来的，就便好了不来也使得。"尤氏笑道："这话奇怪，怎么撑起亲戚来了？"探春冷笑道："正是呢，有叫人撑的，不如我先撑。亲戚们好，也不在必要死住着才好。咱们倒是一家子亲骨肉呢，一个个不像乌眼鸡似的，恨不得你吃了我，我吃了你！"（第七十五回）

探春希望薛宝钗走,暗中支持林黛玉;而薛宝钗要上位为正妻,她在大观园里面住着,大观园是林黛玉的院子,她的地位就要被压制,薛宝钗早已看明白。

薛宝钗搬走,王夫人面子上总要客气一下。在第七十八回,王夫人请薛宝钗过来商量,要她依然回大观园来住,怎奈薛宝钗去意已决,有一段长篇大论的谈话。概括起来就是,搬出去是因为家里有事,不得不出去,并且出去后可以将小门关闭,以免后患。最后,见薛宝钗搬走无可挽回,王夫人点头道:"我也无可回答,只好随你便罢了。"后来,王夫人找机会,也让贾宝玉搬了出来,然后让他们在大观园之外成亲。当初,袭人建议王夫人把贾宝玉搬出来,为什么王夫人感动得不行,要叫"我的儿"?因为大观园是林家和贾家的地盘,不是王家的地盘。就像荣国府里,为何贾政是非长子却可以住在正房?因为荣国府是王家地盘,应当是贾政娶王夫人时,刚好赶上盖荣国府,王家出了钱。大观园内好景致的院子是临水的,薛宝钗的院子在角落,不是好位置。那个院子最初的功能,应当是元妃随从住的地方,因为那个院子有一个单独的门,进出省亲别墅比较符合元妃随从进出需要,所以贾政说此院无趣。薛宝钗后来寄居贾府,先住在梨香院,后贾家对梨香院另有用途,她被迫搬出来,到贾府的一角,此后才搬到大观园。薛宝钗当初来贾府寄居,就算

梨香苑(编辑拍摄于北京大观园)

蘅芜苑(编辑拍摄于北京大观园)

贾府调整住房，对其施压，没有合适的地方住，她也要厚着脸皮住下去。

书中还有一个细节，潘又安是怎么进入大观园的？在抄检大观园的时候居然没有查这一层。因为抄检人心照不宣：在薛宝钗院里有一个小门。从一开始，王熙凤就不打算查薛宝钗的院子，她应该想到了有个小门在薛宝钗的院子里。不管是谁，想翻墙进入大观园可不那么容易，墙外面还有贾府值更守夜的人，再想想贾瑞在院外是啥遭遇？司棋与潘又安见面应当不止一两次，他们是怎么见面的？怎么开始的？如果贾府家奴看门不严，大观园门禁安全出了问题，按理抄检更应该审清问明，司棋若不说，主子可以用刑。当初，王熙凤怎么打赖升的人的板子，此时就可以怎么审司棋，这一次为何草草把她赶走就了事完结了？把此逻辑看清楚，就知道迎春为何不保司棋了，后面还有好大的一个黑洞呢。为啥后来司棋和潘又安自杀身死，她娘去找凤姐王家人呢？第七十八回宝钗说："自我在园里，东南上小角门子就常开着，原是为我走的，保不住出入的人就图省路也从那里走，又没人盘查，设若从那里生出一件事来，岂不两碍脸面。"此后章回，"角门"一词就再也没有出现，此前书中经本人统计，"角门"出现了42次之多，应当是角门被封掉了，鸳鸯遇到"鸳鸯"，就是走的角门，薛宝钗应当知道角门的故事。当然宝玉要进怡红院的角门，可能是怡红院还有一个院子的角门，在大观园的角门外叫门，怡红院不可能听见。

◇◇◇清理戏班出身的丫鬟

抄检大观园还把原来梨香院的戏班人马，也给清除了出去。当初贾元春省亲，芳官等12个小戏子，是贾家买来学戏的小姑娘，建立了贾府戏班。她们的身后有贾元春和贾母，是贾家人的重要工具。书中买戏班，花费是白银3万两，贾府花费了巨款。戏班可以进宫给娘娘唱戏，是贾府与宫里交通的渠道，位置很特殊，甚至可以是贵妃贾元春的眼线。戏班里芳官是正旦，是一位最上镜的美女，性格跋扈，会让人有很多联想。她在宝玉身边，元妃娘娘也最关心宝玉。芳官地位特殊，她的跋扈连晴雯都比不了，晴雯因说："都是芳官不省事，不知狂的什么。也不过是会两出戏，倒像杀了贼王、擒了反叛来的。"

书中后来的情节发展是圣旨不许私人豢养戏班，导致贾府戏班解散。戏班解散的时候，贾母便留下文官自使，将正旦芳官指给了宝玉，小旦蕊官送了宝钗，小生藕官指给了黛玉，大花面葵官送了湘云，小花面豆官送了宝琴，老生艾官指给了探春，尤氏便讨了老旦茄官去。戏班的女孩子，成为贾家的棋子。管理戏班的是贾家的正派玄孙贾蔷，小旦龄官与贾蔷相好。贾母的安排，等于贾家人把她们布局到了大观园之中。

因此大观园内原戏班人员变成了大丫鬟，不属于王家的势力范围，王家人就要清理。王夫人道："唱戏的女孩子，自然是狐狸精了！上次放你们，你们又懒待出去，可就该安分守己才是。你就成精鼓捣起来，调唆着宝玉无所不为。……你连你干娘都欺倒了，岂止别人！"王夫人对这些人员一点都不可以容忍，但对最先与宝玉云雨的袭人，却呼为"我的儿"，完全是双重标准。如果将贾家安排的人都清理出门，宝玉身边就都是王家人放心的人，比如袭人等。当年戏班分给各个姑娘的女孩子，"凡有姑娘们分的唱戏的女孩子们，一概不许留在园里，都令其各人干娘带出，自行聘嫁"。这些女孩子是贾琏买来、贾蔷管理的，受贾家人控制，现在一起被赶走，等于大观园里贾家人的人员被清洗了。后来，芳官出家到水月庵，因为风月案爆发，又整体被清理了。

贾府当初买入戏班12个小姑娘，花费一笔巨款，高达3万两白银，王夫人全赶走，光财务上就损失巨大！当时这些女孩子正值妙龄，完全可以换取大价钱，为何王夫人一点也不吝惜呢？原因就在于她们是贾家控制的人。很多文艺小清新把王夫人赶人，看成了王夫人的性情乖张和个人好恶，那是没有理解书中大家庭宅斗的内部逻辑。

◇◇◇薛姨妈与大观园管理者

在抄检大观园当中，还一个被绝大多数读者忽略的关键细节，就是此时的薛姨妈在哪里？其实薛姨妈是在潇湘馆，薛姨妈是实际的大观园的总管。

在大观园的管理上，贾家前面委托了探春、李纨、薛宝钗进行管理，探春还搞承包制把大观园管理搞得风风火火，但到第五十八回，薛姨妈就搬到了潇湘馆，与黛玉同住，同时管理小字辈。第五十八回："因又托了薛姨妈在园内照管他姊妹丫鬟。薛姨妈只得也挪进园来。"薛姨妈的管理是借助于皇家丧事贾府繁忙，受托来管理的，这些大观园的小姐和丫鬟，都在她的管理范围，而且薛姨妈很有手腕，书里说"禁约得丫头辈，一应家中大小事务也不肯多口"，第五十九回，莺儿到黛玉那里要东西，还顺便问候了薛姨妈，到第六十三回，黛玉参加宝玉的生日夜宴，也是薛姨妈叫人来接黛玉："袭人才要挪，只听有人叫门。老婆子忙出去问时，原来是薛姨妈打发人来了接黛玉的。"所以薛姨妈应当长期住在潇湘馆，她离开潇湘馆可能是抄检大观园后与薛宝钗一起离开的，因此书里明写薛宝钗离开，实则暗写薛姨妈离开。

薛姨妈此时搬出去，也与贾雨村降职有关。因为贾雨村是林黛玉的靠山，薛姨妈住在林黛玉的潇湘馆，当初林黛玉认她为干妈，在她说她支持林黛玉与贾宝玉的背景之下，这个也给薛姨妈戴上了一个套，下面林黛玉与贾宝玉，不光有当初婚约，还有当年的托孤师父，而干妈薛姨妈也名义上支持，维护林黛玉的利益，干妈可以住在潇湘馆。更何况之前，贾雨村是大司马，是最高的军事主官，是在外带兵的九省都检点王子腾的顶头上司（对此第三部详细分析），薛姨妈也被压了一头，现在贾雨村降职了，其前途堪忧，王子腾的职位更高了，当然薛姨妈要搬走了。她离开潇湘馆，就可以把她在第五十七回"慈姨妈爱语慰痴颦"对黛玉的承诺抛诸脑后。至于王夫人后来邀请薛宝钗再回来，这个带有面子上的安慰性质。

薛姨妈当初住到潇湘馆，被黛玉认作干妈，这种身份在过去比现在要正式得多，而薛姨妈愿意如此的背后，也是林家是侯门，黛玉背后还有师父贾雨村，因此兼祧联姻的话，黛玉为大，宝钗兼祧平妻，也是薛姨妈退一步可以接受的结果，与之搞好关系，也有利于薛宝钗以后的地位和拿走薛家藏匿贾府的财产。但在贾雨村降职，甄家被抄家之后，甄家也找到王夫人转移财富，而且第一部也分析了，转移财富的手段是通过当票等洗钱方式，还要用薛家的当铺，所以薛姨妈的腰杆就不一样了，而且内宅博弈又是亲姐姐王夫人取得了胜利，因此大观园各方势力的情况就发生了变化，让薛姨妈看到有了把黛玉在贾家挤出去的可能。薛姨妈搬出去不管大观园了，就是有了让薛宝钗上位贾家宝玉的正妻想法了。

通过抄检大观园，在王熙凤病了之后，探春、李纨、薛宝钗在前台，薛姨妈在后面，她们联合管理大观园的状态结束了，李纨是活菩萨，事不关己高高挂起；薛宝钗和薛姨妈则搬出了大观园；留下的探春还是王夫人的养女，王夫人对她也有直接的控制力。抄检当中把迎春和惜春身边的人也清洗了，迎春是贾赦的女儿，应当由邢夫人管；惜春是贾敬的女儿，应当由宁国府的大嫂尤氏管，现在这里由王夫人、王家人控制，她俩及身边的人，也要看王家人的脸色。因此，通过抄检大观园，王夫人立了威，从原来与邢夫人、尤氏的平行关系，变成了实际一人独大，王夫人成了大观园的直接管理者。之前，大观园众人，笼罩在贾母的权威之下，邢夫人和尤氏是贾家人的附庸，现在只剩下王夫人的权威了。在王夫人实际控制大观园之后，对薛姨妈而言，再待在潇湘馆控制大观园，也没有实际的意义，王夫人与薛姨妈是亲姐妹，此时是利益共同体。

综上所述，王夫人主导的抄检大观园，邢夫人被当了枪使，过程隐瞒了贾母，王家人对大观园里面的贾家人势力，进行了一次成功的大清洗，由此立威。大观园抄检完成之后，王家人胜利，驱逐了院内的贾家势力，控制了大观园内外，王夫人确立了在贾府内宅的权威。

（五）第三出大戏：准姨娘晴雯被驱逐致死

晴雯可以算是在抄检大观园之中被赶走和死亡的重要人物。她的被逐和死亡属于贾家人和王家人另一次重大较量，应当把它独立出来进行分析，因为晴雯是准姨娘，不是大丫鬟。

在刚开始抄检大观园的时候，晴雯抬出老太太，王夫人还要说回明了贾母再处置她，但在抄检大观园之后，王夫人得到了控制权，就绕开贾母，直接对晴雯下手了。所以晴雯之死，可以作为贾府婆媳博弈的第三出大戏。

王夫人能够在抄检大观园后，越过贾母，赶走晴雯，还有一个关键背景，就是甄家的倒台，有专家分析史家也跟着甄家倒台，对贾母而言是直接的打击。书中第七十五回：

尤氏从惜春处赌气出来，正欲往王夫人处去。跟从的老嬷嬷们因悄悄的回道："奶奶且别往上房去。才有甄家的几个人来，还有些东西，不知是作什么机密事。奶奶这一去恐不便。"尤氏听了道："昨日听见你爷说，看邸报甄家犯了罪，现今抄没家私，调取进京治罪。怎么又有人来？"老嬷嬷道："正是呢。才来了几个女人,气色不成气色,慌慌张张的,想必有什么瞒人的事情。"

此处书中明确写了甄家来找王夫人,而根据很多红学家的研究,史家也同甄家一起被抄,其后史湘云的生活财务紧张,还要自己干女红。虽然通行本里面没有写史家被抄,但也应当唇亡齿寒受到了影响,更值得关注的是,给甄家当过西宾的贾雨村也同时被降职了,贾雨村与甄家的关系我们在第三部会详细分析。也就是说贾母多方下注,平衡王家势力的林家及甄家等势力,都受到了毁灭性的打击。甄家财富转移到贾家,找了王夫人,王家的王子腾还在高位,别看时间过了没几天,但贾府的生存环境却发生了极大的改变。外部环境变化让王夫人的地位不一样了。所以王夫人不用像抄检大观园那样瞒着贾母,而是公开行动,先斩后奏。王夫人对晴雯直接下手,晴雯背后的老家奴势力也只敢装看不见。

◇◇◇晴雯是贾母认可的准姨娘

晴雯在大观园里面的地位是非常高的,可以随意地打骂小丫头,骂也就算了,关键是可以打!同为家奴,为何晴雯可以打骂小丫头?原因就是晴雯背后有赖大,晴雯是赖大的家奴,她是要无条件地听从赖大,赖大把她送给贾母,又被贾母派到了宝玉身边,她是贾母与赖大之间默契的关键点。赖大作为大管家,是有权惩戒其他家奴的。晴雯打骂小丫头的权力,实际来自赖大,她的地位也比较高,属于准姨娘。而赖大是贾府的世袭管家,是贾家人的狗,与王家人不是一个群体。

晴雯除了有背景,也身怀绝技。宝玉的雀金裘用孔雀羽毛制成,并且还是进贡而来的,非常贵重,破了都没人敢修,都说没有见过,生怕弄坏了,可见是件稀罕物。但晴雯却可以补,说明晴雯经过了特别的手艺训练，不光是一个普通的丫鬟，此手艺可能是贾府家奴安身立命之本。不管《红楼梦》前八十回是曹雪芹写的，还是曹雪芹最后修订的，肯定有曹家织造的背景，顶级工艺师的手艺，从来都密不传人，给皇帝、皇后织补衣服，不是谁都能够做的。能够织补雀金裘，是告诉读者，晴雯有补龙袍蟒袍的手艺。古代的龙袍，就是需要用到孔雀羽毛的丝线织锦，在定陵挖出碳化的龙袍之后，为了复原这件古代龙袍，用了600克真金和145根孔雀毛，耗时3年。

在晴雯补雀金裘的下一回，也就是第五十三回，专门写了一个叫慧娘的女子，掌握刺绣的独特技艺，进行了大段描写。慧娘的绣品是无价的，受到文化人的追捧，从慧绣变成了慧纹，这个"纹"字与晴雯的"雯"读音相同，她也是十八岁早夭，慧娘还是姑苏人，与林黛玉是一个地方的。书中专门写这一段情节，暗示她是晴雯的影子，也暗示晴雯的命运，同时也在说明晴雯刺绣手艺的价值。对江宁织造的曹家背景，也算是一个交代，否则此时大着笔墨，也有所唐突。

有一个历史典故，道光皇帝要补一件衣服，要花四两银子，大臣告诉他，要送到江南织造去织补，因为不是普通的打补丁，这技术是中国的顶级技艺。晴雯的这个手艺是谁教给她的？有补雀金裘（龙袍）的本事，肯定不会无师自通。晴雯说"我闲着还要作老太太屋里的针线"，这句话也在告诉读者她的手艺了得。她是家族要凭此安身立命的核心手艺的传承人，家族让她去学这些手艺，就是准备在家族当中给她应有的地位，这个地位就是以后要当姨娘的。这种家族技能、吃饭的本事，传媳不传女，传子不传婿，不单单是培训，还要有材料练手。古代很多故事讲的就是女人在落难后靠缝补把孩子养大的，古代的女红是基本技能，但要依靠缝补赚钱也不是那么容易的，再靠此手艺养大一个孩子更不容易，必定有超群的手艺，

勇晴雯病补雀毛裘（清孙温 绘）

才能在落难时成为谋生之保证。古代讲女人的三从四德，这个做女红的本事，属于妇功，是四德之一。

晴雯的背后是赖大，赖大为赖嬷嬷之子，赖尚荣之父，是"熬了两三辈子，好容易挣出"来的"家生子"。他的弟弟赖二是宁国府的大总管，等于兄弟两个把荣国府和宁国府都给包了。赖嬷嬷年高，服侍过贾府的老主子，又得到贾母的"赏脸"，赖大和赖二（赖升）才能获得如此重要的肥缺。赖大在荣国府之外，也有自己的园子，就如现在的高级白领，他是贾府家奴里面的老大。在贾府表面烈烈轰轰，实则衰败枯倒的状况下，赖家乘机邀宠升腾，从中渔利，迅速积蓄起了财势。此时赖大的奴仆身份仅仅成了个名分，连贾府嫡派玄孙贾蔷都称他"赖爷爷"。另值得一提的是赖大妻子——赖大家的，对贾府年轻一辈主子，如宝玉、黛玉等，极尽讨好，寒天送蜡梅、水仙，春来送鱼风筝，博得他们好感，大家称她"赖大娘"。赖家婆媳在贾府老少上下都兜得转，又为赖大、赖二营造了捞肥的客观条件。所以赖大的儿子赖尚荣一落娘胎，就被主子放了出来，成为自由人，在赖家过着公子哥儿的生活，从小由丫头、老婆、奶妈捧凤凰似的养着，读书写字，走仕宦之道，后来在贾府的帮助下做了知县。

晴雯撕扇，是《红楼梦》里面著名的情节。第三十一回，五月初五，晴雯不小心跌坏了一把扇子，宝玉说了几句气话，她就顶撞起来。晚间，宝玉主动给她赔不是，二人前嫌尽释。晴雯说喜欢撕扇子，宝玉便把手上的扇子递给她撕。麝月来劝，宝玉又夺过麝月的扇子给晴雯撕，说是"千金难买一笑"，几把扇子又值几何。次日，宝玉挨打。晚间，晴雯替宝玉传了两条旧手帕给林黛玉。表明晴雯与林黛玉一个阵营，背后代表的是贾家的势力，同时也是赖家的需要。

晴雯撕扇的任性，很多人用此情节类比妹喜裂缯，暗指宝玉对晴雯的宠爱放纵，与夏桀对妹喜一样，晴雯就是宝玉的宠妾，是姨娘的性质，宝玉则是如夏桀，古今不肖无能第一。在第七十七回晴雯被赶走后，交代了"夜晚一应茶水起坐呼唤之任皆悉委他一人，所以宝玉外床只是他睡"，晴雯实际上是排在袭人之前的准姨娘！虽然书里没有写王夫人给晴雯姨娘的地位，但这个地位应当是贾母和赖大的默契。贾府的规矩，书里通过兴儿之口说过，就是要男孩房内放两个丫鬟给少爷，而宝玉与袭人第一次云雨后，就顺理成章了。"这一二年间，袭人因王夫人看重了他了，越发自要尊重。凡背人之处，或夜晚之间，总不与宝玉狎昵"，谁贴身满足宝玉？睡在宝玉房内的只有晴雯。

这里还有一个需要注意的地方，外床不是外面的床！而是大床睡在外面，袭人与宝玉是睡在一张床上的，以后这个位置是晴雯的。晴雯与宝玉两个人都睡在一张床上，能够让丫鬟睡在这样的位置，就是认可通房丫鬟可以与公子有男女之事的，就是准姨娘。内床则是一张床睡里面，古代是正妻睡的，丈夫睡在外面。夫妻房事是陪房丫鬟伺候的,就如书里贾琏与凤姐行周公之礼,平儿就在屋内,陪房也是睡在外床之上,最大的拔步床,在床下地坪上还可能睡一个丫鬟,就是贾府兴儿说的放两个屋内应急。又如书中第一百〇一回:此时凤姐尚未起来,平儿因说道:"今儿夜里我听着奶奶没睡什么觉,我这会子替奶奶捶着,好生打个盹儿罢。"贾琏早起走了,如果平儿不是睡在屋内外床的,怎么能够听见凤姐睡得不好?

　　晴雯死前对宝玉说:"我虽生的比别人略好些,并没有私情蜜意勾引你怎样,如何一口死咬定了我是个狐狸精!我太不服。"有人据此认为,她不是狐狸精,所以与宝玉没有性行为,其实对这一点的理解,古今不同,过去性行为不让女方主动,否则有狐狸精的嫌疑,但在房内当通房丫鬟,男人想要行房,丫鬟就有义务满足,而且女人的清白不是一定没有跟过男人,如果只跟过唯一一个合法发生关系的男人,也是算的。对此情况王夫人应当知道,贾母应当也知道,晴雯与宝玉的行为,得到了贾母等人的默许。

人亡物在公子填词(清孙温　绘)

　　因此晴雯就是宝玉另外一个准姨娘,而且地位排在袭人之前,这也是袭人有危机感,要投靠王夫人的原因之一。袭人是王夫人认可的准姨娘,贾母则说:"我的意思,这些丫头的模样爽利言谈针线多不及他，将来只他还可以给宝玉使唤得。"高度评价晴雯，把晴雯当作了宝玉姨娘唯一的人选。而王夫人对贾母说的是："三年前我也就留心这件事。先只取中了他，我便留心。冷眼看去，他色色虽比人强，只是不大沉重。……"王夫人也说"先只取中了他，我便留心"，说明晴雯是准姨娘，王夫人也是知道的！而且睡在宝玉屋内的只有晴雯一个，袭人被边缘化，已经睡到了外面，所以袭人要改换门庭，投靠王夫人。晴雯也是贾母和赖大安排给宝玉的准姨娘，知道了晴雯有此地位，就明白王夫人赶走晴雯的背后意义不同了，不是赶走宝玉的一个大丫鬟，而是赶走一个贾母认可的宝玉准姨娘。

晴雯在怡红院的地位和奢侈，也表明她应当是准姨娘的身份。在第五十一回，胡庸医给晴雯看病的情节中也有所体现：

这里的丫鬟都回避了，有三四个老嬷嬷放下暖阁上的大红绣幔，晴雯从幔中单伸出手去。那大夫见这只手上有两根指甲，足有三寸长，尚有金凤花染的通红的痕迹，便忙回过头来。有一个老嬷嬷忙拿了一块手帕掩了。

晴雯指甲要留得够长，又不折断，肯定要不干活才行，而且她也有三四个老嬷嬷伺候，此待遇当然不是普通丫鬟能够享有的，是宝玉姨娘才对得上。不过，胡庸医在贾府内宅是属于王家阵营的，帮助王熙凤把尤二姐的胎给打下来了，他给晴雯开了虎狼之药，被宝玉发现了。但不怕贼偷就怕贼惦记着，后面晴雯生病，而且病程发展迅速，很快病死，是哪个医生看的病？年纪轻轻的，什么病会死得那么快？这些都可以脑补一下，作者交代此情节也是暗中埋线，晴雯"病"死，应当被人做了手脚。

另外晴雯还有巨额身价，她虽然月钱不多，但其他肥水很多，月钱反倒可以忽略。在第七十八回，"（晴雯死后）剩的衣履簪环，约有三四百金之数,他兄嫂自收了为后日之计"。晴雯的衣物就价值三四百金,《红楼梦》里的"金"对照全书应指黄金,这就是三四千两银子的价值。而且晴雯被王夫人突然赶走,王夫人"只许把他贴身衣服撂出去,余者好衣服留下给好丫头们穿",袭人有意在宝玉面前当好人,"他素日所有的衣裳以至各什各物总打点下了",让宋妈秘密送去。当然,晴雯的东西由对头袭人去整理,也不可能全部交由宋妈送到晴雯手里,因此她的家当估计真实价值是五千到上万两银子。由此可见晴雯位置的重要,她随时可以从宝玉身边揩油,可以从宝玉那里得到各种好东西,就如宝玉到贾母那里随便要到好东西一样。想一下宝玉让随意她撕扇子,过去公子的扇子是门面,都其价不菲。还有书中晴雯输钱后进来取钱,宝玉让她从床底下的财物里随便拿,这个也是姨娘的待遇。因此晴雯的位置当然被袭人及其他家奴忌恨和觊觎,他们都向王夫人打小报告。想一下后面凤姐算账,贾环娶亲只花3000两,三春出嫁一个是5000两(迎春的聘礼5000两),晴雯的身价,确实与贾府小姐可以比了。晴雯有如此高的身价,也说明她应当是准姨娘,而不是简单的大丫鬟。

晴雯身上穿戴的东西就价值三四百金,对一个丫鬟而言,就算宝玉给她那么多,她也不敢公开穿戴着。晴雯可以穿戴在身,代表了她的身份。刘姥姥进大观园时因为平儿的衣着,把其误认为"少奶奶"。古代的服饰怎么穿特别讲究,不能随便穿,晴雯如此穿戴,等于她的准姨娘身份基本公开了,而王夫人给袭人的承诺,别人都不知道。没有贾母的公开支持,作为丫鬟,而且是家奴的家奴,肯定也不敢逾制,这个规矩晴雯肯定也懂得。晴雯不一般的穿戴,当然也是前面胡庸医会误以为她是贾府小姐的重要原因。

所以晴雯的身份是姨娘,只不过没有如香菱一样明媒正娶,也就是晴雯死前对宝玉所说的"虚名",但晴雯很多公开的行为,贾母也不可能不知道,她能够如此,除了赖大的势力支持,也有贾母的默许，所以晴雯就是贾母认可的准姨娘。

背景知识　雀金裘

书中贾母给了贾宝玉一件雀金裘，关于雀金裘是啥样子，有啥意义，我们也给读者解读一下，先看书中是怎么写的：

（第五十二回）贾母便命鸳鸯来："把昨儿那一件乌云豹的氅衣给他罢。"鸳鸯答应了，走去果取了一件来。

宝玉看时，金翠辉煌，碧彩闪灼，又不似宝琴所披之凫靥裘。只听贾母笑道："这叫作'雀金呢'，这是俄罗斯国拿孔雀毛拈了线织的。前儿把那一件野鸭子的给了你小妹妹，这件给你罢。"

首先，我们看到给宝玉的是氅衣。宋代氅衣与南北朝以来在高门氏族和文士中一直流行的大袖衫的形态发生了重叠，而"宽长曳地"且有袖是此时氅衣的特色。明末，氅衣又开始流行起和道袍一样的宽大袖口，也不再限制其颜色，可素可彩。双挽舒袖，袖端日常穿用时呈折叠状，袖长及肘，也可以拆下钉线穿用。袖口内加饰绣工精美的可替换袖头，既方便拆换，又像是穿着多层讲究的内衣。氅衣繁缛的镶边，受江南民间"十八镶"影响，繁缛起来追求生活豪华奢侈。

清朝之前，氅衣多属于男性的服装称谓。直到清人入关后，特别是道光年后，满人的服饰日益宽大，满人女子所着的非正式场合的外衫因其轮廓宽松，特别是袖口宽大，也被混称为氅衣，至清后期，氅衣变成了满人女子一种便袍的专称，穿着对象的性别发生了颠倒，《红楼梦》里宝玉穿氅衣，在其成书年代，正是氅衣从男人服饰变成女人服饰的过渡期间，这个很有意思，也由此说明了贾宝玉的"娘化"。同时发生如此的转变，背景还有清朝剃发易服是男从女不从，女人可以穿戴明朝的服饰，所以相关的服饰就从男人转到了女人。

再看氅衣的材料，书中写的是"乌云豹"的裘，乌云豹也就是黑豹，黑豹是金钱豹的变种，比金钱豹要稀有得多，另外黑色毛的亚洲金猫也叫作乌云豹，黑色也是金猫最少见的毛色，金猫的毛皮也属于草豹类，主要也是因为有漂亮的豹斑，不过黑豹的毛皮细看也是可以看到豹斑的，因此这个雀金裘首先是一件极为难得珍贵的裘皮衣服。现在很多读者对"裘""皮"和"革"的含义搞不清楚了，因为现在的皮是广义的不是狭义的，在广义的皮制品之下，裘是指毛在外的，皮是指毛在里的，而革是指没有毛的皮板。这里对乌云豹，还有一个相关的成语，叫作"冬日黑裘"，比喻仅能御寒，不尚奢华，出自《礼记·檀弓》。

但雀金裘不是不奢华，它真正的奢华是在袖口和内里，藏在了里面。所以贾母说是"雀金呢"，"呢"字的引申含义是有安稳感、温馨感的一种较厚较密的毛织品。如花呢、马裤呢、呢羽，泛指毛织品与丝织品，用孔雀羽毛织成，与丝绸不一样的是要把毛茸茸的质地给显露出来，所以在晴雯补好之后，"又用小牙刷慢慢的剔出绒毛来"（第五十二回）。

同时氅衣有繁缛的镶边"十八镶"，是用孔雀羽毛的线绣制的，而且极为奢华，符合书中雀金的含义，而织物"雀金呢"是在里面的，外面是毛皮，黑色的乌云豹"冬日黑裘"，实质上是"低调奢华有内涵"的状态。

书中，贾母称呼此衣物没有用"雀金裘"的名字，而是叫鸳鸯去拿"乌云豹的氅衣"，因此氅衣质地的重点是在"乌云豹"的

"裘"上面,而不是在"雀金呢"。这样的氅衣是裘皮黑色的毛翻在外,繁缛的镶边和内里是雀金呢,带着隐藏的奢华,与清代服饰更像。明代是男人鲜衣在外,清代衣服则是外面青黑,就是补子制作得极为精致,用各种羽毛和金银丝线绣制。从这件服饰上看,《红楼梦》更像清代人所写而不是明朝遗老的作品。

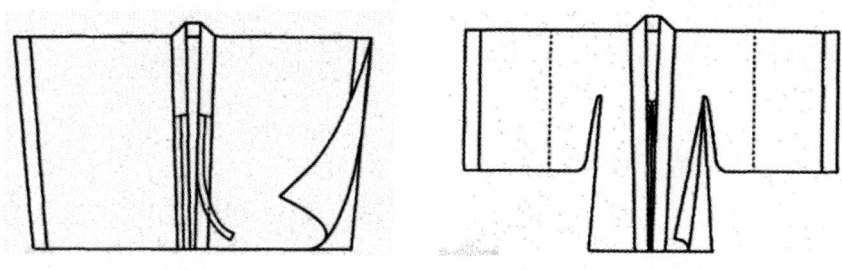

明清的氅衣图

按照上图,虽然内里是雀金呢,也是经常可以被外面看到的,奢华在内,而且黑豹(乌云豹)的皮草应当也是极为珍贵的。

同时我们可以注意到在说薛宝琴的凫靥裘的时候,没有直接写贾母给她的时候的称呼,书里写:"只见宝琴来了,披着一领斗篷,金翠辉煌,不知何物。"书里没有明确写叫凫靥裘,此事还有香菱来捧哏,香菱上来瞧道:"怪道这么好看,原来是孔雀毛织的。"从而引出史湘云说是野鸭毛,而贾母也给了史湘云一件裘皮,是"貂鼠脑袋面子大毛黑灰鼠里子里外发烧大褂子",很明显在说薛宝琴的凫靥裘超过了贾母的娘家亲人。

雀金裘和凫靥裘,历史上也有典故,据《晋书·武帝纪》记载:"太医司马程据献雉头裘,帝以奇技异服典礼所禁,焚之于殿前。"在西晋的时候用雉鸡的头做的"雉头裘"被认为太奢侈,而雉鸡也就是大家知道的野鸡,与野鸭可以对应。后来又出现了孔雀羽毛的雀金裘,《南齐书·文惠太子传》:"(太子)善制珍玩之物,织孔雀毛为裘,光彩金翠,过于雉头矣。"书中故意采用对比递进方式。在清朝,也真实存在用孔雀毛织锦的情况。清初叶梦珠的《阅世编》里记载:"今有孔雀毛织入缎内,名曰毛锦,花更华丽……"等到《红楼梦》创作的清中期,应当更普及了,与雀金裘就对上了。

另外在《红楼梦》中的第四十九回,可以看见史湘云的裘皮也是贾母给的,是"一件貂鼠脑袋面子大毛黑灰鼠里子里外发烧大褂子"貂鼠也就是紫貂,是裘皮当中的极品,从书中的情节看,不如雀金裘和凫靥裘珍贵,而黛玉和宝钗则没有得到贾母的裘皮。

◇◇◇宝玉与晴雯的亲密关系

关于宝玉与晴雯到底有没有性关系,争议很大,很多读者认为晴雯是冰清玉洁的,他们的证据就是晴雯临死与宝玉的对话。

晴雯死前与宝玉所说的话,作者为了"真事隐",故意处理得好像晴雯与宝玉没有亲密关系,但宝玉房内只有晴雯一个,袭人睡到了外面,宝玉可能因此再也没有性行为吗?古代礼不下庶人,对世家小姐和奴婢的要求是不同的,晴雯在宝玉那里当通房丫头,就是满足宝玉性要求的,满足主子的要求就是奴仆对主子忠心。所以真实情况是,晴雯对王夫人的处理和说她是"狐狸精",至死也不服。细看原著第七十七回,晴雯死时说:

"只是一件,我死也不甘心的:我虽生的比别人略好些,并没有私情密意勾引你怎样,如何一口死咬定了我是个狐狸精!我太不服。今日既已担了虚名,而且临死,不是我说一句后悔的话,早知如此,我当日也另有个道理。不料痴心傻意,只说大家横竖是在一处。"

此处晴雯的"虚名"指被说成狐狸精和没有明媒正娶确定身份,没有把准姨娘变成真姨娘。王夫人向贾母汇报处理晴雯的时候也说

"先只取中了他，我便留心"，说明晴雯被选为唯一的姨娘这件事情，王夫人也知道，晴雯的姨娘名分就是没有公开落实的"虚名"，她认为自己与宝玉"横竖是在一处"的，因此晴雯没有争名分落实，没有当"狐狸精"。所以晴雯就是准姨娘，她得到了贾家婆媳的承诺，这个承诺也包括对晴雯身后老家奴势力赖家的承诺。所以不是晴雯主动勾引宝玉，而是宝玉主动与之发生亲密行为，她当然不是狐狸精。因为通房丫鬟与公子有性关系，满足公子的性欲，是她们本来的职责义务而已。按照古代对奴婢的标准，袭人算是不清白，袭人与宝玉云雨是应该的，袭人把宝玉的秘密告诉王夫人，则是对宝玉和贾母的背叛，算是家奴的不清白。

宝玉不是因丫鬟勾引而淫，而是本性如此，在第五回警幻说他是"天下第一淫人"。晴雯不是狐狸精，是清白的，因为她没有勾引宝玉。过去，不让女方主动，男人主动却没有关系。互换内衣是留念，有了亲密关系才留下内衣作为留念。偷听的多姑娘说"错怪"，也是指谁勾引谁的问题。晴雯的"也另有个道理"那就是真的勾引宝玉，要求如香菱一样的身份，明媒正娶，而不是"痴心傻意"，没有要到名分，被当作丫鬟让王夫人赶了出来，暗中也在怨宝玉在自己被赶时没有担当。前面晴雯撕扇，也有金钏被赶走时，宝玉没有担当让丫鬟们有了危机感，所带来的反应。

宝玉与晴雯的亲密关系到底怎么样？宝玉纪念晴雯的《芙蓉女儿诔》写得很清楚："玉得于衾枕栉沐之间，栖息宴游之夕，亲昵狎亵，相与共处者，仅五年八月有畸。"宝玉与晴雯是在"衾枕栉沐"之间，"栖息宴游"的晚上，"相与共处"地"狎亵"了五年八个月，栉沐是洗澡、梳头等，他俩是在枕头、被子之间，洗澡、梳头的氛围中，在睡觉的夜晚"亲昵狎亵"。宝玉早就已经与袭人试过云雨了，此处写"狎亵"已经是直白得不能再直白了，怎么能够要求宝玉公开的诔文，如《金瓶梅》一般直接呢?！狎亵是一个贬义词，虽然也有亲密嬉戏的含义，不过这个含义仅见于《红楼梦》中晴雯的典故，应当是喜欢晴雯的读者和研究者们这样解读，同义词但词性的褒贬不同，含义差别也极大。狎亵，通俗的意思是狎昵而淫秽下流，推敲此处"狎亵"之用法，作者已经是暗有所指。在上一节，我们已经分析了晴雯睡在宝玉的外床，这个外床实际是一张床睡在外面，一张床上对性成熟而且早有性经历的宝玉，能够只是和衣而睡没有男女关系吗？贾家能够让丫鬟睡在公子的外床，其实就是默许丫鬟对公子献身，差别仅仅在于不能主动勾引公子，要被动承受。

有人还分析宝玉与晴雯的狎亵，也就是宝玉一贯的"吃胭脂"行为，且不说宝玉吃丫鬟嘴上胭脂，实际上就是接吻，而且晴雯当宝玉丫鬟的时间，宝玉吃她嘴上胭脂的时间，应当比宝玉说狎亵的五年八个月要长。晴雯是在第五回第一次出现的，而贾母安排晴雯当宝玉的丫头应当更早，晴雯是有意改小了年龄，《红楼梦》里人物的年龄很多矛盾之处，其实并不是作者犯错，而是多人隐瞒了真实的年龄，作者创作之时一直脑海中有明确的人设形象，对此是难以犯错的。

从晴雯出现开始，我们把书中的时间顺序再理一下，就可以发现晴雯在宝玉身边的时间不止五年八个月，所以宝玉所说与晴雯"狎亵"的"五年八个月"也是有故事的。晴雯是十岁到贾府，年龄是较小的，在宝玉的诔文中"窃思女儿自临浊世，迄今凡十有六载"说得很清楚，不过这里的"十六载"是指现在的周岁十六岁，古代是虚岁，要算十七岁，所以从五年八个月倒推，晴雯与宝玉有性行为时，应该十一二岁。《红楼梦》里面男女开始有性行为的时间都比较早，宝玉与袭人初试云雨时也很小。第六十三回，"香菱、晴雯、宝钗三人皆与他（袭人）同庚"与宝玉的诔文矛盾，但本人认为祭奠死者的文章，对死者的年龄记述必须严格、准确，而酒局说笑，属于非正式场合，晴雯可能平时就故意说大了自己的年龄，可以托大，这样好去管人。在第一部，我们已经分析宝钗大幅改小了年龄，袭人则也是改小了几岁，整个《红楼梦》书中宝钗、袭人、紫鹃对黛玉、晴雯、雪雁，就是御女欺负萝莉的桥段。十几岁的年龄正是人逐步走向成熟的时期，年龄差两岁，实际做事风格就会差很多，可能被认为不够成熟，尤其是晴雯若公开自己比袭人公开的年龄小两岁，那么在与袭人竞争的时候就要落下风，同时赖大把晴雯送到荣国府，也愿意把她年龄说大一些，这样他培养的时间长，奴婢的价值也高。

现在我们可以大致把时间脉络整理一下：第五回晴雯出现的时间算第一年，此时是在冬天，当时"因东边宁府中花园内梅花盛开，贾珍之妻尤氏乃治酒，请贾母、邢夫人、王夫人等赏花"，有了宝玉梦游太虚幻境与袭人的第一次；其后秦可卿的弟弟秦钟出现，学童大闹学堂是第二年八九月份，年底，黛玉回扬州；第三年正月秦可卿病死，办丧事，春季元春封妃，修建大观园约一年；第四年正月元妃省亲，八月贾政放学政，任期三年，所以第七十回袭人说宝玉"这三四年才写了这么些字"。三年中，第五十三回年底祭祖，贾敬死后，贾珍扶柩回籍，尤二姐死，"年近岁逼"，不让葬家庙；其后第六年贾政来信，称"六七月回京"，见第三十七回贾政八月二十日赴任，后近海一带海啸，贾政顺路赈济，至冬底方回，所以贾政在外的实际时间要多于三年，而且贾政任上去过海南，带回了海南的扇子，所以应当是去做广东学政，广东路远，在路上的时间也不短。因此，贾政回来后应当是第七年了，在贾政归来后的第七十六回，中秋家宴，贾母对尤氏说"可怜你公公已是二年多了"。贾政回来第七年的中秋之后，晴雯被王夫人撵走致死，才有宝玉的《芙蓉女儿诔》！时间跨度从第一年的冬天到第七年的八月十五以后，远远超过五年八个月。此处很多学者说是《红楼梦》里日期就很乱，还有说作者故意卖关子等，本人认为《红楼梦》整体是有严密逻辑的，不能因为作品不合乎某些人的推断，就说作者不严谨和卖破绽。

宝玉说的五年八个月，应当就是宝玉与晴雯有亲密关系，狎亵、有了性行为的时间是五年八个月。我们倒推一下，往前推，与五年八个月对应的是林黛玉奔丧的第二年年底。《红楼梦》里面晴雯是黛玉的影子，在黛玉不在的时候，宝玉因为空虚，就找上了晴雯，晴雯与宝玉建立狎亵的亲密关系应当就是在此期间。读者还可以看到第五回丫鬟们的出场顺序是"袭人、媚人、晴雯……"，袭人与媚人对应，应当她俩是通房大丫鬟，而晴雯此时还排在之后。到后来晴雯则已经住在屋内，把袭人挤出去了。与晴雯狎亵之时，宝玉已经有多年的性经验，所以说晴雯完璧之身，不符合事实。稍微有点社会常识的读者，也知道事实应当如何。

前面也分析过晴雯撕扇类比妹喜裂缯，而读者再细看撕扇的情节，是金钏被赶走，而袭人因为开门迟了，被宝玉踹了窝心脚，吐血，宝玉要显示与袭人的亲密，结果与晴雯的矛盾爆发。金钏与宝玉亲密也比较明面上，然而金钏被赶走的命运让其他与宝玉有亲密关系的丫鬟都感到了危机。然后宝玉喝酒回来，拉晴雯一起洗澡，以他们的年龄，已经发育成熟，一起洗澡肯定有想法。然后晴雯又数落其他丫鬟伺候宝玉洗澡的状态，是在埋怨宝玉与太多女孩有染，宝玉都忍耐了，矛盾的结果是以晴雯可以放肆撕扇子而告终。这背后也意味着在宝玉对袭人和晴雯的取舍之上，晴雯占据了上风，这也是袭人要改换门庭，投靠王夫人的重要原因。宝玉与袭人有长期的亲密关系，又刚刚对不起袭人，踢了她窝心脚，晴雯与宝玉若真的没有性关系，宝玉凭啥可以让晴雯在自己亲密的性伙伴面前如此放肆？晴雯要是真的与宝玉没有性行为，宝玉的性伴侣只有袭人，袭人也就没有生存危机，没有必要去冒险改换门庭，投靠王夫人了。最后到书中第一百〇九回，宝玉"忽然想起那年袭人不在家时晴雯、麝月两个人服侍，夜间麝月出去，晴雯要唬他，因为没穿衣服着了凉，后来还是从这个病上死的"。晴雯在宝玉面前，是"没穿衣服"的状态才"着了凉"受到了风寒。

《红楼梦》有一个特点，就是作者特别爱把书里面的性行为给掩盖，以别于其他世俗的作品，就如把"淫丧天香楼"去掉一样，这也是《红楼梦》能够解禁的原因之一，让你看着里面没有性，但性关系隐蔽在书中情节之中，媚人消失、袭人搬去外面之后，晴雯当通房丫鬟，与男主人有性行为就是义务，不尽义务，她根本当不了通房丫鬟，在书中兴儿已经把贾府这个逻辑讲得很清楚了。贾宝玉尝过禁果之后，是不可能也不必要禁欲的，通房丫鬟就是给他的，他应当也很清楚，"初生异卉之精"（第五回）都变成奇香"群芳髓"被宝玉吸走了，红楼之梦已经暗线告诉读者了，群芳的第一次都是宝玉的。作者的"真事隐，假语存"的笔法，在记述核心人物的性行为层面，也是特别的明显。

◇◇◇晴雯是宅斗博弈的焦点

贾府内宅博弈，晴雯是博弈的焦点，她属于老家奴阵营，也是贾母的亲信，是黛玉的盟友，处于关键性的战略核心位置。晴雯的判词是："霁月难逢，彩云易散。心比天高，身为下贱。风流灵巧招人怨。寿夭多因诽谤生，多情公子空牵念。"晴雯遭到其他丫鬟的怨恨，"寿夭"是因为被诽谤为"狐狸精"，处在王家与贾家、老家奴多重内宅矛盾的焦点位置，当然是"霁月难逢，彩云易散"。

赖家与王家阵营也是互相博弈，王家在贾家后院，一有机会，就要打压赖家势力。早在王熙凤到宁国府办理秦可卿丧事期间，赖升（赖二）的人迟到，就被严惩了。

"我说是谁误了，原来是你！你原比他们有体面，所以才不听我的话！"那人道："小的天天都来的早，只有今儿，醒了觉得早些，因又睡迷了，来迟了一步，求奶奶饶过这次。"

（第十四回）

凤姐先晾了她一会儿，让她在那跪着难堪。当着众人，办完几件事情后，"登时放下脸来，喝命：'带出去，打二十板子！'一面又掷下宁国府对牌：'出去说与赖升，革他一月银米！'"

过去二十板子是非常重的惩罚，要被打得下不来床的，皇帝杖刑超过二十，就可能重伤；四十就会致残；八十，能否活下来就要看身体和运气了，除非是打的人手下留情。凤姐就是要通过打赖家人来立威，而且打了板子还要株连，还要对其罚俸，随意性很大。通过罚的立威，王家人要在赖家人之上，让赖家人服帖。当时，宁国府大奶奶秦可卿死掉留下了权力真空，凤姐抢了过来，踩在赖家的身上，确立了王熙凤在贾家后院的权威。

晴雯被驱逐，表面上是王善保家的等小人进谗，其实只不过是王夫人要一个说辞："别的都还罢了。太太不知道，一个宝玉屋里的晴雯，那丫头仗着他生的模样儿比别人标致些，又生了一张巧嘴，天天打扮得像个西施的样子，在人跟前能说惯道，掐尖要强。一句话不投机，他就立起两个骚眼睛来骂人，妖妖趫趫，大不成个体统。"王夫人本来就想要赶走晴雯，削弱她背后的势力，她需要有人来告状、递刀子，还需要来告的人不是王家人，以便避嫌。王善保家的是邢夫人的陪房，角色和身份正好。"好个美人！真像个病西施了。你天天作这轻狂样儿给谁看？你干的事，打量我不知道呢！我且放着你，自然明儿揭你的皮！"王夫人在她病得"四五日水米不曾沾牙"的情况下，从炕上拉下来，硬给撵了出去（放出去）。晴雯被撵出大观园后，宝玉问袭人："怎么人人的不是太太都知道，单不挑出你和麝月秋纹来？"这是告诉读者谁在告密，袭人的立场起到了作用，麝月、秋纹也与袭人保持了一致，晴雯被孤立了。王善保家的一上来就把矛头指向晴雯，其实指向赖大。晴雯如果没有被孤立，大观园里面会还会有人心向赖大，会有人向贾母报信，情况就可能不同了。

王夫人主导抄检大观园的时候，晴雯用老太太挡在前面："我原是跟老太太的人。因老太太说园里空大人少，宝玉害怕，所以拨了我去外间屋里上夜，不过看屋子。……"王夫人的态度是："既是老太太给宝玉的，我明儿回了老太太，再撵你。"但王夫人真实的做法，是先斩后奏，并不是她说的要回了贾母以后再处理晴雯。后面章节王夫人与贾母的对话，可以看出贾母已经选了晴雯做姨娘，这个王夫人也是知道的。贾母说她看中了晴雯，王夫人说"三年前我也就留心这件事。先只取中了他，我便留心。冷眼看去，他色色虽比人强，只是不大沉重"。也就是三年前王夫人就知道了，说晴雯"不大沉重"，然后就推荐袭人了，"若说沉重知大礼，莫若袭人第一。虽说贤妻美妾，然也要性情和顺举止沉重的更好些。就是袭人模样虽比晴雯略次一等，然放在房里，也算得一二等的了"，袭人本来也是贾母满意的人，前面还服侍贾母家里的史湘云，因此贾母"原来这样，如此更好了"，只不过贾母不知道袭人已经投靠了王夫人。

晴雯的表现同时还触动了王夫人心里的那根不能说的筋，书中王夫人见到晴雯，是这样写的："王夫人一见他钗军鬓松，衫垂带褪，有春睡捧心之遗风，而且形容面貌恰是上月的那人，不觉勾起方才的火来。"（第七十四回）这里"春睡捧心"指的是病西施，而对应的在书中就是林黛玉，林黛玉也叫颦儿，典故就是东施效颦，王夫人实际不满的是林黛玉，但她现在不能直接针对林黛玉，后面第三部我们还会分析贾雨村与王子腾是政敌，贾雨村的大司马应当是最高军事主官，在王子腾之上，他俩关系好不能同时掌握内外兵权，而贾雨村是林黛玉的靠山，贾雨村是林如海支持起来的，而贾雨村在前不久的第七十二回被降职了。所以这个"上月的那人"可不光是指晴雯，应当还有黛玉的影子，同时还有对赵姨娘的怨气，因为第七十一回，贾政回来"只是看书，闷了便与清客们下棋吃酒，或日间在里面母子夫妻共叙天伦庭闱之乐"。在第七十一回，赵姨娘也挑唆来着。这里的母子夫妻显然不是王夫人和宝玉，宝玉怕查功课，贾政住在赵姨娘那里，赵姨娘年轻的时候应当也与晴雯类似。

当时抄检，对晴雯的物件重点关注，首先是箱子，晴雯没有开，"袭人等方欲代晴雯开"，为何袭人那么积极地要去打开？而打开箱子，看到没有啥东西的时候，凤姐还加了一句："你们可细细的查，若这一番查不出来，难回话的。"经过仔细查看，晴雯的东西实在没有可以指摘的地方，众人都道："都细翻看了，没什么差错东西。虽有几样男人物件，都是小孩子的东西，想是宝玉的旧物件，没甚关系的。"虽然没有查出来晴雯的问题，但有人告密，王夫人说"宝玉房里常见我的只有袭人麝月"（第七十四回），而且晴雯是否有错根本不重要，重要的是大观园当中的权力位置，是王家人与贾家人博弈的卡位。所以无论晴雯怎么做，只要有机会，王家人依旧不会放过她。

书里第二十八回，有一个叫云儿的妓女出场，很多人认为是史湘云也叫云儿，所以暗示以后史湘云的命运是沦落风尘，本人认为这个云儿相关联的是晴雯，雯，云文，形成花纹的云彩。她的酒令与蒋玉菡一样指的是袭人，叫作"桃之夭夭"，因为在书里第六十三回《寿怡红群芳开夜宴》，大家玩占花名儿游戏。轮到袭人：袭人便伸手取了一枝出来，却是一枝桃花，题着"武陵别景"四字，那一面写着旧诗，道是：桃红又见一年春。所以桃花指袭人，史湘云是小姐，袭人是服侍过史湘云的丫鬟，所以晴雯化身的云儿是指袭人更合适，而且袭人从贾母的人改换门庭投靠王夫人，属于"住了箫管弄弦索"，是晴雯对袭人暗中出卖的暗示之一，等于晴雯在说袭人与妓女一样的没有节操，后来袭人还要改嫁。所以云儿的里面

"桃之夭夭"谐音逃之夭夭,就是指宝玉出家之后逃离了,然后就是"女儿悲,将来终身指靠谁",对应到袭人都是符合的。

抄检之后不久,王夫人又撵晴雯,"因节间有事,故忍了两日,今日特来亲自阅人"。为何要间隔两天,就是要避开贾母的注意,因为抄检大观园这么大的动静,贾母会实时关注。王夫人等过了两天,看似风平浪静了,贾母注意力转移了,找一个不被关注的时机,突然撵走晴雯,不让贾母事先干预或者正在撵走的时候阻止。同时大家要注意到,在这期间发生了件大事,甄家被抄家了,有分析贾母的娘家史家也被抄了,贾家人和王家人在政治格局上,地位发生了逆转,这才是更关键的因素,此前晴雯可以拿贾母来对付王夫人,现在这样做失效了,其中的政治博弈,我们会在第三部进行分析。

晴雯被撵走,用宝玉的话说,"他这一下去,就如同一盆才抽出嫩箭来的兰花送到猪窝里去一般"。王夫人挑好机会,在对晴雯的处理上先斩后奏。而且赶走晴雯,王夫人还有一条残酷但在过去很有力的理由,就是晴雯身患恶疾"女儿痨",这个理由在古代是可以休妻的,更别说赶一个家奴。所以王夫人要在晴雯病得要死的时候赶她。

从书中可以看出,"(袭人)有吐血旧症虽愈,然每因劳碌风寒所感,即嗽中带血,故迩来夜间总不与宝玉同房。宝玉夜间常醒,又极胆小,每醒必唤人。因晴雯睡卧警醒,且举动轻便,故夜晚一应茶水起坐呼唤之任皆悉委他一人,所以宝玉外床只是他睡。今他去了,袭人只得要问,因思此任比日间紧要之意"(第七十七回)。袭人也有疾病,不光吐血,还咯血,古代若有痨病,对咯血特别在意。而晴雯与宝玉通房,但晴雯在王夫人抄检大观园的时候却说:"至于宝玉饮食起坐,上一层有老奶奶老妈妈们,下一层又有袭人麝月秋纹几个人。我闲着还要作老太太屋里的针线,所以宝玉的事竟不曾留心。"此情节显然后来王夫人知道了,所以才有宝玉问袭人为啥王夫人事事都知道。袭人在怡红院里故意躲在了晴雯的后面，赶走晴雯、芳官等，还有"因竟有人指宝玉为由，说他大了，已解人事，都由屋里的丫头们不长进教习坏了。因这事更比晴雯一人较甚"，前面抄检的时候，晴雯可是对王夫人说"（贾母）拨了我去外间屋里上夜，不过看屋子"，王夫人抄检的时候难道不知道，发难的时候已经知道了，也肯定是有人告密的。是谁告的密？我们大概可以想清楚。

在抄检大观园的时候，晴雯把箱子掀翻对抗抄检，那时晴雯的身体应该还算正常，仅仅是"身上不自在"，为何没几天就病得下不了床了？怎么病倒的？而且病得回到家不久就死掉了。晴雯的病本来就很可疑，就没有谁会下毒吗？前面已经有过胡庸医给晴雯虎狼药的情节了，那情节应当是一个铺垫，下面晴雯治病就该一病不起了。当时胡庸医那样用药被宝玉看到，制止了，晴雯回到家中会怎么样，宝玉就干预不到了。在《红楼梦》里，王家人想要杀人和下毒手，已经不是一次了，前面凤姐就想要旺儿杀掉张华灭口。

晴雯被赶，是不能如其他丫鬟那样打发嫁人的，因为她是赖大的家奴，归赖大处理，而且她身怀绝技，本身就奇货可居，还有翻身的巨大可能，连袭人都对宝玉说："你果然舍不得他，等太太气消了，你再求老太太，慢慢的叫进来也不难。"再或者以后宝玉娶了黛玉，晴雯被赖大安排，又有正妻黛玉的认可，还可以正式地娶回来。另外对一个身怀家族绝技的美女，贾府其他男人也是觊觎的，比如贾珍娶她为妾也是可以的，就算她与宝玉有了亲密关系，贾珍也可以娶。晴雯对贾家和赖家都有重要的意义，所以她是王家人必须搞死的焦点人物。

晴雯被赶走，袭人还做了猫哭老鼠的表演。她向王夫人告密，无时无刻不想着把竞争对手晴雯赶走，但赶走之后，宝玉伤心和怀疑有人告密的时候，她还对宝玉说："我才已将他素日所有的衣裳以至各什各物总打点下了，都放在那里。如今白日里人多眼杂，又恐生事，且等到晚上，悄悄的叫宋妈给他拿出去。"袭人在宝玉面前是好人和贤人都要当的，城府很深。

书中多姑娘在晴雯死后总疑神疑鬼，多姑娘是"听见说（晴雯）作了花神，每日晚间便不敢出门"，她应当是对晴雯做了亏心事，才会不敢出门。在第一百〇二回，晴雯的亲戚，吴贵媳妇多姑娘也蹊跷地死了，"那媳妇子本有些感冒着了，日间吃错了药，晚上吴贵到家，已死在炕上"。感冒就算吃错了药，也不会死得那么快，白天吃错药，不到晚上就死掉了，只有毒药才可能啊！多姑娘"吃错"的药，可能就是王家人给晴雯的药，晴雯应当是被毒死的。

晴雯临死，"直着脖子叫了一夜"，"一夜叫的是娘"，应当是非常痛苦，符合中毒症状，然后用一个"伶俐"的小丫鬟，搞了一个花神的说辞，把宝玉糊弄了过去，细细体会原文：旁边那一个小丫头最伶俐，听宝玉如此说，便上来说："真个他糊涂。"又向宝玉道："不但我听得真切，我还亲自偷着看去的。"（第七十八回）关键是她"听宝玉如此说"，是看宝玉的态度编故事的。晴雯死后，王夫人闻知，便命赏了10两烧埋银子。又命："即刻送到外头焚化了罢。女儿痨死的，断不可留！"为啥一定要烧掉？就是毁灭下毒的证据，就如潘金莲对武大郎就要火化。在古代，火化都是很另类的，而且痨病虽然致死，却是慢性病。

所以晴雯就这样被王家人搞死了。宝玉为晴雯写了《芙蓉女儿诔》，脂砚斋评价背后是在诔黛玉，那么黛玉怎么死的，也有了端倪，相关内容在后面章节分析。

◇◇◇利用晴雯之死的清洗和重组

随着晴雯被赶走、死去，大观园中贾母的其他嫡系也都被清洗了，大观园的人事布局就此彻底重组，贾府内宅形成了新的权力格局。

与晴雯一起被清洗的人里，应当还有一个重量级人物，那就是宝玉身边的乳母李嬷嬷。早期李嬷嬷对宝玉的生活起居，权力很大。而晴雯在宝玉身边，还有李嬷嬷的支持，李嬷嬷很有权威，可以看看李嬷嬷怎么骂袭人的。而李嬷嬷和赖嬷嬷等，应当是一派，赖嬷嬷的儿子赖大是管家，宝玉由贾母抚养，因此宝玉奶妈李嬷嬷一定是贾母那里出来的人，与王夫人不是一路人。李嬷嬷与晴雯可能有同盟，所以李嬷嬷痛骂袭人，对袭人很苛刻，袭人是买来的，不是赖大等老家奴圈子的人。但对锋芒毕露的晴雯，从来未见李嬷嬷说过她坏话，她们应当是一个圈子。大家可以注意在第二十回，袭人与李嬷嬷冲突，晴雯可是在旁边幸灾乐祸，晴雯在旁笑道："谁又不疯了，得罪他做什么。便得罪了他，就有本事承认，不犯带累别人！"晴雯与李嬷嬷背后都是贾府的老家奴势力。第五十七回，因为紫鹃试玉，宝玉不省人事，李嬷嬷捶床捣枕说："这可不中用了！我白操了一世心了！"李嬷嬷把宝玉当成了自己一生的筹码，她在怡红院有很大权威，古代大宅的少爷奶妈，按惯例也是奴才中的权势人物。还有一个细节，李嬷嬷在抄检大观园前出现了多次，但抄检大观园之后，书中再也没有出现过一次李嬷嬷的名字，说明与晴雯一起被清洗的人当中，很可能还有李嬷嬷，贾母的人都被清洗了。李嬷嬷走了，袭人的死对头再也没有了，李嬷嬷显然是贾母安排在宝玉身边的又一个管理者。虽然书里没有写王夫人直接清洗李嬷嬷，但对李纨找来的贾兰的奶妈，书里明确写了是怎么被清理掉的，王夫人对凤姐说："谁知兰小子这一个新进来的奶子也十分的妖乔，我也不喜欢他。我也说与你嫂子了，好不好叫他各自去罢。"贾兰的奶妈都被清洗了，贾宝玉的奶妈李嬷嬷应当也在清洗之列。

书中称王夫人"天真烂漫，喜怒直抒胸臆"，然而王夫人的"天真烂漫"之处，是在撵走晴雯后，才对贾母先斩后奏，"喜怒直抒胸臆",说晴雯得了女儿痨,也就是恶疾,这是赶走家奴不需要认错的最直接有力的理由!痨病是肺结核,肺结核发展是慢性的,不是那么快。王夫人还说自己三年前就留心观察晴雯,说了一堆晴雯的不是,所以来一个总清算。王夫人说贾母派来的晴雯有问题,等于在说贾母对晴雯看走眼了,直接给了贾母一个钉子。然后王夫人就把她已经让袭人做了准姨娘之事告诉了贾母:"我就悄悄的把他丫头的月分钱止住,我的月分银子里批出二两银子来给他。"因此,才有贾母拿给王熙凤的人参,是不能用的腐坏人参之事。

当王夫人向贾母汇报因晴雯有病,让她离开怡红院,袭人已经被自己提拔为准姨娘,芳官等戏班女孩子也被赶走了后,贾母向儿媳妇认输了,她笑道:"原来这样……既是你深知,岂有大错误的。"因为贾母知道,晴雯被赶走,居然她不知道,她已经被架空了,反对已经没有用了,而且甄家、史家倒台,转移财产还求了王夫人,贾母和贾家人,对外在政治上已经要仰仗王家人了,当然内宅博弈上就自矮一头,所有人都看在眼里。大家族的宅斗,表面上都很和谐,撕破脸就有失家风了。晴雯是赖大的家奴,赶走就应赶到赖大的家里去。正常的情况,大管家赖大应当第一时间会汇报,因为晴雯是他们在贾宝玉身边重要的棋子。这么大的变故,赖大都不来汇报,说明赖大一家已经不敢惹王家阵营,贾家的大总管也惧怕王家阵营,不受贾母控制了。力量博弈的结果,在晴雯死后,贾家人对内宅,就完全失去控制权了。

贾政对此啥态度呢?在抄检大观园之后,贾政的无奈和自嘲就已经表现出来了。可以看到《红楼梦》第七十五回,中秋家宴上,他讲了个怕老婆的冷笑话:"偏是那日是八月十五,到街上买东西,便遇见了几个朋友,死活拉到家里去吃酒。不想吃醉了,便在朋友家睡着了,第二日才醒,后悔不及,只得来家赔罪。他老婆正洗脚,说:'既是这样,你替我舔舔就饶你。'这男人只得给他舔,未免恶心要吐。他老婆便恼了，要打，说：'你这样轻狂！'唬得他男人忙跪下求说：'并不是奶奶的脚脏。只因昨晚吃多了黄酒，又吃了几块月饼馅子，所以今日有些作酸呢。'"看得出来，他素日忌惮王夫人，在抄检大观园，王家人与贾母掰手腕获胜之后，贾政就是"舔脚"的状态了。贾政讲舔脚的段子就是自嘲，随后王夫人就发力，把晴雯撵走了。在以后贾宝玉的婚事，黛玉和宝钗选谁的问题上，贾政的发言权已经极大降低。贾政的地位不高，还可以通过王夫人陪房嫁给周瑞对贾政的态度上看出来，在第五十二回：

宝玉在马上笑道："周哥，钱哥，咱们打这角门走罢，省得到了老爷的书房门口又下来。"周瑞侧身笑道："老爷不在家，书房天天锁着的，爷可以不用下来罢了。"

宝玉笑道："虽锁着，也要下来的。"宝玉路过父亲贾政的门口，古代礼制很严格，哪怕贾政不在，宝玉也应该下马，但周瑞却教唆宝玉不下马，对贾政不够尊敬，由此可以想见平时贾政在王夫人的亲信家奴心中的位置了。

王夫人抄检大观园之后，除了第七十六回，黛玉独自倚栏垂泪外，直到第八十回，再没有写到黛玉流泪，也再没有写到黛玉在贾府公开场合露面。第七十五回，贾府赏中秋，黛玉是独自倚栏；第七十六回联诗，黛玉吟出"冷月葬花魂"之后，见到了出家人妙玉。然后就是王夫人搞死晴雯，随后第七十八回末了和第七十九回开场："话说宝玉才祭完了晴雯，只听花影中有人声，倒唬了一跳。走出来细看，不是别人，却是林黛玉，满面含笑……"黛玉是笑着，但带有鬼气。黛玉冰雪聪明，应当感觉到了很多事情。以后宝玉的联姻对象是谁，就差怎么捅破窗户纸了。

贾母当初的错误，是没有把有根底的林红玉或者晴雯放到林黛玉身边，而是给了林黛玉一个没有根底的二等小丫头紫鹃。贾母当初的考虑，可能是因为林黛玉带着林家巨额嫁妆进来，不愿意她以后翅膀太硬，影响到自己的亲孙子贾宝玉。所以她把有根底势力的晴雯和林红玉都放到了贾宝玉那里，又把没有根底却与史家有往来，觉得放心的袭人，放到了怡红院房内，离宝玉最近的地方。贾母如此的人事布局，是因为对王家势力的反扑估计不足，更多在考虑以后贾家对林家的平衡和贾母自己对宝玉的控制权。要是林黛玉身边是晴雯或者林红玉，而不是一个暖心善良却能力不足的紫鹃，背后有赖大或者林之孝全家在外面支持林黛玉，博弈的结果可能就不那么简单了。首先荣国府众仆人的舆论，就不会一边倒地说薛宝钗好了；林黛玉也不会要支使下人都很麻烦；林黛玉也能够控制住自己的嫁妆财产，而不会被王家人控制。因此贾母的错误布局，在王家势力薛宝钗进来以后，薛姨妈、王夫人、王熙凤紧密合作，王家娘家的王子腾又位高权重，导致贾家后院贾家人失权，而王家专权。

  晴雯是贾府老家奴的势力代表，李嬷嬷也是，贾府老家奴的势力都被清洗出大观园和贾府后宅，那么后宅的控制权就易主了。晴雯死后，宝玉身边的所有事务，就彻底被袭人控制了，王夫人从贾母手中取得了对宝玉的控制权。贾母与王夫人的婆媳大战，贾母完败，以后就是家里的一个牌位了！自古持家，外姓专权，就是败家之兆。内宅被外来的王家人控制，贾府的败落就可以想见了。

三、"原应"叹息的贾府姑娘

大观园里的贾府四春,是大家读《红楼梦》关注的重点人物。除了嫁入皇宫的贾元春以外,其他三春成了被贾府的宅斗耽误的"剩女"。在古代,女孩子订婚非常早,但大观园里的女孩订婚非常晚,处于"剩女"状态。有人认为这是清朝选秀的结果,其实不是的。清朝选秀,秀女只在参选之前不能出嫁,但会尽早锁定目标;同时贵族公子也要等待皇帝指婚,避免联姻结党。《红楼梦》中三春的命运,从古代的经济和婚嫁文化规则来看,存在悲剧的必然性。元春的命运,涉及复杂的政经博弈,我们第三部会分析,同时巧姐的命运也跌宕起伏,在《红楼梦》原著中隐藏得很深,不是改编作品解读得那么简单。

(一)世家联姻潜规则与迎春悲剧

大观园的女孩订婚都非常晚,尤其是薛宝钗,当时应当约二十岁了。古代流行童婚和早婚,一般女孩在十八岁以前大多出嫁了。古代订婚则更早,因为没有自由恋爱阶段,就是两个家族的结盟,娃娃亲也很普遍,甚至指腹为婚的也不少。但到了贾府大观园,女孩的订婚非常晚,尤其是看不到贾家特别给她们张罗婚事。

◇◇◇嫁女潜规则

对贾宝玉的婚事,贾家准备联姻求财,在对林黛玉和薛宝钗的选择上，贾家在拖时间，时间拖得久，就是男方主动。而贾府对三春的婚事，则是另外的态度。

对大观园的三春，贾家是待价而沽，然而询价的却少。宝玉有句"名言"："女孩儿未出嫁，是颗无价之宝珠，出了嫁，不知怎么就变出许多的不好的毛病来，虽是颗珠子，却没有光彩宝色，是颗死珠了；再老了，更变的不是珠子，竟是鱼眼睛了。"把她们嫁给谁，确实有高不着低不就的问题。

秦可卿当时留下了"三春过后诸芳尽，各自须寻各自门"的预言，对此也可以理解为，贾府的女儿们在后来命运压力巨大，需要更早地有所准备才行。

豪门勋贵的女儿，与皇家公主一样是政治工具，她们也是要服务于家族需要的。就如嫁入皇家的元春，其实就是给贾家当保护伞的，个人的幸福就是另外一回事了，好不容易回来省亲一次，书里到她死，也就回来过这一次，虽未远嫁胜似远嫁："不须挂念，好生自养。如今天恩浩荡，一月许进内省视一次，见面是尽有的，何必伤惨。倘明岁天恩仍许归省，万不可如此奢华靡费了！"（第十八回）

贾府四春，除了元春，其他三春都是庶出。庶出的地位，其实是非常低的。第七十四回抄检大观园的时候，王夫人说："如今这几个姊妹，不过比人家的丫头略强些罢了。通共每人只有两三个丫头像个人样，余者纵有四五个小丫头子，竟是庙里的小鬼。"从王夫人的态度，就可以看出她们的实际地位了，她们到了大观园，就是陪着林黛玉、贾宝玉当好绿叶的，为的是不能在宝黛婚前的时候，大观园就变成主要是宝玉、黛玉两个人的。

贾府的婚嫁，是笔大开销，看看王熙凤的如意算盘就知道了。书中第五十五回，

平儿道："可不是这话！将来还有三四位姑娘，还有两三

个小爷,一位老太太,这几件大事未完呢。"

凤姐儿笑道:"我也虑到这里,倒也够了:宝玉和林妹妹他两个一娶一嫁,可以使不着官中的钱,老太太自有梯己拿出来。二姑娘是大老爷那边的,也不算。剩了三四个,满破着每人花上一万银子。环哥娶亲有限,花上三千两银子,不拘那里省一抿子也就够了。老太太事出来,一应都是全了的,不过零星杂项,便费也满破三五千两。如今再俭省些,陆续也就够了。只怕如今平空又生出一两件事来,可就了不得了。……"

从上面的对话可以看出,其他姑娘的陪嫁是1万两银子,给贾环的更少,"环哥娶亲有限",3000两,基本就是买一个戏班角儿的钱,想一下贾蔷管的贾家戏班是3万两买的12个女孩。贾宝玉当然是大头,为何林黛玉是外孙女,也是大头?原因就是林黛玉进贾府时带有巨额的林家财产,陪嫁要多于贾家的几个姑娘,具体数额,王熙凤也不好说,但级别肯定与宝玉一个量级。另外还有一个题外话,王熙凤在贾家的大锅里没有算迎春出嫁的账,贾赦欠中山狼5000两银子,迎春嫁过去,显然没有带着1万两银子的嫁妆。中山狼的5000两应当是聘礼了,贾赦自己全收了,同时贾赦把迎春出嫁应有的1万两银子的嫁妆费用,显然算到自己儿媳当家的贾家总账目中了,所以迎春嫁过去就要受苦。王熙凤算账的数额,也符合大家族惯例,嫁女儿都是要赔钱的,嫁妆应当是聘礼翻一倍,迎春被折磨致死,也在告诉读者,古代婚嫁没有嫁妆,女儿就在夫家抬不起头,这是很糟糕的。

在《红楼梦》成书的清代,婚嫁嫁妆是非常重要的,在婚姻论财的风气之下,"女索重聘,男争厚奁",如湖南《龙山县志》记载,当地人议婚,"多访其女有私财者,然后请媒妁求之",还有直隶《成安县志记载》:"装奁一节,成邑奢靡太甚……往往有因嫁一女竟至败产倾家，一蹶而不可复振。"所以嫁妆多少，在当时的社会环境之下，对女孩子在婆家的地位是非常关键的因素。有人感慨："男家之不识事理者，犹以妆奁多寡揶揄；妯娌行坏俗不情，莫此为甚。"嫁妆成为引发诸多家庭矛盾的根源，由此可以看到迎春的悲剧，也看到男孩子反而可能负担轻一些，就如都是庶出，凤姐对贾环成家的预算就要少很多。

因此，贾府的三春出嫁订婚等，与贾府衰落、拿不出嫁妆等各种原因，都是有关联的。三春的嫁妆着落在哪里？从经济学的角度分析三春的命运，也可以看出很多事情之间的必然关系。

◇◇◇孙绍祖的门第

在三春里面，结局最惨的是迎春。书里描写迎春是："肌肤微丰，合中身材，腮凝新荔，鼻腻鹅脂，温柔沉默，观之可亲。"应当也是大美女了。为何迎春却结局悲惨？书里说其"所嫁非人"，不过她的悲剧，也与在古代不合豪门婚嫁的规矩有关。第七十九回介绍迎春要嫁入的孙家："这孙家乃是大同府人氏，祖上系军官出身，乃当日宁荣府中之门生，算来亦系世交。如今孙家只有一人在京，现袭指挥之职，此人名唤孙绍祖，生得相貌魁梧，体格健壮，弓马娴熟，应酬权变，年纪未满三十，且又家资饶富，现在兵部候缺题升。因未有室，贾赦见是世交之孙，且人品家当都相称合，遂青目择为东床娇婿。"

从上述介绍可以看出：一来，孙绍祖是嫡长子，能够袭爵，家世也好，而迎春是庶出女，这就有差距；二来，孙绍祖"家资饶富"，有钱；三来，孙绍祖的前途非常看好，他本人也非常努力。世袭的卫指挥（使）属于正三品，清代军制中不用指挥使之名，但个别土司则沿袭明代制度，任官指挥使，清代与之对应的是参将，算是将军。而孙绍祖世袭此职务，还取得了实职，并且兵部候缺题

（提）升，马上就是二品大员了，而他还不到三十岁，真是年轻有为。注意下贾珍的身份，在秦可卿葬礼上写贾蓉简历时，贾珍是"世袭三品爵威烈将军贾珍"，即使贾府是世袭爵位，属三等将军，应当与孙绍祖属一个级别，不过贾珍没有实职，孙绍祖却在提拔更高职位的过程当中，所以从孙绍祖的家世门第来看，此婚姻对于庶出的迎春而言，应当是非常不错了。迎春是庶出女，能够嫁给世袭三品将军当正妻，贾赦当然有理由觉得给迎春找了一个好前程。但有一点要注意，迎春擅长下棋，从小接受的是"素质教育"，对着孙家的赳赳武夫，当年的素质培养没有发挥应有的效果。

站在孙家立场看贾家：贾赦是恩侯，凭贵妃而爵位高；贾珍的世袭三等将军，属三品，与孙绍祖世袭的指挥使是同级官职。贾家世袭递降，到贾琏和贾蓉，贾琏捐的是五品的同知，贾蓉捐的是五品的侍卫龙禁尉，而孙绍祖已经是正三品的实职并且候补提升二品高官了，二品以上是红顶子，算是大员了，所以孙家有理由认为自家门第不比贾家低。孙家世袭递降到孙绍祖是三品，门第还要抬高，爵位也不低，而且"论理我和你父亲是一辈"，孙家少递降了一代。贾政明白贾家与孙家实际的地位关系，所以贾政"深恶孙家"，贾赦却还在刻舟求剑地以老眼光看孙家。与孙绍祖相比，迎春是贾府庶出，地位远低于夫家，还没有嫁妆，此时迎春已经不是下嫁，而是高攀了，按照古代的婚姻潜规则，她受气就是必然了。

孙绍祖"弓马娴熟"，不属于纨绔子弟，自身也刻苦练习。孙绍祖能够获得兵部"候补提升"的机会，与他的才干有关。孙绍祖自身前途看涨，可以选择联姻的对象很多。迎春是庶出，孙绍祖是世袭嫡子，二人确实有门第上的差距。孙家能够联姻荣国府，能够看中贾家的其实是贾雨村的关系。贾雨村之前是大司马，也就是贾政所说的吏部侍郎署理兵部尚书，是孙绍祖的顶头上司和晋升的关键人物，而孙家攀附贾雨村，一定是让贾政"深恶孙家"的原因之一。

如此的联姻真正的问题，是孙绍祖的门第高于迎春，迎春必须带足陪嫁，陪嫁不足就是悲剧。但迎春是庶出女，贾赦这一房的主要财产应当是作了贾琏的聘礼，娶了王家的凤姐，被控制在了凤姐手里，凤姐肯定不会多给迎春的。而当年支持贾琏娶凤姐，估计贾府的钱也出了不少，等于贾赦子女成亲的钱都在账上花光了，因此迎春出嫁就没有钱了。贾母对迎春这桩婚事也"心中却不十分称意"，表态是"为此只说'知道了'三字，余不多及"（第七十九回），这里的"余不多及"就是告诉读者，贾母对迎春出嫁也是一分钱不出，这就说贾府没有给迎春足够她当孙绍祖正妻应有的嫁妆，庶出女本就难以改变命运，而嫁妆多少是在夫家立足的关键，若迎春是下嫁，则不用多少嫁妆，她的境遇都会好很多。但侯门女下嫁，贾家还有面子问题，由此也可以看出，后来巧姐选择周财主读书优秀的独子下嫁是明智的，对方书读得好，即使下嫁也有面子。

◇◇◇迎春没有团队且妆奁不足

迎春为何会受到虐待，先看看书里面写出来的直接原因，当时也有社会规则，不要简单进行道德评价。首先，迎春没有带上足够多的嫁妆，孙家出了聘礼，贾府没有嫁妆给迎春陪嫁。"又说老爷曾收着他五千银子，不该使了他的。如今他来要了两三次不得，他便指着我的脸说道：'你别和我充夫人娘子，你老子使了我五千银子，把你准折买给我的。好不好，打一顿撵在下房里睡去。'"可以看到孙家给了5000两银子的聘礼，而迎春没有嫁妆，按照凤姐当初的计算，贾府姑娘出嫁要准备花10 000两银子，连同要带走的聘礼钱置办的用品等，迎春的嫁妆应当是10 000两银子外加价值5000两的财物才对，也算是巨款了。清代三品武官的收入是年俸银243两、蔬菜炭烛银48两、灯红纸张银38两、养廉银500两，一年合法收入总计也就829两，而武官可以克扣军饷等，但贪腐的银子也要给上面的官员上贡，而且文官拿陋规合法，武官克扣军饷可是死罪。无论如何，本可以期望的迎春带来的万两银子，对孙绍祖来说是不可忽略的财产，结果落了空。古代的联姻潜规则，拿不出符合规则的嫁妆，在婚内的地位就要降低。

还有迎春在房事方面，由于没有大丫鬟陪房，难以满足孙绍祖。孙绍祖是习武之人，身体应当很好，性需求也应比较强烈，不是迎春一个弱女子受得了的。书中写道：迎春方哭哭泣泣的在王夫人房中诉委曲，说孙绍祖"一味好色，好赌酗酒，家中所有的媳妇丫头将及淫遍。略劝过两三次，便骂我是'醋汁子老婆拧出来的'"。孙绍祖在家里一味好色，用迎春的视角来看是如此。对类似迎春和孙绍祖的豪门联姻，此类问题早有解决方案，女方嫁过去要带着陪房丫头，看看贾宝玉身边有多少个丫鬟可以让他泄欲，就知道了。

迎春没有陪房随嫁的丫鬟，司棋被赶走了。司棋私订终身，提前失身，当陪房绝对不行，不被赶走，也无法与迎春一起嫁入孙家。迎春应该有多少个丫头陪嫁呢？书里写了贾府的规矩，林黛玉刚入贾府的时候，"亦如迎春等例，每人除自幼乳母外，另有四个教引嬷嬷，除贴身掌管钗钏盥沐两个丫鬟外，另有五六个洒扫房屋来往使役的小丫鬟"。按照这个规矩，也就是说迎春要有八个丫鬟、四个嬷嬷带在身边。另外迎春在前面还有大丫鬟绣桔，不过绣桔的地位比司棋差远了，排在司棋后面，而且在书中后四十回，绣桔就不出现了，应当后来也没有跟着迎春。

很多人认为迎春性格软弱，所以在书中总被欺负，其实迎春的性格应当并不软！当初不救司棋，是因为事关名节，司棋失身外人，会让人联想到小姐是否也与外人有染，所以迎春不能说话，必须避讳，迎春看得很清楚："我还十分说情留下，岂不连我也完了。"而查赌结果，迎春奶娘算是赌头，却是输家，输得要偷迎春的攒珠累丝金凤，幕后是王家人和薛宝钗，贾母挖不出深根，迎春更是惹不起她们，所以会装傻当"二木头"。木头不是软，而是不会变通，没有延展性。要看迎春实际的性格怎样，就看她的丫鬟在外面如何了，司棋大闹内厨房，何等的跋扈威风，她要求与宝玉的丫头晴雯一个待遇，被拒绝了，就带着手下的小丫头一起把内厨给砸了。从丫鬟之行为就可以知道，小姐要是不厉害，丫鬟在外面更要夹着尾巴做人，此处也可以看出，跟着迎春的司棋也是一个狠角色。所以迎春实际的性格，并不是很多读者以为的那样软弱无能。

在《红楼梦》中，小姐的随身大丫鬟的地位非常高，在书中第七十七回赶走司棋时，周瑞家的发躁向司棋道："你如今不是副小姐了，若不听话，我就打得你。别想着往日姑娘护着，任你们作耗。越说着，还不好好走。如今和小爷们拉拉扯扯，成个什么体统！"从这段话可以看出陪房丫鬟的地位，就是"副小姐"，其他家奴、老妈子都要敬着的，所以周瑞是眼红"发躁"的。司棋失身对迎春影响巨大，对自己的身价也影响巨大。迎春没有得力团队带到孙家，类似的就是林黛玉没有团队进入贾家一样，命运都是悲惨的。

在过去的规则下，陪房丫鬟被老爷收房，也是天经地义的。迎春嫁到孙家，没有带贴身的陪房丫鬟当侍妾，对于巩固在孙家的地位非常不利。她的大丫鬟司棋，本来应当陪嫁孙绍祖当妾的，但因私通潘又安被赶走了；王夫人在抄检大观园时候，把有姿色的丫鬟都赶走了，剩下的应当都是姿色不佳的。所以在孙宅内院，孙绍祖的宠爱对象都是原来孙家内宅的女人，迎春当然在宅斗中非常孤单了。就如贾政找了赵姨娘，一般住在赵姨娘那里，王夫人也很难受，好在王家有实力有资产，否则王夫人在贾府的处境也会如迎春在孙家一样。若司棋没有被赶走，而是陪嫁到了孙家，迎春就不容易在与孙家媳妇丫头们的博弈当中吃亏了。

迎春最后带走的陪嫁丫鬟是四个，"又听得说陪四个丫头过去"（第七十九回），与书里贾府小姐应有的待遇相比已经减半，而且没有叫得出大名、有姿色的丫鬟。虽然贾家陪嫁了四个丫鬟，但粗使丫鬟是能力和姿色都不行，与房内大丫鬟不是一个级别，对比一下，夏金桂带的陪嫁丫鬟宝蟾在控制薛蟠的过程中发挥的作用，就知道厉害的丫鬟对小姐的帮助有多大了。迎春带的陪嫁丫头，对夫家来说也是一笔重要的财产，要知道买一个有姿色的丫头，需要支付不少的费用。在《红楼梦》中，有姿色的大丫头，一个至少要卖1000两银子，贾赦买嫣红花了800两银子，贾雨村娶娇杏，给的是100金，即100两黄金。而贾府买十二官是3万两，折合下来，平均一个是2500两，花旦、正旦里面最好看的女孩，应当价值5000两以上，会唱戏有技能的丫鬟，价格更贵。三春的丫鬟，都是与小姐一起学习了琴棋书画等技能的。迎春若能够有两个貌美如花的丫鬟陪嫁给孙绍祖当小妾，她的处境一定会好很多，孙绍祖不会饥渴得把"家中所有的媳妇丫头将及淫遍"了。

另外，迎春在夫妻房内还干下人干的活。孙绍祖对迎春的虐待，也因为她没有陪嫁的丫鬟当陪房。夫妻房事之后，肯定要迎春自己去收拾，这本来就是陪房丫头的事情。"作践的，公府千金似下流。"就如明朝严嵩的儿子严世蕃可能患有支气管，痰多，就有丫鬟专门负责用嘴接住痰咽下去，否则会挨打，被叫作"美人盂"。还有负责专门给主子擦屁股的丫鬟，宝玉的通房丫鬟也要干此类事。袭人在第六回就给宝玉收拾过带精液的内裤。但对侯门千金迎春来说，没有陪嫁丫鬟，要亲自给男人干此类事情，肯定是"似下流"，是生不如死的精神折磨，抑郁早死是正常的。《红楼梦》中也有关于此类事情的描述，周瑞家的送宫花的时候，贾琏、王熙凤鸳鸯戏水，书中写道："房里传出贾琏和王熙凤嬉笑的声音，接着房门响，平儿拿着大铜盆出来，叫人舀水。"贾琏与凤姐云雨，平儿就在房内伺候，他俩事后清洗等，就是平儿的活儿。

还有一个情况对迎春影响也非常大，就是她的乳母也被提前赶走了。在大观园查赌的时候，迎春的乳母被当作赌头，贾母对赌头的处理方式就是打板子再撵出去。前面已经分析过，迎春乳母被当作赌头背了黑锅，哪里有输钱输到要偷主人首饰抵押的赌头？但大观园查赌博弈的客观效果，就是迎春出嫁时，身边又少了一个关键的人物奶妈。奶妈都是已婚妇女，有房内经验，也带过孩子，对迎春嫁过去在夫家生活，是一个师爷性质的帮手。豪门联姻嫁女，是要带着自己的团队的，陪房丫鬟和奶妈都是重要的团队成员。没有贴身忠诚的团队人员，嫁到夫家自己是难以掌控局面的。尤其是包办婚姻，夫妻双方婚前没有恋爱基础，初来乍到的妻子没有丈夫足够的宠爱支持，如果娘家没有陪嫁团队带过来，在夫家就要被各种欺辱。

◇◇◇孙家与贾家的多代瓜葛

孙绍祖如此对迎春，还有一个关键原因，就是贾府被抄家后，他要与贾府划清界限。孙家是武职，贾府被抄家，孙绍祖与贾府的联姻绝对是政治上的负资产。第一百〇八回，迎春提起他父亲贾赦出门，说："本要赶来见见，只是他拦着不许来，说是咱们家正是晦气时候，不要沾染在身上。我扭不过，没有来，直哭了两三天。"迎春的父亲贾赦"出门"，是因为被流放即将上路，此时孙绍祖却不让迎春去见一面，就是要与贾家划清界限。后来，皇帝没打算搞死贾府，让贾政袭爵，孙家对迎春的行为限制放松了一些，凤姐道："今儿为什么肯放你回来？"迎春道："他又说咱们家二老爷又袭了职，还可以走走，不妨事的，所以才放我来。"可以看到孙绍祖对贾府的态度，完全取决于政治利益的考量，可以说是一个精致利己主义者。孙绍祖的处事态度，还有其自身的处境的原因，他在候补提升，如果因为政治问题升不了官，不上不下，甚至可能失去原有的实职，损失巨大，所以这种态度也是人之常情。

原小说和其他评论都说孙绍祖是中山狼，然而中山狼有特指，来自《中山狼传》，是明代马中锡创作的寓言，收录于《东田集》中。故事讲述的是东郭先生冒险救了中山狼，使它避过了赵简子的猎杀，但中山狼脱险后，却恩将仇报，反欲吃掉恩人东郭先生。东郭先生大恐，此时幸遇一杖藜老人，将狼骗进书囊杀死。该作品批判的是忘恩负义，恩将仇报之辈。大家熟知这个含义是因为这个故事进入过学校的语文课本，而作品创作于明代成化、弘治年间，当初就是名篇，"中山狼"在《红楼梦》成书的时候，应当已经是社会共知的含义。但在《红楼梦》小说当中，怎么体现孙绍祖是中山狼，有"忘恩负义，恩将仇报"的行为呢？

孙绍祖对迎春的虐待行为，如果简单直接地因为贾赦欠孙家银子，迎春没有带嫁妆带陪房丫头，那么其实还算不上中山狼。书里对迎春的婚姻、人生命运，评价是："【喜冤家】中山狼，无情兽，全不念当日根由。一味的骄奢淫荡贪还构。觑着那，侯门艳质同蒲柳；作践的，公府千金似下流。叹芳魂艳魄，一载荡悠悠。"这个说法明确讲了"不念当日根由"，然后迎春的待遇就与买来的妓女出身的贱妾一样了。想一下《白鹿原》里，财主吃阴枣来滋阴补阳，让小娥做"人肉炉鼎泡阴枣"。小娥还是大财主喜欢的小妾，那要是不喜欢、受排挤的女人，真的不知道还要被怎样对待呢。迎春被虐待的背后根由是什么呢？要从《红楼梦》的暗线里面挖掘原因。

孙绍祖的孙家，与贾府的瓜葛应当不止一代，孙绍祖曾对迎春说："当日有你爷爷在时，希图上我们的富贵，赶着相与的。论理我和你父亲是一辈，如今强压我的头，卖了一辈。又不该作了这门亲，倒没的叫人看着赶势利似的。"孙绍祖这话是在说，在迎春爷爷贾代善的时候，孙绍祖的父亲很有权势，贾府要巴结着与孙家结亲。无论孙绍祖话中的事实是否存在，可见孙家当年也很发达，后来孙家败落了。贾家看待孙家"乃当日宁荣府中之门生，算来亦系世交"，意思以前孙家是低于贾家的门生，后来变成世交，说明孙家后来也发迹了，等于徒弟水平高了，与师父的儿子世交而论了。孙说比迎春应当高一辈，"论理我和你父亲是一辈，如今强压我的头，卖了一辈"，孙绍祖作为孙子继承爷爷是三辈；而迎春从荣国公贾源那儿算起来，是四辈。如果从名字上而言，"绍祖"的意思是"直接从爷爷那里继承"，可能他的父亲很早就不在了，或者是父亲是贾家的门生，所以孙绍祖继承的是他的爷爷。在年龄上，他与迎春年龄相当，说明孙绍祖很可能是孙家老来得子，这种孩子家里也溺爱，不知道疼爱别人。

孙家当年怎么败落的，书中没有说，但肯定有段时间远不如贾家，孙家有事要去求贾赦，"虽是世交，当年不过是彼祖希慕荣宁之势，有不能了结之事才拜在门下的"，孙绍祖能够世袭，也应当有贾府帮助的缘故。类似的可以看看王家，王家以前是伯爵，贾家是公爵，就可以说王家是贾家的门生，而王子腾的官职，也是继任贾代化的京营节度使，王家后来就在势力上压着贾家，王家女人也在贾府内宅掌家，作者此处的标准很不一样。

所以孙家与贾家有着多代的瓜葛，关系有些复杂，双方的位置高低，各自视角之下，大家有不同的认识。

◇◇◇暗中的关键人物贾雨村

孙家给贾赦的钱，应当是要贾赦帮助孙家办事，所办的事情价值5000两银子，肯定是件大事。想一下贾蓉捐龙禁尉是1200两银子，那么孙家让贾家帮忙办理的这个事肯定要比贾蓉捐龙禁尉的事值钱，因此基本可以推断，孙绍祖的指挥使的职务，能够在孙家败落以后世袭，而且能够得到实职，以及后来能够到兵部候缺提升，都应当与贾府有关。贾府能够帮助孙绍祖任职晋升，不光有王子腾是九省都检点的缘故，更关键的人物是贾雨村。书里第五十三回，贾政明确说了贾雨村补授大司马,协理军机:升了吏部侍郎,署理兵部尚书(第九十二回)。清代兵部尚书是从一品!此官职是孙绍祖在兵部候补的现官,军职的调整属于吏部和兵部的职权,都在贾雨村的管辖范围。

如果迎春是下嫁,那么她是庶出身份也没有问题,同时也不用带上嫁妆。不过,对她是否属于下嫁,显然孙家与贾家看法不同。孙家就如孙绍祖所言"有你爷爷在时,希图上我们的富贵,赶着相与的",而贾家却认为孙家门第低贾府很多。荣国府的贾赦是恩侯,一等将军,孙绍祖是指挥使,与贾府差距比较大;而且孙绍祖的富贵父亲,应当已经不在了,孙家还要求助贾赦办事。贾赦为孙绍祖办事,拿了5000两银子,事情也应当没有办成,如果办成了,孙家想要的职位有了,迎春也就没有要带妆奁的问题了。在第七十二回,林之孝说贾雨村降职了,到第九十二回,贾政说得更明白:"为着一件事降了三级。"所以孙绍祖要的兵部候缺,贾雨村应当管不上了。而孙家的事情没办成,贾府又出了事情被抄家,托贾府办事的钱应当已经花掉了,想要再要回来,难以实现。同时贾府有事,孙家肯定也不能说花5000两银子找贾府去买官,贾家也不能说收了5000两银子去帮助孙家谋官职,说成是借款和婚姻聘礼,则没有过错。贾府被抄家,众人都冷笑道:"人说令亲孙绍祖混帐,真有些。如今丈人抄了家,不但不来瞧看帮补照应,倒赶忙的来要银子,真真不在理上。"贾府被抄家,孙绍祖就来要银子,就是要与贾府划清界限。

孙家如果门第高过贾家,那么迎春就不是下嫁而是高攀,应当带着嫁妆,在古代,婚约对聘礼和嫁妆都是要写清楚的。所以迎春不带嫁妆应当也要写进婚约,孙家事先知道。孙家联姻之时能够接受迎春没有嫁妆,这是问题关键!同时第五十五回凤姐算账时也说:"二姑娘是大老爷那边的,也不算。"为什么会如此?事实是迎春没有嫁妆，孙家依然要去求娶，而不是贾赦求嫁。书里也写得很清楚，是孙家先到贾家求娶迎春的，书中第七十二回，只见小丫头进来向平儿道："方才朱大娘又来了。我们回了他奶奶才歇午觉，他往太太上头去了。"平儿听了点头。鸳鸯问："那一个朱大娘？"平儿道："就是官媒婆那朱嫂子。因有什么孙大人家来和咱们求亲，所以他这两日天天弄个帖子来赖死赖活。"书中通过鸳鸯与平儿的对话，把孙家求亲说得非常清楚，此时孙家来"赖死赖活"求亲，就是看着贾雨村的位置，而同一回中，林之孝就听到消息：贾雨村降职了。孙绍祖想要通过贾家找贾雨村办的事情没有办成，当然对迎春的态度就不同了。

迎春嫁到孙家，是孙绍祖"赖死赖活"地求亲，而不是贾赦欠账，不得已才结亲，因此作者说他是中山狼也有道理。我们在这里可以看到，凤姐计算姑娘的嫁妆应当是一万两，而孙绍祖给的才5000两，算聘礼还给少了呢！同时凤姐没有计算要开销迎春的嫁妆费用，"二姑娘是大老爷那边的，也不算"，为何会如此？其实就是有给孙绍祖跑官的事情，孙绍祖的二品提升候补，这个职位要花的应当不止5000两银子，如果贾雨村不降职，真的给孙绍祖把事情办成了，不但贾赦不用退那5000两银子，孙绍祖的孙家是"家资饶富"，还要拿出聘礼和嫁妆共计2万两，给迎春当妆奁，这样贾家和孙家，其实就是通过嫁娶，把孙家需要的事情给办了，还没有收钱受贿，所有的黑银子都被洗白了。这也是在第五十五回，凤姐算姑娘们婚嫁开销的时候，不算迎春嫁妆的原因。

所以贾赦不是因为荒淫无度而欠债了5000两，然后卖迎春顶账，而是真的有很多隐情。孙家败落，孙绍祖能够再度崛起，应当与贾家有关，可能有贾雨村当大司马的原因，但贾家失势，贾雨村被降职，后续对孙家就用途不大了。"子系中山狼，得志便猖狂"，孙家得志了，对当初的情况不会记得。从何贾家的视角，肯定自认帮了孙绍祖很多；从孙家的视角，认为与贾府的联姻吃了大亏。孙家发达的时候，与迎春爷爷贾代善当年的地位相当，就如宁国府世袭到贾珍是三等将军一样，现在孙绍祖起码还有三品的职位，贾府被抄家后，则是脱毛的凤凰不如鸡。而此时迎春要生活在孙家，日子肯定就很艰难了。贾府此时已经自顾不暇，当然也管不了迎春。

不过，贾雨村很快又升职到京兆尹，兼管税务，还是皇帝跟前的红人，又在军机，王子腾"要拜相"的消息就是贾雨村先告诉贾家的，所以贾雨村依然对孙绍祖的命运有决定性的影响。后来，贾府被抄家，贾雨村与贾家切割关系，迎春在孙家的倚仗就彻底没有了。贾雨村已经与贾家切割了关系，孙绍祖当然也要与贾家切割关系。迎春出嫁时又没有陪嫁团队，没有嫁妆，没有怀孕生孩子，孙家又不讲礼义，迎春在孙家的处境就可想而知了，现实是非常残酷的。

贾赦没有那么不堪，孙绍祖则不是善类，最后迎春的结局是一个悲剧。书中第一百〇九回写了迎春之死："可怜一位如花似月之女，结褵年余，不料被孙家揉搓以致身亡。又值贾母病笃，众人不便离开，竟容孙家草草完结。"迎春死时谁也没有来，贾母病重，她父亲被充军，亲娘早已死去，贾政是叔叔，且职务是从五品，孙绍祖世袭的是正三品又候补提升，现在应当是二品官了，贾政虽然后来又袭爵，但会自动又递降一次，其实孙家门第已经高于贾府，对贾家而言，来了又能够如何？而且此时贾赦还在充军，迎春属于罪臣之女，还是庶出，孙家则仕途看好。

对此可以想一下前面第一部当中本人分析的李纨，李家也是获罪人的女儿，在贾家就是素服，贾家与李家也不怎么来往。而且贾珠已死，贾家没有切割的必要，但对当将军的孙绍祖，正妻是罪臣之女，而且是犯忌的勋贵之家，就很现实了，历史上还有吴起杀妻求将的典故。迎春是一个没有生养的媳妇，没有多少嫁妆，又来自罪臣之家，丧事办理就是"草草完结"，其实即使换到贾家也是如此办理。

中国古代的社会潜规则，就是有一只看不见的手在操纵，社会博弈非常残酷。《红楼梦》里的女孩离开了大观园，又陷入更加残酷的社会和家族博弈之中。现在总说"吃人的旧社会"，就是对旧社会残酷博弈的写照。在中国古代，农耕文明到了扩展空间的极限边界，出现了严重的内卷化，社会当中的所有人，都处在内卷化的博弈当中，每个人的压力都很大。

（二）探春远嫁与扭转家族命运的双赢

探春远嫁主要是在后四十回，里面有复杂的政经逻辑，很多人对此不理解，因为《红楼梦》不是恩恩怨怨的爱情画风了。影视剧给大家的简单逻辑最多说探春"远嫁藩王"，但是视频的表现力，与《红楼梦》里政经的春秋笔法的要求相差太远。

◇◇◇探春是准嫡出

对探春的命运，书里也有隐藏，其实探春是大观园里面的成功者，对扭转整个家族命运起到了重要作用。她未来到老年了，可能是又一个贾母，或者说她现在就是贾母当年。在《红楼梦》的三春姐妹里面，大家可以看到，探春最有头脑也最能干，书里描写她是："削肩细腰，长挑身材，鸭蛋脸面，俊眼修眉，顾盼神飞，文采精华，见之忘俗。"最后三春的结局，也是探春最好。这与探春自己的努力关系很大，与她所处的位置也关系很大。

大观园的三春都是庶出，但庶出和庶出还不一样。三春当中只有探春被父亲的正妻——自己的嫡母收养，此类情况是准嫡出，可以作为嫡出看待，低于真正嫡出的女儿，比庶出要高一等。邢夫人没有收养迎春,迎春的地位就要低很多。同时探春的生母赵姨娘也健在,还非常得宠,老爷贾政住在赵姨娘那里。探春对王夫人和赵姨娘的关系处理得也非常小心,要处处显示她是主子,与亲生母亲赵姨娘地位不同。就如在处理舅舅死后的补偿问题上,探春也特别坚持原则,所有这些都是做给王夫人看的,她要与赵姨娘划清界限,因为她的地位与王夫人的支持分不开。

冷子兴说"第二胎生了一位小姐,生在大年初一,这就奇了;不想次年又生了一位公子",此处应当是搞混了元春和探春,书中说元春与宝玉"情同母子",元春应当比宝玉大很多,元春进宫时,宝玉还很小。但探春又比宝玉小,是宝玉的三妹妹,他俩差一岁。因此只能是冷子兴把元春、探春两个人给搞错搞混了,冷子兴是一个外人,他的言论不等于作者旁白,是可以出错的。因为探春被王夫人收养,是准嫡女,王夫人对探春视为己出,才会让外人冷子兴搞混。王夫人的陪房女婿冷子兴都能搞错,说明探春的庶出身份是对外保密的,外人并不清楚。

我们能从书中很多地方看出探春想让人觉得她的娘是王夫人而不是赵姨娘,例如第二十七回探春说:"他那想头自然是有的,不过是那阴微鄙贱的见识。他只管这么想,我只管认得老爷、太太两个人,别人我一概不管。"谁动了探春的这条底线,她说话都不会客气,说亲娘赵姨娘"阴微鄙贱",用词恶毒,"只管认得老爷,太太两个人",说明她不认亲娘。

◇◇◇探春亲家与贾政的渊源

探春定亲在第九十九回,书里写镇海总制周琼寄书到贾政在江西粮道的任上,为孩子求娶。贾政迅速打发家人进京回明,然后贾母、王夫人也同意了这门亲事,说明贾府上下对此亲事都很满意。探春婚事要王夫人同意,她的亲娘赵姨娘则只能道喜:"姑娘,你是要高飞的人了。到了姑爷那边,自然比家里还好。"探春的亲事,照应花名签上的谶语"必得贵婿";但对探春远嫁,贾母是不舍的,洒泪道:"三丫头这一去了,不知三年两年那边可能回家?若再迟了,恐怕我赶不上再见她一面了。"与第五回【分骨肉】中的"恐哭损残年"可以相照应;第一百〇二回中,贾赦对贾琏说"探春于某日到了(贾政)任所,择了某日吉时送了你妹子到了海疆,路上风恬浪静",路上一切顺利地走了,照应了"清明涕送江边望""一帆风雨路三千",总之探春的出嫁,各种照应显示是一个不错的结局。

悲远嫁宝玉感离情(清孙温　绘)

总制是明朝对总督的称呼。寻花问柳、微服出游的明武宗尝自称"总督军务",导致臣下要避讳,因此改总督为总制。而镇海应当也不是现在的镇海,作为地名的镇海,地域有限,是不会有总督这样级别的官员的;同时地理上的镇海,与贾家人的老家金陵的距离非常近,这样计算,探春就算不上远嫁。所以镇海应当是一个镇守海疆的通俗概念,明清对海外的贸易,打击海匪,主要是在广东和福建,在广州和泉州这样的地方,距离京城就遥远了。

在古代，南岭以南，被认为是蛮荒之地，而且气候炎热，要知道人类有空调，能抵抗炎热是近百年的事情，因此炎热的岭南在古代是非常不宜居的地方。所以探春真正要嫁的地方，应当是现在的广东、福建沿海才对。在明清时期，倭寇、海盗骚扰沿海，还有中国台湾在明朝时被荷兰人占领，清初又有反清的郑家政权，都是皇权需要解决的问题。明清时期，南方很多地方是土司制，土司也有官职，叫宣抚使，是世袭的，权力极大，类似藩王，所以《红楼梦》里面的总制，也可以被认为是土司的宣抚使、宣慰使、经略安抚使等，是高级土官。不过本人认为，通行本里面总制应当对应清朝的两广总督。

我们来分析一下。首先有一个问题，贾政担任学政是在哪里？本人发现贾政应当是广东学政！贾政当学政去的地方包括海南，海南是广东的琼州府，第七十五回，贾政当学政回来，中秋一家在一起：

> 贾政道："正是。"因回头命个老嬷嬷出去吩咐书房内的小厮，"把我海南带来的扇子取两把给他。"宝玉忙拜谢，仍复归座行令。

贾政去广东当学政，都没渲染成远行，所以探春远嫁广东，也不是想象的那么远，而镇海总制，应当是两广总督，贾政在学政任上应该与之关系很不错。另外在第七十回提及"（贾政）可巧近海一带海啸，又遭踏了几处生民。地方官题本奏闻，奉旨就着贾政顺路查看赈济回来"，这一段说明贾政还当过帮皇帝处理海疆天灾的钦差，原因是"地方官题本奏闻"，地方官要上报，皇帝要钦差去查看，背景应当是有地方官摆不平的问题，古代赈济最容易有各种贪腐问题发生，贾政当钦差"查看赈济"，肯定对在海疆的镇海总制也有所回护，因此留下了人情，日后两家结亲，都是有原因的。

贾政在镇海总制的地方当学政，本身就培养有自己的势力，因为学政按照惯例是该地区任期内科举得中者的恩师。古代的师生关系比现在密切得多，得中者彼此还是同榜，可以合法结党。不要看秀才和举人不如进士翰林，秀才是科举的入门，举人是当官的起点，对他们的人生是开始不是终点，学政收的门生，一个省的秀才门生很多会考中本省举人，在本省为官会形成不小的官场势力；而举人门生会有不少考中进士，甚至点翰林，这是一股重要的势力圈子。探春外嫁到老爹门生的势力圈子所在地，当然日后状况不一样。贾家有这些门生势力，也是镇海总制想要联姻贾家娶探春的原因。

同时贾政放了江西粮道，江西是福建和广东交通和运粮的要道，赣江的航运作用在古代比当今大得多。去广东走粤赣古道，去福建经过衢州走建州（福建建瓯，福建因福州、建州得名），是后勤提供方，同时南安太妃喜欢探春，南安郡王的势力应当在南方，贾府与之相关，祖辈的老部下应当也在南方，探春还是准嫡出身份。冷子兴演说荣国府的时候把王夫人的女儿都搞混了，元春不可能只大宝玉一岁。探春虽为庶出，但自带了各种背景，联姻有实力，也是海疆总制求娶探春的原因和动力。

探春和亲远嫁，是从前八十回得出的结论，而且贾府与镇海总制，在京城就已经有了交往。第九十九回介绍镇海总制求亲时说："旧年因见他就了京职，又是同乡的人，素来相好，又见那孩子长得好，在席间原提起这件事。因未说定，也没有与他们说起。后来他调了海疆，大家也不说了。"说明镇海总制早与贾府有交往，当年做过京官，外藩世子在京就职，属于质子。贾家与镇海总制的儿女之间，应当都彼此见过，有感觉，所以有"又见那孩子长得好"一说，探春的家教和美貌是联姻得分项，贾家对三春的素质教育是有所得的。

《红楼梦》书里多次暗示探春去当王妃,而《红楼梦》通行本里面没有公开写她是王妃,但探春和亲是去当王妃,与书里的描述并不矛盾。镇海总制可以由藩王担任,皇帝要招抚外藩,也需要和亲藩王。探春去和亲的藩王的儿子,如果以后继承王位,探春当然是王妃了。探春的和亲,书中还有一个暗示。在《红楼梦》第七十一回,贾母大寿之时,南安太妃前来祝寿,"因一手拉着探春,一手拉着宝钗,问几岁了,又连声夸赞"。另外,还有"前日南安太妃来了,要见他姊妹,贾母又只令探春出来,迎春竟似有如无",已经写得很明确,南安太妃来看探春有目的,而贾母只让探春出来,也有自己的想法。探春与迎春的差别在于探春被王夫人收养后,对外可以作为贾府嫡女出嫁,而迎春是庶出,又没有被嫡母收养,自然身份低一些。南安郡王,从封号来看就是要安定南方,是对南方海疆负责的郡王,以后和亲也要他负责。探春是贾府荣国公宗族准嫡女,就可以认作郡王的干女儿或养女,再变成郡主去和亲。三春里,探春的地位比较高,还有探春是皇妃元春的亲妹妹的原因,可以算是皇帝的小姨子,迎春和惜春都不是元春亲妹,又远了一层。

◇◇◇探春嫁妆丰厚

探春出嫁带有和亲性质,嫁妆就不光是贾府的事情了,国家也会出。为了招抚藩王,和亲的嫁妆经常非常丰厚。历史上虽然不乏屈辱的和亲,不过在《红楼梦》中,应当不是那种巴结强敌的和亲,而是一种招抚笼络的和亲,没啥屈辱性,但远嫁后与亲人难以相见,则是肯定的。别说是和亲外藩的嫁妆,就算不是和亲,嫁给总督儿子,对探春来说也是很好的去向,也是要有丰厚嫁妆的,而与总督联姻,王夫人也会支持,因为这也是对王家有利的事情;探春是王夫人的养女,正常情况下王夫人也会在私房嫁妆里面支持她一部分。

探春聪明,也为自己积累了不少值钱的财产,这些财产会变成丰厚的嫁妆。在第四十回，借着刘姥姥在大观园的眼，作者把探春收集的东西给展示了一下：

> 凤姐儿等来至探春房中，只见他娘儿们正说笑。探春素喜阔朗，这三间屋子并不曾隔断。当地放着一张花梨大理石大案，案上磊着各种名人法帖，并数十方宝砚，各色笔筒，笔海内插的笔如树林一般。那一边设着斗大的一个汝窑花囊，插着满满的一囊水晶球儿的白菊。西墙上当中挂着一大幅米襄阳《烟雨图》，左右挂着一副对联，乃是颜鲁公墨迹，其词云：烟霞闲骨格，泉石野生涯。案上设着大鼎。左边紫檀架上放着一个大观窑的大盘，盘内盛着数十个娇黄玲珑大佛手。右边洋漆架上悬着一个白玉比目磬，旁边挂着小锤。

花梨大案、紫檀架、各种名人法帖、汝窑和北宋官窑的大器，更有颜真卿和米芾的真迹，这些顶级古董，在明清时期也是天价古玩。从书中的描述来看，有点古玩常识的都知道，探春的房中文玩古董都是精品，要值很多钱，在清中期这些古玩也要价值数千两到上万两银子，而贾家发家在清早期，靠的是军功占有，获得这些珍品肯定是不贵的，甚至不花钱，所以探春给自己积攒了丰厚的出嫁财富。此外，探春在大观园被培养的素质特长是书法，中华文化对外藩的影响很大，她的所长在出嫁后应当也能派上用场。

探春还带着陪房的丫头，侍书一直是她的心腹，另外还有翠墨，大观园里的重要活动也多次提及她们，与其他大丫鬟同列，说明探春身边的陪房丫头，也比其他姐妹的丫头姿色、水平等要高。在抄检大观园的时候，三春里面只有探春的大丫头没有被逐出，而且在抄检秋爽斋的时候，探春把王善保家的一巴掌打了回去，她房内的丫头们，都保住了。王夫人与探春的关系，本身就比较近，所以抄

秋爽斋(编辑拍摄于北京大观园)

检大观园对探春留有余地。探春可以带上自己的美女团队出嫁,是非常重要的一环,在一夫一妻多妾制的时代,妾的身份权力与正妻有人身依附关系,可以直接提升正妻的地位,迎春没有陪房丫鬟随嫁,地位就不同了。

◇◇◇探春联姻是贾家保护伞

探春的远嫁,对探春和贾府,都是得利和双赢的。探春的婚姻美满,在婆家过得很滋润。第一百一十九回,书里描述了探春嫁人后回家的情形:"众人远远接着,见探春出跳得比先前更好了,服采鲜明。见了王夫人形容枯槁,众人眼肿腮红,便也大哭起来,哭了一会,然后行礼。"探春回来的状态与贾府抄家后王夫人的状态,形成了鲜明的对比。探春因和亲远嫁躲过了贾府被抄家的一劫,而且探春的和亲招抚,有国家信用在背书,不算下嫁,会得到很好的待遇,除非藩王要再度造反或者被猜忌而获罪,否则应当是一个非常好的结局。在探春要和亲的时候,贾府的环境已经非常险恶了,元春死了,王子腾也死了,所以探春此时的和亲给贾政带来了好处,

第一百回：

> 话说贾政去见了节度……贾政笑道："并没有事。只为镇海总制是这位大人的亲戚，有书来嘱托照应我，所以说了些好话。又说我们如今也是亲戚了。"

探春和亲之后，贾府多了一层保护伞。贾政后来在粮道被参，有政治原因，在第三部分析抄家原因的那一节具体细说，但除政治原因之外，也有贾政到任后不懂潜规则的原因，该给节度的孝敬，应当也没有给。在第九十九回：

> 李十儿禀道："奴才那一天不说他们，不知道怎么样这些人都是没精打采的，叫奴才也没法儿。老爷说家里取银子，取多少？现在打听节度衙门这几天有生日，别的府道老爷都上千上万的送了，我们到底送多少呢？"贾政道："为什么不早说？"李十儿说："老爷最圣明的。我们新来乍到，又不与别位老爷很来往，谁肯送信。巴不得老爷不去，便好想老爷的美缺。"贾政道："胡说，我这官是皇上放的，不与节度做生日便叫我不做不成！"

从这段对话可以看出，贾政的职位，按潜规则，给节度过寿要送成千上万两银子，但如果贾政被参走了，节度还可以让他人补缺，从别的人那里赚更多银子。贾政没有送礼给节度，与节度仅仅因为探春的联姻而有远亲关系，没有实质的财物往来，或者财物往来是从京城贾府里拿来的，也就是没有分过赃，当然节度不会给他担当啥。如果贾政与节度分过赃，违法的事情双方绑定在一起，节度可能就不会参他了。

后来贾府被抄家，从皇帝对贾府的处理上，可以看到对贾政是网开一面的，很快就让贾政袭爵，替代了贾赦。为何那么快？一方面是不愿意把事情做得太绝，让勋贵集团感到害怕而铤而走险；另一方面就是和亲在外的探春起的作用。如果把与招抚对象联姻的亲家人给严办了，那么招抚对象就要有疑心和异心了。镇海总制带兵在外，此时皇帝也要有顾及的。因此，贾府被查抄以后，皇帝对贾政区别对待，另外特殊处理，贾府荣国府被抄家只抄了贾赦，比起王家被抄家后，在被抄之外还要赔补欠款，要轻得多。前面贾政被参要革职，也"着降三级，加恩仍以工部员外上行走"，变成了带着员外郎级别的"行走"闲职，没有公开讨论，也没有一撸到底，背后是贾政的女儿探春联姻海疆，对他也还要留有余地。对比一下清代的名臣刘墉，他因失察所属阳曲县令段成功贪侵国库银两，按律革职被判极刑，当时其父刘统勋还任东阁大学士、国史馆总裁，妥妥的宰相之位。可见皇帝对贾政的处理确实非常宽大了。

在第一百〇六回，史家先来给史太君报信了：

只见老婆子带了史侯家的两个女人进来，请了贾母的安，又向众人请安毕，便说："我们家老爷、太太、姑娘打发我来，说听见府里的事原没有什么大事，不过一时受惊。恐怕老爷太太烦恼，叫我们过来告诉一声，说这里二老爷是不怕的了。我们姑娘本要自己来的，因不多几日就要出阁，所以不能来了。"

为了避人耳目，报信和走动的都是女人，女人可以进后门，不会被注意，过去的走后门也是如此，本人在第一部详细分析过。史家传递的信息里面特别有"这里二老爷是不怕的了"，而贾政给薛蟠托请，又在任上被参，为何很早就有信儿说贾政没有事情呢？因为不能让和亲变成娶了罪臣之女，否则就会适得其反。海疆镇海总制带兵在外，京城如果严办了他的联姻亲家，那不是要逼他造反的节奏吗？所以贾家不能被整死，贾政必须安抚！在第一百〇六回，皇帝对贾府的处理是："主上甚是悯恤，并念及贵妃薨逝未久，不忍加罪，着加恩仍在工部员外上行走。所封家产，惟将贾赦的入官，余俱给还。并传旨令尽心供职。"抄家只抓了贾赦，贾政被加恩了。第一百〇七回："只见门上有好些人在那里乱嚷说：'今日旨意，将荣国公世职着贾政承袭。'……进内谢恩，到底将赏还府第园子备折奏请入官。内廷降旨不必，贾政才得放心。"不久，皇帝就将荣国府的爵位给了贾政，贾政的房产园子也还了，探春变成真的荣国公袭爵后代的女儿了，而且由正妻收养，可以算嫡女，不过书中在此没有言明，贾政的爵位在世袭递降制下自然被降低了一等。

同样对贾府其他人的处理，也从轻到发往海疆，第一百〇七回：

"今从宽将贾赦发往台站效力赎罪。……（贾珍）亦从宽革去世职，派往海疆效力赎罪，贾蓉年幼无干省释。贾政实系在外任多年，居官尚属勤慎，免治伊治家不正之罪。"

对贾政不予追究，将贾珍直接发配到探春和亲的海疆。皇帝把贾珍发往亲家镇海总制的军中，本身也是给总制一个安抚，否则他若是谋反，则贾家要被株连（灭九族之列），亲家族人是人质，按说皇帝不会把人送到他手里。同时贾赦的发配地方也还不错，台站是旧时边远地区所设置的一种类似驿站的机构，军事上用于防守、调度，亦称为"军台"，如张家口、喜峰口、独石口、古北口、杀虎口等地都曾设置过台站。台站距离比较近，在第一百二十回："过了几日，贾政回家，众人迎接。贾政见贾赦贾珍已都回家，弟兄叔侄相见，大家历叙别来的景况。"台站不远，贾赦能很快回家，比贾政到家还要快。

为什么贾赦贾珍能回家？因为海疆靖寇胜利，皇帝就有理由大赦了，在第一百一十九回："皇上又看到海疆靖寇班师善后事宜一本，奏的是海宴河清，万民乐业的事。皇上圣心大悦，命九卿叙功议赏，并大赦天下。"在大赦当中，对贾珍给予了特别的待遇，一般大赦是赦免处罚，但不会复爵，而贾珍复爵，是享受了特殊待遇的。第一百一十九回：贾兰进来笑嘻嘻地回王夫人道："……珍大爷不但免了罪，仍袭了宁国三等世职。荣国世职仍是老爷袭了，俟丁忧服满，仍升工部郎中。所抄家产，全行赏还。"海疆的喜事，贾珍免罪、贾政升官，要有缘由，缘由只有探春与海疆战争统帅家和亲，海疆靖寇又取得了胜利。贾政回到原来的工部，在工部管陵工，属于工部营缮司的职能，等于是恢复了营缮郎的肥缺，但肥瘦程度要看皇家工程具体进展情况及是否可以赚大钱。贾母刚死不久，贾政丁忧期满要将近三年，三年后可能原来的陵工工程已经完工了。

◇◇◇为何探春成为联姻对象

镇海总制要与贾府联姻，也与贾家祖上在军队的影响力有关，连同与贾家联系密切的甄家，也因海疆的战事政治需要出现了转机。在第十六回，赵嬷嬷道："嗳哟哟，那可是千载希逢的！那时候我才记事儿，咱们贾府正在姑苏扬州一带监造海舫，修理海塘，只预备接驾一次，把银子都花的淌海水似的！说起来……"贾府"监造海舫，修理海塘"对海疆的影响，当年就属于相关方面，所以贾政当粮道时皇帝对海疆不满意，节度就参奏他，划清界限。而甄家则"好势派！独他家接驾四次"，另外被皇帝打击的王家是"东海少了白玉床，龙王来请江南王""我们王府也预备过一次。那时我爷爷单管各国进贡朝贺的事，凡有的外国人来，都是我们家养活。粤、闽、滇、浙所有的洋船货物都是我们家的"（王熙凤语），各家都有海疆相关势力。不过王家与海疆总制应当是政敌，海疆方面的御史在王子腾死后落井下石，皇帝把王家彻底打死，也是借力打力。在起用甄家之前，要抄家打压贾府，打完贾府再用甄家。贾家不打死，与探春与敌前带兵统帅联姻有关。贾母寿辰的贺礼，除了甄家的极为丰厚以外，就是"还有粤海将军邬家一架玻璃的还罢了"，又是海疆方面的人。甄家后来复出，皇帝让招抚海疆，说明对海疆军事用兵，贾家也有影响力。对海疆的征剿，对勋贵势力，皇帝还是需要团结的，所以甄家就得到了重新起用。第一百一十四回，先是对甄家的交代：因前年挂误革了职，动了家产。今遇主上眷念功臣，赐还世职，行取来京陛见。甄家能够复起，与皇帝的政治需要有关，复职之后甄应嘉就被派往了海疆。甄应嘉道："近来越寇猖獗，海疆一带小民不安，派了安国公征剿贼寇。主上因我熟悉土疆，命我前往安抚，但是即日就要起身……"安国公不在《红楼梦》原来老勋贵的"四王八公"里面，应当是新皇帝的亲信宗室，皇帝让甄家和安国公一起去海疆，用意很深，"前往安抚"，促使各种势力团结合作，海疆的军队当中有甄家、王家和贾家的势力。甄应嘉不是去打仗的，是去缓和矛盾的，以此来保障海疆战争的胜利。

书里提及了"越寇猖獗"，背景有当时清朝与越南的战争。乾隆五十四年（1789）左右，时间正好是《红楼梦》解禁的时候［程高本当中的程甲本，乾隆五十六年（1791）］。1788年年底，两广总督（也就是镇海总制）孙士毅等率2万清军进攻越南，战争中清军轻敌冒进，占领河内，先胜后败，总督带残部逃回广西，但西山朝皇帝阮文岳虽然打了胜仗，反而还向乾隆帝求和，并亲自到北京谢罪（钦召进京），取代黎朝成为清的藩属国。根据清朝提出的条件，越南西山朝分别将流落在越南境内的清军官兵全部送回中国国内，并将杀害清朝官员的越南将领处死一些当替罪羊，还在越南为清军建立了祠堂并供奉，这让乾隆皇帝名义上取得了胜利，心理上得到了满足。所以《红楼梦》书中探春远嫁，镇海总制钦召进京，应当都有所指,所以虽说贾家是与镇海总制联姻,可能就是影射和亲。书里的说法变成了海疆靖寇全胜大胜,非常和谐应景,只有让"十全老人"乾隆各个方面都满意,《红楼梦》一书才可能被解禁,所以《红楼梦》通行本,家族背景是末世,时代背景则需要是盛世。

◇◇◇探春的未来是新贾母

(后来海疆得胜还朝。)且言贾政扶了贾母灵柩一路南行,因遇着班师的兵将船只过境,河道拥挤,不能速行,在道实在心焦。幸喜遇见了海疆的官员,闻得镇海统制钦召回京,想来探春一定回家,略略解些烦心。(第一百一十八回)

随后府中探春的消息也有了:忽有家人回道:"海疆来了一人,口称统制大人那里来的,说我们家的三姑奶奶明日到京了。"镇海统制平定海疆的军功,虽然书中没有写怎么封赏,但按规则肯定要封爵。应召回京,以后是否还去海疆?很可能就被皇帝养在京城了,清朝一直是这个传统,或者探春与世子变成质子,住在京城。探春真的成了新勋贵的世子夫人,可能将是新一代的贾母的位置,而且还主要住在京城,并非远嫁。看看第六十三回群芳夜里给宝玉过寿,探春抽到的签:日边红杏倚云栽。注云:"得此签者,必得贵婿,……"作者早埋好了线,"日边倚云"看似红杏探春被栽到很远的地方,注解却是红杏得了贵婿。所以探春远嫁为表象,得贵婿才是实情。

书中尾声,海疆得胜班师,到处是还朝的船只,说明战事巨大,胜利意义很大,镇海总制应当成为新勋贵。《红楼梦》里面可没有说贾母是不是嫡女、长女,当时荣国公可能就是在外统兵的大将,皇帝需要和亲招抚。保龄侯史家是宰相,女儿要贡献出来和亲。探春的道路，就是贾母当年道路的翻版，她的公公镇海总制就相当于贾家第一代勋贵贾演、贾源，探春的持家本领，已经在管理大观园当中得到了充分锻炼。所以在《红楼梦》里面，探春的结局不错，她掌握了自己的命运，而且探春所受的素质教育，真的给家族带来了联姻的利益。

在勋贵的联姻当中，政治因素非常重要，探春也是三春里面最有政治头脑的一个。书中没有明写，探春人生非常成功，把我们前面的分析都看清楚了，就知道探春若没有去与镇海总制家和亲，个人和家族的命运都要更糟糕，所以说探春远嫁，是个人与家族的双赢。而且探春其实也不是远嫁，镇海总制班师，皇帝对其"钦召回京"，是要把他控制在京城，因为让他再回海疆，那是放虎归山。第三十七回，探春自称"蕉下客"，然后黛玉就给出了解读，黛玉笑道："古人曾云'蕉叶覆鹿'。他自称'蕉下客'，可不是一只鹿了？快做了鹿脯来。""鹿"在中国古代寓意是"禄"，暗示探春就是将来要享有爵禄的人。

探春的判词是："才自精明志自高，生于末世运偏消。清明涕泣江边望，千里东风一梦遥。"看似远嫁，结局并不一定不好，她生在家族末世，她的家运很不好；她是庶出，命也不好！但她改了运，远嫁改变命运。中国文化讲命运，命和运是两个层面的事情，一个是天生的，一个是可以后天改变的。判词里面的"志自高"和"千里东风"，不是正说明她能够改变命运吗？不认命，要努力改运，才叫志高，命里家里的好运到末尾，已经被消除了，所以要远嫁才有"千里东风"，千里东风是很顺利的意思。中国的语言博大精深，就如亡羊补牢，为时已晚还是为时未晚？其实都讲得通，羊跑掉了，发现问题，解决办法是把牢补好，下次就不会跑了；也可以解释为羊都跑光了，再补还有啥意义？同样地，"原应叹息"，烈火烹油时说明她们的繁华是浮云，"原应叹息"就是应该叹息的；但也可以是她们过好了以后，改变了命运，她们的命运原本应该叹息，但后来不该叹息了。具体的理解就看语境，《红楼梦》里常常一语双关，甚至多关，甚至不同的视角不停地转换，让读《红楼梦》的人看到的内容可以千人千面，可以有各自不同的理解，各种理解都符合逻辑，才是奇书《红楼梦》的魅力。

另外说一句题外话，《红楼梦》后四十回，在写政治博弈上，和珅主导、高鹗编辑的水平，比少年落魄、长于市井的曹雪芹水平高，曹雪芹到了晚年，在宗学任职，是王府清客，也见闻了更多政治博弈，所以《红楼梦》前面是写婉约题咏的水平高，后面是写政治博弈的水平高。对《红楼梦》后四十回，应当主要看政治博弈，但大多数读者是文艺派，看不懂。全书变成通行本，被整体编辑梳理过，整体逻辑是连贯的。

（三）惜春和紫鹃的"剩女"出家，掌控家族关键资产

在大观园里面，三春当中惜春最小，处境也最古怪。最后惜春选择了出家，成为贾府家庙栊翠庵的住持。惜春有头脑，各种情况想都清楚了，自主选择了出家，是她选择了命运，而不是命运选择了她！

◇◇◇惜春的特殊身世

贾惜春在大观园里面是一个相对特殊的存在，因为她来自宁国府一支，不是荣国府。贾惜春一直在荣国府贾母、王夫人身边长大，在大观园里面，三春姐妹一起玩耍和学习。因此惜春与亲兄长贾珍也不大来往，与宁国府的关系很冷漠。惜春没有回到宁国府，她的母亲情况不明，可能是最低等的外室、外妇，可能她本来就出生在宁国府之外。因为惜春的年龄比贾蓉还要小，也就是比哥哥的儿子

都小，那个时候贾敬可能已经修道，把管家族长之位都让给贾珍了，惜春出生后，当然也就难以回到宁国府，于是被放到了荣国府寄养。寄养的身份，使得她在三春中间，同样是庶出，地位也最低。

在三春里面惜春年龄最小，书里描写她给人印象较深的是善于绘画，曾受贾母指派，绘《大观园行乐图》。惜春不善于诗，但也参加过诗社活动，在李纨的邀请下负责"誊录监场"，是辅助和配角。惜春的诗社雅号是"藕榭"，因为她在大观园中的卧房名为"藕香榭"，来人未进藕香榭的门便能感到一股温香拂面而来。惜春从小受到的素质教育很好，具备嫁入豪门联姻的素质条件。

惜春与宁国府的关系非常淡漠，在书里第十三回秦可卿死时，"全家不无纳罕"，举丧七七四十九天，然后大出殡，搞得葬礼超规格。但惜春作为贾蓉的姑姑，有宁国府的背景，却没有在葬礼上出现，既没有见到她回宁府对兄嫂、侄儿表示哀悼、慰问，更没有去帮助"病"嫂尤氏料理任何家事。可见惜春与贾珍和尤氏的关系之疏远。

书里第六十三回写贾敬"宾天"，惜春作为女儿要服丧，但宁国府既没有人专门通知惜春，也未见书里描述惜春听闻贾敬突然死去后有悲痛之状。至于尤氏在"独艳理亲丧"的全过程中，惜春本应主动回去帮忙，但还是见不到她，似乎她就是宁国府的局外之人，反倒是尤氏的没有血亲的妹妹们都来帮忙了。在贾敬的整个丧事中，既没有描写惜春见老父遗容一面，也没有写她如何为父送终尽孝。对惜春与宁国府的亲情，《红楼梦》中不着一字，他们之间形同陌路，没有一丝一毫让人感觉到是一家人——父女之情、手足之情、姑嫂之情，惜春都很淡漠。尤氏到荣国府来的次数非常多，但与惜春交流的时候非常少，唯一的一次交流，就是入画在抄检大观园的时候出事了，尤氏去为入画求情，但惜春一点都不领情。

凤姐、王善保家的一行人到了蓼风轩抄检，"惜春年少。尚未识事，吓的不知当有什么事"，然后抄检发现惜春的大丫鬟入画有问题了，她说"我竟不知道"，先将自己撇清关系；然后对入画的处理则是"你要打他，好歹带他出去打罢"；等到尤氏来求情，惜春则是"嫂子来的恰好，快带了他去。或打，或杀，或卖，我一概不管"。惜春的决绝由此可见，本人前面分析过抄检大观园，入画根本不是为她哥哥传递东西，而是与贾珍有染，所以尤氏要来求情。传递私藏给哥哥的东西，只不过是一个推托之词，贾珍可能赏给她哥哥那么多好东西吗？事实是什么，惜春也是明白的人。

惜春在三春里面，实际上地位最低。元春是王夫人嫡出，当然地位最高；探春是王夫人的养女，比一般的庶出女地位高，可以算作准嫡女，加上探春的亲娘赵姨娘得宠；迎春和惜春，都是庶出和亲娘已经死去，但惜春的处境，更不如迎春。迎春是荣国府恩侯的女儿，贾赦是荣国府长房，原本贾府的爵位是世袭递降，因为元妃入宫，贾府承恩又有提升，所以贾赦的爵位相当于没有递降。升回来一级属于外戚，古代勋贵们一向看不起外戚的爵位，因为外戚的爵位是因女人取得的，而他们这些人的爵位是立功取得的。所以荣国府虽然爵位高了一级，但在勋贵眼中是不认的，不过贾赦还可以自称是侯门。而宁国府贾敬好道，把爵位给了贾珍，又递降了一次，实际爵位与荣国府就差了两级。迎春的父亲与惜春的哥哥，爵位有两级的差别，到后来贾敬还死掉了，惜春没有父亲了，有没有父亲在，差别也很大。惜春一直被寄养在叔叔家，为何不住在宁国府？可能的原因，就是惜春的母亲，比迎春的母亲地位更低，有可能是外室或外妇，都没有进入宁国府的资格！

◇◇◇惜春没有妆奁成为"剩女"

惜春为何出家？实质是成了"剩女"后的无奈和自己掌握命运的聪明选择。《红楼梦》大观园的三春，都订婚很晚，造成了非常被动的局面，等惜春待嫁的时候，贾府正风雨飘摇。此时三春的情况是迎春有父亲，探春父母都在，而惜春已经父母双亡，在荣国府是地位低下的寄养庶出女，在家族好的时候处境还可以，在家道败落的时候，就是最先被牺牲的对象。所以惜春要自己给自己找出路，否则大家族当中，谁也不会关注她的前途和未来。

为何惜春会成为剩女？古代结婚早，定亲也早，惜春已经不小了，除了贾府没有为姑娘们早定亲以外，就是贾府被抄家，衰落以后，惜春择偶没有了余地，事实上已经处于高不着低不就的状态。惜春没有订婚，贾敬死了以后，惜春还要守孝，尤其是当嫁的年龄守孝，是非常影响婚姻的，但守孝不妨碍出家。惜春若是下嫁，太低的没有贾府可以看上的人选，而且以惜春庶出女的身份，嫁妆不能少。如薛蝌已经与邢岫烟定亲，邢岫烟的嫁妆，按当初薛家与贾府的关系，都不会太少。等到惜春要出嫁时，贾府已经被抄家了，惜春的出嫁费用本来应当宁国府来出，而抄家后宁国府比荣国府更惨（荣国府贾政没有被治罪，后来又袭了爵）；而宁国府惜春的哥哥贾珍被发配海疆，家产也没有发还。哥哥与父母相比，又隔了一层，因此惜春肯定没有嫁妆钱。虽然在第一百〇七回贾母临死散家财的时候说："四丫头将来的亲事还是我的事。"不过，贾母并没有具体说给她多少银子用来出嫁，可以看到贾母给贾府嫡亲的儿子，也就是二三千两银子，绝对到不了当初凤姐算账的时候，说一个庶出女"满破着每人花上一万银子"的数量，而且贾母没有说的还有贾环。后来贾母出殡的时候，家里还来了贼人，财产被盗，祸不单行，惜春的嫁妆就更没有着落了。而且惜春也是没有陪嫁丫鬟的，抄检大观园，大丫鬟入画被赶走了，另外的贾府多余的丫鬟，也在贾府被抄家的过程中放了出去，有无陪嫁丫鬟，也是惜春出嫁能否保持身份地位的重要条件。此时入画已经被赶走，没有陪嫁丫鬟，在婆家的地位差别会很大。看看陪嫁的平儿对凤姐多重要，王夫人的陪嫁周瑞家的多重要，周瑞把持了贾府田租的收取！迎春没有嫁妆和陪嫁丫鬟，到了孙家一直受气，最后早死。

还有一个细节，为何第五十五回，王熙凤算账"二姑娘是大老爷那边的，也不算。剩了三四个，满破着每人花上一万两银子"？这笔账荣国府的迎春不在里面，反而借住在荣国府的宁国府惜春的嫁妆，在王熙凤的账上，为啥荣国府要管？背后原因就是贾敬出家修道，宁国府已经对贾敬的财产进行了分配，给惜春的嫁妆连同惜春的抚养费等，已经托管到了荣国府，惜春由贾母抚养，而不是让不靠谱的哥哥贾珍去管，害怕贾珍挪用这笔钱。所以贾母分配私房钱的时候，也说四丫头出嫁的事情还是她的事情。也就是说贾府的财产里面，惜春也有自己的权利份额，但贾母留下的，给惜春出嫁的钱，经过后来的盗案，显然是没有了。因此她出家，掌控栊翠庵的贾家资产，其他人也不能提出啥反对意见。

惜春嫁妆和陪嫁丫鬟啥都没有，也没有明确的定亲目标，还有一个没有说的原因，贾敬死后她需要守孝三年，不能马上嫁人，等三年后就更是"剩女"了。同时迎春的死，给了惜春物伤其类的感觉。《红楼梦》第一百〇九回中，迎春死了。书中说："可怜一位如花似月之女，结褵年余，不料被孙家揉搓以致身亡。"揉搓，即磨折、折磨。到第一百一十二回，姐妹们各有各的不幸，让惜春想到："迎春姐姐磨折死了，史姐姐守着病人，三姐姐远去，这都是命里所招，不能自由。独有妙玉如闲云野鹤，无拘无束。我能学他，就造化不小了。但我是世家之女，怎能遂意。这回看家已大担不是，还有何颜在这里。又恐太太们不知我的心事，将来的后事如何呢？"想到其间，便要把自己的青丝铰去，要想出家。彩屏等听见，急忙来劝，岂知已将一半头发铰去。惜春萌发出家的念头，出家对她是解脱，也是机会。惜春想的"怎能遂意"体现了她处于高不成低不就的"剩女"状态。

◇◇◇栊翠庵里有贾府的核心资产

惜春出家,目标方向很明确,机会把握得也很好,因为在哪里出家,关键在于平台。在《红楼梦》第一百一十三回:

> 且说栊翠庵原是贾府的地址,因盖省亲园子,将那庵圈在里头,向来食用香火并不动贾府的钱粮。今日妙玉被劫,那女尼呈报到官,一则候官府缉盗的下落,二则是妙玉基业不便离散,依旧住下。不过回明了贾府。那时贾府的人虽都知道,只为贾政新丧,且又心事不宁,也不敢将这些没要紧的事回禀。只有惜春知道此事,日夜不安。

可以看到栊翠庵的状况很好,香火很旺,有足够的现金流满足运转,还有妙玉留下来的大量财富和关系人脉。妙玉手下也有一群小尼姑,而且妙玉茶道用具的奢侈和价值,在书里描述得非常清楚,惜春对栊翠庵的情况也非常了解。妙玉遭劫,栊翠庵的住持位置空缺,等别人占据当了住持,惜春再想要占栊翠庵住持的位置,就很难了。出家容易,找一个好庙富庙又当住持,就不容易了。同时惜春擅于画画,在庙里住持会画画,也是有用的特长,各种有禅意的画,是跻身富贵之门的敲门砖。贾府对惜春的素质教育,对她到栊翠庵修行也有帮助。

还记得秦可卿的托梦吗?托梦让贾家人多在宗庙置产,不会被抄家抄走。记得凤姐也想给祠堂置产业吗?贾府为安全起见留下的基业资产,都在庙里面呢!所以栊翠庵有不少资产,而且抄家没有被抄走。抄家之后的栊翠庵,贼不可能都偷光,妙玉有不少好东西,以后都是惜春的了。好东西被贼偷,贾政都不敢写失单,怕再查出违禁之物,由此就可以知道有很多值钱的东西了。惜春到栊翠庵出家当住持,也是把握住了贾府抄家后关键性资产的控制权,惜春的眼光一直冷独！在贾家的庵堂当尼姑，可以是花尼姑，可以还俗，还记得妙玉的春梦吗？她想着公子哥们来娶她。惜春在需要的时候一样可以还俗。所以惜春出家到栊翠庵，是非常机智之举，当机立断，抓住了在她的境遇之下，能够主动争取的最佳机会。惜春的智商绝对足够。

对贾府而言，当初栊翠庵并不那么重要，可以找妙玉来住持；现在贾府被抄家，其他资产都被抄光了，情况就不同了。家庙的庙产是家族重要的资产，本身需要可靠和能够信任的人来掌管。惜春是家里人，有血亲，当然不同，对贾府而言，惜春能够出家来管理这部分家族的关键资产，也是最好的选择，除了她，家族内也没有其他合适的人选了。而且栊翠庵很特殊，妙玉在栊翠庵是带发修行，那么惜春去也可以不落发。佛家不落发就是六根不净，在家修行当居士可以，出家到庵堂当尼姑不行，所以栊翠庵的水很深，应当僧道不分，与癞头和尚、跛足道士是一个路数派别，道士不用落发，栊翠庵就是僧道不分。

◇◇◇紫鹃紧跟惜春脱离险地

惜春出家，紫鹃紧跟，书中第一百一十八回写了紫鹃随惜春出家，说愿意"终身服侍，毫不改初"。第一百一十九回，紫鹃道："姑娘修行自然姑娘愿意，并不是别的姐姐们的意思。我有句话回太太，我也并不是拆开姐姐们，各人有各人的心。我服侍林姑娘一场，林姑娘待我也是太太们知道的，实在恩重如山，无以可报。他死了，我恨不得跟了他去。但是他不是这里的人，我又受主子家的恩典，难以从死。如今四姑娘既要修行，我就求太太们将我派了跟着姑娘，服侍姑娘一辈子。不知太太们准不准。若准了，就是我的造化了。"紫鹃出家，有一句"受了主子家的恩典，难以从死"，话里有话。《红楼梦》里面的丫鬟，该自杀的不是都自杀了吗？讲什么恩典？紫鹃从老太太那里出来，老太太也已经死掉了，而且紫鹃原名鹦哥，是贾母房里的二等小丫头，地位并不高，谈不上受过多少恩典。

所谓主人恩典，只能是宝玉给的。宝玉与黛玉和紫鹃的关系到底如何？紫鹃对宝玉也有感情和想法。抄检大观园时，紫鹃房中抄出两副宝玉常换下来的寄名符儿，一副束带上的披带，两个荷包并扇套，套内有扇子。打开看时，皆是宝玉往年往日手内曾拿过的。这些东西不该在紫鹃那里，黛玉死时也说曾想着姐妹永远不分开，也就是紫鹃不会嫁给其他人，林黛玉若是与宝玉结婚，紫鹃也会是宝玉的一个妾。在第一百一十一回，鸳鸯自杀，紫鹃也想起自己终身一无着落，"恨不跟了林姑娘去，又全了主仆的恩义，又得了死所。如今空悬在宝玉屋内，虽说宝玉仍是柔情蜜意，究竟算不得什么？"于是更哭得哀切。明说了紫鹃空悬宝玉屋内，为啥还讲宝玉与她的柔情蜜意？也表明她与宝玉不仅仅是丫鬟与少爷的关系。第二十六回，宝玉对紫鹃说："若共你多情小姐同鸳帐，怎舍得叠被铺床？"已经说得很清楚了。

紫鹃从当初不从黛玉而死到现在可以出家，原因是黛玉的交代有了结果。黛玉临死时，对紫鹃有嘱托，黛玉又说道："妹妹，我这里并没亲人。我的身子是干净的，你好歹叫他们送我回去。"也就是黛玉的遗体要送回去。黛玉已经死了一年多了，终于在贾母死的时候交代了，拿出五百两银子送黛玉回去。所以紫鹃对黛玉的临死嘱托也算有交代了。紫鹃的名字，对应的是杜鹃鸟，有"杜鹃啼血"的典故，望帝被鳖精给骗了，暗含的就是紫鹃后来也是被薛家人骗了，紫鹃没有想到黛玉会死，当初她与薛家合作，是有私心的，也有愧疚。

紫鹃要出家，还是为自身安全找到了好去处，否则紫鹃的处境非常危险。薛宝钗是正妻，袭人与正妻结盟，是地位高的妾，而紫鹃还是丫鬟，以她与林黛玉的关系，紫鹃不是她们圈内人。都在一个屋檐下会如何？宝钗是主子，袭人地位在丫鬟的头上，宝钗与袭人的厉害，紫鹃应当非常清楚。主子薛宝钗外加袭人帮助，要搞死紫鹃一个奴婢，非常容易。就算不害命，给她一个类似彩霞的结果，把她强嫁一个龌龊的人，那也是生不如死。宝玉是不食人间烟火的公子哥，在颇有心机的薛宝钗和袭人面前，难以保护她，而且保护得了一时，保护不了一世，被惦记着，就肯定防不胜防。紫鹃能够出家，真的算是解脱了。

因此紫鹃要出家，只见宝玉听到那里，想起黛玉一阵心酸，眼泪早下来了。众人才要问他时，他又哈哈地大笑，走上来道："我不该说的。这紫鹃蒙太太派给我屋里，我才敢说。求太太准了他罢，全了他的好心。"宝玉心里清楚，该知道的他应该都知道了，也知道在薛宝钗和袭人的手下，当丫鬟的紫鹃没有啥出路。而且此时宝玉也动了要出家的心：

> 惜春又谢了王夫人。紫鹃又给宝玉宝钗磕了头。宝玉念声："阿弥陀佛！难得，难得。不料你倒先好了！"

因此紫鹃出家，要跟着惜春，就不奇怪了。回想一下当初秦可卿死了，她的丫鬟宝珠也坚决要求出家，为啥出家？出家就是解脱，留在府里，原来的依靠不在了，同时因为接触到了很多不可告人的真相，想要活着就难了，出家，离开是非之地就是保命之道。而且紫鹃跟着惜春，比芳官跟了智通，蕊官、藕官跟了圆心，要强多了。

在古代社会，紫鹃选择出家还能提升身份，出家有了正式的度牒，可就不是女婢身份了。古代出家的度牒，也有数量指标，不是谁想要出家就能有机会的。惜春到栊翠庵控制局面，需要有帮手，栊翠庵还有一群小尼姑呢，紫鹃抓住了改变命运的机会，她去了是一人之下，众人之上的二当家。在勋贵家庙的背景下，栊翠庵是京城僧道宗教社会活动的平台，对紫鹃来说，未来可能还有机遇。

惜春要出家，最后是宝玉读了第五回在太虚幻境的诗：

勘破三春景不长，缁衣顿改昔年妆。
可怜绣户侯门女，独卧青灯古佛旁！

似乎一切都是命里决定，惜春在自己命运道路的选择上，眼光很清楚。惜春已经是"剩女"了，出嫁不如不嫁。惜春选择了对自己而言可能是最好的道路，掌握了自己的命运，控制了家族留下的关键资产。而且惜春出家了以后，若遇到合适人选，还可以还俗，就如妙玉也一直有尘念。出家后还俗与否，命运是掌握在自己手里的。

中国传统社会对出家的看法见仁见智，信佛之人就认为出家很好，修行成功，也是非常好的人生归宿啊！"生关死劫谁能躲？""西方宝树唤婆娑，上结着长生果"，惜春最后的判词，长生果可以说是修成正果，女孩子类似迎春那样，嫁不好就是生关死劫，惜春能够躲过生关死劫修成正果，不能说是不好。

虚花悟

将那三春看破，桃红柳绿待如何？
把这韶华打灭，觅那清淡天和。
说什么，天上夭桃盛，云中杏蕊多。
到头来，谁把秋捱过？
则看那，白杨村里人呜咽，青枫林下鬼吟哦。
更兼着，连天衰草遮坟墓。
这的是，昨贫今富人劳碌，春荣秋谢花折磨。
似这般，生关死劫谁能躲？

闻说道,西方宝树唤婆娑,上结着长生果。

所以家族对女儿的素质教育,孩子的文化和见识,都非常重要,贾母对贾家姑娘的教育是成功的。贾府四春,四个女孩都见识过人,可惜的是迎春受到家族衰落影响,出嫁没有按照古代联姻规则,婚姻不幸,结局悲惨;元春给家族做出了重大牺牲,带来重大利益,吃亏的是没有生出儿子;但探春是人生赢家,惜春也自己把握了命运。所以实际上"原应叹息"其实是"元迎"叹息,元春和迎春的命运应当叹息;探春和惜春,命运的想象空间巨大。

(四)巧姐儿、大姐儿身世与凤姐年龄

《红楼梦》里面还有一个未解的悬案,就是凤姐多少岁,她生了几个孩子?这些事是吵了很多年了。本人认为,按照通行本的情节发展,对其进行考据,格物致知,里面暗含的逻辑连贯,讲得清楚。

◇◇◇凤姐有几个女儿?

王熙凤到底生了几个孩子,巧姐儿和大姐儿是一个人还是两个人,也是红学家们争论的问题。书中第二十七回:"且说宝钗、迎春、探春、惜春、李纨、凤姐等并巧姐、大姐、香菱与众丫鬟们在园内玩耍,独不见林黛玉。"此时可以看到巧姐儿和大姐儿同时出现!同样的还有第二十九回:"奶子抱着大姐儿带着巧姐儿另在一车,还有两个丫头,一共又连上各房的老嬷嬷奶娘并跟出门的家人媳妇子,乌压压的占了一街的车。"(注:这是通行本的内容,有些版本没有)在这两处都是巧姐儿和大姐儿同时出现。而到第四十二回,凤姐让刘姥姥给女儿起名字,之后就只有一个巧姐儿了。由于大姐儿多病,又是在七月初七日乞巧节出生,很不吉利,王熙凤为了孩

子好养活,请刘姥姥帮忙取个名字,刘姥姥就起名为"巧哥儿"。凤姐的两个女孩变成了一个了,前四十回与中间四十回似乎存在矛盾,同时巧姐儿的名字主要是出现在后四十回,高达一百零四次;前面巧姐儿只出现过三次,头两次还是与大姐儿一起出现。

为啥会有这个矛盾?很多红学家解释为作者遗漏,但遗漏能遗漏两回吗?一般遗漏有一回就不常见了,而且以《红楼梦》的作者写作一贯严谨,很难想象遗漏了两回。因此背后是什么原因,需要更深入研究其中的逻辑,作者应当是有意使用春秋笔法,并埋了线。

◇◇◇凤姐的年龄作者故意模糊

要分析巧姐的身世和凤姐有几个孩子,解释书中矛盾,得先从王熙凤说不清的年龄开始。作者对凤姐的年龄是故意模糊的,背后是对巧姐身世的埋线。

周汝昌对《红楼梦》人物进行了考证,认为王熙凤出场时是十六岁左右,死亡时的年纪在二十五岁以上。但是《俞平伯点评〈红楼梦〉》则认为,《红楼梦》原著人物年龄混乱,无法细细考究。凤姐的年龄成谜,关键是第一百〇一回,她说自己活了二十五岁,但从《红楼梦》的故事情节发展看,显然凤姐活到不止二十五岁。

《红楼梦》第二回,冷子兴演说荣国府时交代王熙凤:"若问那赦公,也有二子。长名贾琏,今已二十来往了。亲上作亲,娶的就是政老爹夫人王氏之内侄女,今已娶了二年。"此处,贾琏是二十多岁,凤姐应当与贾琏年龄相仿,然后再看第六回中刘姥姥说:"这凤姑娘今年大还不过二十岁罢了,就这等有本事,当这样的家,可是难得的。"这两处可以互相印证,王熙凤在林黛玉进入贾府的时候,应当是二十岁出头。

随后在第四十九回,贾府来了李纹、李绮、薛宝琴、邢岫烟等姑娘,书中说:"李纨为首,余者迎春、探春、惜春、宝钗、黛玉、湘云、李纹、李绮、宝琴、邢岫烟，再添上凤姐儿和宝玉，一共十三个。叙起年庚，除李纨年纪最长，他十二个人皆不过十五六七岁，或有这三个同年，或有那五个共岁，或有这两个同月同日，那两个同刻同时，所差者大半是时刻月份而已。连他们自己也不能细细分晰，不过是'弟'、'兄'、'姊'、'妹'四个字随便乱叫。"很多人据此说凤姐也是十七岁！凤姐若与三春等年龄相当，则与书中情节、逻辑也差距较大，此处应当在介绍他们的年龄看着像是多大，而不是说他们真实的年龄有多大，此时凤姐的年龄显然不是二十岁以下。我们在第一部就已经分析了，薛宝钗是大幅度改小了年龄。把薛宝钗改年龄的情节放到这里，就都对得上了，薛宝钗的实际年龄与王熙凤一样大，作者在此故意提示了一下读者。薛宝钗在贾府是以改后的年龄出现的，凤姐与薛宝钗与新到贾府的姑娘们，怎么互相称呼就有麻烦了，因为以前这些姑娘们有的应当是认识的，彼此排过姐妹关系，凤姐是知道薛宝钗年龄的，要为她遮掩。因此她们之间再论起姐妹年龄来，就只能胡叫了。

　　与之呼应的就是下一处说凤姐年龄的第六十六回，贾琏告诉薛蟠自己娶了尤二姐后，薛蟠听了大喜，说："早该如此，这都是舍表妹之过。"此处是说贾琏的媳妇凤姐管男人太严，其实在表明薛蟠与凤姐的长幼关系，薛蟠比凤姐年龄大！那么薛蟠的年龄是多少？《红楼梦》书中薛蟠的年龄也很不明确。第四回介绍薛蟠："这薛公子学名薛蟠，字表文起，今年方十有五岁，性情奢侈，言语傲慢。虽也上过学，不过略识几字，终日惟有斗鸡走马，游山玩水而已。"其中一句关于薛蟠年龄的话"今年方十有五岁"，是从甲戌本补上的，底本并没有，甲戌本作"年方十有五岁"，蒙府本作"年方一十七岁"，戚序本作"从五六岁时就是"，甲辰本则无记录。因此可以看到在《红楼梦》的各个版本中，薛蟠的年龄非常混乱，戚戌本中薛蟠出场时五六岁，甲戌本中薛蟠出场时十五岁，蒙府本中薛蟠出场时十七岁。薛蟠在原著的不同版本中年龄都有出入，如果说薛蟠比王熙凤年龄大，那么在葫芦案的时候薛蟠就要超过二十岁。薛蟠超过二十岁还没有订婚，非常不正常，所以在通行本中对薛蟠的年龄就模糊处理了。不过本人认为薛蟠年龄很大却没有订婚，也是合理的，因为在葫芦案上薛蟠成了"活死人"，那么他原来的姻亲关系就会受到影响，只有到了京城，过了葫芦案的敏感期，找了京城中不了解薛蟠"活死人"身份的夏家，才比较符合逻辑。在第一部中，我们已经分析过，在葫芦案薛蟠要是未成年，刑责要减等，当时他应当已经成年。理解薛蟠和薛宝钗年龄被大幅度改小，知道薛蟠和薛宝钗的真实年龄，才能够理解凤姐的真实年龄，全书的逻辑也就都通顺了。

薛宝钗与王熙凤的年龄到底谁大？书里还有一个关键细节，就是薛宝钗在大多数时候都叫王熙凤"凤丫头"。注意一下，若薛宝钗年龄比凤姐小很多，这样叫王熙凤就很不礼貌了，而薛宝钗又是一个各种礼数都很周到的人，肯定不会胡乱称呼王熙凤。因此她俩的年龄应当差不多，从称谓上就看出来了。薛宝钗基本是到后四十回要定亲宝玉了，才按照宝玉的一头叫王熙凤为凤姐姐。在书中，宝玉、黛玉、三春等人都叫王熙凤为"凤姐姐"，贾母、王夫人、薛姨妈都是王熙凤的长辈，称呼王熙凤为"凤丫头"，当然可以这么叫，但薛宝钗要是比王熙凤年龄小很多，也叫"凤丫头"，就非常不合适了。因此，在作者心中，早就把她俩的年龄位置排得非常清楚。

另外一个关键点在第一百〇一回，王熙凤自己说"活了二十五岁"，但根据情节来看，说王熙凤此时二十五岁，并不符合实际。很多人说此处是续写者的失误，但本人认为前面多次介绍了凤姐的年龄，续写者犯如此低级的错误是不可能的！因此正常的逻辑应是读者没有读懂此处暗含的意思。第一百〇一回是"大观园月夜感幽魂"，前面是处于害怕中的凤姐想起秦可卿说过的话，只听那人又说道:"婶娘只管享荣华受富贵的心盛,把我那年说的立万年永远之基都付于东洋大海了。"此时王子腾死了,王家败落,被海疆御史参劾而被抄家,凤姐受到了巨大的压力。而凤姐说那些话的时候,也是在半梦半醒之间,见书中:

> (凤姐)长叹一声说道:"你瞧瞧,这会子不是我十旺八旺的呢!明儿我要是死了,剩下这小孽障,还不知怎么样呢!"平儿笑道:"奶奶这怎么说!大五更的,何苦来呢!"凤姐冷笑道:"你那里知道,我是早已明白了。我也不久了。虽然活了二十五岁,人家没见的也见了,没吃的也吃了,也算全了。所有世上有的也都有了。气也算赌尽了,强也算争足了,就是寿字儿上头缺一点儿,也罢了。"平儿听说,由不的滚下泪来。凤姐笑道:"你这会子不用假慈悲,我死了你们只有欢喜的。你们一心一计和和气气的,省得我是你们眼里的刺似的。只有一件,你们知好歹只疼我那孩子就是了。"平儿听说这话,越发哭的泪人似的。凤姐笑道:"别扯你娘的臊了,那里就死了呢。哭的那么痛!我不死还叫你哭死了呢。"平儿听说,连忙止住哭,道:"奶奶说得这么伤心。"一面说,一面又捶,半日不言语,凤姐又朦胧睡去。(第一百零一回)

此时凤姐"夜感幽魂",就是在半梦半醒之间,而她说二十五岁,从全书情节来看,在秦可卿死的时候,她是二十五岁,正好与秦可卿的幽魂的时间对上了,因此凤姐在做梦迷糊的时候说的二十五岁,是她大观园"夜感幽魂"的继续,平儿知道她"朦胧睡去"的内心状态,凤姐是在说胡话,所以平儿在那里就是哭。

很多读者没有读懂这里是梦境中的言语。《红楼梦》一书里面很多情节似梦非梦,而有些又是梦境与现实难分,因此这个书名才特别有味道。在整部书里，根据故事情节发展，作者对凤姐的身世年龄，就是有意模糊的，这也是我们必须挖掘的红楼暗线逻辑之一。

◇◇◇巧姐是视为己出的准嫡女

对红楼里面巧姐的身世，也是有争论的。如何理解巧姐的身份？还是在书中第一百〇一回，在凤姐说她二十五岁这个话之前，还有一个关键情节，是破解巧姐儿和大姐儿关系的关键：

> 才捶了几拳，那凤姐刚有要睡之意，只听那边大姐儿哭了。凤姐又将眼睁开，平儿连向那边叫道："李妈，你到底是怎么着？姐儿哭了。你到底拍着他些。你也忒好睡了。"那边李妈从梦中惊醒，听得平儿如此说，心中没好气，只得狠命拍了几下，口里嘟嘟哝哝的骂道："真真的小短命鬼儿，放着尸不挺，三更半夜号你娘的丧！"一面说，一面咬牙便向那孩子身上拧了一把。那孩子哇的一声大哭起来了。凤姐听见，说"了不得！你听听，他该挫磨孩子了。你过去把那黑心的养汉老婆下死劲的打他几下子，把妞妞抱过来。"（第一百〇一回）

此处是大姐儿在第四十二回后唯一的一次出现，此前则只有巧姐儿，没有大姐儿。到了第一百〇一回，宝玉都结婚差不多快一年了，已经过了九个月功服，圆房了，大姐儿此时的年龄应当超过十岁了，冷子兴演说荣国府的时候，黛玉才六岁，贾琏就有女儿了，如果是十来岁的孩子，也懂事了，还会这么被奶娘欺负吗？奶娘骂"真真的小短命鬼儿，放着尸不挺，三更半夜号你娘的丧！"，她不怕小姑娘告状将其撵走吗？听到孩子哭，平儿当时的反应也不对，平儿笑道："奶奶别生气，他那里敢挫磨姐儿，只怕是不提防错碰了一下子也是有的。这会子打他几下子没要紧，明儿叫他们背地里嚼舌根，倒说三更半夜打人。"因此在此处不光是凤姐的年龄不对，大姐儿的年龄和表现也不对，应当是凤姐睡梦中听到了大姐儿的哭声，此时大姐儿应当已经死掉了才对，平儿知道凤姐在梦中想死去的女儿了，凤姐是在说胡话，所以平儿也顺着安慰一下，此时就是凤姐梦中的情景，那个"大姐儿被挫磨"情景应是在大姐儿活着的时候。

　　大姐儿与巧姐儿不是一个人，第四十二回刘姥姥给大姐儿起名是"巧哥儿"，也不叫"巧姐儿"，女孩名字叫"哥儿"，是为了以后凤姐可以生儿子，是民间习惯的做法。此时巧姐儿是书中已经出现的名字，后来也没有"巧哥儿"了。书中还有一个关键，显然巧姐儿比大姐儿年龄要大，第二十九回是"奶子抱着大姐儿带着巧姐儿另在一车，还有两个丫头"，说得很清楚了。那么此处还有一个疑问，就是为什么大姐儿比巧姐儿要小，生下来却叫作大姐儿，不是叫作二姐儿？作者在前面写巧姐儿和大姐儿同时出现的时候，已经是做了如此的排序。

刘姥姥初会王熙凤（清孙温　绘）

这样的安排，只有用古代的社会逻辑才能够解释通，就是巧姐儿是奴婢或通房丫头所生，丫鬟生了巧姐儿，被王熙凤给赶走了。在书中第六十五回，兴儿说："我们家的规矩，凡爷们大了，未娶亲之先都先放两个人服侍的。二爷原有两个，谁知他来了没半年，都寻出不是来，都打发出去了。"

所以丫鬟生的女儿叫作巧姐儿，是一个很俗气的名字，与贾府三春的起名差距大了，而王熙凤只生了一个女儿，且是嫡妻，生的这个女儿虽然比巧姐儿年龄小，那也是大姐儿。大姐儿不是孩子的名字，应是孩子的排行，所以才会有后面王熙凤让刘姥姥给大姐儿起名的那一段情节。而巧姐儿则是凤姐收养的丫鬟生的女儿，生巧姐儿的丫鬟连贾琏的姨娘都没有当上，可能已经被凤姐赶走甚至是整死了，平儿不是说四个陪房只剩她一个吗？那么以前的丫鬟的命运就可想而知了。生巧姐儿的丫鬟已经被赶走或死掉了，自然与巧姐儿就没有了联系，这与探春是赵姨娘所生还不同，赵姨娘毕竟有姨娘的身份。

巧姐儿是丫鬟所生，因此开始时不受待见，还可以从书中其他情节找到端倪。关于贾府的住房，刘姥姥来的时候介绍了大姐儿的住处，没有介绍巧姐儿的住处。而巧姐儿到了学习识字的年龄，也没有正式上学，与贾府三春要去上学也不同（见第三回）。更大的差别在于巧姐儿身边没有丫鬟，这个就很不正常了，庶出的三春还都有大丫鬟呢，贾府为何不从小给巧姐儿配将来能陪嫁的贴身大丫鬟呢？第一百一十七回："丰儿小红因凤姐去世，告假的告假，告病的告病，平儿意欲接了家中一个姑娘来，一则给巧姐作伴，二则可以带量他。遍想无人，只有喜鸾四姐儿是贾母旧日钟爱的，偏偏四姐儿新近出了嫁了，喜鸾也有了人家儿，不日就要出阁，也只得罢了。"从这一段我们看到王熙凤死了以后，巧姐儿一直没有自己的专属丫鬟，与贾府女儿的身份是对不上的。庶出的三春每个人都有不止一个随身丫鬟，大丫鬟还有副小姐那样的权势。若巧姐儿是王熙凤的独生嫡女，而且还是亲娘掌家，她怎么可能没有贴身丫鬟？王熙凤活着的时候，她完全可以委派她身边的人去照顾巧姐儿。因此，巧姐儿没有随身丫鬟，一定是按贾府的规矩，本身就不能有。三春等身边有几个丫鬟，丫鬟有多少月钱，贾府都是有规矩的，巧姐儿要是凤姐的嫡女，月例规格当然不会低于三春。只有丫鬟生的庶出女在家族里面地位最低，比庶出的三春的地位还要低一个等级。这些细节结合到一起，只有巧姐儿是丫鬟所生，才能符合书中逻辑。

书中大姐儿从出生就体弱多病，因此她的夭折也属于正常。古代婴儿的死亡率非常高，未成年的孩子死掉，在大家族都留不下声音，更何况还是女孩，地位就更低了，死了都埋不进家族坟地，书中不介绍也属正常。因此大姐儿应该就是夭折了，而夭折的情节书中没有直接交代。大姐儿或"巧哥儿"不再出现，就是告诉读者她已经不在了。没有直接写还有一个原因，就是凤姐在自己亲生女儿大姐儿夭折后，自己又多次流产，不能生育，才会将巧姐儿视为己出。凤姐就是希望外面人搞不清巧姐儿和大姐儿的关系，把巧姐儿当作她自己所生的孩子。当今社会如果抱养孩子，也不愿意外界知道是养子女，而是希望外面人都认为是自己亲生的，此逻辑古今都一样。大姐儿夭折，因此在第一百〇一回凤姐说听到大姐儿哭，平儿才会不当回事，平儿那样的反应是正常的，因为平儿知道凤姐在说梦话，勾起了各种伤心事，所以最后平儿会哭得非常伤心。

巧姐儿在前面出现的机会很少，后来出现的机会多了，当然也与大姐儿夭折，王熙凤失去了生育能力有关。在第五十五回，王熙凤不慎流产，并添了"下红之症"；到第六十一回，平儿说她"好容易怀了一个哥儿，到了六七个月还掉了"，说明共有两次流产，导致王熙凤得了血山崩，再无生育能力。巧姐儿成了贾琏唯一的后代，独女也就无所谓嫡出庶出了，对王熙凤而言，自己不能生育，巧姐儿也是她唯一的养女，便将她视为己出了。被当作嫡女，巧姐儿当然地位也不同了。

巧姐儿的出身不高，还有一个证据就是最后奸兄狠舅骗卖巧姐儿，邢夫人说是做高等级的妾，而实际上则是婢女，为什么邢夫人可以毅然决然地同意呢？怎么着巧姐儿也是贾琏独女，是贾赦这一支唯一的第三代后代，可能以后为了避免绝嗣，还要招女婿呢！对贾府而言，虽然贾赦获罪革爵，但此时贾政已经恢复了贾家世职，地位也是有一些的，邢夫人为什么那么坚决？真正符合逻辑的理由，就是巧姐儿原来的地位就不高，是丫鬟所生！而邢夫人此时与贾环走得很近，背后原因就是王熙凤已死，贾环的亲娘赵姨娘也已死，邢夫人可以过继贾环，贾琏无嗣后，贾赦这一房以后就是贾环继承了。所以除了骗卖巧姐儿的奸兄狠舅，贾环与邢夫人其实也有默契。

另外书里是说奸兄狠舅，但贾环与巧姐的关系是叔叔与侄女。原著第一百一十八回："贾环等商议定了，王仁便去找邢大舅，贾芸便去回邢、王二夫人，说得锦上添花。"原著里面的奸兄是堂兄贾芸，狠舅则是王仁，而贾环是为赵姨娘报仇，这个不算奸狠，是赵姨娘与王熙凤本来就有仇，古代为亲娘报仇符合伦理，作恶也会被宽容，对此后面章节讲赵姨娘的时候再分析。现代改编的影视剧，把贾芸写成了"仗义探监"，变成营救巧姐的好人了，目的是歌颂贾芸与小红的爱情，"私货"有点多。

书里面巧姐也有判词，第五回：

后面又是一座荒村野店，有一美人在那里纺绩。其判云：事败休云贵，家亡莫论亲。偶因济刘氏，巧得遇恩人。

对判词的理解，"偶因济刘氏"，凤姐接济过刘姥姥，后面刘姥姥帮助了巧姐儿，大家都没有意见；"莫论亲"，被家里人出卖也没有问题,纺车怎么理解?有人说是巧姐儿当时在纺线,而且在秦可卿出殡的第十五回,王熙凤曾在一个农庄更衣,贾宝玉在这里认识了农庄里的二丫头,也第一次见到了农家的纺车。有人说这个二丫头就是巧姐的未来形象,不过本人更关注后面一个细节:"(宝玉)一时上了车,出来走不多远,只见迎头二丫头怀里抱着他小兄弟,同着几个小女孩子说笑而来。"这里的"小兄弟"被强调才是问题的关键,后来巧姐儿在刘姥姥的安排下与村里土财主的儿子周公子成婚,周公子应当就是这里的"小兄弟"才对。

综上所述,王熙凤的年龄范围是大致清楚的,所谓疑点是某些读者对书中内在逻辑理解有偏差。书中模糊的还有薛蟠的年龄、薛宝钗的年龄,都应当隐瞒了,薛宝钗是把自己的年龄写小了,对此后面还会分析。还有就是凤姐、薛蟠和薛宝钗三个人的年龄也是关联到一起的。《红楼梦》中,凤姐只生了一个孩子,贾琏实际有两个孩子,凤姐的孩子夭折后,凤姐视巧姐儿为己出。不过在贾府,尽管凤姐儿对巧姐态度改变了,但不意味着其他人对巧姐儿的态度也改变了,因此巧姐儿在贾府是处在风险中的。王熙凤最后托刘姥姥,还愿意刘姥姥给巧姐儿找乡下大户下嫁,背后原因就是凤姐对巧姐儿在贾府的处境,心里非常清楚。她知道要是自己死了,巧姐儿弄不好又是迎春那样的悲剧,下嫁反而是解脱。

四、宝黛钗的三角博弈

　　宝玉与黛玉、宝钗，三个人形成了三角博弈关系，明写的是风花雪月诗，这也是很多读者看到的层面，但暗中则是美化了宝玉的形象，将男女之间情感博弈的残酷隐藏了起来。从现实的层面，黛玉嫁不嫁宝玉，以什么条件嫁宝玉，是有主动权的一方，她可能有更好的选择；宝钗则因为薛蟠成了"活死人"，薛家财富藏匿贾府，一定要嫁宝玉，而且要上位，是没有退路的一方。宝玉以情来凤求鸾，是贾府的迫切需要，而黛玉身后的巨额财富才是贾府真正觊觎的目标。宝玉的始乱终弃玩暧昧、黛玉为情所困和宝钗心机深，才造成了黛玉的悲剧。

　　在大观园里面的诗社比拼，背后其实仍是黛玉和宝钗的竞争，然而这些不过是表面化的存在，本章着重分析的，是关于风花雪月诗后面的暗线内容。在第一部我们分析了薛宝钗大幅度改小了年龄，真实的年龄之下，就是赛老母的大姐与懵懂少女之间的博弈，御姐对萝莉，立即给人不同的感觉。

　　《红楼梦》的主旨还有最后甄士隐所说的"大凡古今女子，那'淫'字固不可犯，只这'情'字也是沾染不得的。"黛玉动了真情，导致"凡是情思缠绵的，那结果就不可问了"。古代世家联姻关系的残酷博弈不是一个"情"字能解释的，把"情"字与"淫"字并列起来讨论，才能看到其背后的真实层面。放在现代，这种婚姻观显然是不正确的，使得后四十回只能是伪作了。若仅从作者创作年代的社会逻辑去理解作者的本意，理想与现实经常是脱节的。

（一）性早熟的贾宝玉

在《红楼梦》书中，贾宝玉被警幻说是"乃天下古今第一淫人也"，以及在大观园内沾染那么多女孩子，背后显示的可能是宝玉超级的性早熟，而且性早熟的年龄超出了很多人的想象，我们可以看看书中第六回，宝玉与袭人明确发生了性关系，那时他们才多大？虽然红楼里面的年龄都采用"真事隐"的方式，让人模糊不清，但大致的年龄是可以估算得非常清楚的，我们来一起看看很多学者的考证。

比较公认的贾宝玉在第六回中年龄，经过周汝昌先生等红学大家的考证，宝玉初试云雨时是八岁。（全书故事结束时，宝玉是十八岁，黛玉十六岁，宝钗袭人十九岁将近二十，本人认为，袭人和宝钗

贾宝玉初试云雨情（清孙温　绘）

的年龄是有水分的，而且水分很大，在第一部里和本书前面凤姐年龄那一节已经详细分析，此处不再赘述。）

贾宝玉的年龄估算依据还可以在秦可卿死的时候寻找，贾家给贾蓉捐官捐了一个龙禁尉，贾蓉报的履历说年方二十岁，而书中说贾蓉比宝玉大九岁，也就是说，在秦可卿死的时候，宝玉应该是十一岁。所以在第六回中，贾宝玉第一次云雨之时应当是十岁左右。

另外，在《红楼梦》的第二回，冷子兴演说荣国府时说："说来又奇，如今长了七八岁，虽然淘气异常，但其聪明乖觉处，百个不及他一个。"此时贾雨村刚刚到扬州，还没有成为林黛玉的老师。贾雨村教了林黛玉一年，贾敏死后，贾母将林黛玉接进荣国府，黛玉大约七八岁，宝玉比他大一岁，应该八九岁。林黛玉进贾府时，听说府内议论薛蟠刚刚打死了人，到第四回，贾雨村上任去审理的时候，冯渊告了一年多的状，所以又过了一年，然后第五回又说"因东边宁府花园中梅花盛开"，时间上可能又过了一年，所以以此推算贾宝玉十一岁左右比较合适。

书中还有一个时间的佐证，在第二十五回，马道婆施法：

> 贾政听说，便向宝玉项上取下那玉来递与他二人。那和尚接了过来，擎在掌上，长叹一声道："青埂峰一别，展眼已过十三载矣！人世光阴，如此迅速，尘缘满日，若似弹指！"

这里癞头和尚看见宝玉的玉说十三年，宝玉应当已经出生十三年，所以贾宝玉应当是周岁十三岁，虚岁十四岁，前面建造大观园和省亲，应当过了两年，从第五回云雨到后来秦可卿死，还有一段时间，所以贾宝玉是十岁左右有了第一次云雨比较合理。

综合上述研判，我们基本可以确定贾宝玉的第一次云雨的年龄是在八岁到十一岁这个年龄阶段，即使拿到现在来看，也是被认为孩子发育早了，而在贾宝玉生活的时代，孩子普遍比现代的人晚熟一两年，贾宝玉在他所处的时代，应当属于极为早熟的状态，这个状态可能与他在贾府营养极为优渥，同时各种补品过头有关，否则在没有足够发育的情况下，男孩子也不可能那么早熟。

宝玉早熟，在男女之事上就异于常人，在第五回，《红楼梦》对贾宝玉的情史是下了定义的。警幻道："尘世中多少富贵之家，那些绿窗风月，绣阁烟霞，皆被淫污纨绔与那些流荡女子悉皆玷辱。更可恨者，自古来多少轻薄浪子，皆以'好色不淫'为饰，又以'情而不淫'作案，此皆饰非掩丑之语也。好色即淫，知情更淫。是以巫山之会，云雨之欢，皆由既悦其色、复恋其情所致也。吾所爱汝者，乃天下古今第一淫人也。"这里不光是说贾宝玉是"古今第一淫人"，关键点出了《红楼梦》对性爱的埋线逻辑，"皆以'好色不淫'为饰，又以'情而不淫'作案"，尤其对贾宝玉的淫，就是用"好色不淫"来"真事隐"的，对宝玉与美女行为是用"情而不淫"来掩饰的，作品对红楼人物之淫，也是千里埋线的"真事隐"，把各种的"淫"写得如柏拉图式，这也被民国的一些无良文人利用，成为引诱良家的利器，当时让中国的妇女放弃古代的价值观念，鼓励与男人亲密接触，也就是说，他们把书中的男女亲近行为说成了古代标准，这样他们就可以如此行事了，而古代的真实标准是男女七岁不同席的授受不亲。

古代对淫的概念，与现在也有所不同，"好色即淫，知情更淫"。古代对情的概念，对爱情的概念，与现在是不一样的。民国时期，一些人对其中的一些概念做了改变。《红楼梦》第五回：

（警幻说：）"如世之好淫者，不过悦容貌，喜歌舞，调笑无厌，云雨无时，恨不能尽天下之美女供我片时之趣兴，此皆皮肤滥淫之蠢物耳。如尔则天分中生成一段痴情，吾辈推之为'意淫'。'意淫'二字，惟心会而不可口传，可神通而不可语达。"

在这里的"意淫"是在"淫"的基础之上，增加了"天分中生成一段痴情"，也就是说宝玉对美女们，不光是占有了她们的身体，还占有了她们的痴情，是精神和肉体都占有了，而不是后面的文人们解读的性幻想。原因就是后世文人要利用作者对《红楼梦》书中的性行为的"真事隐"，彻底否认宝玉的滥性，认为宝玉可以禁欲，仅剩一些性幻想了，但这个逻辑，在《红楼梦》成书的年代，是行不通的。

紧接着的一段也很有意思，第五回：

（警幻说：）"今既遇令祖宁荣二公剖腹深嘱，吾不忍君独为我闺阁增光，见弃于世道，是以特引前来，醉以灵酒，沁以仙茗，警以妙曲，再将吾妹一人，乳名兼美字可卿者，许配于汝。今夕良时，即可成姻。不过令汝领略此仙闺幻境之风光尚如此，何况尘境之情景哉？而今后万万解释，改悟前情，留意于孔孟之间，委身于经济之道。"说毕便秘授以云雨之事，推宝玉入房，将门掩上自去。

这一段的背后，给宝玉"乳名兼美字可卿者"，就是"真事隐"地告诉读者，宝玉是有多个性伴侣的"兼美"。而密授云雨之事，对一个十岁左右的小男孩，没有性经历，会有具体的性幻想吗？宝玉见到袭人可以"说至警幻所授云雨之情，羞的袭人掩面伏身而笑"（第六回），对一个没有性经历的十岁小男孩可能吗？就算他已经发育了，一些行为怎么做的，也是需要有经历才可以。我们在秦可卿暗淫那一节分析过，秦可卿应当是占有了宝玉的第一次的，只不过那一次是秦可卿主动，后来与袭人的云雨是宝玉主动。前面写"醉以灵酒，沁以仙茗"就是宝玉醉酒之后前来，被秦可卿"特引前来"到其不应当带外人进入的香闺之中，在屋内有迷香、有春宫图、有性玩具等，秦可卿应当与贾宝玉有了男女关系，但宝玉醉酒，所以就认为是一个梦，宝玉知道秦可卿的小名，也应当是在与秦可卿性爱高潮的时候叫出来的。

宝玉当时年龄很小，性成熟远远早于当时的同龄人，所以也隐瞒了众人，让秦可卿可以把他带走，这一段书里写：有一个嬷嬷说道："那里有个叔叔往侄儿房里睡觉的理？"秦氏笑道："嗳哟哟，不怕他恼，他能多大呢，就忌讳这些个！上月你没看见我那个兄弟来了，虽然与宝叔同年，两个人若站在一处，只怕那个还高些呢。"也正因为宝玉当时年龄小，所以众人没有在意，但宝玉应当已经发育了，书里写得很清楚有精液等在裤子之上。而屋内的公主榻和红娘抱枕是古代女上位的用具，所以会有精液留在宝玉的大腿上。宝玉有了精液，也说明他已经发育成熟。

宝玉与秦可卿有了性行为，书里也有很多暗示，第五回秦氏听了笑道："这里还不好，可往那里去呢？不然往我屋里去吧。"宝玉点头微笑。这里的"宝玉点头微笑"完全不在意男女之大防，古代对这个的教育是很严格的，男女是"七岁不同席"，为何宝玉不在意？然后秦氏笑道："我这屋子大约神仙也可以住得了。"这个就很有想象的空间了。到第十一回：

宝玉正眼瞅着那《海棠春睡图》并那秦太虚写的"嫩寒锁梦因春冷，芳气袭人是酒香"的对联，不觉想起在这里睡晌觉梦到"太虚幻境"的事来。正自出神，听得秦氏说了这些话，如万箭攒心，那眼泪不知不觉就流下来了。

说明宝玉与秦可卿之前的亲近给宝玉留下了很深的烙印。最后在第十三回，宝玉梦见秦可卿死，"如今从梦中听见说秦氏死了，连忙翻身爬起来，只觉心中似戳了一刀的不忍，哇的一声，直喷出一口血来"。这里已经把他俩的关联写得非常清楚了，宝玉的性启蒙人实际上是秦可卿。

　　对于宝玉的性行为，书里也写得很"真事隐"，例如在第十九回，宝玉看到茗烟与小丫头在一起："宝玉倒唬了一跳：敢是美人活了不成？乃乍着胆子，舔破窗纸，向内一看——那轴美人却不曾活，却是茗烟按着一个女孩子，也干那警幻所训之事。宝玉禁不住大叫：'了不得！'一脚踹进门去，将那两个唬开了，抖衣而颤。"之后，宝玉的表现是要去找已经回家了的袭人，应当是受到了茗烟与小丫头性爱的刺激。宝玉笑道："依我的主意，咱们竟找你花大姐姐去，瞧他在家作什么呢。"

　　宝玉急吼吼地去找袭人，袭人多聪明，回来后顺带给宝玉提了条件。到了三更，只见秋纹走进来，说："快三更了，该睡了。方才老太太打发嬷嬷来问，我答应睡了。"为什么老太太托人来问？此时，宝玉等人还没有住进大观园，与贾母都在荣国府，应当宝玉与袭人的动静很大，这才让人来问。书里写道："至次日清晨，袭人起来，便觉身体发重，头疼目胀，四肢火热。先时还扎挣的住，次后捱不住，只要睡着，因而和衣躺在炕上。"也就是晚上宝玉折腾得不轻，袭人的身体已经是扛不住了。然后宝玉去黛玉那里，黛玉看出了破绽：

　　黛玉因看见宝玉左边腮上有纽扣大小的一块血渍，便欠身凑近前来，以手抚之细看，又道："这又是谁的指甲刮破了？"

　　这明显是左腮上有了吻痕，然后就是宝玉要掩饰抵赖了：

宝玉侧身，一面躲，一面笑道："不是刮的，只怕是才刚替他们淘漉胭脂膏子，擩上了一点儿。"说着，便找手帕子要揩拭。

但黛玉是清楚的，"黛玉便用自己的帕子替他揩拭了"。黛玉亲自动手给宝玉去擦那个痕迹，宝玉腮上是啥东西，黛玉肯定清楚，所以黛玉口内说道："你又干这些事了。干也罢了，必定还要带出幌子来。便是舅舅看不见，别人看见了，又当奇事新鲜话儿去学舌讨好儿，吹到舅舅耳朵里，又该大家不干净惹气。"黛玉这话就已经说得很清楚了，宝玉是"又干这些事了"，应当是宝玉与女人亲近留下的痕迹，同时指责宝玉"干也罢了，必定还要带出幌子来"，直截了当地说明了宝玉是"带出幌子来"进行掩饰。黛玉心里不满，并且威胁了宝玉一句"吹到舅舅耳朵里"云云，黛玉知道宝玉害怕贾政。

从上面的过程看，宝玉的性欲应当很旺盛，在第二十五回是癞头和尚说宝玉那块玉一别十三年，此时是第十九回，也就是说宝玉最多是十三岁，不过本人觉得十二岁更合理。此时的宝玉性欲如此旺盛，又是一个贵族男子，身边堆满美女，让他能够守身柏拉图式地对待女人，是不可能的。尤其是贾府还有规则，专门配置通房丫鬟给公子，宝玉做到禁欲就更不可能了。单就书中的情节逻辑来看，贾宝玉的性成熟如此之早，性欲如此强烈，应当是超出了贾府其他人的想象，他们以为贾宝玉还没有发育好，是个小孩子，对贾宝玉参与的深度，贾家人也没有认识充分，这个倒是符合作品逻辑的。书中宝玉后来的人生轨迹，与秦可卿在天香楼那一幕有很大关系，所以本人一直认为，天香楼就是红楼，"红楼梦"包括宝玉在秦可卿天香楼的那个真实的"春梦"。

书里也写了贾宝玉嫖娼，第二十八回，在妓女云儿的局上，蒋玉菡酒令说了袭人一词之后,书里这样写:"冯紫英与蒋玉菡等不知缘故,云儿便告诉了出来。蒋玉菡忙起身陪罪。众人都道:'不知者不作罪。'"从此情节可以看出,众人都不知道贾宝玉的通房丫鬟是袭人,但妓女云儿却非常清楚,说明宝玉才是云儿的金主,他俩关系非常近。后来,贾宝玉说与尤二姐、尤三姐混过一个月,说她俩是尤物,显然也不是没有男女亲密接触,起码是吃了嘴上的胭脂。

前面分析了,宝玉与尤氏姐妹厮混的时间,应当是在秦可卿的葬礼之上。同时贾宝玉还好男风,与蒋玉菡、秦钟、柳湘莲都关系暧昧。书里第六十三回贾蓉笑道:"各门另户,谁管谁的事。都够使的了。从古至今,连汉朝和唐朝,人还说脏唐臭汉,何况咱们这宗人家。"贾蓉的"脏唐臭汉"①把红楼贾府的糜烂说得很清楚,贾宝玉又凭啥出淤泥而不染?

贾宝玉很早就有了性经历,又属于贵族男子,不被限制和管教,自幼"吃女人嘴上胭脂"长大,他对女孩子的方式怎么可能变成柳下惠②?警幻说宝玉"好色即淫,知情更淫。是以巫山之会,云雨之欢,皆由既悦其色、复恋其情所致也"。贾宝玉能够染指的地方若还有女孩子完璧,那宝玉就不是"天下第一淫人"了,也不是"千红一哭,万艳同悲"了。

如果不是根据书中的逻辑将证据还原,谁都想象不到《红楼梦》中还有如此多的暗线。在明清一些带颜色的小说里,也有各种夸大男主人公性能力的桥段,《红楼梦》却对此隐藏得很深。后世塑造了宝玉纯真好男人的形象,背景有当时的需要。

---

① 《红楼梦》原文,形容汉、唐两个时代强盛但男女间的"荒乱"之事甚多。
② 中国古代思想家、政治家、教育家,被认为是遵守中国传统道德的典范,他"坐怀不乱"的故事广为传颂。

（二）大情种与黛玉难言之隐

黛玉、宝钗与贾宝玉是否有婚前性行为，也是《红楼梦》的一个焦点，历来争论激烈，喜欢《红楼梦》的一些粉丝也只看了风月宝鉴那美女的一面；对骷髅的一面，既不愿意想，也不愿意相信和接受。讨论贾宝玉与林黛玉、薛宝钗到底有没有性关系，会让很多红迷觉得低俗。但这个问题对理解《红楼梦》的故事情节发展，非常关键。宝玉、黛玉两人男女关系如何，直接影响对整书的逻辑理解。

首先，应当知道贾宝玉对女性非常有经验，黛玉进贾府时曾提到，她听母亲说过"二舅母生的有个表兄，乃衔玉而诞，顽劣异常，极恶读书，最喜在内帏厮混；外祖母又极溺爱，无人敢管"。"内帏厮混"，不就是说贾宝玉经常在女子闺房内和小姐、丫鬟们鬼混吗？《红楼梦》早先书名就是《情僧录》《风月宝鉴》等，最初的蓝本，书名应该本身就是非常色情的，连《金瓶梅》的书名，都没有《红楼梦》原先书名那么直接。空空道人录石头记就可以变成情僧，里面有多少情色让道人不能自持？

象形与会意，后来看不出了，《红楼梦》写情色也是如此。

古代的"情"字含义在清末民国有了很大的变化，变成了男女追求爱情了，爱情变成了柏拉图式的了，而在古代则是：情，人

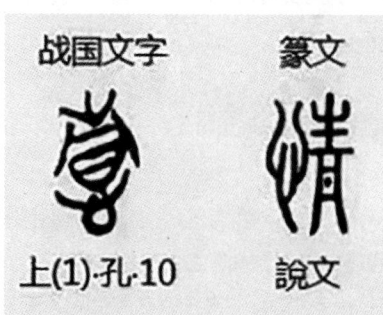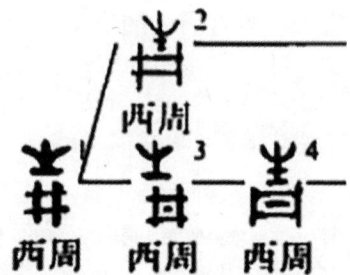

情字和青字的古体

"色"字源流

甲骨文　小篆　色 楷体

"色"字的流变

之阴气有欲者也。(《说文》)古代情字的含义，更多的是带有色情的成分，看看图中早期汉字的"情"字和"青"字，一左一右或者一上一下，写法带有强烈的男女情爱的象形字味道。"青"的一个含义可以作"春"的代称，青楼是一语双关的。所以《红楼梦》以前叫作《情僧录》。书中说的男女之情，"情"字的含义与现代通行的含义是有区别的，不能理解这个区别，便很难理解书中的真实意图。

《红楼梦》里，贾宝玉第一次主动的性行为，书中有明确交代，"遂强袭人同领警幻所训云雨之事"，这里用了一个"强"字，虽然不至于达到暴力强奸的程度，起码带有主动施压的意思，袭人是丫鬟，难以硬抗，她只能找一个台阶，半推半就的。也就是说宝玉已经很主动了，这是从小"内帏厮混"的结果。

在大观园里，贾宝玉除了占有自己的丫鬟以外，对大观园里面住的黛玉和宝钗两位小姐，也是有觊觎的，但宝玉对宝钗不敢越礼。第二十八回写到了两人的一次见面情况。

此刻忽见宝玉笑问道："宝姐姐，我瞧瞧你的红麝串子？"可巧宝钗左腕上笼着一串，见宝玉问他，少不得褪了下来。宝钗生的肌肤丰泽，容易褪不下来。宝玉在旁看着雪白一段酥臂，不觉动了羡慕之心，暗暗想道："这个膀子要长在林妹妹身上，或者还得摸一摸，偏生长在他身上。"正是恨没福得摸，忽然想起"金玉"一事来,再看看宝钗形容,只见脸若银盆,眼似水杏,唇不点而红,眉不画而翠,比林黛玉另具一种妩媚风流,不觉就呆了,宝钗褪了串子来递与他也忘了接。

宝钗见他怔了,自己倒不好意思的,丢下串子,回身才要走,只见林黛玉蹬着门槛子,嘴里咬着手帕子笑呢。

书里写得很清楚,"宝玉在旁看着雪白一段酥臂,不觉动了羡慕之心"也就是有了性冲动,但他不敢!书里交代,宝玉暗暗想道:"这个膀子要长在林妹妹身上,或者还得摸一摸,偏生长在他身上。"这里明显可以看出宝玉对黛玉和宝钗的不同,黛玉他敢去摸,而对宝钗,宝玉不敢。为何不敢?不是宝钗一副正经的样子,也不是因为宝钗是姐姐,关键是宝钗在贾府的身份。宝钗最开始的身份是入宫待选!薛家在葫芦案中薛蟠成为活死人以后,为了不让宗亲吃绝户,财产都带在宝钗身上,算是宝钗的嫁妆,藏匿于贾府,为了避免贾府的觊觎和博弈,对外宣称将要入宫,这是一个非常好的手段。薛宝钗将要成为皇帝的女人,谁敢轻浮她?过去,皇子做了类似的事情,可能要掉脑袋。因此,宝玉不敢轻浮宝钗,他肯定非常清楚,这是灭族之罪,贾家人也会明确地告诉他。

根据宝玉心理活动的描写,可以看出他敢去摸黛玉的胳膊。宝玉敢对黛玉动手动脚,因为在大观园里,黛玉没有人保护。实际上,宝玉与一般的大家族纨绔子弟一样,对女人都想占有。书里第五回警幻对宝玉的评说"乃天下古今第一淫人也",也暗示了宝玉对黛玉之淫,但被暗藏在"好色不淫""情而不淫"的装饰之下。

说黛玉与宝玉婚前就有性行为,很多宝玉迷黛玉迷接受不了,他们也在找证据,论证黛玉与宝玉没有性行为,一般引用的证据是黛玉临死遗言。书中第九十八回,林黛玉临死前:

这里黛玉睁开眼一看，只有紫鹃和奶妈并几个小丫头在那里，便一手攥了紫鹃的手，使着劲说道："我是不中用的人了。你服侍我几年，我原指望咱们两个总在一处。不想我……"说着，又喘了一会子，闭了眼歇着。紫鹃见他攥着不肯松手，自己也不敢挪动，看他的光景比早半天好些，只当还可以回转，听了这话，又寒了半截。半天，黛玉又说道："妹妹，我这里并没亲人。我的身子是干净的，你好歹叫他们送我回去。"说到这里，又闭了眼不言语了。那手却渐渐紧了，喘成一处，只是出气大入气小，已经促疾的很了。

此处那些不承认后四十回的读者，为了证明黛玉与宝玉没有过性行为，也采用了双重标准。

在此场面下，旁边还有奶妈和小丫鬟，有些话不能直接说，她与宝玉有了"那个"，而紫鹃肯定心里有数。林黛玉未嫁而亡，她是林家人，不用说也要送回林家祖坟去。那么黛玉叫紫鹃对贾府的人说"好歹叫他们送我回去"，要送回去的地方是哪里？送回去的地方应当是贾家的祖坟才对。此处情节反而证明黛玉与宝玉有事情，她若回家，以姑娘身份下葬，与宝玉有了性行为，是身子不干净；但她葬入贾家祖坟，算是宝玉的阴婚妻子，她没有与其他人有过性行为，她的身子就是干净的。"质本洁来还洁去"，按照古代的标准，只跟一个男人而终，家里当初又有过婚约认可，当然就是贞洁的。木报石恩，木开了花，花被蜜蜂采过蜜，然后葬花。古代相信人的灵魂永生，所以他俩的缘分和报恩，等于还在延续。

古代人会觉得姑娘还没有出嫁就去世了，埋在祖坟会影响整个家族的财运和风水，所以林黛玉要是没有出嫁，是否能够葬回林家的祖坟，都是一个问题。所以林黛玉要葬入贾府的坟地，算作宝玉的女人才可以，否则就是孤魂野鬼了。

在大观园里，黛玉的名声是清高孤傲，根本没有与男人的不良传闻，也就是谁也不会认为她身子不干净，她临死也用不着把"我的身子是干净的"当作最重要的话说出来，这不是此地无银三百两吗？她挣扎着要说这句话，已经说明里面有问题了，这就是"真事隐"。紫鹃知道她与宝玉的事情，当然理解这句话的意思。黛玉既要把话说出来保证紫鹃听明白，又不能让旁边的奶妈和小丫鬟听懂。所以这句话有非常高艺术水平，本人的理解，与很多人的理解正好相反。

古代判定女孩子身子是否干净，标准不仅以是否有性行为来看，还有"男女授受不亲"。所谓的授受不亲，指男女交接物品都不能用手相递，需要一方先把物品放在桌子上，另一方再从桌子上去取。说到古代男女七岁不同席，在海瑞身上就发生过一个极端事件。据说，海瑞五岁的女儿因为接受了男仆的食品，被海瑞认为不洁，然后被饿死了！当时的人认为海瑞太过分了，因为就算要遵循"男女七岁不同席"，海瑞的女儿也才五岁，古代是算虚岁，过了阴历年多一岁，五岁实际只有现在的四岁多，就是幼儿园小班的年纪。

我们还可以看一下晚清的杨乃武与小白菜的暧昧关系是怎么定罪的。慈禧的谕旨说："小白菜与杨乃武同桌吃饭，不守妇道，杖八十；杨乃武和小白菜同食，诵诗读经，不知避嫌，杖一百，不予恢复举人身份。"这个案例发生在晚清，当时西方的文化已经影响中国，对男女之间的接触比原来开放了很多，但对他们的判决结果仍然不轻。《大清律例》规定："凡和奸，杖八十；有夫者，杖九十。"对他俩的处罚，其实就是按照通奸处罚的。背后的规则是男女如此尺度的亲近，就与通奸是差不多的，男女之间算作"奸"的尺度，他俩同桌吃饭如果当时被抓到，也可以算是捉奸。按照《红楼梦》创作年代看，如此尺度的男女接触又没有结婚，本身已经可以算不清白了。

而书中宝玉在黛玉床上对衣着单薄、准备睡觉的黛玉挠痒痒,同睡了一床和共枕了一个枕头等(第十九回),此时离宝玉与袭人云雨(第六回)已经过去了两三年了,完全性发育成熟的男性,就算是现在家里的表兄妹这么玩,家长也不干啊!所以他俩就算没有性行为,但按古代的标准,也是有过不洁的行为。因此,古代的读者与现代的读者对贞洁的理解标准不同,古代读者都清楚他俩不算贞洁,但两个人最后走到一起,就可以认为是贞洁的,就如《西厢记》里面写得很清楚,张生和崔莺莺婚前就有性行为,但最终两个人结婚了,按古代的标准,崔莺莺也算贞洁。因此黛玉的这番话是什么意思,要按照作者创作时的社会标准,在古代的贞洁语境下去理解。

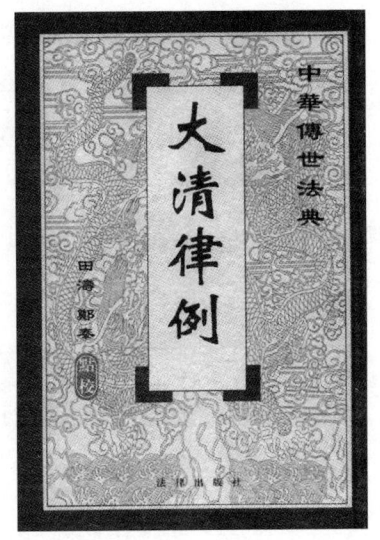

《大清律例》

再看情节发展,黛玉临死前的最后一句话是什么!第九十八回:

> 探春紫鹃正哭着叫人端水来给黛玉擦洗,李纨赶忙进来了。三个人才见了,不及说话。刚擦着,猛听黛玉直声叫道:"宝玉,宝玉,你好……"说到"好"字,便浑身冷汗,不作声了。紫鹃等急忙扶住,那汗愈出,身子便渐渐的冷了。

这个"好"字后面接什么,读者的意见比较一致,大致是说宝玉"好狠心"。而且黛玉说的时候"浑身冷汗",说这个话时是当着贾宝玉的亲妹妹和大嫂说的,是一个控诉语!什么能够控诉男人狠心，难道就是一个盟誓吗？古代青年的婚姻，都是父母做主的，若仅仅是私情，轮不到黛玉浑身冷汗那样地说宝玉好狠心的，骂狠心也要说王夫人等人，单单针对宝玉说狠心，一定是宝玉对林黛玉还做了什么，才可以这样说的，也就是说宝玉与林黛玉应当是有了婚前的性行为。另外大家注意，第六回宝玉初试云雨，警幻对宝玉说："再将吾妹一人，乳名兼美字可卿者，许配于汝。"兼美之名，就是宝玉与黛玉和宝钗都有了性生活，从而兼美的含义，在这一回的十二钗判词，也把两个人放到了一起。

（三）宝玉大观园内戏红颜

在大观园里，群芳荟萃，宝玉是怎样得手的呢？书里暗写这些，就是为后面的贾家人与王家人宅斗铺垫一些关键因素。在开始的时候，宝玉去接近姑娘，贾府上下是默许的。贾府为了打造联姻工具，在宝玉身上下了大功夫。在平儿理妆的情节中，我们可以看到，宝玉房内的极品女红用品：宣窑瓷盒内是紫茉莉花种，小小的白玉盒子内是上好的胭脂拧出汁子来，淘澄净了渣滓，配了花露蒸叠成的。仅仅是包装就其价不菲，不是丫鬟所能拥有的，宝玉女红之物都是贾府给的，目的就是培养他对女孩子的情商。通过平儿理妆的时候平儿的感受，作者给读者交代了宝玉拿捏女人的手段，要知道给女人梳头也是有特别的象征意义的。平儿算是贾琏的妾，古代叔嫂之间是大防，如此大防之下宝玉也不顾忌，那还有什么男女之防能够让宝玉顾忌呢！

黛玉进贾府，没有基本的婚约，贾家人带不走她，但婚约没有公开，就因还在博弈，宝玉对外公开的是二房次子，如果不努力没有功名，林家人可能还要宝玉入赘呢！而贾家人需要宝玉有更多筹码，所以就故意创造机会让宝玉去亲近黛玉，把生米做成熟饭，让黛玉失身后只能嫁给宝玉，林家就没有了婚约要价的筹码。

黛玉刚刚进入贾府时的地位之高，从第三回贾母关于孩子们的睡觉安排，就可以看出来。贾母说："今将宝玉挪出来，同我在套间暖阁儿里，把你林姑娘暂安置碧纱橱里。"也就是说贾母让宝玉把他的房子让出来给黛玉。宝玉的房子让给黛玉睡，本身也有象征意义，因为宝玉已经性发育成熟了，此时正常的情况下应当另外找房间。贾府也不至于早早就去请黛玉过来，等黛玉到了贾府，再临时找房间，黛玉不是临时来的不速之客，贾府本应当早有准备才对，为何到了睡觉时才现安排？最后的安排是："当下，王嬷嬷与鹦哥陪侍黛玉在碧纱橱内。宝玉之乳母李嬷嬷，并大丫鬟名唤袭人者，陪侍在外面大床上。"黛玉住的地方是内有黛玉奶妈王嬷嬷和紫鹃，外面有宝玉奶妈李嬷嬷和袭人。此时黛玉在贾府的地位是比较高的，之后就是逐步在降低，这与宝玉得手的进度相吻合。在《西厢记》里面，张生与崔莺莺发生关系，也是在碧纱橱内，《红楼梦》的暗示，很多是通过《西厢记》的逻辑实现的。

碧纱橱是安装于室内的隔扇，通常用于进深方向柱间，起分隔空间的作用。碧纱橱主要由槛框（包括抱框、上、中、下槛）、隔扇、横陂等部分组成，每樘碧纱橱由六至十二扇隔扇组成。除两扇能开启外，其余均为固定扇。在开启的两扇隔扇外侧安帘架上安帘子钩，可挂门帘。碧纱橱隔扇的裙板、绦环上有各种精细的雕刻，仔屉为夹樘做法（俗称两面夹纱），上面绘制花鸟草虫、人物故事等精美的绘画或题写诗词歌赋。装饰性极强。碧纱橱是透光不隔音的，男女这样住着也非常不便，但贾母让宝黛如此长时间住着，本身就是不合适的，贾府也不缺他俩的房子。

上一回宝玉与秦可卿梦游性爱，然后下一回马上就与袭人初试云雨，宝玉已经完全发育成熟可以有男女之事了，此时还与黛玉如此亲密而不被贾母所禁，已经说明贾母的态度了，要知道古代对男女之事要比现代严格得多，即使是现在的父母，对发育成熟的男女孩子也不能让他们如此亲近啊！哪怕是亲属也不行。

黛玉进入贾府，贾家人就让宝玉与黛玉亲密接触，在古代"男女授受不亲，七岁不同席"的情况下，是很反常的。书中第五回写道："林黛玉自在荣府以来，贾母万般怜爱，寝食起居，一如宝玉，迎春、探春、惜春三个亲孙女倒且靠后；便是宝玉和黛玉二人之亲密友爱处，亦自较别个不同，日则同行同坐，夜则同息同止，真是言和意顺，略无参商。"读者可以看到，这里他们到了"日则同行同坐，夜则同息同止"的地步，而宝玉就是在此回与警幻意淫而遗精的，之后立即找袭人试了云雨，有了性生活体验，说明宝玉已经发育成熟。这里宝玉和黛玉的亲密程度明显超过了古代的限度，贾府如此安排，本身就是有意的，背后是贾敏死的时候，黛玉就已经与贾府议婚了，林家能够看得上宝玉，肯定还有附加条件，林家不能无后绝嗣。书中也提及了，与林黛玉门当户对地位之人：黛玉曾经做梦嫁给北静王做了继室，这个梦也告诉读者，黛玉的身份地位，适合做王妃的。黛玉之所以没有了选择，是贾家处心积虑地安排，让宝玉早早地得了手。

因为宝玉娶黛玉是高攀，而且黛玉还带有巨额资产，贾家很愿意宝玉搞一个生米做成熟饭，以后对"兼祧"等条件，议婚时更有筹码。书中第十八回：

> 前面贾母一片声找宝玉。众奶娘丫鬟们忙回说："在林姑娘房里呢。"贾母听说道："好，好，好！让他姊妹们一处顽顽罢。才他老子拘了他这半天，让他开心一会子罢。只别叫他们拌嘴，不许扭了他。"

当时宝玉已经不小，年龄上早应避免男女独处，贾母却连接说了三个"好",还说"不许扭了他",贾家人的想法是让宝玉尽情去亲近黛玉。下面就展开书中细节,看宝玉是怎么做的。

大观园建好,元妃省亲之后,宝玉就来骚扰黛玉了。书中第十九回:

> 黛玉听了,嗤的一声笑道:"你既要在这里,那边去老老实实的坐着,咱们说话儿。"宝玉道:"我也歪着。"黛玉道:"你就歪着。"宝玉道:"没有枕头,咱们在一个枕头上。"黛玉道:"放屁!外头不是枕头?拿一个来枕着。"宝玉出至外间,看了一看,回来笑道:"那个我不要,也不知是那个脏婆子的。"黛玉听了,睁开眼,起身笑道:"真真你就是我命中的'天魔星'!请枕这一个。"说着,将自己枕的推与宝玉,又起身将自己的再拿了一个来,自己枕了,二人对面倒下。

两个人一起倒在一张床上,类似拥抱,在古代也绝对属于女人不洁的行为之一。他俩在床上,黛玉因看见宝玉左边腮上有纽扣大小的一块血渍,便欠身凑近前来,以手抚之细看,又道:"这又是谁的指甲刮破了?"黛玉此举已经很自然了,过去男女有别,去摸男人的脸、细看,已经不是女孩该不该害羞的问题,而是在当时的礼制下绝对不允许的问题。

贾宝玉靠在床上,故意找不到枕头,要和林妹妹共用一个枕头。林黛玉在书中唯一一次骂脏话:"放屁,外头不是枕头?"黛玉忍不住骂脏话,应当是宝玉有很过分的举动。姑娘在闺房睡觉,男女有别本该回避,但宝玉不但过来了,而且还要与黛玉共枕一个枕头,就绝对过分了。已经发育的半大小子半大姑娘这么睡在一张床上,即使是现在的家长也不允许啊!古代没有内衣,仅穿着肚兜,同床的感觉,比现在更不成体统。尤其是此时宝玉已经有了性经历,不是小男孩了。从第六回宝玉与袭人初试云雨，到第十九回应当好几年了（有索隐派考证第六回是1716年，第十九回是1719年，中间林如海死、秦可卿死、元春封妃、修建大观园等，已有三年时间），贾宝玉早已经是一个性爱经验丰富的男子。

宝玉躺在黛玉的小姐单人床上，实现了第一步，面对衣着单薄的林妹妹，就开始得寸进尺地动手动脚了。宝玉笑道："凡我说一句，

黛玉闺房（编辑拍摄于北京大观园）

你就拉上这么些，不给你个利害，也不知道，从今儿可不饶你了。"说着翻身起来，将两只手呵了两口，便伸手向黛玉胳肢窝内两肋下乱挠。黛玉素性触痒不禁，宝玉两手伸来乱挠，便笑得喘不过气来，口里说："宝玉！你再闹，我就恼了。"宝玉方住了手，笑问道："你还说这些不说了？"黛玉笑道："再不敢了。"

古代没有胸罩，把手伸到女孩子腋窝肋下，也就是两乳的旁边去摸挠，画面是啥样的？挠胳肢窝后再两手伸过来乱挠，就不光是腋下肋下了，乳房等私密部位都借机"乱挠"了一把，在任何时代都肯定是过分的，可以叫作强制猥亵。不过在有经验的男子挑逗，女孩子对男子又不反感的情况下，就是性前戏，很快女孩子的性欲也会被激发起来，尤其古代女孩子见到的男人少，与男子肌肤亲近的机会更是没有，到了思春的年龄，性欲望很容易被激发。黛玉一面理鬓笑道："我有奇香，你有'暖香'没有？"脂砚斋曰："……'美人忘容，花则忘香。'此则黛玉不知自骨肉中之香同。"黛玉的"暖香"明显地有了性爱的感觉和回应了。

影视剧中，宝黛二人都穿着锦缎正装。过去，锦缎极贵，容易

压出褶皱且不易洗涤，绝对不会睡觉时穿。古代的睡衣，应当只不过是肚兜外面罩着薄绢或白绸，绢颜色半透明，很便宜，而且没有胸罩和内裤。

上图为汉代马王堆出土的睡衣。轻薄如蝉翼，半透明的。宝玉对穿着类似轻薄半透明睡衣的林黛玉，睡在一张女孩子的狭窄绣床上，还在她腋下和身上乱挠痒痒。

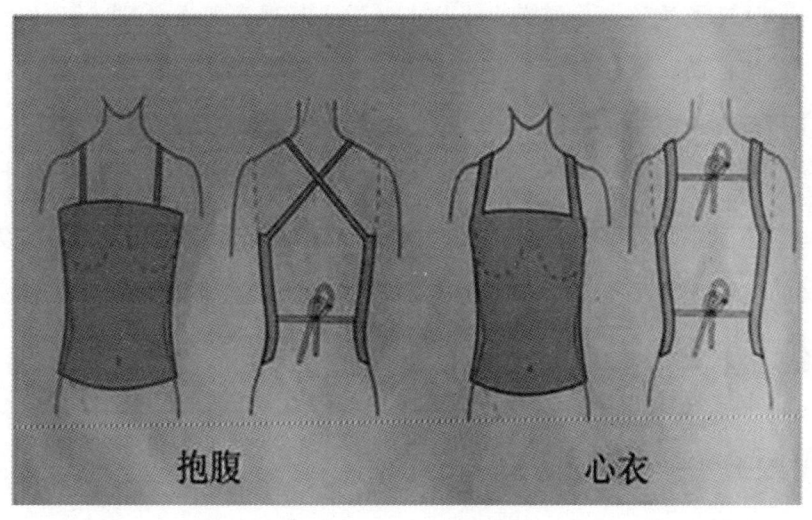

抱腹　　　　　　　心衣

上图是古代妇女内衣的样式，身体其他地方裸着。可以想象一下，宝玉与黛玉倒在一张狭小的单人床上，黛玉就穿着上图那样的内衣在睡觉，没有内裤和胸罩，光着屁股，十几岁、有多年性经验的宝玉挠她痒痒是啥样子！古代女子的身子是否干净，可不是仅看处女膜，违反了禁忌一样会被视作不洁。而且古代认为人在做天在看，老天爷都知道，林黛玉身子干净与否。

宝玉与黛玉发生亲密关系，具备花心的本事，而且会欲擒故纵，给黛玉讲起了胡诌的故事：

> 宝玉只怕他睡出病来，便哄他道："嗳哟！你们扬州衙门里有一件大故事，你可知道？"黛玉见他说的郑重，且又正言厉色，只当是真事，因问："什么事？"宝玉见问，便忍着笑顺口诌道："扬州有一座黛山。山上有个林子洞。"黛玉笑道："就是扯谎，自来也没听见这山。"宝玉道："天下山水多着呢，你那里知道这些不成。等我说完了，你再批评。"黛玉道："你且说。"宝玉又诌道："林子洞里原来有群耗子精。……竟变了一个最标致美貌的一位小姐。众耗忙笑道：'变错了，变错了。原说变果子的，如何变出小姐来？'小耗现形笑道：'我说你们没见世面，只认得这果子是香芋，却不知盐课林老爷的小姐才是真正的香玉呢。'"

宝玉的段子讲得恰到好处，把美女恭维得非常开心。先唤起美女的性欲望，美女一旦体会了性欲的感觉，就会不断地去想，就会发酵、会思春。

宝玉在大观园一直对男女相处不避讳，对黛玉和湘云都如此，在第二十一回：

宝玉送他二人到房，那天已二更多时，袭人来催了几次，方回自己房中来睡。次日天明时，便披衣靸鞋往黛玉房中来，不见紫鹃、翠缕二人，只见他姊妹两个尚卧在衾内。那林黛玉严严密密裹着一幅杏子红绫被，安稳合目而睡。那史湘云却一把青丝拖于枕畔，被只齐胸，一弯雪白的膀子撂于被外，又戴着两个金镯子。

宝玉早已与袭人试过云雨，黛玉、湘云都已经不小，他还与黛玉、湘云内帏厮混，可见其是什么人。

宝玉想要泡薛宝钗，情况就不同了，薛姨妈跟着一起住进了贾府，把薛宝钗保护得很好，宝钗一直没有失身，不给宝玉机会，而且连舆情猜测都帮助宝钗避嫌。薛姨妈非常注意大观园里宝钗与宝玉的男女大防，对宝钗的保护也非常细致，看看书中第六十三回薛姨妈怎么做：

袭人才要掷，只听有人叫门。老婆子忙出去问时，原来是薛姨妈打发人来了接黛玉的。众人因问几更了，人回："二更以后了，钟打过十一下了。"宝玉犹不信，要过表来瞧了一瞧，已是子初初刻十分了。黛玉便起身说："我可撑不住了，回去还要吃药呢。"众人说："也都该散了。"

为何薛姨妈来接黛玉，不是她女儿宝钗？黛玉对薛姨妈而言，是别人家的孩子，她管不着。另外还有一个细节，就是前面分析的，在第五十八回，薛姨妈在大观园里面住的是潇湘馆，与黛玉同住，而丫鬟们请小姐们也去参加宝玉的生日派对，半夜出门，是什么性质，都有谁参加，薛姨妈也应当很清楚。但宝玉的丫鬟们半夜给宝玉过生日，脱掉大衣裳的半裸派对，薛姨妈叫下人去，不说叫宝钗，却故意告诉下人叫黛玉，就是不愿意让下人知道宝钗半夜在宝玉的怡红院，起码要下人知道黛玉在那里，而且宝钗走了，黛玉也不便留下，免得真的闹出事来公开了宝黛婚约，所以她才"打发人来了接黛玉"，书中此处细节，埋着内容。

（四）《西厢会真记》抱得美眉春

前面宝玉与黛玉共枕，躺倒在黛玉绣床上，在黛玉身上挠痒痒，宝玉再进一步发酵的手段是赠黄书！当年没有A片，但黄书的杀伤力比A片更厉害，看书的想象，经常要超过看图像。因此，宝玉给了黛玉《西厢记》。元稹创作的传奇《莺莺传》(又名《会真记》)叙述张生与崔莺莺的爱情悲剧故事，后世戏曲作者以其故事人物创作出许多戏曲，如金代董解元的《西厢记诸宫调》和元代王实甫的《西厢记》等。《红楼梦》原文中，宝玉给黛玉看的是《会真记》，第二十三回："宝玉携了一套《会真记》，走到沁芳闸桥边桃花底下一块石上坐着，展开《会真记》，从头细玩。"宝玉在黛玉要出现的地方看此书，钓鱼等着黛玉来。

在第二十三回，宝玉、黛玉搬入了大观园，宝玉亲近黛玉就更方便了。在一片桃花之下，果然林黛玉出现了。宝玉先故弄玄虚地说看"四书五经"，谁都知道宝玉不喜欢读书，黛玉当然不信，然后宝玉就放诱饵了。

宝玉道："好妹妹，若论你，我是不怕的。你看了，好歹别告诉别人去。真真这是好书！你要看了，连饭也不想吃呢。"……林黛玉把花具且都放下，接书来瞧，从头看去，越看越爱看，不到一顿饭工夫，将十六出俱已看完，自觉词藻警人，余香满口。虽看完了书，却只管出神，心内还默默记诵。

林黛玉把书里面的内容都看了,也都记下来了。现在说《西厢记》是伟大的爱情戏剧,但估计现在的大多数人都不知道里面露骨的性爱描写。另外,为何这一回的回目是"西厢记妙词通戏语,牡丹亭艳曲警芳心",说的是《西厢记》,但到了具体情节,宝黛看的就成了《会真记》?对此,本人将在下文分析。

其实《西厢记》里对性爱的描写,一点不低于《金瓶梅》,只不过文辞更艺术化。因此《西厢记》在民国那个教师追女学生的时代,就变成了伟大的爱情戏剧。欣赏一下其中的对白和唱词:"[红上云]姐姐,我过去,你在这里。[红敲门科][末问云]是谁?[红云]是你前世的娘。[末云]小姐来么?[红云]你接了衾枕者,小姐入来也。张生,你怎么谢我?[末拜云]小生一言难尽,寸心相报,惟天可表![红云]你放轻者,休唬了他![红推旦入云]姐姐,你入去,我在门儿外等你。……"

这里出现了红娘抱枕,红娘抱枕还出现在第五回秦可卿的闺房里。此处红就是指红娘,末是指末角,剧本里是中年男性。唐朝当时的科举,得中进士时人们普遍年老,有"五十少进士"一说。不过《西厢记》中张生的原型元稹考的是明经,中举相对容易,有"三十老明经"的说法,元稹本人考中明经科进士时也才28岁。

然后在西厢房内:"[上马娇]我将这钮扣儿松,把缕带儿解;兰麝散幽斋。不良会把人禁害,哈,怎不肯回过脸儿来?[胜葫芦]我这里软玉温香抱满怀。呀,阮肇到天台,春至人间花弄色。将柳腰款摆,花心轻拆,露滴牡丹开。[幺篇]但蘸着些麻儿上来,鱼水得和谐,嫩蕊娇香蝶恣采。半推半就,又惊又爱,檀口揾香腮。"《西厢记》写得非常清楚。中国的黄色典故"采花""采花大盗"等,都出自张生调戏崔莺莺。

然后男女性爱鱼水和谐:"[末看手帕科][后庭花]春罗原莹白,早见红香点嫩色。[旦云]羞人答答的看甚么?[末]灯下偷睛觑,胸前着肉揣。畅厅哉,浑身通泰,不知春从何处来?"《西厢记》在过去属于黄色禁书,据说曾被康熙禁过,且角在台上要直接把衣服脱掉让观众看胸。小姐是"半推半就",处于"又惊又爱"的状态。过去的《西厢记》一般还带着评批,多为金圣叹的,宝玉、黛玉一起读,就算没有性经历,都可以对张生和崔莺莺的性事过程,看得很明白。把《西厢记》内容了解清楚,就知道宝玉给黛玉看书的目的了。

书里面也写了张生对小姐的诱骗:"[旦云]红娘去了,我绣房里等他回话。[下][末上云]自从昨夜花园中吃了这一场气(是张生想要强上弓,被小姐拒绝教训),投着旧证候,眼见得休了也。老夫人说着长老唤太医来看我;我这颗证候,非是太医所治的;则除是那小姐美甘甘、香喷喷、凉渗渗、娇滴滴一点儿唾津儿咽下去,这鸟病便可。"把张生要与小姐湿吻,变成了张生治病的需要,以此来诱骗崔小姐。然后红娘哄着小姐去找张生。"[旦云]这小贱人倒会放刁,羞人答答的,怎生去![红云]有甚的羞,到那里只合着眼者。[红催莺云]去来去来,老夫人睡了也。[旦走科][红云]俺姐姐语言虽是强,脚步儿早先行也。"崔小姐就被红娘骗到了张生的房中,还让小姐"到那里只合着眼者",闭着眼好让张生方便上手。

在此之前,红娘还策划了张生对小姐的硬上弓,在《西厢记》第三本第三折:"[红云]你休从门里去,则道我使你来。你跳过这墙去,今夜这一弄助你两个成亲。我说与你,依着我者。"此处红娘让张生跳墙过去约会崔小姐,而且直接地教唆张生:[折桂令]他是个娇滴滴美玉无瑕,粉脸生春,云鬓堆鸦。怎的般受怕担惊,又不图甚浪酒闲茶。则你那夹被儿时当奋发,指头儿告了消乏;打叠起嗟呀,毕罢了牵挂,收拾了忧愁,准备着撑达。"红娘对张生进行了极为露骨直接的教唆和鼓励。

最后,张生在红娘的教唆之下,跳墙过去抱住了小姐:"[末做跳墙搂旦科][旦云]是谁?[末云]是小生。"张生强抱小姐不成功,被小姐教训了一顿,但被张生油嘴滑舌地躲了过去,"[煞尾]春意透酥胸，春色横眉黛，贱却人间玉帛。杏脸桃腮，乘着月色，娇滴滴琥显得红白。下香阶，懒步苍苔，动人处弓鞋凤头窄。叹鲰生不才，谢多娇错爱。若小姐不弃小生，此情一心者，你是必破工夫明夜早些来"。就如第十九回，宝玉要与黛玉共睡一个枕头，被黛玉骂"放屁"一样。《红楼梦》里面的情节，实际就是比照《西厢记》的故事来写的，用类似的进程，暗示宝玉和黛玉都干了什么。过去，女孩子没有性经验，就如《红楼梦》里面，贾家公子有丫鬟性启蒙，但小姐则肯定要守身如玉，非礼勿视、非礼勿听。

古代的服饰没有内裤，长衫和裙子也开衩，而且裤子是纨绔，系在大腿上的，类似的论述前面章节已有。过去在书房，男女云雨，圈椅或者交椅发挥了一定作用。

宋代名画《春游晚归图》，仆人给主人背着交椅

在贾府，交椅也是常用家具。第三回，黛玉进贾府就看见荣禧堂"地下两溜十六张楠木交椅"，一般官宦大户人家，正堂摆放的大多是太师椅或官帽椅，适合正襟危坐。交椅坐着不够端正，还有它不够结实，圈椅比交椅用得多，因此交椅古物传世少，而圈椅也是多摆放在书房，不是正堂。此处故意写贾府正堂摆放了那么多把交椅，也暗示贾府的淫乱。

上图是中国的中式家具圈椅和交椅，圈椅放在书房，而交椅可以到处带着走，当然交椅也可以放在书房。

《红楼梦》当中的林黛玉对性爱的认知和水平又能够有多少呢？古代女孩长大后，一般最多为娘的教育一下，但林黛玉的娘早已经去世了，当时林黛玉太小，母亲不可能对女儿进行性知识教育。

在第一部秦可卿的那一节已经说过，男人古代穿纨绔，没有裤裆和内裤，不用脱裤子解裤带就可以直接性爱。

近代绣花蝶套裤（开裆的）

注意在《西厢记》里还出现了碧纱橱，而黛玉进贾府，就是住在碧纱橱里面，宝玉在碧纱橱之外，这里也是对应的。

在《红楼梦》第二十三回，宝玉引导黛玉看了《西厢记》。宝玉笑道："妹妹，你说好不好？"林黛玉笑道："果然有趣。"林黛玉的"果然有趣"，本身已带有了对与宝玉性爱的接受和渴望，没有说这个是低级下流，没有抵触。前面第十九回两个人同睡一张床上，宝玉对黛玉性抚慰的作用此时发酵了。此时宝玉对黛玉用了书中人物来比拟："我就是个'多愁多病身'，你就是那'倾国倾城貌'。"林黛玉听了，不觉带腮连耳通红，登时直竖起两道似蹙非蹙的眉，瞪了两只似睁非睁的眼，微腮带怒，薄面含嗔，指宝玉道："你这该死的胡说！好好的把这淫词艳曲弄了来，还学了这些混话来欺负我。我告诉舅舅舅母去。"后面发生了什么事儿？宝玉此时可是性经验非常丰富的男人，接下来会干什么呢？

《红楼梦》的特点，就是一贯"真事隐"。书里面有一句关键的话，黛玉说宝玉的著名的那一句："呸，原来是苗而不秀，是个银样镴枪头。"此话该怎么理解？直接的比喻表面看起来还不错，实际上不中用，好像颜色如银子的锡镴枪头一样。而枪头在黑话里面还可以指男性生殖器，所以很多人还有另外的想象：真的要性爱的时候，宝玉反而不行了或者不敢了。但有上述想法的读者，不了解在《西厢记》里面的情节，看看《西厢记》剧本说此话的语境，在第四本第二折，张生与小姐的事情夫人知道了，红娘来叫张生。"[红唤末科][末云]小娘子唤小生做甚么？[红云]你的事发了也，如今夫人唤你来，将小姐配与你哩。小姐先招了也，你过去。[末云]小生徨恐，如何见老夫人？当初谁在老夫人行说来？[红云]休俫小心，过去便了。[幺篇]既然泄漏怎干休？是我相投首。俺家里陪酒陪茶倒捆就。你休愁，何须约定通媒媾？我弃了部署不收，你原来苗而不秀。呸！你是个银样镴枪头。"

剧情是张生睡了崔小姐的事情，被老夫人发现了，叫张生过去，张生害怕，红娘用这句话骂他。红娘说这句话的时候是在张生与崔莺莺性爱之后，不是在与崔莺莺性爱之前。《红楼梦》书里写这句话，也是等于告诉读者，贾宝玉与林黛玉已经性爱过了，但宝玉害怕父母知道。因此宝玉发毒誓，黛玉很满意，然后说出来这句话。书里黛玉此处是："我告诉舅舅舅母去。"说到"欺负"两个字上，早又把眼睛圈儿红了，转身就走。黛玉在《红楼梦》里什么时候有事情找过贾政和王夫人？有事情也都是找贾母。而宝玉笑道："我就是个'多愁多病身'，你就是那'倾国倾城貌'。"就算"欺负"得要哭？要告状也不对，此处去告宝玉的父母，就是与《西厢记》对应，给读者暗示他俩到底发生了什么事。本回的章回标题就是"西厢记妙词通戏语"，这个标题的文字理解就是《西厢记》里面的"妙词"与《红楼梦》里面的"戏语"是相通的，暗线就是告诉读者贾宝玉对林黛玉做了张生对崔莺莺一样的事情。

书里面林黛玉与贾宝玉共读完了《西厢记》，怎么走的？在书中黛玉路过贾府的戏班，只听唱道："则为你如花美眷，似水流年……"林黛玉听了这两句上，不觉心动神摇。又听到"你在幽闺

林黛玉暇游听悲曲（清孙温　绘）

自怜"等句，越发如醉如痴，站立不住，便一蹲身坐在一块山子石上，细嚼"如花美眷，似水流年"八个字的滋味。书里面此细节，告诉读者林黛玉与贾宝玉共读了西厢之后，两个人发生了什么，否则也不至于连站都站不住了。在第五回讲"初生异卉之精"都变成奇香"群芳髓"被宝玉吸了，黛玉是仙草，当然是最珍贵也少不了的，初生就是指第一次！本回的章回题目"牡丹亭艳曲警芳心"，而书里引用的词曲显然不是艳曲，但《牡丹亭》里面的艳曲也是很黄的，尤其是在"惊梦"和"寻梦"那两折，里面露骨的关于男女之事之描述，当然让旁听的黛玉有所触动，作者就是以"真事隐"的方式告诉读者，黛玉已经失身于宝玉。

对此我们看看让黛玉伤感的"如花美眷，似水流年"的上下原文是那里：

（《牡丹亭》第十出《惊梦》）则为你如花美眷，似水流年，是答儿闲寻遍。在幽闺自怜。小姐，和你那答儿讲话去。〔旦作含笑不行〕〔生作牵衣介〕〔旦低问介〕那边去？〔生〕转过这芍药栏前，紧靠着湖山石边。〔旦低问介〕秀才，去怎的？〔生低答介〕和你把领扣松，衣带宽，袖梢儿揾着牙儿苫也，则待你忍耐温存一晌眠。〔旦作羞〕〔生前抱〕〔旦推介〕〔合〕是那处曾相见，相看俨然，早难道这好处相逢无一言！〔生强抱旦下〕〔末扮花神束发冠，红衣插花上〕"催花御史惜花天，检点春工又一年。蘸客伤心红雨下，勾人悬梦采云边。"吾乃掌管南安府后花园花神是也。因杜知府小姐丽娘与柳梦梅秀才，后日有姻缘之分。杜小姐游春感伤，致使柳秀才入梦。咱花神专掌惜玉怜香，竟来保护他，要他云雨十分欢幸也。

如此戏文让黛玉联想，也就是"真事隐"，告知读者，前面读

《会真记》的时候贾宝玉对林黛玉到底干了什么。

书中是贾母安排贾家出费用下葬黛玉，黛玉若不算贾家人，贾母根本没有资格安排她的下葬！而且黛玉死时对紫鹃的交代要把她弄回去，她是清白的，实质是她只有配阴婚葬入贾家从一而终，才是"质本洁来还洁去"，否则按照古代的规则，男女如书中那样的亲密接触已经不清白了。同时对应于《牡丹亭》的阴阳缘分，第二十三回《牡丹亭艳曲警芳心》也做了埋线。对此我们以后章节还会详细分析。

综上所述，宝玉与黛玉有没有性关系，"真事隐"地对照了《西厢记》的情节，又用《牡丹亭》的艳曲再印证了一遍。现在说《西厢记》是伟大的爱情喜剧，但绝大多数的《红楼梦》读者，都没有看过《西厢记》，都想当然地把张生和崔莺莺的爱情，当作了一个柏拉图式的爱情故事，而《西厢记》实际写的，是花心男怎么用手段诱奸了一无知的少女。剧本使用了艺术化、修辞化的手法。

所以，读不懂《红楼梦》里贾宝玉与林黛玉的性关系，就不能看懂整部作品。

（五）风月红楼常驻潇湘馆

在第二十六回，贾宝玉来到潇湘馆，将脸贴在纱窗上往里窥探，

> 耳内忽听得细细的长叹了一声道："'每日家情思睡昏昏。'"宝玉听了，不觉心内痒将起来，再看时，只见黛玉在床上伸懒腰。宝玉在窗外笑道："为甚么'每日家情思睡昏昏'？"一面说，一面掀帘子进来了。

贾宝玉对林黛玉在睡觉，男女一点禁忌都不讲，就算是现代的

一家人，男孩女孩到了性成熟的年龄也不能这样。

> 林黛玉自觉忘情，马上红了脸，拿袖子遮了脸，翻身向里装睡着了。宝玉才走上来要扳他的身子，只见黛玉的奶娘并两个婆子却跟了进来说："妹妹睡觉呢，等醒了再请来。"刚说着，黛玉便翻身坐了起来，笑道："谁睡觉呢。"那两三个婆子见黛玉起来，便笑道："我们只当姑娘睡着了。"说着，便叫紫鹃说："姑娘醒了，进来伺候。"一面说，一面都去了。

黛玉在睡觉，宝玉直接去扳黛玉的身子，说明两人啥也不禁了。此时应当是晚春，天气已经很热了，大家不会穿多少衣服；书里"春困"的"春"字双关。同一回中，薛蟠道："要不是，我也不敢惊动，只因明儿五月初三日是我的生日，……"由此可知，当时是农历的五月，阳历大约六月了，黛玉睡觉不会穿多少衣服，宝玉直接上手动黛玉的身子，说明他俩已经一点男女界限都没有了。

然后嬷嬷觉得不妥，叫了紫鹃进来，紫鹃与《西厢记》里面的红娘的角色差不多。按过去的规矩，紫鹃是黛玉的陪房，要一起服侍男主人。而且不光紫鹃自己想着宝玉，紫鹃是贾府委派的，她来黛玉身边的任务，就是让宝玉能够贴近黛玉，不是来保护黛玉的。书中继续写道：

> 黛玉坐在床上，一面抬手整理鬓发，一面笑向宝玉道："人家睡觉，你进来作什么？"宝玉见他星眼微扬，香腮带赤，不觉神魂早荡，一歪身坐在椅子上，笑道："你才说什么？"黛玉道："我没说什么。"宝玉笑道："给你个榧子吃！我都听见了。"

后面宝玉是否与黛玉床发生了关系,书里没有明写,但宝玉对紫鹃笑道:"好丫头,'若共你多情小姐同鸳帐,怎舍得叠被铺床?'"此话说得非常清楚,这张床宝玉与黛玉一起睡了。性爱之后需要收拾,是陪房丫头的事情,"共你多情小姐同鸳帐"当然是要一起睡的,而"怎舍得叠被铺床"显然是对紫鹃的承诺,她以后可能不再是铺床的通房丫头了。黛玉便哭道:"如今新兴的,外头听了村话来,也说给我听;看了混账书,也来拿我取笑儿。我成了爷们解闷的。"黛玉的话也值得玩味了,"混账书"当然是指《西厢记》里写了性爱之事,黛玉怎么成了宝玉"解闷的"呢?

兄妹拌嘴同住上房(清孙温 绘)

这里宝玉的"若共你多情小姐同鸳帐，怎舍得叠被铺床"，同时是《西厢记》张生的心理活动，是张生对红娘说的。红娘拼命帮助张生与崔莺莺有了男女之事，背后也是要当张生的妾与小姐同嫁。薛宝钗对袭人是共绣鸳鸯，而宝玉有共娶紫鹃同睡一床的话，黛玉则是撂脸子了，宝玉对紫鹃是啥想法还用说吗？紫鹃干的事情，也与《西厢记》的逻辑对应。黛玉的使性子，更多是在宝玉与黛玉情爱的初期，就是在共读《西厢记》后，也就是女孩失身后，心态失常的敏感反应。要知道，古代女孩失身的后果，比现在要严重得多。

到了第二十五回，凤姐笑道："倒求你，你倒说这些闲话，吃茶吃水的。你既吃了我们家的茶，怎么还不给我们家作媳妇？"凤姐这样的话，应当是大观园里面人都知道了宝玉与黛玉的关系，因为古代这类玩笑可不是随便开的，而且后来她们都说笑着离开了，单独留下了宝玉和黛玉二人。古代有男女大防，就算有婚约，单独待在一起也是越礼的事情，说明所有人对他俩的事情都心照不宣，就是各种装糊涂。

到了第二十七回，宝玉与黛玉私处狎昵，应当大观园里面都知道了，连薛宝钗也知道。

（宝钗）忽然抬头，见宝玉进去了，宝钗便站住低头想了想：宝玉和林黛玉是从小儿一处长大，他兄妹间多有不避嫌疑之处，嘲笑喜怒无常；况且林黛玉素习猜忌，好弄小性儿的。此刻自己也跟了进去，一则宝玉不便，二则黛玉嫌疑。

在古代，兄妹也有男女大防，为何宝钗说"不避嫌疑"和"宝玉不便"，应当已经知道他俩私处会干什么了，宝黛在大观园里面已经没有了秘密。

《红楼梦》里宝钗也暗中想着宝玉，制造了"金玉良缘"的舆论，黛玉已经醋意连连。在第二十八回，黛玉看见宝玉望着宝钗发呆，便挤对宝钗是呆雁。林黛玉笑道："何曾不是在屋里的。只因听见天上一声叫唤，出来瞧了瞧，原来是个呆雁。"有人说，黛玉说宝玉是呆雁，本人认为是说宝钗。前面宝玉与黛玉在一起，宝玉出来看宝钗，看得发呆，"原来是个呆雁"看似是说宝玉发呆，实际在说让其发呆的人，那么呆雁只能是说薛宝钗，说明宝黛二人应当已经定下私情，这才让黛玉嫉妒心更强，才说宝钗。

　　第三十回，宝玉和黛玉吵架，王熙凤说："对哭对诉，倒像'黄鹰抓住了鹞子的脚'，两个都扣了环了，那里还要人去说合。"宝玉与黛玉吵架，贾府上下震动，为何会震动？原因还是黛玉身后的巨额财富！了解鹰的读者知道黄鹰是指苍鹰，鹞子是雀鹰，苍鹰比雀鹰力量大很多，但雀鹰飞得快，是抓飞鸟的。所以王熙凤说这个话，等于说宝玉已经抓死了黛玉，已经得手了，黛玉被扣了环了。满族人玩鹰也是有鄙视链的，玩苍鹰的人是打猎为了生计的穷人，玩雀鹰的人则是贵族，是为了娱乐，同时雀鹰也是抓鸽子的，在古代有军事用途。因此这里也有宝玉黛玉、贾家林家谁家门第高的暗喻，这对清代提笼架鸟的满族人而言都是常见的，而现在的读者一般不了解其中更深层次的含义。前四十回，贾府害怕黛玉另外嫁人，带走巨额嫁妆。这是贾母、凤姐等人的共同利益，她们之间虽然存在贾家人与王家人的宅斗，但黛玉不能外嫁，则是她们的共识，因此王熙凤这么说，贾母乐开怀。

　　到第四十二回黛玉说漏了嘴，就被宝钗抓住把柄。

　　宝钗笑道："你还装憨儿。昨儿行酒令你说的是什么？我竟不知那里来的。"

　　黛玉一想，方想起来昨儿失于检点，那《牡丹亭》《西厢记》说了两句，不觉红了脸，便上来搂着宝钗，笑道："好姐姐，原是我不知道随口说的。你教给我，再不说了。"

风声都传到了宝钗那里，自然是大观园制造了他俩的负面舆情。等到了第五十四回，贾母大批《凤求鸾》也有平息舆情的背景。《凤求鸾》讲述金陵王熙凤到李家做客，"勾引"李家小姐成就婚配。说"既说是世宦书香大家小姐都知礼读书，连夫人都知书识礼"，前面已经分析过黛玉与宝玉有婚约，才能进贾府，此言明显针对薛宝钗："编这样书的，有一等妒人家富贵，或有求不遂心，所以编出来污秽人家。再一等，他自己看了这些书看魔了，他也想一个佳人，所以编了出来取乐。"再有，《凤求鸾》的主人公与王熙凤重名，作者此处故意带有埋线，贾母大骂的背后，是要平息王家挑唆对宝玉黛玉的负面舆论。此处的凤应当是指宝玉，古代的凤是男性，所以

北京大观园内的"有凤来仪"匾额（编辑拍摄）

有司马相如的《凤求凰》；黛玉的潇湘馆的匾额是"有凤来仪"，当然是宝玉为凤，黛玉为鸾。因此贾母指桑骂槐和《凤求鸾》的戏词都有所指。

再到第五十七回，黛玉就要让紫鹃一起避嫌了。"（宝玉）一面见他（紫鹃）穿着弹墨绫薄绵袄，外面只穿着青缎夹背心，宝玉便伸手向他身上摸了一摸，说：'穿这样单薄，……'"宝玉可以很自然地肆意去摸紫鹃身体，说明他俩之间也有亲密接触，而紫鹃则告诫宝玉"打紧的那起混帐行子们背地里说你"，说得非常明白，黛玉要紫鹃一起避嫌了，说明在大观园负面舆情影响很大。而女孩子故意要疏远男人，还有一个目的就是要男人拿出态度来，所以不久后就有了紫鹃试玉的情节。

林黛玉自身条件非常好，如果不是与宝玉有私情失了身，她的选择范围很宽。贾雨村应该是林如海托孤之人。贾雨村认为，不在贾家公子当中选择，与其他家族姻也没有问题。贾雨村应当有林黛玉的嫁妆清单，贾雨村到了当朝一品大员的位置，是不怕贾家不认账，贪掉嫁妆的。而且从贾雨村的视角来看，他补授大司马，做了当朝一品大员，就有机会给林黛玉找到更好的归宿。贾宝玉读书稀烂，身边美女成群，又非长子和长房，贾府也在衰落，林黛玉不一定要吊死在贾宝玉这棵树上。在贾雨村眼中，若贾家不义，黛玉悔婚另觅佳婿，可能是他个人和林黛玉双赢的事情，总比嫁入贾府不幸福要好多了。

但林黛玉失身贾宝玉，情况就不同了，林黛玉也不可能告诉贾雨村真实情况。贾家当初纵容贾宝玉与林黛玉有私情，就是要锁死林黛玉，因为当时是贾府高攀，还觊觎林家的巨额财产。后来情况有变，贾雨村降职，贾家可以撕毁婚约，但对林黛玉而言，已经没有了选择的机会。体会一下第二十三回林黛玉失身后的心态：

(黛玉)《西厢记》中"花落水流红,闲愁万种"之句,都一时想起来,凑聚在一处。仔细忖度,不觉心痛神痴,眼中落泪。

为啥心痛呢?还有黛玉"站立不住",蹲坐软在那里细嚼"如花美眷,似水流年"八个字的滋味。她听的是《牡丹亭》,为何这一回题目就是《牡丹亭艳曲警芳心》呢?《牡丹亭》里面的杜丽娘是死后还魂的,黛玉临死那一幕,为啥要说"身子是干净的,你好歹叫他们送我回去"?此处与《牡丹亭》情节就对上了。

在性关系上,贾宝玉不会吃亏,因为古代男人可以三妻四妾。贾府知道林黛玉的地位门第高,所以先让贾宝玉得手再说。林黛玉的母亲早死,也没有托付一个女人当监护人保护黛玉;在贾府后宅,师父贾雨村是男性,也鞭长莫及。宝玉的风月常驻潇湘馆,给黛玉带来了避孕困扰,古代避孕就是用各种凉药,对黛玉的身体也产生了重大的影响,黛玉在大观园总是病不好,可能还有避孕带来的影响。

黛玉的大丫鬟紫鹃,也不是来保护黛玉的,她是想要当宝玉姨娘的。黛玉林家带来的另有丫鬟,紫鹃是贾家的奴婢,黛玉不嫁宝玉,她就当不了陪嫁。黛玉另嫁,紫鹃在贾府的地位就要一落千丈。后来抄检大观园的时候,在紫鹃那儿发现了宝玉的隐私物品,但被王熙凤遮掩了过去。在紫鹃那里的发现,等于进一步地证实了紫鹃也在帮助宝玉亲近黛玉。为何后来紫鹃要与惜春一起出家?除了不想生活在宝钗和袭人的阴影下,还因为她也是有过性经历的女人。紫鹃的位置,与《西厢记》里面的红娘差不多。对此再看看《西厢记》,红娘屁股坚定地坐在张生这一边,引导张生诱骗小姐,让小姐失身于张生。在剧本一开场,红娘的祈祷就说得非常清楚。"[红云]姐姐不祝这一炷香,我替姐姐祝告:愿俺姐姐早寻一个姐夫,拖带红娘咱!"(第一本第三折)过去小姐与陪房丫鬟就是如此关系,红娘自己看上了张生。

《西厢记》里张生与红娘是啥关系?红娘之前应当是处女,后来教唆张生的时候,能够引导各种技巧,俨然就是熟女了,除了从其他丫鬟那里学的,与张生应当多次苟且。来看原文对话。第二本第四折:"[红云]街上好贱柴,烧你个傻角。你休慌,妾当与君谋之。[末云]计将安在?小生当筑坛拜将。[红云]妾见先生有囊琴一张,必善于此。俺小姐深慕于琴。今夕妾与小姐同至花园内烧夜香,但听咳嗽为令,先生动操(后面剧情是张生跳墙抱住了小姐);看小姐听得时说甚么言语,却将先生之言达知。若有话说,明日妾来回报,这早晚怕夫人寻,我回去也。"看看此处对白,红娘要张生给小姐生米煮熟饭,对张生是一口一个"妾"地自称,叫得那么自然,还不害臊。剧本虽然没有明写,但言语对白之中已经告诉读者了。古代虽然"妾"也可作为女子的谦称,但这个谦称也看对谁了,是有很亲密的关系才可以,不是见谁都可以谦称为妾的,"君当作磐石,妾当作蒲苇",这个"妾"是"新妇谓府吏",而刘兰芝和焦仲卿本来是夫妻,即使在焦仲卿被迫休妻后,两人依然感情深厚。更何况红娘是丫鬟,古代身份地位非常讲究,正常情况下,她的谦称应该是女婢,她是贱籍,以她的身份,"妾"已经不是谦称,而是僭越了。红娘以未婚小姐的未婚婢女身份对外面的男人自称为妾,极为不合体统,而红娘为何拼死要张生娶小姐?就因为小姐嫁过来了,红娘作陪房当妾,就名正言顺了,否则以前她与张生偷情的事情,也不好交代。

第二十三回的回目"西厢记妙词通戏语,牡丹亭艳曲警芳心",写的是《西厢记》,而宝玉拿着给黛玉看的书,书中写的却是《会真记》:"宝玉携了一套《会真记》,走到沁芳闸桥边桃花底下一块石上坐着,展开《会真记》,从头细玩。"章回标题和书中后面提及的，都变成了《西厢记》，它俩有啥区别？作者如此写，区别大了！因为同样都是女主角失身的故事，但《会真记》是悲剧，而《西厢记》是喜剧，《西厢记》假托古本《会真记》等书之名，腰斩古本，并融入自己的再创作，两个故事最后的结局截然相反。作者如此安排，就是告诉读者，全书当中，黛玉失身后的命运与《会真记》里的崔莺莺一样，而不是章回明面上写的宝黛共读《西厢记》那样美好。《会真记》里面的张生，还有现实当中的作者元稹，后来都把失身的小姐给抛弃了，而且还说崔小姐是尤物。在书里，黛玉最后的结局，就是和《会真记》里的崔莺莺的结果类似。很多人看《红楼梦》的故事，都是看神话般的美好，但《红楼梦》是写实的，神话都不能细看。就如牛郎偷窥织女，拿着织女的衣物胁迫她就范，成了他老婆。

《红楼梦》一书有其立场，在最后一回——第一百二十回：

> （甄士隐道：）"贵族之女俱属从情天孽海而来。大凡古今女子，那'淫'字固不可犯，只这'情'字也是沾染不得的。所以崔莺苏小，无非仙子尘心；宋玉相如，大是文人口孽。凡是情思缠绵的，那结果就不可问了。"

这里再一次提及了《西厢记》的崔莺莺，前后呼应，讲的就应当是黛玉与崔莺莺在《西厢记》一样，为情失身给男性。古代的生活方式，女孩子就不能与男人走近，要有男女大防。而《红楼梦》书里面，贾府对贾宝玉按照联姻工具的标准来培养，让他从小内帏厮混，早就学会和练好了怎么征服女性，因此对林妹妹，则非常容易就得手了。从书中第二十六回往后，再不写宝玉与黛玉怎么亲近，因为亲近已经变成了常态。所以《红楼梦》是"风月宝鉴"，主要体现在前四十回，若是主角没有性行为，只有柏拉图式的爱情，也不能叫作"风月"了。而"宝鉴"的功能在于不同的侧面照出来的东西不一样,对宝玉,书里也是用美的那一面照他。

林黛玉进入贾府,她母亲贾敏虽然与贾府议婚,但还是对女儿说过宝玉"顽劣异常,极恶读书,最喜在内帏厮混,外祖母又极溺爱,无人敢管",就是害怕黛玉婚前有不当行为,对女儿有所叮咛;而王夫人则对黛玉说,宝玉是"孽根祸胎,是家里的'混世魔王'""以后不要睬他",一副与自己无关的样子,等于说:出了问题不是自己儿子的问题,都是黛玉睬他的结果。黛玉身边没有母亲、女眷的保护,没有男女之事经历的女孩,面对性经验丰富的宝玉美男之诱惑,没有防御能力,所以埋下了悲剧的种子。

因此,理解《红楼梦》里面的行为逻辑,宝玉与黛玉是否有了性关系,是理解全书的重要钥匙。还有一个细节,就是两人有了性关系后,林黛玉为了避孕,用大凉药和麝香等,这些药对林黛玉的虚症是雪上加霜。与贾宝玉有了婚前性行为后,林黛玉已经没有了选择权,后面啥时候结婚又不确定,失身后担惊受怕,心理渐渐扭曲。黛玉失身前,在贾府的心理状态是另外的样子。第三回,黛玉刚到贾府时,才几岁?她能应对得非常得体,她仔细观察其他人的举动,然后再自己跟随,绝不是任性不顾他人感受的做事风格,后来她又是寄人篱下的处境,就更不可能惯出来大小姐的脾气了。从林黛玉后来的外在表现来看,好像是在耍小姐脾气,使小性子,其实是内心没有安全感,不光是她没有父母、寄人篱下这一个原因。把黛玉失身的处境想透了,对《红楼梦》的很多情节就理解了。

对黛玉失身宝玉,其实贾母心知肚明。在第九十七回"林黛玉焚稿断痴情"的故事当中,可以看看贾母的表现:

> 贾母心里只是纳闷,因说:"孩子们从小儿在一处儿顽,好些是有的。如今大了懂的人事,就该要分别些,才是做女孩

林黛玉焚稿断痴情（清孙温　绘）

儿的本分，我才心里疼他。若是他心里有别的想头，成了什么人了呢！我可是白疼了他了。你们说了，我倒有些不放心。"

贾母这个无厘头的表现，就是在甩锅，将黛玉失身归到黛玉身上，不像之前，听说宝玉在黛玉屋内，就不让家奴去打扰的态度了。古代女子失身，对男孩和女孩的评价是偏向男性的，一般都认为是女方的错。后来贾家不选择黛玉，背后是复杂的宅斗和外部政经博弈的结果，贾母屈从现实，同时也甩锅给了黛玉。

另外，对于大观园的"千红一哭"，薛宝琴看得很清楚。在第七十回，薛宝琴的柳絮词《西江月》："汉苑零星有限，隋堤点缀无穷。三春事业付东风，明月梅花一梦。几处落红庭院，谁家香雪帘栊？江南江北一般同，偏是离人恨重！"这首词很多读者也认为是悼明的，不过我认为是对大观园女孩的描写，"汉苑""隋堤"应当是指贾府"脏唐臭汉"之事，"三春事业付东风"是迎春、探春、惜春中，最后只有探春"千里东风"远嫁，其他姐妹命运更差，"明月梅花"是妙玉的梅花，而"落红庭院"是双关的，明面上意思是落花，暗线是女孩子失身的落红，也就是薛宝琴知道贾宝玉的行为会带来"千红一哭，万艳同悲"的状态，她跟父亲当年走南闯北见过世面。下一句的"香雪帘栊"之"雪"当然就是薛宝钗，"香"不是香菱，而是"花气袭人"的"花气"为香，也就是袭人和薛宝钗嫁给了宝玉，最后造成"离人恨重"的黛玉悲剧。作者在这里又埋下了暗线。

中国讲"百善孝为先，论心不论迹，论迹贫家无孝子；万恶淫为首，论迹不论心，论心世上少完人"。这里警幻说宝玉是"天下第一淫人"显然是要论迹的，而不是意淫只有论心，前面还解释了"好色不淫'为饰，又以'情而不淫'作案"，宝玉的"意淫"只能是作者的"真事隐"。

（六）薛家人掌控大观园

宝钗和黛玉在大观园里面也暗中角力，但在人情世故方面，黛玉就要稚嫩得多。黛玉更多的是与宝玉耍性子，而对宝钗给她造成的威胁，察觉不够。黛玉始终对自己的对手认识得不是那么清楚，而宝钗则一直把黛玉当作对手。所以宝钗做出当家的姿态，各个方面要压黛玉一头。通过对黛玉的压制，薛家人实际控制了大观园。

在大观园里，黛玉活在自己的情调之中，可以看看第四十回，书中借着刘姥姥参观大观园，把黛玉房内的陈设给读者展现了出来：

刘姥姥因见窗下案上设着笔砚,又见书架上磊着满满的书,刘姥姥道:"这必定是那位哥儿的书房了。"贾母笑指黛玉道:"这是我这外孙女儿的屋子。"刘姥姥留神打量了黛玉一番,方笑道:"这那像个小姐的绣房,竟比那上等的书房还好。"

黛玉从小受到贾雨村教育,爱读书,同时很多书应当是她爹爹的,她把自己的文化情调,都放在了房子里。

还是在第四十回,借着刘姥姥的眼,也把宝钗的住所情况展现给了读者:

一同进了蘅芜苑,只觉异香扑鼻。那些奇草仙藤愈冷愈苍翠,都结了实,似珊瑚豆子一般,累垂可爱。及进了房屋,雪洞一般,一色玩器全无,案上只有一个土定瓶中供着数枝菊花,并两部书,茶奁茶杯而已。床上只吊着青纱帐幔,衾褥也十分朴素。

贾母叹道:"这孩子太老实了。你没有陈设,何妨和你姨娘要些。我也不理论,也没想到,你们的东西自然在家里没带了来。"说着,命鸳鸯去取些古董来,又嗔着凤姐儿:"不送些玩器来与你妹妹,这样小器。"王夫人凤姐儿等都笑回说:"他自己不要的。我们原送了来,他都退回去了。"

薛宝钗一副非常老实简朴、非常能够持家的样子,博得了贾母内在的好感,黛玉做不了这些沽名钓誉的事情,薛宝钗很会干。

同时在第四十回,大观园中行酒令,黛玉由着性子,说了《西厢记》《牡丹亭》等戏曲的内容,至于会造成什么影响,她没有考虑更多:

鸳鸯又道："左边一个'天'。"黛玉道："良辰美景奈何天。"宝钗听了，回头看着他。黛玉只顾怕罚，也不理论。鸳鸯道："中间'锦屏'颜色俏。"黛玉道："纱窗也没有红娘报。"鸳鸯道："剩了'二六'八点齐。"黛玉道："双瞻玉座引朝仪。"鸳鸯道："凑成'篮子'好采花。"黛玉道："仙杖香挑芍药花。"说完，饮了一口。

薛宝钗发现黛玉有了思春迹象，那么她需要的就是在气势之上，压住黛玉一头，以显示她的地位在黛玉之上。到书中第四十二回，刘姥姥离开后，宝钗便叫黛玉道："颦儿跟我来，有一句话问你。"黛玉便同了宝钗，来至蘅芜苑中。进了房，宝钗便坐了笑道："你跪下，我要审你。"黛玉不解何故，因笑道："你瞧宝丫头疯了！审问我什么？"在这里，薛宝钗要黛玉跪下，其实是以后妻妾地位的一个预演，两个人的地位，是博弈结果决定的。

过去的女孩思春，见不得人，薛宝钗也就抓住了黛玉这一点。

宝钗冷笑道："好个千金小姐！好个不出闺门的女孩儿！满嘴里说的是什么？你只实说便罢。"黛玉不解，只管发笑，心里也不免疑惑起来，口里只说："我何曾说什么？你不过要捏我的错儿罢了。你倒说出来我听听。"宝钗笑道："你还装憨儿。昨儿行酒令你说的是什么？我竟不知那里来的。"

黛玉一想，方想起来昨儿失于检点，那《牡丹亭》、《西厢记》说了两句，不觉红了脸，便上来搂着宝钗，笑道："好姐姐，原是我不知道随口说的。你教给我，再不说了。"宝钗笑道："我也不知道，听你说的怪生的，所以请教你。"黛玉道："好姐姐，你别说与别人，我以后再不说了。"

宝钗见他羞得满脸飞红，满口央告，便不肯再往下追问……

薛宝钗对这些书，应当也很熟悉，否则她怎么知道黛玉酒令当中的典故？《西厢记》里面的一些性描写非常露骨，而黛玉与宝玉共读《西厢记》之时做了什么，黛玉也是心里有鬼的。

宝钗借黛玉读《西厢记》一事"发难"，等于占据了古代道德的高地。在当时，《西厢记》就与现在的成人读物类似。所以宝钗就可以教育黛玉了："所以咱们女孩儿家不认得字的倒好。男人们读书不明理，尚且不如不读书的好，何况你我。就连作诗写字等事，这不是你我分内之事，究竟也不是男人分内之事。男人们读书明理，辅国治民，这便好了。只是如今并不听见有这样的人，读了书倒更坏了。"在此宝钗唱起了"女子不读书也不坏"的调子。"这是书误了他，可惜他也把书糟蹋了，所以竟不如耕种买卖，倒没有什么大害处。你我只该做些针黹纺织的事才是，偏又认得了字，既认得了字，不过拣那正经的看也罢了，最怕见了些杂书，移了性情，就不可救了。"一席话，说得黛玉垂头吃茶，心下暗服，只有答应"是"。宝钗转到黛玉的"不正经"上，教育黛玉的真实目的，就是确定二人在一起时的地位高低，地位定调以后，她们俩争夺宝玉的时候，气势就不一样。

在刘姥姥第二回来贾府前后，正是贾府的荣光鼎盛时期，也是宝钗、黛玉争夺宝玉的开始，宝钗教导黛玉的背后，是已经把黛玉当作对手，要展现当家姿态压黛玉一头，而黛玉还没有竞争意识。宝钗知道黛玉读了《西厢记》之后，后面就要暗中使坏了。薛宝钗的心机城府远远深于黛玉，她在人前的表现，与她内心的世界完全不同。

黛玉过早地暴露了她与宝玉的关系，引发了宝钗站在道德高地的打压，同时宝钗也在暗中下手，对此以后再分析。

后来，黛玉和宝玉的关系进一步暴露，就是在紫鹃试玉一节。对宝玉的态度，其实没有必要公开测试。在测试中，宝玉没有说非黛玉不娶，宝玉的态度被薛家看到了，结果就是过早树立了对手，而且还没有了回转的余地。在紫鹃的协助下，黛玉试探宝玉的态度，书中第五十七回，紫鹃试玉，贾宝玉表现疯癫，没有说出非黛玉不娶。宝玉干的事情，真是花心男普遍采用的手段：发毒誓和呆闹。

> 宝玉笑道："原来是你愁这个，所以你是傻子。从此后再别愁了。我只告诉你一句冠话：活着，咱们一处活着；不活着，咱们一处化灰化烟，如何？"
>
> 紫鹃听了，心下暗暗筹画。

宝玉所想的，只是黛玉不要走，能够继续与她"内帏厮混"，而不是要负责任地与家里人谈，非黛玉不娶。紫鹃的"暗暗筹画"，原本希望得到宝玉的表态，但宝玉在赶走林之孝家的后，认为黛玉走不了之时，笑道："可去不成了！"还是没有明说他一定要娶黛玉。

在紫鹃试玉时，宝玉态度暧昧，随后薛姨妈第一时间赶来对黛玉和稀泥，还暗暗威胁紫鹃"想必催着你姑娘出了阁，你也要早些寻一个小女婿去了"，意思很明确：黛玉若是外嫁，那么手握内宅控制权的王家人就要把紫鹃配小子，所以紫鹃后来也不敢给黛玉出主意了。黛玉真的变得孤立无援，唯一能够做的事情，就是在心理压力太大的时候，耍一点小性子和哭鼻子。黛玉不是贾家人，她要嫁给贾宝玉，她与贾家人说不着，只能是宝玉自己去跟家里人说。但宝玉在全书当中，凡是需要有担当的时候，都是"苗而不秀，银样镴枪头"，前面对金钏和晴雯也是如此。对此，书里也早做了埋线，所以最后黛玉的悲剧，宝玉有不可推卸的责任。

大观园的内宅已经被王家人控制，所以黛玉在里面要看下人的脸色，非常难受。看看第四十五回，黛玉抱怨："原是无依无靠投奔了来的，他们已经多嫌着我了。"而黛玉给下人的钱真的很大方：

黛玉听说笑道："难为你。误了你发财，冒雨送来。"命人给他几百钱，打些酒吃，避避雨气。（第四十五回）

　　给下人赏钱，一次出手就是几百钱，对比第五十七回邢岫烟与宝钗的对话，邢岫烟说："我虽在那屋里，却不敢很使他们，过三天五天，我倒得拿出钱来给他们打酒买点心吃才好。"因为有打发下人的支出，家里人还需要银子，而王熙凤又晚发月例银子，所以邢岫烟当了棉衣，对此宝钗回答："你以后也不用白给那些人东西吃，他尖刺让他们去尖刺，很听不过了，各人走开。倘或短了什么，你别存那小家儿女气，只管找我去。并不是作亲后方如此，你一来时咱们就好的。便怕人闲话，你打发小丫头悄悄的和我说去就是了。"宝钗为什么这样说？原因就是邢岫烟刚刚与薛蝌定了亲，变成薛家人了。

　　邢岫烟每月总计才二两银子，只有一两可以自己支配，给下人的钱肯定比黛玉给的少多了，林黛玉动辄就是给几百钱，一两银子也就大约1000钱。给这么多钱，下人依然对林黛玉使脸色，所以才有薛宝钗借机送燕窝的情节。下人给林黛玉脸色看，性质与对尤二姐一样，是做给主人看的。随后林黛玉认了薛姨妈为干妈，认干妈的好处就是可以让下人规矩一些。虽然薛家心机深，但表面功夫还是要做的，约束下人的行为。第五十七回，先讲邢岫烟也要应对下人，再讲黛玉认干妈，逻辑是联系在一起的。不过，正是因为黛玉认了这个干妈，下一回薛姨妈就住到了潇湘馆，所以黛玉的处境更危险了。

　　在宝玉与黛玉双方的关系进一步暴露了的情况下，薛家搞破坏和下毒手的进程就加紧了。在第五十八回，借着国丧贾府无人，贾母"托了薛姨妈在园内照管他姊妹丫鬟"，薛姨妈借机搬进了大观园，然后"况贾母又千叮咛万嘱咐托他照管林黛玉，薛姨妈素习也最怜爱他的",打着贾母的旗号,贴到了黛玉身边,"今既巧遇这事,便挪至潇湘馆来和黛玉同房,一应药饵饮食十分经心"。薛姨妈来与黛玉同房住,亲自隔在了黛玉与宝玉之间,限制了宝玉与黛玉的接触,之前宝玉到潇湘馆来是相对随意的,有紫鹃帮助,旁边的家奴、嬷嬷也不能怎么样,薛姨妈住在这里,情况就完全不同了。书中第五十九回,莺儿到潇湘馆,书里写"莺儿又问候了薛姨妈,方和黛玉要硝"。说明此时薛姨妈就住在潇湘馆,与薛宝钗不在一起。在第五十八回到抄检大观园期间,薛姨妈一直住在潇湘馆。另外,在第六十三回宝玉半夜的寿宴上,也是"薛姨妈打发人来了接黛玉的"。贾宝玉不敢为了黛玉直接与王夫人、贾政抗争,当然也不会对薛姨妈怎么样,除了他与薛宝钗还有暧昧原因外,还有就是只要任何事情让薛姨妈知道了,就等于王夫人和贾政也知道了。

有薛姨妈在侧,黛玉与宝玉也就难有私密空间了,在大观园的院子里,家奴、下人众多,古代男女授受不亲,管理大观园是李纨挂名,外面风风火火的是探春,但背后有控制力的是薛宝钗,把这个格局看清楚,就知道薛姨妈此时坐镇潇湘馆是什么打算了。此时的大观园实际上已经被薛家控制了,真正握有控制权的是薛姨妈,外面是薛宝钗,所以贾母去查赌会落空,而迎春奶娘由输家被变成了赌头,迎春不敢说话,原因不是怕家奴,而是背后有薛姨妈,薛姨妈背后有王夫人。在贾府,王家势力就是庶出的迎春不敢碰的存在。

在探春管理期间,薛宝钗也参与了管理。到第六十回,赵姨娘与芳官起了冲突,第六十一回又引来茯苓霜,虽然起因是彩云偷拿给了赵姨娘,赵姨娘的内侄钱槐想着五儿到了柳嫂子那里,但最后又是五儿给了芳官,五儿被抓住,搜出了赃物,要不是宝玉瞒赃把事情揽下来,马上就是家族内部的激烈冲突,因为彩云已经坚决不认,赵姨娘肯定也不会认,要到赵姨娘那里搜查,没有贾母和贾政的允许，应当办不到；让探春到她亲娘那里搜查，显然也是为难探春；如果再发酵，就是冲突表面化，而且公开化以后，可能依然难以真相大白。因此，平儿策划，利用宝玉把事情平息了下来。若事态不可收拾，贾家人插手的话，薛家对大观园的控制权就没有了，要注意，如果事情闹大，大观园换人管理，就会改变当前的局面，对薛家、王家是不利的。

抄检大观园，为何薛宝钗和薛姨妈要搬出去？抄检后该清洗的都清洗了，紫鹃等人也因为害怕，为了自保站队薛家了，薛姨妈的使命完成了，就要找机会退出了。从此之后，可以看到大观园就是一个烂摊子，迅速走向衰败，贾家的人都搬出了大观园，就黛玉在大观园，被王家势力隔绝在那里，与贾母的交流被阻断。

宝钗、黛玉博弈，贾母、王家人宅斗，暗中薛家人掌控了大观园，这样的结果，黛玉与宝玉的爱情一步步走向悲剧，就容易理解了。我们还要注意一下作者给角色起的名字，《红楼梦》一书的人物名都有甚深的用意。宝钗一家为何是姓薛呢？"薛"字下加上"子"，就是"孽"字，而且"孽"字的由来也与"薛"相关。"孽"字是会意兼形声字，从子、从薛，薛会意。《说文》："孽，庶子也。从子，薛声。"所以古代"薛"与"孽"两个字的读音也有关联。薛姨妈一家，确实是在书里隐藏很深的恶人，薛蟠是坏在表面，而薛宝钗则藏在里面，这里的"子"可以当孩子、子女来讲。所以贾家是"假"，薛家是"孽"。

（七）钗黛角力下宝玉暧昧

《红楼梦》中黛玉的悲剧，一方面是由于宝玉对她态度暧昧，从未说过非黛玉不娶；另外一方面，就是宝钗知道博弈的进退，该忍耐的时候忍耐，该放低身段的时候放低身段，是能屈能伸的厉害角色。

薛宝钗能够上位，其实是一波好几折，充满了变数，与她的心机和忍耐关系巨大。同时宝玉对宝钗和黛玉，一直在玩暧昧，宝玉本人没有公开做出选择，态度不够坚决，对最终的结果也影响很大。全书体现了宝玉对黛玉"天下无能第一，古今不肖无双"的花心男形象，但这一实质被鲜花着锦的表象所掩盖。

在第五回警幻对宝玉说："再将吾妹一人，乳名兼美字可卿者，许配于汝。""兼美"就是宝玉所有女人要兼得，对黛玉和宝钗，宝玉玩暧昧，想要兼得，从未说非黛玉不娶，而是以中立的态度让黛玉和宝钗进行博弈。书中第三十回，宝玉自己想道："幸而不曾造次。上两次皆因造次了，颦儿也生气，宝儿也多心，如今再得罪了他们，越发没意思了。"从宝玉同时考虑黛玉和宝钗的心思这一点，就可以看出他当时的心态，就是暧昧，两个都要的状态。

综观全书，贾宝玉从未向贾家人说他非黛玉不娶，而薛蟠则看中香菱，薛姨妈就纳了香菱；薛蟠看中夏金桂，就要薛姨妈去求亲。古代虽然是父母之命和媒妁之言，但孩子的意愿也很重要，尤其是男孩子的意愿，不是说包办婚姻就是父母一点也不近人情，不考虑孩子的感受。但宝玉的态度如何？有人说，在第九十一回宝玉也表态了："任凭弱水三千，我只取一瓢饮。"但宝玉这话是对黛玉一个人说的，类似的话其他场合也说过，关键的差别是宝玉没有对贾母、父母做过类似的表态！

不光贾家暧昧，贾家想要黛玉和宝钗的嫁妆都留下，起码要多留一段时间，让贾家可以周转，因为贾府的财务一直紧张。而宝玉对宝钗也色迷迷的，第二十八回，宝玉"在旁看着（宝钗）雪白一段酥臂，不觉动了羡慕之心"，宝玉对宝钗之色心，冰雪聪明的宝钗肯定也非常清楚，连黛玉都发现宝玉看着宝钗起色心发呆。宝玉在整个大观园当中，虽然与黛玉走得近，但在大观园的各种活动当中，宝玉在公开场合，对宝钗和黛玉的态度并没有明显的区别，这让宝钗也觉得有希望。宝玉看见一个爱一个，连史湘云、傅试家的女人，他也要想一想。第九十四回，紫鹃与鸳鸯聊天，得知宝玉对傅家女人的态度，紫鹃想："我看宝玉的心也在我们那一位的身上，听着鸳鸯的说话竟是见一个爱一个的。这不是我们姑娘白操了心了吗？"只不过宝玉看见其他女人没有林黛玉优秀和美丽，将她们当作备选罢了。花心男玩弄女性，就是自己明明已经有了女友，有了中意的女人，也玩暧昧，还不明确表态，让所有女孩都有希望。如此就可以让更多的女人不疏远他，就可以到处"吃女孩嘴上的胭脂"。

可能有人会说，宝玉害怕严父贾政而不敢说，但书中宝玉装疯卖傻的时候还少吗？虽然王夫人对贾政很厉害，但对她的宝玉却非常溺爱。宝玉不怕王夫人，也没有对亲妈提过。而且宝玉和黛玉真正的靠山是贾母，贾母是贾家人，在贾母有影响力的时候，宝玉也没有对贾母表示过他坚决要娶林黛玉。宝玉要是真的为了黛玉有点担当，大着胆子向贾政提出坚决要娶林黛玉，估计贾政的态度也不一样。通行本里，贾政最后对宝玉娶宝钗犹犹豫豫，王家人和贾母还打着给病中的宝玉冲喜的旗号，才办理了婚事。要是贾宝玉向贾政提过非黛玉不娶，情况肯定不一样。

宝玉故意对林黛玉和薛宝钗两个人玩暧昧，黛玉是贾宝玉已经得手了的，而对宝钗，他依然觊觎。脚踩几条船的花心男，表现出来的都是这个样子，绝对不会说"非谁不娶"这一类话。黛玉最多是宝玉的"主粮"，宝钗是宝玉的"备餐"，丫鬟们是宝玉的"零食"，他不会明确表态。宝玉喜欢黛玉不假，或者有人说他"爱着"黛玉，坚决不让黛玉离开，但他对黛玉不专一，喜欢黛玉并不影响他还喜欢别人，不想失去不等于想要负责任！古代不是一夫一妻制，道德环境不同。在《红楼梦》里面，宝玉女人成堆，黛玉失身宝玉之后没有了选择，女孩心里不安，情绪外化，所以显得任性，对此已经分析过。在《红楼梦》成书的年代，兼祧下娶平妻合法化，就是可以娶两个，书里"潇湘馆"本身的典故，也有娥皇女英同嫁的埋线，两个都娶，应当也是宝玉的想法。

在《红楼梦》书中，黛玉与宝钗，二人一直是较劲的状态。第六十二回宝玉寿宴上，聚会进行到中途，袭人送来了两盅茶，一盅贾宝玉自己饮了，另一钟则是宝钗先喝了一半，黛玉喝下了另一半。书中写道：

> 袭人便送了那钟去，偏和宝钗在一处，只得一盅茶，便说："那位渴了那位先接了，我再倒去。"宝钗笑道："我却不渴，只要一口漱一漱就够了。"说着先拿起来喝了一口，剩下半杯递在黛玉手内。袭人笑道："我再倒去。"黛玉笑道："你知道我这病，大夫不许我多吃茶，这半钟尽够了，难为你想的到。"说毕，饮干，将杯放下。

古代女子在男人面前喝茶，关键是喝干，是有讲法的：端茶是送客，喝茶是接受。比如在相亲的时候，不满意不喝茶，喝干了就是同意了。第二十五回，王熙凤就曾拿茶来揶揄林黛玉。"你既吃了我们家的茶，怎么还不给我们家作媳妇？"众人听了一起都笑起来，林黛玉红了脸，一声儿不言语，便回过头去了。喝茶这个相亲潜规则，在《红楼梦》里面也用了。

宝钗喝茶，说只不过漱漱口，要故意矜持一下，她没有想到黛玉会把她的茶直接接过来喝干。黛玉把茶喝掉了，与宝钗较上劲了。明明有黛玉和宝钗两个人，席上还有一群人，为何袭人很特殊地只拿了两杯茶来，宝玉喝一杯，留下一杯，此时袭人偏和宝钗在一处，先递给了宝钗。袭人与宝钗是一伙儿的，要做给大家看，宝玉与宝钗一起吃茶，没有黛玉的份儿。然后宝钗还要矜持一下，黛玉非常机智地抢过来自己喝掉了。因为如果黛玉再要另外一杯，则是晚来的一杯，排位就要算老二了，所以黛玉抓住机会，即使是喝剩茶，也要表明她才是这杯茶最后的主人。

黛玉后来对与宝钗的竞争，包括对袭人也是话里有话，第八十二回，袭人议论尤二姐指桑骂槐：

> 黛玉从不闻袭人背地里说人，今听此话有因，便说道："这也难说。但凡家庭之事，不是东风压了西风，就是西风压了东风。"袭人道："做了旁边人，心里先怯了，那里倒敢去欺负人呢。"

黛玉很清楚与袭人不是一伙，袭人是宝钗的人。然而在黛玉和宝钗暗中较劲儿中，宝玉的态度一直暧昧、中立，虽然他对黛玉的感情比对宝钗要深很多，却并没有在众人面前表现出来。

林黛玉没有及时与宝玉成婚，还有她要给父亲守孝的原因。虽然联姻应该经过父亲同意，有父母遗命、为了子嗣可以例外，就如大臣丁忧，皇帝需要的时候可以"夺情"，但一般人不愿意搞例外，给别人留下非议的空间。林黛玉是冬天接到父亲病危的消息回去，随后是秦可卿葬礼，后面大观园建设花了一年时间，第四十二回黛玉说"这园子盖才盖了一年"，实际上从春天建到冬天，第二十三回"二月二十二日子好"，宝玉等入住大观园。在第五十三回元宵夜宴，应当又过了一年。书中下一个到冬天的时节，是尤二姐死的时候。对此时间段验证一下，第三十七回"这年贾政又点了学差，择于八月二十日起身"，上任去了。贾政在外任职应当是三年，到第七十一回才回来，所以林黛玉守孝期满，应当在贾政回来之前，到第七十二回凤姐说"因为我想着后日是尤二姐的周年"，所以尤二姐死于贾政回来一年多前。之后就是前面说的抄检大观园等，以王夫人为首的王家人与贾母为首的贾家人婆媳宅斗，选联姻对象。因此，在林黛玉守孝期满，要议婚的时候，贾家却进入了多事之秋，其间还有甄家倒台、贾雨村降职、贾家人与王家人势力逆转等，直接影响了林黛玉的地位。宝玉、黛玉二人从共读《西厢记》到后来的议婚，中间的时间跨度很长，但这么长时间里，宝玉从未对家里说过坚决要娶黛玉，在长辈看来，他娶黛玉和宝钗都可以，只有袭人知道真相。

后来，黛玉听到了王尔调给宝玉提亲的风声，提亲的王尔调可能也是王家人，来对贾家施加压力了。提亲之事能立即传出风声来，也是王家人在试探各方的反应。书里写了黛玉知道以后的强烈反应。宝玉来探视黛玉，黛玉见宝玉"说话半吐半吞，忽冷忽热"。雪雁悄悄告诉紫鹃，"宝玉定了亲了"，"是个什么王大爷做媒的"（第八十九回）。黛玉"听得了七八分"，"自此以后，有意糟蹋身子，茶饭无心，每日渐减下来"，"从此一天一天的减，到半月之后，肠胃日薄，一日果然粥都不能吃了。……黛玉不见宝钗，越发起疑心，索性不要人来看望，也不肯吃药，只要速死"，"睡梦之中，常听见有人叫宝二奶奶的。一片疑心，竟成蛇影。一日竟是绝粒，粥也不喝，恹恹一息，垂毙殆尽"。黛玉如此心焦，宝玉也看到了，但依然未对贾家人表态非黛玉不娶，态度很暧昧。古代娶亲虽然是父母之命，但男孩子也可以表明自己的想法，就如书中薛蟠看上了谁他就会让薛姨妈去提亲，而贾宝玉从来没有薛蟠这样的表态。

宝玉对黛玉感情有多深，到议婚的时候王夫人也不清楚。第九十六回，袭人问王夫人，王夫人道："他两个因从小儿在一处，所以宝玉和林姑娘又好些。"袭人道："不是好些。"便将宝玉素与黛玉这些光景一一地说了，还说："这些事都是太太亲眼见的。独是夏天的话我从没敢和别人说。"袭人没说宝玉和黛玉已经有了男女之事，王夫人其实不知道宝玉与黛玉、宝钗之间发展到什么程度，也不知道差别有多大，这是宝玉的暧昧导致的后果，对日后的结局产生了巨大影响。

林黛玉知道一个不确定的提亲信息，就要死要活，在大家族里如此这般操作，最没有希望了。她孤立无援，紫鹃也不帮她，宝玉采取暧昧方式，也只有一闹作为发泄了。薛宝钗可能早就知道林黛玉能够进入贾家，且贾家对林家有婚约承诺，但薛宝钗的反应却是装作没事人一样，城府极深。"到了这一天黛玉绝粒之日，紫鹃料无指望了，守着哭了会子"。雪雁和侍书的谈话又被黛玉听到，"才明白过前头的事情原是议而未成的，又兼侍书说是凤姐说的，老太太的主意亲上作亲，又是园中住着的，非自己而谁？因此一想，阴极阳生，心神顿觉清爽许多，……黛玉心中疑团已破，自然不似先前寻死之意了。"黛玉寻死到了绝粒，也就是无法吃饭的程度了，但听说自己听得的信息可能有误，又立即好了起来。如此闹了一回，带来的结果就是再有啥事情，大家会瞒着她，她的信息来源没有了。"贾母略猜着了八九。"贾母对王夫人等人说："林丫头年纪到底比宝玉小两岁。依你们这样说，倒是宝玉定亲的话不许叫他知道倒罢了。"

林黛玉一而再，再而三地要死要活地闹，关键在于宝玉没有开口说非她不娶，她也没有办法说闹的原因是要宝玉娶她，或者她失身给宝玉了，这些话只有宝玉自己去对贾家的人说。只要宝玉闹过了，就算贾家人不同意，也等于不娶林黛玉的事情公开了，林黛玉的嫁妆就要清算，贾家就要给林黛玉找人家。对宝玉娶谁，贾家也是玩暧昧，不愿意表态。要贾府对宝玉婚事尽早表态，黛玉也只有闹性子给宝玉施加压力，也只有宝玉能够对贾家人说非黛玉不娶。宝玉的暧昧态度，也给了宝钗和薛家对联姻的期望。若不是到了最后，王家的王子腾死掉了，他们要与贾家联姻抱大树，贾宝玉要是坚决不愿意娶薛宝钗，前面议婚的时候，薛家也会有想法。

薛宝钗的心机远比黛玉深，书里第四回宝钗出场，介绍她就是："当日有他父亲在日，酷爱此女，令其读书识字，较之乃兄竟高过十倍。自父亲死后，见哥哥不能依贴母怀，他便不以书字为事，只留心针黹家计等事，好为母亲分忧解劳。"宝钗出生于生意人之家，非常清楚人情世故和社会博弈，知道啥时候该退让、该忍耐，这一点，从小被照顾和保护周到的黛玉做不到。宝玉态度暧昧，薛宝钗则是努力在众人面前表现她在宝玉心中，似乎地位与黛玉一样。前面在贾府婆媳宅斗的章节已经分析过了，王家人很早就把握了贾府的舆情权，"金玉良缘"之说到处流传，宝玉不明确表态非黛玉不娶，暧昧态度让舆情发酵，更有利于宝钗。

宝玉不表态还有一个关键原因，就是他应当知道林家的诉求很高，林家要求至少"兼祧"，要有孩子姓林，甚至可能要求他入赘。对宝玉而言，提出非黛玉不娶，等于是降低了贾家博弈的筹码，林家要求他入赘，他应当也不愿意。他要做的就是掌控黛玉的感情，要黛玉死活要嫁给他，这样就可以压低林家的博弈筹码，让黛玉同意他可以娶其他女人的要求。如果表态了非黛玉不娶，以后怎么娶宝钗、袭人？就是不断降低女方的期望，同时又给女孩巨大的希望，这是他们心理控制女孩的关键。从书中多处可以看出，宝玉情商很高，讨好女孩子很有手腕，一点都不傻，但会装疯卖傻。因此风月宝鉴换一面照他，就是他造成了千红一哭，万艳同悲；无能第一，不肖无双。

到第一百〇八回，潇湘馆总有鬼哭，宝玉去了，说："林妹妹，林妹妹，好好儿的是我害了你了！你别怨我，只是父母作主，并不是我负心。"愈说愈痛，便大哭起来。宝玉说是父母做主，但他对父母表达了他的想法吗？紫鹃试玉时，他没有说，全书中他根本没有说过他的意见，何来父母做主？他就是给自己的负心找理由。如果一直是父母做主，又何尝是他害了黛玉？合乎逻辑的解释就是他与黛玉的亲密关系，也是父母指使的，当时林家有财富，贾家想要占有，父母让他去与林黛玉交往，他就是贾家的博弈工具。否则他自己主动与黛玉交往，又没有对父母讲他要对黛玉负责，怎么能够说他不是负心？当初，宝玉故意接近黛玉，应当是有父母的指使，他自己的本性则是好色，所以第五回警幻说他："更可恨者，自古来多少轻薄浪子，皆以'好色不淫'为饰，又以'情而不淫'作案，此皆饰非掩丑之语也。好色即淫，知情更淫。是以巫山之会，云雨之欢，皆由既悦其色、复恋其情所致也。"宝玉就是"以'好色不淫'为饰"，在大观园内与女孩子交往，与林黛玉就是"以'情而不淫'作案"搞暧昧，从而造成了黛玉的悲剧，因此警幻说他"吾所爱汝者，乃天下古今第一淫人也"。在书中第二回，贾雨村对宝玉已经做出全面的评价，长篇大论当中的关键点是"若生于公侯富贵之家，则为情痴情种"。宝玉就是一个情种，不会对女孩子负责任。按照现在的标准，他算是花心男，但古代的标准与现代不同，贵族之家的男子可以有三妻四妾，可以有多个女人，而妻子嫉妒反而是犯了"七出"之一，标准是不同的。所以，对贾宝玉，不要套用现在的标准要求他，也不要用现代花心男的标准贬低他。

（八）花妖失玉暗中再角力

怡红院的海棠深秋开花，宝玉的玉丢失了，很多读者被书中的神鬼戏词带着走，而《红楼梦》的作者很贬低僧道，并不是一个鬼神论者，本人也是无神论者，认为应当按照无神论的方向进行解读，而且这样完全符合全书的逻辑脉络。

海棠在深秋反季节开花，从科学的角度出发，遇到暖冬或者秋季异常气候回暖，是可能发生的自然现象，书里也写贾母道："这花儿应在三月里开的，如今虽是十一月，因节气迟，还算十月，应着小阳春的天气，这花开因为和暖是有的。"不管怎么说，对此事怎么解读，才是整个故事的关键。此时，宝玉的婚约没有定，可能会出现变数，出现变数的原因是贾雨村又升职回来了。海棠花开在第九十四回，而第九十二回，贾政说贾雨村要升职了，到丢失玉以后，贾雨村在军机告诉贾琏王子腾升职的消息，说明此前贾雨村已经在军机处，在军机的京兆尹，对应官职是直隶总督，妥妥的一品大员实力派。本人前面已经分析过，贾雨村是林如海扶持起来的同榜进士翰林，身兼林黛玉的老师、靠山和林家托孤监护人等角色，是对黛玉婚约真正有决定权的人。

更关键的是此时黛玉身体好了起来，背景就是贾家人提出了娶宝钗的意向，同时薛家人搬出了大观园，潇湘馆也不是薛姨妈住在里面了，所以黛玉身体就好了起来。有关黛玉身体不好的原因，在黛玉之死一节还会分析，此处写到，紫鹃因黛玉渐好，与鸳鸯聊起了天，而海棠花开，黛玉也参加了贾家人此次重大活动。黛玉也听见了，知道老太太来，便更了衣，叫雪雁去打听，"若是老太太来了，即来告诉我"。如果读者细心，可以发现，在贾雨村降职以后，黛玉就缺席了贾家重大的集体活动。此次出现"花妖"，贾赦、贾政、贾环、贾兰都进来看花。贾家人集体来了，那贾母高兴，叫人传话到厨房里，快快预备酒席，大家赏花。叫："宝玉、环儿、兰儿各人做一首诗志喜。林姑娘的病才好，不要他费心，若高兴，给你们改改。"贾母在黛玉病好之后，又把黛玉放到了核心位置。

在第九十四回赏"花妖"时，黛玉进来，"已见老太太坐在宝玉常卧的榻上，黛玉便说道：'请老太太安。'退后，便见了邢、王二夫人，回来与李纨、探春、惜春、邢岫烟彼此问了好。只有凤姐因病未来；史湘云因他叔叔调任回京，接了家去；薛宝琴跟他姐姐家去住了；李家姐妹因见园内多事，李婶娘带了在外居住：所以黛玉今日见的只有数人。大家说笑了一回，讲究这花开得古怪。"可以看到此时大观园住着的没有啥人了,宝玉也要搬走了,然后花开了,他们又来看花。李纨笑道:"老太太与太太说得都是。据我的糊涂想头,必是宝玉有喜事来了,此花先来报信。"李纨已经冷眼看出端倪。

随后,黛玉对花妖的解读,"当初田家有荆树一棵,三个弟兄因分了家,那荆树便枯了。后来感动了他弟兄们仍旧在一处,那荆树也就荣了。可知草木也随人的。如今二哥哥认真念书,舅舅喜欢,那棵树也就发了"。贾母王夫人听了喜欢,便说:"林姑娘比方得有理,很有意思。"黛玉话中有话,贾母听懂了,并且公开支持,将此当作了吉兆,便说:"谁在这里混说!人家有喜事好处,什么怪不怪的。若有好事,你们享去;若是不好,我一个人当去。你们不许混说。"此处还有一个背景通过宝玉的心理活动进行了交代,"晴雯死的那年海棠死的,今日海棠复荣",对此的联想,不光宝玉会有,袭人应当也有。平儿私与袭人道:"奶奶说,这花开得奇怪,叫你铰块红绸子挂挂,便应在喜事上去了。以后也不必只管当作奇事混说。"袭人点头答应,送了平儿出去。不题。平儿嘴里奶奶不是特指,是

宴海棠贾母赏花妖(清孙温 绘)

哪个奶奶？种种迹象表明，贾母对宝玉的婚事，想法可能又有了改变。

在《红楼梦》书中，还有一个情节，就是晴雯死了以后，被说成做了花神。这里说是花妖，花妖和花神，其实就是一个性质的，而且都是海棠花，此时宝玉也想到了晴雯的死与海棠荣枯的关系。黛玉与晴雯是互相欣赏的，有人想到晴雯作为花神在帮助黛玉了。而且宝玉黛玉是木石前盟的，海棠反季节开花，也与黛玉是仙草的身份吻合。黛玉与花魂有缘，祭奠花神，在书中第二十七回花神祭奠就出现在大观园，第四十二回又是刘姥姥指出的方法，用祭奠花神让大姐儿安睡。此时海棠反季节开花，就是代表了黛玉与宝玉的婚事，可能要出现转机了。

前面章回贾母是在贾雨村降职时，与一家人议婚要娶薛宝钗，现在情况有变化了：这边贾雨村很快升职、林黛玉病好了；而那边当时是薛姨妈装腔作势，说要问问薛蟠才能够决定。此时，贾家人重新做决定，宝玉不娶薛宝钗，贾家连悔婚都算不上，因为当时就没有说死，双方没有明确定下婚约。因此，在局势可能迅速逆转的状态下，宝玉的玉突然丢失了，就非常奇怪了，应当就是身边内贼所为。如果此时贾母态度改变，要宝玉娶黛玉，对已经与薛宝钗结盟、依靠王家人支持可能当上准姨娘的袭人，就是重大危机。

宝玉丢失玉的过程，书中写得很清楚："忽然听说贾母要来，便去换了一件狐腋箭袖，罩一件元狐腿外褂，出来迎接贾母。匆匆穿换，未将通灵宝玉挂上。及至后来贾母去了，仍旧换衣。"此过程时间很短，能够去宝玉卧室的人也只有袭人、麝月、秋纹三个人，当初小红找机会进过宝玉屋内一趟，结果被狠狠奚落了一番。宝玉将玉摘下，能够被他人发现、拿走，也是小概率事件。只要盯住进出宝玉房间的人，不难破案。但找玉的过程，却没有对能够进入宝玉房间、可能盗走那块玉、有条件作案的嫌疑人直接排查，反而才有了间接的查找方式——对众人搜身。先是平儿起，平儿说道："打我先搜起。"于是各人自己解怀，李纨一气儿混搜。后来，又无端怀疑基本不会进宝玉房内的贾环，再搞保密寻访，等贼拿出来，根本上回避了宝玉身边丫鬟盗取的嫌疑，不去分析谁可能偷，王家人的反应很异常。

最奇怪的是书里介绍"宝钗也知失玉"，在贾家封锁消息，薛宝钗已经搬出大观园的情况下，她又是怎么知道的？还有："如今虽然听见失了玉，心里也甚惊疑，倒不好问，只得听旁人说去，竟像不与自己相干的。"故意不问也很反常。因此，本人认为，宝钗和袭人在此事上才有最大的嫌疑，因为玉放在那里，袭人直接过去拿走或藏起来就可以了。袭人拿了玉给宝钗，以后联姻议婚博弈，给宝钗增加筹码。林之孝算卦，说玉在当铺，在《红楼梦》中薛家就开有当铺，与林之孝的占卜之词完全吻合。书里故意写占卜到当铺这一段，在暗示和埋线。而妙玉扶乩指向青埂峰，王家人请来的妙玉，自然会按照王家人的需要来扶乩，就如葫芦案的扶乩一样，都是人为操纵；贾府不按照正常破案逻辑，即排查谁能够进入宝玉卧室、有作案条件来抓贼。

在海棠花开、贾雨村升职、黛玉病好的情况下，贾母对黛玉的态度明显转变了；而薛姨妈与贾家的议婚，对宝钗宝玉二人婚事却没有说死，由于薛姨妈当时的装腔作势说要问薛蟠的态度，一时也不好下台阶，因此王家人尴尬了。此时，不要忘记薛蟠二次杀人案。薛蟠在城南二百里的地方杀了人，应当属于京兆尹贾雨村的管辖范围。对薛蟠杀人案要级级上报和多次审理，古代命案都需要经过三堂会审，一定会上报到京兆尹手里，也就是逃不出贾雨村的手心，薛家人对此不会不知道。而书中后来的情节发展，也是薛蟠二次杀人案，被严查后案件给翻了过来，薛蟠被判了绞刑监候。

海棠出花妖，宝玉联姻宝钗、黛玉选谁的议婚有可能要变盘，宝玉的玉就神秘丢失了，下面应当是有人下药，让宝玉疯癫得病，让各方对鬼神算卦等认可和害怕，再往下的故事发展就搞出了宝玉需要冲喜，要尽快与薛宝钗完婚的论调了。随后的故事发展，就是宝玉得了病，黛玉原来病好的，也开始病重了，宝玉结婚冲喜的需求就产生了，贾府内的水很深。

宝玉失去玉，带来内宅王家人的婚约博弈新筹码，宝玉找到玉，还可以要价。最后，当事人通过癞头和尚把玉还回来，还要一万两银子，但和尚见到宝玉，改变了主意，有了更大的图谋。和尚让宝玉知道黛玉、宝钗背后的真相，通过黛玉之死而诱拐宝玉出家到他那里，当然癞头和尚得利更大。宝玉在青埂峰出家，贾家需要供养癞头和尚的庙，那贾府对此的花费就源源不绝了，对此我们在第一部当中已经分析了。

五、红楼群芳的红颜薄命

如何解读大观园的众多姐妹的命运？大观园里面金陵十二钗里的尤氏姐妹、鸳鸯、金钏，以及其他女性的命运背后，不光是书里的明线，还有暗线的博弈，把明线、暗线都展现出来，对整本书的理解会有更大的帮助，本章将开始对上述问题进行阐述。

（一）房内政治与金钏之死

对《红楼梦》当中的金钏之死，本人与很多人的理解不一样。以现在的观点来看，一般都说王夫人残忍，认为是封建礼教、女子名节等原因造成的，这些都没有考虑到当时的豪门潜规则。王夫人在书中性情变化很大，这种变化从林黛玉和薛宝钗进入大观园以后开始。为什么会出现这种变化？因为关系到王夫人是否掌握为宝玉择偶的权力，以及宝玉成亲后，婆媳谁来掌权的问题。金钏之死，是王夫人性情转变的重要节点。

在古代社会，母亲的丫鬟成为儿子的侍妾，是再正常不过的事情，而且丫鬟的出路，当妾是其中比较好的一条。就如电视剧《大宅门》里二奶奶把自己身边的丫鬟槐花赏给儿子白景琦做小。母亲对儿子与丫鬟有私，一般是默许甚至支持的。再如万历皇帝当年，就与太后的使唤宫女有私情，皇帝还没有大婚，宫女却怀孕了。皇帝担心母亲发怒，不敢说，但太后知道以后却非常高兴，因为增加了抱孙的机会。母亲最喜欢的丫头，就是给儿子留着的。丫头当了侍妾，一样还是要丫头似的服侍婆婆，而且还是母亲放在儿子身边的眼线。当时的书中场景是金钏在给王夫人捶腿，其他丫鬟各干各的，都昏昏欲睡。对丫鬟而言，能够在屋里面给主子捶腿，是身份的象征，也是很荣耀的工作，比在外面做针线的人地位要高，所以金钏在王夫人那里的地位不低。在书中，金钏第一次出场是王夫人带她去薛姨妈那里，金钏贴身陪着王夫人，可见是被王夫人当作心腹的。

再看看袭人，宝玉要"强袭人同领警幻所训之事"，袭人马上就同意了，与宝玉"初试云雨"，半点没有名节一说。袭人的母亲去世，贾府还给补贴，比赵姨娘的兄弟去世给的都多。第二十四回，宝玉见鸳鸯脖颈白腻，便猴上身去涎皮笑道："好姐姐，把你嘴上的胭脂赏我吃了吧。"鸳鸯便叫袭人。想一下此时为啥鸳鸯去叫袭人？宝玉与袭人初次云雨是第六回的事情，这里是第二十四回，可见他俩云雨的事情在贾府内宅应该尽人皆知，丫鬟与男主人有性行为，在贵族家就不叫事，也不是秘密，除非男主人已经结婚，而且女主还是个不容人的厉害角色，就如王熙凤对与琏二爷有染的丫鬟都不手软，即使是尤二姐这样的也不行。

再来看看金钏被逐出时，从王夫人角度看，她犯事儿的细节，书中是这样写的：

> 宝玉轻轻的走到跟前，把他耳上带的坠子一扚，金钏儿睁开眼，见是宝玉。宝玉悄悄的笑道："就困的这么着？"金钏抿嘴一笑，摆手令他出去，仍合上眼。宝玉见了他，就有些恋恋不舍的，悄悄的探头瞧瞧王夫人合着眼，便自己向身边荷包里带的香雪润津丹掏了一丸出来，便向金钏儿口里一送。金钏儿并不睁眼，只管噙了。宝玉上来便拉着手，悄悄的笑道："我明日和太太讨你，咱们在一处罢。"金钏儿不答。宝玉又道："不然，等太太醒了我就讨。"

金钏儿睁开眼,将宝玉一推,笑道:"你忙什么!'金簪子掉在井里头,有你的只是有你的',连这句话语难道也不明白?"(第三十回)

从此处来看,金钏对宝玉有私情,她虽然被动承受,但也很享受,心里也有意。对此,书中还有多处可以印证。

在王夫人房前的廊下,金钏主动挑逗调侃宝玉:"我这嘴上是才擦的香浸胭脂,你这会子可吃不吃了?"(见第二十三回)当时,王夫人和贾政就在屋内说话,还有彩云、彩霞、绣鸾、绣凤等众丫鬟在廊檐底下站着,金钏与宝玉当众接吻(吃嘴上胭脂),根本不避讳其他人。

宝玉挨打之后,昏昏默默中仍"见金钏儿进来哭说为他投井之情",而宝玉对黛玉说"就便为这些人死了,也是情愿的",还有就是第四十三回,金钏生日,宝玉出城私祭。金钏生辰,恰与凤姐同日,宝玉乃不怕凤姐见怪,不顾贾母悬心,不惧众人议论,径至郊外水仙庵,一炷清香,亲为祭奠。从这些内容可以看出,宝玉与金钏也有情意。

在贵族家庭,年轻主子对丫鬟的调戏、占有是常事,不算过错。袭人同宝玉云雨"不为越礼",贾家有惯例给男孩子配通房丫鬟。此处,宝玉与金钏不过是言语问答,何以王夫人对金钏如此大动肝火?前面宝玉与金钏的调笑,王夫人应当听见了,并没有发作。真正让她发作的,应当是后面的一句:

"我倒告诉你个巧宗儿,你往东小院子里拿环哥儿同彩云去。"宝玉笑道:"凭他怎么去罢,我只守着你。"只见王夫人翻身起来,照金钏儿脸上就打了个嘴巴子,指着骂道:"下作小娼妇,好好的爷们,都叫你教坏了。"宝玉见王夫人起来,早一溜烟去了。

宝玉挑逗金钏的场合是王夫人在睡觉，旁边还有其他丫鬟在打盹。何为不可原谅的无耻之事？金钏真的犯了绝对不可饶恕的过错吗？

王夫人固然是个宽仁慈厚的人，从来不曾打过丫头们一个，今忽见金钏儿行此无耻之事，此乃平生最恨者，故气忿不过，打了一下，骂了几句。虽金钏儿苦求，亦不肯收留，到底唤了金钏儿之母白老媳妇来领了下去。那金钏儿含羞忍辱的出去，不在话下。

书里此处还特别渲染了一下，说王夫人宽仁慈厚，"从来不曾打过丫头们一个"，那么何为她平生最恨的无耻之事？金钏的话，确实犯了大忌。现在的读者缺少当时的世家豪门的生存背景知识，因此难以理解。

很多人说王夫人是双重标准，不骂主动找金钏的自己的儿子，而不公地对待金钏，这是没有看清楚里面的关键环节。金钏最大的错误不在前面与宝玉的暧昧调情，而在后面说的"你往东小院子里拿环哥儿同彩云去"！这句话在王夫人眼里是无耻、不可原谅的事情，是"下作小娼妇，好好的爷们，都叫你教坏了"，主要的原因有以下几点：

其一：少爷找亲妈的丫头不是问题，所以开始时王夫人装睡，但若去找与贾环有私的丫头，就有问题了！宝玉与贾环是竞争关系，宝玉如果找了与贾环有私的丫头，问题就大了！所以王夫人就发作了。不能因为彩云也在王夫人那里，就简单地把她理解为是王夫人的人！若真的是王夫人的人，她绝对不敢公然与贾环有染。她在王夫人的房内，应当类似晴雯在宝玉房内，是贾母的安排，或者说是贾府老家奴赖大的关系。彩云是原来贾府的人，赵姨娘也是老太太的人。王夫人带来的陪房，类似周瑞家的，都被王夫人嫁出去了。

其二：金钏教唆宝玉去找彩云，金钏与和贾环私通的丫头彩云，她俩有啥互相串通的内情？对比一下现在，简单的办公室原则是，谁的人找谁，肯定不能犯错，犯错就是大忌。

其三：彩云与金钏之间的事，仅仅是丫头间的事情吗？是不是金钏已经被赵姨娘通过彩云买通了？这可是忠诚与否的大问题。主子对下人的忠诚有怀疑，这个下人就肯定不能留在身边了。丫鬟是谁的奴才，跟着哪个主子，在当时是关系主子的隐私和利益会不会外流的大问题，当奴才的都应当非常清楚，金钏不应当搞错，有错肯定会被严惩。

其四：还把贾环扯进来，贾环是庶子，关系更微妙，兄弟俩一起玩同一个丫头，这是王夫人不能接受的。

其五：金钏与贾环是什么关系？贾环与彩云的事情，金钏是否也参与了？金钏是否也两头下注？他们是否与宝玉一起，是否四个人串联起来，干了些不可描述、见不得人的事？王夫人要是对此有了怀疑，那么叫她死的心都会有。

在《红楼梦》书中贾府后宅，王夫人与赵姨娘一直是泾渭分明，以上种种问题，别说金钏跟了王夫人多年，就算是府内普通的下人，也不应当不知道、不开眼，但她竟突然说出"拿环哥儿同彩云"的话来！金钏不会无缘无故地带出环哥和彩云来，如果不是她们之间的关系特别，这样的玩笑也是开不出来的，金钏与彩霞、彩云，在王夫人的眼里一定要泾渭分明，是要分阵营站队的。因此王夫人听了金钏那句话有想法，完全有道理。这是书中王夫人的平生最恨之事！宝玉一直是与各个姑娘丫鬟调情的混世魔王，宝玉与金钏调情，肯定构不成书中所写的王夫人"平生最恨之事"。宝玉可以很有信心地去找他娘讨要金钏,但绝对不能与赵姨娘的人有瓜葛,对王夫人而言,赵姨娘才是她平生最恨之人,宝玉与之有瓜葛才够得上王夫人平生最恨之事!因此对金钏那句话,王夫人当然气不过,难以原谅她。

有人说彩云也是王夫人的丫头啊?但丫头和丫头不一样,名义上赵姨娘属于侍妾,也归夫人管!实际上,彩云如此公然地与赵姨娘和贾环有瓜葛,王夫人不生气,也没将彩云赶走的背后原因,其一是有贾政老爷在,老爷天天睡在赵姨娘那里;其二是背后还有贾母。也就是说,彩云背后有赵姨娘、有贾政,甚至有贾母,而金钏则没有,金钏是王夫人带着当亲信的丫鬟,所以王夫人对金钏的要求标准更高。王夫人奈何不了彩云,却可以把所有的气出在金钏身上。

另外,赵姨娘以前也是贾府的丫鬟,彩云也是贾府丫鬟,彩云实际应当与赵姨娘一伙,因为她们出身是一样的,背后应当还有一个贾母(赵姨娘死前说"我跟了一辈子老太太")。为何彩云不去想宝玉,而去想贾环?她不敢觊觎王夫人的禁地,但她与赵姨娘都是贾府丫鬟,就可以想想贾环。书中后来彩云与贾环玩崩了,染了无医之症,怎么死的?还有人说彩云和彩霞是一个人,是否如此,存在争议,按通行本来看,彩霞也是赵姨娘和贾环喜欢的丫头,被王家算计嫁给了王家家奴来旺儿的败家子:"赵姨娘素日深与彩霞契合,巴不得与了贾环,方有个膀臂,不承望王夫人又放了出去。"(第七十二回)彩云和彩霞都是赵姨娘的人。而书中还有一句"贴身掌管钗钏禭沐两个丫鬟","钗""钏"联系在一起,薛宝钗和金钏、玉钏,名字也是她们站队在哪一方的证据。

在书中,彩云虽然伺候着王夫人,但不是王夫人的人,算是贾府丫鬟,贾政的房内人;王夫人培养金钏,就是为了把她安插在宝玉身边,所以金钏会当众叫宝玉来吃她嘴上的胭脂(湿吻)。宝玉说讨她过去,王夫人正合心意,就假寐不醒。宝玉的丫头袭人和晴雯等人,都是贾母派的丫头,王夫人不能染指。金钏死前,袭人还没有投靠王夫人，王夫人不能绕过贾母给宝玉指派丫头，宝玉自己来讨要，正是王夫人所需要的。金钏说让宝玉找彩云和贾环，当然会让王夫人勃然大怒。金钏说过了此话，以后王夫人也不敢把她当作心腹，放到宝玉身边，她的价值已经丧失了，所以王夫人要赶她走就符合逻辑了。《红楼梦》一书的关键博弈之一，就是贾母和王夫人的婆媳较量，看谁能够把持对宝玉的控制权。贾母把王夫人亲生的宝玉和元春两个人，都控制在自己身边抚养，不让王夫人染指，王夫人当然恨得牙痒痒。

另外，彩云与贾环的事情，王夫人也有可能以前并不知道，这是第一次听到。王夫人的丫鬟彩云与王夫人对头赵姨娘的儿子贾环相好，肯定是要瞒着王夫人的。此事作为王夫人亲信的金钏本来应当先找王夫人汇报，就如袭人后来把怡红院的各种事汇报给王夫人一样，可是金钏不但没有汇报，还教唆宝玉掺和进去，被王夫人意外知道了，当然王夫人不能容忍了。在这件事上，金钏作为王夫人

戏彩霞贾环烫宝玉（清孙温　绘）

的家奴，带有背叛的性质。

最后还有一点，也是最重要的因素之一，王夫人可能会嫌弃赵姨娘的人和贾环脏！古代因为医疗条件有限，对于性病极为恐惧。为何古代那么看重女人的贞洁，不光是封建礼教对妇女的禁锢，也是为了要阻断性病的传播，有很多部族都是因为性病泛滥而灭族的。在那个时候还没有毒品大量流行，对富家豪门子弟来说，关键要防的就是性病，否则可能无后、绝嗣，这涉及家族之根本。古代没有安全套等保护措施，性病传播起来非常快，那个时候梅毒已经从美洲传来，梅毒比以前的性病更可怕；还有淋病，也很可怕，女的得了会造成生的孩子眼部结膜感染。在没有抗生素的情况下，就算是普通的尿路感染，也难以根治，会造成严重的后果，比如会感染上行变成肾炎，再继续发展就是生育困难，甚至短命。

因此，富家最重要的就是限制孩子纵淫，不让孩子与外面不干净的人有染。这个是当妈的最重要的责任，比敦促孩子读书都重要，读书是严父和老师管的事情。到后面的抄检大观园，起因是邢夫人发现傻大姐拾得的五彩绣春囊，便马上派王善保家的交给王夫人，

因春囊重托王善保（清孙温　绘）

把王夫人"气了个半死",引发了抄检大观园。古代的豪门,对丫鬟们在外面有私情,最怕的就是被外面的男子脏了身子,以后影响到自家子弟,以及家族子嗣。保持内宅女人的身子干净,也是豪门当家夫人最重要的职责。所以金钏真的是犯大忌了。

王夫人养在身边的小丫头,未来就是给宝玉预备的,不让他因为饥渴乱在外面找女人。因此,王夫人对袭人一直与宝玉睡一起是认可的,宝玉也知道,所以还说找娘来讨要金钏。但在王夫人看来,赵姨娘肯定不干净,而贾环不是"好孩子",肯定也不干净。在书中有贾环宿娼滥赌的描述,与贾环的女人搞到一起,肯定会脏了宝玉,王夫人绝对要严禁,不能忍。

在书中,贾府的宁、荣二公各有四个儿子,正是贾家在京城的八房。另有旁支十二房在金陵祖籍,但在贾府,荣国府和宁国府都子嗣不多,很可能就与府内男女关系混乱,性病在家族内宅传播有关,甚至可能贾政就有病,王夫人和赵姨娘后来都有病呢!对此情况,王夫人应当很清楚。古代还有很多现在已经不算啥的性病也很厉害,比如滴虫、阴虱等,都对古人的健康有巨大影响。古代对性病的恐惧,现在的读者未必能够体会。当时娶妻一定要处女,还有一个社会原因,就是因为性病的流行,尤其是在明代以来,全社会对女性贞操看得更重,与梅毒传入中国相关。

书里第七十回,林之孝拿出名单要看看是否有年龄合适的丫鬟可以配小厮,凤姐看了名单,专门提到了彩云,"彩云因近日和贾环分崩,也染了无医之症"。特别提及了彩云染病,已经无药医治,可能就是得了花柳病等与性有关的疾病。过去没有抗生素,得了花柳病难以根治,但可以缓解病症,不过治疗的费用不菲,丫鬟负担不了。所以彩云的命运应当是早夭,来旺儿也不会去求娶身患不治之症的儿媳妇,从这里看,彩云和彩霞应当不是一个人。

书中贾府丫鬟本身就是给少爷泄欲的,第六十五回有兴儿说过的一段话:"我们家的规矩,凡爷们大了,未娶亲之先都先放两个人伏侍的。"如果这样,那么年轻的爷们成家前,正处于青春如火的年龄,房里有俩伺候的丫头,便可一解燃眉之急……所以贾宝玉与丫鬟调情或者丫鬟主动与宝玉调情,本来也不是问题,金钏也没有名节的问题。

　　金钏儿不是外买奴(外头的),而是家生奴(家里的)。书中明确说了,从孩提时起,她与玉钏姐妹俩就为贾府主子服役。从小家养的女人,在富贵人家看来是干净的女人。金钏被逐后也无人身自由,她最好的出路,就是能够当姨娘。对主子而言,漂亮女孩是资源,从小养大带在身边,是主子的重要工具,不是原则问题,不会下狠手。金钏与晴雯不同,就算以后都是姨娘,也一个是类似平儿的角色,另一个是类似赵姨娘的角色。主母让身边的丫头去当侍妾,实际有让其当眼线和控制少爷的功用,晴雯是贾母和赖大老家奴的人,金钏是王夫人的亲信,本来王夫人想要金钏去抓住宝玉的,所以金钏可以公然让宝玉来"吃她嘴上的胭脂",结果金钏一死,王夫人在宝玉身边的抓手就没有了,才给袭人在随后的第三十四回投靠王夫人留下了空间。本来袭人是贾母的人,后来她是填补了金钏的位置。

　　金钏之死不是因为名节问题,在古代"礼不下庶人",丫鬟属于贱籍,也不讲名节。丫鬟能够与主子搞到一起、成为姨娘已经是最好的出路。她是没有资格谈爱情的,古代女子也没爱情可讲。要不古代的律例怎么一定要说调戏良家妇女,而不是调戏妇女。

　　金钏若能够当姨娘,其实也不是她一个人的事情,是她们一家人摆脱奴籍的希望!因为她当了姨娘,她的家人也不是普通的奴仆了!虽然地位依然很低,但不是贱奴了,有了人身自由的希望。因此在那个年代,每一个丫鬟能够做的,只有这个姨娘梦,就如宫女都想着被皇帝临幸,能够当上妃子,是一样的逻辑。《红楼梦》里的丫鬟们都有姨娘梦，只是做梦的对象不同。跟着小姐的丫鬟，与平儿类似，做的是陪嫁当姨娘的梦。这是她们的身份能够发生改变，唯一可以做的梦。

再说一点题外话，奴仆的儿子要翻身，最好的办法是去当书童，陪着少爷读书。如果真的读好了，考中功名的话，不但奴籍没有了，而且主子还会将他收为养子，或者招赘女婿，或者把丫头收为养女嫁给他。这就是《唐伯虎点秋香》的故事逻辑。因为有了功名，古代可以免税，免兵役、徭役，直接利益大得很！不过，儿子能够当伴读和考取功名的概率，远远比生一个漂亮女儿，去给主子当姨娘的概率小。

另外需要注意到金钏并不是马上投井。金钏被撵的第二天，也就是五月初五，这一天，王夫人请薛家母女赏午；宝玉因为晴雯跌了扇坠，和晴雯发生争执，"撕扇子作千金一笑"；第三天，也就是五月初六，史湘云来走亲戚；然后到宝玉房里给袭人送戒指，几人谈论了仕途、前程等；贾雨村来访，贾政定要叫宝玉出去见——此时发生了金钏投井身亡事件。所以金钏的死，有一个过程，可能还经历了家里人的威逼和对前途的绝望，她后来应当也想明白了。

金钏死前，应该想了很多事，也发生了很多事。有人说是谣言和名节逼死的她，通过上述分析，最可能是当姨娘改变一家人命运的希望破裂了；另外一个就是要被人细问，她与环哥和彩云之间有啥故事。王夫人一系的人，对此一定会刨根问底。难以对证的事儿真的说不清楚，只要说不清，以后等着她的就是生不如死。所以，金钏只有以死来表明她与贾环和彩云之间的关系是清白的，以及她对宝玉和王夫人是忠心的。对家奴而言，主子的信任和自身的忠诚最重要，金钏说错话，被王夫人当成了叛徒，这可是天大的事情，金钏一家应当是王家的家奴出身，金钏受到怀疑不被信任，涉及的也不是她一个人的事情，还有玉钏及她父母，家族的人都要她表一个态，都会逼她去证明自己的忠诚，金钏以死证明忠心，这也是她家人的需要。在那个时代，这才是更合理的解释。

王夫人本想让自己培养的金钏去贴近宝玉，而金钏没有理解王夫人的想法，一不小心说错了话。此时，宝玉身边都是贾母委派的丫鬟，王夫人需要宝玉身边有自己的人。对不属于自己的人，与贾环搞在一起的彩云，王夫人是无可奈何的。更大的背景是贾家亲戚林黛玉和王家亲戚薛宝钗进入了大观园，在为宝玉择偶的问题上，贾母和王夫人婆媳双方博弈激烈，难以妥协。在此之前，王夫人对贾母是孝顺媳妇，妥协为主。但在宝玉未来择偶的问题之上，王夫人不准备妥协，因为贾珠已死，宝玉是她唯一的儿子，也是她的命根子。王家人与贾家人围绕宝玉择偶和后院控制权的博弈，本人将在专门的章节进行分析。

不要说古代的社会残忍，就是现代社会，办公室政治，一句话说不好，说的时间、地点不对，后果不可挽回，也会影响一个人的前途。社会本身就是残酷的，读《红楼梦》不是做梦，要读出当时社会的残酷和生存的不易。

（二）鸳鸯与贾琏之私藏得深

鸳鸯到底是怎么死的？鸳鸯被贾赦逼婚，发毒誓拒婚不嫁，最后贾母死了之后她自杀了。在现在的读者看来，她是不愿意屈从于贾赦，被写成了平民为了爱情自由，反抗权贵的典范，本人觉得问题似乎没那么简单。

◇◇◇拒婚毒誓留有后门

贾赦要娶鸳鸯，鸳鸯不干，书里写了贾赦还通过了鸳鸯的家里人，对鸳鸯全方位威逼。最后得知鸳鸯誓死不嫁，贾赦放了狠话：

"叫他细想,凭他嫁到谁家去,也难出我的手心。除非他死了,或是终身不嫁男人,我就伏了他!"若仔细研究故事的情节发展,会发现鸳鸯想得非常清楚,在拒婚的毒誓上留了后门。

贾府丫鬟的婚配,本来就不是自己决定的,即使是配小厮,也是掌权的主子们做主,就如第七十回:"又有林之孝开了一个人名单子来,共有八个二十五岁的单身小厮应该娶妻成房,等里面有该放的丫头们好求指配。凤姐看了,先来问贾母和王夫人。大家商议,虽有几个应该发配的,奈各人皆有原故:第一个鸳鸯发誓不去。自那日之后,一向未和宝玉说话,也不盛妆浓饰。众人见他志坚,也不好相强。"此处特别写了,有决定权的是凤姐和贾母,所以彩霞出来,旺儿家的可以强娶。贾母自然是鸳鸯的后台,凤姐在此局当中担任什么角色?凤姐、贾琏与鸳鸯关系也不一般。

很多读者会有疑问,鸳鸯同意了,贾母也未必认可啊?古代讲三从四德,夫死从子!实际上,贾赦是荣国府的大家长,鸳鸯要是同意了,则可以不经过贾母的。纳妾是不用父母同意的,与娶妻不同。若真的贾母要是认可了,则由不得鸳鸯,也不用问鸳鸯的意思了。贾赦让邢夫人来找鸳鸯,其实已经料定了贾母是不会同意的。此时鸳鸯不同意,贾赦若硬夺,则对母亲不孝,也是不行的,因此贾赦难以下台,才开始了狠话逼婚。

鸳鸯对贾赦的狠话和威胁,自己想得非常清楚,能够在贾母身边当大丫鬟之首,也不是吓大的。可以看看当初她的盘算,第四十六回:

> 平儿摇头道:"你不去未必得干休。大老爷的性子你是知道的。虽然你是老太太房里的人,此刻不敢把你怎么样,将来难道你跟老太太一辈子不成?也要出去的。那时落了他的手,倒不好了。"鸳鸯冷笑道:"老太太在一日,我一日不离这

里。若是老太太归西去了,他横竖还有三年的孝呢,没个娘才死了他先纳小老婆的!等过三年,知道又是怎么个光景,那时再说。纵到了至急为难,我剪了头发作姑子去;不然,还有一死。一辈子不嫁男人,又怎么样?乐得干净呢!"

在此鸳鸯说得很清楚了,老太太死后贾赦还有三年孝,然后她还可以出家,自杀抗争只不过是最后的选项。为何老太太一死,鸳鸯就自杀了呢?那个时候贾赦已经获罪充军了,不知道啥时候才能够回来,因此那些说鸳鸯的自杀是贾赦逼死的,逻辑根本不成立。

贾赦娶鸳鸯的目的,大多数红学家的解释是:贾赦为了得到老太太私藏的那些私房钱,以及得到老太太的关心和注意力。还有人认为,贾赦本身就好色,想娶鸳鸯当小老婆,等等。本人认为这些理由都不成立。贾赦想着贾母的私房钱的说法,逻辑上有一个硬伤,就是鸳鸯变成了贾赦的姨娘,就不是贾母的贴身丫头了,贾母财产的管理权就要交给其他丫鬟,那贾赦也不能拿到这笔钱。对于贾赦

鸳鸯女誓绝鸳鸯偶(清孙温　绘)

只想纳妾鸳鸯，也有一个不合理的地方。《红楼梦》书里明确写了鸳鸯不算好看，相貌平常："蜂腰削背，鸭蛋脸面，乌油头发，高高的鼻子，两边腮上微微的几点雀斑。"此事最后的结果，贾赦"终久费了八百两银子，买了一个十七岁的女孩子来，名唤嫣红，收在屋内"。贾赦算是有了一个台阶下。

鸳鸯的实际情况，书中也说得非常清楚：

鸳鸯红了脸，向平儿冷笑道："这是咱们好，比如袭人、琥珀、素云、紫鹃、彩霞、玉钏儿、麝月、翠墨，跟了史姑娘去的翠缕，死了的可人和金钏，去了的茜雪，连上你我，这十来个人，从小儿什么话儿不说？什么事儿不作？这如今因都大了，各自干各自的去了，然我心里仍是照旧，有话有事，并不瞒你们。这话我且放在你心里，且别和二奶奶说：别说大老爷要我做小老婆，就是太太这会子死了，他三媒六聘的娶我去作大老婆，我也不能去。"

注意，这里鸳鸯说的是"不能去"，而不是不愿意去。为何鸳鸯说"不能去"？本人认为应当是因为鸳鸯此时已经是贾琏的人了！此结论可能出乎大家的预料，不过从《红楼梦》书中的各个细节当中，能够分析出来。

首先看看贾赦怎么说鸳鸯的：

贾赦怒起来，因说道："我这话告诉你，叫你女人向他说去，就说我的话'自古嫦娥爱少年'，他必定嫌我老了，大约他恋着少爷们，多半是看上了宝玉，只怕也有贾琏。果有此心，叫他早早歇了心，我要他不来，此后谁还敢收？此是

一件。第二件,想着老太太疼他,将来自然往外聘作正头夫妻去。

这里贾赦提到了宝玉和贾琏。对应于贾赦让人传给鸳鸯的上面的话,不妨仔细再看鸳鸯的所谓毒誓怎么发。

鸳鸯的毒誓:"我是横了心的,当着众人在这里,我这一辈子莫说是'宝玉',便是'宝金''宝银''宝天王''宝皇帝',横竖不嫁人就完了!就是老太太逼着我,我一刀抹死了,也不能从命!若有造化,我死在老太太之先;若没造化,该讨吃的命,伏侍老太太归了西,我也不跟着我老子娘哥哥去,我或是寻死,或是剪了头发当尼姑去!若说我不是真心,暂且拿话来支吾,日后再图别的,天地鬼神,日头月亮照着嗓子,从嗓子里头长疔烂了出来,烂化成酱在这里!"

鸳鸯毒誓听着很吓人,但仔细看看毒誓的成立条件,就发现不对了,不主动张大嘴对着日月,"日头月亮"能够"照到嗓子"吗?鸳鸯发毒誓留有余地啊!日头月亮如果照不到嗓子眼,也就不会"从嗓子里头长疔烂了出来,烂化成酱在这里"了,鸳鸯毒誓听着吓人,实际等于没有发!鸳鸯在这里耍了心眼。而且要注意到发誓的对象,不是"宝玉",便是"宝金""宝银""宝天王""宝皇帝",没有提及贾琏。宝玉可以湿吻别的丫鬟"吃胭脂",鸳鸯不给宝玉"吃",再回忆一下第二十四回,宝玉见鸳鸯脖颈白腻,便猴上身去涎皮笑道:"好姐姐,把你嘴上的胭脂赏我吃了罢。"鸳鸯便叫袭人。鸳鸯与宝玉早就保持了距离,与其他丫鬟贴近宝玉,可以由着宝玉"吃胭脂"不同,她心里有人,也有数。

鸳鸯毒誓的焦点在于:怎么没有"琏金""琏银""琏天王""琏

皇帝"……？而贾赦说鸳鸯"大约他恋着少爷们，多半是看上了宝玉，只怕也有贾琏"，宝玉和贾琏都提及了，贾赦故意把贾琏放在后面，因为贾琏是他儿子。宝玉则应当比鸳鸯小不少，本身不太可能，贾赦怀疑的重点就是贾琏。把这两点对照一下，鸳鸯所发的还是毒誓吗？与贾琏没有一点关系。所以鸳鸯发毒誓，就是作秀！发毒誓时说得快，众人听不清细节，应当只听到了她不嫁，知道了她发毒誓终身不嫁，但不知道她的毒誓还有这么多弯弯绕！就算读者读原著，不特别仔细地看，也看不出来。而且大家要注意到鸳鸯突然发毒誓，为啥贾母会大骂王夫人？原因就是鸳鸯的毒誓是"方才大老爷越性说我恋着宝玉"，然后是"莫说是'宝玉'，便是'宝金''宝银''宝天王''宝皇帝'，横竖不嫁人就完了"，鸳鸯的毒誓所有的指向都是宝玉，如果宝玉真的去招惹鸳鸯，显然背后是王夫人。此时，贾母不知前情，仅仅从鸳鸯毒誓听过去，当然与宝玉相关，所以会大骂王夫人，鸳鸯此时的毒誓是有意地把贾琏隐藏了。

　　鸳鸯还有一张牌，就是老太太死前留了一个话，指定她嫁给贾琏啥的。老太太觉得贾赦女人太多，把鸳鸯给贾琏是大概率。鸳鸯在老太太身边，有大把的机会做老太太的工作，到时候一副寻死不愿意的模样，实际可能作秀一下就嫁了。就如书中描述袭人被嫁给蒋玉菡，也要寻死的样子，然后就自己找了个台阶下。只不过贾府后来被抄家，事情多，老太太病情发展太快，又死得很突然，老太太死前"贾政着急，知病难医，即命人到衙门告假，日夜同王夫人亲视汤药"，贾政和王夫人一直在贾母身边，鸳鸯当然不好求老太太做主了。而且凤姐在重病状态，老太太也不好此时做主，没有给鸳鸯机会。即使如此，贾赦当时已经被流放了，鸳鸯更不用紧跟着就自杀啊，时间在鸳鸯这一边。后来惜春和紫鹃都出家了，鸳鸯当初不是也盘算可以出家吗，为啥一定要死呢？鸳鸯的死，还有其他的原因。

在贾赦威逼鸳鸯的时候,贾琏却默契地暗中在帮助鸳鸯。

贾赦想了一想,即刻叫贾琏来说:"南京的房子还有人看着,不止一家,即刻叫上金彩来。"贾琏回道:"上次南京信来,金彩已经得了痰迷心窍,那边连棺材银子都赏了,不知如今是死是活,便是活着,人事不知,叫来也无用。他老婆子又是个聋子。"

贾琏给搪塞了过去,没有叫鸳鸯的父母来。古代父母在,女儿嫁给谁,哥嫂做不了主,爹娘可以做主,不用经得鸳鸯同意。荣国府老家负责看家的奴才占的位置也是肥缺,主人不在时就是半个主人。就如富豪的看家保姆,富豪不回来时,住在大别墅里,舒服极了。贾琏的一番话,阻止了贾赦叫鸳鸯的父母过来,进一步对鸳鸯施压。

当时,邢夫人想要鸳鸯答应,先去找了凤姐,凤姐直接说"别碰这个钉子"。邢夫人不高兴了,然后凤姐就见风使舵地顺着邢夫人说了,可以看出,凤姐对贾赦要娶鸳鸯一事,那是一百个不愿意。凤姐儿暗想:"鸳鸯素习是个可恶的,虽如此说,保不严他就愿意。"为何王熙凤会想鸳鸯"素习是个可恶的"?凤姐私底下与鸳鸯有啥秘密?她俩应当早有默契,但凤姐害怕鸳鸯见利忘义,不守默契。贾赦是荣国府爵爷和长辈、男性大家长,可以给鸳鸯巨大的压力,鸳鸯是否能够顶住压力也未可知。另外凤姐想的"素习可恶",也说明了鸳鸯的精明,与凤姐的合作算得很清楚,凤姐不给鸳鸯足够的对价,鸳鸯是不会被凤姐简单地调动指使的。

凤姐担心鸳鸯不干之后,她也直接回绝邢夫人,就会引起邢夫人的怀疑,王熙凤:"我先过去了,太太后过去,若他依了便没话说;倘或不依,太太是多疑的人,只怕就疑我走了风声,使他拿腔作势的。那时太太又见了应了我的话，羞恼变成怒，拿我出起气来，倒没意思。不如同着一齐过去了，他依也罢，不依也罢，就疑不到我身上了。"为何凤姐担心被怀疑？因为凤姐与鸳鸯真的有鬼，有暗中款曲。

所以鸳鸯的毒誓里面给贾琏留了后门，贾琏对鸳鸯也很好，贾琏与鸳鸯的关系不一般。

◇◇◇凤姐鸳鸯暗有默契

鸳鸯在巨大压力下严拒贾赦，背后就是她与凤姐有默契，她期望的对象是贾琏，同时鸳鸯与贾琏夫妇，在荣国府掌家层面，也早就结成了联盟。鸳鸯与贾琏有瓜葛，当年张爱玲也说过，但对其中的证据没有捋得很清楚，所以没有得到一致的认可，本人在这里把其中的暗线都帮读者挖掘出来。

鸳鸯的脑子非常清楚，贾琏确实是她能选择的最好对象，贾赦的诱惑是掺水的。邢夫人引诱她说："过一年半载，生下个一男半女，你就和我并肩了。家里人你要使唤谁，谁还不动？"但邢夫人说这话是有自己的打算的。若鸳鸯嫁给贾赦，即使真的有了孩子，邢夫人已经老了，自己不可能生了，那鸳鸯的孩子就会被邢夫人以正妻身份夺走。贾赦虽然有庶出子贾琮，但可能出生在邢夫人嫁过来之前，邢夫人不好收养了。而鸳鸯生的孩子，情况就不一样了。鸳鸯与贾赦的孩子，就算是继室收养的嫡子，也不可能与贾琏争爵位继承权。金文翔是鸳鸯的哥哥，他把贾赦威逼利诱的话全盘带给了妹子鸳鸯，他说话的重点是"当家作姨娘"。贾赦家里当家的是邢夫人，而邢夫人是个"婪聚财货为自得"的人，"凡出入银钱事务，一经他手，便克啬异常，以贾赦浪费为名"。与邢夫人相处，自己想做个"当家姨娘"肯定是做不成的，鸳鸯比他哥哥看得更清楚。在书中，鸳鸯显然与凤姐更近，凤姐对她也有承诺。

鸳鸯当宝玉的姨娘更不可能。且不说宝玉是众星捧月，鸳鸯难以插手，还有一点就是他俩年龄可能相差太大。此时鸳鸯年龄应当不小了，王熙凤要叫她"鸳鸯姐姐"，主子对丫头姐妹相称，已经是很特殊的恭敬了，不会把实际年龄小的人称为姐姐，此时王熙凤的女儿巧姐都好几岁了，同时贾琏也叫她"鸳鸯姐姐"，估计她应当比贾琏年龄还大。还有人说鸳鸯与其他丫鬟一起长大，所以年龄不大，不过她们"一起"的意思应当是同辈，同辈人的年龄可以相差很大。她们都是家生奴，奴仆也有辈分，鸳鸯显然是袭人那一辈丫鬟里的大姐大，是那一辈所有丫鬟里最成熟的一个，可能早就到了放出去的年龄，没有放出去嫁人，背后也有故事。

相比贾赦，鸳鸯找贾琏就不同了，且不说贾琏比贾赦年轻许多，且贾琏与王熙凤没有儿子，鸳鸯与贾琏要是生了儿子，那这个儿子就是家里当然的爵位继承人；而鸳鸯与贾赦生的儿子，则不可能是继承人，差别太大。而且贾赦身边女人很多，按贾母的话说"左一个小老婆右一个小老婆放在屋里"；而贾琏则被王熙凤管束，虽然偷情对象不少，但合法的女人并不多。更何况当时的王熙凤与鸳鸯，在贾府持家上，她俩已经是盟友的关系了，所以后来王家人与贾家人的婆媳宅斗，鸳鸯这个棋子对凤姐非常有用。

早在《红楼梦》第三十八回，史湘云摆螃蟹宴的时候，鸳鸯笑话王熙凤抢他们的螃蟹吃，王熙凤笑着说："你和我少作怪。你知道你琏二爷爱上了你，要和老太太讨了你作小老婆呢。"这看似玩笑话，但当众说出来可不是简单的玩笑，所有人都听者有心，凤姐可不是胡乱说话的人。这与凤姐总叫"鸳鸯姐姐"，完全对得上。把鸳鸯争取过来，对凤姐在贾府的地位非常重要。所以凤姐对鸳鸯，还叫她"鸳鸯姐姐"，以姐相称，可能她俩都拜了姐妹。前面章节已经分析过，按照古代的妾的等级，正妻的结拜姐妹可以算作偏室，有扶正的机会。而平儿是陪房当的妾，鸳鸯与凤姐结拜了给贾琏当妾，地位要在平儿前面。

凤姐想"鸳鸯素习是个可恶的，虽如此说，保不严他就愿意"的背后，担心的是鸳鸯会背叛她们俩的联盟。邢夫人热心地帮助贾赦娶鸳鸯，贾赦那么来劲儿地要娶鸳鸯，远不是鸳鸯掌握的贾母那一点私房钱那么简单，而是他俩可能要在掌家的问题上，与凤姐夺权。如果贾母死了，贾赦是荣国府的爵爷，按照排位，就应当是贾赦的夫人邢夫人继承贾母的位置，成为荣国府大当家。邢夫人当家荣国府，与现在贾母在上，实际凤姐当家，格局绝对不同。所以邢夫人与王熙凤二人要暗中角力。当年，凤姐能够掌家，也有贾母利用凤姐，架空媳妇邢夫人、王夫人的味道。贾母身后的各方博弈，鸳鸯的位置非常重要：鸳鸯不但对贾母的财产、账本等情况非常清楚，而且鸳鸯当谁的姨娘，就意味着鸳鸯的家人跟谁走。

在荣国府不光鸳鸯自己，她一家子都是贾府家奴的一方势力代表。鸳鸯的爹叫金彩，两口子都在南京看房子，管理着贾家在老家的资产；鸳鸯的哥哥金文翔，是老太太那边的买办，管理着贾母控制的生意，嫂子是老太太那边浆洗的头儿。所以远不止鸳鸯管着贾母的私房钱，鸳鸯的家族还管着贾府重要的财产！鸳鸯一家的卡位很关键。鸳鸯在老太太身边的首席大丫鬟位置，也不光是鸳鸯个人的力量决定的，背后还有家族的支持，家族里面为啥鸳鸯的哥哥只当贾母个人的买办？背后原因是，金家全家应是贾母嫁入贾府时，陪嫁过来的，就如周瑞家的、王善保家的管王夫人、邢夫人的财产一样。

如果邢夫人说动了鸳鸯，鸳鸯及金家人都倒向了邢夫人那一边，以后贾母不在了，贾赦是荣国府这一支绝对的家族大家长，邢夫人仗势压了贾琏、凤姐一头，凤姐的掌家地位就要滑落了。而鸳鸯不跟贾赦，现在是王熙凤掌家，那么邢夫人对家里的情况就可能一点都不知道，信息不对称，根本不可能与凤姐宅斗掰手腕。所以贾赦

要纳鸳鸯为妾，对邢夫人而言也是重大利益所在，因此她特别积极地跑在前面，可不是慑于贾赦的淫威，违心地为他纳妾。同样的逻辑，凤姐当然对贾赦纳妾鸳鸯心中一百个不愿意。

把贾赦要娶鸳鸯的前因后果看清楚，就知道这件事既不是因为女色，也不是因为贾母那一点私房钱，而是在贾赦支持下，邢夫人在内宅对王熙凤及王夫人的一场权力争夺。而此时，鸳鸯早已经属于王熙凤的阵营了，贾赦能够开出来的条件，显然也不够吸引人，不可能打动鸳鸯改换阵营，所以看似是谋娶鸳鸯的男女之事，实质却是整个家族的内宅博弈。

凤姐为啥担心鸳鸯"素习可恶"，真的同意了当贾赦的姨娘？因为贾赦给的是"现货"，她承诺鸳鸯当贾琏姨娘则是"期货"。从鸳鸯哥嫂的态度，可以知道他俩不是在王熙凤阵营，应当与贾赦、邢夫人更近。贾母在得知贾赦要强娶鸳鸯的消息后，曾大骂"外头孝敬，暗地里盘算我。"贾母是人精，对背后的博弈是啥，都非常清楚。贾赦要娶鸳鸯的背后，不是那么简单地为了女色。就如后来王熙凤为何一定要搞死尤二姐？关键原因就是尤氏姐妹的结盟，对王家人掌控贾府后宅的地位是一种挑战。在有关后宅掌家权力的问题上，王熙凤都是敏感和不择手段的。在贾琏娶了尤二姐后，贾母对尤二姐也极为反感。此时，凤姐还在贾琏面前装好人，秋桐在明面上到处诋毁尤二姐。那么贾赦的丫鬟秋桐在贾母那里能够有多大的影响力？关键是在贾母身边还有一个鸳鸯呢！鸳鸯与贾母才是亲信，鸳鸯也想着贾琏，鸳鸯可以敲边鼓。尤二姐作为贾珍夫人的妹妹，如果生了儿子，鸳鸯以后给贾琏生的孩子，就要排在后面了。把这些想明白，就知道尤二姐为什么在荣国府会没有活路。

再来看看在得知鸳鸯被贾赦逼婚后，平儿的主意是："你既不愿意，我教你个法子，不用费事就完了……你只和老太太说，就说已经给了琏二爷了，大老爷就不好要了。"袭人见平儿出主意，当然也要表示一下，笑道："他们两个都不愿意，我就和老太太说，叫老太太说把你已经许了宝玉了，大老爷也就死了心了。"不过，袭人的说法只不过是一个顺水人情的表态，实际不可能做到。袭人一个丫头奴才，有多大脸，可以找贾母替宝玉讨要鸳鸯？而平儿说"已经给了琏二爷"，这话可不是随便说的。平儿自己是琏二爷的妾，上面还有一个妒性极强的凤姐，她要对此表态，那是要担责任的，且古代女性的贞节观，跟了哪个男人，真的不好撒谎，说出这话，鸳鸯一定会骂她的，而平儿一直是谨慎处事的，不会说话不过脑子。只有鸳鸯真的已经给了琏二爷，平儿才敢这么教鸳鸯去说。但此时的鸳鸯要说自己已经给了琏二爷，这个口还是很难开的。不光是羞于张口，关键是她突然说了，事先没有与琏二爷说好，万一琏二爷在老爹的压力下不承认，她可就彻底麻烦了。贾琏是儿子，父亲先提出了娶鸳鸯，早已经占据了先机和主动。以后就算贾赦娶不成鸳鸯，贾琏要娶鸳鸯，起码要等到贾赦死了以后。不过，时间在鸳鸯这一边，贾赦好色年迈，身体不佳，鸳鸯、贾琏是可以等的。如果把贾赦熬死了，到时候当家的是贾琏，鸳鸯与贾琏、凤姐那可是关系不一般，事情自然也就解决了。古代的纲常，父亲抢儿子的女人是面子难看、吃相难看，而儿子抢父亲的女人则绝对不成。看看书中的石呆子案，贾赦可以把贾琏打得不能动，过去的父子关系，父亲是绝对的权威，与现在不同。

还有在第四十四回，凤姐的生日宴上，鸳鸯笑道："真个的，我们是没脸的了？就是我们在太太跟前，太太还赏个脸儿呢。往常倒有些体面，今儿当着这些人，倒拿起主子的款儿来了。我原不该来。不喝，我们就走。"说着真个回去了。凤姐儿忙赶上拉住，笑道："好姐姐，我喝就是了。"说着拿过酒来，满满地斟了一杯喝干。鸳鸯方笑了散去，然后又入席。从鸳鸯给凤姐敬酒的态度，也可以看到她的地位不一样，奴婢能够指责当家女主子凤姐"倒拿起主子的款儿来了"，并且直接甩脸子走人，而凤姐只有叫"好姐姐"，把酒喝掉了，从这一段就知道为啥邢夫人找凤姐时，凤姐想"鸳鸯素习是个可恶的"。

另外，读者还可以看第七十二回，

> （贾琏）忽见鸳鸯坐在炕上，便煞住脚，笑道："鸳鸯姐姐，今儿贵脚踏贱地。"鸳鸯只坐着，笑道："来请爷奶奶的安，偏又不在家的不在家，睡觉的睡觉。"

贾琏见到鸳鸯是何等的客气，虽然贾琏后面有事求鸳鸯又叫"姐姐"，又是说"贵脚踏贱地"，这里关键是鸳鸯见贾琏时的表现和态度，请注意此时贾琏还没有开口求鸳鸯办事呢！"鸳鸯只坐着"，她再怎么着也是奴婢，主子来了还在炕上坐着，连站都不站起来，还抱怨找不到人，哪里是请安的样子。二人见面在贾琏的居所，鸳鸯坐在炕上不动，贾琏"一面说，一面在椅上坐下"，就算这张炕是平儿睡的，那也是贾琏与姨娘平儿的炕，丫鬟鸳鸯来了就可以坐着不起来，让贾琏自己找椅子坐，肢体语言已经说明了一切。这里显示了女人对自己男人那种娇纵之气。

事实上，鸳鸯与贾琏发生过亲密关系，书里也隐讳地写了。《红楼梦》第八十八回：

> 又见小红进来回道："才刚二爷差人来，说是今晚城外有事，不能回来，先通知一声。"凤姐道："是了。"说着，只听见小丫头从后面喘吁吁的嚷着直跑到院子里来，外面平儿接着，还有几个丫头们，咕咕唧唧的说话。凤姐道："你们说什么呢？"平儿道："小丫头子有些胆怯，说鬼话。"凤姐叫那一个小丫头进来，问道："什么鬼话？"那丫头道："我才刚到后

边去叫打杂儿的添煤，只听得三间空屋子里哗喇哗喇的响，我还道是猫儿耗子，又听得嗳的一声，像个人出气儿的似的。我害怕，就跑回来了。"凤姐骂道："胡说！我这里断不兴说神说鬼，我从来不信这些个话。快滚出去罢。"那小丫头出去了。

凤姐听见丫头们议论神鬼之事，一直到半夜也不能睡熟，把平儿和秋桐叫来相陪。

细看这一段，丫鬟描述的场景肯定有人偷情，小丫头没有男女经历，听见女人高潮的呻吟，不知道是什么声音，但凤姐肯定知道是怎么回事，醋意和妒火叫秋桐和平儿一起分担。

很多人看这一段的时候，认为是小红与贾芸偷情，但细细对起来，发现对不上。因为先是小红进来说贾琏不回来，那么小红应当不在现场，而且前面描写，故意给了一个假象：

"刚才我说的话，你横竖心里明白，得了空儿再告诉你罢。"小红满脸羞红，说道："你去罢，明儿也长来走走。谁叫你和他生疏呢。"贾芸道："知道了。"贾芸说着出了院门。这里小红站在门口，怔怔的看他去远了，才回来了。

贾芸走了，书里说得很明白，小红把贾芸送出门，当时并没有相约。紧接着晚饭，就有了上面的一幕，贾芸与小红，实在难以发生故事。晚上的贾府内宅，贾芸应当不容易进来。此时在后面偷情的，应当是贾琏与鸳鸯。贾琏找别人，不用在家里后院柴房，只有与不好离开贾府出门的鸳鸯才会。而贾府能与贾琏偷腥的也只有鸳鸯，凤姐才不会叫人去"捉奸"。想一下前面，凤姐怎么捉奸贾琏与鲍二家的？贾琏与鸳鸯在办好事，凤姐当然妒火中烧睡不着，叫来了秋桐和平儿陪着忍了，这可不是凤姐正常的做事风格。

鸳鸯用情之深，显然也是不愿意被配小子或终老不嫁的，这在书里也有证据。秦可卿是警幻之妹，掌管痴情司，"钟情的首坐，管的是风情月债"，第一百一十一回，鸳鸯自杀之后，魂魄在秦可卿的指引下，也到此处任职了。她钟情于谁？有啥风情月债？很多读者可能不认同后四十回，但可以看看第七十一回《鸳鸯女无意遇鸳鸯》，对鸳鸯晚上在大观园里行走的细节描写，以及她对司棋偷情下意识的反应，其内心对情爱的渴望，可以窥知一二。她痴情和暗恋所想的是谁？鸳鸯死时，"一面哭，一面开了妆匣，取出那年铰的一绺头发，揣在怀里，就在身上解下一条汗巾，按着秦氏方才比的地方拴上"。鸳鸯珍藏多年，死时要带上的这"一绺头发"是谁的？古代男女定情，交换头发是一种主要和常见的方式，鸳鸯发毒誓的时候也剪了头发，"已剪下半绺来了"，注意前面是"半绺"，鸳鸯死的时候带走的则是"一绺头发"，数量是对不上的，那么至少还有"半绺"是别人的，两个人各自拿出半绺头发，合成一绺珍藏，才是男女定情的方式，作者写得非常隐蔽。此处的"半绺"和"一绺"，一字之差，本人查了庚辰本、甲戌本、程甲本等，此处都与通行本是一样的，并不是抄本的问题。在古代的"绺"字是有明确的数量关系的，不是一个数量模糊的量词，《说文》纬十缕为绺；《类篇》一曰丝十为纶，纶倍为绺。而缕字形声从系从娄，"娄"本指"双层"，转指"双股"。"系"指丝线。"系"与"娄"联合起来表示"双股搓合的丝绳"，所以缕字的本义就是双股线，一丝半缕是一个联合词，类似半斤八两。因此"绺"字的意思是十缕，即20根丝，半绺是10根，与现代数量多少是模糊的有所不同，在古代纺织中是非常清楚的数量概念，尤其是曹雪芹这样织造世家出身的人。也就是鸳鸯死时带身上的是20根头发，当时剪下来的是10根头发。还有鸳鸯戴在她身上的汗巾是谁的？宝玉从琪官那里得到的猩红汗巾就给了袭人。此处也说明鸳鸯有钟情的人，这个人与鸳鸯是暗通款曲的，让鸳鸯暗恋，难以说出口的人是谁？综观贾府能够和鸳鸯接触的人、鸳鸯所钟情之人也只有贾琏了。鸳鸯是暗恋不能公开，所以警幻说鸳鸯是"正是未发之情"。

对《红楼梦》，很多人不认同后四十回的内容，不过在前面的八十回里面，贾琏与鸳鸯的关系也有暗线。在第六十三回，贾蓉说："连那边大老爷这么利害，琏叔还和那小姨娘不干净呢。"这里大老爷显然的贾赦，那个小姨娘应当就是鸳鸯。贾赦买来的嫣红应当是在事外的，后来书中写秋桐的时候，也说了贾琏与贾赦身边的这些女人不敢有染。"况素习以来因贾赦姬妾丫鬟最多，贾琏每怀不轨之心，只未敢下手"（第六十九回）。贾琏对贾赦的丫鬟和小妾是不敢下手的，而且"甚至于与贾琏眉来眼去相偷期的，只惧贾赦之威，未曾到手"（第六十九回）。从书中这个介绍看，贾琏对贾赦身边的女人都没有得手，因此贾蓉所说"不干净"的小姨娘是指谁？只有鸳鸯才是比较合理的解释，鸳鸯虽然是贾赦想要她当姨娘不从，但所有人都认为她未来的归宿应当是姨娘，"大老爷这么利害"指的就是当初贾赦要娶鸳鸯的事情闹得很大，事情闹大之后，贾琏依然与鸳鸯有染。贾琏与鸳鸯的关系，贾蓉应当知道，贾蓉说此话的时候在尤氏姐妹那里，贾琏还没有与尤二姐建立关系，贾蓉也有对尤氏姐妹的觊觎之心。同时在第五十三回，贾蓉告诉贾珍，凤姐与鸳鸯商量偷老太太的东西当银子，凤姐与鸳鸯的默契，贾蓉也是知道的，两个情节联系到一起，就明白此处贾蓉嘴里的"小姨娘"应当指谁了。

所以鸳鸯与贾琏，暗中早已经在一起，并且他俩在一起，得到了凤姐的认可和撮合。凤姐之所以能够认可，就是在掌家之时，在贾母那里，太需要鸳鸯帮助了。贾琏、凤姐总通过找鸳鸯在贾母处达到自己目的，当然要给鸳鸯她需要的东西。第七十二回，贾琏让鸳鸯帮助去弄贾母的财物，当了给他和凤姐周转，后来鸳鸯给办成了。鸳鸯帮贾琏所需要的不是钱,因为她哥哥就是管钱的,她爹是看贾家资产的。但她是家奴,再有钱,身份在那里,所以想抬高身份,想要以后有个好的前程,这也是她本人及家族改变家奴身份和安身立命的保障。所以鸳鸯开始拒绝帮贾琏偷贾母财物的诉求,但后来还是给办成了。鸳鸯给贾琏夫妇办事,那么贾琏、凤姐当然要付出一些,满足鸳鸯的需要。她们之间,早已经达成了默契。

◇◇◇亏空巨大逼死鸳鸯

贾琏与凤姐掌家,离不开鸳鸯的支持,而这种支持让鸳鸯承担了巨大的责任。后来,贾府被抄家,巨大的财务亏空难以弥补,她又承担不了这一责任,才是她悲剧的关键。在贾府被抄家,贾母当众分私房钱的情况下,各种财产的账目情况被曝光,鸳鸯对贾母交代的所有财产,在贾母死后也必须有所交代,若能够交代清楚,亏空还可以掩盖过去,现在是彻底无法掩盖了。因此,鸳鸯自杀,也是对这些亏空的一个交代。

书中多次提到贾琏和王熙凤因缺钱,求鸳鸯弄出点贾母的"梯己"。贾母刚过完生日,贾琏就以手头紧为由,求鸳鸯帮他偷着典当贾母的东西。我们在第一章引用了书中第七十二回贾琏的话,为了方便大家阅读,这里再来看一下:

(贾琏)向鸳鸯道:"这两日因老太太的千秋,所有的几千两银子都使了。几处房租地税通在九月才得,这会子竟接不上。明儿又要送南安府里的礼,又要预备娘娘的重阳节礼,还有几家红白大礼,至少还得三二千两银子用,一时难去支借。俗语说'求人不如求己'。说不得,姐姐担个不是,暂且把老太太查不着的金银家伙偷着运出一箱子来,暂押千数两银子支腾过去。不上半年的光景,银子来了,我就赎了交还,断不能叫姐姐落不是。"

鸳鸯当时虽然没有表态,但最后还是帮着办成了。

当时,凤姐的钱确实很紧张,可以从她与旺儿家的对话看出来:"前儿老太太生日,太太急了两个月,想不出法儿来,还是我提了一句,后楼上现有些没要紧的大铜锡家伙四五箱子,拿去弄了三百银子,才把太太遮羞礼儿搪过去了。我是你们知道的,那一个金自鸣钟卖了五百六十两银子。"为啥鸳鸯总是帮助贾琏和王熙凤办事,从贾母那里给这对夫妻弄东西?当然是因为他们的承诺,而这个承诺只能是贾琏的姨娘之位。

贾赦一直纵欲,应当身体不好,鸳鸯不选择贾赦,这也是重要原因之一。如果没有后来被抄家的变故,贾赦死后,贾琏继承爵位,又没有儿子,鸳鸯若做了贾琏的姨娘,那么就有机会生出贾府继承人,这对她而言,当然是最好的选择了。

后来鸳鸯帮助贾琏的事情,被邢夫人知道了,第七十四回:

> 一语未了,只见贾琏进来,拍手叹气道:"好好的又生事!前儿我和鸳鸯借当,那边太太怎么知道了?才刚太太叫过我去,叫我不管那里先迁挪二百银子……连老太太的东西你都有神通弄出来,这会子二百两银子你就这样!"

邢夫人的消息,应当是来自贾母,书里平儿说:"鸳鸯虽应名是他私情,其实他是回过老太太的。老太太因怕孙男弟女多,这个也借,那个也要,到跟前撒个娇儿,和谁要去,因此只装不知道"。贾母没有追究,因为贾母知道这是贾家周转要用,而且对鸳鸯心向贾琏,贾母应当也有所感觉,只不过贾赦闹过以后,不好直接把鸳鸯配给贾琏了。但贾母财物的账,还是要鸳鸯承担的。贾母死后,鸳鸯要对贾家其他人交代。贾母对自己的银子,后来分私房钱有上万两的概念,这可是一千金,贾母自己也难以盘点,只不过记了账。贾府的钱紧张,贾琏需要钱让家族周转,鸳鸯偷钱出来帮助贾琏,贾母应当都知道,是默许的。不过,贾母的处理方式是把这个事情告诉了大儿媳妇,以后分家要算到贾赦和邢夫人这一房账上的,同时也是对贾琏凤姐夫妻的一个警告,因此贾琏会说"那边太太怎么知道了?"但实际亏空的数额,应当比贾母自己盘算的要大很多,这才有了后面的情节。

　　此类事情有第一次就有第二次,鸳鸯应当干过不少次。作者在书中埋藏更隐秘的暗线是鸳鸯给凤姐、贾琏偷贾母的东西,实际上在更早的时候,鸳鸯就开始帮了。第五十三回,贾蓉又笑向贾珍道:"果真那府里穷了。前儿我听见凤姑娘和鸳鸯悄悄商议,要偷出老太太的东西去当银子呢。"此事宁国府的贾蓉都知道了,那么应当还有不少人知道,也应该发生了多次。对此贾珍的说法是:"那又是你凤姑娘的鬼,那里就穷到如此。他必定是见去路太多了,实在赔的狠了,不知又要省那一项的钱,先设此法使人知道,说穷到如此了。我心里却有一个算盘,还不至如此田地。"贾珍对荣国府的穷进行了辩解,却直接指向了凤姐的财务有问题,所以甭管怎么说,凤姐也是有求于鸳鸯,凤姐前面一节为啥与鸳鸯有默契就可以理解了,再对应前面第三十八回,螃蟹宴上,凤姐说贾琏爱上了鸳鸯,让鸳鸯"做小老婆",凤姐、贾琏都称呼"鸳鸯姐姐",如此客气,也印证鸳鸯与贾琏早就在一起了,偷贾母财物也是早就开始了。而且鸳鸯与贾琏两个人建立亲密关系,很可能是凤姐引的线,所以才有前面鸳鸯说道"不能去",因为鸳鸯拿了老太太的银子,如果当了贾赦的姨娘,这个钱的窟窿怎么办?贾琏与鸳鸯在一起,凤姐对此是支持的,所以平儿教鸳鸯说"已经给了琏二爷"。书里,贾蓉说是凤姐找鸳鸯偷老太太的东西,前面还有凤姐对鸳鸯说让她当贾琏的小老婆,所以此事很可能就是凤姐先主动。

所以那些认为，是贾赦逼死了鸳鸯，鸳鸯自杀是因为贾母死了逃不出贾赦的手心，逻辑是不通的，也把鸳鸯想得简单了。鸳鸯的死，应当是因为偷了老太太的银子，后来还不上了。鸳鸯因为与贾琏的关系，没少帮贾琏和王熙凤拿老太太的东西，到老太太死的时候，钱还不上了，贾府被抄家了，贾家寅吃卯粮，亏空没有地方补了，贾母才分私房钱，全府上下都盯住了这一笔钱。至于书中贾府被抄家，在贾琏、凤姐住处抄出多少万两的财物，还有违规取利啥的，其实是江南甄家等家族转移的资产，书里不是明确写转移了几个箱子，王夫人和凤姐收了吗？以后第三部会分析相关内容。

《红楼梦》第一百一十回：

> 鸳鸯说着跪下。慌的凤姐赶忙拉住，说道："这是什么礼，有话好好的说。"鸳鸯跪着，凤姐便拉起来。鸳鸯说道："老太太的事一应内外都是二爷和二奶奶办，这种银子是老太太留下的。老太太这一辈子也没有糟蹋过什么银钱，如今临了这件大事，必得求二奶奶体体面面的办一办才好。我方才听见老爷说什么诗云子曰，我不懂；又说什么'丧与其易，宁戚'，我听了不明白。我问宝二奶奶，说是老爷的意思老太太的丧事只要悲切才是真孝，不必糜费图好看的念头。……若是瞧不见老太太的事怎么办，将来怎么见老太太呢！"凤姐听了这话来的古怪，便说："你放心，要体面是不难的。况且老爷虽说要省，那势派也错不得。便拿这项银子都花在老太太身上，也是该当的。"鸳鸯道："老太太的遗言说，所有剩下的东西是给我们的，二奶奶倘或用着不够，只管拿这个去折变补上。就是老爷说什么，我也不好违老太太的遗言。那日老太太分派的时候不是老爷在这里听见的么。"

鸳鸯在这里的要求，是贾琏透支了的老太太的银子，需要还。此时，老太太葬礼的钱没有了，鸳鸯心里不安。老太太实际所有的银子，与老太太死前，大家都听见的分派的银子对不上，鸳鸯也无法对贾家其他人交代，所以在绝望中对贾琏跪求。而鸳鸯一跪，为何凤姐就慌了呢？凤姐是主子，鸳鸯是奴婢，凤姐慌什么？贾家缺银子，贾政送贾母的棺材回老家，路费都紧张，要是遇到意外就更不够了，还找赖尚荣借钱五百两，贾母的银子哪里去了？当初贾母分私房钱，自己算过账，把各种支出都算得很清楚明白，现在数目对不上，鸳鸯无法交代。

　　贾琏、凤姐和鸳鸯，在贾母死后，直接面临的是钱上捉襟见肘。在第一百一十回贾母办葬礼缺钱，凤姐只得找了鸳鸯，说要老太太存的这一分家伙。鸳鸯道："你还问我呢，那一年二爷当了赎了来了么！"从这一段话就可以知道贾琏和凤姐让鸳鸯偷了贾母的东西去当了周转，到现在还没有还上，而且贾府已经被抄家，肯定也难以还上了。在葬礼之上，众人埋怨凤姐的时候，书中是这样写的："凤姐听了，呆了一会，要将银两不凑手的话说出，但是银钱是外头管的，王夫人说的是照应不到，凤姐也不敢辩，只好不言语。"也就是说，贾母的钱被众人盯住了，当初的亏空怎么解决？王熙凤也没有了主意，也难以与其他人解释。

　　再到第一百一十三回：

　　平儿忍气打开，取了钥匙开了柜子，便问道："拿什么？"贾琏道："咱们有什么吗？"平儿气得哭道："有话明白说，人死了也愿意！"贾琏道："还要说么！头里的事是你们闹的。如今老太太的还短了四五千银子，老爷叫我拿公中的地帐弄银子，你说有么？外头拉的帐不开发使得么？谁叫我应这个名儿！只好把老太太给我的东西折变去罢了。你不依么？"平儿听了，一句不言语，将柜里东西搬出。

明确了贾琏、鸳鸯在各方找补之后，老太太那里还短缺四五千两银子。当初，来来回回地借支，肯定远远多于这个数目，鸳鸯帮着贾琏、凤姐，真没少拿老太太的银子。鸳鸯要是不死，短缺的银子去向，直接就要她来交代。鸳鸯死后，银子的去向，贾琏等其他人依然要交代，最后交代在了盗贼身上，对此将在第三部的相关章节详细分析。另外再说一下，本书是以通行本为蓝本进行分析的。

贾母的银子怎么短的，鸳鸯怎么给贾琏拿贾母的东西，书里前面都交代了，而贾府被抄家，贾母离世，爵位继承权到了贾政这一支，永远不会由贾琏继承、当家了，那么透支的贾母银两永远补不上了。鸳鸯无法向贾家其他人交代，就算把贾琏、王熙凤说出来，鸳鸯一样脱不了干系，而且鸳鸯与贾琏啥关系？当年她发的毒誓怎么说的？都见不得光。鸳鸯想得很清楚，"老爷是不管事的人，以后便乱世为王起来了，我们这些人不是要叫他们掇弄了么"，也就是说贾琏和凤姐是不会认账的，鸳鸯当了替罪羊，这样就不会连累她的家人，所以鸳鸯只有一死，就如秦可卿一样。在第一部，咱们分析了秦可卿的父亲是营缮郎，管的是皇家大工程，与贾家有瓜葛，贾家是所有参与勋贵的白手套，秦可卿就是一个财务中心。

第一百一十一回，辞灵之日，鸳鸯自尽。"只见灯光惨淡，隐隐有个女人拿着汗巾子好似要上吊的样子。……（鸳鸯）细细一想道：'哦，是了，这是东府里的小蓉大奶奶啊！'"鸳鸯自杀，算是对贾母的银钱财物对不上有了一个交代。而贾府对她的死，采取的做法与处理秦可卿丫鬟之死的做法类似。贾政命贾琏出去吩咐人连夜买棺盛殓，"明日便跟着老太太的殡送出，也停在老太太棺后，全了他的心志"。老太太留下的财富对不上，贾府一直寅吃卯粮，被抄家以后，贾政开始管家了，对这种情况也应当有察觉，所以鸳鸯为何自杀，贾政应当也明白一些隐情，就给一起遮掩过去了，因为他说破内情，除了家丑外扬之外，没有任何意义。

鸳鸯死了以后，贾政先拜了一下，贾政因他为贾母而死，要了香来上了三炷，作了一个揖，说："他是殉葬的人，不可作丫头论。你们小一辈都该行个礼。"贾琏与鸳鸯关系特殊，当然很积极地要祭拜，结果被邢夫人拦住了。贾琏想他素日的好处，也要上来行礼，被邢夫人说道："有了一个爷们便罢了，不要折受他不得超生。"贾琏就不便过来了。邢夫人说这话，当然与贾赦收房失败，一直在怀疑贾琏有关，贾琏此时去拜，是打贾赦和邢夫人的脸。古代男人膝下有黄金，只能跪天地君亲师，在邢夫人看来，贾琏若与宝玉一样对鸳鸯磕了头，等于鸳鸯与贾赦、邢夫人同级别了。贾政说的是"小一辈都该行个礼"，显然也叫贾琏行礼。鸳鸯算殉葬主人，过去可以陪祀，功臣、名臣陪祀皇帝，是一个荣耀。以后祠堂绘像，鸳鸯就侍立在贾母身边，贾政要行礼，贾赦、邢夫人都要行礼。贾赦被流放在外，贾政主持，把鸳鸯之死认定为殉主，"贾政反倒合了意"，贾政已经主动行礼，这让贾赦和邢夫人以后很难受，他们兄弟之间也有博弈，贾赦一直嫌贾母偏心贾政。

在《红楼梦》里面，鸳鸯与贾琏、王熙凤的隐秘关系，是王熙凤能够在荣国府掌家的重要支撑。荣国府里面关系错综复杂，鸳鸯自己的规划就是做贾琏的姨娘；王熙凤支持贾琏与鸳鸯的关系，就是要荣国府掌家的权力。王熙凤能够吸引鸳鸯的，也就是许诺她做贾琏的姨娘。贾赦想娶鸳鸯，邢夫人宅斗夺权，打破了贾琏夫妇和鸳鸯原来的计划和贾府本身格局的平衡，后来贾府败落，鸳鸯也是责任承担者之一。

本人对鸳鸯的人生做此解读，与很多《红楼梦》评价者一直以来的解读不同。按他们的解读，鸳鸯是作为为爱情宁折不弯的形象出现的，符合近现代歌颂青年男女追求爱情的需要。文学小清新的理想主义，在古代复杂的大家族是难以生存的，仅能出现在他们的想象之中，不是写实作品所反映的内容，所以不是《红楼梦》的原旨。其原旨应当符合创作时代的时代背景。

（三）司棋死于潘又安之恶影射宝玉

在《红楼梦》中，司棋的悲剧比很多人想得复杂，理解她的死不能脱离她的家奴背景。要理解悲剧的由来，又不加入近代的解读需要，才能够更好地理解全书的逻辑。

第九十二回《评女传巧姐慕贤良 玩母珠贾政参聚散》是一个交代各种背景的章回，讲巧姐想要读书，以此来展示贾府传家发展的方向，向读书转向，原来不读书的凤姐也要女儿多读书了；贾政讲了贾雨村履历，讲了甄家聚散和元妃，介绍了勋贵们的衰落、受到的压力……中间突然交代了一下司棋与潘又安的悲剧，看似突兀，却有深意。《红楼梦》从来文无废墨，这里突然宕开一笔，就是影射贾宝玉是假宝玉。

潘又安从名字来讲，就应当是美男子，古代讲"貌比潘安"，潘安就是著名美男。《红楼梦》里的公子，美男子的代表就是贾宝玉，所以这也在暗中类比宝玉。潘又安是贾府小厮，是贾府家奴秦显的外甥，秦显本人在二老爷贾政及王氏夫妇处当差。第六十一回中，玉钏儿（说秦显家的）道："是了。姐姐，你怎么忘了？他是跟二姑娘的司棋的婶娘。司棋的父母虽是大老爷那边的人，他这叔叔却是咱们这边的。"司棋的母亲秦王氏，是王善保夫妇的女儿，王善保家的是邢夫人的陪房。抄检大观园时王善保家的只得勉强告道："司棋的姑妈给了潘家，所以他姑表兄弟姓潘。上次逃走了的潘又安就是他表弟。"从对话中可以看清他们之间的关系。

有的连环画要美化他俩的"爱情",在画法上让潘又安穿着长衫,戴着书生冠,长衫加冠是身份地位的象征,至少要读书人才能穿戴。潘又安是贾府家奴身份,只能穿粗布短衣、无冠,与司棋身为高等丫鬟,身着绫罗的形象放在一起,感觉立即就不同。

书中司棋失身于潘又安,从细节上可以发现是潘又安引诱的结果。司棋说道:"一个女人配一个男人。我一时失脚上了他的当,我就是他的人了,决不肯再失身给别人的。我恨他为什么这样胆小,一身作事一身当,为什么要逃。就是他一辈子不来了,我也一辈子不嫁人的。……"司棋说"一时失脚上了他的当",已经讲得很清楚了,潘又安引诱司棋,应当使用的就是绣春囊,上面有男女裸体交媾的画面。《红楼梦》中贾宝玉引诱林黛玉的则是《西厢记》,《西厢记》里面的露骨性描写,也超过了现在读者的想象。司棋和潘又安没文化,潘又安就用绣春囊;黛玉读过书,所以宝玉就用《西厢记》。司棋怎么失身于潘又安的,暗中就影射宝玉是怎样让黛玉失身的。

司棋是贾府家奴,潘又安是贾府的小厮,他俩都是贾府的家生奴。司棋与潘又安保持男女关系应当时间很久了，不光是前面鸳鸯遇到过他们，早在第二十七回，小红就"见司棋从山洞里出来，站着系裙子"，司棋在山洞里脱裙子干什么呢？小红与鸳鸯应该是在同样的地方遇见了他俩。小厮到贾府内宅偷人是家奴大罪，因为家奴属于主人家的财产，既是美女，又是处女的家奴非常值钱。对潘又安的行为，贾府可以直接处置，甚至打死。世家大宅对家奴的管理，绝对不能让他们到内宅偷女人，否则就彻底乱了套。清朝主人打死家奴，就算家奴无罪，也就是杖六十、徒一年，还可以赎免，若要是家奴犯淫等，属于有罪。司棋、潘又安在古代算通奸，与家里是良民，女孩子思春私订终身，情况还不一样。潘又安让司棋"失脚上了他的当"，性质就属于潘又安犯淫诱奸，潘又安知道他的行为后果有多严重，所以潘又安会逃走。潘又安潜逃变成逃奴，身份就更不同了。此处影射宝玉在金钏被王夫人打骂并赶走时逃走，在王夫人赶晴雯、芳官时不发一言，与潘又安的逃跑情况类似。宝玉在王夫人和贾母的庇佑下，经常是恃宠而骄、装疯卖傻，对他喜欢的女孩，从未出手相救，连口头上的求情也没有。

　　这里还要注意的是，潘又安的行为，在古代还涉嫌拐卖妇女，与现在的认定也是不同的。《大清律例》对拐卖人口的相关处罚规定是："凡设方略而诱取良人及略卖良人为妻妾、子孙者，杖一百、徒三年。"清代对拐卖妇女的认定范围比现在宽，这个情况在现代很多时候是婚姻自由。古代不经女方父母同意就男女私奔同居的情节，也属于拐卖情节之一。拐卖包括拐带（即设方略而诱取），自己占有为妻和同居的情况也算拐卖，按照律例要被杖一百。拐带与通奸二者刑律处罚是差不多的，古代的规则一定不能按照现在的理解。《红楼梦》书中潘又安的行为，就涉嫌拐带（司棋说"一时失脚上了他的当"，就是潘又安"设方略诱取"，标准的拐带情节），对潘又安刑杖一百，可能就被直接活活打死了，所以他要逃跑。逃奴加拐带，在古代都是重罪，这与现代是不同的，现代都是自由人，男女自由恋爱。但我们必须按照《红楼梦》创作年代的背景和社会规则，去理解书中故事的逻辑。

潘又安发财以后回来，对司棋，他想要的是私奔，不是处理他留下的问题，他还给自己找了一个理由。他外甥道："大凡女人都是水性杨花，我若说有钱，他便是贪图银钱了。如今他只为人，就是难得的。……"所谓的要考验司棋是否贪图他的钱财，就是一个说辞，他是害怕司棋把责任推卸给他。他占有了司棋的身子，司棋管他要什么了吗？贪图了他什么钱财呢？只有他之前就把司棋对他的付出，想成了司棋是水性杨花，才可能说出这样的话来。他的理由，就是典型的花心男心态，在此也是影射宝玉对黛玉的所作所为，综观全书，宝玉从来没有说过非黛玉不娶，没有向家人要求娶黛玉，与潘又安对司棋的态度是一样的。

潘又安在抄检大观园之前就逃跑了，说明他在让司棋"失脚上了他的当"一事上，可能用了卑劣手段。在第十九回，茗烟同卍儿在小书房幽会，宝玉"闻得房内有呻吟之韵"，看见"茗烟按着一个女孩子，也干那警幻所训之事"，而宝玉见而不责。小厮在宝玉的书房偷情，与潘又安到小姐的内宅偷人性质不同，前者是男主人的男仆带女人偷情，后者是女主人的女仆带男人偷情。潘又安对他行为的责任很清楚，司棋也很清楚。在鸳鸯发现他俩私情的时候，司棋拉住哭求，哭道："我们的性命，都在姐姐身上，只求姐姐超生要紧！"为何司棋要说"我们的性命"和让鸳鸯"超生要紧"？鸳鸯也知道其中的利害关系，所以"因想这事非常，若说出来，奸盗相连，关系人命，还保不住带累了旁人"。鸳鸯虽然没有对外人说他俩的事情，但潘又安却害怕，因为他与司棋有私情，性质比当逃奴更严重，属于奸盗，连累的人可能不少，比如大观园看管角门的管理者也有责任。因此，他俩行为在古代那种性禁忌时代极为严重，自由人通

宝玉进府茗烟求恕（清孙温　绘）

奸按家法处置，可能会被浸猪笼等；家奴被处分得会更严重，绝对不是现在的读者想的那么简单。

司棋性格比较烈，想死之心应当早有了。抄检大观园，奸情被发现，事情闹得上下皆知，"凤姐见司棋低头不语，也并无畏惧惭愧之意，倒觉可异。料此时夜深，且不必盘问，只怕他夜间自愧去寻拙志，遂唤两个婆子监守起他来"。潘又安来找她，也不敢言语，一副没有担当的态度，加上亲娘坚决反对，已经失身的她感到前途渺茫，这一切让她最后下决心自杀。

司棋自杀了，"他妈哭着救不过来，便要叫那小子偿命"。那么潘又安的责任有多大呢？清朝的奴仆制度非常残酷，每年都有大量奴仆不堪受辱，自杀或者逃亡。司棋的娘喊了"偿命"出来，引起四邻注意，潘又安已经无法偷偷逃走。逃走等于坐实了人命案，背负人命，既有奸盗罪行，又是逃奴，被抓住就不是简单的死刑了，会有残酷的死法等着他，所以他跟着自杀，也是为了躲避责任。这种事情在古代真的是要偿命的，属于赔偿性质。此处古今司法差别巨大，很多读者可能理解不了！就如尤三姐自杀，贾珍私埋，就成为他后来被革爵充军的唯一罪状。所以潘又安与其说是为情自杀，不如说是畏罪自杀。因此，把潘又安自杀当作爱情悲剧，认为是棒打鸳鸯，是近代以来的解读，是不符合古代律法逻辑的。作者写这一段，在影射宝玉的行为也是类似的，只是最后他选择了出家。

司棋回家以后，为何她妈死活不同意她与潘又安私奔？原因在于他俩要是真的私奔了，等于坐实了私情背后有家里支持，司棋和潘又安两家都是贾府家奴，他们跑了，家人也无法向贾府交代，协助逃奴也是重罪。清代逃人法虽然逐步宽松，但依然严苛，到清中期虽然免死，也要刺字流放。潘又安已经是逃奴，司棋跟着潘又安私奔，也是逃奴，司棋亲娘要是允许了，就是同谋，这不再是他们两个人的事情，而是两家人的事情。司棋虽然被赶回家去，失去了大丫鬟的身份和收入，但司棋是家生奴，他们家的家奴身份并没有改变。作为家生奴的司棋，婚配决定权也不仅在她亲娘，还有贾府他们的主人。

古代的逃奴是难以生存的，在古代离乡外出需要路引。明朝法律规定：如果军民出百里不给引者，军以逃军论，民以私渡关津论。同时，无路引私渡关津者，或冒充他人过关津者，一旦被发现，就要杖八十。获得"路引"不是一件容易的事，因为古代官府不允许民众四处流荡。在《红楼梦》中，第一百一十六回，贾政等人送贾母等人的灵柩回籍，"自己便择了发引长行的日子"，贾家勋贵出远门都要开路引，而且路引之上还要定日期。司棋与潘又安私奔，他们是逃奴身份，肯定没有路引，非常容易被抓。书中第七回，周瑞女儿来找周瑞家的说了冷子兴的遭遇："不知怎的被人放了一把邪火，说他来历不明，告到衙门里，要递解还乡。"贾府的古董商冷子兴，因为没有路引变成"来历不明"，还会有麻烦。古代能够自由旅行的人，主要是类似当年贾雨村的书生。一个人科举考中了秀才，得中人的名册和身貌单被分发各省，各地都可以查验身份。在古代，自由旅行是文人的特权，其他人要自由旅游或经商，都是受到很多限制。

其实潘又安此时符合古代社会逻辑的做法，应当是委托媒婆到司棋家提亲，然后明媒正娶。经此程序后，他与司棋的私情就可以被洗白，司棋就可以洗去污名了。司棋家在贾府有一定运作能力，她外婆王善保家的是邢夫人陪房，与邢夫人关系很好，而潘又安的舅舅、司棋的叔叔秦显，与林之孝关系不错（书中提到过林之孝帮助秦显家的运作，顶柳家的缺）。贾府的丫鬟到了年龄，要与小厮相配，就是林之孝负责，在第七十二回就有林之孝给凤姐递名单，凤姐为旺儿家强娶彩霞的情节，凤姐也是见钱眼开的人，同意了。对司棋私通潘又安的处理，贾府当时本来就留有余地。周瑞家的："太太们说了，司棋大了，连日他娘求了太太，太太已赏了他娘配人，今日叫他出去，另挑好的与姑娘使"。此处明说了"太太已赏了他娘配人"，因此潘又安明媒正娶司棋，应当通过运作可以办成的。潘又安为什么不这么办，还有一个可能，就是他的钱本身就来路不正，若明媒正娶，会被问及他钱财的来路。古代发财不容易，社会竞争、博弈激烈，他的身份又是逃奴，更难以合法发财了。若是潘又安的钱财真的来路不正，司棋的亲娘当然更不能让司棋与之私奔了。当初，潘又安丢下司棋逃跑，现在又是逃奴身份，加上财路不正，如果司棋与之私奔，被拐卖了都有可能。当亲娘的眼里看见的不是爱情，而是风险。所以棒打鸳鸯之说有待商榷！

读者会认为司棋妈妈是见钱眼开之人，因为他妈妈看见了便心软了，说："你既有心，为什么总不言语？"司棋妈妈这么说，未必就一定是贪财，有钱可以解决很多事，司棋妈妈要知道他有钱，应当有能力为之解决。司棋在与迎春分别的时候留下了话："好歹打听我要受罪，替我说个情儿，就是主仆一场！"迎春亦含泪答应："放心。"迎春若以后能够帮她，作为主人的小姐同意她与潘又安婚配，情况也不一样。此时与抄检大观园时的情况已经不同，迎春会帮助她一下。所以潘又安不言语，应当是有难言之隐，最有可能是钱财来源有问题。

在抄检大观园发现司棋的"罪证"之后，迎春不救司棋，很多人说迎春软弱，但本人认为不是那么简单。司棋私订终身，本身就是对迎春的重大背叛，难以被原谅。过去的小姐出阁，原来的大丫鬟肯定要陪房一起随嫁，嫁过去是一个妾，可以帮助小姐，绝对不能自己私订终身。后来，迎春嫁给中山狼，要是有陪房丫鬟，结局可能会好很多。比如，本来应当陪房丫鬟司棋做的房事善后清洁等工作，变成要迎春亲自去做，才有"作践的，公府千金似下流"。贾府的美女大丫鬟，值很多银子，也是主人的财产，是要以处女之身带过去陪嫁的。司棋有绣春囊，说明肯定失身于表亲潘又安了，随身陪房丫鬟失身，就绝不能再留，以后若被小姐的夫家发现，对迎春的名节都要有想法。迎春给她说情，马上外面就会有风言风语，会被舆论认为小姐也与外面的男人有私情，确实属于迎春所说的"岂不连我也完了"的情况。迎春脑子很清楚，"事关风化，亦无可如何了"。为啥邢夫人、王夫人把司棋赏了配人，没有进一步处罚？背后就是要顾及迎春的小姐名节，不能大张旗鼓，否则外人的议论会很可怕。古代勋贵小姐，名节大于天。过去引诱小姐的潜规则都是先搞定陪房丫鬟，然后通过丫鬟去引诱小姐，就如《西厢记》里面的张生，就是先找红娘，再通过红娘带路引诱崔小姐。周围的人劝迎春原谅司棋，背后目的可能就在试探迎春是否也与潘又安有染，所以此时迎春必须拿出决绝的态度来，而不是保司棋。为了迎春的名节，贾府对司棋一事采取了低调、保密的处理方式。从潘又安回来后的行为来看，他此时可能并不知道贾家对大观园抄检等事情的细节和处理态度。

综上所述，按照古代的逻辑，司棋和潘又安属于家奴，不是自由人，不能按照现在自由恋爱的逻辑来看他们二人的死亡，但后世评价更多是掺杂了当时的社会需要。在书里，潘又安的原有的作用，就是影射贾宝玉的。潘又安只想女人对他无限付出，有了风险就丢下女人独自逃跑；使用手段让女人失足，却认为女人水性杨花；不想自己付出了啥，还要试探女人的忠诚，就是不负责的表现。

在书里，甄宝玉是真的宝玉，浪子回头金不换，科举高第，娶了李绮，是负责任的男人；而贾宝玉就是假的宝玉，看似聪明美貌又有才，但对谁都很无情，最后不负责任出家了，"千红一哭，万艳同悲"。作者写配角司棋与潘又安的故事，就是为了衬托和影射主角！

（四）赵姨娘是被人毒死的

贾环母亲赵姨娘的死，我们如果仔细分析，应当也有故事。由于书里一直以贬低的视角写赵姨娘，很多读者对她非常讨厌。她死的时候疯癫了，有的人甚至觉得解气。不过本人认为，赵姨娘的死，是王熙凤下毒的结果。

王熙凤与赵姨娘，也是结怨很深，前面第二十五回，赵姨娘找了马道婆下蛊，让宝玉和王熙凤病得不轻。虽然巫蛊被癞头和尚破解，但后来王熙凤就一直身体不佳，多次流产，并且落下了下红的妇科病，最后到血崩不治的程度，也快要死掉了。等到书中的第八十四回，双方的仇恨又加深了！贾环替赵姨娘问候巧姐的病，又"环哥弄倒药锦子"，把给巧姐的药给浪费了，而药里面有名贵药材牛黄，被凤姐认为是故意的，骂道："真真那一世的对头冤家！你何苦来还来使促狭！从前你妈要想害我，如今又来害妞儿。我和你几辈子的仇呢！"然后贾环说了狠话："等着我明儿还要那小丫头子的命呢，看你们怎么着！"双方结怨继续加深，书里写这一段也是在埋线。王熙凤得病和无后的仇恨账，一起算到了赵姨娘身上，所以第一百一十二回的回目是《死雠仇赵妾赴冥曹》。何为雠仇？"雠"为"仇"的异体字，同"仇"字，作者故意用两个不同的字，表示的是仇字的两个不同意思，一个是仇敌指人，另一个是仇恨指事，也就是说赵姨娘死于仇敌的仇恨！此处作者如此用字，就是告诉读者，赵姨娘死于仇敌的仇恨报复，能够与赵姨娘有那么大仇恨的人，主要是王熙凤和王夫人，王家阵营的人都与赵姨娘有仇。但能够掌管奴仆有下毒条件的，则是王熙凤，且王熙凤对赵姨娘的仇恨还甚于王夫人。

看书中赵姨娘死时的表现，赵姨娘是突然出现症状，第一百一十二回"都起来正要走时，只见赵姨娘还爬在地下不起。周姨娘打量他还哭，便去拉他。岂知赵姨娘满嘴白沫，眼睛直竖，把舌头吐出，反把家人唬了一大跳"。然后赵姨娘的症状发展很快，在第一百一十三回的状态已经弥留，"有一时双手合着，也是叫疼。眼睛突出，嘴里鲜血直流，头发披散，人人害怕，不敢近前"。接下来，"到了第二天，也不言语，只装鬼脸，自己拿手撕开衣服，露出胸膛，好像有人剥他的样子。可怜赵姨娘虽说不出来，其痛苦之状实在难堪。正在危急，大夫来了，也不敢诊，只嘱咐'办理后事罢'，说了起身就走"。书里写的情节"满嘴白沫""叫疼""眼睛突出，嘴里鲜血直流""自己拿手撕开衣服，露出胸膛""痛苦之状实在难堪"，非常符合中毒的症状，以现代的医学知识来判断，不是简单的疯病症状，应当有人下毒。本人见过中毒后的受害者的样子，也是剧痛之下神志不清，一提到下毒的嫌疑人名字，就特别激动，因此读到书中此情节，深有感触。

为啥"大夫来了，也不敢诊"？当初赵姨娘下蛊的时候，宝玉凤姐的疯狂，也没有大夫等不敢接诊啊！这里的原因就是上述的种种症状，大夫应当发现赵姨娘是中毒，公府豪门的水太深，大夫不敢直接说是中毒。如果大夫出手治疗，最后万一被发现是中毒，没准大夫就要成为替罪羊了，因此大夫就躲了。

书里没有写赵姨娘被下毒，只说她发了疯，不过具体的描写，则完全是中毒的症状，这就是作者高明的地方。若赵姨娘仅仅是精神问题，不会呕吐白沫，伴有剧烈疼痛。有人说，赵姨娘的发疯是中邪了，但实际是中毒了。古代常用的毒药，短时间内快速致死的，是砒霜，但使用砒霜会留下非常明确的下毒证据，受害者死时会七窍流血，死后骨头发黑，就如《水浒传》里潘金莲给武大郎下毒，事后武松就找到了证据。要缓慢下毒且不被发现，毒药又容易获取，在古代，可能找到的就是毒鹅膏菌了，这是一种毒蘑菇。食用此类毒蘑菇中毒后，潜伏期可长达24小时左右。相传，罗马皇帝克劳狄乌斯就是被毒鹅膏给毒死的。毒蘑菇在他的晚餐中出现，由于是慢性毒药，他的试毒人员没有发现。所以这一类毒药也是古代常用的。

右图为"鬼笔"菌菇，著名的毒蘑菇，毒性极大，杀人

于无形。因为这种毒蘑菇非常容易识别，用于下毒容易，要误食很难。清代的满族人对它应该很熟悉，满族人将此毒菌破碎后拌入饭中用来毒死苍蝇，甚至毒死老鼠及其他有害的动物。毒蝇鹅膏菌在欧亚草原的一些游牧民族还曾将它用作传统的节日食用菌，甚至是宗教仪式和邪教蛊惑，因为它还是致幻剂，不过剂量多少要掌握好，所以在清朝是常用的毒物之一。一般成人食一朵后便会产生如痴似醉的感觉，他们认为这是一种享受，印度用它作为魔术师的药剂，在一些国家民间被作为一种安眠药物，它的中毒症状与赵姨娘的中毒症状很符合。毒蝇伞是全球性的物种，原来是生长在松树和落叶性的树林中，横跨北半球温带和极地气候的地区，分布于中国从南到北各地，夏秋季在林中地上成群生长，非常容易得到。用毒蘑菇下毒还有一个特点，就是它味道鲜美，是很好吃的东西，不容易被受害者发现。

　　毒蝇鹅膏菌属于毒鹅膏菌当中的一种，这类毒蘑菇又称绿帽菌、鬼笔鹅膏、蒜叶菌、高把菌、毒伞，在国外还被称为"死亡帽"，广泛分布于中国秦岭—淮河以南，是容易获取的毒物，北京有它同属的毒蘑菇鬼笔，此类毒蘑菇中国有十几种。此类蘑菇有的难以识别，但毒蝇鹅膏菌生物特征属于特征明显的警告色，很容易识别，不会误食，就是用于下毒的。现代对毒鹅膏的中毒过程已经研究得非常清楚了，在中毒后，初期人会恶心、呕吐、腹痛、腹泻；此后1—2天内，症状减轻，似乎病愈，患者也可以活动，但此时毒素已经进一步损害肝、肾、心脏、肺、脑等重要器官，病人的病情会很快恶化，出现呼吸困难、烦躁不安、谵语、面肌抽搐、小腿肌肉痉挛等症状；随后病情进一步加重，肝、肾细胞受损，出现黄疸、中毒性肝炎、肝大、肝萎缩等病症，最后昏迷。人食用毒鹅膏菌中毒后，死亡概率高达75%以上，甚至可达100%，而中毒后的烦躁不安、谵语等症状，就是书中所描述的赵姨娘疯癫的表现！谵语就是病中神志不清、胡言乱语的意思。因此，赵姨娘应当是被毒死的，但家里人没有发现，当她病死了。作者在书中没有明写赵姨娘是被毒死的，却写了她死时表现出来的中毒症状，就是暗示她被下毒了，而且下毒的毒药可能就是毒蝇鹅膏菌。

可以用网络搜索一下，毒蘑菇中毒后的精神症状，还有视频，看一下就可以理解《红楼梦》中赵姨娘是中毒的症状了。

赵姨娘中毒发病谵语，内容是在哀告王熙凤，说着便叫："好琏二奶奶，你在这里老爷面前少顶一句儿罢，我有一千日的不好还有一天的好呢。好二奶奶，亲二奶奶，并不是我要害你，我一时糊涂，听了那个老娼妇的话。"赵姨娘应当很清楚是谁害了她，她发病时王熙凤还没有死，也不可能真的到阎王那里告她。作者这么写，就是告诉读者是谁下的毒。赵姨娘也很清楚她什么地方得罪了王熙凤，所以她说："我是阎王差人拿我去的，要问我为什么和马婆子用魇魔法的案件。"当事人的心里的鬼，自己最清楚。

赵姨娘发疯的时候，还说了一段话："我跟了一辈子老太太，大老爷还不依，弄神弄鬼的来算计我。我想仗着马道婆要出出我的气，银子白花了好些，也没有弄死了一个。如今我回去了，又不知谁来算计我。"这话一说，在场的人都当作赵姨娘是被鸳鸯的魂魄附了体，但赵姨娘坚决否认了，赵姨娘道："我不是鸳鸯，他早到仙界去了。"而且赵姨娘的话里面有马道婆，显然与鸳鸯无关。赵姨娘的这段话该怎么理解呢？作者故意来了一个误导，赵姨娘的谵语的确是在说她自己呢！赵姨娘肯定不是王夫人带来的丫鬟，不是王夫人的陪房出身，是贾府的家养奴。她的身份在她弟弟赵国基死去，探春核算该给多少丧葬费的时候，书里说得非常清楚。

赵姨娘在成为贾政姨娘之前，应当是贾母的丫鬟。所以赵姨娘可以说"跟了一辈子老太太"，她在贾府还有一个后台，应当就是老太太，否则惧内的贾政，不敢天天住在赵姨娘屋内。贾政不去王夫人那里，正常情况下当母亲的贾母也会干预，贾母不管，也显示了贾母与王夫人真实的婆媳矛盾。在古代，大家族里，母亲最喜欢的丫鬟，一般都是留给儿子。贾政收了赵姨娘，贾赦也想要贾母身边的鸳鸯，没得逞，贾赦一直说老太太偏心，也是有原因的。若没有老太太在，王夫人加上王熙凤，王家人早就把赵姨娘搞死了，就如王熙凤搞死尤二姐一样，赵姨娘也不可能生下探春和贾环。《红楼梦》里的贾府，生下孩子的妾，就赵姨娘一个人还活着。现在王熙凤敢于下毒，无所顾忌，一方面是王熙凤自己病得快要死了，贾府被抄家，王家也垮了，她也可能就要被贾琏休妻了，再不下手就没机会了；另外一方面就是贾母已经死掉了，没什么好顾忌的了。所以贾母刚死，王熙凤就下手了。赵姨娘能够在贾府生了孩子还存活，就是在背后有一个不糊涂的贾母掌权撑腰。贾母刚死，赵姨娘的后台不在了，她也就被毒死了。《红楼梦》里，贾赦贾政这一"文"字辈，就没有庶出的孩子，在过去的大家族非常少见，贾府的潜规则是，庶出和姨娘生孩子是"高危职业"。把书中的血色残酷看清楚，再想林黛玉是怎么死的，感觉就立即不同了。

还有作者也在暗中告诉读者，赵姨娘也有一定实力的，书里第六十回介绍："内中有一小伙名唤钱槐者，乃系赵姨娘之内侄。他父母现在库上管帐，他本身又派跟贾环上学。"内侄是赵姨娘母亲家的侄子，而钱槐的父母则是赵姨娘的表亲，管理了贾府的账房，也就是把持了贾府要职，而且钱槐可以与贾环一起到贾家私塾贾代儒那里上学，说明他的身份应当与赖尚荣类似，已经不是家奴了，这个身份应当也与赵姨娘的受宠有关。赵姨娘的亲信内侄钱槐在账房，此职位是一个要职，背后就是他要当赵姨娘的眼线，同时也是贾母、贾政监督王熙凤掌家的眼线。别看荣国府是凤姐在掌家，背后还有赵姨娘盯着呢！凤姐从贾府官中多支取银子，对贾环而言，就是以后分家要少分银子。古代分家，在分家产的时候，父亲的财产对儿子而言，基本不分嫡庶，差不多平均分。荣国府贾赦和贾政没有分家，而贾政有实职营缮郎，贾赦只有世袭的虚职，贾府收入主要来自贾政的营缮郎肥缺，贾赦一支，贾琏、凤姐其实是占了贾政的便宜。贾政与赵姨娘最亲近，贾政赚来的银子，赵姨娘当然觉得不能少了贾环的份额。所以赵姨娘与王熙凤矛盾尖锐，王熙凤也是在各种场合打压赵姨娘，而赵姨娘就想巫蛊搞死王熙凤。

那么赵姨娘为何又说"大老爷还不依"呢？赵姨娘与贾赦又有啥关联？原因在第七十五回，贾赦说"将来这世袭的前程定跑不了你袭呢"，即贾环可能承袭贾家的爵位。贾赦说此话的背后，就是他要收养过继贾环。赵姨娘是丫鬟出身的侍妾，根本没有资格进入贾家祠堂，但贾环的一支，以后祭奠先祖，赵姨娘作为亲娘，肯定有贾环一支的香火。但若贾环过继给了贾赦，那么贾环一支的香火就与贾政、王夫人和赵姨娘都无关了，赵姨娘的香火就一点也没有了。香火承祀在古代是人们极为在意的事情。古代相关的礼法规则，看看明代嘉靖皇帝的"大礼议"事件就知道了。贾赦要过继贾环，最受影响的就是赵姨娘。

《红楼梦》开始时花团锦簇，后来贾府危机之一就是一个孩子也没有出生，荣国府长房贾赦一支可能绝嗣，所以对他而言，争夺子嗣也很关键。贾宝玉是贾政的嫡子，而且可能还与林家有特别的承诺，不好过继；贾兰是贾珠的嫡子兼独子、贾政长孙，也不好过继；贾琮第七十五回以后就从未出现，可能已经死去。长房的贾赦可以过继的目标就是贾环，所以第七十五回，贾赦"吩咐人去取了自己的许多玩物来赏赐与他"，他对贾环表现得格外亲近，还要对贾环讲父母偏心的段子，让贾母误会。从贾赦前面第七十五回当众对贾环说"将来这世袭的前程定跑不了你袭呢"，到后来贾环卖巧姐时邢夫人的态度，都可以看出来端倪，对此在第一部当中已经分析过了。贾赦一支若是绝嗣，王熙凤有绝对的责任，自己习惯性流产，还限制贾琏接触其他女人，尤其是搞死了尤二姐的男胎。本支绝嗣对凤姐自己的香火也有影响，但凤姐认为她生不出孩子，是赵姨娘找马道婆作法诅咒的结果，这等深仇大恨，即使她身体不成快死了，死前也要报复。

读者可能会发现还有一个逻辑暗藏着，为什么赵姨娘找马道婆下蛊，要害的人是宝玉和凤姐，而不是王夫人？有人说，因为凤姐平时对赵姨娘刻薄，这才导致两人的仇恨。本人认为这些不是全部原因，赵姨娘针对凤姐和宝玉的真正原因，还是家产继承人的问题。第一部我们已经分析了，在书中，贾兰的地位不高，一直与贾环同伍，可能是受到李纨之父获罪的影响，同时书中有证据证明贾兰是赵姨娘的亲孙子，贾珠是赵姨娘所生，在王夫人长时间没有生育的情况下被收养的。同时贾珠之死，赵姨娘把账算到了王熙凤头上，因为贾珠是长孙，同时科举进学，贾琏虽然是长房有爵位继承权，但二人也是竞争关系，贾政是二房，因为是举人，就得到了皇帝荫出照顾的官职，而贾赦没有得到。同时可能还有一个原因，赵姨娘难以获得王夫人的生辰八字，但贾琏娶亲和宝玉出生的时候，赵姨娘应当已经在贾府了，能够获得他俩的生辰八字，因为做巫蛊是要写上生辰八字的。另外，赵姨娘的兄弟赵国基也可能是被毒死的，当时凤姐小产，赵国基就突然死掉了，王熙凤对自己的生育问题，应当认为与赵姨娘的巫蛊有关，毒死赵国基也是对赵姨娘下蛊害自己的报复。

赵姨娘是被毒死的，还可以看书中后来贾环的表现。第一百一十九回，"贾环见他们考去，自己又气又恨，便自大为王说：'我可要给母亲报仇了。家里一个男人没有，上头大太太依了我，还怕谁！'"贾环要卖掉巧姐，是要给赵姨娘报仇，其他的奸兄狠舅，才是为了钱。贾环因为他娘之死，与凤姐有深仇大恨，报复的对象就是凤姐的女儿巧姐，此仇恨的来源应当就是王熙凤下毒，毒死了赵姨娘。

此时的贾赦大太太邢夫人，为什么对贾环变得态度好了起来，啥事都如贾环所说的"依了我"呢？背后还是因为贾赦和邢夫人动了要过继贾环的心思，邢夫人也需要自己有子嗣，需要有香火。

在《红楼梦》里面，赵姨娘虽然招人讨厌，有不少可恨的地方，不过贾政能够专宠她，住在她屋内，当时探春、贾环都已经很大了，赵姨娘也是半老徐娘了，对贾政的吸引力，肯定不只是容貌，她应该有让贾政觉得可爱的地方，只不过书中是按照正统嫡庶的有色眼镜来写她的。而且她也确实很可怜，她没有改变自己命运的通道和机会，她是压抑的，是绝望的，所以在书中有很多扭曲的行为。从前面有关妻妾等级讨论的那一节，可以知道在贾府赵姨娘不是主子，而是奴才，是生下来就改变不了身份的奴才，连她的孩子都是主子，而她作为亲娘却无权管教。她实际是一个不幸的女人，但她有孩子，又得宠，比贾政的周姨娘，境遇又好了许多。《红楼梦》对姨娘们，确实视角不够友好，连名字都没有，只有一个姓氏。"红楼"之"红"，也是血红，多少人在红楼中死于非命？风月宝鉴，一面是美女，一面是骷髅，就是血淋淋的残酷博弈。

六、无人胜利的联姻悲剧

《红楼梦》里黛玉的悲剧,一直是最抓人的情节,所有的读者、研究者无不慨叹!要研究《红楼梦》,就绕不开宝玉、黛玉的悲剧主线,但悲剧的真相是什么,怎么解读,每个人看法不一样。本人认为,他们的悲剧不光是爱情被拆散那么简单,也不是封建家长专制扼杀了年轻人的爱情那么简单,里面有深刻复杂的博弈,因为勋贵联姻不是普通百姓过日子和谈情说爱,不仅有经济因素,也有政治因素。贾府在联姻方向上选择失误,给家族带来了巨大灾难。不过《红楼梦》的风月宝鉴,照贾宝玉的时候用的是美女的一面,照贾琏、薛蟠、贾雨村等人的时候,则用的是骷髅的一面,使得贾宝玉给人一种美好的感觉,而实际上,他对女人没有责任心,比不上贾琏和薛蟠、贾雨村等人。

(一)贾府承祀希望在宝玉

◇◇◇贾府子嗣凋零走末路

综观《红楼梦》全书,细心的读者就会发现,故事从始至终,在贾府里,没有一个新生儿出生。贾雨村和娇杏生了一个儿子,还是他与贾府没有搭上关系的时候所生。人丁凋敝,贾府的传承存在大的危机。

我们来看看宁国府和荣国府的人丁情况。宁国府一脉,贾敬出家修道了,后来就主要是贾珍和贾蓉父子。贾敬有一儿一女,贾珍只有独子贾蓉，贾蓉在秦可卿死的时候已经二十岁，此后很多年也一直没有孩子。荣国府一脉，第二代的贾母生了好几个孩子，长大成人的有两个儿子一个女儿；第三代的贾赦也有两儿一女，贾政有三儿两女。

但到了贾府的四五代，贾琏就只有一个女儿；贾珠早死，只有独子贾兰，贾家的第四、第五代，人口严重不足。而且贾兰作为贾政的嫡长孙和贾母的长曾孙，地位居然与贾环差不多，李纨也总是身着素衣，本人在前面章节分析过，可能因为李纨的父亲戴罪，影响了贾兰的世袭继承权，戴罪之人进不了族谱，被除掉了宗籍，所以贾兰地位很低，以后难以承祀，贾府的继承人真的是一片凋零。

在《红楼梦》一书开始之时，秦可卿和王熙凤都是年纪轻轻就手握掌家之权，给贾家带来了很多希望，而到第七十五回，贾赦拍着贾环的头，笑道："……将来这世袭的前程定跑不了你袭呢。"这话不光是埋线，意有所指，而且此类玩笑在古代大家族可是开不得的，贾赦这么说，背后是贾府已经人丁凋敝：宁国府的贾蓉没有后代，贾珍也再无所出；荣国府这边，贾琏的妻子王熙凤也生不了，贾琮未见成亲，后来没有了影子，应当也有问题，就算不是死掉了，也可能因为贾琮的母亲地位太低，难以入家谱。贾琮后几十回不见踪影，应当也死掉了。

秦可卿与王熙凤是好朋友，但她俩一个是犯淫，一个是妒、独、毒，最后贾家宁国府、荣国府的长房嫡子都没有子嗣，带来了重大的家族危机。贾蓉多年未育；贾环与彩云玩崩了，可能不育；贾兰可能不在宗籍了，所以贾府里面有生育能力，有希望子嗣承祀的人，就剩下贾宝玉了，但好几房的宗祧都等着他呢，他还选择了出家。

古代对家族的人丁极为看重，贾府如此人丁不足，连找同宗过继，都不是近支本府，可能要出五服，就是一个家族末世之象。因此，贾府解决继承人危机的需求非常迫切。最后《红楼梦》大结局的贾府复兴,也是贾琏扶正了平儿,可能会有孩子;还有贾兰中举后,地位发生了根本的改变,贾府的人丁又有了要兴旺的迹象。在中华文化的传统观念里,人丁对家族是至关重要的。

对此,书中也有暗示,在第三十九回,刘姥姥与贾母的故事可不是随便讲的,书中是这样写的:

> 刘姥姥便又想了一篇,说道:"我们庄子东边庄上,有个老奶奶子,今年九十多岁了。他天天吃斋念佛,谁知就感动了观音菩萨,夜里来托梦说:'你这样虔心,原来你该绝后的,如今奏了玉皇,给你个孙子。'原来这老奶奶只有一个儿子,这儿子也只一个儿子,好容易养到十七八岁上死了,哭的什么似的。后果然又养了一个,今年才十三四岁,生的雪团儿一般,聪明伶俐非常。可见这些神佛是有的。"

这一段写得很清楚,对应的是贾珠死了,贾宝玉"生的雪团儿一般,聪明伶俐非常",虽说还有贾赦、贾琏,但贾琏也没有儿子。所以刘姥姥"这一席话,实合了贾母王夫人的心事,连王夫人也都听住了"。这是给读者的暗示和埋线,贾府的承祀希望,只有在贾宝玉一个人的身上了。

◇◇◇秦可卿之后的宁国府

贾蓉是宁国府长子长孙,又是贾珍的独子,还很年轻,但还没有孩子。所以秦可卿死后,为了宁国府后继有人,要有男丁,贾蓉肯定是要续娶的。

贾蓉的续娶的老婆是谁?一说是许氏,一说是胡氏。书里第二十九回,贾府兴师动众地去张道士的清虚观:"刚要说话,只见贾珍贾蓉的妻子婆媳两个来了。"此处可见,贾蓉已经续娶了。到第五十八回老太妃死了："贾母、邢、王、尤、许婆媳祖孙等皆每日入朝随祭，至未正以后方回。"此处的许氏，应当就是贾蓉的续弦。而在第九十二回，贾政与冯紫英聊家常，贾政道："我们这个侄孙媳妇儿，也是这里大家，从前做过京畿道的胡老爷的女孩儿。"胡氏是道员的女儿，京畿的道员是三品官，主管京畿的道员，也是要职，可能比宁国府略低，但贾蓉是续娶，与第一次娶亲还是有区别的，从门第讲，与贾府是匹配的。就如邢夫人、尤氏都是续弦，她们两家的娘家门第比贾家的要低很多。不过，这里我们需要知道，贾蓉的第一任妻子秦可卿的父亲只是营缮郎，是五品官，比三品的道员低很多。再对比二者的热门度，尽管营缮郎是超级肥缺，但京畿道也是超级要缺！而且秦可卿还是养女出身，所以秦可卿能够嫁入宁国府，本身一定是如书中所言有特殊的"瓜葛"，也就是背后有巨额财富的博弈。

很多读者看见贾蓉之妻有第五十八回的许氏与第九十二回的胡氏，认为有一些矛盾。不过本人认为其实不矛盾，《红楼梦》里面的贾府男主子，都是有妻有妾的，在第二十九回出现的"婆媳两个"的"媳"，可以是贾蓉的妾，因为在去清虚观的大活动里面，薛蟠的妾香菱也去了，而且香菱还带着她专属的丫鬟臻儿，因此贾蓉的妾也可随行，完全合理。此处没有出现姓氏，第二十九回和第五十八回是否为一个人，都不确定。贾蓉是爵位继承人，按规定可以有两个妾进宗庙，因此第五十八回的许氏，可能是贾蓉没有正妻的时候所娶的妾，类似薛蟠娶了香菱。在第二十九回，贾蓉的妾以贾蓉女眷的身份参加清虚观活动。而后来的胡氏，应当是贾蓉续弦的正妻，因为胡氏家里也是中级以上的官宦人家，应当比许氏门第更高，如果二人排位置，胡氏肯定是正妻。当然还有一个可能，就是许氏已经死了，书里没有交代，就如对贾蓉娶许氏也没有交代一样，这里与秦可卿的超级葬礼形成了鲜明的对比，也是在暗示秦可卿葬礼背后的故事。

　　宁国府里面的尤氏经常出现，而贾蓉续娶的胡氏，贾蓉高等级的妾许氏，在大观园和荣国府出现的次数却少得可怜，基本看不见书中对此的笔墨，秦可卿与荣国府走得很近，胡氏、许氏则与荣国府的女人没有交集，古代妇女串门不是那么容易的事情。她俩不属于大观园的圈子，一来是许氏的妾地位不高，就如贾赦的嫣红，也是不见露面的；还有就是她们可能没什么文化，第九十二回冯紫英说："胡道长我是知道的。但是他家教上也不怎么样。也罢了，只要姑娘好就好。"这里冯紫英嘴里，胡老爷变成了胡道长，也就是说胡氏的父亲也是修道的，与贾蓉的爷爷贾敬应当是同道中人。胡氏啥时候娶的？肯定是在第五十八回以后，因为要是胡氏为正妻，那么在这一回去朝觐的就是胡氏，轮不到妾许氏。而到了第六十三回，贾敬就死了，贾珍和贾蓉都要守孝，守孝期间不能娶亲，因此胡氏嫁给贾蓉应当在此之前。同时守孝期间也不便到处串门，贾蓉的女眷不来，也是正常的。书里尤氏婆媳在第五十二回、第五十七回到荣国府见贾母，还有在第六十四回贾敬葬礼、第七十回尤二姐出殡等重大活动当中出现过，书中都是一带而过，而且贾蓉的妻（或妾）都是与婆婆尤氏一起出现，不是单独出现，也不与大观园的姑娘们来往，说明贾蓉续弦的地位从属于尤氏，远低于秦可卿当年。

　　等到了抄家之后，宁国府就没啥人了，第一百〇六回，"贾母命人将车接了尤氏婆媳等过来。可怜赫赫宁府只剩得他们婆媳两个并佩凤偕鸾二人，连一个下人没有。贾母指出房子一所居住，就在惜春所住的间壁。又派了婆子四人丫头两个伏侍"。书中此时写宁国府只剩婆媳两人，说明尤氏一直健在，媳妇应当是贾蓉的续弦胡氏，早先许氏可能已经死了，或者她是婢女出身，抄家会被入官。宁国府在秦可卿死了之后的惨状，是即使没有被抄家，也没有人丁。

　　宁国府在贾蓉有胡氏、许氏两个女人的情况下，也没有生出孩子。为啥他们生不出？当然其中一个原因是为贾敬守孝，守孝期间性生活也必须有所限制。不过在没有子嗣的情况下，为了生育，大孝也可以破例，就如皇帝对大臣丁忧的夺情，而且贾蓉是为爷爷守孝，限制比贾珍为父守孝要松。然而宁国府依然没有子嗣，应当还另有原因。

在啥也不缺的情况下，古代没有子嗣，一般都是各种性病和尿路疾病造成的。古代男人三妻四妾，有的却孩子少，包括君王的孩子，背后原因就是疾病。古代医疗条件低，性传播的性病或其他传染病，对生育影响很大。因此中国的古代讲究禁欲和节欲，就是为了避免生病，对妇女的禁锢到了变态的程度，也与乱性容易传染疾病有关。世界上纵欲的民族最后都走向了灭亡，性解放是现代有了抗生素以后，不过又有了艾滋病等新的性传播疾病。

第一部《红楼财经观察》分析过秦可卿的淫，以及她身后财富博弈的背景。秦可卿的自杀，也是因为得病，书里没有说得很清楚，但最大可能就是性病，再加上各种压力下的抑郁。秦可卿要是得了不洁之病，那么宁国府的男人，估计就都有了，而且深宅大院里不够干净，下人、家奴之间也会传播开来，不光是子嗣的问题，身体也不会好。

宁国府内不干净，外面人应当都知道，或者是晚期梅毒那一类，脸上就可以看出来。书里湘莲听了尤三姐与宁国府的关系，就跌足道："这事不好，断乎做不得了。你们东府里除了那两个石头狮子干净，只怕连猫儿狗儿都不干净。我不做这剩忘八。"连猫狗也不干净，说的就是宁国府的下人家奴也有问题，他们若有性病流传，肯定还要看病抓药，人数多了，根本瞒不住人。

若是性病影响了生育，宁国府的男人自己也应当大致心里清楚，对以后生育的困难也应当知道，所以为啥说"箕裘颓堕皆从敬，家事消亡首罪宁。宿孽总因情"，家事消亡也包括生育危机，与纵欲、犯淫导致的不育有直接关系。对古代的世家而言，没有子嗣绝对是家事消亡的重大灾难，对此，现代读者可能认识不足。

因此，秦可卿死后的宁国府，不育、无嗣，继承人就是大问题，人丁凋敝是古代家族走向末世的标志。

◇◇◇凤姐的妒与贾琏的性

在荣国府里，长房嫡子贾琏没有孩子，王熙凤的责任最大，按古代的标准，无后是七出之首；不支持丈夫找别的女人，属于嫉妒，也是七出之一。正妻没有男孩，为丈夫纳妾承祀天经地义，而且是要被褒扬的美德。

贾琏与王熙凤先生了一个女儿，应当在婚后不久，然后他们俩还有夫妻之实。贾琏与王熙凤的夫妻之礼写得很隐晦，在第七回："周瑞家的悄问奶子道：'姐儿睡中觉呢？也该请醒了。'奶子摇头儿。正说着，只听那边一阵笑声，却有贾琏的声音。接着房门响处，平儿拿着大铜盆出来，叫丰儿舀水进去。"在故事开始的时候，贾琏与凤姐的感情不错，凤姐掌家，贾琏在家族里面的地位也有提升。他俩要有更多的孩子，看似也很有希望。

但后来，王熙凤小产了，因为她怀孕也不愿意放弃掌家的权力，操劳过度导致流产，而且还变成了习惯性流产，留下了后遗症，就难以再生孩子了。第五十五回，"谁知凤姐禀赋气血不足，兼年幼不知保养，平生争强斗智，心力更亏，故虽系小月，竟着实亏虚下来，一月之后，复添了下红之症"。这个下红之症，对应到现在应是月经淋漓、阴道出血一类的妇科疾病，女人月经总不干净，不但难以怀孕，更是影响夫妻生活。然后到第六十一回，凤姐又小产了一回，平儿说："好容易怀了一个哥儿，到了六七个月还掉了，焉知不是素日操劳太过，气恼伤着的。"大月份的流产对产妇伤害很大，在现在的医学技术下，怀了六七个月的胎儿要是出生，算作早产儿，还有可能养活，可是古代没有那个医疗条件。等到第七十二回，凤姐的妇科病还复发，变得更严重了，平儿和鸳鸯说起情况，听完"上月行了经之后，这一个月竟沥沥淅淅的没有止住"，鸳鸯很吃惊："嗳哟！依你这话，这可不成了血山崩了。"也就是凤姐总处于下血不停的状态变成了"血山崩"，又叫作血崩或崩中，是妇科要命的大病。到第七十四回，凤姐参与抄检大观园又累着了，就"谁知到夜里又连起来几次，下面淋血不止"。因此贾琏与凤姐根本无法有性生活，更别说生孩子了。

《红楼梦》里特别写了，凤姐把贾琏身边的女人都修理了一个干净。第六十五回，兴儿说："我们家的规矩，凡爷们大了，未娶亲之先都先放两个人伏侍的。二爷原有两个，谁知他来了没半年，都寻出不是来，都打发出去了。"贾琏以前也有与袭人、晴雯类似的通房丫头，但都被凤姐赶走了。

另外凤姐带来的陪房也都很惨。第六十五回，兴儿道："这就是俗语说的'天下逃不过一个理字去'了。这平儿是他自幼的丫头，陪了过来一共四个，嫁人的嫁人，死的死了，只剩了这个心腹。他原为收了屋里，一则显他贤良名儿，二则又叫拴爷的心，好不外头走邪的。……"凤姐的陪房，从四个变成了仅存平儿一个，平儿能够留下，是凤姐要摆样子。而平儿能够与贾琏有多少性生活呢？兴儿也介绍了："虽然平姑娘在屋里，大约一年二年之间两个有一次到一处，他还要口里掂十个过子呢，气的平姑娘性子发了，哭闹一阵，说：'又不是我自己寻来的，你又浪着劝我，我原不依，你反说我反了，这会子又这样。'他一般的也罢了，倒央告平姑娘。"这里也说得很清楚了，就是两年才有一次，还要被凤姐记恨。这样的情况下，平儿估计也难以怀孕。对此在第四十四回贾琏抱怨道："如今连平儿他也不叫我沾一沾了。平儿也是一肚子委屈不敢说。我命里怎么就该犯了'夜叉星'。"以凤姐的性情，平儿应当也不敢怀孕生下长子，

俏平儿软语庇贾琏（清孙温 绘）

一年当中一两次，可能还在安全期里面。

对府里贾琏觊觎的其他丫头，凤姐下手就更狠了，兴儿还说："凡丫头们二爷多看一眼，他有本事当着爷打个烂羊头。"因此，凤姐捉奸鲍二家的，已经算是好的了。凤姐对待与贾琏有关系的女子，唯一态度好的，就是对待鸳鸯，有关情况在鸳鸯那一节已经分析过了，凤姐公开说要贾琏娶鸳鸯为妾，背后是凤姐掌家需要鸳鸯在贾母身边当盟友，鸳鸯的哥哥还是贾母带来的买办，父亲管着贾府金陵的产业，但经过贾赦收房鸳鸯被拒和鸳鸯发毒誓，贾琏和鸳鸯在一起也不方便，机会变得更少，鸳鸯在身份没有明确的时候，也不敢怀孕。后来的秋桐，地位还不如平儿，没有了对付尤二姐的利用价值以后，她与贾琏在一起的机会，应当比平儿更少，当然也就更没有怀孕的机会。

同时凤姐的性生活单调无趣，可以说是性冷淡，所以贾瑞还想要勾引凤姐，当然会死得很惨。凤姐性生活的无趣，书里也专门做了介绍。书中第二十三回，贾琏道："果然这样也罢了。只是昨儿晚上，我不过是要改个样儿，你就扭手扭脚的。"凤姐儿听了，哧的一声笑了，向贾琏啐了一口，低下头便吃饭。贾琏为啥会有了性生活的高要求，原因与多姑娘有了高质量的性生活体验。在贾琏说这个话的前两回，第二十一回写道："是夜二鼓人定，多浑虫醉昏在炕，贾琏便溜了来相会。进门一见其态，早已魄飞魂散，也不用情谈款叙，便宽衣动作起来。谁知这媳妇有天生的奇趣，一经男子挨身，便觉遍身筋骨瘫软，使男子如卧绵上；更兼淫态浪言，压倒娼妓，诸男子至此岂有惜命者哉。"多姑娘是一个性欲极强的熟女，不仅"勾搭"贾琏，还"调戏"贾宝玉。宝玉去看晴雯，多姑娘"便坐在炕沿上，却紧紧的将宝玉搂入怀中"，还说宝玉"空长了一个好模样儿，竟是没药性的炮仗，只好装幌子罢了，倒比我还发讪怕羞"。多浑虫对多姑娘的行为睁一只眼闭一只眼，应当也是难以满足多姑娘的性欲，而多姑娘真实地让贾琏体会到了高质量的性生活，所以后来贾琏出轨就可以想见了。

　　在娶凤姐之前，贾琏还有两个通房丫头，到后来只能面对凤姐，和平儿一年最多一次，根本解不了问题，同时凤姐在性生活中非常乏味。再后来，凤姐的妇科病让贾琏与她的基本性生活中断了，对一个壮年的男子，是多么的难受？如此情景，就算是一夫一妻制下的男人，都可能会出轨。书里却把贾琏写得一副淫棍的样子，其实是为了衬托宝玉。书里第四十四回，贾琏与鲍二家的通奸，凤姐捉奸时偷听他们说话。那妇人笑道："多早晚你那阎王老婆死了就好了。"贾琏道："他死了，再娶一个也是这样，又怎么样呢？"从这对话看到贾琏对婚姻很绝望。

　　贾琏在这种状态下，遇到了尤二姐，所以他对尤二姐倾注了真情，对此在尤二姐那一节里面分析。书里描写贾琏与尤二姐的性生活，应当非常和谐。第六十五回，贾琏娶尤二姐，"是夜贾琏同他颠鸾倒凤，百般恩爱，不消细说"。尤二姐在外室的时候，第六十四回有一个重要的细节："贾珍又给了一房家人，名叫鲍二，夫妻两口,以备二姐过来时伏侍。"在第四十四回,鲍二家的与贾琏偷情,不是上吊自杀了吗?这里怎么又来了鲍二夫妇?鲍二原来属于荣国府,现在怎么到了宁国府?有人说这里有矛盾,但仔细分析,应当不矛盾。鲍二换了一个地方,换地方的原因很简单,凤姐捉奸以后,鲍二在荣国府也不好待了,凤姐也愿意他走人,免得看着厌烦。书里第一百〇六回对鲍二有了明确的交代:"(贾政问:)我看这人口册上并没有鲍二,这是怎么说?"众人回道:"这鲍二是不在册档上的。先前在宁府册上,为二爷见他老实,把他们两口子叫过来了。及至他女人死了,他又回宁府去。"此时贾珍把鲍二给派过来,真的是很有深意,就是要与凤姐叫板。原因本人前面分析过,贾珍、贾琏、尤氏姐妹成为联盟,要在贾府内宅夺权。

鲍二家的上吊以后,鲍二应当很快又找了一个老婆,在书中第四十七回,鸳鸯笑道:"鲍二家的,老祖宗又拉上赵二家的。"此时距离鲍二家的上吊,书里只经过了三回,鲍二是在老婆上吊以后,又迅速续弦了。第六十五回说"这鲍二原因妻子发迹的,近日越发亏他",交代得很清楚,鲍二家的上吊,让鲍二发财了,对应的是第四十四回:"贾琏又命林之孝将那二百银子入在流年帐上,分别添补开销过去。又梯己给鲍二些银两,安慰他说:'另日再挑个好媳妇给你。'"鲍二直接得到了200两银子,同时贾琏另外给了多少没有说,估计也要200两左右,400两银子在当时对家奴而言,是一个不小的数目。贾府大丫头月例最多的才1两银子,家奴一家一年也赚不到20两银子,这400两是其二十年的收入。古代是高利率的社会,400两银子放贷,良心利率下也是一年收入100两利息,鲍二真的妥妥的算是发家了。

鲍二夫妇过来,鲍二就是准备自己戴绿帽子的。第六十五回写"(鲍二)自己除赚钱吃酒之外,一概不管,贾琏等也不肯责备他,故他视妻如母,百依百随,且吃够了便去睡觉"。他对老婆"视妻如母，百依百随"，他老婆在与贾琏干什么，他也不管。第八十八回，鲍二被赶走，府里的议论就是"也有说他本不是好人，前儿尤家姊妹弄出许多丑事来，那鲍二不是他调停着二爷叫了来的吗，这会子又嫌鲍二不济事，必是鲍二的女人伏侍不到了"。这里也印证了鲍二继续勇戴绿帽。把此情节写在当中，说明尤二姐对贾琏很宽容，贾琏在她身边，不但有她的温柔乡，还有一个可以偷情的对象。在尤二姐身边的鲍二，《红楼梦》有的版本说不是一个人。不过，鲍二可都是前八十回的情节，所以不能归结为高鹗等人的篡改。本人认为，把上述逻辑梳理清楚，在通行本里，荣国府的鲍二和宁国府的鲍二是同一个人，有妙味。后来鲍二被贾珍责罚，在抄家的时候又咬出张华来，情节紧凑。

  贾琏没有儿子都是凤姐导致的，她不光搞死了尤二姐及其胎儿，更在自己屡次小产，得了下红之症后，和贾琏已几乎没有性生活，却还严格控制贾琏接触其他女人，结果贾琏对凤姐由当初的爱变成了恨。凤姐的妒、独、毒，对整个家族而言，在古代宗法和香火时代，勋贵之家特别重视世袭子嗣，却没有人继承的情况下，这对家族未来是灾难性的。贾府被抄家，王熙凤操纵张华虚假诉讼的事彻底曝光，王熙凤不死也会被休妻。

  凤姐的狠辣嫉妒，背后原因是她的脆弱、色厉内荏，更关键的是她不识字。直到第七十四回"凤姐因当家理事，每每看开帖并帐目，也颇识得几个字了"，说明凤姐之前应当认字很少。要管理贾府如此庞杂的事务，不识字是做不到的。那么她要找别人看账、看凭据又不被别人骗，贾琏是唯一可信赖的人，所以需要抱死贾琏。贾琏要是跟了别的女人，要是与别人有了孩子，那么贾琏为其他女人算计起凤姐，凤姐就是睁眼瞎。因此，凤姐一点安全感也没有，尤二姐来了，她一定要拼死控制住贾琏，自己没有子嗣，即使从别人那里过继孩子来养，也不能给其他女人机会。读者总看到王熙凤在贾府强悍的一面，却看不到她在贾府虚弱的一面，没有文化要吃大亏。第七十一回，凤姐被邢夫人嫌隙，"妇女家终不免生些嫌隙之心，近日因此着实恶绝凤姐"，"凤姐由不得越想越气越愧，不觉的灰心转悲，滚下泪来。因赌气回房哭泣，又不使人知觉"，在一贯狠辣之中，凤姐在人后也露出了脆弱的一面。此时凤姐已经多次流产，身患妇科重病，对外就是硬撑着！

书里把贾琏写成一个好色之人，是在衬托贾宝玉，宝玉才是作者所说的"天下无能第一，古今不肖无双"，但有了贾琏的对比，却显得很光鲜。他们俩就是风月宝鉴的两个面，照贾琏的时候把他照成骷髅；照宝玉的时候，把他变成了宝贝。在第五回说是春梦，写宝玉与仙姑"未免有儿女之事"等，更可能的是宝玉酒后断片，与秦可卿发生了性行为。宝玉有了性经历，随后就"遂强袭人同领警幻所训云雨之事"，仙姑警幻带来的性技巧，当然是神仙水平了，宝玉在大观园里面对千红万艳，所以比贾琏更好色。

贾琏到书中临近结局时，是凤姐血崩，不能有性生活；平儿在凤姐的压力下，与他一年也没有一两次；秋桐应当还不如平儿，也就是说，贾琏一个月也没有一次性生活，这对壮年男子是怎样的煎熬？所以书里贾琏总是好色的样子，他得不到性满足，他又不是禁欲之人，所以他也是值得同情的。

贾琏与贾宝玉的才能也不在一个频道，贾府很多重要的事情，都是贾琏去办的，比如陪同林黛玉去料理林如海的后事，到江南采买大观园需要的物品等，还有多次联络平安州办贾府的机要，贾琏是贾府运营的重要人物。而对家里的事情，贾政不会管，贾宝玉更是甩手的，只带着一群跟班到处混内帏。这十个小厮，其名曰：茗烟（焙茗）、锄药、双瑞、双寿、扫红、墨雨、引泉、扫花、挑云、伴鹤；还有四个健仆，其名曰：张若锦、赵亦华、王荣、李贵。其数量远比贾琏的多，但宝玉在外面还玩优伶，招惹了忠顺王府。书里，贾琏的小厮是昭儿、兴儿、旺儿，人数比宝玉的少多了，有些还变成了凤姐的人。真的论起来，宝玉要不是被抄家后发愤读书，取得功名，他才是纨绔子弟；而勋贵之家的运营，需要贾琏这样的人。在贾府财政竭蹶之际，贾琏也是四处应对，他虽然惧内，但也是贾府里面的能人，比贾珍、贾蔷、贾蓉、贾芹、贾芸等人的能力都要强，但贾琏的地位，受到了惧内和无嗣两个因素的影响。

看一下凤姐的判词："凡鸟偏从末世来，都知爱慕此生才。一从二令三人木，哭向金陵事更哀。"是说凤姐是凡鸟处在家族末世，"爱慕此生才"是讲她的嫉妒，嫉妒是爱过头了。关键是"一从二令三人木"怎么理解。"从"是两个人，一开始琏凤夫妇很恩爱；"二令"是一个"冷"字，凤姐与贾琏没有性生活，叫作"冷"；到三则变成"人木"，是"休妻"的"休"。很多续本分析出凤姐最后被休的结局，通行本虽然没有这样写，但实际凤姐的结局也与被休妻差不多，没到被休就病死了，早夭无子，当然是更哀。

书里最后写贾家复兴，那时贾琏的婚姻状况，就是凤姐死了，平儿扶正了。当年贾琏偷情时，那妇人（鲍二家的）道："他死了，你倒是把平儿扶了正，只怕还好些。"平儿的善良，鲍二家的也看得很清楚。未来可能贾琏与平儿有了孩子，不过这是后话了。大结局当中，贾琏扶正平儿，也是他的一个转折点。在《红楼梦》里，贾琏就是一个坏男人的形象，他的"坏"是要衬托宝玉，但是《红楼梦》经常就是"假语存"，书里正面的人物，反而是反面的。

◇◇◇悔婚林家"兼祧"有意愿

随着剧情不断发展，贾府在子嗣凋敝以后，对宝玉联姻的态度，有所转变。林黛玉与贾宝玉的婚姻不被看好，有对子嗣的考虑，更在于林家应当还有更多的要求，本人已多次分析，林家也需要香火承祀，会要求"兼祧"，或者后代有子嗣姓林。

在《红楼梦》开始的时候，宁、荣二府的爵位继承人贾蓉和贾琏，都娶了年轻貌美的妻子，感觉都会有很多子嗣，因此贾宝玉"兼祧"，靠联姻多取得财富，对贾家而言最重要。但到了故事的中后段，贾府子嗣压力就越来越大，贾府的想法也会改变。

在秦可卿因淫乱等多重原因自杀之后，在古代没有保护措施和抗生素治疗的情况下，宁国府的人大概率都有相关的疾病。所以贾珍、贾蓉多年都没有孩，他们自己应当也很清楚，未来的子嗣情况大概是怎么样。到了要考虑过继等方式的时候，首选就是荣国府宝玉的孩子。之前，贾珍将正派玄孙贾蔷作为养子，但后来突然分府，背后应当与秦可卿有关，就是焦大嘴里的"养小叔子"，贾蔷与宁国府的关系，实际上已经崩溃，而且贾蓉应该也难以接受贾珍将贾蔷过继为子，成为自己名义上的兄弟。过继一个岁数小的孩子，还好调教，尤其是继室尤氏，对此更为需要。如果是个小孩子，尤氏可以收养之后当亲子抚养，这也是她最好的选择。

在荣国府，贾赦和贾政已经上了年岁，再有孩子的可能性很小，而当时的贾琏也没有孩子，王熙凤因为妇科病，没有生育能力了，那么贾家的继承人问题就严峻了起来。

可能有人会说贾府还有贾兰和贾环，但他俩各有问题。贾环也可能有病，而且是庶出，王家人不太愿意接受。书中第七十二回写"彩云因近日和贾环分崩，也染了无医之症"，说明彩云得了"无医之症"而死，那么贾环在纵欲之下，是否也得了病呢？贾环将来能否有孩子，存在很大变数。贾兰虽然是嫡长孙，也是贾母的长重孙，但他在贾府一直地位尴尬，本人在贾兰那一节分析过，多半是李纨家有问题连带的，就连他的死可能都有问题，因为书中连贾家祭奠贾珠的情节都没有，贾兰可能都被除掉了宗籍，进不了族谱。后来，贾兰中举、贾家复兴，应当是李纨父亲李守中得以平反，贾兰中举后，其宗籍被恢复了，在此之前，他难以承担贾府宗祧重任。另外还有贾琮，书中后来连他的踪影都不见，不知是死是活，但他就算活着也地位极低，可能是私生子，难以进入宗谱。

另外贾珠作为嫡长子，实际上是赵姨娘的儿子被嫡妻王夫人收养，对外作为了嫡长子，此逻辑对为啥贾兰地位不高，总与贾环在一起，都是吻合的，对此本人在第一部已经分析过了。贾政对贾珠肯定是最爱，而且贾政怀疑贾珠之死与王夫人后来生了贾宝玉有关，所以在书中开始的时候特别嫌恶宝玉，在第三十三回暴打宝玉之时，甚至动了拿绳子勒死宝玉的念头。但是对贾宝玉联姻兼祧自己亲妹妹家，又能够得到大量的财物，贾政当然是很愿意的，贾母的情感也与贾政类似，所以贾政会不顾王夫人的感受，让宝玉兼祧林家。但等到贾府人丁凋敝，贾政自己当学政回来，督促宝玉读书有了一些起色，王夫人内宅婆媳宅斗取胜，王家人权势日增，周围环境变了，起初的想法就改变了。随着情节的发展，贾政对贾宝玉的感情也在变，在后四十回就看不到贾政那么嫌恶宝玉了；对于悔婚林家，贾政也可能同意了，起码是不反对的。

所以贾府宗祧的主要希望是贾宝玉。可能大家没有注意，其实贾府里最希望贾宝玉生孩子继承宗祧的，是王熙凤！王熙凤嫉妒心极大，不愿意贾琏与其他女人生的孩子继承宗祧，却会愿意过继贾宝玉的孩子。因为贾宝玉若娶了薛宝钗，那么他的孩子有王家骨血，与王熙凤真的有血缘，而贾琏与其他女人的孩子，与王熙凤没有血缘。即使宝玉不娶薛宝钗，宝玉母亲王夫人也是王家人，宝玉的孩子就是王熙凤的侄子加外甥。对王熙凤而言，有没有真正的血缘，也是极为重要的因素。

古代与现代，观念上还有一个重要的差别，就是香火牌位上的位置。具体来说，若贾宝玉的孩子过继给贾琏，最后世袭爵位，那么以后他祭祖的时候，香火排位上就是贾琏和王熙凤，与他亲生父母无关；如果贾琏与其他女人生的孩子继承了爵位，香火牌位上就是贾琏和王熙凤，以及孩子生母，凤姐就必须接受与另外一个女人分享正妻的位置。就如不是皇后所生的皇子当了皇帝，他的母亲与皇后一样是太后。类似的争论，明朝有著名的"大礼议"事件，被过继的嘉靖皇帝要给自己的生父上皇帝尊号，与朝臣激烈博弈。嘉靖皇帝毕竟是天子，礼仪的规则制定者之一，最后好不容易才达到目的，还死了不少人，仅因廷杖而死的就有16人。但嘉靖一死，此事又被翻案，改了过来。对贾府而言，香火祭祀的礼仪改不了，香火牌位上怎么写，古人对此远远比现代人在意得多，就算现代建一个家族墓碑祠堂，子孙名字排序、祖上各方排序，若有争议，家族成员都可以翻脸。因此宝玉的孩子，第一个想着过继的就是凤姐，所以凤姐对宝玉娶薛宝钗也特别积极，薛宝钗与宝玉圆房她也特别关注，她还是薛宝钗嫁进荣国府的媒人。

贾府没有继承人，宝玉必须生儿子的压力剧增！若贾兰因李家获罪难以承祀，贾环因患病没有儿子，那么贾政这一支需要贾宝玉的一个儿子承祀本房，贾琏需要一个承祀长房和袭爵，贾珍、贾蓉也需要一个孩子承祀宁国府，如果宝玉还与林家"兼祧"，那么第一个儿子要姓林，则宝玉至少需要有四个儿子才能够满足各方需要，并且这四个儿子还要能够长大，并娶妻生子，延续香火。若"兼祧"的约定不是只给林家一个孩子，而是一家一半，那么宝玉就要有六个男孩活下来，长大成人，才可以满足贾家的需求。古代的医疗条件很差，孩子不易养大，夭折率高，那么宝玉至少要有七八个儿子才保险。宝玉所生的孩子，考虑到一半概率是女孩，那么宝玉就总计要有十几个孩子才合适，生育压力巨大。虽然古代多个兄弟的家庭很多，但生十几个也是不容易的，从贾府男人大致的子嗣数量来看，宝玉要远超家族平均水平才行。就如梅兰芳兼祧福芝芳，婚后十四年中先后生了九个孩子，五男四女，只有四个长大成人，梅兰芳的头五个孩子（包括王氏夫人生的两个）均未能养大，后来养大了四个，也与现代医学进入中国，医疗条件改善有关。福芝芳对孟小冬的胜利，也是因为她能生，当时已经生了四儿一女，兼祧三家都足够了；孟小冬不愿放弃事业，跟了梅兰芳，四年不见生育；而嫡妻王明华生了一儿一女，在梅家兼祧如此缺子嗣的情况下，竟然当新女性，去做了绝育，后来二子均夭折，因此生育能力和子嗣数量对古代婚姻博弈至关重要。

宝玉需要生那么多孩子满足"兼祧"家族的承祀，所找的对象是否健康至关重要。林黛玉的身体状态，就算不短寿，也不像能够多生孩子的样子。同时林黛玉的任性和多愁善感，也不容易宽容宝玉与其他女人多生孩子，而且若黛玉多出来的孩子要过继给其他人，又不姓林，黛玉应当也不会愿意。而宝钗身体好，还接受了袭人，那么袭人的庶出孩子都可以过继，因此"金玉良缘"自然被贾府众人一致看好。就类似上面福芝芳与孟小冬，福芝芳羞辱孟小冬，不让她进兼祧的梅家祠堂，梅兰芳旁边看着，不发一言。

在子嗣的压力之下，贾母在内宅讨论宝玉娶谁的时候，说黛玉的不寿，背后也有贾母对贾家子嗣香火延续的担忧。因为她也要受贾家子孙香火。宝玉的孩子要是先"兼祧"了林家，第一个孩子不姓贾，那么贾府以后真的断了香火，是谁也承担不起的。同时后来宝玉生病，王家祭出冲喜治病，贾母当然首先要给宝玉治病保命，把香火子嗣放到了第一位。

因此，贾家的想法随着事情的发展不断变化，在最初贾敏想要"兼祧"的时候，贾母肯定是乐意的，林如海死了，林黛玉带着林家巨额的财富进贾家，"兼祧"可以让贾家多得财富，贾府上下也很满意，当时凤姐身体无恙，与贾琏感情又好，能够多生孩子的希望也大。但故事发展到宝玉、黛玉真的要嫁娶的时候，贾府几年来没有新生儿，凤姐多次流产，还得了血崩，基本不能生育了；贾蓉、贾珍一支，淫乱早已经恶名在外，多半有各种花柳病，再有孩子的希望也很渺茫,从而导致承祀变成了荣、宁二府共同的第一位大事,财富因素都靠后了,再说宝钗也带着薛家财富呢。因此与林家"兼祧",履行宝玉、黛玉的木石前盟,贾府上下就都要想一下了。这里不光是宅斗中,以贾母为首的贾家人博弈失败的问题,而且在承祀的大事上,贾家与王家人也有共同的利益。对黛玉悔婚的意愿,带有某种贾家的共识。

贾宝玉的门第地位,实际也在改变,在贾琏无子、贾琮可能有问题(书中到后来,他不知去向)、贾珠一支可能被其岳父李守中牵连,导致不在宗籍的情况下,贾宝玉的家族爵位继承序位也大幅度靠前了,同时他还是贵妃的亲弟弟,在元春封妃以后,贾宝玉的门第在蹿升。

贾府处于不同位置的人,需要宝玉的子嗣的迫切程度也不同。贾政最不着急,因为还有贾环,所以他一时发怒暴打宝玉,还想拿绳子勒死他;相比之下,王夫人就大不一样了,特别着急。后来,与贾环私通的彩云得了不治之症,贾环是否能够有子嗣也不好说。对贾母而言,整个贾府的香火更重要,贾政、贾赦都应当各自有香火,子孙能开枝散叶,而不是独一支往下传。随着书里情节的发展,在子嗣越来越重要的情况下,贾母的态度就随之变化,所以贾母对林黛玉的态度也在改变。而王熙凤和尤氏,则更需要过继宝玉的孩子,当然也非常坚决支持宝钗嫁入。

因此,在贾雨村降职后,贾府上下,除了贾政犹豫些,情绪表达不那么强烈,其他人都有了悔婚"兼祧"的意愿。贾政的态度,我们可以从书中贾政给宝玉议婚时的表现看出来。

过去的兼祧同宗,到《红楼梦》成书的时候合法化了,宝玉、黛玉这类"兼祧"的合法化有模糊地带,要是林家势力强了,应当还会要求宝玉入赘呢!中国社会不是契约社会,是讲"此一时彼一时"的博弈社会,各方不断按照需要进行博弈,情况会不断地发生变化。

贾府有悔婚林家"兼祧"的意愿，也的确先娶了薛宝钗，但"兼祧"到底是否悔掉了呢？书里埋了线，最后的结果是，因为被抄家等政治博弈，"兼祧"依然存在。书中的大结局是兰桂齐芳，"桂"字体现了木石前盟，"桂"一半是"木"，是黛玉；一半是"圭"，就是宝玉，"圭"是用顶级好玉做的礼器。对此，本人将在后面的章节详细分析其中的博弈和当时的社会逻辑。

古代玉圭，重要的礼器，要由最好的玉来制成。古玉以圭璧琮璜为最高贵，圭为首，对应宝玉正好。

（二）红楼世家联姻筹码大洗牌

《红楼梦》里面贾家内宅博弈，外面的各大家族背后势力消长，也是贾府后院势力位次的决定性因素之一。《红楼梦》看似以荣国府的孩子们为主角，其实外部家族势力变化，对里面的博弈影响也很关键，贾家人与王家人在荣国府的后院博弈，不得不依靠贾家和王家在社会上的地位变化。最后是选择林黛玉还是薛宝钗，不是两个姑娘的事情，也不是王家与贾家后院的事情，还有在朝廷和社会上几家人的关系问题。省亲不久后，元妃于正月二十一遣人将一灯谜送至贾府："能使妖魔胆尽摧，身如束帛气如雷。一声震得人方恐，回首相看已化灰。"谜底是爆竹，可能预示着贾府的亲事，贾府与王家联姻的亲事，最后的结果就如烟花爆竹一样成为过往云烟。随着情节的发展，几家人的筹码在迅速洗牌，变化重组。

◇◇◇四大家族排座次

《红楼梦》一书里，四大家族依"贾史王薛"的顺序排列，即贾府爵位最高，其次是史家，再次是王家，最后是薛家。护官符后的小注可以说明这一点：贾府当初的爵位是"公"，史家当初的爵位是"侯"，王家当初的爵位是"伯"，薛家虽无爵位，却占据一个和皇帝关系亲密的实权要职——"紫薇舍人"。紫薇舍人在古代是中书舍人的别称，中书舍人在明清的时候仅为七品官，但也是要职，因为是主管起草诏令、参与机密，比在当初设立之时官职大很多。唐玄宗开元元年（713年），取天文紫微垣之意，改中书省为"紫微省"，由于院内种植紫薇，也叫紫薇省，到开元五年（717年）又恢复了旧制，但中书舍人有了紫薇舍人的别称并且沿用了下来，例如，唐韦庄《寄右省李起居》："已向鸳行接雁行，便应双拜紫薇郎。"古代的读书人都应当懂得。这里作者用了紫薇舍人的职位而不说中书舍人，应当就是告诉读者薛家是有中书舍人的权力，同时职位品级还要远高于清代中书舍人，与唐代的紫薇舍人相当，或者是皇帝在宰相身边的眼线，名为宰相秘书，实际就是准宰相，类似同平章事的官职，说是五品官，也算拜相，或者是清朝的军机章京，权力极大。所以别看薛家只不过是舍人，但相当于宰相的秘书，对勋贵们的影响巨大，关键时刻在皇帝耳边一吹风，外面就可能要人头落地，因此薛家可以跻身金陵勋贵，可见并不是简单的皇商，所以贾家可以与之联姻，否则商人之女，与有爵位在身的贾家联姻的资格都没有！只有将此背景理解到位，才能理解《红楼梦》的逻辑。但书中随着故事情节的发展，情况与当初不同了。作品一开始的四大家族中，因王子腾的关系，王家成了最有威势的家族，王子腾在四大家族中最有威望，薛家后来没有读书成功的，就沦落为皇商了！虽然从名分上可能还是贾府最高，但实际的情形已经改变。

起先王家的官大，王子腾是京营节度使，京营虽不是禁军，却在京城驻军，地位也非常高。而禁军司令应当是九门提督。贾家虽然世袭的爵位高，但爵位的俸禄有限，不如王子腾的实职管用。古代在军队担任实职，平时有各种克扣军饷的陋规，还可以让士兵干私活赚钱，中饱私囊，若打仗的话，各种钱就更多了，要额外给军饷。就如为何明朝要有剿饷、辽饷，清朝用兵也花银子如流水，会有额外的收入。比如行军，就有各种名目的费用，开始行军要开拔费。因此王家肯定有钱，王夫人和王熙凤的嫁妆都很丰厚，书中王熙凤说王家如何比贾家有钱，就是如此。

不过贾代化，也就是宁国府贾敬的父亲，世袭一等神威将军和京营节度使，是王子腾的前任，属于老上级，也影响很大。王子腾的军中，应当也有贾代化留下的老部下，两家又成了亲家，可以说关系错综复杂，王家当时已经完全压过了贾府。

然后贾家的元春在宫中地位不断晋升。元春第一个职务是宫中女史，之后是凤藻宫尚书，然后是贤德妃、贵妃。大多数人都认为，元春的封妃，与贾府原有关系无关，更多是因为王子腾的厉害，皇帝要笼络王子腾等。如果这样来看，就会发现与古代政治逻辑不符，古代武将与内宫联系属于大忌。对此以后还会详细分析。要是王家人有那么大的影响力，贾家与王家联姻，有裙带关系的贾政，就不会长期在五品官的位置上了。

元春当了贵妃，贾家人也觉得地位高了，因此对林家要求"兼祧"的婚约也会有想法。在第二十五回，凤姐（对黛玉）笑道："你别作梦！你给我们家作了媳妇，少什么？"指宝玉道："你瞧瞧，人物儿、门第配不上，根基配不上，家私配不上？那一点还玷辱了谁呢？"按照古代规矩，宝玉是二房的儿子，没有爵位继承权，而且贾家门第世袭递降到宝玉这一代要降三级，宝玉地位高的是在于他是贵妃唯一的嫡亲弟弟，贾政可以算国丈。当然对王熙凤而言，也是王家人在打压林家人，他们之间也有竞争。

在金陵的各种势力当中，还有一个江南甄家，势力巨大，不可忽视。甄家应当与贾家关系很好，但四大家族里面却没有说甄家。在第九十二回贾政说："还有我们差不多的人家就是甄家，从前一样功勋，一样的世袭，一样的起居，我们也是时常往来。"有人说甄家就是贾家的影子，但本人不这样看，甄家应当是另外一个圈子，与贾家属于结盟关系，与四大家族的其他几家之关系就相对远一些，是贾家另外的依靠。贾家比较善于多方下注，与四大家族，与甄家和林家，形成了不同的贾家圈子，而甄家本身和林家都是独立的第三方势力，是可以与四大家族的其他家族抗衡的势力集团。在金陵的勋贵势力也是多方势力交织在一起的，皇帝也不愿意地方势力太团结而对抗中央皇权。

书里面，林家比贾府门第高，薛家不如贾府，所以书里面对林黛玉叫林姑娘，对薛宝钗是叫宝姑娘，一个是姓，一个是名。用姓氏表示尊敬，用名是表示亲近，对门第高于自己的不能直呼其名要避讳，对地位低于自己的则不会用姓氏，作者的细节把握非常准确和细致。书中对林家的地位写得很隐晦：林家是钟鼎之家，而且是三代侯爵，后来皇帝又恩赏了一代，也就是林如海是侯爵之家，林如海还是探花翰林。贾府到了贾敬、贾赦的时候世袭递降，公爵应当已经变成了伯爵，贾珍仅仅是"世袭三品爵威烈将军"，后来荣国府爵位高于宁国府，原因是元春封了贵妃，所以贾赦也叫恩侯。看一下贾蓉简历时的写法："曾祖，原任京营节度使世袭一等神威将军贾代化；祖，乙卯科进士贾敬；父，世袭三品爵威烈将军贾珍。"从这里，我们知道，贾敬只写进士不写世袭爵位，说明进士已经高于贾敬的爵位价值了，而林黛玉父亲是翰林，比普通进士又高不少。

而薛家没有爵位是皇商，肯定低于贾家门第不止一二级。

另外，在书中，林黛玉地位的变化与其老爹的死亡也有关系，直接影响了林黛玉在贾府的位置和贾家的态度，表现出来变化快的就是王熙凤的态度。王熙凤是最能够知道冷暖的。王熙凤虽然是王家人，但应当与王子腾、王夫人不是一房的，贾母还利用她制约儿媳妇王夫人。很多人看林黛玉进入贾府的时候王熙凤的热情，认为凤姐是支持黛玉的，因为此时黛玉的父亲还在，还是皇帝亲信，有权力！林如海捐馆之后就逐步人走茶凉，随着贾雨村与王子腾的矛盾逐步加大，贾雨村还在候补的闲职，薛姨妈带儿女投身贾府，王熙凤则转变为直接帮助宝钗。袭人投靠王夫人，王夫人与薛姨妈、王熙凤一起瞒着贾母。

同时，金陵勋贵各家当中也在转型分化，贾家的转型比王家要快要好，贾家处于从武转文的过程当中，贾家当官已经是文官了，而王家依然是武职，贾家的孩子都读书，有文化，而嫁到贾府的王家女人不识字。在王朝稳定之后，文武官员的地位差别很大，皇家也在转型，要以文抑武，从武功转为文治。《红楼梦》一书后续情节的发展，也符合这样的历史规律。因此，《红楼梦》中各大家族的排序也在变化和竞争之中。

◇◇◇贾府与王家争风头

在红楼里，贾家和王家两个家族也是较劲儿的，到了贾政这一代，别看两家是联姻亲家，里面也在博弈，并角力争一个高低。前面我们分析了贾母与王夫人的婆媳博弈，而在书里，王家和贾家的关系也是有竞争的，王子腾到了高位，而贾政却还是五品官，且长时间不动，贾家原来是公爵比王家的伯爵要高两级；后来，王家发展得比贾家要成功，贾母当然很难受。

在书中的第二十五回："原来次日就是王子腾夫人的寿诞，那里原打发人来请贾母王夫人的，王夫人见贾母不自在，也便不去了。倒是薛姨妈同凤姐儿并贾家几个姊妹、宝钗、宝玉一齐都去了，至晚方回。"这里写到了"见贾母不自在"，具体的原因没有写，应当就是两家地位的变化。亲家的儿媳妇过生日，也"请"（叫）贾母过去，而贾母应当是侯门之女，又是长辈过去给小辈过生日，当然觉得不自在了。若是贾母真去了，看见王子腾一家风光，自家孩子都不行，就更不自在了，所以贾母选择"不去"。可以注意一下，王夫人此时还是不敢讨贾母不高兴的小媳妇，所以贾母不去她"也便不去"，与后来可以瞒着贾母抄检大观园，以及先斩后奏赶走晴雯，完全是两个状态。

在贾母没有去王夫人也没有去的情况下，同一回书中，王子腾的夫人马上就到贾府做客了，而且看到了受到马道婆赵姨娘巫蛊之下宝玉和凤姐犯病，第二天王子腾也亲自过来了。此时虽然王子腾的官位高于贾府，但毕竟贾府的元春是贵妃，可以给皇帝吹枕边风，所以王家人也要过来，与贾府搞好关系。

等到了书中第五十二回，王子腾过生日了，书里这么写：

只见麝月走来说："太太打发人来告诉二爷，明儿一早往舅舅那里去，就说太太身上不大好，不得亲自来。"宝玉忙站起来答应道："是。"因问宝钗、宝琴可去。宝钗道："我们不去，昨儿单送了礼去了。"大家说了一回方散。

此时可以看到，王夫人还特别要宝玉去给自己找一个"身上不大好"的理由不去，应当是上一次王夫人没有去，亲戚间就有了一些议论，所以这一次不去就要找理由了。而且薛姨妈情商很高，她也不去就避免了姐妹间单缺王夫人一个人的尴尬，同时宝钗、宝琴是未嫁姑娘，古代不好单独抛头露面，薛姨妈不去，薛蟠外出学习做生意，两个姑娘就不方便去了。

王子腾过生日，可以注意到贾母的表现，贾母知道宝玉要去王子腾的生日会，就给了宝玉雀金裘，并且让宝玉先给王夫人看看。书里写：

> （宝玉）至贾母房中，回说："太太看了，只说可惜了的，叫我仔细穿，别遭踏了他。"贾母道："就剩下了这一件，你遭踏了也再没了。这会子特给你做这个也是没有的事。"说着又嘱咐他："不许多吃酒，早些回来。"宝玉应了几个"是"。

参加王子腾的生日活动，宝玉穿极为珍稀的雀金裘去，就是争风头给王家人去展示去了。此时给宝玉雀金裘让他去王家炫耀，就是贾家与王家角力的一种表现。宝玉晚上回来，雀金裘被烧了一个洞，保不齐就是王家有人嫉妒使了坏，才有后面晴雯补雀金裘的情节。

贾家人再次到王家，书里写了王子腾嫁女的情节，在书中第七十回：

> 偏生近日王子腾之女许与保宁侯之子为妻，择日于五月初十日过门，凤姐儿又忙着张罗，常三五日不在家。这日王子腾的夫人又来接凤姐儿，一并请众甥男甥女闲乐一日。贾母和王夫人命宝玉、探春、林黛玉、宝钗四人同凤姐去。众人不敢违拗，只得回房去另妆饰了起来。五人作辞，去了一日，掌灯方回。

这里我们要注意到的细节就是贾母把黛玉派去了，而且几个人过去，书里就黛玉加上了姓氏，其他人都没有加姓！林黛玉与王子腾根本不是亲戚！林家与王家应当关系不好，林家也不是金陵勋贵群体的，此时为啥要黛玉过去？很多红学者说，让未嫁姑娘去不沾亲的王家，此时是贾母对宝玉黛玉婚姻态度的转变，要黛玉也给王家拜码头了。不过本人理解正好相反。

很多人认为是贾雨村攀附王子腾，为升官发财，而本人的看法也正好反过来。因为在第五十三回说得很清楚，贾雨村是大司马，大司马是没有争议的最高军事主官，而王子腾的九省都检点则是带兵将领，应当是大司马的属下，古代以文制武，贾雨村是文官，王子腾是武将，同时贾雨村还有协理军机、参赞朝政的权力，应当是已经入阁拜相了，因此贾雨村是王子腾的顶头上司，而且他俩关系并不好，他俩要是关系太好，皇帝如此安排掌兵的文武官员，皇权就要旁落了。对此，我们在第三部当中还会详细地分析他们二人之间的关系。如果贾雨村是攀附王子腾，林黛玉去当然是拜码头，但若是贾雨村为王子腾的顶头上司，林黛玉的林家本身就是皇帝亲信豪门，黛玉又是贾雨村的学生，意义就不同了。林黛玉是贾母外孙女，与史家是有血缘的，此时黛玉过去，是代表联姻对象史家的亲戚过去的，去给贾母的史家站台的，会让王子腾不那么舒服。

就如现在你家搞一点私人活动，与你不睦的顶头上司的秘书过来了，肯定不那么自在了，更甭说其他裙带，古代的师生关系比现在要亲近得多，而且贾雨村与林如海的关系，勋贵们应当都很清楚，黛玉和宝玉一起出场，没有婚约是不行的，古代人也都很清楚，就如薛姨妈清楚黛玉与宝玉的关系不给薛蟠求亲一样。因此，黛玉此时亮相是史家亲戚宝玉未婚妻的身份，林家也是豪门，背后又有林家扶持的贾雨村是王子腾的顶头上司，就是贾母通过黛玉，到王家去秀贾家史家的实力呢！

所以贾家初始的态度是，贾家在金陵四大勋贵家族当中最开始爵位高地位高，所以贾家还要与王家角力一下。此时的贾家，不是后来内宅婆媳博弈贾母失败，贾家的大同盟甄家也被抄家，史家也受影响，贾雨村又被降职（第七十二回）后的状态。但贾母与王家的争风头，也刺激了王家人，使得王家人团结起来在后宅夺权，支持宝钗上位。

◇◇◇势力消长贾府要站队

红楼的故事发展很快，随着情节的发展，四大家族的情况发生了变化，在外部巨大压力之下，各个家族的关系就要重新调整了。

到了第五十三回，首先是贾雨村升官成了王子腾的顶头上司。"当下已是腊月，离年日近，王夫人与凤姐治办年事。王子腾升了九省都检点，贾雨村补授了大司马，协理军机参赞朝政，不题。"大司马是没有争议的最高军事主官，贾雨村是林黛玉的师父，与林如海属于一个派系，与王子腾应当是政敌，对此我们第三部会仔细分析。林黛玉的后台更硬了，马上薛宝钗的地位就降级了，到正月十五的家宴之上，薛宝钗就不能上主桌了。

> 外另设一精致小高桌，设着酒杯匙箸，将自己这一席设于榻旁，命宝琴、湘云、黛玉、宝玉四人坐着。每一馔一果来，先捧与贾母看了，喜则留在小桌上尝一尝，仍撤了放在他四人席上，只算他四人是跟着贾母坐。故下面方是邢夫人王夫人之位，再下便是尤氏、李纨、凤姐、贾蓉之妻。西边一路便是宝钗、李纹、李绮、岫烟、迎春姊妹等。

看一下这个座次，我们分析一下每个人背后的势力，就明白为什么这么安排了。薛宝琴因为要嫁给梅翰林家，梅家应当势力不小；湘云是宝玉的平妻备胎，原是到贾家当宝玉童养媳的；薛蟠变成"活死人"，薛家以宝钗嫁妆之名藏匿贾府的财产，薛蝌和薛宝琴两个来吃薛姨妈的绝户，应当也要走了不少，对此我们在第一部已经分析，薛宝钗的地位就直线下降，主桌上就没有了薛宝钗的身影；薛宝钗与李纹姐妹、邢岫烟和迎春等人就到了西边一路，与当初螃蟹宴形成鲜明了对比，当时的排座是，贾母、薛姨妈、宝玉、黛玉和宝钗一桌，湘云做东道都没坐主桌。古代的座位座次是非常讲究的。贾母身边的位置当然最尊贵，贾家内部人们一直都是非常势利眼的。

但随着各方位置的变化，势力强弱也在调整，薛宝钗心机深没有表露出来，而是与薛家人一起在大观园抓权，等待外部各家势力的变化，而书中后来的情节，也确实是在不断地激烈变化，结果难以预知。

贾家最先在外部政治上感到了压力！四大家族之外，《红楼梦》里一直有一个如影随形的江南甄家。江南甄家是贾家的影子，也是贾家重要的关系网络，是贾家在金陵的真假镜像家族，所以甄家的倒台，对联姻结盟的几大家族影响巨大。江南甄家的被抄，很多红学研究者认为连带史家被抄，通行本没有直接写史家被抄，不过史家受到牵连则是很可能的，史家也处于唇亡齿寒的状态。这个时候，贾雨村被降职了，贾雨村与甄家的关系，在后面和第三部会分析。

贾母是史家人，相关势力受损，贾母在内宅的根基受到的很大影响。第七十五回，贾母歪在榻上，王夫人说甄家因何获罪，如今抄没了家产，回京治罪等语。贾母听得不自在。甄家被抄家之后，王夫人就发威，把贾府老家奴的代表晴雯从大观园赶了出去。甄家被抄的同时，贾雨村也降职了，这也与贾家相关，贾家受到的外部政治压力巨大，可谓祸不单行。如果没有发生甄家被抄家的事件，贾母和王夫人婆媳俩博弈指不定还会上演什么戏码，指不定贾母会怎样反击王夫人。可是甄家被抄家了，甄家是贾府的老亲，二者属于一荣俱荣、一损俱损的关系。唇亡齿寒，贾府未来压力巨大。此时的王家，官位最高，王子腾又兵权在握，自然就成了金陵四大家族的共同依靠，与前面贾家爵位最高为首，与王家较劲的状态完全不同了。

贾家与甄家的关系紧密，即使再有风险，也必须帮助甄家转移财富。书中第七回，凤姐向王夫人请示："今儿甄家送了来的东西，我已收了。咱们送他的，趁着他家有年下进鲜的船回去，一并都交给他们带了去罢？"建大观园的时候，贾蔷要南下买戏子，不用带银子，直接用存在甄家的五万两银子即可。贾家与甄家就是有财务混同的一个联盟关系。第五十六回贾母说："原是世交，又是老亲，原应当的。你们二姑娘更好，更不自尊自大，所以我们才走的亲密。"写明他们两家还是世交，并有姻亲关系。帮助甄家转移资产，又是王家人操办，王家人的内宅权力又加强了。贾府替甄家和史家转移财富，承担了巨大风险，但以他们的同盟关系，不接受也不行。因此，只能让当权的王家人挡在前面，通过薛姨妈的当铺洗白，属于不得已的选择。从此之后，与王家人在大观园多个回合的婆媳宅斗中，贾家人只有认输了。所以后来贾母也要宝玉娶薛宝钗，因为甄家、史家等转移财富，是通过王夫人和薛家的当铺典当完成的，薛家当铺是关键节点！本人在第一部典当转移的潜规则里面也分析过，贾家的财富、贾母娘家的财富被绑定在里面了，还有贾家的铁杆同盟甄家的财富，也被绑定在里面了，当然娶薛宝钗的意义就不一样了。

甄家倒台在第七十五回，在抄检大观园之后和赶走晴雯等人之前，极大地影响了贾母代表的贾家人与王家人宅斗的实力和心态，也让王夫人敢于抄检大观园之后再发力，瞒着贾母来个先斩后奏，赶走晴雯等贾母和老家奴势力代表。剿灭贾府老家奴赖家势力的关键，是因为甄家要转移财富，找到了王夫人，贾家人有求于王夫人，要帮助甄家。很多研究者分析，甄家财富里面还有贾母的史家财富。

罪臣财富要能够转移，要通过典当洗白等手段，当铺由薛姨妈，也就是王夫人的妹妹控制。古代怎么样洗钱，转移财富，已在第一部典当章节分析，我们知道了结果：贾家联盟甄家、史家的财富，也被王家人控制了，因此贾府婆媳宅斗，以贾母为首的贾家人，要向王家人低头了。

史家被抄，书里写得不是很明白，应当也与甄家有关。史家败落的细节，从书中一些迹象和史湘云的处境可以看出。史家生计已经十分艰难，开始尽量减少下人数量，许多针线活儿都需史湘云亲自动手，且常常要做到很晚。因此，史家应当也被抄过家，史家的倒台应当与甄家联系在一起，当甄家、史家都被抄家，贾母史太君也就没有了脾气。当然还有另外一种解释，书中第七十回，"王子腾之女许与保宁侯之子为妻"，很多研究者认为保宁侯就是保龄侯，不光是一些地区方言发音"n"和"l"不分，而且贾王史薛是金陵勋贵，金陵也叫江宁，简称为宁，保宁侯，保护江宁（金陵）的侯，不就是史家吗？此时，史家与王家联姻，说明贾母的娘家已经站队王家，导致贾母的站队也向王家倾斜。

在王子腾和元妃死前，贾家已经有政治压力了。虽然贾政主管陵工赚了钱，但花钱的态度已经不一样了。第九十二回，有人拿了几件珍宝想要贾府去卖，贾政拿给家里贾母等人看，此时王熙凤的态度不一样了。凤姐儿接着道："东西自然是好的，但是那里有这些闲钱。咱们又不比外任督抚要办贡。我已经想了好些年了，像咱们这种人家，必得置些不动摇的根基才好，或是祭地，或是义庄，再置些坟屋。往后子孙遇见不得意的事，还是点儿底子，不到一败涂地。我的意思是这样，不知老太太、老爷、太太们怎么样。若是外头老爷们要买，只管买。"贾母与众人都说："这话说的倒也是。"贾琏道："还了他罢。原是老爷叫我送给老太太瞧，为的是宫里好进。谁说买来搁在家里？老太太还没开口，你便说了一大些丧气话！"

凤姐这番话，想一下当年秦可卿的托梦，与秦可卿的说辞一致，等于要按照秦可卿的建议去办。为何以前不是这样呢？贾家的处境已经不同，而贾琏说的则是"宫里好进。谁说买来搁在家里？"，已经在准备通过工程转卖给宫里了。

第八十三回《省宫闱贾元妃染恙 闹闺阃薛宝钗吞声》中，风闻元妃染病。次日，贾母等四人入宫探视元妃。书中染病说得很隐晦，可能是元妃被冷落，支持贾家的后宫保障出了风险。甄家和史家被抄，贾家的危机，已经不是宝玉能否联姻发财能解决的问题了，而是家族整体的安全问题。老太妃薨了，甄家、史家被抄，元妃也有危机，贾家危机重重。社会上各种人都很势利眼，贾家有危机，元妃不够得宠，就落井下石。例如，曾经对贾家人笑脸相迎的六宫都太监夏守忠，接二连三地到贾府中来"借"银子。有一次，周太监找到贾琏，张口就是一千两，贾琏略应得慢了些，"他就不自在"起来，使得贾家的财务状况更加恶化。看看第九十二回中，贾政、贾赦与冯紫英喝酒时的对话："像雨村算便宜的了。还有我们差不多的人家就是甄家，从前一样功勋，一样的世袭，一样的起居，我们也是时常往来。不多几年，他们进京来差人到我这里请安，还很热闹。一回儿抄了原籍的家财，至今杳无音信，不知他近况若何，心下也着实惦记。看了这样，你想做官的怕不怕？"此话说出口，意味着贾政已经感到政治上血雨腥风的压力了。

贾家的政治势力，还有个关键人物贾雨村。贾雨村是林黛玉的师父，是林黛玉的靠山，是可以合法代表林家决定林黛玉婚姻大事的人，也是林如海死前扶植起来为了保护林黛玉的人，对贾雨村与林如海的关系，我们还将在第三部进行深入的分析。贾雨村的地位如何？很多人觉得是王子腾给保上来的，是依附于贾家的。对古代的官职比较了解的话，就知道贾雨村在很长一段时间里，是王子腾的顶头上司！王子腾由京营节度使，升任九省统制奉旨查边，旋升九省都检点。虽然王子腾是高官，但肯定不如贾雨村的大司马官职大。贾雨村当贾政嘴里的吏部侍郎署理兵部尚书是补授，与前面进京候补的官职平级，就是两江总督！后来降三级再升回来，对应的是可以在军机办事的京兆尹，应当是直隶总督，贾雨村的真实地位非常高！而且贾雨村和王子腾应当还是政敌关系，对此会在第三部的相关章节专门分析。

　　这里不要简单仅看贾雨村降了三级，古代顶级高官开始降级，可能就会不断地降下去，就如年羹尧是连续多次降级降职最后被处死的。雍正三年（1725年）四月，他被贬为杭州将军，不久又降为闲散章京，再降为看守杭州东门。到九月他被削夺一切官爵，押解进京，廷臣开列其大小罪状九十二款。雍正三年十二月十一日（1726年1月13日）被赐自尽。高官只要开始降级，政敌就会看到皇帝对他不信任，就会跟风弹劾，他所在的政治派别也会失势，然后就是雪崩般的灾难，因此贾雨村被降职，到底情况如何，对贾家而言并不明朗，贾家需要避险做出切割。

　　贾雨村的背后，还有个重要的势力圈子，就是死去的林如海。林如海四代侯门，又是探花，当今皇帝的亲信，林家也有势力，在此前，贾家一直两边下注。可以看到贾母是史家女儿，王夫人、王熙凤是王家女儿，而贾母爱女则嫁到了林家，贾家两边都联姻。林家的势力和圈子在《红楼梦》里是暗线。宝玉到底是娶薛宝钗还是林黛玉，不光是内宅的控制权之争，内宅是婆媳博弈，在外面则表现为贾家在林家集团和金陵集团两股势力当中的站队问题。贾雨村被降级，他所在的政治势力圈子是否在皇帝那里失势失宠，都是有待观察需要隔离风险的。因此，贾府联姻，在财富问题之外，政治问题随着书中情节的发展，越来越重要了。

　　为啥以前贾府可以两边下注，现在却不行了呢？原因就是贾雨村与王子腾已经是政敌关系。而皇帝的做法，就是要勋贵之间有所矛盾，扶弱抑强，才可以保证皇权高高在上。林如海去江南，带着皇帝的秘密使命，可能就是针对金陵勋贵势力，主要是针对王子腾。因此，贾府在两派势力面前要选边站队。林如海死后，贾雨村的位置还在王子腾之上，后来贾雨村被降职，事态的发展，贾雨村、林如海与王子腾之间的双方博弈，似乎胜利的天平已经倾斜，王子腾获胜了。所以贾府在联姻问题上，要站队，要表态，要有体现。政治上的考量，根本不是黛玉、宝钗个人所能够决定的，也不仅是她俩之间的比较了。当初黛玉进入贾府就该有婚约，没有婚约，外姓贾家带不走她，但婚约没有公开就是想着再博弈，双方都不甘心。贾雨村补授大司马，贾宝玉读书很差劲，不像会有出息的样子，林家也未必愿意黛玉与宝玉在一起，但到了贾雨村降职，情况又不一样了。

在甄家、史家倒了，元妃病了，贾府财务入不敷出，整体背景堪忧的情况下，贾家就需要选边站队了，选金陵集团还是林家集团？到底站在哪一边？又不能哪一边都不靠。对于贾府站队选择问题，在给宝玉议婚的时候，表面上看，王子腾如日中天，而林家这一边，林如海早死了，贾雨村被降职了。且在此之前，大观园的贾府内院博弈，也是贾家人失败、王家人得胜，此时贾家现金流吃紧，需要动用以薛宝钗嫁妆名义带来的薛家财富，就有了娶薛宝钗的需要。另外，贾政得到主管陵工的肥缺，当上了营缮郎，也要与薛家合作赚大钱。综合上面的表象，林家集团不如金陵勋贵集团，此时贾家与王家也更紧密，与薛家合作还可以赚更多的钱。为了加强贾家的政治地位，娶薛宝钗、与王家势力联合，是贾家一眼看到的选择。因此，议婚当然薛宝钗要优先了。

读者需要注意，贾史王薛四大家族虽然抱团很紧，但贾家与王家的阵营还是有区别的，贾家的阵营，在秦可卿葬礼上可以看得很清楚："南安郡王、东平郡王、西宁郡王、北静郡王四家王爷，并镇国公牛府等六家，忠靖侯史府等八家"，是四王八公及贾母娘家的史家侯爵等；薛家是皇商，属于商人，依附于勋贵；王家在贾家的金陵勋贵圈子之外，还有啥阵营？其实第三回林黛玉进贾府，在王夫人的荣禧堂门前就看得很清楚了，上面对联写的是："座上珠玑昭日月，堂前黼黻焕烟霞。"下面一行小字，道是："同乡世教弟勋袭东安郡王穆莳拜手书天。"荣禧堂是正堂，各种宾客来都会看见，正堂上挂谁写的对联，可太有讲究了。此对联署名的是东安郡王，没有在贾家勋贵圈子的四王八公里面。作为荣国府二房贾政和王夫人的居所，前面已经分析过，荣禧堂应当是王家参与出资建设的，为了娶王夫人，贾王两家联姻而建。因此，王家参与建设的宅院，里面挂谁的对联，也要体现王家人的意思。这个东安郡王在《红楼梦》中只出现过一次，不在贾家勋贵集团的四王八公之列，与贾府关系好的是东平郡王，不是东安郡王，封爵的讲究上东平和东安看似是一字之差，实际上却差别很大，平是平定，安是招安，肯定不是一个山头的，被招安的郡王，爵位虽然高，政治地位却比不上平定各方的开国勋贵，所以东安郡王在楹联上的署名就很谦卑了。而且署名说明屋子主人与东安郡王是同乡（通行本有"同乡"二字，程乙本没有，各版本有些差异，但写的都是"东安郡王"，与"东平郡王"有所区别），而且东安郡王还自称"弟"，并且说受到过教导，可见与王家是非常亲近的关系。

　　因此，贾家在甄家、史家倒台之后，从四王八公当中得到的支持已经不足了，当然想要找其他势力圈子；王家则是另外的势力圈子，可以看到东安郡王与王家有师承和同乡的关系，过去师生和乡党都是重要的势力圈子。再度联姻王家让贾母觉得可靠，荣禧堂的匾前面分析过也是皇帝题写的，当年是皇帝支持贾政娶王夫人，而且此时王子腾还掌管着王朝边疆的重兵，因此贾母同意与王家联姻，给风雨飘摇的贾家找依靠，但时移势易，老皇帝变成新皇帝，太上皇也死掉了，情况不同了。荣禧堂题写对联的东安郡王也是袭爵的，是二代；贾家、四王八公跟着太祖皇帝，是一代；而林如海的探花是新皇帝钦点，是三代，前面贾府有一儿（贾政）一女（贾敏），分别联姻王家和林家，能够两边下注，而现在贾府合适的人选则只有宝玉一个，只有一个筹码，最后无法两边下注的贾家，选择站队了王家。

同时，在贾府的内宅，婆媳博弈之后，贾母的背景力量甄家、史家都倒台，都要去求王夫人转移财产，贾母在王夫人面前也没有了脾气，王夫人先斩后奏地把贾母支持、老家奴背景的宝玉准姨娘晴雯搞死了，控制了贾府内宅。贾母控制贾府内宅，贾家是王家、林家两方下注；而王夫人控制贾府内宅，贾家就只能站队王家，王夫人也肯定只选王家，宝玉联姻的选择，也由此确定。

分析了《红楼梦》中几大家族势力此消彼长之后，就不难明白，为何贾家选择站队王家主导的金陵勋贵集团，进一步与王家加强联系，结果黛玉和宝钗的联姻筹码就不一样了。在联姻对象、妻妾地位的博弈上，以前一直是林黛玉领先，而随着几大家族势力的消长，终于逐步变成了薛宝钗领先了。王家人当然要及时抓住机会与贾家摊牌，把领先的成果固定下来。这是政治站队，不是文艺青年爱情婚嫁所看到的标准，以及评判宝钗、黛玉谁贤谁能，就算宝钗是丑八怪，为了政治需要，贾家也要宝玉娶她，就如孤儿诸葛亮要娶黄阿丑，因为她是沔阳名士黄承彦之女，荆州刘表和蔡瑁的外甥女。因此，贾府内宅宝玉到底娶谁的摊牌时间终于来临。

◇◇◇联姻冷暖黛玉先知

在甄家被抄和贾雨村降职之后，贾母对黛玉的态度也出现了微妙的变化，敏感的黛玉也是立即就感知了。

在第七十五回，甄家被抄的消息传来，贾家中秋之宴："想当年过的日子，到今夜男女三四十个，何等热闹。今日就这样，太少了。待要再叫几个来，他们都是有父母的，家里去应景，不好来的。如今叫女孩们来坐那边罢。"于是令人向围屏后邢夫人等席上将迎春、探春、惜春三个请出来。注意，这里没有请黛玉，而在第七十六回，补充交代了"贾母看时，宝钗姊妹二人不在坐内，知他们家去圆月去了，且李纨凤姐二人又病着，少了四个人，便觉冷清了好些"，没有叫上宝钗，是因为宝钗一家单独赏月去了，没有叫李纨凤姐是因为有病，但为啥没有叫黛玉？故意没有明写。

虽然中秋赏月是贾家人的聚会，但黛玉是贾敏的女儿，且父母双亡，以前贾母有啥好事情都想着黛玉，此时却没有叫上黛玉。书里写："原来黛玉和湘云二人并未去睡觉。只因黛玉见贾府中许多人赏月，贾母犹叹人少，不似当年热闹，又提宝钗姊妹家去母女弟兄自去赏月等语，不觉对景感怀，自去俯栏垂泪。"这一段交代得非常清楚，当时是黛玉在场的，而且贾母嫌人少叫三春入席的时候，黛玉也在，单单没有叫上黛玉，所以"不觉对景感怀"。黛玉孤独寄居贾府，本应当更该在中秋团圆之夜被贾母多关注才对。贾母的表现出现了微妙的变化，性格非常敏感的黛玉应当察觉到了，因此"自去俯栏垂泪"，黛玉一个人垂泪。虽然也没有叫史湘云，但史湘云与贾家的血缘关系就要远很多了，黛玉是贾母的直系后代，湘云不是直系和旁系，而且三春都是庶出，黛玉是侯门嫡女独女，古代对此差别分得很清楚。所以在第四十五回，黛玉还与宝钗抱怨"我是一无所有，吃穿用度，一草一纸，皆是和他们家的姑娘一样，那起小人岂有不多嫌的"，黛玉当时的待遇与三春一样，也曾抱怨，而到了贾雨村被降职，甄家抄家，黛玉的待遇直线下降，连贾家姑娘三春的待遇都不如了。虽然贾母与王夫人博弈，王夫人占优，但黛玉的地位，怎么着也比庶出的三春地位要高的！

第八十二回《老学究讲义警顽心 病潇湘痴魂惊恶梦》，作者写黛玉当晚之梦，深可玩味。黛玉在梦中说："老太太，你向来最是慈悲的，又最疼我的，到了紧急的时候怎么全不管！不要说我是你的外孙女儿，是隔了一层了，我的娘是你的亲生女儿，看我娘分上，也该护庇些。"下一回袭人说宝玉："昨日晚上睡觉还是好好儿的，谁知半夜里一叠连声的嚷起心疼来，嘴里胡说白道，只说好像刀子割了去的似的。直闹到打亮梆子以后才好些了。你说唬人不唬人。今日不能上学，还要请大夫来吃药呢。"这和上回黛玉的梦境一样。作者写两人同梦，深可玩味。梦的变化，在提醒读者，贾母对贾宝玉联姻对象的选择，变化应当在此时发生。想法变化了，日常在态度上就会有细微的改变。林黛玉是一个感情极为细腻敏感的人，肯定会察觉到贾家人的不同。书中在甄家倒台之后，林黛玉就没怎么出席贾家人的重大活动了。林黛玉的心态变化，也会影响到贾宝玉。黛玉的这段话，不正是对应到第七十五回，三春被请上桌了，贾母也关心了宝钗一家去赏月和凤姐、李纨，独独没有提及黛玉，这难道不是黛玉在梦中对当时情景的一个控诉吗？而这个梦也联动了宝玉，说明贾家的态度改变了，他们的婚约状态变了。

在《红楼梦》里，贾雨村与江南甄家关系紧密超过贾家，贾雨村是甄宝玉的老师，同时甄士隐还可能是甄家的宗亲，娇杏是要叫甄氏的。此时贾雨村降职、甄家被抄，时间点对一下，应当是在同时发生的，只不过贾家得到消息的时间因为距离远近不同有先后。甄家的结局还看不清楚，贾雨村降职后是否会一降再降也不清楚（对贾雨村与甄家的关系，在第三部还会详细分析）。而且江南甄家与林家关系也很紧密，应当是一个势力圈子的，否则不会让当过甄家西宾的人来做黛玉托孤的人选。从此时起，林黛玉的后台贾雨村被降职，贾家需要与贾雨村切割，书中第七十二回，贾琏就让林之孝少找贾雨村，同时贾家要站队王家了，所以贾母对黛玉的态度立马发生了改变：在第七十回，还让黛玉到王家给史家贾家站台；到第七十五回，中秋赏月，家族聚会，贾母就一句黛玉也不提了；再到第九十七回，就是"若是他心里有别的想头，成了什么人了呢！我可是白疼了他了"，抛弃了黛玉选择宝钗，贾母还要把责任甩锅出去了，是妥妥的假（贾）慈母。作者在书中讲中山狼的故事，对贾家人也同样适用，古代社会勋贵之家内部的残酷，就是这样的丛林法则。

所以在《红楼梦》中，贾母对黛玉的态度的真实转变，就是在贾雨村降职之后，此时甄家又被抄了，史家受到影响，贾雨村会不会有后续的危机不明。我们在前面分析了，对金陵四大家族，甄家是在外的，林家是另外的侯门皇帝亲信，贾家是在四大家族、甄家、林家等几家之间多方下注的，结果故事发展到第七十五回，林家男人死绝户了，甄家又被抄了，他们两家共同支持的贾雨村被降级，后面还有啥风暴也不清楚。甄家被抄之后，转移财产找了王夫人，等于是甄家已经向王家投降，通过王夫人的后门，已经递上了投名状，此时贾家当然无法再保持多方中立的态度，必须站队王家了。因此，贾母也向王家人投降了，黛玉的命运可想而知。

因此，在贾家聚会的公开场合，黛玉地位直线下降，背后是王家人的势力增强了，贾家准备站队到王家了，之后就是王夫人发力直接撵走了晴雯，对此前面章节已经分析过。第七十六回，大观园联诗，黛玉吟出"冷月葬花魂"，然后就是王夫人搞死了晴雯，随后在第七十八回末了和第七十九回开场："话说宝玉才祭完了晴雯，只听花影中有人声，倒唬了一跳。走出来细看，不是别人，却是林黛玉，满面含笑……"黛玉是笑着，但带有鬼气。黛玉对自己的命运，已经是有了感知。很多人认为，在红楼的后四十回，贾母对待黛玉的态度大变，以此认为后四十回的续书改变了作者的原意，不过我们仔细研究之后会发现，其实贾母对黛玉的态度，在前八十回末了已经改变了，改变的关键就是贾雨村被降职和甄家被抄家，势力关系变了。

因此，宝玉娶谁，真的与女孩子自身的行为、美貌和才干关系极小，即使内宅的婆媳博弈，家族和母族的政治势力影响巨大，也大不过政经关系和家族利益的决定作用，我们在第三部会专门分析《红楼梦》的政经关系。

（三）贾家王家的联姻博弈

◇◇◇王家发力招赘宝玉施压

宝玉和大观园的女孩们，谈婚论嫁非常晚，对他们的婚事，贾府家长谁也不提，背后在无声地博弈，找谁都有一本账，暗中角力。书里面元春病好了，问起宝玉的婚事，恰恰是一个契机，贾母与贾政必须交换一下对宝玉婚事的意见。

第八十四回，元妃病好了，太监来报平安给赏赐，然后：

> 这里贾母忽然想起，和贾政笑道："娘娘心里却甚实惦记着宝玉，前儿还特特的问他来着呢。"贾政赔笑道："只是宝玉不大肯念书，辜负了娘娘的美意。"贾母道："我倒给他上了个好儿，说他近日文章都做上来了。"贾政笑道："那里能像老太太的话呢。"贾母道："你们时常叫他出去作诗作文，难道他都没作上来么。小孩子家慢慢的教导他，可是人家说的，'胖子也不是一口儿吃的'。"贾政听了这话，忙赔笑道："老太太说的是。"

此段元妃应当是问宝玉的婚事，但贾政不想在婚事上表态，就装糊涂，打岔到宝玉的学习上。

贾政装糊涂，逼得贾母只有直接开口了。贾母又道："提起宝玉，我还有一件事和你商量。如今他也大了，你们也该留神看一个好孩子给他定下。这也是他终身的大事。也别论远近亲戚，什么穷啊富的，只要深知那姑娘的脾性儿好模样儿周正的就好。"贾母这番话，等于在林黛玉明明与宝玉有婚约的前提下，明知故问，是在告诉贾政，她准备改变与林黛玉的婚约了，贾政的做法就是继续拖延和装糊涂。贾政道："老太太吩咐的很是。但只一件，姑娘也要好，第一要他自己学好才好，不然不稂不莠的，反倒耽误了人家的女孩儿，岂不可惜。"贾政对宝玉的婚事不表态，依然是拖的态度，而宝玉当时的年纪，在古代已经不小了，不公开订婚不合情理。

林黛玉能够进入贾府，宝玉与黛玉，贾家与林家，都应当有过约定，要多此一问，原因就是甄家倒台，贾母在与王夫人的宅斗中失败，甄家、史家财富也转移到了贾府，要通过薛家当铺洗白，被王家人控制，所以力量对比完全是王家占优，贾家也站队到了金陵勋贵集团王家一边。林家势力被贾家放弃，婚约要改。而且林家可能还要求宝玉"兼祧"，条件本身也让贾家不太愿意接受。

贾母看贾政在拖，她听了这话，心里啥都明白。贾母心里却有些不喜欢，便说道："论起来，现放着你们作父母的，那里用我去张心。但只我想宝玉这孩子从小儿跟着我，未免多疼他一点儿，耽误了他成人的正事也是有的。只是我看他那生来的模样儿也还齐整，心性儿也还实在，未必一定是那种没出息的，必至遭踏了人家的女孩儿。也不知是我偏心，我看着横竖比环儿略好些，不知你们看着怎么样。"贾政的推托，贾母真的不高兴了，还拿着教育失败的贾环来说事情。在这个场面下，旁边还有王夫人和邢夫人在，等于是两家摊牌的预备会议，各方试了一下底牌。经过对话，贾母已经知道了贾政的态度，下面与王家人的交流，就找贾政不在场的时候。王夫人、邢夫人听过之后，知道需要给贾家施点压力。

紧接着就出来了一个提亲的王尔调，他又来干什么？第八十四回：王尔调又道："晚生还有一句话，不揣冒昧，和老世翁商议。"王尔调的话背后，应当是他已经受人之托，来找贾政，贾政道："什么事？"王尔调赔笑道："也是晚生的相与，做过南韶道的张大老爷家有一位小姐，说是生得德容功貌俱全，此时尚未受聘。他又没有儿子，家资巨万，但是要富贵双全的人家，女婿又要出众，才肯作亲。晚生来了两个月，瞧着宝二爷的人品学业，都是必要大成的。老世翁这样门楣，还有何说！若晚生过去，包管一说就成。"过去各家小姐都不见外人，更不会见到男客，都是媒婆往来的多，男客去说媒，应当专门受到了女方家庭所托，对女方家庭的诉求非常清楚，说的张家小姐要招赘，也非常清楚。

介绍张家小姐时，王尔调与詹光一唱一和，名字一个叫作梅（做媒）王尔调（王二屌），一个叫詹光（沾光），书中介绍王尔调是新来的棋客，来了就做媒，他到贾家的真实使命，也在"做媒"二字上，干的是"二屌"的事情，旁边有"沾光"在敲边鼓。作者用这俩谐音名字，非常有趣儿。

王尔调来问，也是一个试探。林如海是探花、两淮盐运使兼任都察院的盐课御史衔，至少也是道员，正四品，担任天下肥缺的名臣，他的绝户女林黛玉进贾府，属于外姓人，应当有姻亲，社会也知道，现在还来提亲，就是打听贾家的底牌。贾家人没有用与黛玉已经有婚约为由来拒绝，等于告诉社会，宝玉的婚事可以再议，等于给有想法的人空子了。

在王公府邸下棋往来的清客，背后都有人，所以他们来说媒，背后是啥人，才是关键，因此贾政也需要客气一下。所以贾政道："宝玉说亲却也是年纪了，并且老太太常说起。但只张大老爷素来尚未深悉。"对来人，若没有特别的原因，一般愿意听听啥来头。事后贾政把王尔调的提亲之事告诉王夫人，让她找贾母，已经在告诉读者，王尔调与王家的关系。

王尔调来做媒的张家，是邢夫人的亲戚，詹光道："老世翁原来不知，这张府上原和邢舅太爷那边有亲的。"所以次日贾母要问邢夫人具体情况，邢夫人道："……张大老爷又说，只有这一个女孩儿，不肯嫁出去，怕人家公婆严，姑娘受不得委屈，必要女婿过门赘在他家，给他料理些家事。"邢夫人说了张家想要宝玉入赘，贾母当然非常生气，贾母因向王夫人道："你回来告诉你老爷，就说我的话，这张家的亲事是作不得的。"王夫人答应了。从这段对话可知，王尔调虽然是在贾府下棋的清客，但他是王家人，所以贾母不客气地对王夫人说话，而不是对邢夫人说。王尔调来介绍邢夫人家的亲戚，把贾赦一支也绑上了。放着黛玉和宝钗两个在，宝玉不可能入赘其他人家，是荣国府早有的共识。但王尔调还来多此一问，就是王家人对贾家人态度的一个施压、试探。王尔调这么问，也是代表社会对宝玉价值的一个看法，宝玉是次房的次子，本来没有多少继承爵位的机会。他还不爱读书，是纨绔子弟，联姻的时候，社会普遍看法就是把他当作招赘的对象。王尔调的行为也是王家在提示贾家，要认清宝玉的真实价值，豪门对贾宝玉的普遍看法，就是顽石，而不是宝玉，让贾家人不要多抱幻想。

　　贾政长子贾珠已死，只有一个嫡子宝玉，需要有人养老，且不说豪门难以同意儿子入赘，就算普通人家，对唯一的嫡子入赘到女方家，也不会愿意。王夫人就更如此了，长子贾珠已死，给她养老送终的只有宝玉，如果宝玉被招赘出去，贾政就仅剩贾环一个儿子了，贾政若这么干，是给赵姨娘机会，首先王夫人会去找贾政拼命。所以要是贾政有此意，贾母根本不用对王夫人不客气。王尔调的提亲，是王家在操纵，所以王夫人不急。前面贾家态度暧昧，想要王家人薛宝钗做妾，现在王家人就来一个提亲，要宝玉入赘，告诉贾家宝玉是顽石，双方在秀实力。

　　因此，王尔调是王家人指使来的，被贾母看穿了，所以她叫王夫人去"告诉你老爷",这是一个非常不客气的语气,对此王夫人却答应了,等于承认了王尔调的提亲,幕后是王家人主使。贾母口中的"老爷",应当指当权的王子腾,而不是王夫人的丈夫贾政,贾母作为母亲,不会这么称呼儿子贾政。所以贾母用"你老爷",一语双关,暗指王家老爷。

王尔调的提亲,表明了宝玉真实的价值,二房的次子,在大家族里面地位很低,一个道员(三四品官)就可以想着招赘宝玉了。林黛玉是侯门探花御史的嫡长女,比道员的门第要高很多,林如海想要子嗣,想要留后,合理要求就是"兼祧"。而对贾母而言,是"兼祧"给自己的亲女儿,对贾政而言,是"兼祧"给自己的亲妹妹,还能够接受;但对王夫人而言,贾珠已死,自己唯一的儿子要"兼祧"给自己没有血缘的人,则难以接受。

王家人通过王尔调提亲,提出让宝玉入赘,主动给贾家人施加压力,要贾家表态。王家人故意以做媒为由,提出让宝玉入赘,来给贾母示威、施压。很多读者说薛宝钗是嫡女,不会做妾,那照此来说,同样的逻辑,豪门嫡子一般也不会入赘,而现在确实要求入赘的也来提亲了,况且"兼祧"还是平妻,地位还比妾要高很多。

林黛玉改婚约,只要林家族人认可就可以了,前面已经分析过,林之孝就是林黛玉的宗亲之一,但地位不高,另外一个可以做主的人,就是林黛玉的师父贾雨村,古代师父的权力很大。贾雨村被降职,是贾府要退亲,选择站队王家的非常重要的理由,若贾雨村还是大司马,协理军机参赞朝政,贾家要退亲,就要多想想了。贾家对林黛玉退亲,也有明面上说得过去的法定理由,在古代七出当中有一条,就是恶疾。林黛玉一直有所谓的嗽疾,而且还咯血,应当就是现在所说的肺结核。过去肺结核是痨病,非常忌讳的疾病。

别看林黛玉有巨额嫁妆,但甄家和史家被抄家,大量家产往贾家藏匿,贾家有了史家和甄家的财富,林黛玉的嫁妆财富就可以退。

书中还有一个细节，甄家和史家转移财富，其他人不敢收，被王夫人、王熙凤收下了，王熙凤有恃无恐，倚仗了王子腾的地位。大胆收下以后，不说贪墨了两家财产，起码也是狠狠地扒一层皮，王家人控制了的财富，足够应付林黛玉出嫁要带走的嫁妆留下的亏空。

当初，贾母对林黛玉的支持人尽皆知，就如第五十七回，紫鹃对黛玉说："……若是姑娘这样的人，有老太太一日还好一日，若没了老太太，也只是凭人去欺负了。所以说，拿主意要紧……"表明此事拖着对黛玉不利，紫鹃选择了试探宝玉，而宝玉态度暧昧，没有坚决地说非黛玉不娶，试玉起到的作用非常有限。

很多人认为贾母力挺黛玉，不认可通行本后四十回内容，认为宝玉和宝钗成婚，只可能在贾母过世之后。如果黛玉活着，贾宝玉无论如何也不可能娶宝钗；所以黛玉病故，也只能发生在贾母过世之后。不过本人对通行本的理解不同，宝玉的婚事选择一直有变化，有波澜。贾母的态度，是博弈之后的不得已，而且贾母也没有准备结束博弈，放弃一切。只不过林黛玉死得之早，在贾母预期之外；贾家的倒台、被抄家，也在贾母的预期之外。

◇◇◇宝玉婚约两家摊牌

经过王尔调做媒，让宝玉入赘形成压力，贾母与王夫人双方，对宝玉择偶的问题，到了彻底摊牌的阶段了。贾母在宝玉的婚事上，不得不公开表态了。

下面王熙凤提出了"金玉良缘"之说，又将了贾母一军。书中写，凤姐笑道："不是我当着老祖宗太太们跟前说句大胆的话，现放着天配的姻缘，何用别处去找？"贾母笑问道："在那里？"王熙凤说的是谁，贾母应当知道，但装糊涂。凤姐道："一个'宝玉'，一个'金锁'，老太太怎么忘了？"贾母笑了一笑，因说："昨日你姑妈在这里，你为什么不提？"贾母的意思很清楚，要王家人自己提出来，但王家人就是不提。凤姐道："老祖宗和太太们在前头，那里有我们小孩子家说话的地方儿。况且姨妈过来瞧老祖宗，怎么提这些个，这也得太太们过去求亲才是。"贾母笑了，邢王二夫人也都笑了。贾母因道："可是我背晦了。"王家人的态度，要贾母自己说出来，贾母明白了，旁边的邢夫人也看明白了，只好说自己"背晦"了，脑筋糊涂了。

贾府的财务危机，贾母和王家人，比贾政更了解。王家人步步紧逼，在外部政治环境变化和内部财务状况不佳的压力下，对"选择宝钗还是黛玉"，贾家人拖不下去了。与林家有婚约，但又迫切需要与薛家合作，通过嫁娶来分肥贾政主管的皇家陵工大工程。政治上，王家强盛，贾母也不得不妥协做出违心的选择。前面第五十七回紫鹃试玉，宝玉怎么想的，贾母是再清楚不过了，在此时也只能装作不知道或者没看见。虽然宅斗当中贾母输给了王夫人，王家人已经实际控制了贾府后宅的全部权力，但贾母依然是贾家的牌位，就宝玉联姻一事，还是需要贾母出来先表态的。各种原因，贾母同意娶宝钗，也是因为各种不得已。

我们在第一部分分析过，薛宝钗的年龄可能已经不小了，再来一起回顾一下。第二十二回，凤姐与贾琏的对话："昨儿听见老太太说，问起大家的年纪生日来，听见薛大妹妹今年十五岁，虽不是整生日，也算得将笄之年。"第二十二回，宝钗出嫁，贾政当了一任学政回来，大约是四五年，这个是对得上的，但在第六十五回，薛蟠把凤姐叫作"舍表妹"，说明薛蟠比王熙凤还要年长，那么书中第四回冷子兴说"还有一女，比薛蟠小两岁，乳名宝钗"，如果薛宝钗只比凤姐小一两岁，年龄就对不上了。这里应当是薛蟠在葫芦案成了"活死人"之后，薛家对薛蟠的年龄进行了隐瞒，连带着薛宝钗的年龄一同改小了，否则兄妹年龄差会有破绽，或者薛宝钗是因为当时要"进宫待选"，或者是当时就把目标对准了与贾家宝玉联姻，故意改小了年龄。而贾家对此应当是知道一些，只是觊觎薛家财富装糊涂。凤姐是王家人，与薛姨妈有默契，采取大办宝钗生日宴会的方式，为宝钗的年龄背书。故意改小年龄是古代常态，进宫待选也需要改小年龄。比如溥仪的皇后，当时就改过年龄。婉容出生于1904年，而改过生辰八字后，生日则变成了1906年11月13日。

  本人认为，薛宝钗的年龄可能会比宝玉大不止两岁。更关键的一点是，假如薛家把薛宝钗的联姻目标指向贾宝玉，她的年龄必须与宝玉相配。薛宝钗的真实年龄王家人应当都知道，但贾家人未必知道得那么清楚。古代女孩不出阁的时候不见外人，因此贾家了解的信息就可能有误差。以薛宝钗的实际年龄，应当是早该出嫁，而到现在还不论嫁，被拖成了古代标准的剩女，其实就是因为家产在贾家藏匿，因为存在薛蟠成"活死人"和被吃绝户的危险，贾家也不愿直说不娶。同时薛宝钗的年龄与薛蟠和凤姐的年龄也是捆绑的，在前面凤姐年龄的那一节已分析过。

  贾家选择薛宝钗的同时，贾家又发财了！第八十五回，贾家人拜见北静王，与北静王更近、更直接地拉上关系，北静王告诉宝玉，贾政要高升了。第八十八回，贾政在工部掌印，总办陵工，家人中尽有发财的。陵工是修建皇帝陵寝的大工程，总办陵工历来是发财的大机会。总办给了贾府，除了北静王的支持，应当也有元妃的功劳。陵工属于秦业的营缮司主管，真的是赚三二百万两的大生意。大生意当然需要政治支持，王家就是其中之一。贾政的肥缺，让贾家在财务上又硬气了，林黛玉的嫁妆也可以拿走了，以后林黛玉再与哪个豪门联姻，对贾家也有帮助。此时的贾府，需要更多资源，也需要赚钱。与薛家联姻，继续做皇家工程赚钱，就如当年与秦业联手一样。

  贾政总办皇家大工程，薛家是世代皇商，官商勾结赚大钱的故事又来了。薛家要倚靠贾政，贾政也需要薛家。贾政直接拿到利益不容易，会变成贪赃，被追究，但薛家是皇商，承揽皇家工程是他们祖业，第四回护官符介绍薛家是："现领内府帑银行商。"在贾政主导下，薛家赚钱合法化，然后贾宝玉娶薛宝钗，薛家赚取的利益又回到贾府。陵工属于工部营缮司的职权，贾政以前在工部的职位是员外郎，后来外调学政，回来升职管陵工，应该是郎中了，虽然书中没有明确写，但可以分析出贾政现在就是营缮郎了，与前面秦可卿父亲秦业是一个职务。比如秦业嫁养女到贾府，背后也是利益潜规则，对此前面已经分析了。宝玉娶薛宝钗，也有类似的财富故事。贾家与皇商薛家大合作，承揽皇家陵工大工程，在赚三二百万两银子的前景之下，林黛玉的嫁妆变得无足轻重，也就无须图谋了。因此，林黛玉和薛宝钗在贾府的筹码又不一样了。不光是王家人和贾家人背后的宅斗，还有王家人和贾家人的共同利益，通过薛宝钗的嫁娶，两家一起揽财了。有钱可使鬼推磨，一切都不同了。

摊牌前再一次总结一下力量对比：贾家人在大观园的势力已经被王夫人清除；林家人的代表，林黛玉的老师贾雨村被降职了；贾家的盟友甄家、史家倒台了，转移的财富，被控制在王家人手里；贾家人主持陵工，赚钱还需要王家人、薛家人的支持；贾家有了财富，预期可以退还林家带来的嫁妆；林如海的灰色收入因为林之孝已被王家人"收编"，已经被贾府占有。如此变化，此消彼长，黛玉、宝钗的位置，就颠倒了过来。同时王子腾地位似乎也在上升，贾家要站队王家一边了。

通过前面分析，我们就可以知道为什么贾母要选宝钗，王家人现在手中有了牌，反而又装腔作势起来。第八十五回，贾母问与薛姨妈沟通婚事的情况，薛姨妈的回复就出人意料。这里贾母问道："正是。你们去看薛姨妈说起这事没有？"王夫人道："本来就要去看的，因凤丫头为巧姐儿病着，耽搁了两天，今日才去的。这事我们都告诉了，姨妈倒也十分愿意，只说蟠儿这时候不在家。目今他父亲没了,只得和他商量商量再办。"大家都知道,在薛家薛蟠不着调,虽然古代讲三从四德、夫死从子,但薛姨妈啥时候听过薛蟠的意见?薛宝钗的嫁娶,是父母之命,薛姨妈有决定权。薛姨妈这么说话,就是在问薛家以薛宝钗嫁妆之名,藏匿于贾府的薛家资产该怎么办。这些资产,薛家当然要拿走薛蟠的部分,而且要拿走大部分,同时还有陵工利益将来怎么分配。贾家对此当然不愿意轻易屈服让步,选择薛宝钗就是要让财产留下,当然不愿意让薛家拿走。薛家与贾家合作,承揽皇家陵工大工程,赚的钱怎么分?薛家也要与贾家谈判,双方还在博弈。

在整部《红楼梦》里面,我们可以看到薛家从来没有给薛宝钗定亲,按照书里薛宝钗的公开年龄,就算是改小后的年龄,她比贾宝玉要大两岁,到与宝玉定亲的时候大约十九岁,这样的年龄在古代已经是"剩女"了,因此此时的薛家早已经是不顾一切要宝钗嫁入贾府,否则薛宝钗早就另外寻觅对象了,而且薛姨妈如此安排,肯定也是早已经与王夫人有默契。此时的表态,就是薛家装腔作势要价了。

贾家不吐薛家的财产,不在陵工利益做一些让步,对话自然难以继续下去了,所以,贾母道:"这也是情理的话。既这么样,大家先别提起,等姨太太那边商量定了再说。"贾母等于又把薛宝钗与贾宝玉的婚事拖起来了。薛宝钗比贾宝玉还要大一两岁,薛家拖不起。贾府不谈宝玉的婚事,想想书中为何薛家也一直没有给薛宝钗找人家呢?其实这等于告诉读者,薛宝钗的婚事被贾府绑定了,绑定原因就是薛家藏匿在贾家的财产被贾府控制了。现在王家更得势了,贾政总办陵工,赚钱也要与薛家合作,所以薛家有了与贾家谈一下价钱的资本,要为薛蟠争取拿走更多的财产,给薛宝钗的嫁妆少一点,承揽陵工分得的钱也多一些,等等。毕竟以后薛姨妈是与薛蟠共同生活,当然要为薛家多留下一点。

书中情节变化非常快，下面几回主要内容：薛蟠第二次打死了人，薛家可能真的要绝户了。薛家想要把薛蟠捞出来，又要去求贾家了。薛蟠第一次打死人，还留下了"活死人"身份硬伤，薛家不得不再一次向贾家求助，因此贾家又硬气了，贾家娶宝钗的决定，也不用与薛姨妈商量了。所以到第九十回就有了下面的对话：

　　贾母道："我正要告诉你们，宝玉和林丫头是从小儿在一处的，我只说小孩子们，怕什么？以后时常听得林丫头忽然病，忽然好，都为有了些知觉了。所以我想他们若尽着搁在一块儿，毕竟不成体统。你们怎么说？"王夫人听了，便呆了一呆，只得答应道："林姑娘是个有心计儿的。至于宝玉，呆头呆恼，不避嫌疑是有的，看起外面，却还都是个小孩儿形象。此时若忽然或把那一个分出园外，不是倒露了什么痕迹了么。古来说的：'男大须婚，女大须嫁。'老太太想，倒是赶着把他们的事办办也罢了。"贾母皱了一皱眉，说道："林丫头的乖僻，虽也是他的好处，我的心里不把林丫头配他，也是为这点子。况且林丫头这样虚弱，恐不是有寿的。只有宝丫头最妥。"王夫人道："不但老太太这么想，我们也是这样。但林姑娘也得给他说了人家儿才好，不然女孩儿家长大了，那个没有心事？倘或真与宝玉有些私心，若知道宝玉定下宝丫头，那倒不成事了。"贾母道："自然先给宝玉娶了亲，然后给林丫头说人家，再没有先是外人后是自己的。况且林丫头年纪到底比宝玉小两岁。依你们这样说，倒是宝玉定亲的话不许叫他知道倒罢了。"凤姐便吩咐众丫头们道："你们听见了，宝二爷定亲的话，不许混吵嚷。若有多嘴的，提防着他的皮。"

　　这段情节有几层意思：第一，贾母让贾宝玉搬出林家财富修建的大观园,"若尽着搁在一块儿,毕竟不成体统"。这是对林黛玉改婚约必要的一步,也等于贾母在表态,前面与薛家没有商定,贾母对贾宝玉住在林黛玉的大观园,一直没有表态。现在贾母突然提出,王夫人显然开始没有心理准备,所以"便呆了一呆",虽然不得已表态,但贾母还是赢得了战术上的主动,此时也不像前面所说,要等薛姨妈"姨太太那边商量定了再说",而是自己越俎代庖,为薛姨妈做了决定;第二,贾母找的理由果然是身体问题,"林丫头的乖僻,虽也是他的好处,我的心里不把林丫头配他,也是为这点子。况且林丫头这样虚弱,恐不是有寿的。只有宝丫头最妥"。身体有病是可以毁约的合法理由,也是贾母改变初衷,自己给自己找台阶下;第三,贾母想得很远,"自然先给宝玉娶了亲,然后给林丫头说人家,再没有先是外人后是自己的"。先要把薛宝钗的嫁妆拿进来,然后再给林黛玉支出嫁妆,贾家不垫钱,而且还把林黛玉的婚嫁变成贾家来参与安排,林黛玉的巨额嫁妆和美貌,也是联姻其他豪门的一个资源。贾家想要改婚约,可不想承担悔婚造成的损失。不过贾家不娶林黛玉是贾家的决定,黛玉要嫁给谁,还有黛玉父母托付的监护人,林黛玉的老师贾雨村呢。

对话最后一层,就是要保密,不让宝玉知道是表象,关键是不能信息扩散,让黛玉身后的贾雨村知道。贾母应当知道或者感觉到宝玉与黛玉已经发展到了有亲密关系那一步,事情捅开来不好收场。因此,贾母要保密,贾母不怕林黛玉闹,怕的是林黛玉的老师等林家势力知道了,要先与贾家清算。没有解除婚约就另娶,贾家肯定不光要退还嫁妆,还要赔偿,数额是与林家出的嫁妆对等的贾家聘礼。贾雨村未必不愿意改婚约,宝玉的门第不高,林黛玉奇货可居,可以嫁给更高的豪门,若变成双方协商修改,就不用赔聘礼了。利益要算清楚,没有算好谈好之前,就是要保密。

前面已经分析过,林如海死前托孤,林黛玉的监护人是她的老师贾雨村，此时贾雨村已经降职，贾府对他的前途不看好，所以林黛玉的靠山没有了。林家还有"兼祧"等高要求，贾家人与王家人博弈又失败了，所以对于黛玉当初与宝玉的婚约，贾家要悔婚了。经过博弈，贾家人算与王家人达成了婚约协议。贾政不在场，贾母与王夫人私底下交换了意见，并没有与贾政充分商量。

　　贾家人与王家人达成了婚约协议之后，贾宝玉搬出了大观园。因为大观园是林黛玉带入贾家的财富修建的，贾宝玉不娶林黛玉，搬出大观园是必须的程序和步骤。以前袭人建议让贾宝玉搬出大观园，就是给王夫人献投名状，现在贾母也同意娶薛宝钗了，当然贾宝玉要从大观园里面搬出来。想一下贾母说的那句，宝玉与黛玉再那么"尽着搁在一块儿，毕竟不成体统"，为何搬出来的不是林黛玉，而是贾宝玉？再一次告诉读者，大观园是林黛玉的嫁妆，不是贾家的园子，若是贾家的园子，林黛玉是外姓人，应当是林黛玉搬出去。此时，薛宝钗搬出去大观园了，贾宝玉也要搬出去了，三春马上就要出嫁了，还有李纨，贾母也要安排搬出去了。园内很多丫鬟和戏班，在王夫人抄检和查赌的时候，已经清出去了，大观园留下的就是林黛玉的相关人员了。大观园是林黛玉的嫁妆，又一次得到了印证。

　　再看一下书中第五十五回的对话，平儿道："可不是这话！将来还有三四位姑娘，还有两三个小爷，一位老太太，这几件大事未完呢。"凤姐儿笑道："我也虑到这里，倒也够了：宝玉和林妹妹他两个一娶一嫁，可以使不着官中的钱，老太太自有梯己拿出来。二姑娘是大老爷那边的，也不算。剩了三四个，满破着每人花上一万银子。环哥娶亲有限，花上三千两银子，不拘那里省一抿子也就够了。"平儿嘴里的"两三个小爷"，应当是宝玉、贾环、贾兰，但王熙凤没有算贾兰，也应当没有算自己下一辈的巧姐，那么去掉迎春，只剩下探春、惜春两个了，何来三四个？王熙凤应当把薛宝钗或者邢岫烟也算上了，邢岫烟嫁薛蝌。因为薛家财富当初怕薛蟠成了"活死人"后被吃绝户，隐藏转移到了贾府，贾府当然要算这一笔开销。宝玉与黛玉一娶一嫁，黛玉母亲贾敏的嫁妆应当给亲妈贾母，所以是"老太太自有梯己拿出来"，如果当初与林家的约定，宝玉"兼祧"娶黛玉，当然宝玉娶亲不会再有大笔的聘礼了。但现在悔婚黛玉要娶薛宝钗，账应当怎么算呢？藏在贾府的薛家财富作为贾家给薛宝钗的聘礼，然后贾政让薛家在陵工大工程获取的利益以宝钗妆奁的形式带过来，赚到的财富就自然而然地带到了贾府。林黛玉的嫁妆，则是贾母拿着的贾敏嫁妆、陵工部分盈利补上林如海的私产，以及把林家财富修建的大观园，直接给黛玉陪嫁，问题就解决了，因此贾家人都搬出了大观园。

在决定了娶宝钗之后，第九十七回"林黛玉焚稿断痴情"，贾母看望黛玉，黛玉见到贾母的反应是：只见黛玉微微睁眼，看见贾母在他旁边，便喘吁吁地说道："老太太，你白疼了我了！"黛玉这个表态，她应当知道自己已经无力改变现实了！此时贾母的表现：贾母看黛玉神气不好，便出来告诉凤姐等道："我看这孩子的病，不是我咒他，只怕难好。你们也该替他预备预备，冲一冲。或者好了，岂不是大家省心。就是怎么样，也不至临时忙乱。咱们家里这两天正有事呢。"凤姐儿答应了。此时，贾母已经表现得冷漠和不近人情了，对比一下在前面四十回刘姥姥进大观园，贾母因见窗上纱的颜色旧了，便和王夫人说道："这个纱新糊上好看，过了后来就不翠了。这个院子里头又没有个桃杏树，这竹子已是绿的，再拿这绿纱糊上反不配。我记得咱们先有四五样颜色糊窗的纱呢，明儿给他把这窗上的换了。"贾母对黛玉非常体贴入微，类似的情节前面也还有不少，但现在的态度完全变了。与贾母态度一起改变的，王熙凤转得也很快，在开始的时候对黛玉是不错的，还有史湘云也是，开始与黛玉亲近，后来就与宝钗亲近了，他们都是会看风向的人。

很多读者对这样的改变都认为是不同的作者所致,并不认同后四十回的创作,就如张爱玲也说后四十回人物面目可憎起来。在后四十回更多的是利益的考量和摊牌,贾母对黛玉的态度变化,与前八十回到了后面的甄家被抄家,贾雨村被降职等都是关联在一起的,此时贾家站队王家,王子腾要进京拜相,贾母对黛玉的态度,自然也就不同了。贾母让王熙凤"预备预备",免得"临时忙乱"可不光是准备黛玉死亡的后事,更重要的是"这两天正有事"不能让林家人来找麻烦,也就是娶宝钗的时候,要避免林家人拿着婚约来说事儿。两家算盘都打得很好,但事情变化很快,变数又要来了。随着情节进展,王家比贾家倒霉得更快,贾政也失去了陵工肥缺,真的是天有不测风云。因此下面还有博弈。

◇◇◇王子腾死后又失衡

贾家的如意算盘看似完美无缺,但事情不断在变化。首先贾雨村升职,又回来了。第九十二回贾政与冯紫英聊天,说贾雨村"如今又要升了"。贾雨村升职回来,对不娶林黛玉,贾府怎么与黛玉父亲托孤的贾雨村交代,就是一个问题。随着情节不断变化,原来的博弈平衡格局又失衡了。

第九十五回,王子腾也升职了。贾琏告诉王夫人:"今日听得军机贾雨村打发人来告诉二老爷说,舅太爷升了内阁大学士,奉旨来京,已定明年正月二十日宣麻。有三百里的文书去了,想舅太爷昼夜趱行,半个多月就要到了。"王子腾升职,是贾雨村先得到消息,再告知贾政的,说明贾雨村升职、回到朝堂在前。前面已经分析过,贾雨村和王子腾应当属于政敌关系,贾府也应当知道他们的关系。他俩地位的消长,也影响着贾府对宝钗和黛玉的选择。王子腾是宝钗的舅舅,贾雨村是黛玉的老师、受林如海托孤的监护人,双方都有强大的势力,但贾家人戴着有色眼镜,一贯低估贾雨村的势力,又高估王子腾的势力。

然后元春出了意外。《红楼梦》里，贾元春和贾宝玉情状有如母子，她对宝玉婚约也有影响。元妃的病和死，来得太突然：一日感染了风寒后，竟然一下子卧床不起、病不能治了。贾府中人听闻，赶忙穿戴好赶进宫去："贾母、王夫人遵旨进宫，见元妃痰塞口涎，不能言语，见了贾母，只有悲泣之状，却少眼泪……少时贾政等职名递进，宫嫔传奏，元妃目不能顾，渐渐脸色改变。"（第九十五回）

因讹成实元妃薨逝（清孙温　绘）

元妃突然死去，很可能是中了毒，这也说明了各方势力斗争的激烈和凶险。对此，将在第三部元妃之死那一节详细分析。

在宫中的元妃给了贾府重要的安全保障。第九十二回，贾赦道："咱们家是最没有事的。"冯紫英道："果然，尊府是不怕的。一则里头有贵妃照应，二则故旧好亲戚多，三则你家自老太太起至于少爷们，没有一个刁钻刻薄的。"贾家的安全感最主要来自元春是贵妃，故旧金陵四大家族都倒台了，只有元妃才真的靠得住，元妃一死，贾府的安全感就彻底没有了。

元妃之死，导致贾政丢掉了总办陵工的肥缺，被放了外任。贾政的肥缺，肯定是勋贵宗亲激烈争夺的肥肉。皇帝的陵工是多年的工程，短时间完不了工，贾政主持陵工到半拉子，肯定赚不到钱，不赔钱就不错了。工部将贾政保列一等，皇上念贾政勤俭谨慎，即放了江西粮道。这个其实是明升暗降，书里说"即日谢恩，已奏明起程日期",让他尽快就走,不给拖延时间。虽然失掉了肥缺,但对贾家而言,在元妃死后,也算平安落地,不是最坏结果。粮道虽然也是肥缺,但自古筹粮不易,而且历任舞弊较多,很容易当替罪羊,尤其是在有战事,真的督粮到位的时候,是有掉脑袋风险的官了。在《红楼梦》中,当时海疆正有战事,所以当粮道与管陵工自己从头干,赚皇商的钱不同。后面的情节,贾政去了不久,就因被手下蒙蔽,被参劾了。这类事情皇帝处理可宽可紧,但皇帝直接就处理了,让御史嗅到了味道,风闻言事,群起参劾贾府。因贾政离职没有工程完工,贾家在陵工上赚到的钱很有限,林黛玉带来的嫁妆,对贾府依然很重要。而且王家的王子腾很快也意外死掉,家族间势力消长又发生了巨大变化。对王子腾和元春的死,第三部有章节分析。

贾政丢掉了陵工肥缺,不当营缮郎了,与皇商薛家承揽皇家工程,借助宝玉、宝钗嫁娶分肥的机会不在了,薛家价值大减,与前面贾政主管陵工时的状况有了极大不同。没有了大工程,没有了私底下赚钱分肥的机会,林黛玉带入贾家的巨额林家资产已经花掉不少,贾府没有赚到让林黛玉外嫁的钱,选择娶宝钗还是黛玉又要起变数。

祸不单行,王子腾剥离兵权地升了职,然后莫名其妙地在路上暴病而亡。第九十六回:

> 贾琏打听明白了来说道:"舅太爷是赶路劳乏,偶然感冒风寒,到了十里屯地方,延医调治。无奈这个地方没有名医,误用了药,一剂就死了。但不知家眷可到了那里没有?"

王子腾也是突然就死掉,怎么死的应当也有故事。
书里更有意思的,是贾政对王子腾之死的态度:

到了正月十七日，王夫人正盼王子腾来京，只见凤姐进来回说："今日二爷在外听得有人传说，我们家大老爷赶着进京，离城只二百多里地，在路上没了。太太听见了没有？"王夫人吃惊道："我没有听见，老爷昨晚也没有说起，到底在那里听见的？"凤姐道："说是在枢密张老爷家听见的。"王夫人怔了半天，那眼泪早流下来了，因拭泪说道："回来再叫琏儿索性打听明白了来告诉我。"凤姐答应去了。

为何贾政不与王夫人说呢？按理说王子腾之死对家中有重大影响，贾政应当第一时间告诉王夫人才对，然而他没有。贾政应当是想在黛玉、宝钗娶谁的问题上重新站队。没有陵工得来的外财，王子腾死了，林黛玉背后的贾雨村却还在台上，到底与谁联姻，政治因素要重新考量。王家已经收服了贾琏，但贾政对王家的态度很复杂，且有所保留。书里后面的一段，再看贾政的反应：

王夫人听了，一阵心酸，便心口疼得坐不住，叫彩云等扶了上炕，还扎挣着叫贾琏去回了贾政，"即速收拾行装迎到那里，帮着料理完毕，即刻回来告诉我们。好叫你媳妇儿放心。"贾琏不敢违拗，只得辞了贾政起身。贾政早已知道，心里很不受用；又知宝玉失玉以后神志惛愦，医药无效；又值王夫人心疼。

为何贾政对王子腾的死是这个态度？不光写明了贾政早已经知道却没有说，还"心里很不受用"！虽然没有明写贾政是在想与宝玉薛宝钗的婚事该怎么办，但贾政的想法肯定是起了变化。此时王子腾死了，贾雨村刚升上来，贾雨村与王子腾是对头关系，一片和谐之下太极推手藏在暗处，贾家其他人不知道，贾政至少是有所体会的，此时还要与王家联姻，对背后有贾雨村的黛玉，如何交代，如何处理？

王家因为王子腾的死，危机增大，贾政作为政治江湖老油条，心里知道，王家马上就会面临暴风雨式的政治清算。在古代，皇帝要处理统兵大员，都是将其调离军队之后动手，王子腾由军队将领入阁变成文官，是剥夺军权。没有了军权，路上就死了，死得不明不白。史书上，皇帝如此处理不信任的武将，是教科书式的方式。书里果然在第一百〇一回印证了这个政治逻辑，王子腾是被清算的：王子腾死后，因海疆御史参了一本，说是王子腾在任时留下的亏空，"本员已故，应着落其弟王子胜、侄王仁赔补"。王家败落潦倒，也远超后来被抄家的贾家。

王家被皇帝清算得那么狠，肯定有原因，书里没有太明确写。很多人说是王子腾谋反，还拉上贾元春、北静王等一起策划，不过本人认为王家被猜忌，是相对独立的事件，皇帝对王家猜忌更强，当初将王子腾调离京畿，剥夺兵权，就已经开始猜忌了。所以后来没有翻身的就是王家，对甄家、贾家，皇帝后来都网开一面，恢复世职和返还家产，北静王的位置也很好。皇帝对两家态度差别巨大，也告诉读者，王子腾的死与元妃的死没有直接勾连。书里面把王子腾和元春，都写成了感染风寒，不治而亡，暗示的应当是他们都是死于皇权，但二人是同盟关系的逻辑，则难以简单成立。

王子腾死后，贾政明白王家将要面临的政治风暴。为何王子腾突然死了？贾政在朝中应当也能够听到风声，此时贾家再与王家联姻，风险巨大，需要重新考虑站队。因此，贾政"心里很不受用"，对王子腾之死，回家后没有告诉王夫人，同时贾政想着自己要远行，想着宝玉的病，想着王夫人的心疼病，确实心事重重，却没有直接写。贾政在想，宝玉是不是不该娶薛宝钗了，要离王家远一点；同时王夫人也有病（心疼病应当是心脏病，所以贾政不敢与之谈刺激的事情），是否能够与之讨论对薛宝钗退亲的问题？贾政不好开口，非常犹豫。此时，儿子已经到了婚配年龄，时间不等人，贾政不可能不想。古代父母不能及时给孩子娶媳妇，父母会有道德压力。因此，王子腾蹊跷死去之后，贾雨村可还在军机京兆尹，对应的应当是直隶总督，有直隶总督站在黛玉身后，贾家是否还要娶薛宝钗，要起变数了。林黛玉的身价不菲，贾家也不愿意放手。原有的平衡格局失衡了。为何后来贾家对薛宝钗的婚约没有变，将在后面章节继续分析。

对书中宝玉与宝钗、黛玉的婚姻演绎，87版的《红楼梦》电视剧，把小说改编后演成薛宝钗与宝玉是奉旨成婚，婚礼时突然知道贾元春薨了，贾母昏倒，随后贾家被抄家。如此改编太简单化，是文艺化的理解和简单化的处理。把其中政治博弈的味道改没了。论起表现形式，影视剧比文字小说更简单、平面化，很多深度的内容不太容易演，也不容易在银幕上展现，尤其《红楼梦》这种依靠深度埋线和春秋笔法的小说，要慢读、多想，才有可能有发现。在现在网络化大背景下，短视频越来越流行，比当年影视剧更加扁平化，大家看什么都更加简单和直接，深度的东西，越来越不见了。

本人年轻的时候是理工男，一直不喜欢《红楼梦》，第一次看完是看电视剧，受到了电视剧情节的影响。等到本人接触社会多了，阅历有了，家庭也有了，对《红楼梦》故事的复杂性，才有了理解能力，再读《红楼梦》，感觉就完全不同。

（四）冲喜收房宝钗顶替进贾府

◇◇◇冲喜联姻急切切

贾政外放粮道要远行，而且已经向皇帝奏明了动身日期，贾母不得不在贾政走前，与之商量宝玉与宝钗的婚事。本来要娶宝钗，两家人已经商量好,但那个时候王子腾要进京拜相,元春薨逝,薛家人装腔作势要价,被暂停了下来,现在再度商量是因为王子腾死之后,贾政等态度有了变化,此时王家、薛家,则更要赶快促成联姻。在联姻之中,甚至可以转移一些王家的财产过来,洗白一些王家的风险。

因此王家、薛家上了手段,制造出为了宝玉的病,需要"冲喜"的需求,贾母也很着急了,突然把贾政叫去,商量起宝玉的婚事,书中第九十六回这样写的:

> 贾政即忙进去,看见王夫人带着病也在那里。……(贾母:)"我所疼的只有宝玉,偏偏的又病得糊涂,还不知道怎么样呢。我昨日叫赖升媳妇出去叫人给宝玉算算命,这先生算得好灵,说要娶了金命的人帮扶他,必要冲冲喜才好,不然只怕保不住。我知道你不信那些话,所以教你来商量。你的媳妇也在这里,你们两个也商量商量,还是要宝玉好呢,还是随他去呢?"

贾母要娶宝钗的理由有了变化,前面商议的时候,是因为林黛玉身体不好,恐怕不寿;这一次贾母却大谈了"冲喜",为了救宝玉的命。现在人认为冲喜一说是迷信,但迷信的古人非常认可冲喜等事。王家人为啥要急着冲喜?因为王子腾死了,原来的条件下,贾家人未必愿意娶,需要贾家立即兑现,娶宝钗进门。宝玉需要冲喜,应当有人在幕后操作。谁在幕后操作?应当是王家人在推动。此时,贾母也不知道贾宝玉一定要娶黛玉,贾宝玉态度暧昧,连溺爱他的贾母,他也没告诉。

此时的贾政,正自顾不暇。前八十八回的时候贾政是总办陵工,皇帝陵寝不是很快就可以修完的,现在贾政又突然放外任,而且要马上走人，交接工作肯定很忙。背景是元妃死去以后，贾家上面无人，陵工工程也就总办不了。皇妃算作皇帝的妻子之一，陵寝工程，皇妃也要葬入其中，所以皇妃可以插手，不算干预朝政。陵工本身，也是当朝皇帝最重要的事情之一，过去非常迷信，主持这个工作的必须是皇帝的亲信。因此贾政总办陵寝的肥缺丢掉了，肯定与皇帝的亲疏关系发生了变化，皇帝把他支得远远的，发财的事要别人来干了。贾政不主管陵工，与薛家合作陵工赚钱也就到此为止，因此贾政的心理状态可想而知。在第九十二回，贾政与冯紫英说起来贾雨村，书中写：

> 贾琏道："听得内阁里人说起，贾雨村又要升了。"贾政道："这也好，不知准不准。"贾琏道："大约有意思的了。"冯紫英道："我今儿从吏部里来，也听见这样说。雨村老先生是贵本家不是？"

也就是说贾雨村要升职回来了，林黛玉又有了靠山，所以王家人知道，与薛家的联姻，"冲喜"一说非常必要。

下面是贾政对贾母的反应：

> 贾政赔笑说道："如今宝玉病着，儿子也是不放心。因老太太不叫他见我，所以儿子也不敢言语。我到底瞧瞧宝玉是个什么病。"

贾政先要看宝玉是什么病，对成亲不表态，已经是对贾母冲喜说法进行了消极抵抗，说明他的本意不愿意，且有质疑。贾政丢掉肥缺，即将远行，年纪又大，对孩子的担心，是人之常情。此时的贾政，也不知道宝玉坚决要娶黛玉，更不知道黛玉的处境。

贾政见他脸面很瘦,目光无神,大有疯傻之状,便叫人扶了进去,便想到:"自己也是望六的人了,如今又放外任,不知道几年回来。倘或这孩子果然不好,一则年老无嗣,虽说有孙子,到底隔了一层;二则老太太最疼的是宝玉,若有差错,可不是我的罪名更重了。"瞧瞧王夫人,一包眼泪,又想到他身上,复站起来说:"老太太这么大年纪,想法儿疼孙子,做儿子的还敢违拗?老太太主意该怎么便怎么就是了。但只姨太太那边不知说明白了没有?"

贾政看到了宝玉的病态,心疼之情,体现了一个父亲对孩子的亲情,同时贾政还要问薛姨妈的态度。此前两家论婚事,薛姨妈以要问薛蟠装腔作势,贾政不太可能一点不知道,此时有此一问,说明贾政内心不情愿。

欣赏下面一段,更有意思:

王夫人便道:"姨太太是早应了的。只为蟠儿的事没有结案,所以这些时总没提起。"贾政又道:"这就是第一层的难处。他哥哥在监里,妹子怎么出嫁。况且贵妃的事虽不禁婚嫁,宝玉应照已出嫁的姐姐有九个月的功服,此时也难娶亲。再者我的起身日期已经奏明,不敢耽搁,这几天怎么办呢?"贾母想了一想:"说的果然不错。若是等这几件事过去,他父亲又走了。倘或这病一天重似一天,怎么好?只可越些礼办了才好。"想定主意,便说道:"你若给他办呢,我自然有个道理,包管都碍不着。姨太太那边我和你媳妇亲自过去求他。蟠儿那里我央蝌儿去告诉他,说是要救宝玉的命,诸事将就,自然应的。"

贾政首先说了不该那么快结婚的理由：元妃刚死要戴孝，立即办喜事不合适。然后贾母非常坚决地要求快办、简办，越礼也要办，贾母非常担心不能冲喜，宝玉的性命不保，毕竟宝玉活着最重要。

贾政听了，原不愿意，只是贾母做主，不敢违命，勉强赔笑说道："老太太想的极是，也很妥当。只是要吩咐家下众人，不许吵嚷得里外皆知，这要耽不是的。姨太太那边，只怕不肯；若是果真应了，也只好按着老太太的主意办去。"贾母道："姨太太那里有我呢。你去吧。"贾政答应出来，心中好不自在。因赴任事多，部里领凭，亲友们荐人，种种应酬不绝，……此是后话。

此处把贾政的不情愿写得非常清晰，从"不敢违命"到"心中好不自在"，还说薛姨妈那里"只怕不肯"，最后自己不管了，"竟把宝玉的事，听凭贾母交与王夫人凤姐儿了"，大撒把了，"贾母定了主意叫人告诉他去，贾政只说很好"，不再多表态了。宝玉一直对与黛玉的关系，不公开，又很暧昧，带来了巨大危害。要是宝玉很早就闹过，一直大闹非黛玉不娶，那么在整个讨论当中，"冲喜"的说辞就靠不住了，宝玉不是没有发言权。没有让宝玉发言，是大家觉得他对娶谁，不是那么在意，没有那么大的差别。

因此，这个联姻冲喜，是王家人做出来的局，其实对联姻非常急切。贾母为了宝玉的病，也急于冲喜，所以对元春贵妃之死的守孝也不顾了，贾政则虽然不情愿，但也自顾不暇，贾家王家等外部局势也发生了变化。同时贾政此时对宝玉已经不像以前那么嫌恶，他也老了，有了爱子之心，也担心宝玉的病；贾母的方案，在联姻的方式下，还留有余地，以后兼祧平妻再娶黛玉，再论平妻的大小都可以，眼前要紧的是贾宝玉"冲喜"治病救命，所以贾政也就顺从了贾母的意思。

◇◇◇王子腾之死隐瞒贾母

书中在贾家与王家准备联姻的当口儿，王家又出现了重大变故，王子腾意外死掉了。关键是这个大事贾母并不知道，王家人有意隐瞒了贾母，贾政自顾不暇也没有与贾母有机会深入交流。

王家人对贾母隐瞒了王子腾的死讯，贾政也没有告诉老太太这个消息，贾母的决策信息不对称，还以为王子腾即将入阁拜相。加上前面"海棠花妖"一节，贾母已经表现了对黛玉的态度，王家人必须采取非常手段了。议婚时贾琏带消息回来，书里写的是：

> （议婚）正说间，丫头传进话来说："琏二爷回来了。"王夫人恐贾母问及，使个眼色与凤姐。凤姐便出来迎着贾琏努了个嘴儿，同到王夫人屋里等着去了。

此时贾琏在王家阵营，一起隐瞒了贾母。这个细节非常重要，前面贾政知道王子腾死，也没有主动告诉王夫人，这里贾家人与王家人的隔阂，作者写得非常细腻。

对此我们可以再回顾一下上一节贾母请贾政，与贾政说给宝玉冲喜的情节，此时贾政刚刚得到王子腾路上死了的消息，却没有告诉王夫人，然后就是贾母来请贾政，此时应当贾母并不知道王子腾已死，而且贾政与贾母的对话也没有涉及王子腾，只是贾母以难以反驳的"商量"口吻，让贾政同意了给宝玉"冲喜"，对贾政而言各种事情已经是满头雾水。此时贾母并不知道王子腾的死讯，然后就是贾琏回来，"王夫人恐贾母问及，使个眼色与凤姐"，也就是说明的确隐瞒了贾母。

王家人很清楚，贾母要是知道了王子腾已死，此时贾雨村却升职回来了,那么宝玉娶谁,真的是要重新考虑了。所以书中隐瞒贾母的细节,非常重要。

◇◇◇娶亲礼仪有保留余地

贾府给宝玉和宝钗办理婚事,在元春贵妃丧服期间,同时王子腾还意外死去,因此贾家有所保留,而且还有故事。

给宝玉办喜事用的是王夫人房子边上的一个院子,"(贾政)惟将荣禧堂后身王夫人内屋旁边一大跨所二十余间房屋指与宝玉,余者一概不管"。大观园的怡红院又大又好,为何不提了?原因还是大观园不是贾家的,是林家的,娶薛宝钗,贾家人就要集体从大观园搬离了。

宝玉病好之后,"到底是爱动不爱静的,时常要到园里去逛",贾母"不使他去"。"现今天气一天热似一天",贾母又准备到秋天再将李纨、探春和惜春等挪回荣国府来住……

大观园的园子,随着贾宝玉的离去而荒芜,只有林黛玉在大观园了。等林黛玉离去,贾家姐妹,也不到园子里去住了。对比第十八回,贾母找不到宝玉的时候,听到贾宝玉在林黛玉房内,一连说了三个"好",不让别人扭了宝玉的意,差别巨大。

对婚事的安排,薛姨妈问宝钗,看看宝钗又是怎么回答的。

薛姨妈还说:"虽是你姨妈说了,我还没有应准,说等你哥哥回来再定。你愿意不愿意?"宝钗反正色的对母亲道:"妈妈这话说错了。女孩儿家的事情是父母做主的。如今我父亲没了,妈妈应该做主的,再不然问哥哥。怎么问起我来?"

薛宝钗很有主意,但此时不说愿意,把决定权都推给了薛姨妈。"宝钗自从听此一说,把'宝玉'两字自然更不提起了。如今虽然听见失了玉,心里也甚惊疑,倒不好问,只得听旁人说去,竟像不与自己相干的。只有薛姨妈打发丫头过来了好几次问信。"薛宝钗在宝玉得病的时候,忍住不表态,心机深沉、待价而沽,一点不露痕迹地关注事态发展,与林黛玉的做法,形成了鲜明对比。对嫁给宝玉一事,薛家人问了宝钗自己的意见,为何贾家人不问宝玉的意见?宝玉从来没有对自己想要娶谁表达过意见,平时在公开场合对宝钗、黛玉表现得没有区别,贾家人应当认为宝玉娶谁都一样。此时薛宝钗也应当知道了王子腾已死,到底能不能嫁入贾府,嫁入与林黛玉的位置怎么安排,这些背景她都很清楚。

对婚事具体操办进程和方式,贾母说:"照南边规矩拜了堂,一样坐床撒帐,可不是算娶了亲了么。宝丫头心地明白,是不用虑的。"中国的南方和北方娶妻的规则不一样,南方晚上娶亲,北方则是白天娶妻、晚上娶妾,这是历史上蒙古人要初夜权留下的习俗。贾家当时是在京城,属于北方,虽然他们是金陵人,但在北方办婚事,应当按北方规矩。为何"宝丫头明白,不用虑"?就是薛宝钗的忍耐态度,贾家人都知道,只要先成亲占位了,她可以受委屈,而林黛玉的性子不能受委屈。在宗法制下,由家长决定子女的婚姻大事,必须公开按照规定的礼仪程序来完成。否则即是非礼非法,自己私定的称为"淫奔",小家内部办理则是娶妾收房,都不为宗族和社会所承认。而贾政不再多说,应当也是知道这个是娶妾的安排,留有余地,冲喜很多就是娶妾,因此王子腾之死等事情,也就没有说出来了。

为了快办婚事,达到冲喜的效果,办理的过程也简化了,贾母此时全部的心思就在宝玉的病上,这个为了治病才"冲喜"的需求,大过了一切。所以贾母这么安排:"即挑了好日子,按着咱们家分儿过了礼。赶着挑个娶亲日子,一概鼓乐不用,倒按宫里的样子,用十二对提灯,一乘八人轿子抬了来,照南边规矩拜了堂,一样坐床撒帐,可不是算娶了亲了么。宝丫头心地明白,是不用虑的。……这屋子是要你派的。一概亲友不请,也不排筵席,待宝玉好了,过了功服,然后再摆席请人。这么着都赶的上。你也看见了他们小两口的事,也好放心的去。"

关键要注意薛宝钗进贾府,上述流程不是明媒正娶,不算正式娶妻,仅是冲喜。"若说服里娶亲,当真使不得。况且宝玉病着,也不可教他成亲,不过是冲冲喜,我们两家愿意,孩子们又有金玉的道理,婚是不用合的了。"书里就是贾母说的"赶着挑个娶亲日子,一概鼓乐不用,倒按宫里的样子,用十二对提灯,一乘八人轿子抬了来,照南边规矩拜了堂,一样坐床撒帐,可不是算娶了亲了么"。这个是什么规矩呢?古代可没有现在要婚事简办、杜绝奢靡之风等,古代简办了,新娘地位就降低了。宫里只十二对提灯和轿子带进来的是妃子,娶皇后要开正门,因此宫里纳妃,用的不是皇帝大婚的礼节。所以宝钗嫁入贾府,用的是娶妾的礼仪。宝玉与宝钗成亲,相当于妾的收房之礼。贾母很清楚,在元妃服丧期间,宝玉娶妻的问题很大,但保密的娶妾收房,被皇帝问罪时还可以解释。

在宝钗知道成亲时要顶名黛玉,心情也很复杂,书里写:

薛姨妈回家将这边的话细细的告诉了宝钗,还说:"我已经应承了。"宝钗始则低头不语,后来便自垂泪。

宝钗对后果都懂得,她也很能忍耐。薛姨妈也告诉了薛蟠,薛蟠当然不会反对。

(薛姨妈)便是看着宝钗心里好像不愿意似的,"虽是这样,他是女儿家,素来也孝顺守礼的人,知我应了,他也没得说的"。

薛姨妈也知道宝钗难受，要是真的做正妻，宝钗还会难受吗？差别就是冲喜，走的是纳妾的程序，没有明媒正娶，而且宝玉更爱黛玉，宝钗都知道。

王家人都知道，王子腾死了，这个联姻对贾家而言就是负资产，贾家也留有了余地，即使是有余地有瑕疵，也要先把婚事给办了，瑕疵以后再想办法。林黛玉背后有当直隶总督的贾雨村，有林家侯门的世袭门第，薛宝钗背后没有了王子腾，王家若彻底败落，宝钗的门第只不过是一个官商，她的真实地位在侯门和士林领袖出身的林黛玉面前，就是当冲喜的妾，而且此时林黛玉的靠山贾雨村又升职回来身居高位，更是黛玉要碾压宝钗，古代博弈的现实就是这么残酷。

薛宝钗出闺成大礼（清孙温　绘）

◇◇◇娶谁为啥要隐瞒宝玉？

为何不给宝玉硬办而要骗着宝玉？一来，宝玉有病，害怕他不配合，袭人应当知道宝玉与黛玉的亲密关系，也怕说出来不好收场。二来，书中袭人出此下策之前，王夫人也没有想到宝玉在宝钗和黛玉之间有明确的选择，但更关键在于贾政支持得不情愿，贾政若知道了宝玉那么坚决要娶黛玉，可能会改变主意。宝玉一直没有说出坚决要娶黛玉，与《梁祝》那样的悲剧不同，宝玉若说出来了，贾政会考虑宝玉的想法。此时宝钗黛玉背后的靠山已经不同了，在贾雨村升职回来之后，黛玉又是贾政的外甥女、贾母的外孙女，与贾家想要娶宝钗之时的状态又有不同。而贾母此时更害怕的也是宝玉的病，宝玉要是坚决想娶黛玉，贾母的决定可能也会改变。

宝玉不愿意的事情不少，但他对贾政非常害怕。贾政要是非常坚决地让宝玉娶薛宝钗，肯定就可以硬办。为啥隐瞒宝玉？很多读者会认为，如果贾政威逼，对已经生病的宝玉不是逼死他吗？但换一个角度，让贾宝玉没有娶到他心爱的女人，本身也达不到"冲喜"治病的目的啊？而且骗着他没有娶心爱的女人，难道就不怕因此加重他的病情？王家人对宝玉的病一点也不担心，其实"冲喜"一说背后是有故事的。

贾政不硬逼宝玉，其实的关键是贾政就不会硬逼，因为贾政已经动摇了，要是贾政知道贾宝玉真的只想娶林妹妹，他会顺水推舟直接同意宝玉的想法的，因为此时议婚，贾雨村已经升职回来，王子腾之死还瞒着贾母，贾政也不情愿，贾琏又带回来王子腾家属被皇帝立即赶回原籍的不利消息，"舅太太叫我回来请安问好，说如今想不到不能进京，有多少话不能说"。皇帝对王子腾严惩，"想不到不能进京"，此时贾政还不知，贾母也不知王子腾已死，要是贾政和贾母深度交流或得到信息，别说贾政，贾母都可能要临时变卦了。在此时各方所说的话，王家人给贾母成功地营造了一个信息茧房，这才是问题的关键。

◇◇◇钗黛博弈并未结束

薛宝钗背后的王家人支柱王子腾已经死去，王家获罪败落，而林黛玉的靠山贾雨村又升职在高位，即使先娶了薛宝钗，如果贾政、贾母不拦阻，其他人也拦不住，贾宝玉还可以把林黛玉以正妻之礼娶进门，宝黛当年有婚约，薛宝钗依然要做小。我们注意一下贾府娶亲的过程，里面还有故事。

宝玉怎么娶宝钗，似乎都是贾母怎么说就怎么做，贾母说"姨太太那里有我呢"，不像以前要看薛姨妈的意见了，为何薛姨妈也那么着急？因为薛蟠真的可能会死掉了。前面的葫芦案，薛蟠变成了"活死人"，可能被家族其他宗亲吃绝户。不过，第一次薛蟠杀人，只是成了"活死人"，没有真的死掉，吃绝户还有限制，但薛蟠第二次杀人，若是捞不出来了，等薛蟠被判死刑，被处决了，那么薛蝌等人真的要吃绝户、分家产，薛姨妈很难对抗。林黛玉身价不菲，身后还有当直隶总督的贾雨村，还有"兼祧"下的林家爵位，贾家也不愿意放弃，所以贾政和贾母等贾家人给宝钗的婚礼留有余地。对此，宝钗和薛家，也只能是忍着。

当年，薛家对抗贾家吞掉、转移自家的家产，还有薛宝钗等着入宫可能变成娘娘等因素，现在这些因素也都没有了，薛宝钗已经年龄不小了，王家人与薛家人都着急，要不择手段促成这段婚姻。前面第一部，我们已经分析了薛宝钗是大幅度地改小了年龄，宝钗的实际年龄要大很多。对贾母而言，冲喜、保住宝玉的命实在太重要，薛家财产当然要，薛宝钗可以接受不明媒正娶当然好，似乎博弈的筹码又增加了，当然也支持。另外，贾政主管陵工已赚到的钱，可能都在薛家。贾政离职了，若不与薛家联姻，那些利益就不容易兑现了。

王子腾已经死了，王家受牵连，与王家联姻有风险，贾政的态度也留有余地。贾家以娶妾之礼娶宝钗，还瞒着宝玉，到时候宝玉如果不承认宝钗的正妻地位，宝钗地位就尴尬了，所以黛玉必须尽快死掉。

类似娶妻之前娶妾的，如薛蟠先娶了香菱。香菱在"葫芦案"后已经成了良家出身，不是买来的婢女了，而后面薛蟠又娶夏金桂，就算与香菱成婚在前，香菱也是妾，没有商量余地。对侯门之女林黛玉和皇商之女薛宝钗而言，也是同等的门第差别，娶亲的程序也与薛蟠娶香菱类似，之后贾府很可能再娶林黛玉，让林黛玉后来居上。所以王家人确实是需要林黛玉尽快死去，薛宝钗的地位才可以稳固。

此时，宝玉病得厉害，似乎治不了，如果宝玉真的病死，薛宝钗就守活寡了，为何薛姨妈不担心呢？婚礼流程对宝钗不公平，就是说宝钗不是明媒正娶，薛姨妈为何也不反对呢？薛姨妈似乎对宝玉的病肯定能好，林黛玉肯定不会影响宝钗在贾府的地位，很有信心，这是为什么呢？本人将在下一节分析黛玉之死时深入分析。

宝钗与宝玉按照娶妾冲喜的礼仪办了婚礼，形式上是夫妻了，几乎同一时间黛玉就死了，下面的步骤就是等过了功服的时间，二人圆房了。

一日，贾母请薛姨妈商量"择个上好的吉日"为宝玉和宝钗圆房，贾母说："如今宝玉调养百日，身体复旧，又过了娘娘的功服，正好圆房。要求姨太太作主，另择个上好的吉日。"（第九十八回）

第九十六回，贾政说"宝玉应照已出嫁的姐姐有九个月的功服"，故圆房之时应是阴历九月十八日以后了。

当时，宝钗要借着算命冲喜之说，上位抢占先机，所以婚礼仓促。贾母一手做主，尽快、尽简地娶宝钗进门，为何此时宝玉、宝钗圆房又"要求姨太太作主"了？对比细节，便知贾母是因黛玉已死，手中没有筹码了。书中写："凤姐去了，择了吉日，重新摆酒唱戏请亲友。"宝玉和宝钗在圆房之后，薛姨妈做主，另外办了正式的婚礼。有了正式的婚礼，薛宝钗贾府正妻的身份，才能够被宗族和社会所承认。而此时，黛玉已经死去多时。

《红楼梦》里，宝玉与宝钗联姻，除了前面的政治因素和家族财富利益以外，三个人的三角关系最后转折，一半因为宝玉的暧昧，没有坚决要求娶黛玉，一直是没有说出来；另一半因为宝钗能隐忍，虽然感到有些屈辱，但不管怎样仪式办了，得以先行占位。

七、林黛玉之死与薛家的报应

林黛玉怎么死的,在《红楼梦》里面是谜一样的事情,红学家们众说纷纭。本人根据书中线索进行分析,也属一家之言。黛玉之死前后,几大家族各种势力依然在博弈。

(一)林黛玉在贾府非正常死亡

虽然宝钗已经嫁入贾府,但林黛玉的存在就是威胁。林黛玉在贾家必须死掉,王家与贾家的博弈才算结束。林黛玉带有巨额的嫁妆,她背后的林家势力和保护神依然存在。虽然宝钗与宝玉以冲喜之名,举行了非正式的婚礼,但这并不是宝玉婚事的最终结局,因为黛玉不死,就有巨大的变数。黛玉怎么死的,一直是红学界争论的事情。对程高本续写的内容,很多红楼专家不认同,而即使按照通行本的内容来分析,黛玉怎么死的,依旧扑朔迷离。

◇◇◇黛玉活着是巨大威胁

薛宝钗没有按照正妻之礼被娶进门,这是宝钗婚姻的一个硬伤。因为婚礼举办的规格不够,按照礼法,新娘可能变成妾,低人一等。等宝玉病好了,黛玉也精神了,王家败落了,贾母、贾政、贾宝玉都不站在薛宝钗一边了,宝玉要娶林黛玉为正室,王夫人和王熙凤是挡不住的。从身份上面讲,林黛玉是侯门出身,宝钗在王子腾死后,王、薛两家失去靠山,身份仅为商人,黛玉身后有直隶总督贾雨村，若宝玉兼祧，林家还有世袭爵位给子嗣，她俩的差距实在太大。在此情况下，宝钗是一定要做小，当妾的。所以王家女人们需要的，就是林黛玉尽快死掉。只有林黛玉死掉，宝钗、黛玉，以及贾家人、王家人在内宅的控制权博弈，才会彻底结束。

王家处境迅速恶化，议婚的同时，贾琏回来，直接被带到了另外的屋子，他带来的消息是：

> 贾琏请了安，将到十里屯料理王子腾的丧事的话说了一遍，便说："有恩旨赏了内阁的职衔，谥了文勤公，命本宗扶柩回籍，着沿途地方官员照料。昨日起身，连家眷回南去了。舅太太叫我回来请安问好，说如今想不到不能进京，有多少话不能说。听见我大舅子要进京，若是路上遇见了，便叫他来到咱们这里细细的说。"王夫人听毕，其悲痛自不必言。

这个消息已经表明，皇帝的清算即将开始，因为王子腾刚死，他的家眷都不让回京了，有话不能说，不能与在京亲友告别，立即就被赶走，走的时候王夫人都不知道。只是王仁进京处理，前面有"凤姐胞兄王仁知道叔叔入了内阁，仍带家眷来京"的交代，王仁本来是来祝贺的，现在只有他能够进京，这已经说明皇帝对王子腾的真实态度。贾政当时也忙于起身赴任，若是知道了贾琏带回的信息，那对联姻一事随时可以反悔，或者让宝玉把黛玉也娶了，放在宝钗位置之上。因此，对王家人来说，黛玉必须马上死。

◇◇◇黛玉死于中毒

很多读者看通行本，认为黛玉是在"焚稿断痴情"之后绝粒而死。但从她死前的状态看，绝食而死过程很长，仅仅绝食，不会那么快就咽气，想说的话都没有说完，所以本人认为，黛玉之死还是有人暗中下毒。当时,王家人还控制了贾府的医生,下毒很方便。医生要是想杀人,那是不见血也看不到痕迹的。在第六十九回《弄小巧用借剑杀人 觉大限吞生金自逝》,王熙凤就曾借医生之手,打下了尤二姐的男胎,搞死了尤二姐。对林黛玉,王熙凤等人也一样可以利用医生来致其死亡的。在《红楼梦》里面,黛玉的病总是不好,本来就非常可疑,痨病在古代虽然很难治愈,但如果控制得好,可以通过自身抵抗力痊愈,只不过需要调养有方,所以也被叫作"富贵病"。贾府显然具备这个条件。书里林黛玉离开贾家去探望病重的林如海,然后林如海去世,又办了丧事,过后林黛玉回来,身体状态反而好了。

林黛玉卧病潇湘馆(清孙温　绘)

林黛玉在贾府的病况，一直非常可疑。看《红楼梦》通行本里"焚稿断痴情"的情节：

"当时黛玉气绝，正是宝玉娶宝钗的这个时辰。"次日，凤姐回明贾母，贾母眼泪交流说道："是我弄坏了他了。但只是这个丫头也忒傻气！"

贾母对林黛玉还是非常有感情的，黛玉病危将死，居然没有人事先向贾母报告，贾母没有见到黛玉最后一面。林黛玉的死也出乎贾母的预料，所以贾母知道"是我弄坏了他"。黛玉之死，贾母明白大致原因。大家不向贾母报告，就是害怕贾母临时改变冲喜的主意，没准会按照"平妻"标准两个都娶。贾母发现自己犯错了，那句"这个丫头也忒傻气"不过是给自己找理由安慰自己。

第九十九回，宝玉与宝钗圆房，当天，凤姐向贾母和薛姨妈描述宝玉、宝钗相处的场景，喜形于色，但贾母却说："你不用太高兴了，你林妹妹恨你，将来不要独自一个到园里去，堤防他拉着你不依。"凤姐笑道："他倒不怨我。他临死咬牙切齿倒恨着宝玉呢。"在对话里面，贾母似乎明白了什么！看看林黛玉与薛宝钗的判词，"玉带林中挂，金簪雪里埋"。本人并不认可"林中挂"就是指林黛玉上吊，"玉带"可以理解为玉的品格和权力，"林中挂"可以指挂在那里，成了众矢之的。在大观园里面，林黛玉就是王家人的众矢之的。最后她的结果是"雪里埋"，应当是死于薛宝钗之手，金簪代指美女，写"簪"和"钗"都符合平仄，为何判词要写"簪"这个字？就是双关多指。在《红楼梦》里面，金钏也说过"金簪子掉在井里头，有你的只是有你的"，随后金钏就投井了，而"钏"是戴在手上的饰物，与"簪"差别更大。所以如果此判词只当作给林黛玉的判词来解读，那么应当是说林黛玉死于薛宝钗之手，"金簪"指林黛玉，"雪里埋"则是后面薛宝钗给下的洁粉梅片雪花洋糖那个药。《红楼梦》的妙味之一，就是作者的诗词、谶语，可以一语双关甚至多关，能够让人有多重理解。

黛玉被薛家所害，其实作者在一开始就做了埋线。在黛玉进贾府的时候，为什么说和尚曾经化她去出家？书中第三回，黛玉说过这么一段话："那一年我三岁时，听得说来了一个癞头和尚，说要化我去出家，我父母固是不从。他又说：'既舍不得他，只怕他的病一生也不能好的了。若要好时，除非从此以后总不许见哭声；除父母之外，凡有外姓亲友之人，一概不见，方可平安了此一世。'疯疯癫癫，说了这些不经之谈，也没人理他。"对此如何理解？"总不许见哭声"则是指没有薛宝钗，宝玉黛玉婚姻美满。注意此处，癞头和尚同时还有这么一句"除父母之外，凡有外姓亲友之人，一概不见，方可平安了此一世。"此话是对黛玉父母说的，应当是父族林家、母族贾家的外姓亲友。在此处语境之下，贾家对黛玉是不算外姓的，否则此话见贾家人对贾母说也是很失礼的，黛玉进入贾府时虽然年龄小，但书中说她非常懂得礼仪规矩。在大观园里面，嫁人贾家的女人也算贾家人，黛玉所接触的外姓，剩下的就只有薛家了。作者此处已经埋线是薛家暗害了黛玉，黛玉躲开薛家"方可平安了此一世"，否则黛玉的"病"就"一生也不能好的了"，后面就可以看到黛玉书中是怎么躲不开薛家的！

◇◇◇宝钗对黛玉下药

对有病在身的黛玉，书里明确写了薛宝钗是怎样下毒手的。中医的药，吃对了是药，吃错了是毒药，病理的方向不同，作用大不一样。薛宝钗就是利用这一点给林黛玉下药的。对于薛宝钗给林黛玉送燕窝，宝钗的支持者们都说她仁义、重感情，"金兰契互剖金兰语"，证明宝钗也是好人，实际上宝钗的行为是黄鼠狼给鸡拜年，干的事情与夏金桂的直接下毒性质类似,只不过手段更高明和隐蔽。

书中,说起燕窝有助于黛玉的调养、康复,第四十五回,宝钗道:"……每日早起拿上等燕窝一两,冰糖五钱,用银铫子熬出粥来,若吃惯了,比药还强,最是滋阴补气的。"薛宝钗趁机奉送燕窝:"我明日家去和妈妈说了,只怕我们家里还有,与你送几两,每日叫丫头们就熬了,又便宜,又不惊师动众的。"随后薛宝钗就打发婆子送来了上等燕窝,还有一包子洁粉梅片雪花洋糖。婆子说:"这比买的强。姑娘说了:姑娘先吃着,完了再送来。"看似是关怀,问题出在哪里?不懂中医的读者,看不出来问题。

读者如果见过冰片,就知道高纯度的天然冰片,结晶"色如冰雪、状如云母",这样的冰片,确实与冰糖很像。

宝钗说的是冰糖,送来的却是洁粉梅片雪花洋糖,二者有啥区别?冰糖是糖,而梅片是药,是冰片的一种。冰片的天然产物,有梅片和艾片,一种是从龙脑树或梅片树提取,另一种是用菊科植物艾纳香的叶提取的结晶。梅片,学名天然右旋龙脑,是一种名贵珍稀药材、日用化妆品原料、高级香料和天然食品添加剂。对梅片的记载由来已久,超过两千年,古籍中有"龙脑""梅片脑""梅花脑""天然冰片"(药典中记载颇多)等多种名称。

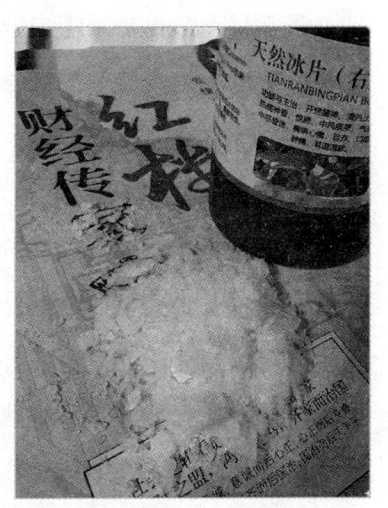

天然冰片(作者拍摄)

林黛玉的病情怎么样?书中写得非常清楚,第三十二回,林黛玉自己说:"况近日每觉神思恍惚,病已渐成,医者更云气弱血亏,恐致劳怯之症。……"林黛玉也将自己的病情告诉了薛宝钗,冰片对此病而言是大忌。冰片具清香气,味辛、凉,是寒凉之药,气血虚者及孕妇禁服。就林黛玉的病症而言，应当严禁服用。书里的洁粉雪花梅片，是专门提纯的高级品，应当更贵。冰片品质差的外用，好的内服。提纯的结果是去掉梅片当中的樟脑和杂质，使得梅片没有刺鼻的樟脑味道，呈现淡黄或淡粉的颜色，这样的梅片味道清香，也没有艾片的艾纳香的味道，否则林黛玉可以看出颜色不对，或者闻出味道不对。

再看书里提及的"每日一两燕窝"，应当是加工好的燕窝，不是燕窝干品，这里是指已经放好冰片的燕窝。冰片有效成分易挥发，要后放，不能与药品一起煎煮。干货燕窝，一两就太多了。一般纯正的燕窝一盏4~6克，很少有超过6克的，现在普通燕窝一般是加胶等特别处理后，为单盏6~10克。成人每次食用燕窝的分量最好是3~5克，不要贪多，一般一周吃两次为宜。《红楼梦》中，林黛玉每日1两燕窝，即使是1斤按16两的小两来算，也一定是加工后的燕窝。干货的1两燕窝，差不多是10天的用量，1周才吃2次，1个人吃的话，要1个月。

现在公开可查的燕窝加工方法，是将干燕窝用纯净水浸泡1~3个小时，放于自然通风处，观察燕窝的膨胀程度。待燕窝轻软膨胀后，用小镊子轻轻将浮起的小燕毛夹出。挑完毛之后，用纯净水过滤、清洗一至二遍。清洗干净后，将燕窝按纹理小心撕成细条，燕头处尽量用指头碾细。将处理好的燕窝倒入炖盅内，加入纯净水浸过燕窝，稍高于1厘米的水量为佳。加盖置于蒸锅内，隔水以文火炖2个小时，以表面呈现少量泡沫，有点沸腾、黏稠感和蛋清香味为蒸好的标准。炖的时候，将冰糖化为冰糖水，在出锅后调入燕窝中，拌匀即可。所以加糖应当是在加工燕窝的过程之中，燕窝出锅以后加入。那么薛宝钗加入洁粉雪花梅片也该是此时。这样来看，在林黛玉的判词里面，"金簪雪里埋"与薛宝钗的洁粉梅片雪花洋糖就对上了。

中国的传统医学博大精深，一个东西是药还是毒，要看怎么用。林黛玉服用薛宝钗暗中加入梅片的燕窝，是什么情况呢？黛玉道："昨儿夜里好了，只嗽了两遍，却只睡了四更一个更次，就再不能睡了。"（第五十二回）黛玉睡不着，正好符合冰片的药理作用。冰片开窍醒神，体虚、神经衰弱的人，服用后肯定失眠，失眠对身体危害巨大，再有其他病情，一定会加重、恶化，长期服用，贻害无穷。

对薛宝钗的不安好心，冰雪聪明的宝玉也有所怀疑，第五十二回：

> 宝玉又笑道："正是有句要紧的话，这会子才想起来。"一面说，一面便挨过身来，悄悄道："我想宝姐姐送你的燕窝——"一语未了，只见赵姨娘走了进来瞧黛玉，问："姑娘这两天好？"黛玉便知他是从探春处来，从门前过，顺路的人情。黛玉忙赔笑让坐，说："难得姨娘想着，怪冷的，亲身走来。"又忙命倒茶，一面又使眼色与宝玉。宝玉会意，便走了出来。

因为赵姨娘来了，宝玉说了一半的话就被打断了，书里故意如此安排，欲言又止，做到了"真事隐，假语存"。

《红楼梦》的特点就是草蛇灰线，伏脉千里，下面又有了故事。第五十七回紫鹃道："你都忘了？几日前你们姊妹两个正说话，赵姨娘一头走了进来——我才听见他不在家，所以我来问你。正是前日你和他才说了一句'燕窝'就歇住了，总没提起，我正想着问你。"宝玉道："也没什么要紧。不过我想着宝姐姐也是客中，既吃燕窝，又不可间断，若只管和他要，太也托实。虽不便和太太要，我已经在老太太跟前略露了个风声，只怕老太太和凤姐姐说了。我告诉他的，竟没告诉完了他。如今我听见一日给你们一两燕窝，这也就完了。"紫鹃道："原来是你说了，这又多谢你费心。我们正疑惑，老太太怎么忽然想起来叫人每一日送一两燕窝来呢？这就是了。"宝玉笑道："这要天天吃惯了，吃上三二年就好了。"宝玉心细，前面的事情肯定没有完，宝玉把薛宝钗送燕窝给黛玉的情况，告诉了贾母，贾母对黛玉也非常关注，立即就送好燕窝来了，此细节与书中后来王熙凤病重，急需人参，贾母给王熙凤无药效的人参，形成了鲜明的对比。所以贾母对林黛玉的病死，对王熙凤说的话，也是心里有所想。《红楼梦》作者文无废墨，多个章回提及这个加了冰片的燕窝，就是埋线告诉读者，黛玉是怎么死掉的。

宝钗给黛玉燕窝里面放冰片的事情，被及时发现，燕窝给换掉了。但是要在黛玉用药的其他地方下毒手，可以说防不胜防，不怕贼偷，就怕贼惦记着。薛家给黛玉的问题燕窝刚刚换掉，第五十八回，宝玉"瞧黛玉益发瘦的可怜，问起来，比往日已算大愈了"。黛玉病体刚刚好了一些，因为前一回紫鹃试玉以后引发了薛家的警觉，马上薛姨妈就贴了上来。第五十八回，借着贾府在国丧期间都要去祭拜，贾母"托了薛姨妈在园内照管他姊妹丫鬟"，薛姨妈得以搬入大观园，"今既巧遇这事，便挪至潇湘馆来和黛玉同房，一应药饵饮食十分经心"。以前下药还要偷偷地放在燕窝里面送来，这回可好了，黛玉所有的"药饵饮食"都被薛姨妈控制到手里了，而且拿着贾母委托照管的尚方宝剑管理大观园"姊妹丫鬟"，借机"挪至潇湘馆来和黛玉同房"，黛玉是躲都躲不开了，紫鹃等也害怕了。在薛姨妈的"一应药饵饮食十分经心"的"照看"之下，黛玉的身体当然只能是越来越差，病是好不了！此时，薛家要让黛玉的病继续发展下去，使其自然不寿，目的就容易达到了。

◇◇◇用药害人王家惯犯

　　书里的王家人买通医生用药害人的狠毒有好几处，除了尤二姐的胎被打下来，晴雯的病也很可疑。第五十一回，胡庸医给晴雯的方子，宝玉看时，上面有紫苏、桔梗、防风、荆芥等药，后面又有枳实、麻黄。宝玉道："该死，该死，他拿着女孩儿们也像我们一样的治，如何使得！凭他有什么内滞，这枳实、麻黄如何禁得。谁请了来的？快打发他去罢！再请一个熟的来。"在宝玉发现问题之后，"一时茗烟果请了王太医来，诊了脉后，说的病症与前相仿，只是方子上果没有枳实、麻黄等药，倒有当归、陈皮、白芍等，药之分量较先也减了些"。太医来了，书中后来晴雯得病，背后啥情况？胡庸医开药的时候，把晴雯错当成了小姐，那么他要针对的小姐又是谁呢？一个风寒之病，不是疑难杂症，就算医术不高，也不至于错开虎狼之药，胡庸医就是王家人买通的医生，后来为凤姐打掉了尤二姐的胎，而这一次应当是把晴雯当作了黛玉来开药才对。

　　薛姨妈到大观园里住，后来还住到了潇湘馆，紧贴着黛玉，到抄检大观园之时才搬出，但不久后，该来的总会再来，黛玉问道："宝姑娘叫你来送什么？"婆子方笑着回道："我们姑娘叫给姑娘送了一瓶儿蜜饯荔枝来。"（第八十二回）晚上，黛玉看着宝钗送来的瓶子做了噩梦，然后失眠。黛玉望着瓶子本身就是埋线，书里没有直接说黛玉吃了，但黛玉的症状像是误服冰片后的症状，随后"痰中一缕紫血，簌簌乱跳。紫鹃雪雁脸都唬黄了"。黛玉咯血，经雪雁传到翠缕那里，再传到三春和袭人那里，最后肯定贾府上下都知道黛玉病得咯血，疑似痨病，这直接影响了贾母在黛、钗二人选择上的态度。给黛玉服药，让贾母认为黛玉不寿等，王家人有了筹码，在黛玉咯血后，两家议婚，黛玉就被排除在了选项之外。之后议婚，前有王尔调要宝玉入赘施压，后有薛姨妈还要问薛蟠意思装腔作势，王家人有恃无恐了。

此前一天，袭人听到可能娶黛玉的风声，来探黛玉的话，当时黛玉在读书，还说自己身体"略硬朗些"。在抄检大观园后，薛家人搬出了大观园；在第五十八回，搬来与黛玉一起住在潇湘馆的薛姨妈也搬走了，黛玉的身体就好了起来，应当是脱离了薛姨妈的特殊"照料"。为啥一下子就咯血如此厉害？书里黛玉看着那瓶子做噩梦，就是埋线，提示读者问题在哪里了。紫鹃试玉，薛姨妈笑眯眯地说："想必催着你姑娘出了阁，你也要早些寻一个小女婿去了。"威胁要将她配小子，之后紫鹃就与王家人合作了。随后第五十八回，薛姨妈又住进潇湘馆与黛玉同房，紫鹃如果参与到谋害黛玉的行动中，更多是出于自保，不得不与王家人合作，对此前面已经分析过了，不再赘述。第一百回，在黛玉死后，王家人对紫鹃是怎么处理的？"宝钗倒背地里夸他有忠心，并不嗔怪他。"赶走了雪雁，留下了紫鹃，雪雁当初帮助宝钗顶替黛玉出嫁，出了大力，都被赶走，而紫鹃却被留下，说明紫鹃为宝钗和王家人出了更大的力！而且王家人不怕紫鹃泄密，只有大家是一根绳子上的蚂蚱，都是参与了的人，他们才会对她放心。紫鹃对薛姨妈和宝钗的贴近和自保，前面宝钗送来的"好东西""蜜饯荔枝"等，估计紫鹃都给黛玉吃下了，后面王家人送来的东西也都给黛玉吃下了。她可能认为黛玉只是会病一下，没有想到黛玉会死，这个后果是她后来才想明白的，紫鹃与王家人合作是自保而非自愿，因此她内心有鬼，也受到煎熬，这也是她出家的原因之一。

很多《红楼梦》的版本，对黛玉之死有诸多导向，有自杀说，有病死说，不过本人更倾向于认为是有医生恶意用药导致的。医生被王家人控制，能够对尤二姐下毒手打胎，那么在关键、重大事情上，可以用类似的手段对付林黛玉，中医逆着患者病症用药，就等于下毒。

王家人没少利用医生杀人，晴雯被赶出来后，很快就死了，也非常可疑，谁给晴雯下的药？应当就是多姑娘。到第一百○二回，晴雯的亲戚——吴贵媳妇多姑娘也蹊跷地死了，"那媳妇子本有些感冒着了，日间吃错了药，晚上吴贵到家，已死在炕上"。感冒吃错了药，也没有死得那么快呀，白天吃错药，不到晚上就死掉了。多姑娘应当参与了害死晴雯的局，之前又与贾琏有染，王家人不想让她活了。多姑娘是"听见说（晴雯）作了花神，每日晚间便不敢出门"，她对晴雯做了亏心事，才会不敢出门。王家人杀人没有底线，就如王熙凤当初想将张华灭口一样，现在轮到多姑娘了。多姑娘吃错了啥药可以当天就死掉？这不就是毒药吗！吃错的毒药，可能就是当初给晴雯的药，作者不会无缘无故在此废墨！在林黛玉刚死就突然写多姑娘"吃错药"死掉，就是暗中告诉大家黛玉和晴雯，也是"吃错药"死掉的。贾宝玉对晴雯之死作《芙蓉女儿诔》，脂砚斋评论暗线是在诔黛玉，黛玉怎么死的，也得到了印证。

我们在前面还分析了，赵姨娘之死，也是被王家人毒死的。贾珠的暴病死去，也非常可疑，尤其是在赵姨娘服丧的问题上，贾政说出来贾兰是赵姨娘亲孙子之后，贾珠之死就更可疑了。

同样的逻辑，后来宝玉病了，王家人和薛姨妈一点都不担心宝玉的病不能好，不担心宝玉死掉、薛宝钗守寡，背后原因就是：能够给黛玉下药的话，一样可以给宝玉下药。用点不当的药，就可以把宝玉整出病态来，用来要挟贾母和贾政，找到娶宝钗冲喜的理由。只要冲喜完成了，宝玉的病就逐渐好了。要给宝玉下一点药，让宝玉"病得不轻"，有王家人的内应袭人在身边，可以说没有任何难度。很多事情太反常，或太巧合，还是那句话：事出反常必有妖！

最后，贾母连黛玉病危都不知道，也让人匪夷所思。虽然贾母觉得黛玉不寿，让宝钗给宝玉冲喜，但她不是对黛玉没有感情，黛玉病危，贾母不会连去看一眼都不想吧？毕竟是自己的亲外孙女。在黛玉得病期间，贾母一直得不到消息，没有人给贾母报信，而最后黛玉死得之快，如果真的是因为伤心绝食，或者一向体弱，病程发展不会那么快。黛玉连最后的话都没有说完，只有毒药才能够有此效果。王家人就是需要黛玉快死，不能让黛玉见到贾母，以免贾母反悔，因为宝钗是以妾礼进门，冲喜而未圆房，一切都还存在变数。因此，贾母也是明白的，黛玉病危都无人向她汇报，背后一定另有故事，所以贾母才会说"是我弄坏了他"，黛玉的"忒傻气"是没有直接去找贾母，背后也有她身边人的作用。

◇◇◇黛玉死亡隐瞒贾政

林妹妹的死是故意瞒着贾政的，书里写得很有意味，第九十八回："凤姐因见贾母王夫人等忙乱，贾政起身，又为宝玉悒愤更甚，正在着急异常之时，若是又将黛玉的凶信一回，恐贾母王夫人愁苦交加，急出病来，只得亲自到园。"此时，贾母和王夫人很忙乱，王熙凤应当悄悄告诉贾政的，但她并没有告诉，而且贾政在外当粮道大约一年，多有家书和奴仆往来，也没有人告诉他，而且贾政回到家，家里人也没有马上告诉他，"歇息了半天，忽然想起'为何今日短了一人？'王夫人知是想着黛玉。前因家书未报，今日又初到家，正是喜欢，不便直告，只说是病着"。（第一百○四回）而黛玉死时，探春、李纨也不直接报告贾母，而是找凤姐，紫鹃是贾母委派来的丫鬟，为啥也不去找贾母？说明王家人已经在贾府控盘了，探春是认王夫人为娘而不认亲娘的人，李纨则是王夫人儿媳，紫鹃为了自保，站队王家人，对此前面章节已经分析，黛玉之死就是王家人一手导致的。黛玉的死，正常情况是应当报官或找林家宗亲的，抄家后贾珍被充军，流放的罪名就是埋了尤三姐没有报官，尤三姐只不过是贾珍的妻妹，此处的惩罚也暗指林黛玉之死没有报官，黛玉不比尤三姐，林家是有身份的，贾珍是贾家族长。此处看见"一时叫了林之孝家的过来，将黛玉停放毕，派人看守"（第九十八回），为啥叫她过来？就是林之孝是林家宗亲，本人前面章节也分析过，但这个林家宗亲被凤姐搞定了，所以是"等明早去回凤姐"。

为什么要瞒着贾政？贾政被外放江西粮道，江西粮道的性质是督粮道，属漕运总督管辖。两淮盐运使的兼职是巡盐御史，与漕运也有紧密的联系，升职很可能就是漕运总督，漕运总督全称为"总督漕运兼提督军务巡抚凤阳等处兼管河道"，在明代和清初总督兼管庐凤巡抚，管理凤阳府、淮安府、扬州府、庐州府和徐州、和州和滁州；咸丰年间战乱，漕运总督还节制江苏长江以北诸镇、诸道，职权又有扩大。在此之外，各省往外运粮的督粮道，都是隶属于漕运总督管辖。所以漕运总督不仅管理跨数省长达三千多华里的运河沿线，并且还有"提督""巡抚""兼管河道"等职权管理大范围的地方的军事和行政事务，因此漕运总督的养廉银比其他总督都要高，甚至是两三倍于其他总督。林如海地位应当不低于贾雨村，贾雨村进京补授大司马，进京前就应当已经是督抚，才可能平级内调，补授最高军事长官，所以林如海死前应当是漕运总督，死后的继任者应当也属于林家势力圈子。贾雨村进京前在金陵是两江总督，也管贾政所在的江西，因此贾政被派往的地方，在林家的势力范围。明白了这些，就知道为什么贾政外放粮道，被灰溜溜地参劾回来了。《红楼梦》的政经逻辑水深如海，本人将在第三部进行深入分析。

林黛玉死得有问题，所以他们不光隐瞒贾政，连林黛玉入殓，也没有让贾母和贾政过来。贾母过来是在宝玉已经一天天好起来之后，与宝玉一起过来的。"到了潇湘馆内，一见黛玉灵柩，贾母已哭得泪干气绝。"贾母过来，看到的是林黛玉的灵柩，人已经是在棺材里面了，"柩"的含义是装了尸骨的棺材。正常情况是人死了要三天，或五天，或七天才入殓，入殓是重要的仪式，正常情况是要有贾家人等重要亲属过来一起参与的，贾政赴任走了，贾赦贾母还在呢，应当让贾母见林黛玉最后一面才合理。但贾母来时只看见灵柩，林黛玉已经早就入殓了。林黛玉的死因蹊跷，而且立即入殓，不让贾家人参与，不让贾家人看到她最后的容颜，背后应当就是有鬼的。被毒死的人在容颜上可能会有异样，尤其是在人死后三天入殓的时候。所以，如果王家人和薛家人毒死了林黛玉后，黛玉的容貌会能看出来是中毒而亡的，他们不让贾母看，就是担心毒计被识破。

贾母来时，林黛玉已入殓（清孙温　绘）

◇◇◇再读《葬花吟》

参透了黛玉的处境和她死亡的真相,不妨再读读《葬花吟》,就能读出更多的内涵。第二十七回说,林黛玉为怜桃花落瓣,曾将它收拾起来葬于花冢。如今她又来花冢前,以落花自况,十分伤感地哭吟了此诗,恰为贾宝玉所闻。要读过全书,把贾府里面幕后博弈的逻辑都理清楚,再回过头来读此诗,感受完全不一样。此诗值得反复读:

葬花吟

花谢花飞花满天,红消香断有谁怜?
游丝软系飘春榭,落絮轻沾扑绣帘。
闺中女儿惜春暮,愁绪满怀无释处。
手把花锄出绣帘,忍踏落花来复去。
柳丝榆荚自芳菲,不管桃飘与李飞;
桃李明年能再发,明年闺中知有谁?
三月香巢已垒成,梁间燕子太无情!
明年花发虽可啄,却不道人去梁空巢也倾。
一年三百六十日,风刀霜剑严相逼;
明媚鲜妍能几时,一朝漂泊难寻觅。
花开易见落难寻,阶前愁杀葬花人,
独倚花锄泪暗洒,洒上空枝见血痕。
杜鹃无语正黄昏,荷锄归去掩重门;
青灯照壁人初睡,冷雨敲窗被未温。
怪奴底事倍伤神?半为怜春半恼春。
怜春忽至恼忽去,至又无言去未闻。
昨宵庭外悲歌发,知是花魂与鸟魂?
花魂鸟魂总难留,鸟自无言花自羞;

愿侬此日生双翼，随花飞到天尽头。
天尽头，何处有香丘？
未若锦囊收艳骨，一抔净土掩风流。
质本洁来还洁去，强于污淖陷渠沟。
尔今死去侬收葬，未卜侬身何日丧？
侬今葬花人笑痴，他年葬侬知是谁？
试看春残花渐落，便是红颜老死时；
一朝春尽红颜老，花落人亡两不知！

（程高通行本）

读了此诗，可以看出林黛玉在大观园高处不胜寒。古代博弈在大家族之内，一样非常残酷。林黛玉面对各种毒手，防不胜防，不是一个人单凭智力可以解决的。

在书里第一百○八回，潇湘馆总有鬼哭。宝玉道："潇湘馆倒有人住着么？"袭人道："大约没有人罢。"宝玉道："我明明听见有人在内啼哭，怎么没有人！"袭人道："你是疑心。素常你到这里，常听见林姑娘伤心，所以如今还是那样。"宝玉不信，还要听去。婆子们赶上说道："二爷快回去罢。天已晚了，别处我们还敢走走，只是这里路又隐僻，又听得人说这里林姑娘死后常听见有哭声，所以人都不敢走的。"宝玉袭人听说，都吃了一惊。古人迷信，如此写说明黛玉阴魂不散，有冤屈。潇湘馆变成了"消香馆"，林黛玉的委屈、冤情都在里面。而且贾家一直没有将黛玉公开出殡下葬，应当是保密处理，后来才送回南方，也暗示了黛玉是非正常死亡，对贾家有怨气，宝玉从中也感到了什么。对此后面一节再分析。

对《红楼梦》的故事，"贾王薛史"被叫作"家亡血史"，为啥是血史，就是因为背后有谋杀。表面上犯罪，导致被司法判处死刑的没有，但里面许多人，都是死于谋杀，抛开非主角人物不说，能够算得上重量级的，就是林黛玉之死，林黛玉应当是被谋杀的。薛宝钗是薛家之子（女），"薛"和"子"合起来就是"孽"，《说文》："孽，庶子也。从子，薛声。"也就是古代"孽"与"薛"是一个字，作者起名用典极深。在第三部，本人还会分析，林如海之死也与谋杀有关，林家父女的死亡，真的是"家亡血史"。

（二）宝玉出家看破黛玉之死

宝玉的渣是对谁都不负责任，没有责任心，对至爱也不付出。但要他真的为了利益去谋害一个人，他并没有这个心机。当他知道身边人为了利益不惜害命，尤其是身边最近的人都是如此，还是无法接受的，接受不了残酷的现实世界，从而到虚空的宗教上找寄托。

黛玉之死的消息，是宝钗告诉宝玉的。宝钗利用黛玉之死，掌控了宝玉的情绪，修复了与宝玉的感情，达到了日后与宝玉圆房的目的。

第九十八回《苦绛珠魂归离恨天 病神瑛泪洒相思地》：

> 宝钗听了这话，便又说道："实告诉你说罢，那两日你不知人事的时候，林妹妹已经亡故了。"宝玉忽然坐起来，大声诧异道："果真死了吗？"宝钗道："果真死了。岂有红口白牙咒人死的呢？老太太、太太知道你姐妹和睦，你听见他死了自然你也要死，所以不肯告诉你。"宝玉听了，不禁放声大哭，倒在床上。

"忽然眼前漆黑，辨不出方向。"宝玉昏死过去了。

某些版本没有这一段，只说是大夫看出心病，索性叫他开散了，再用药调理，倒可好得快些。此说法，等于说宝玉与宝钗结婚时，

病神瑛泪洒相思地（清孙温 绘）

黛玉已经死掉了，宝钗不得已与宝玉结婚，把宝钗冒名顶替，变成了宝钗"救火救急"，是做好事。但是黛玉之死，巧合的事情太多了、太蹊跷了，事出反常必有妖。

有了前面燕窝的故事，宝玉对黛玉的死，也充满了怀疑。当初，宝玉病得不轻，神智有问题，程高本的续写，本人认为是合理的。之后，宝玉也一直在追问，可以看第一百〇四回，宝玉与袭人纠缠，要问黛玉丫头紫鹃的情节，袭人是死活不让宝玉去见紫鹃的，里面肯定是有故事的。后来，宝玉能够见到紫鹃，肯定也是王家人收服了紫鹃以后，书中写：

宝玉轻轻的叫袭人坐着，央他把紫鹃叫来，有话问他。"但是紫鹃见了我，脸上嘴里总有气似的，须得你去解释开了他来才好。"袭人道："你说要定神，我倒喜欢，怎么又定到这上头了？有话你明儿问不得！"宝玉道："我就是今晚得闲，明日倘或老爷叫干什么便没空儿。好姐姐，你快去叫他来。"袭人道："他不是二奶奶叫是不来的。"宝玉道："我所以央你去说明白了才好。"袭人道："叫我说什么？"宝玉道："你还不知道我的心也不知道他的心么？都为的是林姑娘。你说我并不是负心的，我如今叫你们弄成了一个负心人了！"说着这话便瞧瞧里头，用手一指说："他是我本不愿意的，都是老太太他们捉弄的，好端端把一个林妹妹弄死了。就是他死，也该叫我见见，说个明白，他自己死了也不怨我。你是听见三姑娘他们说的，临死恨怨我。那紫鹃为他姑娘，也恨得我了不得。你想我是无情的人么？晴雯到底是个丫头，也没有什么大好处，他死了，我老实告诉你罢，我还做个祭文去祭他。那时林姑娘还亲眼见的。如今林姑娘死了，莫非倒不如晴雯么，死了连祭都不能祭一祭。林姑娘死了还有知的，他想起来不要更怨我么！"袭人道："你要祭便祭去，要我们做什么？"宝玉道："我自从好了起来就想要做一首祭文的，不知道我如今一点灵机都没有了。若祭别人，胡乱却使得；若是他断断俗俚不得一点儿的。所以叫紫鹃来问，他姑娘这条心他们打从那样上看出来的。我没病的头里还想得出来，一病以后都不记得。你说林姑娘已经好了，怎么忽然死的？他好的时候我不去，他怎么说？我病时候他不来，他也怎么说？所以有他的东西，我诓了过来，你二奶奶总不叫我动，不知什么意思。"袭人道："二奶奶惟恐你伤心罢了，还有什么！"宝玉道："我不信。既是他这么念我，为什么临死都把诗稿烧了，不留给我作个纪念？又听见说天上有音乐响，必是他成了神或是登了仙去。我虽见过了棺材，到底不知道棺材里有他没有。"袭人道："你这话益发糊涂了，怎么一个人不死就搁上一个空棺材当死了人呢。"宝玉道："不是嗄！大凡成仙的人，或是肉身去的，或是脱胎去的。好姐姐，你到底叫了紫鹃来。"

这段对话非常长，宝玉疑问一大堆，袭人拒绝回话且非常绕口。从上面的对话可知，宝玉清醒之后，找不到紫鹃。关于黛玉之死，里面很多机密的事情，不能让宝玉知道，紫鹃能够到宝玉房内，也说明紫鹃与宝钗合作后，宝钗愿意接受她来了。而黛玉的小丫鬟雪雁却被配了小厮，对此前面已经分析过。黛玉贴身的丫头紫鹃的去向和结局，不同版本差别很大。程高本里，林黛玉死后，宝玉过去，紫鹃把黛玉死时的细节告诉了他，但后面宝玉还要问，说明他对紫鹃当初的话不相信，因为场合不同，宝玉私下要再问，袭人就不愿意了。紫鹃被派到宝玉屋里做丫头，她应当与宝玉也有亲密关系，让她过来，应当是宝钗等人与她说好了，怎么与宝玉说林黛玉之死。紫鹃前面与王家人合作，表现得好，宝钗还说她"有忠心"，但紫鹃毕竟还是丫鬟，在主子薛宝钗手下，她更不敢说了，说多了小命难保。再后来，紫鹃跟惜春出家，终身服侍惜春，内心也仍然会受到煎熬，但逃出了宝钗和袭人的控制，也算是安全和一定程度上的解脱了。

在第一百回，紫鹃归了宝玉，"无奈紫鹃心里不愿意，虽经贾母王夫人派了过来，也就没法，只是在宝玉跟前，不是嗳声，就是叹气的"。到第一百一十三回，宝玉见到紫鹃，按紫鹃当时的身份，她已受制于薛宝钗，此时贾母已死，当然更不敢说真话。忽听宝玉叹了一声道："紫鹃姐姐，你从来不是这样铁心石肠，怎么近来连一句好好儿的话都不和我说了？我固然是个浊物，不配你们理我；但只我有什么不是，只望姐姐说明了，那怕姐姐一辈子不理我，我死了倒作个明白鬼呀！"紫鹃听了，冷笑道："二爷就是这个话呀，还有什么？若就是这个话呢，我们姑娘在时我也跟着听俗了！若是我们有什么不好处呢，我是太太派来的，二爷倒是回太太去，左右我们丫头们更算不得什么了。"紫鹃此处说得很明白，她的身份，"是太太派来的"，她以前是贾家的家奴，现在是王家的人了，有些话就是不能告诉宝玉。

（紫鹃）说到这里，那声儿便哽咽起来，说着又擤鼻涕，宝玉在外知他伤心哭了，便急的跺脚道："这是怎么说，我的事情你在这里几个月还有什么不知道的。就便别人不肯替我告诉你，难道你还不叫我说，叫我憋死了不成！"说着，也呜咽起来了。

对话渐入佳境，却被到来的麝月打断，麝月道："二爷，依我劝你死了心罢，白陪眼泪也可惜了儿的。"

紫鹃不让宝玉进屋，还哭起来，以宝玉的灵性，从紫鹃的态度就能明白背后有故事。紫鹃当时是丫鬟，按理不能如此拒绝主子宝玉的追问。同一回后面就写："后来宝玉明白了，旧病复发，常时哭想，并非忘情负义之徒。今日这种柔情，一发叫人难受，只可怜我们林姑娘真真是无福消受他。"宝玉此时应当心中明白了黛玉之死的真相。

宝玉了解了黛玉之死，就不难理解他为何会抛弃薛宝钗和袭人而出家。林黛玉在贾府受到王家势力的各种打击，大嫂子李纨是一个敏锐的活菩萨，她看得非常清楚。第六十三回"寿怡红群芳开夜宴"的时候，探春抽了个杏花签，注云"得此签者，必得贵婿"，后来袭人抽了个桃花签，需要"杏花"陪一盏，黛玉笑道："命中该着招贵婿的，你是杏花，快喝了，我们好喝。"探春道："这是个什么，大嫂子顺手给他一下子。"李纨笑道："人家不得贵婿反挨打，我也不忍的。"

李纨说"人家不得贵婿反挨打，我也不忍的"。林黛玉的贵婿显然是指贾宝玉。探春让李纨去打黛玉,"挨打"只不过是表面意思,实际上是受到打击的意思。从六十几回开始,林黛玉在贾府的处境,很多人都能够感到越来越差了,她出席贾府公开活动的次数变少了。李纨这番话,把袭人也带到里面来了,说明黛玉的处境与袭人投靠王家有关。宝玉与黛玉的各种私下交往,都被袭人向王夫人打了小报告。袭人的所作所为,也是宝玉后来出家的原因之一。

　　书中后来写道,和尚送来通灵宝玉,引贾宝玉梦入真如福地(系太虚幻境变形),重阅金陵十二钗判册,领悟三世情缘。古代人迷信,认为和尚系仙人化作,让宝玉梦入真如福地,"重阅金陵十二钗判册""得通灵幻境悟仙缘",就是在告诉宝玉"黛玉之死的真相"。贾宝玉从那里得知了一生至爱的黛玉之死的前因后果:宝钗怎么下药,林黛玉怎么"病死",袭人怎么背地里倒戈算计她,怎么献上调包计……宝玉在和尚的点化下,全都知道了。贾宝玉知道了她们对林黛玉下手的内幕,当然难以与宝钗、袭人再一起过日子了,所以下一步必然是出家,逃避现实。

　　书里对黛玉死了之后宝玉要出家,很早就做了埋线。第三十回,林黛玉道:"我回家去。"宝玉笑道:"我跟了你去。"林黛玉道:"我死了?"宝玉道:"你死了,我做和尚!"林黛玉一闻此言,登时将脸放下来,问道:"想是你要死了,胡说的是什么!你家倒有几个亲姐姐亲妹妹呢,明儿都死了,你几个身子去作和尚?明儿我倒把这话告诉别人去评评。"宝玉说了,黛玉死了他做和尚,黛玉则说他有几个亲姐姐亲妹妹,有几个身子去做和尚?宝玉当和尚,确实丢下了几个女人。因此,宝玉出家的青埂峰,谐音是"情根峰";宝玉在大观园住的怡红院,谐音是"遗红怨"。宝玉出家与其感情受挫有关,但开始他是能够接受宝钗的,还有他心理上依靠袭人,为何后来发生了变化?一定是因为他知道了黛玉之死的真相。

　　宝玉在出家之前,要报答父母的养育之恩,他与和尚约定中举后再出家，算是负了一次责任。宝玉苦读中举，对贾家非常重要，因为宝玉是举人，贾府可以免税、免徭役、兵役，享受的利益巨大。几天后，几个家人来报喜，宝玉"中了第七名举人"，"贾兰中了一百三十名"。宝玉高中举人了，对贾家的尘缘就算报答了，"过了几天便是场期"，次日，宝玉"从此出门走了"，了结了尘缘。

　　从书中前面的种种来看，宝玉是情种，不会坚决地要出家。有了宝钗和袭人，他虽然深爱黛玉，但对宝钗并不厌恶，自愿、高兴地与宝钗圆了房；而袭人是他初试云雨的对象，即有性意识后的第一个女人；同时，家族复兴向好，自己功名得中，没有出家的道理。宝玉要出家，应当是因为看清了世事，让他心灰意懒的事情是什么？只有林黛玉的死因，以及薛宝钗、袭人和王家人在背后干的不见光的事儿。贾宝玉知道了事情真相，内心受到打击，又无法承受，只能离家。贾家让贾宝玉娶林黛玉和薛宝钗，都是为了联姻获取财富，这样的目的是贾宝玉不能接受的。"看看到了出场日期"，宝玉不见回来，"宝钗心里已知八九，袭人痛哭不已"。"众人中只有惜春心里却明白了，只不好说出来。"古代人讲因果报应，王熙凤致多人死亡，所以她早死也是报应。神仙点化，展现残酷的事实，让宝玉真的梦醒了。红楼就是一梦，"一连数日，王夫人哭得饮食不进，命在垂危"。贾府这个家，对宝玉而言，已毫无值得留恋之处了。

　　宝玉的命运，书中很早就埋线了。在判词当中，"空对着，山中高士晶莹雪；终不忘，世外仙姝寂寞林"。薛宝钗要守空房，原因就是贾宝玉忘不了林黛玉。在第二十二回，宝钗点了一出《鲁智深醉闹五台山》，宝玉因此悟得禅机："漫揾英雄泪，相离处士家。谢慈悲剃度在莲台下。没缘法转眼分离乍。赤条条来去无牵挂。那里讨烟蓑雨笠卷单行？一任俺芒鞋破钵随缘化！"这个词就是最后宝玉出家状况的写照。此时宝玉还写下一个偈："你证我证，心证意证。是无有证，斯可云证。无可云证，是立足境。"宝钗对这个偈用上座神秀的著名偈语"身是菩提树，心如明镜台，时时勤拂拭，莫使有尘埃"进行了解释，其实是在说宝玉出家前纠结于黛玉怎么死的，纠结于他与黛玉、宝钗的爱情，他深爱黛玉但并不讨厌宝钗，对古代的婚姻和男女情感，不要用现在一夫一妻制的道德来看待，最后他"无可云证"，不想了，才能够"立足境"过下去。但偈语加上最后两句是"无立足境，是方干净"，宝钗的解释是六祖慧能的"菩提本无树，明镜亦非台，本来无一物，何处染尘埃？"，也就是本来"非树非台"，本来感情就目的不纯，联姻是为了财富，对两个女孩暧昧，所以才是警幻所说的"乃天下古今第一淫人也"。因此，要出家了，世俗间"无立足境"以后，才能够"是方干净"，对应书中"白茫茫一片真干净"。

《红楼梦》最关键的真相，就是黛玉怎么死的，甭管后面四十回有啥样的争议，前面八十回大家都公认是作者原笔，但这八十回里面就暗写了薛宝钗怎么给林黛玉下药，所以后面是怎么样的情节，黛玉怎么死的，大方向是确定的。宝玉能够放弃世俗出家，也只有在知道了全部真相之后，才会做出这样的决定。第五回，太虚幻境"孽海情天"的对联"厚地高天，堪叹古今情不尽；痴男怨女，可怜风月债难偿"就已经指出宝玉出家与风月偿债的关系。贾宝玉知道了林黛玉真正的死因，当然与薛宝钗过不下去了，才会看破红尘，再加上僧道引诱，就走向了出家，难以回头，最后是雪地里连鞋都没有，光着脚，"白茫茫一片真干净"。

对贾宝玉的认识，应当说贾雨村是最准确的，超过了贾政。在书中第二回，冷子兴演说的时候，贾雨村就做了长篇大论，结论就是："使男女偶秉此气而生者，在上则不能成仁人君子，下亦不能为大凶大恶。置之于万万人中，其聪俊灵秀之气，则在万万人之上；其乖僻邪谬不近人情之态，又在万万人之下。若生于公侯富贵之家，则为情痴情种；若生于诗书清贫之族，则为逸士高人，纵再偶生于薄祚寒门，断不能为走卒健仆，甘遭庸人驱制驾驭，必为奇优名倡。"

也就是贾宝玉不是"仁人君子"，也不是"大凶大恶"，他是扭曲的人格，在勋贵贾家会变成"情痴情种"，而贾家衰落后则会是"逸士高人"和"奇优名倡"。最后，贾宝玉出家，皇帝也给了道号，应当就是变成"逸士高人"了。

（三）薛家报应和"香魂返故乡"

《红楼梦》是讲因果报应的，薛家、王家人害死了林黛玉，是要遭报应的。《红楼梦》可不是写坏人得好报的书，否则也不可能被解禁。薛家的孩子，"薛"和"子"两个字合起来就是"孽"字，作孽要有报应。薛家受到了怎样的报应呢？《红楼梦》的大结局似乎是薛蟠没有死，还生下了独子，宝钗守寡，但事实上书里写得很隐晦，薛家其实是血脉断了，在古代中国文化里面这是非常严重的惩罚。

◇◇◇香菱借种宝玉

本人说薛蟠被"绿"，不光是指夏金桂出轨，因为夏金桂引诱薛蝌，书中写的是未遂，薛蟠还没有真的被"绿"，后来香菱怀孕，里面才有故事。

香菱后来难产死了。当时故事发展到贾雨村获罪被赦后见到甄士隐，此时道士甄士隐去接引英莲进入仙界。此处情节很多读者只看表面，没有深想，香菱怀孕的时间是对不上的！薛蟠是在贾宝玉没有结婚的时候就因为涉嫌杀人被抓了，贾宝玉与薛宝钗结婚后，要过了元春九个月的功服才摆酒，之后贾政被参劾回家，薛蟠案上《邸报》发酵，后来贾府又被抄家，到贾政送贾母灵柩回来，薛蟠才放出来，这过程已经至少两年，而香菱在薛蟠放出来的时候，仍在孕中，孩子还没有出生，这么长的时间，孩子是谁的？

很多人说薛家可以买通狱吏，香菱探监时与薛蟠有夫妻生活，所以怀孕了。但薛蟠在《邸报》发酵以后，已经被关注了，相关官员也被处理，"太平县的这位老爷革职"（第一百回），此时还有谁敢给薛家行方便？就算有人敢，薛蟠与香菱也不可能如同在家那样，很方便多次行夫妻之事。薛蟠与香菱夫妻多年，一直没有孩子。薛蟠买了香菱并占有她的时候，林黛玉才刚刚进贾府，到薛蟠二次杀人入狱，大约已经是十年后了，按照现代不孕不育诊断标准，夫妻双方没有采取任何避孕措施，规律性生活一年而没有怀孕，就可诊断为不孕症。而薛蟠娶夏金桂是在书中第七十九回了，与香菱在一起至少有八九年了。薛蟠独苗，肯定盼望着能有孩子，但香菱一直没有怀孕，而且与薛蟠有关系的女人夏金桂和宝蟾也没有怀孕，薛蟠眠花宿柳，应当有花柳病，失去了生育能力，否则他的几个女人早就怀孕了。所以在书中最后香菱突然怀孕，应当还另有故事。对此类情况，有研究者认为是作者不严谨造成的，不过本人认为《红楼梦》千里埋线、层层相扣，明显的不严谨是不可能的，读者需要体会其中的春秋笔法之妙。

薛家要借种，关键原因是薛蟠被判死刑，而薛家又捞不出他了。为何说薛家遭到了报应？是因为贾雨村想要他死的！当时，贾雨村是京兆尹，薛蟠的案子是贾雨村管的。若是贾雨村盯着，不想让薛蟠活下去，那么薛家想买通狱吏，行方便，就根本办不到！这里的关键是贾雨村与林如海、林黛玉的紧密关系，这个关系我们第三部还会进一步分析。薛家从葫芦案开始，到薛蟠二次杀人是在京城城南，县令要报到贾雨村那里。后来，贾府被抄家，改变薛宝钗命运的，还是贾雨村。因此《红楼梦》开篇，贾雨村出场的"钗于奁内待时飞"真的不是白说的，薛家命运都被贾雨村拿捏得死死的。薛家害死林黛玉，被贾雨村盯上，就是薛家作恶的报应，要不是碰巧遇到大赦，薛蟠的命早没有了。

此时，薛家找各种关系也要依赖贾家，贾家的王夫人虽然与薛姨妈是姐妹，但也不想让薛蟠留嗣，若薛家被"吃绝户"，薛家通过薛宝钗带来的嫁妆就彻底被贾家占有，最终归了王夫人的嫡子贾宝玉。书中第一百〇四回"贾政又说蟠儿的事，王夫人只说他是自作自受"，由此可以看出王夫人的态度，不会让薛蟠在死刑监候期间留祀香菱的。

对香菱怀孕，可能有人想到了古代对死囚的悯囚制度，其中有对没有子嗣的死囚，有"听妻入狱"的惯例。听妻入狱制度产生于汉朝，但此制度是对确定执行死刑的罪犯，更多的是在临刑的前一晚，允许夫妻合住一晚，而不是在没有确定的监候阶段就可以夫妻同住，官员是否行方便也差别很大。对判决就可以听妻入狱的是死刑立决等待批复的绝嗣的犯人。薛蟠在葫芦案就成了"活死人"，已经不是薛家绝嗣的情况了，否则薛蟠的绞监候本身就要依法减等，因此严格按照法律就是薛蟠在执行死刑前一天可以"听妻入狱"。在案件存在贿赂官员和官员严控可能发生串供的情况下，死刑监候阶段的囚犯是难以得到从宽的，后面第三部会分析清算翻案葫芦案还牵连了贾雨村，薛蟠会被严管探视避免串供。而且死刑监候的听妻入狱，是秋后大审确定了死刑之后才有的。我们知道，薛蟠的妻是夏金桂，香菱是妾，香菱的正妻地位是在薛蟠出狱之后才扶正的。因此，就算有此制度福利，薛蟠的女人都十多年生不出孩子，薛蟠应当是不育症，香菱突然怀孕，应当是借种。薛蟠没有了生育能力之后，对借种应当也是认可的。

按古代的常识和惯例，薛家为延续香火，给薛蟠的女人借种，避免薛蟠被杀以后再被吃绝户。薛蟠被判了绞监候，而且成了舆情案，第一百回："依旧定了个死罪，监着守候秋天大审。薛姨妈又气又疼，日夜啼哭。"薛蟠后来遇到大赦，是小概率事件，应当已经做好了必死的准备，而贾家人已经不管了，王夫人都说薛蟠"自作自受"了，所以薛姨妈"日夜啼哭"，此时薛家会怎么办？好在是绞监候还有时间，肯定是要给薛蟠借种生子的。在薛蟠死之前，香菱怀孕了，有了遗腹子，其他族人就不能对薛家吃绝户了。同时对薛蟠自己，也是希望有后代有香火了，因此也会同意借种。从明代到清初，梅毒传入中国并流行开来，造成大量的不育症，所以当时很多富贵人家绝嗣，与原来的穷人没有女人而绝后是不同的，所以乾隆才要放开兼祧，承认平妻。

《红楼梦》暗示薛家之败，元末的金方所的《败家子孙诗》中说："兴废从来固有之，尔家忒煞欠扶持。诸坟掘见黄泉骨，两观番成白地皮，宅眷皆为撑目兔，舍人总作缩头龟。强奴猾干欺凌主，说与人家子弟知。"最后薛家是穷成"白地皮"，白茫茫一片真干净；"宅眷皆为撑目兔"，对"撑目兔"，陶宗仪的注释是"兔撑目望月而孕，则妇女不夫而妊也"，所以现在骂人兔崽子，是有所指的。书中薛蟠在牢里，香菱却怀孕了，所以薛蟠就是"缩头龟"，薛家就是败家了。

对此，书中前面就做了埋线。在酒桌上，薛蟠那个低俗诗，就是写他和香菱的。后来，蒋玉菡的"女儿悲，丈夫一去不回归。女儿愁，无钱去打桂花油。女儿喜，灯花并头结双蕊。女儿乐，夫唱妇随真和合"，印证了蒋玉菡与袭人的命运，宝玉出家，贾府被抄，袭人与蒋玉菡结婚，最后夫唱妇随。薛蟠和蒋玉菡两个人此时的暗线逻辑是互为佐证、互相印证的。薛蟠所唱"一个蚊子哼哼哼，两个苍蝇嗡嗡嗡"，蚊子是薛蟠，两个苍蝇是薛家母女，薛家薛蟠这一代，男性名字都带着虫字边，此处埋线就是说他们一家。下面再详解一下其中的内容。

第一句是对他俩命运的关键性总结，"女儿悲，嫁了个男人是乌龟"，就是香菱嫁给薛蟠，最后薛蟠"做了乌龟"，不光夏金桂和宝蟾想着外面的男人，给薛蟠戴绿帽子，若薛家延续香火需要香菱借种其他男人。

后一句"女儿愁，绣房窜出个大马猴"，此话其实是骂闹洞房的人是大马猴，现在很多地方还有听房的习俗，会躲在绣房的里面偷听新婚夫妇的言行，而且听完了还会与众人分享，女孩子当然害羞发愁。而此句在书里隐喻的是本来香菱要嫁给冯渊的，冯渊斋戒，英莲绣房待嫁，命运被粗俗的薛蟠插进来，英莲未能如愿嫁给冯渊，在此时薛蟠就是搅黄了英莲好事的大马猴。

再往后一句"女儿喜，洞房花烛朝慵起"，这句的含义，现在人读不懂了。古代习俗，一般新婚媳妇必须是全家最早起来的，给婆婆做好早饭，而且婆婆故意此时起得早。朝，早上；慵，懒散。新媳妇结婚礼仪各种操持很累，晚上还要服侍夫君，早上还必须起得特别早，能够睡懒觉晚起，意味着婆婆管不了她。对此还要多说两句，香菱能够扶正，也是有原因的，尤其是家族用来借种，延续香火的妾，一般是不能扶正的。因为万一后来男主人的其他女人，真的生下有骨血的孩子，若妾没有扶正，还好处理，扶正了变成嫡妻就不好处理了。扶正香菱，原因就是薛家没有钱了，香菱是此时最富的人。葫芦案贾雨村依靠扶乩印证口供，枉法帮助甄家定了拐子的罪，薛家、冯家在古代买卖同罪的情况下，收买银子要赔给苦主，英莲的身价应当与贾赦买嫣红相当，是800两银子，这样英莲就带着1600两银子，薛姨妈正式给英莲办手续迎娶，还要对等地给聘礼1600两银子，这样英莲就带有3200两银子的妆奁。在薛家穷了以后，这笔钱绝对是巨款，已经超过凤姐预算的给贾环安家的3000两银子。如果英莲不扶正，她是可以要求离开的，尤其是有前面的拐卖情节，而且此时贾雨村出事，正在被清算拐卖案，薛蟠也涉嫌，肯定是要洗白的，相关问题在第三部会详细分析。因此，英莲扶正了，而且英莲最有钱，当然是在婆婆薛姨妈面前可以"朝慵起"，英莲在薛家地位抬高了。

最后一句极为低俗，读者可以找原著去看看。背后真实含义，就是薛家安排给英莲借种的人，恰恰是英莲喜欢的人，合法出轨自己喜欢的人，所以她乐了，这个人应当就是宝玉。王夫人对宝玉看管很严，虽然宝玉与一大堆丫头有染，但宝玉不像薛蟠那样在外面找妓女，应当干净很多，所以宝玉有生育能力，实证就是宝钗婚后不久就怀孕了。宝玉的其他丫鬟没有怀孕，是因为她们不敢先怀孕，要避孕的。而薛家选择宝玉也最合理，他是薛蟠的妹夫，还有薛宝钗看着，同时薛家被贾家吃绝户，藏在薛宝钗的嫁妆中的薛家财产等，要从贾家拿回来一点，继承人有贾家骨血，也变得有理了。否则当时说那些藏匿贾家的财产算作薛宝钗的妆奁，要拿回娘家是难以办到的。这些财产藏在贾府虽有约定，那也要贾家认可这个借种承祀的孩子才行，所以薛家需要的就是找贾府男人，而贾府的男丁也就宝玉是与薛家有直接联系的人。而薛宝钗将自己的嫁妆拿回娘家，也是给丈夫骨血，比给其他外人更好，在古代的香火逻辑与现代是不同的。

另外，书里第八十回写得非常清楚，夏金桂陷害香菱，薛姨妈甚至想要把香菱卖掉，被薛宝钗劝阻，香菱也哀求不愿意出去。"自此以后，香菱果跟随宝钗去了，把前面路径竟一心断绝"，也就是香菱跟着宝钗走了，此时香菱的身份是模糊的，算是薛蟠的妾，也可以算是宝钗的丫鬟，宝钗说："横竖不叫他（香菱）到前头去。从此断绝了他那里，也如卖了一般。"香菱此时与薛蟠就没了男女之事，她怎么怀孕的？宝玉妻子的陪嫁丫鬟，宝玉占有起来非常方便，古代妾与妻还有一个差别，就是妾是可以送人或索取的。香菱跟了薛宝钗之后就不与薛蟠在一起了，她后来怀的孩子该是谁的？

对宝玉，香菱也是喜欢的。在书中第六十二回，宝玉、香菱相见就很暧昧。这一回是《呆香菱情解石榴裙》，呆香菱，她在哪里呆了？石榴裙也是暧昧的东西，标题为啥这么写，而且还作为全书的重要情节上了章回目录？书中香菱与芳官、蕊官、藕官、豆官等四五个人斗草，香菱道："一箭一花为兰，一箭数花为蕙。凡蕙有两枝，上下结花者为兄弟蕙，有并头结花者为夫妻蕙。我这枝并头的，怎么不是。"众人不认，还弄脏了新裙子，随后香菱见到宝玉，宝玉笑道："你有夫妻蕙，我这里倒有一枝并蒂菱。"口内说，手内却真个拈着一枝并蒂菱花，又拈了那枝夫妻蕙在手内。然后宝玉安排袭人给她换裙子，袭人可是宝玉的通房丫鬟。之后情节是：

> 香菱见宝玉蹲在地下，将方才的夫妻蕙与并蒂菱用树枝儿抠了一个坑，先抓些落花来铺垫了，将这菱蕙安放好，又将些落花来掩了，方撮土掩埋平服。香菱拉他的手，笑道："这又叫做什么？怪道人人说你惯会鬼鬼祟祟使人肉麻的事。"……香菱方向宝玉道："裙子的事可别向你哥哥说才好。"说毕，即转身走了。宝玉笑道："可不我疯了，往虎口里探头儿去呢。"

香菱已经是薛蟠的女人了，宝玉也不避讳。用今天不太好听的话，宝玉见到香菱也色眯眯的。书里的暗线，宝玉和香菱的"夫妻蕙与并蒂菱"之情节也不是白白写的，这两样东西都是指男女夫妻姻缘的，宝玉从香菱那里拿来埋葬，与黛玉葬花的情节也类似，"一抔净土掩风流"，而且在第六十三回《寿怡红群芳开夜宴 死金丹独艳理亲丧》的"怡红寿宴酒令"当中，香菱得到的也是并蒂花，"连理枝头花正开"，书中所有这些暗线都在暗示宝玉与香菱也有夫妻男女之事。

为何香菱借种的对象是宝玉，还有一点可以印证。书中开篇，在太虚幻境：

士隐接了看时，原来是块鲜明美玉，上面字迹分明，镌着"通灵宝玉"四字。

然后甄士隐梦醒了：

忽听一声霹雳，有若山崩地陷。士隐大叫一声，定睛一看，只见烈日炎炎，芭蕉冉冉，所梦之事便忘了大半。又见奶母正抱了英莲走来。

所以英莲与宝玉是紧密联系在一起的，第一回甄士隐梦中、梦醒这一段就说明了英莲与通灵宝玉的故事。

在书中香菱与黛玉的关系也非常紧密，反而与自己的小姑子薛宝钗的关系是相对远的。香菱学诗也是《红楼梦》中的一个重要情节，香菱身为薛家媳妇，不去找薛宝钗学，却找黛玉。薛宝钗的诗词水平，与黛玉难分伯仲，为啥香菱不找宝钗？书里如此安排，用意很深，香菱就是黛玉的影子，夏金桂则是宝钗的影子。脂砚斋评论香菱："细想香菱之为人也，根基不让迎探，容貌不让凤秦，端雅不让纨钗，风流不让湘黛，贤惠不让袭平，所惜者幼年罹祸，命运乖蹇，致为侧室。"此处迎春是大家族没有娘的庶女，探春是大家族次房的庶女，英莲则是甄家的嫡出独女，虽然甄家远不及贾府，但嫡出独女就不同了，古代嫡庶的差别比现代大多数人认知的差别很大。香菱也跟宝玉有了男女之事，所以香菱才是黛玉的影子。

◇◇◇甄家抱走了英莲的孩子

另外兰桂齐芳，背后也是黛玉和香菱两个人的谶语。香菱的判词"自从两地生孤木"，她生了一个孩子，两个土一个木对应的也是一个"桂"字。同时"桂"字还是木石前盟，右边的"圭"字对应的就是宝玉，此处都可以联系起来了。很多人说此处是指夏金桂害死了香菱，但香菱的这个"桂"字，应当不是夏金桂的桂。本人是按照通行本来解读的。因为香菱若是被夏金桂害死，中国古代未生育的妾，不能葬入祖坟，"香魂"是返回不了故乡的。这个逻辑可以看看贾母怎么处理的尤二姐，第七十回："贾母唤了他去，吩咐不许送往家庙中。"尤二姐还是族长正妻的妹妹，有族长贾珍的支持，贾琏又特别尽心，都不行，最后是"在尤三姐之上点了一个穴，破土埋葬"。那么在薛家要是夏金桂掌家，香菱要葬入薛家更是不可能的，回到甄家的老家姑苏也不行，出嫁女当妾回不了娘家的，就算未生育的未嫁女，也难以葬入父母家的祖坟，所以按照这样的逻辑，香菱根本没有"香魂返故乡"的可能。

  读者还可以注意到，《红楼梦》开篇就介绍了甄家和葫芦庙的位置，是在姑苏地区，香菱要魂返故乡，作为薛家正妻，又生了独子，肯定要葬入薛家祖坟，供于薛家祠堂，怎么可能返回姑苏呢？此时就看最后大结局，甄士隐很高兴地说英莲"产难完劫"，要去"接引接引"了！薛家从拐子那里买了香菱，葫芦案后来被翻案，贾雨村都下狱了，那么把英莲扶正就可以了吗？甄士隐作为甄家家长，此时可以继续追究拐卖责任，找上门去了，薛家是要给甄家和甄士隐交代的！交代的方式是什么？肯定不可能是英莲与薛蟠离婚再嫁，而且香菱与薛蟠感情也还可以，薛蟠被打，香菱还哭肿了眼睛呢！甄士隐出家了，也不需要财富了，但家里还有祖宗在呢！甄士隐的合理要求，就是英莲的孩子要给甄家兼祧承祀才可以，这样甄家的香火就延续了。薛家子嗣凋敝，甄家也需要香火，也需要英莲孩子有合法的父亲，双方合理的妥协和要求就是兼祧，给薛家也"遗一子以承宗祧"，这是双方都可以接受的方式。薛家在古代拐卖案买卖同罪的压力之下，对甄士隐的要求是没有拒绝能力的。因为有了香火延续，所以英莲的灵位就可以放到甄家祠堂，英莲的香魂就真的返故乡了。"产难完劫"后,"尘缘脱尽之时"要位列仙班,灵位是非常重要的,灵位要回到正确的位置,需要甄士隐"接引接引"才可能回到姑苏,否则香菱是正妻,又生了孩子,一定要葬入薛家,灵位也在薛家,是在金陵而不是在姑苏。书中香菱说她记不得小时候的事情了,"香魂返故乡"应当就是甄士隐找到了香菱去接引。女儿的灵位回到甄家,是需要生了孩子给甄家留下香火,才可以。

在古代一个外嫁的女孩子要能够回到母家家族祠堂,被休和守寡回来的,都是进不去的,只有给家族承祀才可以。甄士隐能够做到这一点,与贾雨村在葫芦案当中通过枉法的手段扶乩定罪了拐子有关,同时当初贾雨村扶正娇杏,实际是甄家女婿该回避没有回避,英莲的身份不能公开,贾雨村因此下狱之后,真相大白,葫芦案的效果要重新认识,我们在第三部会详细分析。贾雨村葫芦案的最终效果,在甄家能够找回英莲,给甄家承祀的问题上是起关键性作用的。甄英莲的人生在"真应怜"的同时,她也是香菱、"香灵",带着"贵"(桂)字,桂花香灵回家了,所以甄家最后是团圆结局,女儿英莲找到了,承祀也有了。

◇◇◇薛家白茫茫一片真干净

薛家最后付出的代价比较大,还有英莲的子嗣,也要给甄家兼祧。所谓的"两地生孤木"是英莲的孩子,对甄家和薛家、姑苏和金陵而言,两家、两地都只有这一个孩子。而且对仅有一个孩子的兼祧,这个孩子姓甄还是姓薛,两家需要博弈。如果甄士隐坚持要领走女儿的话,带走之后英莲的孩子就只有姓甄了。因此甄士隐与薛家妥协,这个孩子也应当是姓甄。然后这个孩子的后代,甄士隐也说了还要给薛家承祀,也就是说,要有一个姓薛的孩子,未来给薛家承祀。此时,薛蟠还在壮年,与甄家英莲已死相比,虽然有花柳病,但还有治愈后生育的希望,同时香菱还是借种怀的这个孩子,所以英莲的孩子先姓甄，薛家也是可以接受的。

  古代的承祀和香火是大于天的事情，比生命都重要，因为中国人当时的信仰是多代轮回。英莲的孩子要是姓甄，意味着这个孩子的抚养权也不是薛姨妈的，而是甄家的，由甄家的老婆封氏抚养，而且英莲身上的嫁妆3000多两银子，甄家也要带走，甄家也有了家产。前面已经分析了英莲身上有大约3200两银子，以及贾雨村给甄家的两封银子和娇杏的聘礼100两金子，足够把甄家祖业恢复起来，甄士隐的甄家也复兴了。在此前情节中，薛蟠到英莲的故乡姑苏做生意，回来的时候就做了一个自己的小像，这也象征着薛蟠也要供在姑苏了，在甄家承祀的祖庙祠堂，就是薛蟠和甄英莲一起供起来的，由甄英莲的后代祭拜。

  书里一直说英莲是黛玉的影子，后面的一节就讲黛玉是怎么回归故里的，与香菱也类似，书里明确写了贾蓉带着黛玉的灵去了姑苏。事实上黛玉、香菱都是兼祧，也都魂归故里了。最后，贾家和薛家的两个儿子，都给姑苏的林家和甄家兼祧了，都姓了外姓。她俩都与通灵宝玉有关，英莲出场就是在甄士隐见到通灵宝玉之后，所以后来要香"灵"，与通灵（宝玉）是对应的。

  宝钗的命运，书中埋线还有在第二十八回的酒令，宝玉所说的就是指宝钗的。听宝玉说道："女儿悲，青春已大守空闺。女儿愁，悔教夫婿觅封侯。女儿喜，对镜晨妆颜色美。女儿乐，秋千架上春衫薄。"宝玉出家，宝钗守空房，让宝玉去赶考就是"夫婿觅封侯"，宝玉去了就出家不归了，最后是"滴不尽相思血泪抛红豆，开不完春柳春花满画楼，睡不稳纱窗风雨黄昏后，忘不了新愁与旧愁，咽不下玉粒金莼噎满喉，照不见菱花镜里形容瘦。展不开的眉头，捱不明的更漏。呀！恰便似遮不住的青山隐隐，流不断的绿水悠悠"。最后的命运是"忘不了新愁与旧愁""雨打梨花深闭门"，梨花就是指宝钗，宝钗一家到贾府就是住梨香园。清代红学家张新之、佚名氏、王伯沆等评者认为：薛宝钗对应于梨花，"梨者，离也"，预示了宝钗的结局。在第七回，宝钗详细解读"冷香丸"，而冷香丸也是"如今从南带至北，现在就埋在梨花树底下呢"，说明了宝钗的命运，看着是"女儿乐"但实际是"秋千架上春衫薄"，在秋千上命运摇摆，风冷衫薄喻薄命，最后守寡还当妾，所生的孩子也不归属自己，书中在第二十八回的酒令，都是暗有所指的埋线。

对薛家的报应，可以看到薛蝌和薛宝琴在通行本里面的结局都是不错的，这个就是士林与勋贵的差别，林家也是士林，梅翰林应当与林家关系更近。尤其是后来交代了薛宝琴的命运，很多读者也关心。书中第五十回写："那年在这里，把他许了梅翰林的儿子，偏第二年他父亲就辞世了。如今他母亲又是痰症。"薛宝琴的夫家是读书人，翰林的地位是很高的，但薛宝琴长期滞留贾家未出嫁，还有一个原因就是她一直在守孝。前面是定亲之后父亲死了，后面是母亲痰症，应当也是很快去世了，同时可以看到她的公公梅翰林也死去了，在第一百〇八回写"琴姑娘为他公公死了尚未满服，梅家尚未娶去"。所以她公公死去对她嫁入的夫家也是很大的打击，同时她的夫婿也要守孝了，连续的守孝让薛宝琴出嫁之时年龄不小了。不过最后的大结局还是不错的，书中第一百一十八回，王夫人介绍："那琴姑娘梅家娶了去，听见说是丰衣足食的很好。"薛宝琴的结局不错，与书中后来诗书传家让家族复兴的大主题对上了，而且后四十回的高鹗等人是科举出身，对翰林之家的结局就会偏向，而曹雪芹在书中写的勋贵是看不起读书人的，与曹雪芹的家世也有关。

对薛家命运，从薛家到贾府的居住地就可以看出来了，在梨香院谐音是"离乡怨"，薛蟠成为"活死人"回不去金陵了，担心被吃绝户也不敢要回京城的家产，被迫寄居贾府。到了大观园，薛宝钗住在蘅芜苑，"蘅芜"的典故出自汉武帝的李夫人。晋代王嘉的《拾遗记·前汉上》记载有："帝息於延凉室，卧梦李夫人授帝蘅芜之香。帝惊起，而香气犹著衣枕，历月不歇。"因此有蘅芜的典故，后世诗词多有提及，如，闽人徐𤊹《梦》诗："文通毫管醒来异，武帝蘅芜觉后香。"清代纳兰性德的《沁园春·代悼亡》词："梦冷蘅芜，却望姗姗，是耶非耶？"李氏倡优出身，地位卑贱，暗示薛家商人身份，在古代是贱业。李夫人产后不久死了，因其有儿子，以皇后之礼安葬，但李夫人不是正妻。所以蘅芜对应得宠的薄命妃子，李夫人家族后来兄弟都被灭族，儿子争太子，李广利投降匈奴，之后还被处死祭神，全家族被灭下场很惨。李广利死后"会连雨雪数月，畜产死，人民疫病，谷稼不孰"（见《汉书》），薛宝钗住蘅芜苑，作者早有埋线了。

《红楼梦》中，薛家之孽，最后的结果就是薛家实际上断子绝孙了；薛蟠争买英莲，最后借种生的孩子，姓了外姓。英莲的孩子被甄家抱走抚养了，对薛姨妈而言，也是"白茫茫一片真干净"！薛宝钗虽然嫁给了贾宝玉，当上了正妻，但被贾宝玉抛弃了。下一节我们还要分析，薛宝钗不光被抛弃了，她和宝玉唯一的孩子也要姓林了。对薛蟠和薛宝钗而言，所有的一切是"甚荒唐，到头来都是为他人作嫁衣裳"。

（四）黛玉葬入贾家"兼祧"不变

林黛玉死后，对其身上的财产和林家承嗣的博弈并没有完结，第一部已经分析了贾母在抄家后死前所分的私房钱，就是林黛玉的嫁妆，而且林黛玉的最终命运如何，还有故事。

◇◇◇配阴婚才能合法占有黛玉妆奁

林黛玉死了，她的嫁妆、资产怎么办？林黛玉的嫁妆等资产法理上属于林家宗亲，不是贾家的。贾家要留住林黛玉的财产，只有

一个办法,就是配阴婚,让林黛玉进入贾家祠堂,把薛宝钗降格,变成继室。书中林黛玉死后,贾家人秘不发丧,没有办葬礼、出殡,贾宝玉当然也不知道林黛玉啥时候死的,出殡要写死期,这个日期不好写,与薛宝钗对宝玉所说的时间,可能对不上。同时,秘不发丧,还可以避免林家宗亲到贾府要林黛玉的嫁妆、清算资产,以及问林黛玉的死因。如果林家人认为黛玉死得蹊跷,肯定要经官府的!一旦惊动官府,就算没有什么事情,也可能被扒一层皮,更何况林黛玉死得突然,有说不清的地方。

林黛玉的棺椁在贾家被抄家之后,才被送回南方并下葬,时间上有一年左右。为什么林黛玉刚死,贾家不办丧事?关键是贾家考虑到了林黛玉的嫁妆。若林黛玉不算贾家的人,那么她的丧事要林家族人来做主,有黛玉的嫁妆在,林家的远房族人都会来,而且后面还有贾雨村呢。当时,贾家还没有被抄家,为元妃服丧期间娶宝钗有忌讳,但葬黛玉没有问题。贾母说"明年将林丫头的棺材送回南去",老太太死后也是要送回南方的,贾母散私房钱给众人的时候,里面专门有500两银子给林黛玉。林家的墓地在哪里?书里说林如海是本贯姑苏人氏(第二回),那么林家墓地应当在姑苏。林黛玉如果不算贾家儿媳,那么林家人就要来主持她的葬礼、出殡、运送她的棺椁,并清算她的财产。贾家人没有叫林家人来,最后黛玉的身份应当算作贾家人了。别说林黛玉没有了近亲,自古"富在深山有远亲",林黛玉身上有巨额财产,所有的远亲也都会盯上,贾家应当对林黛玉的死有所隐瞒,故意长时间不出殡不下葬,以便不分林黛玉的财富给林家。但贾家想要贪墨又做不到,财产是贾雨村送来的,贾雨村有清单,若要打官司也是贾雨村审理,他是京兆尹,现管此事。黛玉嫁妆当中,林家财富一部分修建了大观园,另外一部分应当在贾母这里!也有不少是当年贾母给贾敏的嫁妆,那么说贾敏的嫁妆是贾母的私房钱,也没有错!黛玉母亲的私房钱,归她自己支配，林如海也决定不了，被转移到贾家，贾敏会交给谁？肯定交给自己的亲妈啊！贾母分的钱是黛玉的嫁妆！贾家刚刚被抄家，为啥贾母的私房钱还能够留下？原因就是这些资产属于林家，林黛玉没有与贾宝玉结婚，抄家时当然不能抄。贾母本人的嫁妆是从史家带来的，对外算作贾家财产，抄家时都会被抄走，就算是私房钱，也不敢如此公然地拿出来分。同时贾母的嫁妆正常情况是给贾敏了，当贾敏出嫁时，把嫁妆带走了；贾政、贾赦娶妻也需要花钱，贾母的嫁妆应当是用掉了。这个情况王熙凤在第五十五回说得很清楚，林黛玉的婚事是"老太太自有梯己拿出来"，为什么外姓人林黛玉出嫁，贾母要给她拿妆奁？而且林黛玉比三春姐妹要花得多，就是因为林家和贾敏给林黛玉准备的嫁妆，贾母收着呢，贾母的私房钱就是这一笔嫁妆。

贾母分了林黛玉的嫁妆，而不是退还给林家宗亲，所以贾母要安排林黛玉的棺椁葬在贾家墓地。林黛玉的资产按理都该给贾宝玉"兼祧"后的林姓后代，贾母却擅作主张分了。对贾母来说，反正时日无多，以后死无对证。贾母为了整个家族，当然不会把钱都留给"兼祧"的林家香火。而且贾宝玉要是"兼祧"，尤其是优先兼祧林家香火宗祧，林家要倒给贾家钱，林黛玉的一部分嫁妆也可以算作贾府"兼祧"的应得，何况大观园还要留给林家香火的孩子。如果不给林家承祀，林家财产就要拿走，此时贾家被抄家，别无选择。对贾母私分的私房钱是林黛玉嫁妆的这一问题，本人在第一部的抄家章节已详细分析。

贾家不通过林家，单方面把林黛玉的棺椁送回南方，下葬到贾家的墓地，墓志上还要写明她有贾家儿媳的身份。如果林黛玉葬入的是林家坟地，就不用贾母操心，也不用贾家花钱。林黛玉自带财富，如果不是贾家儿媳，就轮不到贾家做主，林家有的是想要做主的人。没有生养的儿媳死后，过去可以丧事简办，不过"兼祧"有所不同,但贾家已经败落,不允许大操大办了。对比一下秦可卿的超级葬礼,就知道背景不一样了。等以后林家族人知道时,所有的事情已经办完,木已成舟,"兼祧"婚约放在那里,以后宝玉的孩子还要姓林,林如海的香火不断,林家族人就无话可说了。贾母应当感觉到了林家势力的影响力,知道与王家联姻有问题,元春能够封妃,与林家也有关联,以后第三部会专门分析。

在中国古代的习俗规矩当中,就算林黛玉生前没有与贾宝玉结婚,但下葬的时候可以搞婚礼办阴婚,等于贾家已经娶了林黛玉,"兼祧"的手续也已经办了。否则贾家对林黛玉的后事,应当首先通知林家人到场,不通知林家人,合乎古代礼法的唯一途径就是按已有婚约把林黛玉配了阴婚。配过阴婚,黛玉就算贾家人。前面分析过,林黛玉有其父同意的婚约,已经有"兼祧"的约定,她在贾家去世后,补办冥婚手续完全合理。如果没有把符合礼法的程序执行完,林家族人日后随时可以告官,找贾家人麻烦。

林黛玉死的时候那一句"你好歹叫他们送我回去"该怎么理解?古代未嫁女死后是不能进入自家祖坟的,送到哪里去?林黛玉说的"我这里并没亲人"并不是指贾府没有亲人,而是在大观园所在的京城没有亲人,按照正常的状态,未嫁的女孩死后,是就地找地方埋葬,在信鬼魂的时代,会成为孤魂野鬼的,这是人们非常在意的事情。林黛玉若不想死后被单独下葬,那么她能够葬入的就是贾府的坟地,通过阴婚形式成为贾宝玉的妻子。林黛玉应当多少知道父母与贾家定下的婚约,也只有算作宝玉的妻子,她才能说自己的身子"是干净的",按照林家与贾府的"兼祧"约定,她也就有了归宿和香火。

黛玉的葬花诗句:"未若锦囊收艳骨,一抔净土掩风流。质本洁来还洁去,强于污淖陷渠沟。"掩啥"风流"?说得很清楚了,"一抔净土掩风流",如果能够葬入贾家墓地,原来的"风流"就是"质本洁来还洁去"，不是"污淖陷渠沟"了。花很好看，谢了很凄凉，但最后有人收葬，可以得到一个洁净的归宿，就是对她自己说的。黛玉与宝玉在大观园的亲密接触，仅仅是明写的情节，如书中二人同睡一枕挠痒痒（第十九回），前面已经分析过，按照古代的标准就是"不洁"了，黛玉只有嫁入贾府，成为宝玉妻子，才算贞洁。在第二十三回，黛玉与宝玉共读《西厢记》故事以后，回来路上看到贾府戏班排演，听《牡丹亭》唱段，黛玉站立不住，蹲坐在那里，那一段"流水落花春去也，天上人间"，就是小姐杜丽娘死后的阴魂与书生柳梦梅余情未了。书里把《牡丹亭》放在《会真记》之后，用的是《会真记》而不是《西厢记》，《会真记》是男主角始乱终弃的悲剧，此后故事，应当类似《牡丹亭》，所以书中也有埋线。书中的"黛玉葬花"与"共读西厢"两个情节放到一起，到第二十七回黛玉"因昨夜晴雯不开门一事，错疑在宝玉身上"之后，就"一腔无明正未发泄，又勾起伤春愁思"，到花冢祭奠，吟诵了《葬花吟》，把黛玉葬花与前面章节一起分析：在共读西厢之时，宝玉和黛玉有了男女之事，那么"一抔净土掩风流"是指什么，就更有联想了，此时远处听着黛玉吟诵《葬花吟》的就是宝玉和宝钗"花影不离身左右，鸟声只在耳东西"。林黛玉最后是贾母安排收葬了，"尔今死去侬收葬，未卜侬身何日丧？侬今葬花人笑痴，他年葬侬知是谁？"但贾母安排"兼祧"冥婚之时，黛玉已死，"一朝春尽红颜老，花落人亡两不知！"古代人的信仰，是各种秘密可以隐瞒世人，但隐瞒不了鬼神，所以宝玉和黛玉的"狎亵"（宝玉对晴雯诔文的用词），是不被世人接受的，但最终成为夫妻葬在一起，就是"一抔净土掩风流"了。

另外，贾宝玉给晴雯所作的诔文，对黛玉的命运也有呼应。晴雯也是黛玉在丫鬟当中的影子，在第七十九回：

宝玉道："我又有了，这一改可妥当了。莫若说'茜纱窗下，我本无缘；黄土垄中，卿何薄命'。"黛玉听了，忡然变色……

此处提及了"黄土垄中"，不就是下葬吗？为何黛玉"忡然变色"？此处脂砚斋的批语是："一篇诔文总因此二句而有，又当知虽诔晴雯而又实诔黛玉也。"原来宝玉写的是"红绡帐里，公子多情"，晴雯与宝玉是睡在一起的通房丫头，所以是"红绡帐里"；而黛玉则住在潇湘馆，只能是"茜纱窗下"，第五十八回《茜纱窗真情揆痴理》，这里的茜纱窗即红纱窗，是指怡红院里宝玉的卧室，晴雯是在卧室里面的，黛玉只能在外面窗下。所以宝玉、黛玉在一起推敲诔文，宝玉对此这么一改，就真的变成诔黛玉了，此句配黛玉的冥婚下葬正合适。

贾母的安排是给黛玉配冥婚，将其葬入贾家坟地，以后子嗣祭祀，林黛玉和薛宝钗都进入了贾家祠堂，宝玉身边就有两个妻子。黛玉临死，也做了相应的交代。第九十八回，黛玉又说道："妹妹，我这里并没亲人。我的身子是干净的，你好歹叫他们送我回去。"黛玉的"送回去"指哪里？如果去林家祖坟，是林家的事情，黛玉不用对"他们"，即贾家人交代，而且她也难以葬入林家祖坟。过去，女人地位低，没有出嫁、生孩子的女人，可以简单就地下葬，而黛玉的陪嫁嫁妆，也要变成陪葬，贾家不能占有、分掉。而古代未嫁女葬入祖坟，会被认为是不吉利的事情，如果黛玉不能葬入林家祖坟，就成了孤魂野鬼。尤其是她与宝玉有了婚约和亲密关系之后，又死了在贾家，更不能到林家祖坟见林家祖宗，所以黛玉交代的"送回去"，是要到贾家祖坟为宝玉预留的位置。所以黛玉死前的愿望也是要冥婚葬入贾府，对此书中第九十八回贾母去看黛玉灵柩的时候，探春也转述了黛玉临终的愿望。

此处关键是黛玉说"身子是干净的"怎么理解，与宝玉到底有没有性关系？有人说，这句话可以证明黛玉与宝玉是清白的。如果黛玉与宝玉配冥婚了，她只跟过宝玉，也可以说"身子是干净的"。黛玉与宝玉到底有没有性关系，紫鹃肯定知道，此问题已在前面的章节分析过。黛玉与宝玉有过亲密关系，那么"身子干净"和"送回去"，肯定要进入贾家的祖坟、祠堂，才可以"一抔净土掩风流"。对贾府而言，林黛玉身上带着巨额的嫁妆，他们肯定不愿意还给林家宗亲，把黛玉葬入贾家坟地是最好的选择。宝玉娶两个平妻的"兼祧"方式，在《红楼梦》成书的年代已合法化。"兼祧"的重要证据，是林黛玉在大观园住潇湘馆，她在海棠诗社的雅号"潇湘妃子"，典故就出自娥皇和女英同嫁一夫。第五回，宝玉初试云雨，警幻对宝玉说："再将吾妹一人，乳名兼美字可卿者，许配于汝。""兼美"之名，就带有两个都娶的含义。还在这一回，黛玉、宝钗判词也在一起，应当也是埋线，最后她们都嫁给了宝玉。

为何宝玉作长诗咏林四娘？林四娘叫作姽婳将军，"姽婳"谐音就是"鬼话"，王爷死掉后林四娘带着其他女人一起做鬼了，变成鬼话（姽婳）了，也就是说宝玉欠的孽债，林黛玉等众多他对不起的女孩，死后也做鬼了，有冤难诉。有人说，这一段影射明亡，还有写林黛玉组织抗贼的续本。不过，本人认为，影射明亡还是比较牵强的，早期要有这个版本，《红楼梦》解禁的时候会把这一段删除。应当是说林黛玉与贾宝玉还有阴婚，阴婚后的话就是"鬼话"了。林黛玉的嫁妆，躲过了抄家，然后被贾家留下来，没有被林家宗亲要回去，只有阴婚和"兼祧"才可以这样。林黛玉最后通过阴婚嫁入了贾家，还有一个重要的证据，就是林黛玉的判词和薛宝钗的判词是一个！为啥是一个，就是因为她俩都嫁给了贾宝玉。对判词的解读，在"兼祧"那一节已经分析。

类似的阴婚，现代也有发生。下图就是香港媒体公开报道的冥婚。本来打算在年底与女友结婚的著名明星叶某，为与女友再续未了缘,及令丧礼名正言顺地以"叶府治丧"名义进行,在父母及女友家长见证下,进行冥婚仪式,在龙凤烛前,为女友戴上结婚戒指。

中国的冥婚陋俗现在还有。2021年,出现了偷意外死亡网红的骨灰配阴婚的奇闻。湖南主播"罗小猫猫子"在山东济宁汶上县喝药自杀,其骨灰被调包配阴婚。据悉,系汶上县殡仪馆火化工邵某偷换死

者骨灰,当地殡葬从业者张某和雷某某负责寻找买家、运输骨灰。爆料人称,阴婚配成功可挣5万至7万元,费用真的不菲。

所以把古代阴婚的习俗了解清楚,就可以明白《红楼梦》逻辑到底是怎么回事了。贾家应当是通过阴婚合法占有了黛玉带来的林家财产,而林家得到了需要的香火传承。

◇◇◇黛玉安葬按照"兼祧"方式

我们为"兼祧"找一些证据。贾母拿钱分银子时说:"这五百两银子交给琏儿,明年将林丫头的棺材送回南去。"注意贾母说的是黛玉棺材,若是仅仅带灵位,不用多花钱的。贾政和贾蓉去安葬她们,书里写:"贾政扶贾母灵柩,贾蓉送了秦氏凤姐鸳鸯的棺木,到了金陵,先安了葬。贾蓉自送黛玉的灵也去安葬。"注意贾母的是灵柩,其他人的是棺木,黛玉的"灵"由贾蓉另外安葬,柩是装着尸体的棺材,灵是灵魂的牌位,灵柩是棺木加灵位。此处写了黛玉棺木下葬贾家后,贾蓉要另外安葬黛玉的"灵"到林家,一字之差,含义

差别巨大。过去要"兼祧",礼法上,黛玉要同时在贾家和林家两家祠堂供奉,就算黛玉的棺木在贾家墓地,灵位也要供在林家祠堂,以后"兼祧"的林姓后代要在林家祠堂祭祀。没有承祀关系,黛玉的"灵"是没有地方放的,此处可以看到,凤姐、秦氏、鸳鸯,都没有儿子,所以运送她们的只是棺木,古代女人死了要有灵位,必须是有子嗣才行,所以贾母是灵柩,秦可卿、王熙凤、鸳鸯是棺木,林黛玉则是棺木在贾府,但"灵"放到了姑苏的林家,就是最后要有人给林家承祀。此处,贾蓉送的是"灵柩"还是"灵",本人又特别查阅了作家出版社的《红楼梦》程乙本(2018年1月第1版),与人民文学出版社以程甲本为底稿的通行本,此处的内容一样,只有一个"灵"字,没有"柩"字,所以不是作者的错漏。还有第九十八回,贾母去潇湘馆哭的就是黛玉的灵柩。"到了潇湘馆内,一见黛玉灵柩,贾母已哭得泪干气绝。凤姐等再三劝住。王夫人也哭了一场"。此处贾母见到的就是"灵柩",王夫人也哭了一个样子给人看,而"探春趁便又将黛玉临终嘱咐带柩回南的话也说了一遍"。此时探春转述的黛玉回南的遗愿,用的是"柩"字,不是"灵",也不是"灵柩",就是尸骨("柩")要在贾家坟地,"灵"是林家的,所以贾蓉送黛玉的"灵",而探春只说"柩"。中国古代讲视死如视生,对此用词的区别绝对不能马虎,比现代人要严格得多。《红楼梦》的葬花情节也是埋线,古代对丧葬礼仪是极为严格的,官宦勋贵人家做得不合礼法,就属于"擅纂礼仪",在古代要受到很重的指责,甚至还要担罪名,贾雨村不是因此被革职过吗?现代人不了解古代的礼制对社会行为的约束有多厉害,所以读《红楼梦》就读不懂了。

在古代,因为古人会觉得姑娘还没有出嫁就已经去世,埋在自家祖坟会影响整个家族的财运和风水,因此未嫁女难以葬入自己宗族的祖坟。黛玉的葬礼本该由林家族人去管,但林家族人也未必会把她葬入祖坟，所以黛玉临死要说"好歹叫他们送我回去"，黛玉的意思是要进入贾家的祖坟。而贾家对林黛玉是外姓，林黛玉对贾家而言是外姓人，自己家的未嫁女都难以葬入祖坟，外姓就更不可能，因此只有配阴婚，算作宝玉的媳妇才可以。将黛玉算作宝玉媳妇，就是已经出嫁的身份，而宝玉的后代还要有人给林家承祀，当然黛玉也算在林家有了地位，承祀的孩子要按照父母的关系供奉黛玉的灵位，所以贾蓉还要把黛玉的灵送到林家祠堂当中去，这才是古代的规则。

对黛玉的下葬和成精，在书中第三十九回也有暗示埋线。这一回是《村姥姥是信口开合 情哥哥偏寻根究底》，从章回标题上就可以看到刘姥姥讲的鬼故事，宝玉探究竟，竟然成了整个一回的标题，说明此回的重要性。刘姥姥讲的故事里面"接连下了几天雪，地下压了三四尺深"。对应"白茫茫一片"，与全书呼应，然后就有人"雪下抽柴（黛玉语）"，是"一个十七八岁的极标致的一个小姑娘，梳着溜油光的头，穿着大红袄儿，白绫裙子"，对应的就是黛玉，刘姥姥说到这里时，贾府的马厩就着火了，暗示黛玉的事情处理得不好，贾家就要着火，最后没有娶黛玉，贾府被抄家，其中的政经逻辑，我们在第三部将详细分析。

其后的情节是"宝玉心中只记挂着抽柴的故事，因闷闷的心中筹画"。说明与宝玉与黛玉带有前缘，柴对应林家。对于宝玉向刘姥姥的追问，书里是这么写的：

> 一时散了，背地里宝玉足的拉了刘姥姥，细问那女孩儿是谁。刘姥姥只得编了告诉他道："那原是我们庄北沿地埂子上有一个小祠堂里供的，不是神佛，当先有个什么老爷。"说着又想名姓。宝玉道："不拘什么名姓，你不必想了，只说原故就是了。"刘姥姥道："这老爷没有儿子，只有一位小姐，名叫

茗玉。小姐知书识字，老爷太太爱如珍宝。可惜这茗玉小姐生到十七岁，一病死了。"宝玉听了，跌足叹惜，又问后来怎么样。刘姥姥道："因为老爷太太思念不尽，便盖了这祠堂，塑了这茗玉小姐的像，派了人烧香拨火。如今日久年深的，人也没了，庙也烂了，那个像就成了精。"

可以看到名字是"茗玉"，也带着玉字，黛玉应当是在十七岁时死的，《毛诗·草木疏》中典故"蜀人作茶，吴人作茗"，茗与茶的含义还略有区别，黛玉的老家姑苏是吴人生活的核心地区，茗也可以对应黛玉的仙草身份，而茶叶没有泡开的颜色也是黑中带绿，与"黛"字所代表的颜色是一样的，因此"茗玉"应当指黛玉，还是在庙里，与宝钗的谜语谜底更香也对应得上，宝玉想要修缮此庙，所以对刘姥姥，"宝玉又问他地名庄名，来往远近，坐落何方。刘姥姥便顺口胡诌了出来"。随后是宝玉让茗烟去寻找，由于刘姥姥也不知道，当时黛玉还没有死，这个是预言，当然不可能找到。

茗烟外出，结果是找到"一位青脸红发的瘟神爷"，中国民间的瘟神专司"收瘟摄毒、扫荡污秽"之职，保佑人畜兴旺，五谷丰登。此处的瘟神指南方赤瘟鬼张元伯，火之精青脸红发，领万鬼行热度之病，所以贾府马厩着火了。此处暗中针对薛宝钗，薛宝钗自己则一直要服用"冷香丸"压住体内的邪火热毒，黛玉的各种"病"都是拜薛家所赐，包括前面说的宝钗给黛玉的"洁粉梅片雪花洋糖"等。火对冰，宝钗给黛玉服用的是冰片，也离不开瘟神。所以书中：林黛玉忙笑道："咱们雪下吟诗？依我说，还不如弄一捆柴火，雪下抽柴，还更有趣儿呢。"说着，宝钗等都笑了。此处黛玉"雪下抽柴"，雪就是薛，而柴当然来自林，她俩都与刘姥姥故事的预言有关。宝玉去寻找，茗烟找到瘟神庙，茗烟的名字有"茗"，也有庙里香火的"烟"，也暗示黛玉和宝钗最后是在一个庙里，与她俩的判词共用一个是同样的道理。所以她俩的关系就是兼祧平妻的关系。

◇◇◇兼祧之下的黛钗地位排序

黛玉配阴婚葬入贾府坟地,贾家合法占有了黛玉带来的巨额林家财产,但是要给林家承祀兼祧,林家的承祀孩子要有相应的财产。在古代,黛玉宝钗的地位排序是非常讲究的,这里有祭祀的排序规则。

看一下判词:"可叹停机德,堪怜咏絮才。玉带林中挂,金簪雪里埋。"为什么黛玉与宝钗要写在一起?把后两句倒过来读,就变成了"挂中林黛玉,埋里薛金簪",簪与钗,一个两股一个一股,钗被挡住一股,就变成了簪。过去妻妾地位不同,正妻在前面,居中,可以进入祠堂的妾在后面,只露出一半身位。孩子是宝钗生的,所以她可以进入祠堂,但她的地位是妾,只露出一半身位。林家祠堂将来就是这么挂祖宗像给承祀后代祭祀,中间是黛玉,按照男左女右的规则,左边贾宝玉,另外一边是宝钗,露出半个身位。古代视死如视生,比现代严格得多,现代人很多不了解了,而且为了破除古代的封建思想,现代有意淡化古代的丧葬规则,要实行火葬、废除祠堂等。

对判词的"玉带林中挂,金簪雪里埋"的解读,还可以当作她们两个人家族门第的解读,玉带是高官才有的穿戴,一般人是没有的。明代人沈德符《万历野获编》中也曾记载:"一品玉,二品犀,三、四品金,五品银钑花,六、七品银,八、九品乌角。"明代的文武官员朝服革带,因品秩的高低而有所不同,玉带需要一品官,也就是说林如海死前已经官居一品,而古人藏家里金银财富,就是偷偷埋在地下,尤其是商家经常如此处理。这里"金簪雪里埋"也可以暗线指薛蟠"活死人"有被吃绝户的风险,薛家财富藏在带入贾府的薛宝钗嫁妆当中。因此,判词代表了二人的地位,也是在说她俩的门第。

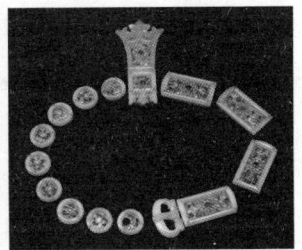

古时的玉带

第五回，红楼判词《终身误》："空对着，山中高士晶莹雪；终不忘，世外仙姝寂寞林。"薛宝钗是宅斗高手，更是大观园假山中的高士，八面玲珑，所以是晶莹雪，被宝玉出家抛弃空对着；林黛玉是太虚幻境的仙草，最后被配冥婚，所以是寂寞林。"纵然是齐眉举案，到底意难平"，薛宝钗嫁入贾家，举案齐眉的典故在说二人成了夫妻，但宝玉出家了；林黛玉以正妻身份下葬入了贾家家谱，但已经是另外一个世界的人，所以宝玉当然是"到底意难平"。

另外，我们看一下第二十二回，此回的各个灯谜也是谶语，宝钗做的灯谜也非常有意思，写得凄惨，暗指宝玉出家之后宝钗的凄惨生活，同时也有红学研究者说这个灯谜应当是写林黛玉的，不过本人认为，此灯谜与判词一样，是写她们两个人的。灯谜如下：

朝罢谁携两袖烟，琴边衾里总无缘。
晓筹不用鸡人报，五夜无烦侍女添。
焦首朝朝还暮暮，煎心日日复年年。
光阴荏苒须当惜，风雨阴晴任变迁。

此谜语的谜底是"更香"，即打更守夜用的计时香，而林黛玉阴婚后灵牌在祠堂，是要燃香供奉的，宝玉出家也是要燃香供佛的，所以是"两袖烟"；宝钗与宝玉成婚了，"琴边衾里总无缘"的人只能是黛玉；而宝玉出家后，"焦首"和"煎心"的则是宝钗。

林黛玉与贾宝玉是"兼祧"婚姻，林黛玉葬入贾家坟地，她的妆奁贾母当作私房钱给分了，后来还被盗贼洗劫了，林黛玉必然是地位高的妻。贾母这样做，其实被牺牲的是薛宝钗，因为她的孩子还可能要姓林。对此，可以看到在鸳鸯下葬的时候，宝钗就有一段非常奇怪的表现。

> 宝钗听了，心中好不自在，便说道："我原不该给他行礼，但只老太太去世，咱们都有未了之事，不敢胡为，他肯替咱们尽孝，咱们也该托托他好好的替咱们伏侍老太太西去，也少尽一点子心哪。"说着扶了莺儿走到灵前，一面奠酒，那眼泪早扑簌簌流下来了，奠毕拜了几拜，狠狠的哭了他一场。众人也有说宝玉的两口子都是傻子，也有说他两个心肠儿好的，也有说他知礼的。

旁边的人不能理解薛宝钗此时的心情，读者对这一段细节也注意得不够。

什么事情是宝钗与鸳鸯"都有"的"未了之事"？就是宝玉"兼祧"的身份，贾母让林黛玉灵柩回南了，"兼祧"后孩子不姓贾了，算是林家香火了，当然不给贾家尽孝，所以宝钗说"替咱们尽孝"，她和宝玉可以"也少尽一点子心"，否则在贾母灵前说自己要少尽心，非常不合适！同时宝钗"眼泪早扑簌簌流"，"狠狠的哭了他一场"。少奶奶宝钗对不是自己丫头的鸳鸯，哭得也太过分了。宝玉是疯呆，但宝钗做事一直非常得体，为什么会这样，导致旁人看着都当她也是傻子？这背后是宝钗在哭自己。最后黛玉的身份依然高于宝钗，因此宝钗是"甚荒唐，到头来都是为他人作嫁衣裳！"贾母死前，让黛玉葬到贾家墓地，又分了黛玉嫁妆，认了与林家的姻亲和承祀的关系，就如兼祧的正妻未育死了，其他女人的孩子要过继承祀一样，所以薛宝钗的孩子要姓林，宝钗被牺牲了。因此，贾母弥留之时，对身边人是一一嘱咐，但对宝钗却不同，"贾母又瞧了一瞧宝钗，叹了口气，只见脸上发红"。为何贾母脸红叹气？原因就是贾母知道牺牲了宝钗。《红楼梦》是讲"钗黛合一"的，怎么合一却不讲明，最后的"合一"就是她们都嫁给了宝玉，是平妻身份，贾家给林家承祀。

黛玉的死后身份是贾母做主确定的，贾家人在被抄家之后需要黛玉妆奁解决整个家族的生存问题，也都会支持贾母的决定，而且按照门第和八议礼制，林黛玉也应当是正妻，地位在薛宝钗之上。林黛玉成了正妻，薛宝钗被定格为妾，且她的儿子要过继给正妻林黛玉，给林家承祀。贾母如此安排，完全符合古代的礼法，薛家人也无法反对，只能接受现实，而这个现实又是他们处心积虑暗算林黛玉导致的后果。

◇◇◇宝钗为他人作嫁衣

《红楼梦》中第一回开篇就埋线了，有一句"甚荒唐，到头来都是为他人作嫁衣裳！"宝钗就是为黛玉做了"嫁衣裳"！因为宝钗的儿子，最后也要姓林，且黛玉排在前面。

书中后来宝玉出家了，薛宝钗怀孕生下了他们唯一的孩子。在阴婚兼祧之下，这个孩子也要给林家承祀，变成木石前盟的"桂"，贾家宝玉下一辈的名字是草字头，比如贾蓉、贾蔷，不是木字边，"圭"则是由宝玉制成的礼器。如此的结果对薛宝钗确实太残酷了，最后薛宝钗是"白茫茫一片真干净"的"金簪雪里埋"。宝钗及王家人机关算尽，最后宝钗仍然是妾，地位在黛玉之下，自己生的孩子要过继到林黛玉的名下姓林，这个结果真可谓薛宝钗给林黛玉做了嫁衣裳。看一下薛宝钗在《红楼梦》里面的住址：梨香院，谐音

"离相怨"；蘅芜院，谐音"恨无缘"，不能不让人感慨。

宝钗的孩子姓林，所以他们尽孝的是林家，因此宝钗才可以说叫鸳鸯"替咱们尽孝"和他们要"也少尽一点子心"，宝钗是全明白的，"兰桂齐芳"的"桂"字是木石前盟。现代人没有古代人的信仰，所以更重视血缘和DNA遗传的关系，古代则是礼法、宗法第一。孩子过继之后，就真的不是自己的了，而且古代人认为，灵魂会活很多代，所以死后的香火是极为重要的事情，与当代人的价值观有根本性的差异，不能以当代价值观来评价书中的结局。

我们还可以看一下第五回的判词十二曲里面的【终身误】：

都道是金玉良姻，俺只念木石前盟。空对着，山中高士晶莹雪；终不忘，世外仙姝寂寞林。叹人间，美中不足今方信。纵然是齐眉举案，到底意难平。

这首词曲一般被认为是说宝玉的，但就其内容而言，对薛宝钗何尝不是"终身误"？最后是啥也没有得到。判词十二曲里面的"枉凝眉"显然是关于林黛玉的，十二曲里面没有宝钗，与宝钗、黛玉一个判词不一样。其实再多引申一下，"枉凝眉"的"一个是水中月""一个是镜中花"可以指黛玉与宝玉的阴阳两隔，因此词曲"终身误"可以指宝玉和宝钗，这两个可以变成两对，正如黛玉和宝钗最后都嫁给了宝玉，符合本人对全书的解读。

另外还有一个情节，就是贾宝玉到了林家承祀，他就要变成林宝玉了，贾府的起名，宝玉这一辈是玉字边单名，比如贾珠、贾琏，不是名字里面直接带"玉"字；林家，林黛玉则是直接带着"玉"字的。而且宝玉是小名，第三十一回，湘云叫"宝玉哥哥"，贾母说"别提小名儿了"，这个前面已经分析过，即使不入赘，仅仅是"兼祧"，异姓的兼祧在林家祠堂和族谱，贾宝玉也要写成林宝玉，所以在书中，贾宝玉的大名没有出现过，仅称他宝玉，也是有原因的。所以林黛玉和薛宝钗的判词写在一起，就是告诉读者，最后的结果是宝钗、黛玉两个人，宝玉都娶了。林黛玉办了阴婚，变成了正妻，在祠堂要挂在中间；薛宝钗是平妻、次妻，露出一半身位，是"埋里雪（薛）簪金"（钗是两股，挡住一半，剩下一股是簪子），与潇湘馆、"潇湘妃子"的来历娥皇女英的典故也吻合了。对此，贾政的心态是呈现怪味状态的。在最后一回大结局当中："王夫人便将宝钗有孕的话也告诉了，将来丫头们都放出去。贾政听了，点头无语。"知道宝钗有孕而贾政无语，他对此无感也不喜悦，因为这个孩子该如何承祀，已经暗示读者了。

　　后来贾家复兴，背后也与被抄家后，贾母带头承认了与林家的"兼祧"关系有关。林如海为皇帝亲信，为皇帝捐馆，如果林家绝嗣，也是皇帝信誉的损失。当林家有继承人了，皇帝也要有所表示。因此，后来大赦天下，皇帝给贾家恢复了爵位，返还了财产，也有贾母改正错误的原因。对此，本人会在第三部里面详细分析。

　　《红楼梦》的创作和解禁，离不开当时的政治需要。古代讲"士农工商"，林家是科举探花，是士；贾家是田庄主，为农，后来通过读书中科举，也成了士，与林家同是最高的级别；而薛家则是商，属于末流。古代的勋贵、官员是不许从事工商业的，可以农耕，可以读书。所以士就是玉，宝玉、黛玉都带"玉"字；商就是金钱，宝钗就是"金"，薛蟠、薛蝌，两人的名字都带有虫的含义，"蟠"有个意思就是鼠妇，俗名潮虫。而书中的人物设定，也遵循这样的政治需要。《说文》："孽，庶子也。从子，薛声。"所以古代"薛"与"孽"两个字的读音都有关联。薛家造孽，薛宝钗之子是庶子，阴婚后林黛玉是正妻，薛家"为他人作嫁衣"，这是古代的政治需要。《红楼梦》能够被解禁，一定是符合古代政治需要的。

　　很多人认为"甚荒唐，到头来都是为他人作嫁衣裳！"是指林黛玉喜欢贾宝玉，最后一场空，但本人认为，这与给他人作嫁衣的意思是有差距的，这里的"作嫁衣"是指薛宝钗为了上位忙乎了一大圈，最后孩子都要姓林。古代认为爱情属于"淫"，《红楼梦》最后也说"淫"字最碰不得，与之是相通的，古代的政治需要就是不能有爱情，姻缘是前定，贵贱不能失序。所以《红楼梦》中袭人的结局也是姻缘前定，宝钗、黛玉二人的贵贱不能失序，林家比薛家，门第高出许多，两家社会地位悬殊，薛宝钗的上位对古代的封建秩序而言，是礼崩乐坏，以下犯上，所以也没有好结果。

但到了近代，这个要求没有了，而且要更符合后世的需要，所以《红楼梦》全书一百二十回就必须腰斩，后四十回只能被认为是"伪作"。近代讲爱情自由，需要打破封建的贵贱等级秩序，婚姻是爱情的结果，不是姻缘前定，要反对包办婚姻，所以必须对《红楼梦》进行文化改造。民国时期，一些所谓的"大师"，与书中宝玉、黛玉共读西厢一样，与不谙世事的新潮女学生共读《红楼梦》，进行着爱情解读，把宝玉与丫鬟群芳宴脱去大衣裳的行为，成功"复制"为叫女孩脱去外衣；把宝玉在丫鬟嘴上吃胭脂的行为，成功"复制"为对女学生一亲芳泽，把从未亲密接触男人的女孩之性欲唤起，说成了来电般的伟大爱情滋味。但在《红楼梦》真实的创作年代，如果不符合当时的需要，《红楼梦》一书就不可能会被解禁。

◇◇◇木石前盟还有来世

我们再来看看黛玉的《葬花吟》，也是全书的关键情节埋线之一。作者通过埋线，阐释了"木石前盟"。在三世情缘当中，应当另外理解，古代是讲灵魂的，未来还有一世。

这个"葬花"，其实也是说她自己下葬，为何葬花之中，还有鸟魂呢？看看下面几句：

花魂鸟魂总难留，鸟自无言花自羞；

愿侬此日生双翼，随花飞到天尽头。

花魂是黛玉，怎么葬花还出来了鸟魂？鸟魂是指谁？如果林黛玉自比花魂，那么鸟魂应当指的是宝玉。《红楼梦》里说"木石前盟"是三世姻缘，林黛玉与贾宝玉的情缘，应当还有来世的情缘，冥婚就是来世的情缘；宝玉出家，就是走向来世。书中介绍绛珠仙草时，用了非常简短的一句话"西方灵河岸上三生石畔有绛珠草一株"。三生是佛教概念，指人的前世、今生、来世，或者也可以说是过去、现在、未来。不过，本人认为三世情缘，与众多红学家的理解不一样。

《石头记》讲了宝玉与黛玉的前世是：绛珠草长在灵河岸边三生石畔，它能够活下来，是因为接受了贾宝玉的前身——赤瑕宫神瑛

埋香塚黛玉泣残红（清孙温　绘）

侍者的雨露之恩。神瑛侍者浇灌绛珠仙草,被当作了第一世情缘。绛珠仙草得了浇灌,就能够久延岁月,吸收天地精华,然后修炼成一位绛珠仙女,成为警幻仙子的绛珠妹子。绛珠仙子游于离恨天外,饿了,就以蜜青果为膳;渴了,就以灌愁海水为汤,绛珠仙子在五衷内对神瑛使者郁结着缠绵不尽之意,被认为是第二世情缘。绛珠仙子一心回报神瑛侍者的灌溉之恩,所以当听到神瑛侍者要下界历劫造世时,她也要下凡,用"一生所有的眼泪还他"!绛珠仙子和神瑛侍者分别下凡,是第三世情缘。

苦绛珠魂归离恨天(清孙温 绘)

对《石头记》描述的前情故事,本人认为应当都算二人的前世,只有一世情缘,在以前无论是仙草还是仙子,都是前世,仙草没有灵魂,不能算,所以只是第一世的情缘;贾宝玉与林黛玉在贾府、大观园相遇、相识、相爱,是今生,是第二世情缘;贾宝玉与林黛玉若说有三世情缘,就应还有一世,是未来或来世的情缘。阴婚和宝玉出家，是续写二人来世的情缘。只有这样理解，才符合正常的佛教三生的理论。甄士隐说"宝玉，即宝玉也"，尘缘已满，仍是一僧一道携归青埂峰，形质归一。原来的理解，是到今生为止，没有来世或未来，但根据本人的分析，若到此为止，则少了一世。

因此，对宝玉黛玉的爱情，本人不是按照很多人理解的世道轮回的三次轮回，而是按照前世、今生、来世来理解的三世，也就是说这个是永远的爱情，而不是到《红楼梦》书中的故事，是最后一世，是宝玉和黛玉的"末世"。按照末世理解，后来宝玉和黛玉的爱情是悲剧，是"白茫茫一片真干净"的悲剧。不过本人对《红楼梦》的理解是复兴，宝玉和黛玉的爱情也应当不是最终的悲剧结尾，中国传统讲结果论，最后葬在一起配了阴婚，也算有了结果，如果是悲剧，就是最后一世最终是没有情缘，本身也与三世情缘不符。

宝玉后来出家追求来世，是必然的结果。宝玉经历了这么多，知道了那么多残酷的真相，对一个理想化的文艺青年而言，一下子懂得了现实，脱离尘世的心萌生了！对宝玉而言，只有来世才有希望与黛玉在一起，而黛玉葬入贾府，则今生才算画上句号。类似的故事，可以看看弘一大师李叔同的出家前后。古人重视来世，来世的幸福才最重要。黛玉、宝玉本来就在仙位，能够来世结果，也算喜剧之一。在宝玉心中，光明在来世，也印证了《红楼梦》最后的判词，二人今生在世间的一切，已经都是：白茫茫一片，真干净！

《红楼梦》中，宅斗的王家人、为了上位争夺正妻的薛宝钗，最后获得的结果是贾宝玉出家了，宝钗生的孩子还要给林家承祀姓了林；林黛玉阴婚葬入贾家坟地，成了正妻而盖棺论定。宝玉不出家，后续生的孩子还可以姓贾，但宝玉出家，宝钗唯一的孩子要给林家承祀，薛宝钗真的也是：白茫茫一片，真干净！另外对于王夫人和王家人，王家被彻底抄家败落，王夫人的亲儿子宝玉也出家了，亲孙子要承祀林家，贾兰贾环是赵姨娘的骨血，他们也是白茫茫一片真干净!

在本部书中,本人尝试阐释了古代大家族内部博弈的政治、经济逻辑;在第三部中,本人将更深入地探讨国家政权与勋贵家族之间的博弈,这些博弈在《红楼梦》当中都是重要的暗线,若不穿透作者的春秋笔法,不穿透部分读者、研究者故意规避文字狱的评语解读,不穿透近代各种学派因为利益关联的一家之言,就难以揭示其中的真实面貌。只有按照作者创作当时的历史文化逻辑和社会潜规则,才可能揭示《红楼梦》的原貌。所以对《红楼梦》中政经逻辑的解读,值得大家期待。

后记

本人的"张捷说红楼"第二部就写到这里了,第二部是写宅斗的,正常的宅斗题材,应当都是女人写的,比如很多文艺女孩子喜欢写,本人平时对此连多看的兴趣都没有,但解读《红楼梦》之后,发现出版单部著作内容太长,于是变成了三部,里面不可避免涉及宅斗的内容,就有了这部著作。

本人写的宅斗内容与其他宅斗的不同,侧重于经济和政治的博弈。好多事情从权和钱的视角,就可以看得比较清楚,同时也容易理解。《红楼梦》一书在温柔的风花雪月诗背后,其实是残酷的宅斗,演绎的是中国社会传统的婆媳大戏。

《红楼梦》的宅斗写得非常隐蔽,藏在作者"真事隐"的暗线当中,而且要理解到宅斗这一层,先要看一下本人的第一部著作《红楼财经传家》,里面有关于古代社会潜规则,只有理解《红楼梦》里财经和传家逻辑,才能读懂宅斗。没有理解前面,对其中笑里藏刀式的宅斗就难以理解。

在宅斗大戏的背后则是各方家族政治势力的变化,这就是《红楼梦》的政经逻辑,我们都放在第三部来阐述。宅斗的环节起承上启下的作用。《红楼梦》有三个层次,作者的"真事隐""假语存"也是多个层次的,要一层层看透了才可以。题咏和引用只不过是最初的层面,是分析后面逻辑的基础,也是本人解读《红楼梦》这部书的最原始材料。对于怎样使用这些原始材料和证据,怎样构建后面的逻辑,本人与很多文学青年不同,这个是我们从事律师职业的长项，就是根据现有证据还原法律事实。

　　法庭审理案件是按照法律事实来审理的，法律事实可以不同于客观事实，也可以有多个法律事实，关键是你是否可以打动法官和陪审团。在这里，学者、读者就是法官和陪审团，可以有各种不同的事实，可以说作者的原意等同于客观事实，但客观事实不一定能够还原，法律事实要尽可能地接近客观事实，不同立场下构建的法律事实其实就是不同的学派、不同的认知，到底哪一个是真实的，就让读者类似于法庭陪审团那样的方式去判断吧。

　　因此，对书中的宅斗分析，只是本人的一家之言。"谁是谁非任评说"，这里仅是抛砖引玉，大家一起进行探索。

张　捷

2023 年 10 月 1 日于中关村